SAMT**ROT**

Das Buch

Sara hat alles hinter sich gelassen, um die Menschen, die sie liebt, zu schützen. Sie kämpft darum, sich in der ihr so unbekannten neuen Welt zu behaupten und ihren Platz bei den Mohiri zu finden. Doch bald schon wird ihr und allen anderen klar, dass sie keine gewöhnliche Kriegerin ist. Sara knüpft neue Kontakte, versucht ihre Kräfte zu beherrschen und dabei das Geheimnis ihrer Herkunft zu wahren. Im Untergrund jedoch lauert stets der bedrohliche Schatten des Masters, der alles dafür geben würde, sie zu finden.

Und so beginnt für Sara eine Reise zu sich selbst, auf der sie ihre wahren Stärken finden und den Teil von sich erwecken muss, von dem sie nicht wusste, dass er zu ihr gehört. Sie erfährt das Glück echter Freundschaft, Freud und Leid der ersten Liebe und einen Verlust, an dem sie zu zerbrechen droht. Und am Ende ist ausgerechnet der eine Ort, an dem sie in Sicherheit hätte sein sollen, nicht die Zuflucht, für die sie sie gehalten hat...

Die Autorin

Karen Lynchs Romane stehen auf den Bestsellerlisten der *New York Times* und *USA Today*.

Die Autorin ist in Neufundland, Kanada, aufgewachsen, an einem Ort voller Folklore und mit einem bunten Volk, dem sie ihre Liebe für das Übernatürliche und ihre lebhafte Fantasie zu verdanken hat. Vor ein paar Jahren ist sie nach Charlotte, North Carolina, USA, gezogen und war sofort von den Menschen im Süden angetan, sagt aber, dass sie immer ein „Newfie" bleiben wird.

Karen Lynch liebt Bücher über Übernatürliches, hat aber eine Schwäche für Charlotte Brontë und Jane Austen. Sie hört gern Classic Rock, Country und Klassik, aber ihre Lieblingsmusik ist ein heftiger Gewittersturm oder ein heulender Schneesturm. In ihrer Freizeit backt sie gern Brot für Freunde oder verbringt Zeit mit ihren zwei Deutschen Schäferhunden.

Das Bündnis
(Dark Creatures 2)
Karen Lynch

Aus dem Amerikanischen von Kristina Moninger

Mehr zur Autorin finden Sie auf
www.karenlynchnl.com, www.facebook.com/KarenLynch.Author,
www.twitter.com/karenlynchNL

Mehr Infos zur Reihe unter:
www.feuerwerkeverlag.de/book/das-geheimnis-dark-creatures-1/

Abonnieren Sie auch unseren Verlags- und Autoren-Newsletter und erfahren Sie so als Erster von unseren **Neuerscheinungen**, **Autorennews** und exklusiven **Buch-Gewinnspielen**:
www.feuerwerkeverlag.de/newsletter/

© Englischsprachige Originalausgabe 2014
„Refuge (Relentless Book 2) "
© Deutsche Übersetzung April 2020
© FeuerWerke Verlag, SamtRot, alle Rechte vorbehalten
Maracuja GmbH, Laerheider Weg 13, 47669 Wachtendonk
Herstellung: Books on Demand GmbH, Printed in Europe
Bildmaterial (Shutterstock): Unholy Vault Designs, LightField Studios/ Sean Pavone, Typo: Big Calson
Umschlaggestaltung: NK Design (Nadine Kapp)
Übersetzung: Kristina Moninger
Lektorat: Ulrike Rücker, Leipzig
ISBN: 978-3-945362-67-9

Aus Datenschutzgründen und zum Schutz der Persönlichkeitsrechte wurden alle Namen der handelnden Personen geändert. Übereinstimmungen oder Ähnlichkeiten mit weiteren realen Personen sind zufällig und unbeabsichtigt.

Alle Texte und Bilder dieses Buches sind urheberrechtlich geschütztes Material und ohne explizite Erlaubnis des Urhebers, Rechteinhabers und Herausgebers für Dritte nicht nutzbar

Für meine Mutter Margaret und in Gedenken an meinen Vater Sandy. Dafür, dass ihr beiden mir ein Zuhause voller Liebe gegeben und mich ermutigt habt, meine Träume zu verfolgen.

Inhaltsverzeichnis

Kapitel 1 9
Kapitel 2 23
Kapitel 3 47
Kapitel 4 65
Kapitel 5 83
Kapitel 6 101
Kapitel 7 116
Kapitel 8 134
Kapitel 9 152
Kapitel 10 172
Kapitel 11 184
Kapitel 12 207
Kapitel 13 227
Kapitel 14 241
Kapitel 15 258
Kapitel 16 274
Kapitel 17 288
Kapitel 18 301
Kapitel 19 323
Kapitel 20 337
Kapitel 21 353
Kapitel 22 366
Kapitel 23 379
Kapitel 24 402
Kapitel 25 414

Kapitel 1

ICH FÜHLTE DEN SCHLAG, bevor er mich traf, mich ein paar Meter weit in die Luft schleuderte und filmreif gegen die Wand krachen ließ. »Aua.« Vor meinen Augen flimmerten kleine weiße Punkte und ich schmeckte Blut – dort, wo ich mir in die Innenseite meiner Wange gebissen hatte. Doch das war nichts im Vergleich zu den unsäglichen Schmerzen in meinen Gliedern. Gott, wie viel Pein konnte so ein Körper ertragen?

Ein Schatten fiel über mein Gesicht. »Irgendetwas gebrochen?«, fragte eine brummige Stimme mit schottischem Akzent, die mehr nach Ungeduld als echter Sorge klang.

Ich rollte mich auf den Rücken, streckte meine wunden Glieder vorsichtig und grunzte, als meine Schulter ein leises Knacksen von sich gab. Zufrieden, dass meine Knochen offenbar noch alle an ihrem Platz waren, selbst wenn ich mich fühlte wie ein überreifer Pfirsich, sah ich zu dem dunkelhaarigen Mann über mir auf. Er hatte die Hände in die Hüften gestemmt. »Ich werd's überleben«, murmelte ich, nicht sicher, ob es auch das war, was ich wollte.

Er streckte seine Hand aus, ich nahm sie widerwillig und ließ mir von ihm auf die Beine helfen. Wie ich so an der Wand lehnte, kam es mir vor, als würde der Trainingsraum sich drehen. Allerdings musste ich auch nicht geradeaus sehen können, um zu wissen, dass Terrence und Josh, die beiden anderen Schüler in der Übungshalle, meinen schmerzhaften Sturz mitbekommen hatten. Sie gaben zwar vor, sich auf ihre Workouts zu konzentrieren, hatten uns aber die ganze Zeit beobachtet. Ich nahm es ihnen nicht übel. Mein tägliches Training war ein Spektakel. Wie ein Unfall auf dem Highway, bei dem man nicht umhinkam, hinzusehen. Selbst wenn man es nicht wollte.

Callum verschränkte die Arme vor seiner breiten Brust und musterte mich vorwurfsvoll. Mit seinen stählernen Muskeln und seiner imposanten Größe – er überragte mich um beinahe einen Meter – war er der personifizierte Beweis für mein tägliches Versagen. Zumindest kam es mir vor, als wäre ich sein Prügelknabe, wenn ich meinen mit Blutergüssen übersäten Körper allabendlich in das Heilbad sinken ließ. Wie ich auch nur eine Sekunde lang hatte glauben können, es würde Spaß machen, mit ihm zu trainieren, war mir ein Rätsel. Auch sein Lächeln, der sexy Pferdeschwanz und die schokoladenbraunen Augen konnten mir nichts mehr vormachen. Bereits fünf Minuten nach Beginn unseres ersten Trainings war mir klar geworden, dass hinter diesem hübschen Lächeln in Wahrheit eine Geißel der Menschheit steckte.

»Du arbeitest noch immer nicht mit deinem Mori, und wenn du dich ihm nicht öffnest, wirst du nie in der Lage sein, richtig zu kämpfen oder dich selbst zu verteidigen. Vergiss nicht: Ohne den Mori in deinem Innern bist du nur ein Mensch und genauso hilflos wie ein jeder von ihnen.«

Nicht ganz menschlich. Nicht, dass Callum oder irgendjemand an diesem Ort davon gewusst hätte. Nur eine Handvoll Freunde kannten mein Geheimnis, und jeder Einzelne von ihnen war Hunderte von Meilen entfernt.

Ich rollte die Schultern, um die Verspannung loszuwerden. »Ich weiß, was du mir darüber gesagt hast. Ich weiß nur nicht, wie ich es machen soll. Vielleicht ist mein Dämon irgendwie unbrauchbar.«

Sein Blick wurde noch finsterer. »Dein Dämon ist nicht unbrauchbar, und das ist nichts, worüber man Witze reißt. Wie willst du eine Kriegerin werden, wenn du nicht kämpfen kannst?«

»Vielleicht will ich das gar nicht.«

Callum lachte bellend. »Du machst ganz schön viel Ärger für jemanden, der kein Krieger sein will.« Ich blinzelte überrascht und er schüttelte den Kopf. »Oh, ich habe von deinen kleinen Abenteuern gehört und wie du eine ganze Einheit – ganz zu schweigen von zwei unserer besten Krieger – einen Monat lang auf Trab gehalten hast.«

Seine Bemerkung rief mir das Bild eines bestimmten dunkelhaarigen Kriegers mit sanften grauen Augen in Erinnerung. Verärgert verdrängte ich den Gedanken. »Sie waren wegen der Vampire in Maine, nicht wegen mir, und sie hätten jederzeit gehen können. Das habe ich ihnen auch mehr als einmal gesagt.«

»Das habe ich auch gehört.« Funkelten seine Augen da etwa belustigt? »Es gibt nicht viele Leute, die Nikolas Danshov herausfordern. Von jemandem, dem das gelungen ist, hätte ich mehr erwartet.«

Er wollte mich provozieren, aber ich weigerte mich, anzubeißen. »Tut mir leid, dich zu enttäuschen. Vielleicht solltest du dir einen Schüler suchen, der deinen Ansprüchen eher gerecht wird.«

Ich trat ein paar Schritte zurück, doch da brummte er: »Wo willst du hin? Wir sind noch nicht fertig. Du gehst erst, wenn ich es sage. Und jetzt nimm wieder deine Stellung ein.«

So viel also zu den Annehmlichkeiten hier. Ich richtete meine Schutzweste und ging zurück zu dem markierten Bereich. In meinem unteren Rücken zwickte es unangenehm und meinem Hintern graute schon, aber ich versuchte, den Schmerz auszublenden und wandte mich zu meinem Trainer. Ich war als Kriegerin vielleicht eine Null, aber ich hatte noch immer meinen Stolz und ich würde das durchstehen – komme, was wolle.

Callum allerdings war nicht da, wo ich ihn erwartet hatte. Ich sah mich um und entdeckte ihn an der Tür, wo er mit zwei Männern und einer Frau sprach. Keinen von ihnen hatte ich bisher hier gesehen. Die Frau war groß und sehr hübsch. Sie trug ein knielanges, rotes Kleid, hatte makellose Haut und langes, glattes schwarzes Haar. Mir fiel auf, dass auch die Jungs nicht länger so taten, als würden sie trainieren, stattdessen musterten auch sie die Frau mit offenkundigem Erstaunen. Sie schien davon keine Notiz zu nehmen. Dann aber wanderten ihre smaragdgrünen Augen zu mir und sie verzog die Nase leicht pikiert. Beinahe hätte ich gelacht, denn ich konnte mir gut vorstellen, wie ich nach zwei Stunden Training mit Callum aussah und roch.

Ich sah zu den Männern an ihrer Seite. Sie waren beide groß, wie alle Mohirimänner, aber ihr Erscheinungsbild unterschied sich. Der eine hatte ein ausdrucksloses Gesicht mit einem gebräunten Teint, umrahmt von gelocktem braunem Haar. Der zweite hatte langes blondes Haar, das er zu einem Pferdeschwanz zurückgebunden trug und das sein feines, wie gemeißeltes Gesicht betonte. Seine blauen Augen scannten den Raum, während er dem lauschte, was Callum ihm sagte. Er schaute für einen kurzen Moment zu mir, dann wandte er sich wieder meinem Trainer zu. Die autoritäre Aura, die ihn umgab, und die Art, wie die anderen Schüler zu ihm aufsahen, sagte mir, dass er offenbar jemand von wichtiger Position war. An diesem Ort kamen und gingen die Krieger wie Bienen, die einen Stock umschwärmten, also war es unmöglich, jeden zu kennen.

Aber offensichtlich war ich die Einzige im Raum, die den blonden Fremden nicht kannte.

Callum lächelte den Mann an und kam dann mit steinerner Miene wieder auf mich zu. Ich hatte erwartet, dass die Neuankömmlinge nun wieder gehen würden, aber sie lehnten sich an die Wand, als hätten sie vor, zu bleiben und zuzusehen. *Toll*. Das hatte mir gerade noch gefehlt.

Skeptisch sah ich zu Callum, der etwa drei Meter vor mir stehen blieb und mich mit dem erwartungsvollen Glanz in den Augen ansah, den ich zu fürchten gelernt hatte. »Öffne dich für den Mori in dir, Sara. Fühle seine Kraft und lass ihn dich leiten. Seine Überlebensinstinkte sind stark und er will nichts mehr, als dich beschützen. Ohne dich kann er nicht existieren.«

Hörst du das? Ich sagte die Worte zu dem Biest, das sich mürrisch in den hintersten Ecken meines Verstandes versteckte. *Du brauchst mich viel mehr als ich dich, also benimm dich besser anständig.* Ich zwang mich, alles andere in dem Raum auszublenden und mich ganz auf Callums Gesicht zu konzentrieren. Seine Augen verrieten ihn immer für den Bruchteil einer Sekunde, bevor er sich bewegte. Nicht, dass es mir je geholfen hatte, zu wissen, dass er jetzt zuschlagen würde. Ich ließ die Mauer, die meinen Dämon in Schach hielt, bröckeln und fühlte seine Aufregung, als er spürte, dass sich sein Käfig öffnete. Zur gleichen Zeit griff ich nach der Kraft im Zentrum meines Seins und wappnete mich, falls es nötig sein würde, sie zu nutzen. Der Dämon war stark, aber er hatte keine Chance gegen meine Faekräfte. Das wussten wir beide.

Mein Mori und ich sahen gleichzeitig das kurze Flackern in Callums Augen, aber der Dämon reagierte zuerst. Er raste nach vorn, bereit, meinen Geist zu füllen und meinen Körper unter sein Kommando zu stellen. Eine Sekunde lang ließ ich ihn gewähren, dann jedoch wurde ich von alten Erinnerungen überschwemmt. Ich konnte die Hitze des Dämons unter meiner Haut noch immer spüren und die Hilflosigkeit, die ich empfunden hatte, als ich mich in der endlosen Weite des Dämonengeistes zu verlieren drohte.

Meine Mauern bauten sich schützend auf – eine Sekunde, bevor Callum sich auf mich warf und mich wieder zu Boden rang. Dieses Mal aber knallte ich nicht gegen die Wand, sondern wurde noch in der Luft abgefangen und gegen eine harte Brust gepresst.

»Ich denke, dein kleiner Vogel hier ist heute genug geflogen, Callum.« Ein lautes Lachen röhrte durch die Brust des Mannes, der mich hielt und mich dann auf dem Boden absetzte. Peinlich berührt sah ich in die saphirblauen Augen des blonden Fremden, aber in seinem Blick lag nichts Abwertendes. Wenn ich etwas in seinem Lächeln sehen konnte, dann Nachsicht.

»Ich glaube, du hast recht«, stimmte Callum zu und sah mich an. »Nicht länger als dreißig Minuten baden, Sara, und nimm etwas Gunnapaste.« Ich verzog das Gesicht, und sofort wurde seine Miene ernst. Es war kein Geheimnis, dass ich lieber die Schmerzen ertrug, als die ekelhafte, knetähnliche Medizin zu nehmen. »Wenn ich dich beim Abendessen humpeln sehe, halte ich dich fest und flöße sie dir höchstpersönlich ein.«

Ich nickte widerstrebend, denn ich wusste, dass es keine leere Drohung war. Ich murmelte ein »Auf Wiedersehen« in Richtung der Neuankömmlinge und eilte zur Ausstattungskammer, um mein Schutzschild dort abzulegen. Dann verließ ich schnell die Trainingshalle, bevor Callum sich dazu entschließen konnte, mir noch an Ort und Stelle die Gunnapaste zu verabreichen – so wie er es an meinem zweiten Trainingstag getan hatte.

Bis auf die unterdrückten Geräusche der Übungskämpfe hinter verschlossenen Türen war es ruhig auf dem dunklen Gang des Trainingsflügels. Die Mohirikrieger verwendeten viel Zeit auf ihr Training, wenn sie nicht gerade unterwegs waren, um die Welt zu retten. Die Feste beherbergte zwischen dreißig und vierzig Krieger – nicht eingerechnet die Teams, die kamen und gingen –, also waren die Trainingsräume zu dieser Zeit des Tages immer gut besucht.

Ich öffnete die schwere Tür zu den Frauenwaschräumen, erleichtert darüber, dass es eine freie Kammer gab. Mohirifrauen waren nicht schüchtern oder gehemmt und es machte ihnen nichts aus, sich in Gegenwart von anderen auszuziehen. Aber ich musste mich noch immer daran gewöhnen. Wenn ich Glück hatte, konnte ich das Bad benutzen, bevor es zu voll wurde.

Als Erstes ging ich zu einem Schrank an der Wand und holte eine Dose mit Gunnapaste heraus. Mit dem Finger schabte ich ein wenig von der grünen Paste ab, verzog das Gesicht und leckte den Finger vorsichtig ab. Innerhalb weniger Sekunden legte sich ein trockener, bitterer Geschmack auf meine Zunge und breitete sich in jedem Winkel meines Mundes aus. Ich musste mich zwingen, die Paste zu schlucken und nicht sofort wieder auszuspucken. Selbst als ich die Medizin längst hinuntergewürgt hatte, hielt der faule Geschmack noch an und ich wusste, es würde mindestens weitere fünf Minuten andauern, bis er verschwunden war. Stumm verfluchte ich Callum, wie jedes Mal nach dem Training. Es änderte nichts, aber ich fühlte mich dann immer etwas besser.

Ich schälte mich aus den verschwitzten Klamotten und ließ meinen Körper in die nächstbeste der sechs rechteckigen Wannen sinken, die in den gefliesten Boden eingelassen waren. Die heiße, wolkige Flüssigkeit blubberte sanft und ich seufzte wohlig, als das Wasser meine gepeinigten Glieder umschloss und sofort angenehm entspannte. Ich wusste nicht, was so besonders an dem Wasser war, nur dass es aus einer besonderen Quelle kam und in unterirdischen, riesigen Tanks aufbewahrt wurde. Mehr interessierte mich auch nicht, es zählte nur, dass es Wunder wirkte, wenn man nur lange genug darin saß.

Ich schloss die Augen und versuchte, mich zu entspannen, nicht über die katastrophale Trainingseinheit nachzudenken oder einen der vielen anderen negativen Gedanken zuzulassen, die mich in den eineinhalb Wochen seit meiner Ankunft hier quälten.

Du hast doch nicht etwa erwartet, dass das hier so etwas wie ein Zuhause ist?

Wahrscheinlich musste ich mir nur ein wenig Zeit geben, mich erst an die Umgebung und die Leute gewöhnen. Nur war ich noch nie gut darin gewesen, neue Freundschaften zu schließen. Nicht wie Peter und Roland. Ein schiefes Lächeln kräuselte meine Lippen. Noch etwas, woran ich arbeiten musste.

Als meine dreißig Minuten vorüber waren, kletterte ich aus der Wanne und stellte mich unter die Dusche. Gesäubert, trocken und gekleidet in ein frisches Paar Trainingshosen und ein T-Shirt, verließ ich das Bad und machte mich auf den Weg in mein Zimmer im dritten Stock des Nordflügels. Westhorne war zwar nach außen hin eine militärische Mohirifestung und doch wohnte man hier nicht wie in einer Kaserne. Mein Zimmer war vielmehr ein kleines Apartment, fast so groß wie meine Räume zu Hause mit einem größeren Badezimmer und einem angrenzenden Wohn- und Esszimmer mit Küchenecke. Die Möblierung war üppiger, als ich es gewohnt war, aber ich mochte das antike Bett mit dem Baldachin. Und der Kamin würde sicher nützlich sein, denn nach allem, was ich gehört hatte, waren die Winter in Idaho besonders hart.

Ich öffnete das Fenster und sog die frische Luft gierig ein. Der Blick hinaus war so anders als zu Hause. Ich vermisste den Ozean, aber die schneebedeckten Gipfel der Berge waren ein Anblick, der mir jedes Mal vor Erstaunen den Atem stocken ließ.

Wenn ich nur die Freiheit hätte, das alles zu erkunden – ich würde mich sicher längst viel wohler fühlen in meiner neuen Umgebung. Doch bislang war es mir nicht erlaubt worden, das Gelände zu verlassen. Nicht, dass ich es nicht bereits versucht hätte. Zweimal hatte ich über die Grenze der Anlage gehen wollen, und zweimal war ich gefasst und zurückgebracht worden. Sie erklärten mir, dass das bei den neuen Waisen generell so gemacht würde und nur zu meinem Besten sei, aber ich glaubte, dass meine Vergangenheit eine nicht unbedeutende Rolle spielte. Ich sehnte mich danach, in den Wäldern umherzustreifen und die Gebirgspfade entlang zu wandern, ohne dass mich jemand behandelte, als wäre ich eine Fünfjährige, die von zu Hause weggelaufen war. Ich hatte ja gar nicht vor, auszureißen. Wir befanden uns mitten im Nirgendwo und die nächste Stadt war fünf Meilen entfernt. Selbst wenn ich es bis dorthin schaffen konnte, was würde mich dort erwarten? Butler Falls hatte eine Population von viertausend Einwohnern und mehr Geschäfte für landwirtschaftlichen Bedarf als Restaurants. Nicht wirklich ein Anziehungspunkt für Vampire, schon gar nicht mit einer Mohirifestung in unmittelbarer Nachbarschaft.

Mit einem Seufzer wandte ich mich vom Fenster ab und suchte nach einem Paar Jeans und einem Shirt in meinem lächerlich großen Kleiderschrank. *Wer braucht schon einen Schrank in der Größe eines kleinen Schlafzimmers?* Meine gesamten Kleider nahmen gerade einmal eine halbe Stange und zwei Regalböden ein. Vor ein paar Tagen waren meine restlichen Kartons von zu Hause angekommen, und die meisten von ihnen standen noch ungeöffnet am Boden des Schrankes. Damit blieben noch immer drei Viertel der Fläche ungenutzt. Claire, die Frau, die mich am Tag meiner Ankunft herumgeführt hatte, hatte mir erklärt, dass es ein bestimmtes Budget für mich gab. Ich konnte mir also alles kaufen, was ich brauchte. Aber bislang hatte mich das nicht interessiert. Für die Zwecke hier reichten meine Kleider aus. Außerdem hätte es sich seltsam angefühlt, das Geld der Mohiri anzunehmen, wenn ich sie doch kaum kannte.

Ich nahm mir einen warmen Mantel und das Buch, das auf dem Nachttisch lag. Es war eines von Nates Büchern und ich hatte es schon einmal gelesen, aber ich hoffte, bei der Lektüre seiner Geschichte ein wenig das Heimweh bekämpfen zu können. Ich steckte das Buch ein und ging hinaus.

Als ich die Treppe hinabging, wurden die Stimmen bereits lauter. Es war Zeit fürs Mittagessen, aber der letzte Ort, an dem ich jetzt sein wollte, war der überfüllte Speisesaal. Stattdessen verließ ich das Gebäude über die Tür im Trainingstrakt, die direkt in den Hinterhof führte. Zu meiner Rechten befand sich der weite, tiefe Fluss, der an das Gelände grenzte. Ich ging dort eine Weile entlang, aber der Ruf der Wälder war stärker. Außerdem hatte ich jedes Mal, wenn ich in der Nähe des Flusses spazieren ging, das Gefühl, dass mich jemand beobachtete. Kein Zweifel, sie wollten sichergehen, dass ich nicht hineinfiel und ertrank.

Ich kam an einer Gruppe Krieger vorbei, die Bögen und Schwerter trugen. Sie nickten freundlich, sprachen aber nicht mit mir. So schön Westhorne auch war, an jeder Ecke wurde man daran erinnert, dass es sich um eine militärische Anlage handelte. Die Mohiri unterhielten Dutzende solcher Anlagen – allein in den Staaten –, und mindestens zehn von ihnen waren wie diese. Die anderen waren Wohnanlagen, die noch besser befestigt waren als Westhorne, aber weniger mit den militärischen Operationen zu tun hatten. Ich musste nicht fragen, warum ich nicht zu einer der Wohnanlagen geschickt worden war. Niemand wollte, dass ein Master eine Anlage angriff, in der Kinder lebten. Vorausgesetzt, der Master würde überhaupt erfahren, dass ich am Leben war. Dennoch war ich zur Sicherheit hierhergebracht worden.

Home sweet home.

Der Duft der Pinienbäume umgab mich, als ich den Wald betrat. Über mir konnte ich nur kleine Flecken blauen Himmels durch die dichten Kränze der Bäume erkennen, aber der Sonne gelang es trotzdem, ihre Strahlen wie einzelne Lichttupfen auf den Waldboden scheinen zu lassen. Es war so ruhig hier. Einzig das Gezwitscher der Vögel in den Ästen über mir war zu hören. Ich holte tief Luft und stellte mir vor, ich wäre in den Wäldern zu Hause in New Hastings. Beinahe konnte ich mir vorgaukeln,

Remy oder einer seiner Cousinen lauerten im Untergrund, um mich zu erschrecken, wie sie es immer getan hatten.

Ich schüttelte die melancholischen Gedanken ab. Der Wald war viel zu prachtvoll, um zuzulassen, dass meine Traurigkeit ihm etwas von seiner Schönheit nahm. Ich steckte die Hände in die Taschen und wanderte ziellos umher, zufrieden, einfach nur für eine Weile draußen für mich sein zu können. *Es wird einfacher werden*, sagte ich mir jeden Tag. Es gab hier viel mehr Regeln, als ich es gewohnt war, aber die Leute waren freundlich, selbst wenn sie gleichgültig wirkten. Nur weil ich mich hier nicht heimisch fühlte, konnte ich ja nicht die ganze Mohirirasse nach weniger als zwei Wochen verurteilen – das wäre nicht fair.

Du meinst, es ist nicht fair, sie seinetwegen zu verurteilen.

An ihn zu denken, machte mich nur wütend, also bemühte ich mich, mich auf etwas anderes zu konzentrieren. Ich trat auf eine sonnige Lichtung, wo sich die Luft sofort zehn Grad wärmer anfühlte als im Schatten der großen Bäume. Es war ein kühler Tag, beinahe zu kalt, um draußen zu sitzen, aber es war so unendlich viel schöner, als drinnen zu sein. Ich schloss die Augen und hob mein Gesicht in die Sonne, lauschte dem ruhigen Klang des Waldes und atmete die gehaltvolle, erdige Luft. *Ja, so ist es schön*, dachte ich und streckte mich mit meinem Buch in der Hand auf dem Boden aus.

Ich hatte kaum zwei Kapitel gelesen, da hoppelte ein kleiner brauner Hase herbei und hielt am Rande der Lichtung inne. Selbst wenn ich meine Kräfte nicht einsetzte, schien es, als zöge ich Tiere und andere Kreaturen magisch an. Womöglich weil sie spürten, dass ich keine Gefahr für sie war. Sanftere Wesen wie Hasen waren dennoch meist ein wenig zögerlicher. Ich legte das Buch beiseite, suchte in meinem Innern nach meiner Kraft und sandte einen Strahl in Richtung des Häschens. Seine Nase zuckte und es schnupperte ein wenig in der Luft, bevor es sich leicht schleppend auf mich zu bewegte. Ich rührte mich nicht, als der Hase mit seiner Nase gegen meine Hand stupste. In dem Moment aber ließ ich meine Kräfte zu ihm fließen, bis er sich vertrauensvoll an meine Seite schmiegte.

Langsam, um ihn nicht zu erschrecken, setzte ich mich etwas auf und legte die Hand auf seinen Rücken, um die Ursache seiner Verletzung zu finden. Ich brauchte nicht lange, um die Schwellung und die Entzündung in einem seiner Hinterläufe zu ertasten. Mit der Hand fuhr ich behutsam darüber und schloss dann die Finger um das verletzte Bein, spürte nach dem Ausmaß der Entzündung. »Keine Sorge, kleiner Kerl. Das haben wir schnell erledigt.«

Vertraute Hitze stieg in meiner Brust auf und floss in meinen Arm, zu meiner Hand, wo sie die Verletzung suchte, sie in heilendem Feuer umschloss und mühelos den Haarriss im Knochen kittete und die Schwellung wegbrannte. Ich spürte, wie die Stelle wieder auf normale Größe schrumpfte, nahm meine Kraft zurück und hob die Hand vom Hasen. »So, jetzt bist du wieder wie neu.« *Was Callum wohl dazu sagen würde?* Ich war sicher kein Kriegernaturtalent, aber ich hatte andere Fähigkeiten. Wahrscheinlich wäre es ohnehin besser, ich würde mich auf das Heilen konzentrieren und das Kämpfen den echten Kriegern überlassen.

Der Hase verlagerte sein Gewicht und machte ein paar zögerliche Hopser, bevor er bemerkte, dass sein Bein wieder in Ordnung war. »Wir sehen uns«, rief ich ihm nach, als er glücklich seines Weges zog. Ich legte mich ins Gras zurück, um mich von der Heilung zu erholen und war überrascht, dass ich mich gar nicht ausgelaugt fühlte. Seltsam, üblicherweise brauchte ich selbst nach so einer kleinen Heilung ein wenig Erholung. Jetzt allerdings fühlte ich mich geradezu erfrischt und ruhelos.

Ich stand auf und ging weiter. Weniger als eine Meile vom Gelände entfernt war ein kleiner See. Ich hatte ihn auf einer Karte in der Bibliothek entdeckt. Beim ersten Versuch, dorthin zu gelangen, war ich allerdings gefasst worden. Vielleicht hatte ich diesmal mehr Glück.

»Was zum ... Nein, nicht schon wieder!« Ich blieb abrupt stehen, als meine Haut zu kribbeln begann und meine Haare knisterten, als wären sie statisch aufgeladen. Meine Handflächen und die Fußsohlen fühlten sich mit einem Mal warm an und begannen zu jucken. Eine Gänsehaut lief mir von den Fingern bis hinauf zu den Schultern. Ein Rascheln zog meine Aufmerksamkeit auf das Laub zu meinen Füßen, das um mich herum erzitterte, obwohl es völlig windstill war. Doch so schnell wie es gekommen war, ging es auch wieder. *Was passiert hier?* Es war das zweite Mal in vier Tagen, dass ich dieses Phänomen erlebte. Ich vermutete, es hatte etwas mit meiner Abstammung von den Wassernymphen zu tun, denn Aine hatte mir gesagt, dass sich meine

Kräfte erst noch entwickeln würden, aber es gab niemanden, den ich fragen konnte. Ich wünschte, ich wüsste, wie ich die Elementare kontaktieren könnte. Aine hatte versprochen, mich bald zu besuchen, aber ich hatte das Gefühl, dass die Uhren bei den Fae ein wenig anders liefen als bei uns. Für sie könnte *bald* ein paar Wochen und genauso gut ein paar Jahre bedeuten. Ich hatte keine Ahnung.

»Argh«, schrie ich, als es mitten in meiner Brust zu kitzeln begann und sich ein kalter Knoten unterhalb meines Brustbeins formte. Das war neu. Die Kälte war nicht schmerzhaft, fühlte sich aber unangenehm an und es beunruhigte mich, dass es exakt die Stelle war, an der ich vor einem Monat mit einem Messer verletzt worden war. Aine hatte gesagt, die Faeries hätten mich vollständig geheilt, aber was, wenn sie sich getäuscht hatte? Selbst die Faeries hatten zugegeben, dass sie sich nicht sicher waren, wie mein Körper auf das Vampirblut an dem Messer reagieren würde.

Ich rieb mir die Brust, ging weiter und hoffte, der Knoten würde einfach wieder verschwinden. Auf meinem Weg zurück zur Feste fing der Knoten zu meiner Erleichterung tatsächlich an, sich zu lösen. Was immer es gewesen war, es verschwand offenbar von selbst wieder.

»Da war wohl jemand wieder ein böses Mädchen.«

Ich sprang erschrocken einen halben Meter hoch in die Luft und wirbelte herum, um dem Mann ins Gesicht zu sehen, der sich so lautlos angeschlichen hatte. Der rothaarige Krieger stand weniger als einen Meter vor mir, schüttelte den Kopf und warf mir einen Du-weißt-schon-dass-du-nicht-hier-draußen-sein-solltest-Blick zu.

»Ich wünschte wirklich, du würdest das nicht immer wieder tun«, grummelte ich.

»Was tun?«, fragte eine weitere Stimme, und ich quietschte, als ich mich umdrehte und das gleiche grinsende Gesicht des Rothaarigen wie in einem Spiegel erneut vor mir hatte. »Verdammt, Jungs! Hört auf damit.«

Das Gelächter der Zwillinge hallte im Wald wider, als die beiden Krieger sich Seite an Seite vor mir aufbauten. Seamus und Niall sahen einander so ähnlich, dass vermutlich nicht einmal ihre eigene Mutter sie auseinanderhalten konnte. Sie waren gleich groß, hatten hellgrüne Augen, stoppeliges, rotes Haar und knabenhaft hübsche Gesichter. Im Moment zeigten sie mir auch noch ein völlig identisches Grinsen.

»Na, was hattest du vor an so einem schönen Tag wie heute?«, fragte der eine, den ich für Niall hielt.

»Ich bin einfach nur spazieren gegangen und wollte gerade zurück. Ihr könnt also weiter auf Patrouille gehen oder was immer ihr hier macht.«

»Also, wenn du nicht vorhattest, die Nacht in den Bergen zu verbringen, bist du in die falsche Richtung unterwegs«, sagte der andere, der Seamus sein musste, oder auch nicht.

Berge? Ich musste der ganzen verwirrenden Ereignisse in der letzten Zeit wegen durcheinandergekommen sein. Es war völlig untypisch für mich, mich zu verlaufen.

»Komm schon, geh wieder zurück.« Die Zwillinge flankierten mich zu beiden Seiten und ich hob die Hand, um sie aufzuhalten.

»Das schaffe ich schon allein, danke. Zeigt mir einfach, in welche Richtung ich gehen muss.«

»Sorry, Kleines, wir haben unsere Anweisungen.«

»Ach kommt schon, Jungs. Nicht schon wieder.« Mein Flehen traf auf taube Ohren und so musste ich mich wohl oder übel den Trail entlang eskortieren lassen. Die Zwillinge waren so wachsam, als würde hinter jedem Baum eine Gefahr lauern und hielten mich zwischen sich wie ein unfähiges Kind ... oder eine Gefangene.

»Ich wollte nur frische Luft schnappen. Ihr könnt aufhören, mich wie eine Flüchtige zu behandeln.«

Der Zwilling zu meiner Rechten sprach zuerst – ich hatte es aufgegeben, sie auseinander halten zu wollen. »Hat sie das nicht das letzte Mal auch schon gesagt?«

Sein Bruder antwortete: »Aye, und wir sind nicht dumm genug, uns von diesem süßen Lächeln einwickeln zu lassen.«

»Das war vor über einer Woche. Wie lange wollt ihr mir das noch vorhalten?«

»Und was war vor drei Tagen?«, fragte der Zwilling zu meiner Linken.

»Ich habe euch doch gesagt, dass ich am See abhängen wollte. Was ist daran verkehrt?«

Der Rechte kicherte. »So wie beim letzten Mal, als du auch einfach nur an einem See abhängen wolltest, was?«

»Woher weißt du das?«

Er schenkte mir ein schiefes Lächeln. »Wir haben viele Geschichten über dich gehört.«

»Und deswegen fallen wir auf deine Tricks gar nicht erst rein«, fügte sein Bruder hinzu. »Obwohl mir diese Kerle so langsam ein wenig leidtun.«

Der Abstand zwischen den Bäumen wurde größer und ich sah die steinernen Wände des weit verzweigten Gebäudes, das nun mein Zuhause war, vor uns aufragen. Wir hatten den Waldrand erreicht und traten hinaus auf die weite grüne Wiese. »Ich glaube, von hier aus finde ich mich zurecht«, sagte ich ihnen.

Keiner von ihnen ging darauf ein. Beide blieben an meiner Seite, während wir auf das Gebäude zuschritten. Ich verschränkte die Arme vor der Brust und folgte ihnen. Niemand hatte mir gesagt, dass unter Mohirischutz zu stehen, bedeutete, sich wie ein Straftäter im Jugendknast zu fühlen. Die Zwillinge waren immer guter Laune, aber sie waren trotz allem meine Wächter, egal wie man es auch betrachten mochte.

Wir näherten uns dem Hof außerhalb des Trainingsflügels, wo zwei Männer standen und sich unterhielten. Als wir auf sie zu gingen, sahen sie uns mit wissender Miene an. Zwei weitere Männer kamen um die Ecke, und ich erkannte Callum als einen von ihnen. Der andere war der blonde Mann, der vorhin beim Training zugeschaut hatte. Callum nickte mir belustigt zu, aber den Ausdruck des Blonden konnte ich nicht einordnen.

Ich trat von den Zwillingen weg, ohne ein weiteres Wort zu verlieren und marschierte auf die Tür zu, bemüht, meinen Ärger und meine Scham zu verbergen. Ich hatte versprochen, diesem Ort eine Chance zu geben, aber ich konnte es einfach nicht mehr ertragen. Wenn das von jetzt an mein Leben sein sollte, dann wollte ich nichts mehr, als hier verschwinden.

Ich war beinahe bei dem steinernen Torbogen des Hofes angelangt, als ich plötzlich Schreie hörte und bemerkte, dass zwei der Männer im Hof mit entsetztem Blick an mir vorbeischauten. *Was ist denn jetzt?* Mein Herz begann zu rasen, ich wirbelte herum und erwartete, eine Armee von Vampiren auf uns zustürzen zu sehen. Zunächst aber bemerkte ich nur Seamus und Niall, die ihre Schwerter zogen – beinahe zeitgleich mit Callum und seiner Begleitung. »Renn, Kleines«, rief mir einer der Zwillinge zu. Er riss den Kopf zu seiner Linken herum, um auf die

Bedrohung in der Ferne zu sehen. Ich folgte seinem Blick und schnappte beim Anblick der beiden monströsen Kreaturen hörbar nach Luft. Dann stürzten sie direkt auf mich zu.

Kapitel 2

DIE KRIEGER FORMIERTEN sich bereits in einer schützenden Linie vor mir, bevor ich überhaupt realisierte, was ich da sah. Die Kreaturen waren pechschwarz und so groß, dass sie eine Dogge wie einen Schoßhund wirken ließen. Die riesigen Kiefer weit aufgerissen, bleckten sie ihr imposantes Gebiss.

Mein letztes Zusammentreffen mit den beiden – in einem Weinkeller in Portland – lag mehr als einen Monat zurück, doch im Sonnenlicht wirkten sie nicht weniger bedrohlich als in dem spärlich beleuchteten Keller. Damals hatte ich meine Kräfte genutzt, um sie zu beruhigen. Ihrem Anblick nach zu urteilen, waren sie mir jetzt weniger freundlich gesonnen. Ich konnte nichts weiter tun, als da zu stehen und dabei zuzusehen, wie sie ihre riesigen Pranken in die Erde bohrten und ihnen der Geifer aus den Mundwinkeln tropfte. Dann donnerten sie auf uns zu.

Die vier Männer vor mir zückten die Waffen und mein Mund wurde trocken vor Angst. Mein Wissen über Höllenhunde war begrenzt und ich hatte keine Ahnung, ob die Mohiri ihnen überhaupt etwas entgegenzusetzen hatten. Außerdem glaubte ich nicht, dass mir meine Kräfte diesmal von Nutzen sein würden.

Oder doch? Was hatte Nikolas über die Höllenhunde gesagt? *Sie gehören jetzt dir. Wenn sich ein Fellbiest erst einmal auf seinen neuen Herrn geprägt hat, dann ist es unglaublich loyal. Sie werden nur auf dich hören.* Stimmte das? Hatten sie sich wirklich auf mich geprägt?

Ich trat vorsichtig zurück, die Männer waren aber so auf die heraneilenden Biester fokussiert, dass sie mich nicht beachteten.

Als ich drei oder vier Meter Abstand zwischen uns gebracht hatte, wandte ich mich um, rannte nach links und sammelte im Lauf meine Kräfte. Wenn Nikolas recht gehabt hatte, dann würden die Höllenhunde mir nichts tun. Dann war ich ihr Frauchen. Wenn er aber falsch lag, dann … Ich schluckte schwer. Darüber durfte ich nicht nachdenken.

Ich hielt inne und wirbelte herum – genau in dem Moment, in dem die Hunde die Richtung wechselten und direkt auf mich zukamen. Die Krieger sahen zu mir, und in ihren Gesichtern spiegelte sich blankes

Entsetzen. Sie drehten sich abrupt, um den Hunden den Weg abzuschneiden. Ich hatte nun schon oft gesehen, wie schnell sich die Mohiri bewegen konnten und ich wusste, sie würden die Hunde zuerst erreichen. Ich musste etwas tun, bevor es zu spät war.

»STOPP!«, brüllte ich aus voller Kehle und die Kraft in meinem Innern trug meine Stimme wie ein mächtiges Echo über die Wiese – auf eine Weise, wie sie es nie zuvor getan hatte. Männer und Hunde kamen zum Stehen. Sie standen sich nur einen halben Meter entfernt voneinander gegenüber und musterten mich erschrocken. Ich riss die Hand an meinen Hals. Hatte wirklich *ich* dieses Geräusch von mir gegeben?

Ich senkte die Stimme. »Keinen Schritt weiter.« Als einer der Zwillinge den Mund zum Sprechen öffnete, schnitt ich ihm das Wort ab. »Ich kenne diese Jungs, und ich glaube, ich komme mit ihnen klar.« Keine Ahnung, ob das stimmte, aber es hörte sich verdammt gut an, und die Tatsache, dass die Hunde stehen geblieben waren, gab mir Aufwind.

Bevor jemand etwas einwenden konnte, deutete ich auf meine Füße und sagte so gebieterisch wie möglich: »Kommt.« Die Hunde neigten die Köpfe zur Seite und sahen mich an, als wären sie sich nicht sicher, was sie tun sollten. Ich wiederholte den Befehl, diesmal nur etwas lauter. »Kommt!«

Ich hatte nicht wirklich daran geglaubt, dass es funktionieren würde. Es fiel mir ja schon schwer, unserem Beagle Daisy Befehle zu erteilen. Und das obwohl ich ihr das Leben gerettet hatte und sie in meinem Bett schlafen durfte, wann immer sie wollte. Ich war nicht darauf vorbereitet, dass die Höllenhunde mit ergebener Körperhaltung zu mir schlichen und vor mir stehen blieben. *Heilige Scheiße!* Ich zog scharf die Luft ein – da stand ich nun, von Angesicht zu Angesicht mit zwei Paar roten Augen und den einschüchterndsten Gebissen, die ich je gesehen hatte. Ihr heißer Atem streifte meine Wangen und ich widerstand nur mit Mühe dem Drang, mir die Nase zuzuhalten. Sie stanken nach einer Mischung aus rohem Fleisch und fauligen Eiern. *Gott, ich hoffe, die haben nicht gerade einen Menschen verdrückt.*

»Sitz«, befahl ich und sie setzten sich sofort auf die Hinterbeine. Noch immer befanden sich ihre Gesichter auf einer Höhe mit meinem, aber mit den aus den Mäulern hängenden Zungen sahen sie nicht mehr annähernd so furchterregend aus wie zuvor. »So ist es fein«, lobte ich und unterdrückte ein Würgen. Ihr Gestank war ekelhaft. Wenn man allerdings darüber und auch über ihre Größe, die roten Augen und die massiven Kiefer hinwegsah, dann waren sie tatsächlich nur riesige Hunde.

»Wie kommt ihr beiden denn hierher?«
Sie wedelten mit den Schwänzen, woraufhin ich erleichtert lächelte. Ich streckte die Hand aus, streichelte einem von ihnen über den Kopf und kratzte ihn hinter den Ohren. Er ruckelte solange herum, bis er sich an meine Seite gepresst hatte und sein Gewicht mich beinahe umwarf. Ein wimmernder Laut lenkte meinen Blick auf den Hund auf meiner anderen Seite. Ich klopfte auf meine Schenkel und sah mich unvermittelt zwischen zwei riesige Höllenhunde gequetscht, die um meine Aufmerksamkeit buhlten. Da wurde mir klar, dass ich wahrscheinlich die Einzige war, die ihnen jemals Freundlichkeit entgegengebracht hatte. Höllenhunde wurden nur für einen einzigen Zweck gezüchtet: zum Töten. Sie waren Waffen – und Waffen brauchten keine Streicheleinheiten.

Ich kraulte ihre Köpfe und zog eine Grimasse, als wenig später mein Gesicht von zwei waschlappengroßen Zungen abgeschleckt wurde. »Argh! Das ist aber kein sehr teuflisches Benehmen!« Ich versuchte, sie wegzuschubsen, aber sie drückten sich nur noch fester an mich. »Stopp! Stopp!«, quietschte ich, und als das nichts brachte, krächzte ich: »Platz.« Sofort legten sich die beiden auf den Boden und unterbrachen ihr Spiel. Zumindest waren sie gut erzogen.

Mit dem Ärmel meines Mantels wischte ich mir die nassen Wangen ab und verzog das Gesicht beim Anblick der feuchten Strähnen, die mir von der Stirn hingen. Erst als ich bemerkte, wie still es geworden war, hielt ich in der Bewegung inne. Ich sah hoch zu den vier Männern, die mich mit einer Mischung aus Schreck und ungläubigem Erstaunen musterten. Ich seufzte – so leise, dass es nur die Hunde wahrnehmen konnten. Das hatte mir gerade noch gefehlt – ein weiterer Grund, dass die Leute sich hier das Maul über mich zerreißen konnten.

Die Männer erholten sich bald von ihrem Schreck, und die Zwillinge kamen einen Schritt auf mich zu. Die Höllenhunde vor mir rappelten sich auf, fletschten die Zähne und knurrten drohend. Niall und Seamus blieben abrupt stehen.

»Hört auf«, befahl ich und legte die Hände in den Nacken der Tiere. Ihr Knurren wurde leiser, aber die Anspannung war ihnen deutlich anzumerken. Sie waren bereit, sich bei der kleinsten Provokation auf die Zwillinge zu stürzen. *Was mache ich jetzt?*

»Wenn ich es nicht mit eigenen Augen sehen würde, würde ich es nicht glauben«, sagte einer der beiden, ohne den Blick von den Hunden zu nehmen.

Sein Bruder schüttelte den Kopf. »Ich sehe es und kann es trotzdem nicht glauben.«

Ich spürte, wie es beim Klang der Männerstimmen in den Hunden rumorte und fragte mich, wie in aller Welt ich sie davon abhalten sollte, jemanden zu verletzen. Mir schienen sie friedlich gesonnen zu sein, aber offensichtlich traf das auf andere nicht zu. Ganz besonders nicht auf bewaffnete Männer.

»Ähm, Jungs, könntet ihr vielleicht die Waffen runternehmen?«

Keiner der Männer folgte meiner Bitte, stattdessen starrten sie mich an, als hätte ich den Verstand verloren. Ich konnte ihr Zögern verstehen – angesichts des Anblicks, der sich ihnen bot –, aber ich wusste nicht, wie wir die Sache ansonsten friedlich zu Ende bringen sollten.

»Sie beschützen mich, und ihr seht gerade ziemlich gefährlich aus«, erklärte ich, während ich den Hunden weiter die Köpfe tätschelte. »Sie wissen nicht, dass ihr mir nichts tun wollt. Würdet ihr also bitte die Schwerter wegstecken?«

Der blonde Krieger war der Erste, der mir gehorchte. Er steckte sein Schwert zurück in die Scheide an seinem Rücken. Die anderen folgten seinem Beispiel, und sobald die Waffen außer Sichtweite waren, beruhigten sich die Hunde sichtlich.

»Viel besser. Ich schätze, keiner von euch weiß, wie meine Höllenhunde hierhergekommen sind?«

Einer der Zwillinge sah mich mit offenem Mund an. »*Deine* Höllenhunde?«

Ich streichelte ihre riesigen Köpfe. »Sieht das etwa so aus, als gehören sie jemand anderem?«

Callum gluckste, und der blonde Krieger warf mir einen bewundernden Blick zu. Seamus und Niall starrten die anderen beiden an, als erwarteten sie, dass einer von ihnen etwas erwiderte. Als keiner von ihnen sprach, sagte der eine Zwilling: »Sie sind gestern hier angekommen. Das ist alles, was ich weiß. Ich kümmere mich üblicherweise nicht um die Tiere.«

»Ihr habt noch mehr Tiere hier?«

Er schnaubte. »Tiere kann man sie eigentlich nicht nennen, aber ich glaube, in der Menagerie gibt es ein paar.«

Das Bild der kleinen Trolle, eingesperrt in einen Käfig, schoss mir durch den Kopf, und sofort wurde ich wütend.

»Ihr habt hier eine Menagerie? Und ihr stellt die Kreaturen dort aus?«

»Wir nennen es nur so. Dort halten wir die Tiere, die wir gefangen nehmen mussten, weil sie den Menschen Probleme gemacht haben ... solange, bis wir wissen, was wir mit ihnen anstellen.«

»Ich möchte sie gerne sehen.« Er sah aus, als wollte er widersprechen, daher sagte ich schnell: »Wenn meine Hunde dort leben sollen, dann will ich diesen Ort sehen. Außerdem: Wie willst du sie ohne mich dorthin bringen?«

Skeptisch schweifte sein Blick zu den Höllenhunden, dann seufzte er. »Mir nach.«

Ich folgte ihm mit etwas Sicherheitsabstand. Er führte mich zu einer Ansammlung steinerner Gebäude am hinteren Teil des Anwesens. Die Höllenhunde gingen an meiner Seite, aber ich bemerkte, wie sie unablässig die Umgebung beobachteten und nach potenziellen Bedrohungen Ausschau hielten. Beim Rundgang mit Claire war ich nicht zu diesen Gebäuden geführt worden und hatte damals angenommen, dass sich dort weitere Trainingsräume oder Waffenkammern befanden. Das größte Gebäude war ein langes, rechteckiges Haus mit zwei Stockwerken. Nur im zweiten Geschoss gab es Fenster und ein gewölbtes, gläsernes Dach. Es gab nur einen Eingang. Mein Begleiter öffnete die schwere, stahlummantelte Tür und bedeutete mir, mit den Hunden vorauszugehen.

Einen solch hellen und luftigen Raum hatte ich nicht erwartet. Das Innere erstreckte sich nach oben über beide Stockwerke und war in acht Käfige verschiedener Größen eingeteilt. Zwischen diesen befanden sich massive Mauern – vermutlich, um die Insassen davon abzuhalten, einander zu stören. Zudem war jeder Käfig an der Vorderseite mit Eisenstäben gesichert. Ich konnte nicht erkennen, was sich im Innern der Kammern befand, aber die raschelnden Geräusche vom hinteren Ende des Raums ließen vermuten, dass wenigstens eine von ihnen besetzt war.

»Kann ich mich umsehen? ... Welcher von euch beiden bist du jetzt noch mal?«

Er grinste. »Seamus. Bitte, sieh dich um. Aber du solltest deine Biester vorher hinter Schloss und Riegel bringen, sie machen die anderen hier ziemlich nervös. Mich eingeschlossen.«

»Wo soll ich sie hinbringen?« Der Gedanke, ein Tier einzusperren, widerstrebte mir zutiefst. Dennoch sagte mir mein Verstand, dass es besser war, Höllenhunde nicht frei umherlaufen zu lassen. Zumindest jetzt noch nicht.

»Hier.« Seamus deutete auf den ersten Zwinger. Er war mindestens sechs Meter breit und knapp fünf Meter tief. Nahe der Tür gab es einen Spalt, durch den man Futter und Wasser hineinschieben konnte, und im hinteren Bereich erkannte ich eine Öffnung, die in eine Art Höhle mündete.

Ich winkte in Richtung der geöffneten Zwingertür. »Rein mit euch, Jungs.« Die Hunde zögerten einen Moment. Ich konnte es ihnen nicht verdenken. An ihrer Stelle würde ich mich auch nicht einsperren lassen wollen. Doch ein paar Sekunden später gingen sie hinein und ich schloss die Tür hinter ihnen. »Ich werde euch jeden Tag besuchen, versprochen. Vielleicht darf ich auch ein wenig mit euch Gassi gehen, wenn ihr euch benehmt.«

Seamus zog eine Grimasse, die mir wohl sagen sollte, dass niemand den Höllenhunden je so weit über den Weg trauen würde, sie frei herumlaufen zu lassen – ganz egal, wie gut sie sich benahmen. Nun, das würde sich zeigen. Ich trug die Verantwortung für diese Biester und würde nicht zulassen, dass man sie wie Zootiere wegsperrte.

Seamus begutachtete den Schließmechanismus der Tür, nachdem ich sie geschlossen hatte. »Hm, sieht nicht so aus, als wäre das Schloss defekt. Wie sind die beiden nur rausgekommen?«

»Vielleicht hat jemand vergessen, abzuschließen?«

Gedankenverloren schüttelte er den Kopf. »Das Schloss aktiviert sich automatisch und kann nur von der zentralen Steuerung aus oder mit einem speziell kodierten Transponder entriegelt werden. Ich werde für heute Nacht wohl um zusätzliche Sicherheitsmaßnahmen nicht herumkommen.«

Ich sah mich um und bemerkte einige Kameras, die in regelmäßigen Abständen hoch oben an den Wänden befestigt waren. Auf jeden Zwinger richtete sich eine von ihnen, im Eingangsbereich waren es sogar zwei.

Beherbergte man solch gefährliche Kreaturen, war es wohl sinnvoll, sie streng zu bewachen.

Ich überließ Seamus seinen Murmeleien und Spekulationen über das Schloss und ging auf die anderen Käfige zu – neugierig, welche Kreaturen sich darin verbergen mochten. Die ersten drei Zwinger waren leer, aber als ich sah, dass aus dem vierten kleine Rauchschwaden emporstiegen, beschleunigte ich meine Schritte.

»Bei dem da passt du besser auf, Schätzchen. Nicht zu nahe rangehen«, rief Seamus, just in dem Moment, in dem der Insasse des Käfigs sichtbar wurde.

Seiner Warnung folgend, wich ich zur anderen Seite des Flurs aus und wandte mich erst dann zu dem Bewohner des Zwingers um. Die Kinnlade klappte mir nach unten und die Augen wären mir fast aus dem Kopf gefallen. »Was zum ... Ihr habt einen verdammten Drachen hier drin!«

Offenen Mundes starrte ich die grün-braune Kreatur an, die kleine Rauchwölkchen ausstieß und mich mit riesigen grünen Augen musterte. Krokodilsaugen. Lederne Schwingen falteten sich über einem geschuppten Körper. Das Tier kauerte im hinteren Teil des Käfigs wie eine Katze auf der Lauer. Es war klein für einen Drachen, gerade einmal so groß wie ein ausgewachsener Bulle, und so nahm ich an, dass es noch recht jung war. Drachen waren in Nordamerika nicht heimisch. Ich fragte mich, was in Gottes Namen ihn hierhergeführt hatte.

»Das ist kein Drache, das ist ein Wyvern.« Ein Mann mit gebräunter Haut und kurzen schwarzen Haaren kam näher und stellte sich neben mich. »Einer von der boshaften Sorte. Er hat fünf Menschen in Brand gesteckt und in Utah zwei getötet, bevor wir ihn fassen konnten.«

Ich versuchte, mir in Erinnerung zu rufen, was ich über Wyvern gelesen hatte. Sie waren kleiner und schneller als ihre Verwandten, die Drachen, aber nicht so mächtig. Statt zwei Beinen hatten sie vier, und als Feuerspucker waren sie weniger begabt. Drachen waren intelligent, Wyvern mit niederen Instinkten ausgestattet. Sie glichen Krokodilen mit Flügeln – und waren genauso tödlich.

Ich schauderte. »Was werdet ihr mit ihm machen?«

»Wir haben einen Ort, unten in Argentinien. Dort werden Drachen trainiert, um Vampire zu jagen. Wir behalten Alex, bis sie jemanden schicken, um ihn abzuholen. Geh nicht zu nah ran. Er kann gut einen Meter weit feuerspucken, und er wird nicht zögern, dich zu grillen.«

Ich konnte das Lachen, das sich in meiner Kehle formte, nicht zurückhalten. »Alex? Ihr habt ihn Alex genannt?«

Der Mann gluckste. »Einer der Männer, die ihn gefangen haben, hat ihm den Namen gegeben. Er sagte, das Biest sei genauso grimmig wie sein älterer Bruder.«

Kopfschüttelnd lächelte ich und reichte ihm meine Hand. »Hi, ich bin Sara.«

»Sahir.« Seine dunklen Augen schimmerten warmherzig, als er lächelte. »Ich habe schon viel von dir gehört.«

Ich verzog das Gesicht. »Ja, du und alle anderen hier, vermute ich. Ihr Krieger seid schlimmere Tratschtanten als die Mädchen an meiner alten Schule.«

Sahirs Lachen klang tief und herzlich. Ich mochte ihn sofort. Er ging auf den Zwinger mit den Höllenhunden zu, und ich folgte ihm. Die Biester knurrten bedrohlich, aber er ignorierte sie. »Ich habe mich schon um alle möglichen Kreaturen gekümmert, aber das sind die ersten Höllenhunde, die mir unterkommen. Sie sind extrem selten. Als ich hörte, dass sie von jemandem gezähmt worden sind, glaubte ich zunächst, die Geschichte wäre erfunden. Bis ich dich mit ihnen gesehen habe.«

»Krasseste Sache, die ich je erlebt habe«, sagte Seamus, der endlich aufgehört hatte, das Schloss zu inspizieren. »Ich war mir sicher, jemand würde sterben, als sie auf uns zu gerannt sind. Sahir, hast du eine Ahnung, wie die Viecher sich befreit haben könnten?«

Sahir schüttelte den Kopf. »Seit letzter Nacht war niemand mehr hier und die Schlüssel sind in meinem Büro. Vielleicht sollten wir das Bildmaterial der Überwachungskamera checken.«

Seamus und ich folgten Sahir in sein grell beleuchtetes Büro im hinteren Teil des Gebäudes. Sahir loggte sich an seinem PC ein, und ein paar Klicks später zeigte er uns die Aufzeichnungen der Kameras. »Alle Bilder werden in einer zentralen Datei gespeichert, aber man kann sie von jedem Computer aus ansehen, wenn man einen entsprechenden Zugang hat«, erklärte er und schaltete auf die Kamera, die den Käfig der Höllenhunde überwachte. Er öffnete die Aufzeichnungen und spulte eine Stunde zurück. Dann ließ er den Film langsam vorwärts laufen, bis wir sahen, wie sich der Zwinger öffnete und die Höllenhunde aus dem Zwinger flüchteten. Sahir wechselte zu einer der Kameras im Außenbereich und wir beobachteten am Bildschirm, wie die Hunde die Ausgangstür aufstießen und aus dem Gebäude rannten.

»Kann es sein, dass sie aus Versehen entriegelt wurde?«, frage ich. Doch die Mienen der beiden Männer verrieten mir bereits, dass das unwahrscheinlich war.

Seamus rieb sich das Kinn. »Kaum einer weiß, dass die Biester hier sind, und ich wüsste nicht, warum sie jemand freilassen sollte.«

»Ich werde das Sicherheitspersonal bitten, ein zweites Schloss anzubringen. Als Vorsichtsmaßnahme«, sagte Sahir, während er erneut die Aufnahmen betrachtete. »Ich bin nur froh, dass Alex nicht auch noch ausgerissen ist.«

Ich schauderte beim Gedanken an einen entfesselten Wyvern. »Ja, darüber bin ich auch froh.«

Seamus ging, nachdem wir die Überwachungsvideos zu Ende geschaut hatten, und meinte, er müsste zurück an die Arbeit. Ich blieb noch eine weitere Stunde bei den Hunden und lernte dabei auch Sahir etwas besser kennen, der wie ich neu in Westhorne war. Er war vor zwei Monaten aus einem Lager in Kenia gekommen und hatte zuvor schon an mehreren Orten in Afrika und im Mittleren Osten gelebt. Ursprünglich stammte er aus Afghanistan, aber sein Interesse an übernatürlichen Wesen hatte ihn in die Welt hinausgezogen. Er sah sich selbst eher als Gelehrten, denn als Krieger, und ganz offensichtlich lag ihm viel an dem Wohlergehen der Tiere in seiner Obhut. Er erklärte mir, dass nur wenige Mohiri hierher zu den Biestern kamen und versicherte mir, dass ich die Höllenhunde besuchen konnte, wann immer ich wollte.

Als ich am späten Nachmittag zum Hauptgebäude zurückkehrte, hatte sich meine Laune deutlich gebessert. Es war seltsam, so viel freie Zeit zu haben, aber in Westhorne gab es keinen festen Stundenplan für die Kriegerschüler. Mohirikinder besuchten bis zu ihrem sechzehnten Lebensjahr die Schule und begannen dann ihr Kriegertraining, entweder in ihrem Heimatlager oder aber an Orten wie Westhorne, wo speziell ausgebildete Krieger sich um sie kümmerten. Außer mir gab es sechs weitere Schüler, und ich hatte bereits bemerkt, dass ihre Tage durchgeplanter waren als meine. Am Morgen trainierte ich mit Callum, aber bisher hatte ich die Nachmittage frei. Er hatte erklärt, man wolle mir eine Eingewöhnungsphase gönnen, bis das Vollzeittraining startete. Acht Stunden am Tag mit diesem schottischen Eigenbrötler? Von mir aus konnte das ruhig noch auf sich warten lassen.

Zurück in meinem Zimmer fuhr ich meinen neuen Hightech-Laptop hoch. Gegen ihn wirkte mein Computer zu Hause geradezu antik, und ich war dankbar für die Liebe der Mohiri zu moderner Technologie. Die WLAN-Geschwindigkeit stellte mein altes Modem meilenweit in den Schatten. Jedes Mal, wenn ich mich einloggte, fühlte ich mich wie im Himmel.

Zunächst öffnete ich den neuen E-Mail-Account, den mein Hackerfreund David für mich eingerichtet hatte. David versteckte sich wie ich vor dem Master und er war ziemlich paranoid, wenn es um Kommunikation ging. Zog man unsere gemeinsame Vergangenheit in Betracht, war es keine schlechte Idee, vorsichtig zu sein. David hatte mir auch gezeigt, wie ich Spionagesoftware auf meinem Laptop erkennen konnte, sollten die Mohiri meine Browseraktivitäten checken. Ich hasste es, jedem gegenüber so misstrauisch zu sein, aber ich musste sichergehen. Zum Glück stellte ich schnell fest, dass mein Laptop sauber war.

Ich hatte eine neue Nachricht von David erhalten und öffnete sie eilig, um zu sehen, ob er Neuigkeiten hatte. Ich wusste, dass die Mohiri Madeline und den Master suchten, aber in den letzten eineinhalb Wochen hatte ich kein Wort des Fortschritts vernommen. Also waren David und ich nicht untätig geblieben. Gut, das meiste tat David, aber er war genauso wenig vorangekommen wie ich.

Die letzte Spur, von der ich dir erzählt habe, war ein Schwindel. Ich habe noch ein paar Hinweise, denen ich nachgehen will und meine Freunde helfen mir dabei. Es könnte ein paar Wochen dauern, aber wenn M im Land ist, dann werden wir sie finden. Ich halte dich auf dem Laufenden. Pass auf dich auf.

Ich las die Mail erneut. David war gut in dem, was er tat, und ich wettete, seine Freunde auch. Wenn jemand Madeline finden konnte, dann er. Und dann würde sie uns alles, was sie über den Vampir, der unsere Leben zerstört hatte, erzählen müssen. Ich hatte mir noch nicht überlegt, wie ich sie zum Reden bringen würde, aber mir würde etwas einfallen. Vielleicht konnten die Höllenhunde sie ein wenig einschüchtern.

Unzählige Male hatte ich schon darüber nachgegrübelt, wieso sie nicht einfach ein Telefon in die Hand nahm und die Mohiri anrief, um ihnen die Identität des Masters zu verraten. Warum war sie ihr Leben lang auf der Flucht, wenn sie die Bedrohung, vor der sie davonlief, einfach eliminieren lassen konnte? Sie war eine Kriegerin, eine Vampirjägerin. Sie sollte die Welt von Vampiren befreien, statt die Identität eines so gefährlichen Mannes, wie der Master einer war, geheim zu halten. Ich verschwendete keine Zeit darauf, mich zu fragen, ob sie seinen Namen vielleicht deshalb nicht preisgab, um mich zu schützen. Madeline hatte ihren Mangel an mütterlichen Gefühlen bereits vor langer Zeit deutlich gezeigt.

Ich schloss die Mail und checkte ein paar Nachrichten im Chat, um zu sehen, was in der Welt vor sich ging. Meinem alten Kumpel Wulfman zufolge war es dieser Tage ruhig in Maine. Der Grund dafür, da war ich mir sicher, waren die Werwölfe, die noch immer wegen der vielen Vampiraktivitäten im letzten Monat in Alarmbereitschaft waren. Ich machte mir Sorgen um Nate, nach allem, was uns beiden zugestoßen war, aber Roland versicherte mir, dass Maxwell die Gegend im Blick und auch das Rudel immer ein Auge auf Nate hatte.

Der Rest des Landes war nicht in der glücklichen Lage, von Werwölfen geschützt zu werden, und so las ich von zwei Dutzend Vermisstenfällen in Kalifornien, Texas und Nevada, die verdächtig nach Vampiren klangen. Ich schauderte jedes Mal, wenn ich daran dachte, dass ein Mensch in die Hände dieser Monster geraten war. Noch immer litt ich unter Alpträumen von Eli, und das, obwohl ich ihn getötet hatte. Ich machte mir keine Illusionen, was meine Kampfkünste betraf, und ich wusste, die Dinge hätten böse für mich enden können, wenn Nikolas und die Werwölfe nicht rechtzeitig zu Hilfe geeilt wären. Und wenn Eli nicht zu abgelenkt gewesen wäre, um mitzubekommen, wie ich nach dem Messer griff.

Mein Handy klingelte und ich griff danach, wissend, dass es nur Roland oder Nate sein konnten. Ich lächelte bereits, als ich das Gespräch annahm.

»Du schuldest mir etwas, Dämonenmädchen«, neckte Roland mich und gluckste über den Spitznamen, den er mir letzte Woche verpasst hatte.

Ich lehnte mich in meinem Stuhl zurück und sah schmollend an die Wand. »Wenn du nicht aufhörst, mich so zu nennen, rede ich bald gar nicht mehr mit dir.«

Er lachte über die schwache Drohung. Wir beide wussten, dass das nicht geschehen würde. »Ich glaube, du wirst mir vergeben, wenn ich dir von meinem kleinen Trip zu einer gewissen Höhle heute berichten werde.«

Mein Bauch gluckerte vor Aufregung. »Und?«

»Verdammt schwer, da hinzukommen. Ein gefährlicheres Versteck ist dir nicht eingefallen, was?«

»Remy hat sich die Höhle ausgesucht, nicht ich. Du musst zugeben, es ist der perfekte Ort. Und jetzt erzähl.«

»Weißt du, wie kalt es auf dieser verfluchten Klippe ist?«, murrte er. »Ich glaube, meine Zehen sind noch immer Eisklötze.«

»Roland!«

Er seufzte. »Nachricht angekommen und beantwortet.«

Ich schoss hoch, mein Herz raste. »Beantwortet? Hat er etwas für mich dagelassen?«

»Er hat etwas an die Wände gemalt. Ich hab ein Foto davon gemacht. Ich weiß nicht, ob du es entziffern kannst. Sieht nach Hieroglyphen aus.« Ich hörte, wie er auf seinem Handy herumdrückte. »Ich hab es dir gerade geschickt.«

Hastig checkte ich meine Mails, musste aber noch dreißig Sekunden warten, bevor die Nachricht aufploppte. Als ich den Anhang öffnete, starrte ich das Bild eine Minute lang an, dann brannten Tränen in meinen Augen. Mein Zuhause zu verlassen, war schwer genug gewesen, aber zu gehen, ohne Remy auf Wiedersehen zu sagen, hatte unwiederbringlich etwas in mir zerstört. Nach langem Flehen meinerseits hatte Roland zugestimmt, eine Nachricht in der Höhle zu hinterlassen. Remy konnte Menschenschrift nicht lesen und ich kannte nur eine Handvoll Troll-Wörter. Dementsprechend kurz war meine Nachricht gewesen. *Ich vermisse dich, Sara.* Auf der Wand in der Höhle stand in Trollsprache: *Ich vermisse dich auch, mein Freund.*

»Und? Was bedeutet es?«

Ich übersetzte für Roland, und er räusperte sich laut. »Das ist alles? Ich friere mir für dich den Arsch ab – zweimal –, und das nur, um herauszufinden, dass ihr immer noch Freunde seid? Verdammt noch mal, das hätte ich dir auch so sagen und mir die Mühe sparen können.«

»Du kennst die Trolle nicht, Roland. Sie haben eine andere Kultur als wir, und die Ältesten sind sehr streng. Wenn sie Remy angewiesen haben, mir für immer fern zu bleiben, dann folgt er ihnen.«

Er seufzte erneut. »Sara, ich kenne vielleicht die Kultur der Trolle nicht, aber ich habe dich und Remy zusammen gesehen. Das Zusammentreffen mit ihm werde ich nie vergessen. Ganz egal, was geschehen ist oder welche Anweisungen er von den Ältesten erhalten hat, dieser Troll wird immer dein Freund sein.«

Roland zog Dinge gern ins Lächerliche und war manchmal schrecklich albern, darüber vergaß ich hin und wieder, wie einfühlsam er sein konnte. »Ich glaube, ich musste es einfach von ihm selbst hören. Danke, dass du das für mich getan hast. Du bist der Beste.«

»Ich weiß. Das höre ich oft.«

Ich verdrehte die Augen und lachte. »Gut, dass es Dinge gibt, die sich nie ändern.«

Er stimmte in mein Lachen ein. »Was soll ich sagen? Die Frauen lieben mich.«

»Du bist ein hoffnungsloser Fall, das weißt du, oder? Eines Tages wirst du eine treffen, die sich nicht von dir einwickeln lässt. Ich freue mich schon darauf.«

»Die habe ich schon getroffen, und sie hat mir in der Grundschule das Herz gebrochen.«

»Oh, fang nicht wieder damit an.« Ich schloss die Augen, denn ich fühlte mich auch jetzt noch peinlich berührt von Rolands und Peters Geständnis, als Kinder in mich verliebt gewesen zu sein.

»Ich wette, du bist gerade rot geworden«, neckte er mich.

»Hör auf oder ich erzähle dir nicht, was heute passiert ist.«

»Aufregender als mein Tag?«

Ich erzählte ihm alles von den Höllenhunden, der Menagerie und dem Wyvern. Er pfiff anerkennend und bat mich, ihm ein paar Fotos zu schicken. »Ich bin mir nicht sicher, ob ich das darf, aber ich frage nach. Vielleicht kannst du mich mal besuchen kommen und sie dir live ansehen.«

»Klar, ein Werwolf zu Besuch auf Mohiriterritorium. Das wird sicher ein Spaß.«

»Man weiß ja nie. Es sind schon seltsamere Dinge geschehen.« Ich zog an dem Etikett der Colaflasche auf meinem Schreibtisch. »Also, gibt es irgendwelche besonderen Pläne für das große Ereignis nächste Woche?« Ich wurde ein wenig traurig beim Gedanken daran, Rolands achtzehnten Geburtstag zu verpassen. Für Werwölfe war es ein wichtiger Meilenstein, denn mit achtzehn galten sie als volljährig, durften an den Jagden teilnehmen und andere erwachsene Wölfe bei ihren Patrouillen begleiten. Für uns beide war es ein bittersüßer Tag. Wir freuten uns, dass er endlich volljährig wurde, aber wir würden diesen Schritt in Rolands Leben nicht gemeinsam feiern können. Mein eigener Geburtstag stand ebenfalls bevor, in etwas weniger als einem Monat, und es fiel mir schwer, mir vorzustellen, dass Roland und Peter dann nicht hier sein würden.

»Keine großen Pläne. Ich muss sowieso am Tag darauf arbeiten.«

»Du hast einen *Job*? Wer bist du, und was hast du mit Roland gemacht?«

Er brummte. »Und was noch schlimmer ist, ich arbeite für Onkel Max im Holzlager. Jedes Wochenende.«

»Hast du nicht immer gesagt, du würdest lieber in einem Fastfood-Restaurant arbeiten als für Maxwell?«

»Ich habe keine Wahl. Wenn ich jemals wieder einen fahrbaren Untersatz haben möchte, muss ich Geld verdienen, und Max zahlt gut.«

Sofort bekam ich ein schlechtes Gewissen. Rolands Pick-up war von einem Rudel Crocottas, das es auf mich abgesehen hatte, in seine Einzelteile zerlegt worden. Er hatte den alten Truck wirklich geliebt.

»Ich weiß, warum du auf einmal so still bist, und du hörst besser sofort damit auf«, befahl er. »Das war nicht deine Schuld. Übrigens, einer der Jungs aus dem Rudel verkauft mir vielleicht seinen alten Mustang. Man muss ein bisschen was dran machen, aber mein Cousin Paul sagt, er würde mir dabei helfen. Du erinnerst dich an ihn, oder? Er ist Mechaniker. Ich brauche also nur genug für eine Anzahlung und dann gehört er mir.«

Der aufgeregte Ton in seiner Stimme brachte mich zum Lächeln. »Ich wünschte, ich könnte ihn sehen. Schade, dass wir aufgehört haben mit den Fahrstunden.«

»Schade? Ich habe gesehen, was das letzte Mal passiert ist, als du Auto gefahren bist.«

»Hey, das war nun wirklich nicht meine Schuld, und ich habe uns immerhin vor den bösen Jungs gerettet, oder nicht?«

»Die haben doch bestimmt jede Menge Autos da, mit denen du üben kannst. Und sie können es sich sicher leisten, die kaputten zu ersetzen.« Er schnaubte. »Ich wette, Nikolas bringt es dir bei, wenn ihr euch nicht vorher gegenseitig umbringt.«

Meine Hand wurde zitterig und beinahe hätte ich die Cola umgeworfen. Ich schob die Flasche aus meiner Reichweite und starrte sie an. »Ich habe ihn nicht wiedergesehen, seit er mich hier abgeliefert hat.«

Roland war einen Moment lang still. »Ich bin mir sicher, er hat nur viel zu tun und ist bald zurück.«

»Wenn es nach mir geht, braucht er gar nicht mehr aufzutauchen.«

»Ach komm schon. Als ob du das ernst meinst! Nikolas ist kein schlechter Kerl, und wenn ich das sage, will das was heißen.«

»Ich möchte nicht über ihn reden.« Mein Gesicht begann zu glühen und meine Handflächen prickelten. Es gefiel mir nicht, dass mein bester Freund ihn verteidigte. Ich wusste, dass ich überreagierte, doch jedes Mal, wenn ich daran dachte, dass Nikolas noch am Tag meiner Ankunft hier gleich wieder verschwunden war, fühlte ich eine seltsame Mischung aus Traurigkeit und Wut. Nach allem, was wir gemeinsam durchgemacht hatten, war er noch nicht einmal in der Lage gewesen, auf Wiedersehen zu sagen.

Ein leises Zischen weckte mich aus meinen trübsinnigen Gedanken. Ich sah auf die Flasche nur wenige Zentimeter von meiner Hand entfernt und schnappte erschrocken nach Luft, als ich sah, dass die Kohlensäure darin zu sprudeln begann, als hätte ich das Getränk geschüttelt. Die Hand, die der Flasche am nächsten war, fühlte sich wie elektrisch aufgeladen an, und aus meinen Fingern spritzten Funken in Richtung der Flasche. Sie sah aus, als würde sie jeden Moment explodieren.

Schnell zog ich die Hand zurück, steckte sie unter meinen Arm, und beinahe im selben Moment noch beruhigte sich die Kohlensäure in der Flasche. Was passierte da mit mir?

»Hallo? Bist du noch da?«

»Ja, sorry.« Ich versuchte, das Beben in meiner Stimme zu verbergen. »Ich war nur kurz abgelenkt. Ich muss dir was sagen.«

»Okaaaay«, sagte er skeptisch. »Du hast nicht wieder irgendwelche Trollsachen auf dem Schwarzmarkt verkauft, oder?«

»Roland!«

»Sorry.«

Ich holte langsam und tief Luft. »Du erinnerst dich, was Aine gesagt hat? Dass meine Faekräfte stärker werden? Irgendetwas geschieht mit mir, und ich weiß nicht, was es ist.«

»Wie meinst du das?«

»Ich weiß es nicht. Es fühlt sich an, als wären meine Kräfte dabei, unkontrollierbar zu werden.« Ich beschrieb das Aufflackern meiner Kraft, das ich immer wieder erlebte, und auch den seltsamen kalten Knoten in meiner Brust. »Gerade hätte ich beinahe eine Colaflasche explodieren lassen, einfach nur, indem ich sie berührt habe.«

»Hm.« Er schwieg ein paar Sekunden. »Vielleicht hängt das alles mit deinen Emotionen zusammen.«

»Was meinst du?«

»Du bist nicht sehr glücklich, seit du dort bist, und du wirst wütend, wenn ich Nikolas erwähne. Faeries sollen doch … na ja, immer glücklich sein, oder? Vielleicht kollidieren deine negativen Schwingungen mit deiner Faeriemagie.«

Ich schnaubte. »Tolle Erklärung.«

»Nein, im Ernst. Oder es sind die Hormone. Hast du vielleicht gerade …«

»Stopp. Wenn dir dein Leben lieb ist, dann sprich nicht weiter!« Mein Gesicht glühte schon förmlich. Ersticktes Lachen klang durch den Hörer, und ich rief ihm ein paar nicht besonders nette Dinge zu, die ihn nur dazu brachten, noch heftiger zu lachen.

Die Sache war nur die: Rolands Lache war wirklich ziemlich ansteckend …

»Geht es dir jetzt besser?«, wollte er wissen, als wir uns endlich beruhigt hatten.

»Ja«, ich wischte mir die Lachtränen aus den Augen. »Du bist ein Arsch.«

»Aber du liebst mich trotzdem.« Seine Stimme wurde ernster. »Ich bin mir sicher, dass das mit deiner Kraft nichts zu bedeuten hat. Du hast in letzter Zeit viel durchgemacht, und das alles hängt dir noch nach. Völlig normal.«

»Vielleicht hast du recht.« Was er sagte, ergab Sinn. All diese Entwicklungen hatten erst begonnen, als ich hierhergekommen war. Ich war nicht am Boden zerstört, aber auch nicht wirklich glücklich.

»Natürlich habe ich recht. Wie du weißt, habe ich nicht nur ein hübsches Gesicht.«

»Nein, auch ein sehr großes Ego.« Ich fühlte mich so leicht wie seit Tagen nicht mehr.

»Also, mein Job hier ist erledigt.« Er seufzte schwer. »Jetzt muss ich lernen. Wir schreiben morgen einen Chemietest, und einer von uns beiden muss schließlich auch noch die Highschool abschließen.«

Chemie war Rolands schlechtestes Fach. Meines auch. Und so hatten wir uns früher beim Lernen immer geholfen. »Viel Glück bei dem Test, und danke noch mal, dass du für mich in die Höhle gegangen bist.«

»Jederzeit. Nein, warte, streich das wieder. Bitte mich nie wieder darum, da hinzugehen«, flehte er. »Wir hören uns morgen.«

Ich legte auf und rieb meine schweißnassen Hände an meinen Oberschenkeln ab. Dieses Gefühl von Elektrizität war verschwunden, und die Colaflasche sah wieder völlig normal aus. Aber das alles trug nicht zu meiner Beruhigung bei. Meine Kräfte machten seltsame Dinge mit mir und ich hatte keine Ahnung, was ich deswegen unternehmen sollte. Ich wünschte, Aine oder Remy wären hier. Remy war so weise und er hätte mir helfen können, Licht ins Dunkel zu bringen. Zitterig atmete ich aus. Ich vermisste ihn so sehr.

»Genug davon.« Ich drückte mich vom Schreibtisch weg und warf einen Blick auf die Uhr. Es war noch zu früh fürs Abendessen, aber ich musste raus aus diesem Zimmer und aufhören, mich in Selbstmitleid zu baden. Ich griff nach meinem Laptop, klemmte ihn mir unter den Arm und machte mich auf den Weg zu den Gemeinschaftsräumen. Es gab insgesamt drei, in denen man abhängen, fernsehen oder sich unterhalten konnte. Sogar Bars gab es dort, und es interessierte niemanden, wie alt man war. Etwas, worauf Roland und Peter besonders neidisch waren.

Die Geräusche des Fernsehers drangen aus einem der Räume, und als ich eintrat, sah ich, dass nur Michael darin saß. Er war ein blonder Junge, den ich an meinem zweiten Tag hier kennengelernt hatte. Michael war fünfzehn, ruhig und zurückhaltend verglichen mit den anderen Kids hier. Außerdem war er ein ziemlicher Computerfreak und verbrachte die meiste Zeit an seinem Laptop mit Zocken und beim Chatten mit seinen Freunden. An meinem dritten Tag hier war ich von einer heftigen Migräne niedergestreckt worden, und es war Michael gewesen, der mich in meinem Zimmer besucht und sich nach mir erkundigt hatte. Die Heiler hatten gemeint, die Schmerzen kämen vom Stress. Aber es war so schlimm, dass selbst die Gunnapaste keine Linderung brachte. Ich lag den Großteil des Tages im Bett, bevor ich mich an die winzige Phiole mit Trollgalle erinnerte, die ich mitgebracht hatte. Ursprünglich hatte ich sie zerstören wollen, es aber dann doch nicht getan. Ein einziger Tropfen der Galle in einem Glas Wasser hatte mich schließlich von dem schrecklichen Schmerz befreit.

Michael saß jetzt in einem der Ohrensessel, wie üblich in seinen Laptop vertieft. Ich setzte mich auf die Couch gegenüber. »Hey, Michael.«

»Oh ... hi, Sara«, stammelte er und lächelte schüchtern. Armer Kerl. Ich wusste nicht, wie er es jemals zum Krieger schaffen sollte, wenn er seine Nervosität nicht überwand. Beinahe hätte ich die Augen verdreht. Als ob ich das Recht hatte, andere zu verurteilen. Ich war wahrscheinlich die schlechteste Schülerin in der Geschichte der Mohiri.

»Was machst du so?«

»Nicht viel. Ich chatte nur mit einem Freund.« Er stützte den Arm auf der Lehne ab, richtete sich auf und sah mich an. Seine Miene erhellte sich. »Hast du gehört, dass sie gestern in Las Vegas ein ganzes Vampirnest ausgelöscht haben?«

»Wie viele?« Das letzte Mal, als ich einen Vampir gesehen hatte, hatte er zwölf andere bei sich gehabt. Ich konnte mir nicht vorstellen, jemals einer noch größeren Gruppe gegenüberzustehen.

»Ich habe gehört, dass es dreißig Blutsauger gewesen sein sollen. Und es ist ihnen gelungen, sie mit nur zwei Einheiten zu vernichten. Natürlich, weil Nikolas Danshov die Mission geleitet hat. Er hat wahrscheinlich allein schon die Hälfte gekillt.«

Mein Mund wurde trocken. »Nikolas war dort?«

Seine Augen glühten förmlich vor Aufregung. »Ja. Was hätte ich dafür gegeben, ihn in Action zu sehen. Man sagt, er könne ohne mit der Wimper zu zucken ein halbes Dutzend Blutsauger auf einmal erledigen.«

»Ja«, erwiderte ich abwesend und erinnerte mich daran, wie Nikolas sich einem Dutzend Vampiren entgegengestellt und drei von ihnen mühelos getötet hatte.

»Wie ist er so? Du kennst ihn, oder? Die Leute hier erzählen, ihr hättet schon zusammen gekämpft.«

Nur mit Mühe verkniff ich mir ein lautes Seufzen. Nicht lange nach meiner Ankunft hier war mir klar geworden, dass Nikolas für die jüngeren Mohiri so etwas wie ein Superheld war.

»Nikolas ist ein beeindruckender Krieger.«

Michael rollte mit den Augen. »Das weiß ich. Ich meine, wie ist es, mit ihm abzuhängen?«

Ich lachte laut auf. »Nikolas hängt nicht ab. Er starrt dich an und kommandiert dich herum. Und dann verschwindet er einfach. Wir haben mehr gegeneinander gekämpft als gegen die Vampire.«

Michaels kornblumenblaue Augen weiteten sich. »Niemand streitet sich mit Nikolas.«

»Er mag ja ein toller Krieger sein, aber er ist auch nur ein Mann, und die meiste Zeit ist er eine ziemliche Nervensäge.«

»Wer ist eine ziemliche Nervensäge?«, fragte eine weitere Stimme. Ich sah mich um und sah, wie zwei Jungs den Raum betraten. Josh fuhr sich mit der Hand durch sein zerzaustes blondes Haar und stieß Terrence mit dem Ellbogen an, bevor er sich neben mich auf die Couch setzte. »Schätze, sie redet über dich, Kumpel.«

Terrence warf ihm einen finsteren Blick zu und ließ sich auf einen der anderen Sessel fallen. Mit seiner mokkabraunen Haut, dem kunstvoll gegelten Haar und seinen haselnussbraunen Augen war er mit Abstand der bestaussehende Typ, der mir je begegnet war. Er wandte sich an Michael. »Was geht, Mike?«

»Nichts«, murmelte Michael. Er klappte seinen Laptop zu und stand steif auf. »Ähm ... ich habe noch zu tun. Bis später.«

Ich beobachtete, wie er aus dem Zimmer eilte und fühlte mich schlecht, weil wir ihn vertrieben hatten. »Er scheint sich hier nicht wirklich wohlzufühlen. Er ist auch eine Waise, oder?«

Terrence nickte und lächelte mitfühlend. »Ja, armer Kerl.« Ich warf ihm einen strafenden Blick zu, sodass er sich beeilte, hinzuzufügen: »Oh, so hab ich das nicht gemeint. Ich habe nichts gegen Waisen. Er hat den Verlust seiner Familie nur nie verwunden.«

Obwohl ich Angst vor seiner Antwort hatte, fragte ich nach. »Was ist passiert?«

»Was wohl? Die Blutsauger haben sie erwischt. Er und sein Bruder Matthew haben mit ihrer Mutter in Atlanta gelebt, als unsere Leute sie fanden. In der Nacht vor ihrer Ankunft sind die Blutsauger aufgetaucht. Nur Michael ist davongekommen. Seine Mutter hat es nicht geschafft, und die Krieger konnten Matthew nirgends aufspüren. Die Vampire haben ihn mitgenommen.«

»Wie alt war sein Bruder?«

»Matthew war sein Zwilling, und sie waren erst sieben Jahre alt, als es geschah.« Terrence lehnte sich schwerfällig im Sessel zurück. »Sie haben Matthew nie gefunden, und Michael glaubt noch immer, dass sein Bruder mit dem Leben davongekommen ist. Keiner kann ihn vom Gegenteil überzeugen. Er verbringt Stunden damit, im Internet nach ihm zu suchen. Durchstöbert die Vermisstendatenbänke, Behördeneinträge und so weiter.«

»Das ist schrecklich.« Ich selbst hatte meinen Dad an einen Vampir verloren, aber zumindest hatte ich die Gewissheit, dass er tot war und musste mich nicht mein Leben lang fragen, was ihm zugestoßen war. Ich hatte zehn Jahre darauf verwendet, herauszufinden, warum er umgebracht worden war und ich konnte mir nicht vorstellen, wie hart es für mich gewesen wäre, wenn ihn das gleiche Schicksal wie Michaels Bruder ereilt hätte.

Wir drei saßen eine Minute stumm da, dann fragte Terrence mich: »Also, Sara, was hat Tristan heute zu dir gesagt?«

»Tristan?« Ich wusste nur von einem Lord Tristan aus dem Rat der Sieben, einer der führenden Köpfe in Westhorne. Er war, seit ich hier war, immer unterwegs gewesen, ich hatte ihn also noch nicht getroffen.

Terrence schüttelte den Kopf, als hätte ich ihn gefragt, wer Michael Jackson sei. »Du weißt schon, Tristan, der Oberboss? Er war heute beim Training.«

»Oh ... Welcher von ihnen war er?« Ich widerstand mit Mühe dem Drang, mein Gesicht in den Händen zu verbergen. Callum hatte mir also vor Lord Tristan den Arsch aufgerissen. Nach diesem Auftritt musste der Mann sich ja fragen, warum Nikolas so viel Zeit darauf verschwendet hatte, mich hierher zu bringen.

Beide Jungs glucksten. »Er war *der* da«, informierte mich Josh. Ich drehte mich zur Tür, die den Blick auf den Flur freigab, und dort sah den blonden Mann von heute Morgen, der gerade mit einer Rothaarigen sprach. Es war Claire, die Frau, die mich am ersten Tag hier herumgeführt hatte. Die Hitze stieg mir ins Gesicht. »Oh ... Er ... er hat nichts zu mir gesagt. Er hat nur mit Callum geredet.«

Die beiden wirkten enttäuscht, und weil es nichts mehr darüber zu sagen gab, wechselte Josh schnell das Thema. »Wir haben ein paar Dinge über dich gehört und fragen uns, ob sie wahr sind.«

»Was habt ihr denn gehört?«, fragte ich misstrauisch.

»Stimmt es, dass du mit Werwölfen abhängst?«

Der abschätzige Ausdruck in seinem Gesicht, die Art, wie er die Mundwinkel nach unten zog, ärgerte mich. Ich wusste von der Fehde zwischen Werwölfen und Mohiri, und mir war bewusst, wie die beiden Rassen voneinander dachten. Aber Roland und Peter waren für mich wie Familie und ich würde nicht zulassen, dass irgendjemand sie in den Dreck zog. »Ja, ich hänge ständig mit ihnen ab. Ich übernachte bei ihnen und esse mit ihnen. Um genau zu sein: Mein bester Freund ist ein Werwolf.«

Josh hob die Hand. »Heikle Sache, ich seh schon. Wölfe sind also Tabuthema.«

Terrence mischte sich ein. »Wir haben auch noch viele andere Dinge gehört.«

»Die da wären?«

»Hast du *tatsächlich* ein paar Blutsauger gekillt?«

»Und ein Rudel Crocottas in die Flucht geschlagen?«, wollte Josh wissen.

»Und einen Babytroll gerettet?«

Ich sah in ihre neugierigen Gesichter und zuckte mit den Achseln. »Ja.«

»Ja, was?«, erkundigte sich Josh ungeduldig.

»Ja, zu allem davon. Nur, es waren drei kleine Trolle und ich habe sie nicht alleine gerettet. Ich habe auch wirklich gegen einen Crocotta gekämpft, aber wäre dabei mit Sicherheit ums Leben gekommen, wenn meine Freunde nicht zu Hilfe geeilt wären. Und ich habe nur einen einzigen Vampir getötet.« Genau genommen waren es zwei gewesen – einer mit Remys Hilfe. Aber für mich zählte nur, dass ich Eli besiegt hatte.

»Gibt es ja nicht!«, rief eine männliche Stimme. Ich sah auf und sah Olivia und Mark, zwei weitere Schüler, die sich uns nun anschlossen. Mit Mark hatte ich bisher nicht viel gesprochen, aber Olivia und ich hatten uns schon ein paar Mal unterhalten. Sie wirkte nett. Olivia war das typische Mädchen von nebenan, hübsch, mit langem dunklem Haar, frechen Sommersprossen und einem süßen Lächeln. Mark erinnerte mich mit seinen wirren blonden Haaren, die ihm strähnig in die Augen fielen, an einen Grungerocker. Er lächelte nicht so häufig wie Olivia. Mir war aufgefallen, dass sie viel zusammen unterwegs waren und ich fragte mich, ob sie ein Paar waren oder nur Freunde wie Roland und ich.

Mark setzte sich in Michaels leeren Sessel und starrte mich ungläubig an. Am liebsten hätte ich ihn angefaucht. Olivia war etwas zurückhaltender. »Ist es okay, wenn wir uns dazu setzen?«, fragte sie.

Ich zuckte mit den Schultern. »Je mehr, desto besser, schätze ich.«

»Also, lass mich das mal richtigstellen«, fing Mark an. »Du erwartest von uns, dass wir dir glauben, dass du das alles ohne Training bewerkstelligt hast? Ich sage es nicht gern: Aber nach allem, was ich gesehen habe ... na ja, du kämpfst miserabel.«

Ich errötete bei der Erinnerung an das Training. »Du kannst glauben, was du willst.«

»Beachte ihn einfach nicht. Erzähl uns mehr über die Blutsauger«, drängte Terrence.

Josh lehnte sich nach vorn. »Vergiss die Blutsauger, ich will etwas über die Trolle hören.«

Ich berichtete, wie die jungen Trolle entführt worden waren, und dass wir sie hatten finden müssen, bevor man sie außer Landes bringen konnte. »Sie haben sie in diesem riesigen Haus in Portland festgehalten. Nikolas und Chris gingen als Erste rein, um das Sicherheitspersonal auszuschalten. Wir folgten ihnen. Wir hatten ja keine Ahnung, dass diese Kerle verrückt genug waren, mit Vampiren zusammenzuarbeiten. Und wir mussten ein paar von ihnen töten, um ins Haus zu kommen. Nikolas, Chris und meine Freunde haben die meisten von ihnen erledigt. Ich nur einen, und auch dabei hatte ich Hilfe.«

»Und dann hast du die Babytrolle gefunden?«, fragte Olivia atemlos.

»Ja, sie waren im Weinkeller.« Ihre Augen wurden groß wie Untertassen. »Was ist als Nächstes passiert?«

»Die Mohiris sind aufgetaucht, haben übernommen und wir sind gegangen.« Das war zwar nur die halbe Geschichte, aber es gab so vieles, was ich ihnen nicht sagen konnte, ohne Geheimnisse zu verraten.

Terrence pfiff anerkennend. »Woher wusstet ihr überhaupt, wo die Trolle sind?«

Die meisten Leute verstanden meine Freundschaft mit Remy nicht, und ich war nicht in der Laune, endlose Fragen dazu zu beantworten, also sagte ich nur: »Die Werwölfe wissen alles, was in ihrem Territorium vor sich geht.«

»Das ist verdammt cool«, sagte Josh, die blauen Augen weit aufgerissen.

Mark runzelte die Stirn. »Warte. Wie konntest du den Blutsauger töten, wenn du gar keine Waffen hattest?«

»Ich hatte eine Waffe. Das Messer, das Nikolas mir geschenkt hat.«

»Du hast eines von Nikolas' Messern?«, fragte Olivia mit ehrfurchtsvoller Miene.

»Nicht mehr.« Es lag entweder auf dem Grund des Ozeans oder aber irgendwo in Faerie, und ich wollte beide Möglichkeiten nicht weiter erörtern.

»Wie passend.«

Ein Mädchen mit einem hübschen Kurzhaarschnitt kam auf unsere Gruppe zu. Jordan war achtzehn und nach allem, was ich bisher von ihr gehört und gesehen hatte, die beste Schülerin hier. Michael hatte mir erzählt, dass sie mit zehn Jahren hiergekommen war und damit – bis zu meiner Ankunft – die älteste je rekrutierte Waise gewesen war.

»Was willst du damit sagen?«, hakte Olivia nach.

»Es ist ja eine tolle Story, aber ich habe das Mädchen hier beim Training gesehen«, schnaubte Jordan. »Wenn sie einen Blutsauger um die Ecke gebracht hat, dann wahrscheinlich, weil er gestolpert und in ihr Messer gefallen ist.«

Terrence lächelte mich an. »Mach dir wegen Jordan keine Gedanken. Sie ist eigentlich ganz nett, wenn sie mal gerade nicht sie selbst ist.«

Jordan schaute finster drein, und ich kam nicht umhin, festzustellen, dass sie viel hübscher wäre, würde sie nicht ständig mit bösen Blicken um sich werfen. Sie ging weiter, rief uns dann über die Schulter aber noch zu: »Wie auch immer. Sieh zu, dass du heute Nacht genug Schlaf bekommst, Terrence. Nicht, dass du morgen dein Schwert nicht mehr halten kannst.«

Terrence murmelte etwas vor sich hin, und Josh sagte: »Lass das gar nicht erst an dich heran. Sie hat heute einfach nur Glück gehabt.«

Ich sagte nichts dazu. Ich hatte gesehen, wie Jordan mit dem langen dünnen Schwert, das die Mohiri am liebsten benutzten, umging und glaubte nicht, dass sie Glück nötig hatte. Das Mädchen war erschreckend gut. Nicht so gut wie Nikolas natürlich, aber eines Tages würde sie es vielleicht sein.

Mein Magen knurrte und erinnerte mich daran, dass ich kein Mittagessen gehabt hatte. Ich nahm meinen Laptop und stand auf.

»Hey, hau noch nicht ab«, protestierte Terrence. »Du musst mir noch von den Crocottas erzählen.«

»Die Crocottas müssen warten. Es ist Zeit fürs Abendessen, ich bin am Verhungern.«

Er und Josh erhoben sich gleichzeitig. Terrence schenkte mir ein breites Grinsen, eines, das seine Grübchen zeigte. »Perfekt. Du kannst uns beim Essen alles erzählen.«

Kapitel 3

ICH WARF MEINEN ZEICHENBLOCK und den Bleistift aufs Bett und starrte die leere Seite mindestens zehn Minuten lang an. Ich hatte versucht, die Höllenhunde zu zeichnen, aber obwohl ich sie vor meinem inneren Auge deutlich sehen konnte, wussten meine Finger nicht, wo sie anfangen sollten.

Ich rollte mich vom Bett, öffnete das Fenster und lauschte in die schwere Stille des Tals. Nachts war es viel zu ruhig hier. Was hätte ich gegeben, um die vertrauten Geräusche der Küste oder Nates Tastaturgeklimper hören zu können. Daisy, unsere dreibeinige Hündin, fehlte mir und Oscars Geschnurre, das an einen Bootsmotor erinnerte. Verdammt, ich vermisste sogar das Kratzen und Plappern der Kobolde hinter den Wänden. Alles an meinem Zuhause fehlte mir.

Es war noch zu früh, um zu Bett zu gehen, aber allein in meinem Zimmer fernzusehen, war auch nicht besonders verlockend. Also öffnete ich meine Tür und fragte mich, ob vielleicht ein paar Schüler unten zusammensaßen. Die Gesellschaft von anderen zu suchen, war neu für mich. Aber bevor ich hierhergekommen war, hatte ich mich auch nie einsam gefühlt. Es hatte mir gefallen, heute mit den anderen zu essen, statt allein, wie ich es sonst tat. Zum ersten Mal seit meiner Ankunft fühlte ich mich bereit, mich einer Gruppe anzuschließen. Ich hatte bis heute nicht gewusst, wir sehr mir der Kontakt zu Gleichaltrigen fehlte.

Die Gemeinschaftsräume waren leer, bis auf einen, in dem ein mir unbekannter Krieger saß und einen alten Schwarz-Weiß-Film ansah. Ich stand im Flur und überlegte, was ich tun sollte. Sowohl der Nord- als auch der Westflügel bestanden größtenteils aus Wohnräumen wie meinem, und so gab es hier nicht wirklich einen Ort, wo ich mich aufhalten konnte. Im Erdgeschoss des Westflügels lagen die Trainingsräume, und von denen hatte ich in letzter Zeit wahrlich genug gesehen. Im Südflügel waren die Büros, Besprechungszimmer, die Überwachungszentrale und die Wohnräume von Lord Tristan und einigen der älteren Krieger sowie ein paar Gästezimmer untergebracht. Damit blieb nur der Ostflügel. Als Claire mich herumgeführt hatte, hatte sie mir die Krankenstation im

Erdgeschoss gezeigt und mir außerdem erzählt, dass sich dort momentan ein schwer erkrankter Krieger erholte. Ich hielt mich fern, um ihn nicht zu stören und ging leise in den ersten Stock hinauf.

Während ich so den langen Gang entlangschlenderte, fuhr ich mit der Hand über die dunklen Holzpaneele und war zum wiederholten Male ergriffen von der Pracht meines neuen Zuhauses. An den Wänden des Flurs hingen wunderschöne alte Ölgemälde und kunstvoll geschwungene Wandleuchter, die inzwischen nicht mehr mit Gas, sondern mit Strom betrieben wurden. Ich hatte niemanden nach dem Alter des Gebäudes gefragt, aber ich schätzte es auf mindestens hundert Jahre. Die Mohiri wurden sehr alt, und so war es keine Überraschung, dass sie ihr Zuhause schon seit langer Zeit bewohnten. Wie musste es sein, so lange zu leben und all die Veränderungen unserer Welt zu bezeugen? Elektrizität, Autos und die rasante Entwicklung unserer Technologien. Welche Wunder, welche Veränderungen unserer Welt würde ich miterleben?

Am Ende des Gangs drang fahles Licht aus einem der Räume. Die Tür war nur angelehnt. Ich drückte sie auf und konnte meine Überraschung kaum verbergen. Der Anblick unzähliger Regale, vom Boden bis zur Decke angefüllt mit Büchern, war überwältigend. Zwar gab es in der Haupthalle auch eine große Bücherei, doch sie war nichts verglichen mit diesem Raum. Diese Bibliothek wirkte mit ihren dunklen Wänden, den bodentiefen Fenstern und einem riesigen Kamin inmitten des Raums, als sei sie einem englischen Herrschaftshaus entliehen. Zwei massive Ohrensessel waren dem Feuer zugewandt, und auf dem kleinen Tischchen zwischen den Sesseln stand eine Lampe, die dem Raum einen sanften Glanz verlieh. Es wirkte, als hätte gerade eben erst jemand das Zimmer verlassen, und so zögerte ich, einzutreten. Ich wollte niemanden stören und gerade umkehren, als ein weiterer Blick auf die Bücher meine Meinung änderte.

Das größte Problem hier war, sich für ein Buch zu entscheiden. Ich mochte die Klassiker, aber ich hatte Tonnen von ihnen in meinen Umzugskisten mit mir hierhergebracht. Ehrfürchtig inhalierte ich den Duft nach altem Papier, der ein Lächeln auf mein Gesicht zauberte. Ich hatte das Gefühl, in Zukunft sehr viel Zeit hier zu verbringen und kam nicht umhin, an meinen Dad zu denken. Er hätte diesen Raum so sehr geliebt wie ich.

Ich las die Titel auf den Buchrücken, um zu sehen, welche Schätze die Bibliothek beherbergte. Wie von allein suchten meine Augen nach den Bs im Autorennamen, denn etwas sagte mir, dass es ein paar Bücher der Brontë-Schwestern hier geben musste. Hoch über meinem Kopf fand ich, wonach ich suchte. Ich schob die knarrende Holzleiter an das Regal, um an die Bücher zu gelangen. Andächtig griff ich nach einer Ausgabe von *Jane Eyre* und fuhr über den Stoffeinband. Meine eigene Edition war ein Taschenbuch mit zahlreichen Eselsohren, das im Begriff war, auseinanderzufallen. Ich öffnete den Buchdeckel und blätterte zur ersten Seite. Die Augen fielen mir beinahe aus dem Kopf. Es war eine Erstausgabe von *Jane Eyre* in hervorragendem Zustand!

Besser nicht anfassen. Voll Bedauern streckte ich mich, um das Buch wieder an seinen Platz zurückzustellen. Meine alte Ausgabe reichte völlig. Ich hatte zu viel Angst davor, das seltene Buch zu beschädigen, als dass ich die Lektüre würde genießen können.

Der Gedanke war noch ganz frisch, da spürte ich, wie mir die Leiter entglitt. Laut nach Luft schnappend konnte ich nicht verhindern, dass mir das kostbare Buch aus den Händen rutschte und mit einem dumpfen Knall auf dem Boden aufschlug. Ich griff schnell nach den Stäben der Leiter und konnte mich mit Mühe fangen. Zitterig stieg ich hinab und stellte erleichtert fest, dass der Einband keinen Schaden erlitten hatte.

»Wenn du fertig bist mit der Krachmacherei, dann würde ich mich jetzt gerne wieder meinem Buch widmen«, drang eine scharfe Stimme aus einem der Sessel.

Völlig überrumpelt hätte ich das Buch beinahe erneut fallengelassen. »Es tut mir leid. Ich wusste nicht, dass noch jemand hier ist.«

»Jetzt weißt du es. Es gibt eine völlig ausreichende Bücherei im Untergeschoss, wo du niemanden stören wirst.«

Seine schroffe Art verletzte mich. Sicher, ich hatte ihn gestört, aber das war kein Grund, so hässlich zu mir zu sein. Ich war in meinem Leben dem ein oder anderen Wichtigtuer zu viel beggenet, um mich von einer gesichtslosen Person in einem Sessel herumkommandieren zu lassen. »Wie schön, dass Sie mich extra darauf hinweisen. Aber ich fühle mich hier sehr wohl.« Ich ging auf die Sessel am Kamin zu, entschlossen, mich hier wie zu Hause zu fühlen.

Mit einem gereizten Seufzer erhob sich der Mann und umrundete die Sessel. Er war groß, und seine dunklen, kastanienbraunen Haare hingen ihm in zotteligen Wellen bis über die Schultern. Sein Teint war blass, als bekäme er nie viel Sonne zu sehen, aber das lenkte nicht von seinen aristokratischen, durchaus attraktiven Zügen ab. Zusammengekniffene braune Augen starrten mich an, die Mundwinkel hatte er nach unten gezogen. Die Arme vor der Brust verschränkt stellte er sich mir in den Weg. Ich kam nicht umhin, festzustellen, dass seine Hosen und seine Jacke aussahen, als entstammten sie einem längst vergangenen Zeitalter. Nicht nur das, sie waren zerknittert und leicht verschmutzt.

Ich starrte ihn ein paar Sekunden lang an, nicht weil ich etwa Angst vor ihm gehabt hätte, sondern weil er mich so sehr an Stuart Townsend aus *Königin der Verdammten* erinnerte. Und die Ähnlichkeit war wirklich frappierend. Mein Lächeln musste ihn zusätzlich angestachelt haben, denn nun sah er mich noch finsterer an. Nach einem Monat mit Nikolas und der Begegnung mit den Vampiren war der Kerl allerdings kaum einschüchternder als Michael. Etwas an seinem starren Blick und der verwegenen Erscheinung erschien mir aber falsch, nur konnte ich nicht genau benennen, was es war.

»Du musst neu hier sein, sonst wüsstest du, dass niemand hier hochkommt. Alle bevorzugen die andere Bibliothek, und ich bin mir sicher, auch du wirst dort glücklicher sein.«

Ich hielt seinem düsteren Blick mühelos stand. »Ich danke Ihnen sehr für Ihre Sorge um meine Person. Aber mir gefällt es hier.« Ich ging an ihm vorbei und hatte schon fast erwartet, dass er mir den Weg versperren würde, aber er beobachtete nur stumm, wie ich mich setzte und das Buch aufschlug. Ich spürte, wie sich sein Blick in mich bohrte, lange bevor er mürrisch brummte und seinen Platz im Sessel wieder einnahm.

Nachdem er sich gesetzt hatte, waren nur noch das sanfte Flüstern des Papiers und das unregelmäßige Knistern und Knacken des Feuers zu hören. Ich konnte kaum glauben, dass ich tatsächlich in einer Erstausgabe meines Lieblingsbuches las, dass ich es nur aus dem Regal hatte nehmen müssen, und dabei bedeutete ein solches Buch seinen Zeitgenossen wahrscheinlich nicht besonders viel. Vorsichtig fuhr ich mit der Hand über die geöffnete Seite und hoffte, nie zu alt oder zu verwöhnt zu werden, um Dinge wie dieses Buch schätzen zu wissen.

Erst nach ein paar Minuten fiel mir auf, dass nur ich regelmäßig umblätterte. Ich spürte, wie der Blick des Mannes wieder auf mir ruhte. Aber ich wollte ihm nicht die Genugtuung gönnen, auf sein Verhalten zu reagieren. Wenn das ein Versuch war, mich zu vertreiben, so musste er schon schwerere Geschütze auffahren. Wie zum Beweis zog ich die Beine an und ließ mich von Jane in ihre Welt ziehen.

Zunächst schien es, als würde er sich damit zufriedengeben, aber nach weiteren zwanzig Minuten konnte ich hören, wie er in seinem Sessel ruckste und verstimmte Geräusche von sich gab. Ich war versucht, ihm zu sagen, dass ich ihn jetzt nicht mehr stören würde. Aber auch das verkniff ich mir. Vielleicht würde er aufgeben oder gehen, wenn er begriff, dass ich diesen Raum erst verlassen würde, wenn ich bereit dazu war. Wie auch immer, nach weiteren zehn Minuten, in denen ich seinem unruhigen Gerucke und Gemurmel zugehört hatte, verspürte ich die Sehnsucht, ihm ein Buch an den Kopf zu werfen. *Und der behauptet, ich mache Krach!*

»Sie war eine sehr schöne Frau, aber immer so ernst.«

Erschrocken sah ich zu ihm. »Wie bitte?«

Er machte eine Handbewegung in Richtung meines Buches. »Charlotte. Die meisten Leute behaupten, Emily wäre die Hübschere von beiden gewesen, aber verglichen mit ihrer älteren Schwester ... Was für eine talentierte, tragische Familie.«

Es dauerte eine Weile, bis ich begriff, was er gesagt hatte. »Sie kannten die Brontë-Schwestern?« Ich versuchte gar nicht erst, meine Überraschung zu verbergen.

Er sah aus, als hätte ich ihn beleidigt und seine Stimme hob sich um eine Oktave. »Willst du etwa andeuten, ich würde lügen?«

Ich zuckte mit den Achseln. »Ich will gar nichts andeuten.«

»Dennoch, ich mag deinen Ton nicht.«

Ich wandte mich wieder dem Buch zu. »Dann reden Sie nicht mit mir.«

Wieder gab er eine ganze Serie missbilligender Töne von sich, stand auf und ging zur gegenüberliegenden Seite des Raums. Nach ein paar weiteren Minuten, in denen es endlich wieder still war, ging ich davon aus, dass er das Zimmer verlassen hatte. Ein wenig fühlte ich mich schlecht, weil ich ihn vertrieben hatte, aber ich hatte das gleiche Recht, diese Bibliothek zu nutzen wie er. Und es war ja nicht so, dass ich ihn, nachdem mir das Buch heruntergefallen war, noch einmal gestört hätte. Er sah vielleicht wie ein Zwanzigjähriger aus, aber er verhielt sich wie ein alter, vergrämter Herr, der nicht seinen Willen bekam.

Es überraschte mich, als er wenig später mit einem anderen Buch in den Händen zurückkam. Sein Körper zitterte ein wenig, als er sich setzte und ich bemerkte einen feinen Schweißfilm auf seinem Gesicht.

»Sind Sie krank?«

Offensichtlich war das genau die falsche Frage gewesen. Seine Nasenflügel blähten sich, seine Augen funkelten düster. »Was soll das heißen?«, zischte er und ich spürte, wie sich die kleinen Härchen an meinen Armen aufstellten. Gut, vielleicht war er doch etwas einschüchternder als Michael.

»Gar nichts. Ich dachte nur, es geht Ihnen vielleicht nicht so gut.« Mein Instinkt sagte mir, dass es besser war, meinen Ton so neutral wie möglich zu halten und auf keinen Fall mitleidig zu klingen.

»Mir geht es hervorragend.«

»Gut.«

»Was interessiert dich das überhaupt?« Noch immer klang er verärgert, aber zumindest zischte er beim Sprechen nicht mehr.

»Ich weiß nicht. Ich schätze, das ist einer meiner vielen Fehler.«

Für ein paar Minuten herrschte wieder Stille, dann knurrte er: »Machst du das häufiger? Die Privatsphäre anderer verletzen und ihnen dann sagen, dass sie grauenvoll aussehen?«

Ich sah von meinem Buch auf und erwiderte seinen herausfordernden Blick. »Soviel ich weiß, steht diese Bibliothek allen offen, und ich habe mich bereits für die Störung entschuldigt. Außerdem habe ich nicht gesagt, dass Sie furchtbar aussehen, also hören Sie bitte auf, mich so finster anzuschauen. Wenn ich es nicht besser wüsste, würde ich sagen, Sie sind auf Komplimente aus.«

»Ich bin *nicht* auf Komplimente aus.« Er kniff die Augen zusammen. »Du bist ein nervtötendes kleines Ding. Kein Wunder, dass du hierherkommst, statt dich zu den anderen Kindern zu gesellen. Wahrscheinlich ertragen sie deine Gegenwart genauso wenig wie ich.«

Ich stand auf, nun reichte es mir mit seinen lächerlichen Beleidigungen. »Hören Sie mal, Lestat, Sie sind wohl selbst auch nicht unbedingt der Charmebolzen schlechthin.«

»*Lestat?*« Seine Augen weiteten sich, er sprang auf und spuckte: »Hast du mich gerade mit einem Vampir verglichen? Einem *fiktiven* Vampir?«

Ich wusste nicht, warum ich das gesagt hatte, aber nun konnte ich es auch schlecht zurücknehmen. »Sie haben mich ein nervtötendes kleines Ding genannt.«

»Weil du nervtötend bist.«

»Mit Ihnen ist auch nicht gut Kirschen essen.«

Sein Mund öffnete und schloss sich wieder, wie bei einem Fisch, der nach Luft schnappte. »Du bist eine impertinente Person und ich bin es nicht gewohnt, dass jemand so mit mir spricht.« Er richtete sich zu voller Größe auf und klang bei seinen Worten wie ein überheblicher englischer Lord. Vielleicht war er auch einer, aber das gab ihm nicht das Recht, andere wie Dreck zu behandeln.

»Wenn es Ihnen nicht gefällt, wie ich spreche, dann reden Sie doch einfach nicht mit mir. Sie lesen Ihr Buch, und ich lese meines.«

»Ich kann jetzt nicht mehr lesen. Das hast du mir verdorben.«

Großer Gott, der Typ konnte nerven. »Denn gehen Sie doch, wenn Sie nicht mehr lesen wollen.«

Er sah aus, als würde er jeden Moment wie ein kleiner Junge mit den Füßen aufstampfen. »Ich war zuerst hier.«

Ich seufzte schwer. Der Mann war einfach nur schrecklich und unverschämt und ich hatte wirklich keine Lust mehr, mich an ihm aufzureiben. »Gut, dann gehe eben ich. Gute Nacht.«

»Du bist hier aufgetaucht, hast mir den Abend verdorben und jetzt willst du gehen?« War das Enttäuschung in seiner Stimme? Wie sollte man diesen Kerl nur verstehen?

»Ja.« An der Tür hielt ich inne und runzelte die Nase. »Irgendetwas hier drinnen riecht alt und muffig. Vielleicht sollte das Zimmer mal grundgereinigt werden.« Ich wandte mich ab, bevor er das zufriedene Grinsen auf meinem Gesicht sehen konnte.

* * *

Auf dem Weg von der Menagerie zurück zu meinem Zimmer nahm ich meine Umgebung kaum wahr. Noch immer konnte ich nicht glauben, dass die Höllenhunde wirklich hier waren, und ich hatte keine Ahnung, was ich mit ihnen machen sollte. Sie waren riesige Biester und knurrten jeden bedrohlich an, der sich ihrem Käfig näherte. Ich konnte sie nicht immer hier einsperren, aber Sahir fürchtete – und das wahrscheinlich auch zu Recht –, dass sie jemanden verletzen könnten, wenn wir sie rausließen. Ihr Wohlergehen lag nun in meiner Verantwortung, und das lastete schwer auf mir. Ich war entschlossen, so viel Zeit wie möglich darauf zu verwenden, sie zu trainieren und für die Sicherheit der Leute in ihrer Umgebung zu sorgen.

Die Höllenhunde waren nicht das Einzige, was mich beschäftigte. Meine Kräfte spielten verrückt, und ich wusste nicht, wie ich damit umgehen sollte. Heute Morgen erst war ich nach dem Training im Heilbad gelegen, als meine Haut plötzlich zu prickeln begonnen und die Elektrizität meine Haare hatte knistern lassen. Ich hätte schwören können, kleine Lichtblitze in dem schaumigen Wasser gesehen zu haben. Noch vor Ablauf der Zeit war ich ängstlich aus der Wanne gestiegen und hatte Olivia, die mit geschlossenen Augen in ihrer Wanne lag, einen verstohlenen Blick zugeworfen. Aber sie hatte offenbar nichts bemerkt. Wie lange noch, bis irgendjemand Wind davon bekam und Fragen stellte, die ich nicht beantworten konnte?

»Sara.«

Ich wandte mich um und erkannte Claire, die auf mich zugeeilt kam. Ihrem amüsierten Gesichtsausdruck nach hatte sie bereits mehrmals nach mir gerufen. »Hi, Claire. Wie gehts?«

Sie erwiderte mein Lächeln. »Ich dachte schon, du hättest meinen Namen vergessen. Bei all den neuen Gesichtern hier. Wie kommst du zurecht?«

»Gut.«

Claire lachte – ich hatte wohl nicht besonders überzeugend geklungen. »Gib dem Ganzen noch eine Woche oder so. Alle Waisen haben anfangs so ihre Anpassungsschwierigkeiten. Ich habe fast einen Monat gebraucht, bis ich mit irgendjemandem gesprochen habe.«

»Du warst eine Waise?« Es war schwer, sich die fröhliche, offene Claire als schüchterne Waise vorzustellen. »Wie lange bist du schon hier?«

Sie griff sich ans Kinn. »Ich glaube, es sind jetzt achtzig Jahre. Nach einer Weile verliert man den Überblick. Ich war vier, als Tristan mich fand.«

»Lord Tristan?«

»Ja, es war während der Weltwirtschaftskrise«, sagte sie, während wir gemeinsam weitergingen. »Er hat mich in einem Waisenhaus in Boston aufgespürt. Ich habe vage Erinnerungen an meine Mutter, aber ich weiß nicht, was ihr zugestoßen ist. Die Leute im Waisenhaus haben Tristan gesagt, dass der Ansturm sehr groß sei. Viele Kinder würden von ihren Eltern gebracht, weil sie sie nicht mehr ernähren können. Tristan hat mich adoptiert und dem Waisenhaus eine großzügige Spende hinterlassen. Ich denke, das hat er in dieser Zeit bei vielen Waisenhäusern getan.«

In den letzten beiden Wochen hatte ich den abwesenden Leiter des Lagers mehr als nur einmal für die vielen Einschränkungen meines neuen Lebens verflucht. Nun von Claire zu hören, wie großzügig er sich den Waisenhäusern gegenüber gezeigt hatte, änderte meine schlechte Meinung von ihm etwas.

»Wenn wir schon von Tristan sprechen, er möchte dich in seinem Büro sehen. Ich zeige dir, wo du hin musst.«

Lord Tristan wollte mich sehen? Vielleicht hatte er nach dem grauenvollen Training am gestrigen Tag beschlossen, mich aus dem Kriegerprogramm zu werfen. Oder vielleicht hatte der Vorfall mit den Höllenhunden seine Zweifel an der Sinnhaftigkeit meiner Anwesenheit genährt.

Claire führte mich ins Erdgeschoss des Südflügels und blieb vor einer geschlossenen Tür stehen. »Er wartet auf dich. Geh rein«, sagte sie und ließ mich allein im Flur.

Ich konnte nicht einfach hineingehen, also klopfte ich an und wartete, bis die Tür sich öffnete. Lord Tristans blaue Augen waren erstaunlich warm, und sein Lächeln wirkte einladend. Er stieß die Tür weiter auf und winkte mich zu sich. »Sara, komm herein.«

Sein Büro war beeindruckend. Die eine Seite wurde gänzlich von üblichem Büromobiliar eingenommen: ein Schreibtisch, Stühle, Aktenschränke und ein Computer. Auf der gegenüberliegenden Seite befand sich eine Sitzecke mit einer Couch, einem Sessel und mehreren kleinen Tischen. Eine riesige Fensterfront zeigte hinaus ins Grüne.

Er schloss die Tür und überraschte mich erneut, indem er mich zu der Sitzecke statt zu seinem Schreibtisch führte. Ich nahm auf dem Sofa Platz, er auf dem Sessel.

»Es tut mir leid, dass es so lange gedauert hat, bis wir uns endlich kennenlernen. Ich wollte dich bereits am Tag deiner Ankunft willkommen heißen, aber die Geschäfte des Rats haben mich in den letzten Wochen ins Ausland gerufen.«

»Das verstehe ich«, sagte ich, auch wenn mir nicht klar war, warum ein so wichtiger Mann wie er mit so vielen Verantwortlichkeiten es für nötig erachtete, mich über seine Aufenthaltsorte zu informieren.

»Erzähl, wie geht es dir, seit du hier bist?«

Ich verzog das Gesicht. »Das fragen Sie ernsthaft, nachdem Sie mich gestern beim Training gesehen haben? Ich bin eine miserable Kriegerin.«

Sein Lachen klang hell und warm und gar nicht so, als wolle er sich über mich lustig machen. »Ich schätze, es wird ein paar Wochen dauern, bis wir sagen können, was für eine Art Kriegerin du sein wirst. Nach allem, was ich von dir gehört habe, hast du andere, sehr besondere Fähigkeiten.« Ich warf ihm einen fragenden Blick zu und er sagte: »Nikolas hat mir von deiner einzigartigen Herkunft berichtet. Keine Sorge, dein Geheimnis ist bei mir in guten Händen.«

»Danke.«

»Vom Training einmal abgesehen. Wie gefällt es dir hier? Ist die Unterkunft nach deinem Geschmack? Hast du schon Freunde gefunden?«

Seine Frage traf mich unvorbereitet. Warum interessierte es ihn, wie mir mein Zimmer gefiel und ob ich Freundschaften schloss? Außerdem hatte ich keinen Zweifel daran, dass er ohnehin alles von mir wusste – vom ersten Tag meiner Ankunft bis heute.

»Wollen Sie die Wahrheit hören?«

»Natürlich.«

»Dieser Ort ist fantastisch, aber ich passe nicht hierher. Ich hoffe, das klingt nicht undankbar. Ich schätze sehr, was Sie alle hier für mich getan haben, und ich weiß, dass ich hier sein muss. Es ist nur … ich vermisse mein Zuhause.« Meine Kehle war wie zugeschnürt und ich drehte mich schnell zur Seite. Mein Blick fand das Ölportrait eines hübschen blonden Mädchens an der Wand hinter Lord Tristans Sessel. Ihr Haar hatte die gleiche Farbe wie seines und ich wusste sofort, dass sie verwandt sein mussten.

Lord Tristans Blick wirkte verständnisvoll, als ich mich endlich überwand, wieder zu ihm zu sehen. »Diese drastische Veränderung im Leben einer Waise kann schwierig sein, und wir hatten gedacht, dass es für dich einfacher ist – aufgrund deines Alters. Wir haben nicht berücksichtigt, dass du eine sehr starke Bindung an dein altes Leben hast. Alles, was ich dir sagen kann, ist, es wird einfacher werden, und du wirst deinen Platz bei uns finden. Ich hoffe, dass du mir in dieser Hinsicht vertraust.«

Ich wollte ihm gerne glauben, aber ich hatte mich bereits einmal verbrannt. »Die letzte Person, der ich vertraut habe, hat mich hier abgeliefert und mich sofort wieder verlassen.«

Er hob eine Augenbraue. »Ich hatte den Eindruck, du und Nikolas könntet nicht zehn Minuten ohne Streitschlichter miteinander verbringen. Vielleicht habt ihr beide ein wenig Abstand gebraucht.«

»Sie meinen, er war froh, mich endlich losgeworden zu sein?«

Er lachte. »Das bezweifle ich. Nikolas spielt nach seinen eigenen Regeln. Interpretiere nicht zu viel in seine Abwesenheit hinein. Wenn er jagt, ist er häufig mehrere Wochen am Stück nicht hier.«

»Vielbeschäftigter Kerl. Von einem Job zum nächsten.« Ich lächelte, obwohl mir überhaupt nicht danach war. »Wenn es Ihnen nichts ausmacht, würde ich lieber nicht über ihn sprechen.«

Lord Tristan nickte. »Ich verstehe. Es gibt ohnehin einen anderen Anlass, dich heute zu mir zu rufen. Nikolas hat mir erzählt, dass du möglicherweise bereit bist, deine Mohirifamilie zu treffen, sobald du dich bei uns etwas eingelebt hast. Du musst wissen, sie sind sehr erpicht darauf, dich endlich kennenzulernen. Natürlich nur, wenn du das auch willst.«

»Sie sind hier? Ich habe Familie hier … jetzt?« Diese Neuigkeit überwältigte mich. Ich lebte seit Wochen mit meiner Familie unter einem Dach und wusste nichts davon? War ich vielleicht einem von ihnen schon im Flur begegnet oder hatte neben ihm beim Essen gesessen? Es konnte jemand von den anderen Schülern sein oder sogar mein Trainer. Den letzten Gedanken strich ich schnell wieder. Nach allem, was ich durchgemacht hatte, gab es sicherlich keinen Gott, der so grausam war, mir ausgerechnet Callum als Familienmitglied zuzuteilen.

Tristans Gesicht verriet keine Regung, als er nickte. »Du hast einen Cousin, der hier lebt, aber er ist im Moment nicht da. Und der Erzeuger deiner Mutter ist hier. Unter Menschen würde man ihn wohl als deinen Großvater bezeichnen.«

»Mein Großvater lebt hier?« Als Nikolas mir erzählt hatte, dass Madelines Vater noch immer am Leben war und mich treffen wollte, war ich zwar neugierig, aber keineswegs bereit gewesen, ihn kennenzulernen. Das Wissen, dass mein Großvater hier war, weckte nun sowohl Zögern als auch Aufregung in mir.

»Möchtest du ihn kennenlernen?«, fragte Lord Tristan.

Mein Magen flatterte nervös. War ich wirklich bereit, Madelines Vater zu treffen? Der Mann war nicht Madeline selbst und ihr Verhalten nicht seine Schuld, aber wollte ich ihn wirklich zu einem Teil meines Lebens machen?

»Nein ... ich meine ... ich weiß es nicht. Es tut mir leid, Sie haben mich etwas überrumpelt, und es ist gerade so viel, was ich irgendwie verkraften muss.«

Er lehnte sich im Sessel zurück. »Das ist verständlich. Es sind viele Veränderungen in deinem Leben und du brauchst mehr Zeit. Er möchte nur, dass du weißt, er ist für dich da, wenn du es willst.«

Ich senkte den Blick, denn plötzlich fühlte ich mich schuldig. Auf einmal kam ich mir wie ein totaler Idiot vor. Es klang, als sei mein Großvater ein netter Kerl, und ich wollte seine Gefühle nicht verletzen. Es konnte mir nicht schaden, ihn zu treffen, oder? Wir mussten ja nicht gleich anfangen, jeden Sonntag ein Familienessen abzuhalten. Und wie sollte ich weiter hier herumlaufen, mit diesem Wissen, und dazu noch ohne ihn überhaupt erkennen zu können, wenn er mir über den Weg lief?

»Ich bin bereit«, sagte ich schließlich.

»Bist du dir sicher?«

Ich hob meinen Blick und nickte. »Ein wenig nervös, aber bereit.«

Lächelnd erhob Lord Tristan sich und ging zu seinem Schreibtisch. Statt nach seinem Telefon zu greifen, wie ich es erwartet hatte, öffnete er eine Schublade und zog ein dünnes Buch heraus. Erst als er wieder zur Sitzecke zurückkehrte, sah ich, dass es kein Buch war, sondern ein

Fotoalbum. Er setzte sich neben mich auf die Couch. Ich sah ihm in die Augen und die Zärtlichkeit darin drückte sich wie eine Faust in meine Mitte.

»Du hast so viel durchgemacht und ich sehe, dass du im Moment unglücklich bist. Ich kann dir gar nicht sagen, wie leid mir das tut. Mehr als alles andere wünschte ich, ich hätte in den letzten Jahren für dich da sein können. Nikolas hat mir von deinem Onkel berichtet und wie sehr ihr aneinanderhängt. Es ist schön, dass du jemanden wie ihn in deinem Leben hast. Ich möchte ihn auch gar nicht ersetzen. Ich bitte dich nur darum, dich kennenlernen zu dürfen und dass du mich als einen Teil deiner Familie sehen kannst.«

Ich rang nach Worten. Was sollte man schon sagen, wenn man sich plötzlich von Angesicht zu Angesicht mit einem Großvater wiederfand, den man nie gekannt hatte? Besonders, wenn er so aussah, als käme er selbst erst gerade vom College. »Sie sind Madelines Vater«, war alles, was ich hervorbrachte.

Seine Augen nahmen einen traurigen Glanz an. Nikolas hatte mir nicht viel über Madeline und die Umstände, unter denen sie die Mohiri verlassen hatte, erzählt. Ich fragte mich, wie das Verhältnis zu ihrem Vater wohl gewesen sein mochte.

»Ich weiß, dass Madeline dich tief verletzt hat. Meine Tochter muss dir Rede und Antwort stehen, wenn wir sie finden.«

Er griff nach meiner Hand und ließ es zu, trotz all der widerstrebenden Gefühle in meinem Innern. »Als ich von dir erfuhr, hat es mich all meine Willenskraft gekostet, nicht sofort selbst nach Maine zu fahren. Aber Nikolas hat mir davon abgeraten. Er hat mir erzählt, wie viel Zorn du gegen Madeline hegst und dass du nichts mit uns zu tun haben willst. Mit all den anderen Dingen, die sonst noch so vor sich gingen, war er besorgt, es könnte zu viel für dich sein, wenn auch noch ich auftauche.«

Ich ließ ein zitteriges Lachen hören. »Er hatte recht. Ich bin schon ziemlich ausgeflippt, als er mir erzählt hat, wer ich bin. Ich habe mich immer noch nicht wirklich daran gewöhnt.«

Er drückte meine Hand sanft. »Ich bitte dich nur um die Chance, dich kennenzulernen.«

Das hoffnungsvolle Schimmern in seinen Augen berührte mich tief, und plötzlich fühlte ich mich völlig eingeschüchtert. Ich nickte, weil ich mir nicht zutraute, zu sprechen.

Er ließ meine Hand los, aber blieb dicht neben mir sitzen. »Warum fangen wir nicht damit an, uns langsam miteinander bekannt zu machen? Nikolas hat mir so viel erzählt, wie er konnte, aber ich würde es lieber von dir selbst hören. Ich bin mir sicher, auch du hast viele Fragen.«

»Okay. Ähm ... Wie soll ich Sie nennen?«

»Wir benutzen hier keine menschlichen Bezeichnungen für Familienmitglieder, du kannst mich einfach Tristan nennen.«

»Nicht Lord?«

Sein Lächeln wurde breiter. »Das ist mein formeller Titel, aber jeder hier nennt mich beim Vornamen.«

Ich erwiderte sein Lächeln und fühlte mich sofort etwas leichter. »Es ist seltsam, einen Großvater zu haben, der nur wenige Jahre älter aussieht als ich selbst.«

Tristan gluckste. »Das kann ich mir vorstellen.« Er lehnte sich zurück. »Möchtest du mir etwas von dir erzählen?«

Ich begann mit meiner frühen Kindheit. Tristans Lächeln schwand, als ich berichtete, wie Madeline uns verlassen hatte, als ich gerade einmal zwei Jahre alt gewesen war. Aber er fing sich wieder, als ich ihm von meinem Dad und dem glücklichen und erfüllten Leben mit ihm erzählte. Ich beschrieb die Liebe meines Vaters zu Büchern und seinen Ideenreichtum, wenn es darum gegangen war, spielerisch mein Interesse am Lesen, der Musik und Poesie zu wecken.

Als ich zu dem Punkt kam, an dem ich meinen Dad verloren hatte, wartete Tristan geduldig auf meine Worte – Worte, die mir noch immer so schwer über die Lippen kamen. Ich redete über mein Leben in New Hastings, über Nate und meine Freunde dort – menschliche und nichtmenschliche. Ich stellte klar, dass mein Leben nicht unglücklich gewesen war und dass ich mein Zuhause nur wegen des Masters verlassen hatte.

Tristan erzählte mir danach auch viel von sich, und so musste ich mit leichtem Erschrecken feststellen, dass er bereits im Jahr 1684 geboren worden war. Er sprach von seiner Jugend in England, von seinen Eltern und seiner älteren Schwester Beatrice, über sein Kriegertraining und seine Reisen quer durch Europa. Er hatte bereits in verschiedenen Lagern gelebt. Ich erfuhr, dass er beinahe jeden Flecken dieser Erde bereist hatte und das jüngste Mitglied aller Zeiten gewesen war, als er dem Rat im Alter von dreißig Jahren beigetreten war. Er beherrschte vierzehn Sprachen und auch ein paar Worte Troll. Meiner Großmutter Josephine war er in Paris im Jahre 1861 begegnet und mit ihr gemeinsam nach Amerika gekommen.

Als ich ihn fragte, wo Josephine nun war, wurde er still und erzählte erst nach einer kurzen Pause, dass sie während eines Angriffs auf ein Vampirnest in Südkalifornien im Jahr 1913 umgekommen war. Die Späher hatten die Anzahl der Vampire unterschätzt, und als Josephines Team mit sechs Kriegern angriff, waren sie überwältigt worden. Nur einer der Mohiri hatte damals überlebt.

»Es war eine furchtbare Zeit für mich und wäre Madeline nicht gewesen, so hätte ich mich leichtsinnig in jede Gefahr gestürzt und wäre jetzt mit Sicherheit nicht mehr am Leben. Sie war damals erst zehn Jahre alt und ich wusste, ich durfte sie nicht als Vollwaise zurücklassen. Nikolas hat ein Team zusammengestellt und das Nest ausgelöscht. Er hat Josephine für mich gerächt und mir ihre sterblichen Überreste gebracht, weil ich meine Tochter nicht allein lassen konnte.«

»Die Leute hier reden über Nikolas, als wäre er eine Art Superheld, aber sie scheinen auch ein wenig Angst vor ihm zu haben.«

»Du denkst nicht so von ihm?«

Ich konnte nicht leugnen, dass Nikolas ein hervorragender Krieger war. Schließlich hatte ich ihn mehr als einmal in Aktion gesehen. »Er ist sehr gut, aber sag ihm bloß nicht, dass ich das gesagt habe. Er ist schon arrogant genug. Und viel zu bestimmend, aber es gibt nichts an ihm, was ich fürchte.«

»Unsere jungen Leute hier wachsen mit den Geschichten über Nikolas auf, und so ist es nur natürlich, dass sie zu ihm aufsehen. Er ist ein entschlossener Krieger, und es gibt wenige, die es wagen, sich ihm entgegenzustellen, wenn er sich erst einmal etwas in den Kopf gesetzt hat.«

»Ganz sicher. Ich war dabei und hab es am eigenen Leib erlebt.«

Tristan lachte herzlich. »In der kurzen Zeit, in der ich dich nun kenne, kann ich mir schon sehr gut vorstellen, warum du so eine

Herausforderung für ihn warst. Du hast einen ziemlichen Dickkopf und einen hellen Verstand. Und du lässt dich nicht leicht einschüchtern.«

»Ich schätze, ich musste einfach schnell erwachsen werden.« Ich sagte ihm nicht, dass ich jeden Tag damit kämpfte, herauszufinden, wer ich war, und dass diese Aufgabe nicht leichter wurde. »Kann ich dich etwas fragen?«

»Sicher.«

»Ich weiß, dass ihr nach dem Master sucht, aber jedes Mal, wenn ich jemanden danach frage, bekomme ich nur ausweichende Antworten. Kannst du mir sagen, wie weit ihr seid?«

Er schenkte mir ein nachsichtiges Lächeln. »Du musst dir um ihn keine Sorgen mehr machen.«

»Siehst du, du tust das Gleiche!« Frustriert hob ich die Hände. »Ich bin keine Fünfjährige, und ich bin nicht hierhergekommen, um verhätschelt zu werden. Es geht um Dinge, die mich direkt betreffen, und ihr lasst mich im Dunkeln tappen.«

Mein Ausbruch hatte Tristan aus der Fassung gebracht, und so dehnte sich die Stille zwischen uns wie Kaugummi. »Du hast recht. Es tut mir leid«, sagte er endlich. »Wir sind, was unsere jungen Leute betrifft, sehr vorsichtig. Wir beziehen sie in solche Dinge erst ein, wenn sie Krieger sind. Es ist eine gefährliche Welt, ganz besonders für jemanden wie dich.«

Ich beobachtete, wie er zu dem Bild des hübschen blonden Mädchens mit dem süßen, herzförmigen Gesicht und dem engelsgleichen Lächeln aufsah. Seine Züge spiegelten seinen inneren Schmerz, lange bevor mir klar wurde, wer die junge Frau auf dem Bild war. Nikolas hatte Madelines Tante erwähnt, die vor langer Zeit von Vampiren getötet worden war, und die Ähnlichkeit zwischen Tristan und dem Mädchen auf dem Bild war nicht zu leugnen.

»Nur weil ich wissen möchte, was vor sich geht, heißt das noch lange nicht, dass ich Ärger suche. Vertrau mir, ich habe vor, mich so weit wie möglich von allen Vampiren fernzuhalten.«

Er riss sich aus seinen Grübeleien. »Wir haben drei Nester in Nevada zerstört und zwei in Kalifornien, von denen wir annehmen, dass sie ihm gehörten. Aber bis heute haben wir keine Hinweise auf seine Identität oder seinen Aufenthaltsort.«

»Ich schätze, wenn er kein Master wäre, wäre es einfach, ihn aufzuspüren, oder nicht?«

»Ich habe in meinem ganzen Leben sechs Master gejagt, dieser hier ist bisher der cleverste. Wir wussten nicht einmal von seiner Existenz, bis du Nikolas von ihm berichtet hast.«

»Sechs Master? Und hast du sie alle getötet?«

»Ja, und diesen hier bekommen wir auch«, erwiderte er überzeugt. »Ich weiß nur noch nicht, wie lange es dauern wird. Die heutigen technologischen Möglichkeiten machen es einfacher, Spuren zu verfolgen, aber sie bieten jemandem, der nicht gefunden werden will, auch alle Möglichkeiten, sich zu verstecken.«

Das Klingeln des Telefons auf seinem Schreibtisch unterbrach uns. Mit einem Blick auf meine Uhr stellte ich erstaunt fest, dass beinahe zwei Stunden vergangen waren. Tristan erhob sich mit bedauernder Miene. »Das ist meine Erinnerung an ein Telefonat mit dem Rat in fünf Minuten. Es tut mir leid, dass ich unser Gespräch beenden muss.«

»Ich verstehe das. Wir können uns ein anderes Mal weiter unterhalten.«

»Das wäre sehr schön.«

Wir gingen zur Tür und dabei blieb mein Blick an einem riesigen Bücherregal hängen, das mich an den seltsamen Mann in der Bücherei erinnerte. »Vor zwei Nächten bin ich in die Bibliothek im ersten Stock des Ostflügels gegangen und habe dort einen Mann getroffen, der sich furchtbar über meine Anwesenheit aufgeregt hat. Er sah nicht aus wie ein Krieger. Ich meine, irgendetwas an ihm war anders. Und ich glaube, er war krank.«

»Hat er dir Angst eingejagt?« Er fragte nicht nach dem Aussehen des Mannes, also wusste er offensichtlich, von wem ich sprach.

»Nein, aber er war ziemlich aufgebracht. Kurz dachte ich, er würde komplett ausrasten, aber die meiste Zeit war er einfach nur unhöflich.«

Tristan sah amüsiert aus. »Sein Name ist Desmund, er lebt in diesem Flügel. Er leidet schon lange Zeit unter einer Krankheit, also musst du sein schlechtes Benehmen entschuldigen.«

»Oh, das hätte ich wissen sollen. Ich habe gehört, dass ein kranker Krieger in dem Flügel wohnt. Aber ich dachte, er wäre im Erdgeschoss.« Ich fühlte mich mies. Ich hatte einen kranken Mann aufgeregt, der einfach nur nach Frieden und Stille suchte, um sich zu erholen. Kein Wunder, dass er so gereizt auf mich reagiert hatte.

Tristans Glucksen traf mich unvorbereitet. »Desmund brütet dort oben schon viel zu lange allein vor sich hin und es tut ihm sicher ganz gut, unter Leuten zu sein.« Er öffnete die Tür für mich. »Desmund hatte ein sehr langes und interessantes Leben, er war eine ganz andere Person, bevor er krank wurde. Ich glaube, du wirst ihn gernhaben, wenn du ihn erst einmal besser kennst.«

»Vielleicht.«

»Du kannst die Bücherei aufsuchen, wann immer dir danach ist. Er ist manchmal schwierig, aber lass dich von ihm nicht vertreiben. Ich glaube, du würdest ihm guttun.«

Ich verzog das Gesicht zu einer Grimasse. »Super, genau das, was ich gerade brauche. Noch ein schwieriger Krieger.«

Kapitel 4

»WEISST DU, WAS DAS BEDEUTET?«, fragte ich Olivia, die an meiner Seite um den hinteren Teil des Hauptgebäudes herumging. Als wir ein paar Minuten zuvor am Trainingszentrum angekommen waren, hatten wir nur eine Notiz vorgefunden. Alle Schüler sollten sich in der Arena einfinden. Ich hatte hier so etwas wie eine Arena noch überhaupt nicht gesehen und ich begann, mich zu fragen, ob das Ganze nur ein Streich war, um die Neue an der Nase herumzuführen. Olivia deutete auf ein quadratisches Steingebäude links der Menagerie, das in etwa die Größe einer Kirche hatte. Wie die Menagerie hatte es ein Dach in Kuppelform. Hohe schmale Fenster, gesichert mit Eisenstäben in Form von Weinreben ragten zu unserer Linken empor und ich konnte einen Rundbogen mit derselben Dekoration erkennen. Vor dem Gebäude standen die anderen Schüler, Sahir und die Frau, die vor ein paar Tagen mit Tristan das Training besucht hatte. Alle außer mir schienen sie zu kennen, und allein die schmachtenden Blicke der Jungs verrieten mir, dass sie sehr beliebt hier war.

»Wer ist das?«, fragte ich Olivia, die eine Grimasse zog.

»Das ist Celine. Sie lebt in Italien, aber sie kommt drei- bis viermal im Jahr hierher. Gott, ich hoffe, dass sie uns nicht trainiert.«

Wir erreichten die Gruppe, bevor ich nachfragen konnte, was sie damit meinte. Celine unterbrach ihre Unterhaltung mit den Trainern, als wir ankamen. Sie musterte mich mit einem eiskalten Blick aus ihren grünen Augen und brachte mich damit völlig aus der Fassung. »Jetzt, da alle sich dazu bequemt haben, hier zu erscheinen, können wir ja anfangen.« Ihre Aufmerksamkeit wandte sich den anderen zu. »Heute werden wir ein kleines praktisches Training absolvieren, ich hoffe also, ihr habt im Unterricht gut aufgepasst.«

Ein aufgeregtes Murmeln ging durch die Menge, dann trat Sahir vor. Seine dunklen Augen funkelten. »Bevor die Fantasie mit euch durchgeht, möchte ich gleich dazu sagen, dass ihr nicht gegen einen Vampir oder eine ähnlich gefährliche Kreatur antreten werdet.«

Celine ging zu einem mit Stoff verhüllten Käfig, den ich bislang nicht wahrgenommen hatte. »Wir beginnen mit etwas weniger Lebensbedrohlichem.« Sie zog die Hülle beiseite und offenbarte eine braune, rattenartige Kreatur, etwa so groß wie ein Mops und mit langen gekrümmten Schneidezähnen und klauenartigen Füßen. Das Tier verbarg sich verängstigt im hinteren Teil des Käfigs. Anders als eine Ratte hatte es einen kurzen Stummelschwanz und gelbe Augen.

»Für diejenige, die nicht vertraut mit dieser Kreatur sind: Das ist eine Bazeratte«, sagte Sahir. »Man findet sie zumeist im Amazonas, wo sie sich von Schlangen und Vögeln ernähren. Sie sind bekannt dafür, Menschen anzugreifen, wenn sie sich provoziert fühlen. Manchmal werden sie in Gefangenschaft gezüchtet, und in den falschen Händen können sie sehr gefährlich werden. Eine Bazeratte allein ist harmlos, ein paar von ihnen ziemlich lästig und ein ganzes Rudel ist wie eine Horde Piranhas – wenn sie erst einmal den Geruch von Blut in der Nase haben. Ich habe schon gesehen, wie ein Rudel Bazeratten eine acht Meter lange Anakonda in weniger als einer Stunde getötet und verschlungen hat.«

Celine sah lächelnd in die Runde. »Ihr habt Glück: Ihr werdet heute kein ganzes Rudel erledigen müssen. Ihr werdet es nur mit einem einzigen Paar Bazeratten zu tun haben, und ich bin mir sicher, die *meisten* von euch werden diese Aufgabe mühelos meistern.« Es entging mir nicht, dass sie mich beim letzten Teil ihrer Ansprache ansah und sich ihr Lächeln zu einer Grimasse verzog.

»Oh, da kann dich jemand nicht ausstehen«, flüsterte Jordan mir ins Ohr. Ich wollte gerade nachhaken, da erhob Celine erneut die Stimme. »Wir machen es folgendermaßen: Einer von euch betritt die Arena, während wir die beiden Bazeratten freilassen. Eure Aufgabe ist es, sie zu neutralisieren. Bevor ihr hineingeht, wählt eure Waffen aus dem Schrank bei der Tür. Aber bedenkt: Bazeratten sind schnell. Wählt weise.«

Die Schüler stürmten voran und suchten sich ihre Waffen aus. Ich blieb als Einzige vor Celine stehen. »Willst du, dass wir sie töten?« Ich sah von Celine zu Sahir, und beide nickten.

»Warum?«

»*Warum?*«, wiederholte Celine, als hätte sie meine Frage nicht verstanden. »Weil sie bösartig sind und nicht zögern würden, uns zu töten.«

»Aber sie töten doch nur, wenn sie auf Nahrungssuche sind oder sich bedroht fühlen, nicht wahr? Und gerade stellen sie für niemanden eine Gefahr dar.« Ich deutete auf die Bazeratte im Käfig. »Diese Kreatur hier hat Angst vor uns.«

Celine hob eine Augenbraue. »Hättest du lieber ein ganzes Rudel, damit die Situation realistischer wirkt? So trainieren wir nun mal. Betrachte das Ganze als einen Sport.«

Meine Nasenflügel blähten sich und ich schüttelte den Kopf. »Töten ist kein Sport.«

Die anderen Schüler waren zurückgekommen und hielten ihre Waffen in den Händen. Sie verstummten, als sie hörten, was ich sagte.

Celine kräuselte die Lippen. »Wie willst du eine Kriegerin werden, wenn du nicht töten kannst? Glaubst du, die Vampire interessiert das?«

»Ich habe kein Problem damit, zu töten, um mich selbst zu verteidigen. Ich habe bereits zwei Vampire getötet.« Das aufgeregte Flüstern um mich herum ignorierte ich. »Aber diese Kreaturen sind keine Vampire. Sie sind nicht einmal bösartig.«

»Du wirst deine Meinung schon ändern, wenn sie dir ohne schützendes Gitter gegenüberstehen ...« Sie hielt einen ihrer manikürten Fingernägel an ihr Kinn. »Warum fangen wir nicht gleich mit dir an?«

»Von mir aus.« Ein überraschter Ausdruck huschte über ihr Gesicht. Hatte sie geglaubt, ich würde davonlaufen? Ich ging auf die Eingangstür zu, aber jemand riss mich am Arm zurück.

Terrence drückte mir ein Messer in die Hand. »Sei nicht dumm«, sagte er, als ich es zurückwies. »Du musst es ja nicht benutzen, wenn du es nicht brauchst. Aber du solltest nicht schutzlos da reingehen.«

Ich nickte und lächelte ihm halbherzig zu, dann nahm ich das Messer. Es fühlte sich ganz anders an als das, welches Nikolas mir gegeben hatte. Dieses hier war größer und schwerer und die Klinge war an den Seiten gezackt und nicht glatt. Ich hielt es flach an meinen Oberschenkel gedrückt, öffnete die Tür zur Arena und trat ein.

Der Raum schloss sich mit einem lauten Klicken hinter mir und ich stand allein in einem kurzen Flur, der zu einem großen Raum führte. Hier drinnen war es viel dunkler als draußen, das einzige Licht drang durch die Fenster. Aber es war hell genug, um zu erkennen, dass die Sitze wie in einem Stadion nach oben hin angeordnet waren und ich auf geschliffenen

Holzpaneelen stand. Der Raum unterhalb der Tribüne war etwa zehn Meter breit und lang und in der Mitte befanden sich zwei leere Käfige.

»Toll«, murmelte ich und suchte den Raum nach den Bazeratten ab. Es war schwer, in den Schatten unter den Sitzen etwas zu erkennen, also stand ich einen Moment lang still und lauschte. Doch alles, was ich hören konnte, war mein eigener Atem. Unter den Sitzen zu meiner Linken raschelte etwas. Ich schaute in die Richtung, aber es war unmöglich, die dunkle Gestalt einer Bazeratte in dem fahlen Licht auszumachen.

Auf der anderen Seite des Raums kratzten Klauen auf Holz und ich erhaschte einen Blick auf zwei glühende, gelbe Augen unter einem Sitz. *Wie zur Hölle ist sie da so schnell rübergekommen?*

Ich zuckte erschrocken zusammen, als ich nun zu meiner Rechten etwas rascheln hörte. Gerade rechtzeitig riss ich den Kopf herum, um ein zweites Paar gelber Augen in den Schatten zu erkennen. Die Haare an meinem Nacken stellten sich auf und mein Herzschlag beschleunigte sich.

Ich umklammerte das Messer in meiner Faust, froh darüber, es angenommen zu haben, dann ging ich langsam zur Mitte des Raumes. Dorthin, wo die Käfige standen. Es gab nichts, wovor ich Angst haben musste. Selbst wenn sie angriffen – sie waren nur zu zweit, und ich hatte ein sehr scharfes Messer. Dennoch wollte ich sie nicht töten, wenn es nicht sein musste.

Verdammt, vielleicht würde ich mein Messer noch nicht einmal gebrauchen müssen. Ich hatte allein mit meinen Kräften schon einen durchgeknallten Werwolf und zwei Höllenhunde beruhigt, und das würde sicher auch bei diesen kleinen Kreaturen funktionieren. Zumindest hoffte ich das, denn wenn ich auf meine kriegerischen Fähigkeiten vertrauen würde, konnte ich mich ihnen gleich auf dem Silbertablett servieren.

Das stimmt nicht, flüsterte mir eine Stimme in meinem Innern zu. *Du hast zwei Crocottas in die Flucht geschlagen und Eli getötet. Du bist nicht schwach oder hilflos.*

Ich richtete mich auf. Aus irgendeinem Grund mochte Celine mich nicht, und sie stand dort draußen und wartete darauf, dass ich versagte. Aber ich war nicht schwach, und ich war bestimmt kein Feigling. Sie wollte, dass ich diese Tiere neutralisierte, und genau das würde ich tun.

»Also gut, Jungs. Ich will euch wirklich nicht wehtun, und ihr wärt wahrscheinlich auch lieber zu Hause im Dschungel. Aber es ist nun einmal nicht zu ändern. Also, was sagt ihr, schließen wir Frieden?« Die Bazeratte zu meiner Linken zischte leise. Es klang nicht gerade freundlich.

»Okay, also kein Waffenstillstand. Dann haltet euch bereit.« Ich ging langsam auf das zischende Tier zu und ließ meine Kräfte in den Raum fließen. Als ich noch etwa einen Meter von den Sitzen entfernt war, hielt ich inne. Mein Plan, so er denn funktionierte, war es, die Kreaturen zu mir zu locken. Definitiv eine bessere Strategie, als zu ihnen unter den Sitz zu kriechen.

Ein lautes Klopfen ließ mich aufschrecken und das Herz pochte mir wild in der Brust, bis ich begriff, dass nur jemand an die Tür geschlagen hatte.

»Machst du da drin ein Nickerchen, oder was?«, rief Celine, und ich hörte das Lachen in ihrer Stimme. »Wenn du Hilfe brauchst, lass es uns wissen.«

»Nein, danke. Es läuft alles super«, rief ich zurück, in der Hoffnung, dass das auch wirklich der Fall war. Ich lugte unter die Sitze und glaubte, in einem der dunklen Flecken eine Bazeratte erkannt zu haben. Sicher war ich mir jedoch nicht. *Ich wette, die anderen haben kein Problem damit, die Viecher zu erkennen.* Callum wurde nicht müde, mir zu erklären, dass meine Sicht und mein Gehör sich verbessern würden, wenn ich lernte, meine Mohirikräfte zu nutzen.

»Hey, du kleiner Kerl. Warum hörst du nicht auf mit dem Lärm und kommst raus, damit wir uns anfreunden können?« Ich schickte eine Welle meiner Kraft zu jener Stelle, an der ich die Kreatur vermutete. »Ich weiß, du hast Angst vor den Leuten, die dich in den Käfig gesperrt haben, und ich kann dir das auch nicht verübeln. Aber ich werde dir nicht wehtun.« *Wenn du mir nicht wehtust.*

Etwas raschelte unter den Sitzen und ich wollte schon siegessicher lächeln, als ich bemerkte, dass das Tier sich von mir wegbewegte, statt zu mir zu kommen. Ich runzelte die Stirn. Wann war eine Kreatur je vor meiner Kraft zurückgewichen? Ich hatte keine Ahnung von Bazeratten, hatte bisher nur das erfahren, was Celine uns gesagt hatte, aber sie sahen aus wie große Nager, und ich wusste bereits, dass meine Kräfte bei Ratten wirkten.

Ich bewegte mich vorwärts, bis meine Hand einen der Sitze berührte. Dann beugte ich mich nach unten und strengte mich an, in der Dunkelheit etwas zu erkennen. Es sah so aus, als müsste ich weiter hineinkriechen. *Wunderbar.* Vor nicht allzu langer Zeit war ich bis zum Hals in eiskaltem Wasser gestanden und hatte mich einer großen Anzahl von bösen Geistern besessener Hafenratten gegenübergesehen. Das wäre mir jetzt lieber gewesen, als unter diese Sitze zu kriechen. Wenn ich doch nur nahe genug an eine der Bazeratten herankäme, um sie zu beruhigen – sofern das Vieh vorher nicht versuchte, mich aufzufressen. Ich hoffe nur, dass der andere solange Abstand halten würde, bis meine Magie bei seinem Bruder wirkte.

Unter den Sitzen hallte jede Bewegung wie ein Echo in meinen Ohren, obwohl ich so leise wie möglich war. Es war nicht so dunkel wie befürchtet, und meine Augen gewöhnten sich langsam an das dämmerige Licht. Die Sonnenstrahlen bahnten sich ihren Weg durch die Fenster und schufen kleine Lichtflecken inmitten der Sitzreihen. Ich versuchte, mich so gut wie möglich daran zu orientieren. Zu meinem Pech jedoch hielt sich die Bazeratte dem Licht fern, sodass auch ich dazu gezwungen war, mich in der Dunkelheit zu bewegen.

Wo zum Teufel steckst du? Ich hielt inne und lauschte, aber alles war still. Zwei Schritte weiter, dann stoppte ich wieder und starrte auf die dunklen Umrisse in weniger als einem Meter Entfernung. Immerhin rannte das Vieh jetzt nicht mehr davon.

Ein Poltern, gefolgt von dem Geräusch trippelnder Füße auf der anderen Seite des Raumes ließ mich herumwirbeln. Aus Angst vor einem Angriff zuckte ich heftig zusammen. Ich stieß mir den Kopf an der Unterseite eines der Sitze, mein Atem stockte und das Messer glitt mir aus den Händen und schlitterte über den Boden. Laut stöhnend sah ich in das borstige Gesicht der Bazeratte, die nun nicht mehr als dreißig Zentimeter von mir entfernt war. Bevor ich auch nur eine Bewegung machen konnte, öffnete das Tier seinen Mund unnatürlich weit und zeigte mir lange Reihen scharfer, spitzer Zähne.

»Scheiße«, kreischte ich, als es sich auf mein Gesicht stürzte.

Schützend hob ich die Arme, und schon kratzte einer der Schneidezähne über meine Handfläche. Der kleine Schnitt brannte höllisch. Doch ich hatte keine Zeit, darüber nachzudenken, welche Art von Gift die Bazeratte verspritzte, denn ich war zu beschäftigt damit, das Vieh beim Hals zu packen und es von meinem Gesicht fernzuhalten.

Kaum hatte ich es berührt, begann es sich zu winden und laut zu quietschen. Erst ein einziges Mal hatte eine Kreatur so auf meine Kräfte reagiert und das war bei der Begegnung mit einer Ratte gewesen, die mit einem dunklen Zauber belegt worden war. Aber in diesem Tier hier spürte ich keine fremde Macht. Die Bazeratte hatte wirklich Angst vor mir und ich wusste nicht, was ich dagegen tun sollte.

Dann fühlte ich es: Ein seltsames, elektrisiertes Prickeln kribbelte über meine Haut. Die Bazeratte flippte völlig aus. Sie krallte sich in meinen Arm, der glücklicherweise in langen Ärmeln steckte, und wand sich dann so heftig in meinem Griff, dass ich beinahe loslassen musste. Ich drosselte meine Kräfte, zog meine Magie zurück und hoffte, die Bazeratte damit zu beruhigen. Erst dachte ich, es würde funktionieren, doch dann zischte eine Welle elektrischer Energie durch meine Hand direkt in die Kreatur. Ein paar Sekunden lang war das Tier wie erstarrt, dann kollabierte es in meinen Händen.

»Was zur Hölle war das?« Ich setzte mich auf und hielt die bewusstlose Kreatur ins fahle Licht. Ich wusste, dass sie noch am Leben war. Der Puls war deutlich zu spüren – langsam, aber regelmäßig. Die Frage war nur, wie lange das Tier in diesem Zustand bleiben würde. Ich befreite eine Hand, fingerte nach dem Messer, und nachdem ich es gefunden hatte, stand ich auf. Unmöglich zu sagen, wo die andere Bazeratte war – so entschied ich mich, zuerst einmal dieses Exemplar hier in den Käfig zu sperren, bevor sein Bruder sich auf die Suche nach ihm machen konnte.

Erleichtert seufzte ich, nachdem ich die Käfigtür hinter der ohnmächtigen Bazeratte geschlossen hatte. »Einer fehlt noch.« Ich hatte etwas Selbstsicherheit zurückgewonnen, jetzt, da ich nur noch mit einem dieser Viecher zu kämpfen hatte.

Die zweite Bazeratte stellte sich als weitaus wendiger heraus, und ich kam mir vor wie ein hakenschlagender Hase, als ich sie verfolgte. Schließlich gelang es mir, das Tier in die Enge zu treiben. Nicht annähernd so mutig wie sein Bruder, zischte es nur und zeigte mir die

Zähne. Als ich allerdings meine Hände um es legte und ihm einen Vorgeschmack meiner Kräfte gab, rastete es genauso aus. Wieder surrte diese unerklärliche Elektrizität durch meinen Körper und ich musste mich stark konzentrieren, um dem Tier nicht den Garaus zu machen. Ich wollte es fangen, nicht töten. Bewusstlos steckte ich es schließlich in den Käfig. Ich trat zurück und sah auf die beiden schlafenden Bazeratten, die plötzlich so friedlich aussahen. Dabei wusste ich es besser. Ich schauderte und ging zur Tür. Hoffentlich würde ich nie Bekanntschaft mit einem ganzen Rudel machen müssen.

»Wie schön, dass du noch an einem Stück bist«, knirschte Celine, als ich nach draußen trat. Der Ausdruck auf ihrem Gesicht strafte ihre Worte Lügen. Bis auf ein paar Kratzer war ich unverletzt und stolz darauf, die Aufgabe erfüllt zu haben. »Kinderspiel«, sagte ich und ging an ihr vorüber.

»Warte«, bellte sie und ich hielt inne, während sie die Tür erneut öffnete und in das Gebäude trat. Kaum eine Minute später war sie zurück und blitzte mich finster an. »Du bist noch nicht fertig. Rein da und bring es zu Ende.«

»Sie sitzen in ihren Käfigen, wo sie niemandem mehr etwas zuleide tun können. Es gibt keinen Grund, sie zu töten.«

Celine kam einen Schritt auf mich zu. Sie überragte mich um mindestens zehn Zentimeter. »Die Aufgabe war, sie zu töten. Du hast also nicht bestanden, wenn du sie nicht umbringst.«

»Die Aufgabe war, sie zu *neutralisieren*, und sie sind neutralisiert. Wenn ich, um diesen Test zu bestehen, sinnlos töten muss, dann bitte – lass mich durchfallen.« Ich warf das Messer auf den Boden und ging hinüber zu Michael, der mich angaffte, als wäre mir gerade ein zweiter Kopf gewachsen. Halb erwartete ich, dass Celine mir nachkäme, aber offensichtlich hatte sie beschlossen, die Sache auf sich beruhen zu lassen und sah sich bereits nach einem anderen Schüler um. Zuerst würde sie sich aber ein paar neue Bazeratten suchen müssen, meine waren außer Gefecht gesetzt. Ich bemühte mich, meine Genugtuung zu verbergen.

»Soso, das Kätzchen hat also die Krallen ausgefahren«, sagte Jordan gedehnt und kam mit Olivia auf Michael und mich zu.

»Was zur Hölle hast du da drinnen gemacht, Sara?«, wollte Michael wissen und vergaß darüber sogar seine Schüchternheit.

»Ich hab sie gefangen und in ihre Käfige gesteckt.« Bewusst ließ ich den Teil mit meinen elektrisierten Fingern aus.

Terrence lachte. »Warum der ganze Aufwand, wenn es doch viel einfacher ist, sie zu töten?«

Ich erwiderte seinen abschätzigen Blick und zuckte mit den Achseln. »Töten kann jeder. Sie lebendig zu fangen, ist eine viel größere Herausforderung, meinst du nicht?«

Er schnaubte, aber ich konnte in seinen Augen sehen, dass meine Worte ihre Wirkung nicht verfehlt hatten. »Ich geh als Nächster rein«, rief er Celine zu und stapfte dann davon.

Ich beobachtete, wie Celine mit Terrence redete. Natürlich, jetzt, da sie mit jemand anderem als mir sprach, wirkte sie viel freundlicher. Wäre Celine ein Mensch gewesen, hätte ich ihr Verhalten der natürlichen Aversion einer Frau gegen eine Wassernymphe zuschreiben können. Aber sie war eine Mohiri und immun gegen diese Art von Gefühlen. »Was ist eigentlich ihr Problem?«, murmelte ich vor mich hin.

»Du.«

Stirnrunzelnd sah ich Jordan an. »Ich? Aber sie hat mich vor zwanzig Minuten das erste Mal gesehen.«

»Sie ist eifersüchtig«, sagte Olivia so leise, dass die Trainer es nicht hören konnten. »Wahrscheinlich liegt es daran, dass sie und Nikolas Danshov eine lange gemeinsame Geschichte haben und sie immer noch heiß auf ihn ist.«

Ich stellte mir Nikolas mit der kühlen, hübschen Celine vor, und etwas in meinem Innern verkrampfte sich bei dem Gedanken. »Was hat das mit mir zu tun?«

»Lass mich überlegen«, Jordan tippte sich mit dem Finger an die Lippen. »Könnte etwas damit zu tun haben, dass Nikolas ziemlich viel Zeit mit einem gewissen Waisenmädchen verbracht hat.«

»Was? Nein, es war nicht ... Du verstehst das nicht.« Die Röte kroch mir in die Wangen. »So war es wirklich nicht. Wir können uns nicht ausstehen.«

Jordan lachte. »Aha.«

»Nein, wirklich. Er hat nur seinen Job gemacht. Ich wollte ihn genauso wenig um mich haben, wie er sich um mich kümmern wollte.«

Jordan und Olivia lachten, und es war Olivia, die zuerst darauf antwortete. »Nikolas ist einer der bestaussehenden Krieger auf dem ganzen Planeten, und sein Job ist es nicht, bei Waisen den Babysitter zu spielen.«

Ich sah von einer zur anderen. »Das verstehe ich nicht. Er hat mich gefunden, die bösen Kerle getötet und mich hierhergebracht. Ist das etwa nicht Aufgabe der Krieger?«

Michael mischte sich ein: »Manche Krieger tun das, ja, aber du bist die erste Waise, die Nikolas mitgebracht hat.«

Jordan und Olivia musterten mich eingehend, während ich versuchte, diese Information zu verdauen. Nikolas hatte vor mir nie jemanden hierhergebracht? Nun, zumindest erklärte das seinen Mangel an Geduld – er hatte ganz offensichtlich keine Erfahrung mit Waisen. Was immer seine Gründe gewesen sein mochten, ich wusste ganz sicher, dass sie nicht romantischer Natur waren, wie die Mädchen es andeuten wollten. Es ging vielmehr um sein männliches Ego, ich hatte ihn herausgefordert, und damit war er nicht klargekommen. »Ich weiß, was ihr andeuten wollt, aber glaubt mir, zwischen mir und Nikolas läuft rein gar nichts.«

Jordan lachte kurz laut auf. »Du bist wahrscheinlich die einzige weibliche Person auf Erden, die nicht müde wird, zu betonen, dass sie nicht auf ihn steht.«

»Gott, was würde ich dafür geben ...«, Olivia fächelte sich selbst Luft zu. »Es gibt keine Worte für diesen Mann.« Sie seufzte. »Kannst du dir vorstellen, wie es sich anfühlen muss, in seinen Armen zu liegen?«

Auf keinen Fall würde ich den beiden erzählen, wie es war, von Nikolas gehalten zu werden. Aber seine Umarmung war tröstend gewesen, nicht romantisch. Ich konnte nicht verstehen, wie er mich an jenem Tag so liebevoll hatte behandeln können, nur um zwei Tage später ohne einen Abschiedsgruß zu verschwinden. Ich gab ja zu, nicht die beste Menschenkenntnis zu besitzen, aber konnte ich mich so in ihm getäuscht haben?

»Oha! Seht euch das an!«

Wir vier drehten uns um und starrten Terrence an, der gerade aus der Arena kam und aussah, als hätte er vier Runden im Boxring hinter sich. Sein Haar stand in alle Richtungen ab, sein Shirt und seine Jeans hingen ihm in Fetzen vom Leib und er hatte einen blutigen Kratzer auf der

Wange. Aber er grinste dabei, als hätte er im Lotto gewonnen. Er ging an Celine und Sahir vorbei, kam zu mir und sah mich mit leuchtenden Augen an. »Das war ein Spaß!«

Ich bedachte ihn mit einem finsteren Blick. »Ja, klar. Töten ist ganz sicher ein Riesenspaß.«

»Wer hat was von Töten gesagt? Und wenn du mal auf die Zeit schaust, glaube ich, dass ich sogar schneller war als du.« Er berührte seine Wange und zuckte zusammen. »Fiese kleine Bastarde sind das.«

»Du hast sie nicht getötet?«, fragte Josh ungläubig.

Terrence gluckste. »Sara hat recht. Töten kann jeder, aber es braucht schon einen wahren Krieger, um sie lebend zu fangen.« Es war nicht exakt das, was ich gesagt hatte, aber ich beschloss, es dabei zu belassen.

Celine kam zu uns, und ihr Blick schweifte kurz missbilligend zu mir. »Was zur Hölle ist denn mit euch los?«

Terrence grinste mich an. »Wir ändern ein wenig die Regeln, machen uns einen Spaß daraus.«

»Hier geht es aber nicht um Spaß«, giftete Celine. Sie deutete auf mich und Terrence. »Ihr beide seid fertig hier. Geht woanders hin und sorgt dort für Ärger.« Sie wirbelte herum und schrie: »Gibt es hier auch jemanden, der die Sache anständig machen will?«

»Bis später«, sagte ich zu den anderen, froh, Celine und ihrer Mordlust den Rücken kehren zu können. Ich ging auf das Hauptgebäude zu, und Terrence rannte mir nach.

»Ernsthaft, was für eine Action«, keuchte er. »Wer hätte gedacht, dass es so viel Spaß machen könnte, Dämonen lebend zu fangen.«

Abrupt blieb ich stehen. »Die Bazeratten sind Dämonen?«

»Natürlich, was hast du denn gedacht?«

»Ich weiß nicht, mutierte Ratten vielleicht.«

Er kicherte, als hätte ich einen Witz gemacht. »Wir haben sie letztes Jahr im Unterricht durchgenommen.«

»Da war ich noch nicht da.« Ich hatte von Remy viel über diese Welt gelernt, aber keine gründliche Schulbildung genossen wie die Mohirikids. Es würde Jahre dauern, um meinen Wissensrückstand aufzuholen.

Ich ging weiter. Die Bazeratten waren also Dämonen und meine Kraft beruhigte sie nicht, sondern versetzte sie in Aufruhr. Dämonen fürchteten

Faemagie und es musste ihnen wehgetan haben, von mir berührt worden zu sein. Vielleicht hatte meine Kraft auch deswegen so reagiert und sie betäubt. Allerdings erklärte das noch immer nicht dieses seltsame Aufflammen von Elektrizität, das mich inzwischen fast jeden Tag heimsuchte. Wurden die Elementargene in meinem Innern stärker, so wie Aine es prophezeit hatte?

Ein beunruhigender Gedanke kam mir, und sofort zog sich mein Magen schmerzhaft zusammen. Ich war von Leuten umgeben, die einen Dämon in ihrem Innern beherbergten und ich hatte keinerlei Kontrolle über das, was mit mir geschah. Was, wenn ich unabsichtlich jemanden verletzte? Ich war Halb-Fae, Halb-Dämon, und selbst die Fae gaben zu, dass sie keine Ahnung hatten, in welche Richtung sich meine Magie entwickeln würde. Nikolas hatte mich hierhergebracht, damit ich in Sicherheit war. Aber was, wenn ich diejenige war, die Gefahr brachte?

* * *

Leise näherte ich mich der Bibliothek. Drei Tage waren seit meiner ersten Begegnung mit Desmund vergangen, und obwohl Tristan mich ermutigt hatte, die Bücherei aufzusuchen, so graute mir ein wenig vor dem Zusammentreffen mit ihm. Ich wollte ihn nicht aufregen und irgendeine Art Rückschlag bei ihm provozieren, aber ich musste auch zugeben, dass ich neugierig geworden war.

Die Tür stand offen, und der Raum sah fast genauso aus wie beim letzten Mal. Ich hätte auch diesmal vermutet, dass niemand hier war, hätte ich nicht das leise Rascheln von Papier vernommen. Statt mich bemerkbar zu machen, ging ich leise zum Regal und stellte die Ausgabe von *Jane Eyre* zurück, die ich mir ausgeliehen hatte. Es tat beinahe körperlich weh, sie aus den Händen zu geben, aber ich musste mir auch die anderen Schätze ansehen, die in den vielen Regalen auf mich warteten.

Das gibt es nicht! Mein Blick fiel auf eine erstaunlich gut erhaltene Ausgabe von *Daniel Deronda*. Ich nahm das Buch herunter und schlug es auf, nur um festzustellen, dass es tatsächlich noch eine Erstausgabe war. Wie viele Leute bekamen wohl die Gelegenheit, einen Klassiker wie diesen in Händen zu halten? *Oh, Dad, was würde ich dafür geben, dass du das hier sehen könntest.*

Ich überlegte, mich ans Feuer zu setzen, aber wenn Desmund in einem der hohen Sessel saß – und das vermutete ich stark –, dann würde er für sich sein wollen, und ich mochte ihm nicht wieder einen Grund geben, sauer zu werden. Er war es gewohnt, dieses Zimmer mit niemandem teilen zu müssen, und so war es wohl das Beste, ihn langsam an Gesellschaft zu gewöhnen. Ich trug mein Buch zu einem Tisch nahe dem Fenster, an dem es eine kleine Leselampe gab. Der Stuhl dort war nicht so bequem wie die Sessel am Feuer, aber das Buch lenkte davon ab.

»Oh, du schon wieder.«

Ich zuckte zusammen. Er hatte sich so schnell bewegt, dass ich gar nicht bemerkt hatte, wie er nähergekommen war. Er trug die gleichen aus der Zeit gefallenen Kleider wie bei unserer letzten Begegnung, aber nun waren sie sauber und gebügelt. Sein Haar schien ordentlicher, und ich kam nicht umhin, festzustellen, dass er sich geradezu feingemacht hatte. Mein Blick schweifte zu seinem Gesicht und ich war nicht überrascht, ihn finster dreinblicken zu sehen. Ich erinnerte mich an das, was Tristan mir über seine schlechte Laune und die Krankheit gesagt hatte und schenkte ihm ein freundliches Lächeln. »Hallo.«

Das schien ihn aus der Bahn zu werfen und so starrte er mich einen Moment lang weiter finster an, bevor sein Blick auf das Buch in meinen Händen fiel. »Du hast einen seltsamen Literaturgeschmack für dein Alter.«

Ich zuckte mit der Schulter. »Ich lese viele verschiedene Sachen – was immer mir gefällt.« Er antwortete nicht, also fragte ich. »Was lesen Sie so?«

Desmund hob den Arm und ich sah, dass er *Hamlet* in Händen hielt. Wir hatten die Tragödie im letzten Frühjahr im Englischunterricht durchgenommen. Das Stück war zu dunkel und zu grausam für meinen Geschmack, und ich hielt es auch nicht für eine gute Lektüre für einen Mann, der ohnehin schon mit sich haderte. Doch das behielt ich besser für mich.

»Du magst Shakespeare nicht?« Sein Ton war eisig, und ich fragte mich, wie ich ihn schon wieder so schnell hatte reizen können.

»Ich habe Probleme damit, sein Englisch zu verstehen«, erwiderte ich ehrlich. »Ich mag es nicht, wenn ich ständig innehalten und überlegen muss, was dieses und jenes Wort bedeutet.«

Er wandte sich um und durchquerte den Raum, bis er an einem großen Einbauschrank stehen blieb. Er öffnete die Tür, holte eine Fernbedienung heraus und drückte eine Weile darauf herum, bis schließlich die sanften Klänge klassischer Geigenmusik den Raum erfüllten. Es war nichts, was ich sonst so hörte, aber es war auch nicht unangenehm.

»Vivaldi trifft wohl auch nicht deinen Geschmack?«

»Ich bin nicht vertraut mit seiner Musik.« Ich nahm an, dass Vivaldi der Komponist war und nicht die Art von Musik.

Er schnaubte abfällig. »Kein Wunder. Die jungen Leute heute haben einen furchtbaren Musikgeschmack. Wie nennt ihr es ... Pop?«

»Nur weil ich mich nicht in allen Bereichen klassischer Musik auskenne, heißt es nicht, dass ich sie nicht mag.« Ich machte eine Handbewegung in Richtung der Wände. »Ich schätze, Sie haben auch nicht jedes Buch gelesen, das je veröffentlicht wurde.«

Er kniff die Augen zusammen. »Gut, dann sag mir doch, welchen der großen Komponisten du verehrst?«

Noch eine Woche zuvor hätte ich diese Frage nicht beantworten können. Bevor ich nach Westhorne gekommen war, hatte ich ausschließlich klassischen Rock gehört, aber das war, bevor ich die breite Auswahl klassischer Stücke im Gemeinschaftsraum entdeckt hatte. Ich hatte mir einiges davon angehört und ein paar gefunden, die mir wirklich gut gefielen. Noch immer konnte ich Bach nicht von Brahms unterscheiden, aber es gab einen, der für mich aus der Masse hervorstach. »Tschaikowsky.«

»Und was ist dein Lieblingsstück von Tschaikowsky?«, fragte Desmund skeptisch. Sein ganzes Verhalten reizte mich bis aufs Blut. Es war offensichtlich, dass ich nicht so viel Ahnung von klassischer Musik hatte wie er, und von mir aus konnten er und Mozart beste Kumpels gewesen sein, aber musste er sich so überheblich aufführen?

Ich rief mir ins Gedächtnis, dass er krank war, und so fiel meine Antwort milder aus als geplant. »Ich weiß nicht, wie es heißt, es ist eine Art Walzer. Ich habe es mir im Gemeinschaftsraum ein paarmal angehört.«

Zunächst dachte ich, er würde mich wieder beschimpfen, stattdessen aber drückte er ein paar Knöpfe auf der Fernbedienung und schon erklang der mir bekannte Walzer.

»Das ist es!«

Die wunderschöne, mitreißende Melodie füllte für etwa eine Minute den Raum, dann wandte er sich mit amüsierter Miene zu mir um. »*Serenade für Streicher in C-Dur*. Das ist auch einer meiner Lieblinge.«

»Da haben wir doch tatsächlich etwas gemeinsam! Wie furchtbar«, mein Ton war neckend, aber es war unmöglich einzuschätzen, wie er es aufnehmen würde.

Seine Mundwinkel zuckten. »Tragisch, in der Tat«, erwiderte er, aber seine Stimme hatte einen weicheren Klang dabei. »Nun, da du ja entschlossen zu sein scheinst, dich hier wie zu Hause zu fühlen, solltest du mir vielleicht auch deinen Namen verraten.«

»Sara Grey.«

Er verbeugte sich zitterig, aber elegant. »Desmund Ashworth, der siebte Earl von Dorsey.«

»Aha. Ich wusste, dass Sie so eine Art englischer Lord sind.« Er hob eine Augenbraue, und ich sagte schnell: »Sie haben etwas unheimlich Aristokratisches an sich.«

Diese Bemerkung schien ihm außerordentlich gut zu gefallen und ein zufriedenes Lächeln zupfte an seinen Lippen. Zum ersten Mal, seit ich ihm begegnet war, schien sein Blick ruhig und gelassen. »Du hast einen guten Geschmack, was Bücher und Musik angeht. Für dich besteht noch Hoffnung«, stellte er fest, als wäre seine Zustimmung das, worauf ich gewartet hatte. »Was machst du sonst so?«

»Ich zeichne, aber nicht im Ansatz solche Werke, wie sie hier an den Wänden hängen. Ihnen würde es vermutlich nicht gefallen.«

»Wahrscheinlich nicht«, stimmte er zu, und am liebsten hätte ich ihm die Zunge herausgestreckt. Er konnte doch wenigstens einmal so tun, als hätte er Benehmen. »Spielst du vielleicht Schach?«

»Nein, aber ich kann Dame.« Rolands Onkel Brendan hatte mir das Spiel beigebracht und wir hatten es ständig gespielt, wenn ich auf der Farm gewesen war. Ich hatte Brendan ein paarmal geschlagen, was nicht einfach gewesen war.

Er schnaubte wieder. »Dame kann jeder. Aber um Schach zu beherrschen, erfordert es ein äußerst aufgeräumtes Oberstübchen.«

Eine innere Stimme sagte mir, dass Desmunds Verstand wahrscheinlich so aufgeräumt war wie mein Kleiderschrank. Aber auch diesen Gedanken behielt ich für mich. »Es ist eine Weile her, dass ich zuletzt gespielt habe, aber ich lasse Sie gerne Ihre Damefähigkeiten unter Beweis stellen. Zu schade, dass wir kein Spielbrett hier haben.«

Nun leuchteten seine Augen auf und er wandte sich zu dem Schrank um, beugte sich nach vorn und zog eine dunkle Box aus Mahagoniholz hervor. Er trug das Kästchen zum Tisch und legte es vor mich, dann öffnete er es und offenbarte ein glänzend poliertes Damespielbrett. In dem Kästchen befanden sich außerdem ein Set ebenholzschwarzer und dunkelgrüner Spielsteine. Desmund setzte sich auf den Stuhl mir gegenüber. Dann legte er die Steine auf das Brett. »Damenwahl.«

Ich zögerte einen Moment, legte dann mein Buch beiseite, und obwohl mir sein Eifer sagte, dass er das Spiel sehr gut beherrschte, griff ich nach den grünen Figuren und begann sie auf meiner Seite des Bretts auszulegen.

Wir hatten noch nicht lange gespielt, da wurde klar, dass Desmund in einer völlig anderen Liga spielte als Brendan. Ich musste mich sehr konzentrieren, um seinen Zügen folgen zu können und erntete ein paar böse Blicke, als ich drei seiner Steine einkassierte. Nichts im Vergleich zu seinem dominierenden Spiel. Er prahlte nicht so sehr mit seinem Sieg, wie ich es erwartet hatte, aber er war auch nicht besonders gnädig mit mir.

»Du hast Potenzial, aber es wird Jahre dauern, bis wir dich so weit haben.«

»Oh danke, wie nett«, erwiderte ich. »Vielleicht bin ich in hundert Jahren so gut wie Sie.«

Desmund schürzte die Lippen. »Daran zweifle ich, aber dann bist du vielleicht wenigstens ein würdiger Gegner.«

Ich schüttelte den Kopf über seine Arroganz. »Wie alt sind Sie überhaupt?« Die Mohiri waren in Altersfragen nicht so sensibel wie Menschen, also sah ich nichts Falsches darin, ihn zu fragen.

Er hielt inne, so, als müsste er über die Antwort erst nachdenken. »Ich wurde 1638 geboren.«

Wow. »Ich kann mir nicht vorstellen, so lange zu leben. Ich habe erst vor ein paar Monaten herausgefunden, dass ich eine Mohiri bin.«

»Ah, *diese* Waise bist du also. Ich habe gleich bemerkt, dass du anders bist.«

»Das bin ich wohl.« Ich kam nicht umhin, mich zu fragen, ob es gut war, wenn jemand derart Exzentrisches wie Desmund einen für ›anders‹ hielt. »Zumindest bin ich nicht so wie die anderen Schüler, sie sind alle gute Kämpfer. Ich glaube nicht, dass aus mir eine Kriegerin wird. Ich weiß nicht einmal, ob ich eine sein will.«

Er sah aus dem Fenster hinaus in die Dunkelheit. »Besser man ist ein gescheitertes Original als eine erfolgreiche Imitation.« Als er zu mir zurückblickte, lächelte er leicht. »Melville. Seine Worte haben ihn überlebt.«

Ich erwiderte sein Lächeln. »Ich werde versuchen, das zu verinnerlichen.«

»So, möchtest du eine Revanche?« Er rollte einen der schwarzen Steine in seinen langen Fingern.

»Heute nicht«, sagte ich mit ehrlichem Bedauern. Desmund war zwar ein wenig unausgeglichen, aber er war intelligent und interessant und ich fing an, ihn zu mögen. Ich sammelte die Spielsteine zusammen. »Es ist schon spät, und ich habe morgen früh Training.«

»Ein anderes Mal dann?« Seine Frage schien leicht dahingesagt, aber den Hoffnungsschimmer in seinen Augen konnte er nicht verbergen. Mir kam der Gedanke, dass er womöglich einsam war hier oben – obgleich er jeden von sich stieß.

Mein Lächeln wurde breiter. »Auf jeden Fall. Ich muss schließlich üben, wenn ich Sie jemals schlagen will.«

Er lachte kurz auf, das erste Mal, seit ich ihn kannte. »Da hast du dir ein hehres Ziel gesetzt.« Er half mir, aufzuräumen, und hielt mir dann die Box hin. Ich nahm sie entgegen und ließ meine Steine hineinfallen. Dabei berührten meine Finger seine Hand.

Ein kaltes Übelkeitsgefühl bemächtigte sich meiner. Mein Herz begann zu flattern, und meine Haut war plötzlich so kalt, als liefen Eistropfen darüber. Ich schauderte und lehnte mich zurück. Schweiß perlte auf meiner Unterlippe, vor meinen Augen wurde es schwarz. Hastig schnappte ich nach Luft, legte eine Hand auf den Tischrand und kämpfte gegen die Ohnmacht an, die mich zu verschlucken drohte.

»Geht es dir nicht gut?« Desmund klang besorgt, er streckte die Hand nach mir.

»Es geht mir gut!«, brachte ich mühsam hervor und stand schnell auf, bevor er mich erneut anfassen konnte. Wenn diese schreckliche Attacke von nur einer kurzen Berührung hervorgerufen worden war, wollte ich auf keinen Fall weiteren Kontakt zu seiner Haut. Der wahre Grund meiner plötzlichen Übelkeit schien an ihm vorbeigegangen zu sein und ich wollte ihn nun nicht darauf hinweisen und ihn womöglich erschrecken. Stattdessen lächelte ich schief. »Ich hätte das Abendessen besser nicht ausfallen lassen sollen.«

Er runzelte die Stirn. »Ich kann dir etwas zu essen bringen lassen, wenn du möchtest.«

»Danke, aber ich hole mir einfach schnell einen Muffin aus der Cafeteria.« Er wirkte nicht überzeugt. »Es geht mir gut. Wirklich.«

Er stand auf und folgte mir zur Tür. »Du siehst blass aus. Bist du sicher, dass du dich nicht doch hinsetzen und ein wenig ausruhen willst?«

Ich schenkte ihm ein – so hoffte ich zumindest – aufmunterndes Lächeln. »Es geht mir schon viel besser, danke.« Das war nicht die ganze Wahrheit. Mein Körper erholte sich zwar von diesem seltsamen Anfall, aber noch immer war ich ziemlich durcheinander. »Wir sehen uns bald wieder.«

Ich huschte aus der Bibliothek und eilte auf die Treppe zu. *Was zur Hölle ist denn da passiert?* Die Mohiri hatten keine Superkräfte, außer sie waren ein Halbblut wie ich – aber ich hatte definitiv etwas gespürt, als ich Desmund berührt hatte. War es mehr als nur eine Mohirisache? Oder hatte es etwas mit seiner Krankheit zu tun? Ich würde Tristan fragen müssen, so bald wie möglich. Wenn Desmund gefährlich war, wäre es nicht ratsam, Zeit mit ihm allein zu verbringen. Es ergab allerdings keinen Sinn, dass Tristan mich unter solchen Umständen drängen würde, Desmund kennenzulernen. Ich hoffte, nur überreagiert zu haben. Denn Tristan hatte recht gehabt: Ich mochte Desmund schon jetzt.

Kapitel 5

»ICH HABE GEHÖRT, es gab einen kleinen Tumult beim Training gestern.« Tristan schaute mich über den Rand seines Weinglases an. Es war unser erstes Treffen, seit wir uns vor zwei Tagen kennengelernt hatten. Wir saßen in seinem Apartment und aßen gemeinsam zu Abend. Es fühlte sich noch immer seltsam an, plötzlich einen Großvater zu haben. Insbesondere, weil er Madelines Vater war. Aber ich strengte mich an, meine Vorurteile ihm gegenüber zu überwinden und uns eine Chance zu geben.

Ich sah von meinem Salat auf, bereit, mich zu rechtfertigen. Es überraschte mich nicht, dass Celine sich über mich beschwert hatte. Sie hatte von Anfang an klargemacht, dass sie mich nicht mochte. Noch immer stand ich zu meiner Entscheidung, die Bazeratten nicht zu töten. Auch wenn sie Dämonen waren, bedeutete das nicht im Umkehrschluss, dass sie so böse waren wie Vampire. Die Welt war voll von Dämonen, und viele von ihnen waren zwar lästig, aber kaum als ernsthafte Bedrohung anzusehen. Ich hatte schließlich unter einem Dach mit Kobolden gelebt, und auch wenn sie mir den letzten Nerv kosteten, so hatten sie sich nie wirklich boshaft gezeigt.

Roland hatte mir nicht zugestimmt, als ich ihm letzte Nacht von den Bazeratten berichtet hatte. Was Dämonen betraf, waren die Ansichten der Werwölfe klar, auch wenn meine Freunde für mich eine Ausnahme machten. Roland war der Meinung, ich hätte die Bazeratten töten sollen, und es nagte an mir, dass er sich auf Celines Seite stellte. Wir hatten über eine halbe Stunde deswegen miteinander diskutiert und uns dann darauf verständigt, um des lieben Friedens willen eben keine Einigung zu erzielen. Er war sowieso mehr daran interessiert gewesen, wie ich die Bazeratten eingefangen hatte.

»Hast du wirklich ein Messer nach Celine geworfen und die anderen Schüler gedrängt, die Aufgabe nicht zu erfüllen?«, fragte Tristan jetzt.

Der Mund blieb mir vor Erstaunen offen stehen. »Ich habe auf niemanden ein Messer geworfen, sondern es auf den Boden gelegt. Und ich habe nur gesagt, dass ich nichts von sinnlosem Töten halte. Okay, vielleicht habe ich Terrence damit provoziert, als ich ihm sagte, dass es einfacher sei, etwas zu töten, als es zu fangen. Aber das ist alles. Das schwöre ich.«

Tristans Lachen überraschte mich. »Celine hatte schon immer einen Hang zum Dramatischen. Sie ist eine geübte Kriegerin und eine gute Trainerin ... meistens jedenfalls.«

»Dann habe ich wohl den Tag erwischt, an dem ›meistens‹ nicht zutraf.«

»Celine ist ... nun, sagen wir, sie kommt mit Männern besser zurecht als mit Frauen.« Er stellte sein Glas ab. »Ich kann mit ihr reden, wenn du möchtest.«

»Nein, das kläre ich schon selbst. Sie ist auch nicht schlimmer als die Mädchen auf der Highschool.«

Er hob die Augenbrauen. »Die Highschool klingt nach einem ziemlich gefährlichen Ort.«

»Du hast ja keine Ahnung.« Ich widmete mich wieder meinem Salat und fühlte mich ein wenig leichter. Es war erstaunlich einfach, mit Tristan zu sprechen, und es fühlte sich fast so an, als verbrächte ich Zeit mit einem Cousin statt mit meinem Großvater.

»Was machen die Tiere? Sahir meinte, du hast ihnen Namen gegeben?«

»Hugo und Wolf. Sie sind ziemlich schlau und hören schon auf ein paar Kommandos.« Über die Höllenhunde sprach ich immer sehr gern. »Ich wünschte nur, ich müsste sie nicht die ganze Zeit einsperren. Sie brauchen frische Luft und müssen sich frei bewegen.«

Er runzelte die Stirn. »Ich bin mir nicht sicher, ob das eine so gute Idee wäre. Wir wissen nicht, wie weit wir ihnen trauen können und ob sie nicht den Erstbesten, der ihnen über den Weg läuft, töten.«

»Ich besuche sie jeden Tag in ihrem Käfig und sie sind sehr lieb und vorsichtig.«

»Sie haben sich auf dich geprägt, du bist ihr Frauchen. Sie würden dir nie etwas tun.«

»Sie knurren auch Sahir nicht mehr an, wenn ich dabei bin.« Ich lehnte mich nach vorn und sagte mit ernstem Blick: »Ich glaube wirklich, dass sie sich nur an die Gegenwart anderer Leute gewöhnen müssen. Ich kann es nicht ertragen, sie den Rest ihres Lebens wegzusperren.«

»Ich werde mit Sahir sprechen, mal sehen, was er sagt. Ich kann dir aber nichts versprechen.«

»Danke.« Ich war zuversichtlich, dass er den Hunden mehr Freiheiten gewähren würde, wenn er ihnen erst einmal vertraute. »Da draußen gibt es endlose Wälder, perfekt zum Streunen. Ich könnte sie jeden Tag dorthin bringen und sie würden niemanden stören.«

Tristan legte seine Gabel ab. »Du solltest nicht allein im Wald sein.« Ich wollte protestieren, aber er sagte: »Ich weiß, dass dir die vielen Auflagen hier zuwider sind, aber wir versuchen nur, dich zu schützen.«

»Aber da draußen glauben alle, ich sei tot! Auch die Vampire.«

»Vergib mir meinen Beschützerinstinkt, aber ich denke, das ist mein Recht als Großvater. Gedulde dich noch ein wenig, so lange, bis wir sicher sein können, dass der Master nicht mehr nach dir sucht. Wir beobachten die Aktivitäten in Maine, bisher ist es ruhig dort.«

»Das hätte ich dir auch sagen können«, ich zuckte die Achseln als Antwort auf seinen fragenden Blick. »Ich habe Werwolffreunde dort, wenn du dich erinnerst. Wie dem auch sei, glaub mir, niemand will mehr als ich, dass der Master stirbt. Ich kann ja nicht einmal spazieren gehen, ohne dass einer der Wächter mich in Handschellen zurückbringt.«

Er lachte. »Das mit den Handschellen wird nicht mehr vorkommen. Was hältst du davon, wenn du dir in der Zwischenzeit einen Tag freinimmst. Wie wäre es mit einem Tagestrip nach Boise? Unter Beobachtung natürlich.«

»Okay«, stimmte ich zu, erfreut über den angebotenen Tapetenwechsel.

Er stand auf und räumte die Salatteller weg. Währenddessen sah ich mich in der Wohnung um. Das Dekor war eindeutig sehr männlich. Was verständlich war, wenn man bedachte, wie lange er bereits verwitwet war. Es gab auch ein paar freundliche Kontraste, wie einen hellblauen Sofaüberzug und eine Vielzahl an gerahmten Bildern auf dem Kaminsims und an den Wänden. Ein Foto erregte besonders meine Aufmerksamkeit, und ich wusste auch sofort, wer die blonde Frau darauf war. Ich hatte eine verblichene Kopie davon in der Brieftasche meines Dads gesehen. Madeline war wunderschön – selbst Celine verblasste neben ihr –, und das glückliche Lächeln auf ihrem Gesicht wollte sich so gar nicht mit dem Bild der Frau vereinen lassen, die meinen Dad und mich so sehr verletzt hatte.

All die Fragen, die sich über die letzten Wochen in meinem Kopf gesammelt hatten, brachen hervor. Mein Vater und Madeline hatten sich auf dem College kennengelernt, wie Nate mir berichtet hatte, und waren mehrere Jahre miteinander ausgegangen, bevor sie geheiratet hatten. Wenige Jahre nach ihrer Hochzeit hatten sie mich bekommen, und dann war sie abgehauen, als ich zwei Jahre alt war. Und meinem Dad sollte in all den Jahren nicht aufgefallen sein, dass Madeline nicht alterte? Wie hatte sie ihre Kräfte verstecken und kontrollieren können? War ihm nie der Verdacht gekommen, dass sie nicht menschlich war? Oder hatte er die ganze Zeit über gewusst, wer sie war? Ich biss mir auf die Lippe und wandte den Blick ab. Es war sinnlos, über Dinge nachzudenken, auf die es keine Antworten gab.

Ein weiteres Foto weckte mein Interesse. Es war ein Gemälde desselben blonden Mädchens wie in Tristans Büro. »Ist das deine Schwester?«, fragte ich. Er drehte sich zu mir und folgte meinem Blick. »Nikolas hat einmal erwähnt, dass seine Freundin Elena vor langer Zeit gestorben ist und dass sie Madelines Tante war.«

Er stellte einen Teller mit Lachs und Reis vor mich und setzte sich wieder. »Elena war meine Schwester. Sie war viele Jahre jünger als ich. Ich war beinahe hundert, als meine Eltern mir erzählten, dass sie noch einmal ein Kind bekämen. Es ist nicht unüblich für die Mohiri, dass zwischen Geschwistern viele Jahre liegen. Meine Mutter und mein Vater liebten es zu reisen und waren nicht die hingebungsvollsten Eltern. Sie bereisten damals gerade Amerika und ich hatte beschlossen, hierherzukommen, wenn das Kind geboren war. Elena war ein zauberhaftes kleines Ding, und natürlich vergötterte und verwöhnte ich sie unendlich. Als sie fünf Jahre alt war, beschlossen meine Eltern, ihre Reisen wieder aufzunehmen, und es hat mich nicht viel Überzeugungskraft gekostet, sie zu überreden, Elena bei mir zu lassen.«

»Ein Krieger, der ein kleines Mädchen aufzieht?«

Er schnitt seinen Lachs an. »Meine Schwester Beatrice hätte Elena auch zu sich genommen, aber sie war zu dieser Zeit in Südamerika. Ich lebte damals in einem kleineren, familiären Lager in Virginia, es war eine weitaus engere Gemeinschaft, als wir sie hier haben. Es gab andere Kinder, mit denen Elena spielen und Frauen, die ich um Rat fragen konnte. Ein gutes Leben für ein Kind. Elena hatte dort eine glückliche Kindheit.«

»Nikolas hat mir nur sehr wenig über sie erzählt«, sagte ich sanft. »Aber es klang, als wäre ihm viel an ihr gelegen.«

Tristan nickte. »Es überrascht mich nicht, dass er sie erwähnt hat. Nikolas stieß zu unserer Gemeinschaft, als Elena gerade neun Jahre alt geworden war, und er hat sie genauso verwöhnt wie wir alle. Sie war wie eine kleine Schwester für ihn und ihr Tod hat ihn sehr mitgenommen. Er gibt sich selbst die Schuld daran, auch wenn wir alle ihn immer wieder vom Gegenteil überzeugen wollten. Elena war recht frühreif und charmant, aber auch sehr eigensinnig – wofür ich verantwortlich bin. Sie hätte das Lager nie allein verlassen dürfen und ist nur deswegen gestorben.«

»Warum gibt Nikolas sich die Schuld?«

»Wie schon gesagt, Nikolas liebte Elena wie eine Schwester, Elena aber verehrte ihn und sie versuchte ständig, seine Aufmerksamkeit zu erregen. Als sie sechzehn war, hatten sich bereits die meisten Jungs in der Gemeinschaft in sie verliebt, aber sie hatte nur Augen für Nikolas. Er wusste, wie sie für ihn empfand und wies sie stets vorsichtig zurück, aber sie war entschlossen, ihn für sich zu gewinnen. Nichts konnte sie davon abhalten. Jeden Tag wurde sie einfallsreicher, wenn es darum ging, mit Nikolas allein zu sein. Irgendwann fing ich an, Nikolas damit aufzuziehen. Er sollte bloß aufpassen, sonst wären wir irgendwann Brüder. Hätte ich nur geahnt, zu welchen Mitteln sie greifen würde, um bei Nikolas zu landen, dann hätte ich ihre Spielchen unterbunden, bevor alles außer Kontrolle geriet. Ich hätte sie retten können.«

»Was ist passiert?«

»Elena wusste, wie sehr Nikolas ihre Sicherheit am Herzen lag. Sie hatte einen Plan ausgeheckt, wollte sich vom Gelände schleichen und ihre Freundin Miriam zu Nikolas schicken, um ihm mitzuteilen, dass sie abgehauen war. Miriam gab später zu, dass sie beide gehofft hatten, die Aussicht, Elena zu verlieren, würde Nikolas klarmachen, welche Gefühle er für sie hegte. Aber Miriam kam gar nicht zu Nikolas durch, denn er musste an diesem Tag dem Rat Bericht erstatten. Als sie endlich mit ihm sprechen konnte, waren seit Elenas Verschwinden vier Stunden vergangen, und Miriam war panisch, weil es bereits dunkel wurde.

Nikolas löste Alarm aus und wir machten uns zu mehreren auf die Suche nach Elena. Wir hatten den Verdacht, dass Vampire in der Gegend waren, und so teilten wir uns auf, um die Umgebung schneller durchsuchen zu können.«

Tristan hielt inne und ich bemerkte, wie der Schmerz sich schwer auf seine Gesichtszüge legte, als er fortfuhr. »Nikolas war es, der sie gefunden hat. Was sie mit ihr gemacht haben, war ... es war jenseits jeglicher Vorstellungskraft. Nachdem sie ihren Spaß mit ihr gehabt hatten, haben sie das, was von ihr übrig geblieben war, verbrannt, sodass meine hübsche kleine Schwester nicht mehr zu erkennen war. Ihrem Pferd haben sie nichts getan – eine klare Nachricht für uns: Ihr Leben war weniger wert gewesen als das eines Tieres.«

»Oh, Gott ...« Ich hatte gesehen, was Vampire von den Menschen übrig ließen, die sie töteten. Und ich wusste, welch besonderen Gefallen sie daran fanden, junge Mohiri zu töten.

»Für Nikolas war ihr Tod genauso schlimm wie für mich. Und er gab sich die Schuld, weil er ihr nicht ausreichend klargemacht hatte, dass aus ihnen kein Paar werden würde. Er blieb seinem Zuhause so lange fern, bis er jeden Vampir in einem Radius von hundert Meilen zur Strecke gebracht hatte. Ich versuchte, ihn immer wieder davon zu überzeugen, dass niemand ihn für ihren Tod verantwortlich machte, aber er wollte davon nichts hören. Er war ein anderer geworden, er war härter geworden. Ein Jahr danach verließ ich Virginia und kam hierher, um diesen Ort zu errichten. Nikolas begleitete mich. Wir beide wollten einen Neuanfang, etwas, das uns nicht an Virginia erinnerte. Deshalb haben wir aus dem Gelände hier eine militärische Feste gemacht und diese bewusst nicht nach dem Vorbild einer Mohirigemeinde aufgebaut.«

»Es tut mir so leid, was mit deiner Schwester geschehen ist«, sagte ich, ohne zu wissen, was genau man sagte, wenn jemand bereits so viele Jahre tot war. »Kein Wunder, dass Nikolas so einen großen Beschützerinstinkt entwickelt hat und ständig sauer auf mich war.«

»Sara, du solltest dich selbst nicht mit Elena vergleichen. Versteh mich bitte nicht falsch, ich habe meine Schwester von ganzem Herzen geliebt, aber ich war durchaus nicht blind, was ihre Fehler anging. Elena war schön und begabt, aber sie war auch verwöhnt und selbstsüchtig. Du hast einige sehr leichtsinnige Dinge getan in der Vergangenheit, aber du warst auch immer loyal deinen Freunden gegenüber, und du hast ein gutes Herz. Sahir hat mir erzählt, dass du dem Wyvern rohes Fleisch bringst, wenn du die Höllenhunde besuchst. Und das, obwohl diese Kreatur dich mühelos töten könnte, wenn sie wollte.«

»Er kann ja nichts für das, was er ist. Und ich bin mir sicher, es ist ziemlich einsam da drinnen, insbesondere weil er im Käfig nicht fliegen kann. Mach dir keine Sorgen, ich erwarte nicht, dass er mir aus der Hand frisst oder so, und ich werde Abstand halten. Ich mag meine Körperteile ganz gerne noch etwas behalten – da, wo sie hingehören.«

Wir lachten und wandten uns dann anderen Dingen zu. Er wollte mehr über mein Leben erfahren, also beschrieb ich ihm, wie es gewesen war, mit Roland und Peter aufzuwachsen. Und ich erzählte von Remy. Ich berichtete, wie Roland neulich für mich in die Höhle gegangen war und wie viel mir die Nachricht meines Trollfreundes bedeutete.

Wir waren bereits beim Nachtisch angelangt, als ich mich erinnerte, über was ich noch mit ihm hatte sprechen wollen. »Ich habe Desmund gestern Nacht wiedergesehen.«

»Hast du?« Er nahm einen Schluck Rotwein. »Und, wie war es?«

»Besser als erwartet. Wir mögen beide Bücher und Tschaikowsky, und deshalb hält er mich nicht für eine totale Niete. Wir haben sogar eine Partie Dame gespielt.«

Tristan riss die Augen auf. »Du hast Desmund dazu gebracht, mit dir Dame zu spielen? Ich habe ihn noch nie etwas anderes als Schach spielen sehen.«

»Ich kann kein Schach, also blieb nichts anderes als Dame.« Ich tupfte mir mit der Serviette den Mund ab und legte sie neben den Teller. »Um ehrlich zu sein, glaube ich, dass er nur mit mir gespielt hat, weil er einsam ist. Warum vergräbt er sich da oben? Ich meine, es ist offensichtlich, dass es ihm nicht gut geht, aber so schlimm ist es auch wieder nicht, oder?«

Tristan lehnte sich im Stuhl zurück. »Du bist seit langer Zeit die Erste, die Desmund an sich heranlässt. Normalerweise gibt er sich alle Mühe, jedermann zu verschrecken.«

»Warum? Er ist ein schlauer Kopf und er kann nett sein, wenn er will. Warum stößt er alle von sich?«

»Desmund hat sich durch seine Krankheit sehr verändert. Einst war er charmant, aufgeschlossen und einer der besten Krieger, die ich je getroffen habe.«

Letzte Nacht in Desmunds Gesellschaft hatte ich jene Charaktereigenschaften, die Tristan nun beschrieb, immer wieder kurz aufblitzen sehen. Es war traurig, wie sehr er sich offenbar verändert hatte.

»Was ist geschehen?«

Tristan blieb einen Augenblick lang stumm, bevor er mir antwortete.

»Es war ein Hale-Hexer. Desmund und sein Team jagten Vampire in Algerien, die dort bereits mehr als ein halbes Dorf ausgerottet hatten. Der Hexer nahm es ihnen übel, dass sie in sein Territorium eingedrungen waren, obwohl Desmund und seine Leute ihnen halfen. Desmund zog ihn beiseite, wollte sein Team schützen und bekam die volle Wucht des bösen Zaubers zu spüren. Er verbrachte viele Jahre in Abgeschiedenheit, bis er stabil genug war, sich der Gemeinschaft wieder anzuschließen. Es ist Zeugnis seiner Stärke, wie gut er sich schon rehabilitiert hat, aber ich bezweifle, dass er jemals wieder der Alte sein wird.«

Ich konnte nicht antworten, denn in meinen Gedanken durchlebte ich meinen eigenen Kampf mit dem Hale-Hexer ein weiteres Mal, erinnerte mich an den Schrecken seiner tödlichen Magie, die sich wie eine Made in mein Gehirn gebohrt hatte. Meine Kehle war wie zugeschnürt beim Gedanken an die Qualen, die Desmund hatte erleiden müssen. Ich bewunderte ihn dafür, sich schützend vor sein Team gestellt zu haben.

»Alles in Ordnung?«

Ich zwang mir ein Lächeln ins Gesicht. »Es sind nur gerade ein paar Erinnerungen hochgekommen, die ich verdrängt hatte.« Nun verstand ich, warum diese schreckliche Übelkeit mich erfasst hatte, als ich Desmund berührt hatte. Es war dieselbe abscheuliche Präsenz, die sich damals auch meines Verstandes bemächtigt hatte. Doch wie konnte die Magie des Hale-Hexers auch nach so langer Zeit noch in Desmund wirken? Über ein Jahrhundert später. Ich hatte geglaubt, Hale-Hexer würden ihre Magie darauf verwenden, ihre Opfer zu zerstören. Was aber, wenn mehr dahintersteckte? Was, wenn sie in der Lage waren, einen Teil des Zaubers in ihren Gegner zu bewahren?

»Das muss beängstigend gewesen sein.«

»Das war es. Aber jetzt, da ich weiß, dass ihre Magie bei mir nicht wirkt, habe ich nicht mehr so große Furcht vor ihnen.«

Er nickte zustimmend. »Du bist durch diese Erfahrung stärker geworden. Das ist ein wichtiger Wesenszug eines Kriegers.«

»Ich weiß nicht«, erwiderte ich unsicher. »Du erinnerst dich doch, wie ich mich im Training angestellt habe, oder nicht?«

»Daraus soll ich wohl schließen, dass dein Training mit Callum nicht besonders gut läuft?«

»Das tut es wirklich nicht, und ich bin mir sicher, er hat die Nase voll von mir.« Ich ließ die Schultern hängen. »Ich weiß, was er von mir will, aber ganz ehrlich, ich kann es einfach nicht. Mein Leben lang habe ich den Mori im Zaum gehalten. Ein einziges Mal habe ich ihn von der Leine gelassen, und dabei wäre ich fast gestorben.«

»Und jetzt hast du Angst davor?«

»Ja«, gab ich zu.

Er ließ sich Zeit damit, seine Serviette zu falten und legte sie schließlich neben den Teller. So, als suchte er nach den richtigen Worten. »Bereits in sehr jungem Alter lernen wir, unseren Mori zu beherrschen und ein Gleichgewicht zwischen uns und dem Dämon zu schaffen. Es ist wie eine zweite Natur für uns, ihre Kraft zu unserer zu machen, aber selbst mit viel Erfahrung ringt man hin und wieder um Kontrolle. Deine Kräfte geben dir unfassbar viel Macht über deinen Dämon, und nun bitten wir dich, die Zügel zu lockern. Ich verstehe, wie schwer das für dich ist und ich glaube, dass wir dein Training bisher völlig falsch angegangen sind. Vielleicht sollten wir ein paar andere Techniken ausprobieren.«

»Welche?«, fragte ich hoffnungsvoll.

»Vielleicht solltest du mit jemandem trainieren, der auf deine besonderen Bedürfnisse eingehen kann. In Indien gibt es einen Mann, der sich sehr stark auf meditative Techniken verlässt. Janak hat große Erfolge errungen mit ein paar schwierigen Waisen, die wir ihm geschickt haben.«

Mit ›schwierig‹ meinte er, dass die Waisen psychische Probleme mit ihrem Dämon hatten. Je älter eine Waise war, wenn die Mohiri ihn fanden, desto wahrscheinlicher war es, dass ihr Mori sie in den Wahnsinn trieb.

Tristan lächelte und schob seinen Stuhl zurück. »Mach dir keine Sorgen. Wir werden das Richtige für dich finden. Aber warum gehen wir jetzt nicht erst einmal ins Wohnzimmer und schauen, ob ich dir ein paar Dametricks zeigen kann? Du sollst es unserem Freund Desmund ja nicht zu einfach machen, wenn ihr euch wiederseht.«

* * *

In den darauffolgenden Tagen fand ich so etwas wie meine ganz eigene Routine. Nach den immer wieder aufs Neue enttäuschenden Trainingseinheiten mit Callum am Morgen besuchte ich die Menagerie. Hugo und Wolf erwarteten mich stets freudig, und ich verbrachte unsere gemeinsame Zeit damit, ihnen beizubringen, bei Fuß zu laufen und auf meine Kommandos zu hören. Ich war fest entschlossen, Tristan zu beweisen, wie gut erzogen sie waren und dass man ihnen zutrauen konnte, ihren Käfig zu verlassen. Tristans Bedenken kamen natürlich nicht von ungefähr, sie waren schließlich Höllenhunde, geboren und herangezogen, um zu töten. Aber ich sah auch liebenswerte Züge an ihnen und wehrte mich dagegen, sie zu einem Leben in Gefangenschaft verurteilen zu lassen.

Alex kauerte noch immer im hinteren Teil seines Käfigs und beobachtete mich, als wäre ich ein saftiges Steak. Selbst die netten kleinen Happen roten Fleisches, die ich ihm brachte, verbesserten unsere Beziehung zueinander nicht. Einmal hatte ich den Blick von ihm abgewandt und nicht bemerkt, wie er hinter den Gitterstäben nähergekommen war. Sein Dank für meine Zuwendung war eine zehn Zentimeter lange Brandblase auf meinem Arm, die mich zu einem Gang auf die Krankenstation zwang und mit Gunnapaste behandelt werden musste. Danach war ich besonders vorsichtig mit dem Wyvern und achtete mehr darauf, mich von ihm nicht in einem unbedachten Moment erwischen zu lassen. Noch immer gab ich ihm sein tägliches Leckerli, aber ich warf es ihm nur noch aus sicherer Entfernung zu.

Ich verbrachte viel Zeit in der Hauptbibliothek und griff auf die Datenbank der Festung zu, in der ich alles über Dämonen, Vampire, Hexen, Gestaltwandler und all die anderen Geschöpfe lernen konnte. Remy hatte mir viel beigebracht, aber erst hier wurde mir klar, wie wenig ich von unserer übernatürlichen Welt wusste. Es würde Ewigkeiten dauern, bis ich zu den anderen Schülern aufgeschlossen hatte.

Außerdem stürzte ich mich auf jede Information, die ich zu den Hale-Hexern finden konnte. Ich wusste, es würde schwierig werden, Desmund zu helfen. Schließlich heilten die Mohiri ihre eigenen Leute seit Jahrhunderten. Aber ich fühlte mich verpflichtet, es wenigstens zu versuchen. Mehr als jeder andere verstand ich, was Desmund durchgemacht hatte, und ich konnte die schreckliche Krankheit in ihm noch immer fühlen. Ich inhalierte jedes Wort aus jedem Artikel, den ich über die Hexer finden konnte und war frustriert, dabei nicht herausfinden zu können, wie ihre Magie funktionierte. Ich zweifelte immer mehr daran, überhaupt je etwas Hilfreiches zu finden.

Drei Tage nach dem Abendessen mit Tristan fasste ich mir ein Herz und besuchte Desmund. Ich betrat die Bücherei und schnappte hörbar nach Luft. Überall im Zimmer waren die Bücher zerstreut, die Lampe auf dem Lesetisch war umgeworfen worden und das Glas des Lampenschirms lag zerbrochen auf dem Boden. Um den Sessel, nahe des alten Kamins, lagen zerfledderte Buchseiten. Ich hob eine von ihnen hoch und stöhnte gequält auf, als ich sah, dass es sich dabei ausgerechnet um *Daniel Deronda* handelte.

Dann fiel mein Blick auf ein Stück zerbrochenes Holz, das vom Kamin gefallen war, und sofort erkannte ich darin das hübsche antike Damebrett. Die Tränen brannten heiß in meinen Augen. Warum hatte Desmund die Bibliothek zerstört, die er so liebte, das Spielbrett entzweigebrochen und ausgerechnet dieses Buch zerrissen? Hatte ich ihn verärgert, weil ich mich so hastig verabschiedet hatte? Bei seiner Krankheit war es unmöglich zu erahnen, was in seinem Kopf vor sich ging oder ihn zu dieser Tat veranlasst hatte.

Die ganze Nacht hindurch machte mir die Sache noch zu schaffen.

Am nächsten Morgen im Speisesaal war ich müde und nahm kaum jemanden um mich herum wahr. Erst als Olivia sich in den Stuhl mir gegenüber fallen ließ, sah ich langsam auf.

»Warum schaust du so traurig? Du müsstest doch heute blendende Laune haben?«

Ich runzelte die Stirn. »Wieso das denn?«

Sie stützte grinsend den Ellbogen auf dem Tisch ab. »Du gehst doch heute mit nach Boise. Gott, ich war seit einer gefühlten Ewigkeit nicht mehr in der Mall. Das mit dem Kreditrahmen ist super, aber Klamotten online zu kaufen, macht einfach keinen Spaß. Du weißt, was ich meine, oder?«

»Ja«, erwiderte ich, obwohl ich meinen Kreditrahmen bisher kein einziges Mal genutzt hatte. Aber ein Tag in der Stadt? Olivias Begeisterung übertrug sich auf mich. Es war schon nicht schlecht, hier einmal rauszukommen. Mein Blick schweifte durch den Saal, und schließlich entdeckte ich Tristan, der mit Celine an seinem Stammplatz saß. Er lächelte mich an, ich erwiderte sein Lächeln, bevor ich mich Olivia wieder zuwandte. »Wann gehen wir?«

Olivia lachte. »Das hört sich schon besser an. Du hast noch genug Zeit, um zu frühstücken. Wir brechen erst in einer Stunde auf.«

Zehn Minuten vor neun Uhr versammelten sich die Schüler, die mit nach Boise fahren wollten im Gemeinschaftsraum der Haupthalle. Ich ging zu Michael, der wie üblich mit seinem Laptop in einer Ecke hockte.

»Willst du wirklich nicht mitkommen, Michael? Wir gehen nach dem Shoppen noch ins Kino.«

Er sah auf und ein Funken Interesse zeigte sich in seinen Augen. »In welchen Film?«

»Mark hat in den Overland-Park-Kinos am Nachmittag einen Marathon mit alten Zombifilmen ausgesucht.« Ich tippte ihn an. »Komm schon, du willst mir doch nicht erzählen, dass du an deinem Computer mehr Spaß hast, oder?«

Er zog eine Grimasse. »Mehr Spaß jedenfalls, als sich den ganzen Tag mit Jordan rumzuschlagen.«

Ich schnaubte leise. »Hör mal, wenn ich dafür hier rauskomme, mache ich auch mit Jordan einen auf beste Freundin.«

»Trödelt nicht rum«, rief Jordan und rauschte an uns vorbei auf die Tür zu. »Der Bus fährt in zehn Minuten, mit oder ohne euch Loser.«

Ich zog ihn an der Jacke. »Letzte Chance.«

Michael wandte sich wieder seinem Laptop zu. »Ich fühle mich wohl hier. Habt ihr euren Spaß.«

Ich schüttelte den Kopf. Wenn es hier einen Jungen gab, der dringend einmal rauskommen musste und Spaß haben sollte, dann war es Michael. »Mit wem chattest du da eigentlich die ganze Zeit?«

»Mit niemandem«, sagte er abwehrend. »Ich spiele World of Warcraft online mit ein paar Leuten.«

»Ah.« Computerspiele waren noch nie mein Ding gewesen. Es gab schon genug verrückte Dinge auf der Welt, danach musste ich nicht in einem Spiel suchen. Aber jedem das seine.

Der Bus war eigentlich ein riesiger schwarzer SUV mit getönten Fenstern. Als ich darauf zuging, ließ jemand ein Fenster herunter, und ich brummte beim Anblick des rothaarigen Kriegers, der mich angrinste. *Ernsthaft?* Gab es nicht irgendeinen anderen Kerl, der uns begleiten konnte? Mussten es ausgerechnet diese beiden sein? *Tristan, wir haben Redebedarf.*

Olivia und Mark saßen auf den hinteren Sitzen, also setzte ich mich in die mittlere Reihe neben Jordan, die sich prompt Stöpsel in die Ohren steckte und mich ignorierte. Das war okay für mich. Ich legte meinen Kopf gegen die Rückenlehne, viel zu aufgeregt, endlich mal woanders hinzukommen, als dass ich mich von irgendetwas davon würde stören lassen. Schon gar nicht von Jordan.

Eine Stunde später lenkte Niall den SUV auf den Parkplatz des Boise-Town-Square-Einkaufszentrums, und Seamus drehte sich in seinem Sitz zu uns um. »Okay, Kinder, hört gut zu. Ihr habt zwei Stunden zum Shoppen oder Rumstöbern ... oder was immer ihr Kids so macht. Denkt bitte daran, dass alles, was ihr kauft, auch noch in den Bus passen muss und dass ich meine Beinfreiheit nicht für eure Einkaufstüten aufgeben werde. Benehmt euch und bleibt auf dem Gelände.« Er sah zu mir. »Danach fahren wir ins Kino und dann essen. Fragen?«

Jordan öffnete bereits die Tür und schlüpfte nach draußen. »Nein.«

Wir vier betraten das Einkaufszentrum gemeinsam, aber die anderen drei liefen sofort in verschiedene Richtungen. Das war ganz offensichtlich nicht ihr erster Besuch hier. Ich zog die Visakarte aus meiner Gesäßtasche und überlegte, ob ich mir vielleicht einen dickeren Mantel, wärmere Stiefel und ein paar neue Handschuhe kaufen sollte. In Idaho war es deutlich kälter als in Maine und ich würde mich auf keinen Fall den ganzen Winter drinnen verschanzen.

Es dauerte etwa eine Stunde, bis ich fand, wonach ich suchte, den Rest der Zeit verbrachte ich damit, herumzulaufen und auf die anderen zu warten. Schnell bemerkte ich, dass einer der Zwillinge mir in diskretem

Abstand folgte, aber ich biss die Zähne zusammen und tat mein Bestes, um ihn zu ignorieren. Ich war mir ziemlich sicher, dass die anderen keinen eigenen Bodyguard hatten. Allerdings überraschte es mich bei meiner Vergangenheit auch nicht. Dabei waren alle Befürchtungen unberechtigt. Ich hatte Nate versprochen, mich ruhig zu verhalten und jeglichem Ärger aus dem Weg zu gehen. Nach allem Kummer, den ich ihm bereitet hatte, würde ich auf jeden Fall mein Wort halten.

Ich ging gerade an einem Juweliergeschäft vorbei, als etwas in der Auslage meine Aufmerksamkeit weckte. Es war ein antikes Schachbrett, das dem, auf dem Desmund und ich gespielt hatten, verblüffend ähnlich sah. Der Verkäufer mittleren Alters wirkte skeptisch, als ich ihm sagte, dass ich es mir genauer ansehen wollte und beobachtete mich daraufhin mit Argusaugen. Ich öffnete die Box und betrachtete die Spielfiguren. Es waren sowohl die Damespielsteine darin als auch die Schachfiguren.

Ich zückte meine Kreditkarte. »Ich nehme es.«

»Es kostet vierhundert Dollar«, sagte er in harschem Ton.

»Ja, das weiß ich.« Ich reichte ihm die Visakarte und er kniff die Augen zusammen, als er den Namen auf der Karte sah.

»Was ist das Westhorne-Institut?«, fragte er und linste über seine Brillengläser.

Ich tippte mit den Fingern auf den Glastresen und erwiderte seinen Blick ungerührt. »Das ist eine besondere Schule, an der hauptsächlich reiche, schwererziehbare Kinder mit hohem Aggressionspotenzial unterrichtet werden.«

»Wie bitte?«

Ich unterdrückte ein Seufzen und deutete über meine Schulter hinweg auf den riesigen Krieger, den man durch die Fensterscheiben des Ladens gut erkennen konnte. »Sehen Sie den Rothaarigen da draußen? Das ist mein Anstandswauwau. Wollen Sie lieber mit ihm reden?«

Er sah hinter mich und schluckte nervös. »Das wird nicht nötig sein. Soll ich es Ihnen einpacken?«

Ich lächelte noch immer, als ich die anderen draußen am Ausgang traf. Alle drei schleppten mehrere große Einkaufstüten und beäugten ungläubig meine beiden Taschen.

»Ich brauch nicht viel«, sagte ich und erntete einen finsteren Blick von Jordan.

»Wenn man unbegrenzte Zahlungsmittel hat, dann kauft man sich nicht nur Dinge, die man braucht.« Sie schüttelte den Kopf. »Was für eine Verschwendung.«

Olivia kam durch die Tür auf uns zu. »Beachte sie gar nicht.«

»Mach ich nicht.« Ich würde nicht zulassen, dass Jordan uns den Tag verdarb.

Die Zwillinge brachten uns zum Kino. »Vier Stunden sollten reichen, um euch mit den Zombies zu amüsieren«, sagte Niall trocken. »Wir holen euch um fünf hier ab. Bis dahin sollt ihr euch entschieden haben, wo wir essen. Und denkt daran: Wir mögen gerne große, saftige Steaks.«

»Heißt das, ihr lasst uns solange allein?«, fragte ich und gab vor, völlig schockiert zu sein.

»Selbst ihr werdet in einem Kino am helllichten Tag nicht allzu viel Schaden anrichten können«, erwiderte Seamus glucksend. »Und wir warten gleich draußen auf euch.«

Wir deckten uns großzügig mit Popcorn, Süßigkeiten und Softdrinks ein und fanden vier Sitze in der hinteren Reihe. Gerade rechtzeitig zum Start von *28 Days Later*. Ich hatte den Film bereits mit Roland und Peter vor zwei Jahren gesehen, aber auf dem großen Bildschirm im Kino war er noch viel gruseliger. Zweimal schreckte ich gleichzeitig mit Olivia hoch, und wir mussten beide lachen. Es fühlte sich so gut an, mal etwas so Normales wie einen Kinobesuch zu erleben.

An der Stelle im Film, an der das Auto eine Panne hat und eines der Mädchen darunter kriecht, um es zu reparieren, hätte ich am liebsten geschrien, dass sie doch bitte nicht so blöd sein soll. Und plötzlich war die Leinwand voller Ratten und Zombies. In einer der vorderen Reihen kreischte ein Mädchen, einige Besucher flüsterten aufgeregt. Ich schüttelte den Kopf. *Also bitte! Habt ihr das etwa nicht kommen sehen?*

Ein Mann schrie und ein paar Leute lachten. Dann schrie wieder jemand, aber plötzlich erstarb das Gelächter. Ich lehnte mich im Sitz nach vorn, um nachzusehen, was da vor sich ging, aber es war zu dunkel. Einige Leute standen auf und wieder waren Schreie zu hören.

Ein paar Sekunden später brach die Hölle los – die Leute kreischten, schubsten sich und kletterten übereinander hinweg, um zum Ausgang zu gelangen.

»Was soll der Mist?«, rief Mark, und dann sprangen wir alle vier auf die Füße.

Olivia drängte sich näher an ihn. »Jungs, das sieht nicht gut aus.«

»Ach, tatsächlich, Miss Marple«, grummelte Jordan. Sie hatte die Augen weit aufgerissen und ihr Gesicht glühte vor Aufregung, während die Luft von Angstschreien zerrissen wurde. Sie knuffte Mark in die Seite. »Beweg dich! Wir sitzen hier wie Tiere auf der Schlachtbank und warten auf das, was auch immer da vorne auf uns lauert. Wir sollten kämpfen.«

»Kämpfen?« Mark drängte Olivia und mich in Richtung der Treppe. »Wir wissen nicht einmal, was es ist. Und falls du es nicht bemerkt haben solltest, wir sind dem Anlass entsprechend gekleidet und stecken nicht in unseren Uniformen.«

»Verdammte Amateure!« Jordan zog ihre Lederjacke aus und offenbarte das lange, dünne Schwert, das an ihren Rücken gebunden war. Aus ihrem Stiefel zog sie ein spitzes Silbermesser, das sie Mark reichte. »Immer vorbereitet sein«, sagte sie mit einem teuflischen Grinsen, als sie meinen Blick bemerkte. Wie war es ihr gelungen, das Schwert unter ihrer Jacke zu verstecken?

Noch erstaunlicher war allerdings, was Olivia aus ihrer Handtasche zauberte. Mit einem kurzen Schnappen und geübtem Schwung im Handgelenk zog sie eine Peitsche mit Silberspitze hervor. Ich sah zu, wie sie sich ein paar Schritte von Jordan entfernte und mit der Peitsche knallte. Mark packte das Messer mit festem Griff und stellte sich an Jordans linke Seite. Von einem auf den anderen Moment hatten sich die drei von fröhlichen Teenagern in junge Mohirikrieger verwandelt – bereit, zu kämpfen.

Ich starrte hilflos auf meine leeren Hände und hätte mir gerne selbst in den Hintern getreten. Wie konnte ich das Haus nur ohne Waffe verlassen? Vor gar nicht allzu langer Zeit hatte ich stets ein Messer mit mir getragen. Ein Messer, das mir mehr als nur einmal den Arsch gerettet hatte.

»Bleib hinter uns, Sara«, befahl Jordan mit scharfer Stimme. »Wir versuchen, zum Ausgang auf der anderen Seite durchzukommen. Haltet alle die Augen offen.«

Niemand stellte ihre Befehle infrage, und geschlossen gingen wir auf die Treppe zu. Unter uns war das Chaos ausgebrochen, aber es waren weniger die Schreie, die mich einschüchterten, als die Tatsache, nicht zu wissen, welche Ursache sie hatten. Was oder wer griff Menschen in einem Kino an – mitten am Tag? Die meisten Kreaturen, selbst die gefährlichsten unter ihnen, versteckten sich vor Menschen und zeigten sich nicht an öffentlichen Orten wie diesem. Sogar Eli hatte mich in eine dunkle Gasse gezogen, bevor er seine wahre Natur offenbart hatte.

Was immer es war, offensichtlich ging es auf alles und jeden los, der sich bewegte, und so versuchten wir, so unauffällig und still wie möglich die Treppen hinunter zu gehen. Als wir den Mittelgang erreicht hatten, waren wir die einzigen Leute auf dieser Seite des Kinos. Einzig zwei Teenagerjungs versteckten sich hinter ihren Sitzen. Ich bedeutete ihnen, mit uns zu kommen, aber sie schüttelten die Köpfe und drückten sich enger an die Wand. Ich konnte nur hoffen, dass ihnen nichts geschah, bis wir die Bedrohung eliminiert hatten oder uns jemand zu Hilfe gekommen war.

In wenigen Minuten hatte sich der Saal fast vollständig geleert, nur wir, die beiden Jungs und ein paar Nachzügler an der Tür waren noch im Innern des Raums. Draußen schrien die Leute, aber im Saal selbst war nur noch das Stöhnen der Zombies auf der Leinwand zu hören. Verglichen mit der Livesituation war das geradezu lächerlich.

Der Film zeigte nun eine ruhige Szene, und völlige Stille brach über den Kinosaal herein.

Irgendwo in den Sitzen weiter unten raschelte eine Popcorntüte. Näher bei uns krachte es, als ein Becher mit Eiswürfeln auf den Boden kippte. Ich grub meine Nägel fest in die Handflächen, mein Herz raste wie ein Schnellzug. *Scheiße, scheiße, scheiße.* Warum geriet immer ich in solche Situationen?

Olivia schrie, und ich riss den Kopf zur Seite – just in dem Moment, in dem etwas zwischen den Sitzen zu unserer Rechten hervorschoss, in die Luft sprang und direkt auf unsere Köpfe zuflog. Im flackernden Licht der Leinwand bemerkte ich einen langen, blassgrauen Körper, und kurz blitzten Zähne auf. Dann wirbelte ein Messer durch die Luft und schnitt das Ding im Flug in der Mitte entzwei. Schwarzes Blut spritzte, und ich musste mich zusammenreißen, um nicht zu würgen, als ein ekelhafter Gestank sich ausbreitete. Die zerteilten Hälften des Wesens landeten zu Jordans Füßen.

»Was zur Hölle ...«, bellte Mark und sprang beiseite. »Das ist ein verfluchter Lampreydämon.«

»Ja, und die tauchen niemals alleine auf.« Jordan kickte die obere Hälfte des Dämons die Stufen hinunter und hob ihr blutiges Schwert erneut. »Luftangriff!«

Kapitel 6

»OH, MEIN GOTT«, quietschte Olivia. Ich folgte ihrem entsetzten Blick zu den beiden zwei Meter langen Körpern, die sich die Treppen nach oben schlängelten. Ich hatte bis zu diesem Moment noch nie einen Lampreydämon gesehen, aber ich wusste, dass sie – sollte ich diesen Tag überleben – auf ewig einen Platz in meinen Albträumen sicher hatten. Die Kreaturen, die da auf uns zukamen, erinnerten an Aale, nur dass sie dicker waren als meine Schenkel und uns zu beiden Seiten ihrer Köpfe aus riesigen Glubschaugen anstarrten. Aber es waren ihre Münder, die meinen Magen sich schwindelerregend drehen ließen: rund und tunnelförmig mit endlos langen Reihen gekrümmter Zähne, die bis weit in ihren Rachen hinabreichten.

»Ihr zwei nehmt den auf der linken Seite, ich knöpfe mir den hier vor«, rief Jordan und stürzte sich nach vorn, auf einen der nahenden Dämonen zu. Von ihrem Schwert tropfte noch immer das Blut ihres ersten Opfers.

Ohne Waffe war ich völlig wehrlos, mir blieb nichts übrig, als Mark und Olivia hinterherzuschauen, die Jordan folgten. Die Dämonen griffen zuerst an und sofort war die Luft erfüllt von gurgelnden Zischlauten und lautem Grunzen. Olivias Peitsche sauste durch die Luft und wickelte sich um einen der windenden Körper, während Mark versuchte, das Vieh von hinten zu überraschen. Neben ihnen hatte Jordan es mit ihrem zweiten Gegner deutlich schwerer als mit dem ersten. Er wich ihrem Messer aus und schlug mit einer Geschwindigkeit zurück, die ich dem dicken Körper nicht zugetraut hätte. Nur knapp verpasste er sie.

Hinter mir gaben die Jungs unter ihren Sitzen jammernde Laute von sich und ich wandte mich gerade zu ihnen, als ein weiterer Dämon von oben angeflogen kam. Ich warf mich zur Seite und spürte, wie er meinen Arm streifte. Ich stolperte, fing mich wieder, aber war nicht schnell genug, um dem erneuten Angriff des Dämons auszuweichen. Ein spitzer Schrei entwich meiner Kehle, und dann bohrte sich etwas in meine rechte Wade. Sofort verspürte ich einen stechenden Schmerz, und mit Entsetzen sah ich, wie sich das Vieh einem Saugnapf ähnlich in mein Bein verbiss. Ich trat aus und zog panisch an dem Dämon, aber sein Mund klebte an mir wie ein Blutegel. Der Dämon saugte und schluckte und feurige Stiche durchzuckten mein Bein.

Oh Gott, er trinkt mein Blut! Er trinkt mein Blut!

Dann blitzte Metall auf, und das Ding an meinem Bein zuckte und wurde dann still. Ich griff hinter das Messer, das aus dem Kopf des Dämons ragte, und zog das Viech von meiner Wade. Es brannte höllisch, als Dutzende scharfer Zähne meinem Fleisch entrissen wurden, und ich hatte Angst, mein lädiertes Bein anzusehen.

Mark rief mir etwas zu, ich senkte den Blick und sah, wie er und Olivia mit dem anderen Lampreydämon kämpften. »Sara, das Messer!«, schrie er.

Ich griff nach unten, riss das Messer aus dem toten Dämon und humpelte die Stufen hinunter zu den anderen. Jordan sah aus, als würde sie in dem Kampf langsam die Oberhand gewinnen – der Dämon vor ihr blutete aus mehreren tiefen Stichwunden. Olivia und Mark hielten ihren Gegner nur mit Mühe davon ab, seine Zähne in einem von ihnen zu vergraben. Olivia hatte eine Schramme an der Wange und ihr rechter Arm baumelte leblos und blutverschmiert an ihrer Seite. Wäre es ihr nicht gelungen, die Peitsche um den Nacken des Viehs zu schlingen, so hätte der Dämon sich längst befreit.

Mir wurde klar: Statt das Messer zu seiner eigenen Verteidigung zu verwenden, hatte Mark es geworfen, um mich zu retten. »Pass auf!« Ich ignorierte Marks Hand, die nach dem Messer greifen wollte, nahm es selbst fest in beide Hände und rammte es dem Dämon, der soeben auf mich zu sprang, in den Kopf. Ich musste dreimal zustechen, um ihn zu Fall zu bringen. Als es mir endlich gelungen war, ihm den Garaus zu machen, sackten Mark und Olivia zu Boden.

Mark keuchte und sah sich ängstlich um. »Haben wir sie alle erwischt?«

»Ich glaube schon. Ich sehe keine …« Ich brach ab, als Geräusche im Saal die Anwesenheit zweier weiterer Dämonen verkündeten.

»Wo zur Hölle kommen die alle her?«, rief er, griff nach dem Messer und stellte sich zwischen mich und die herannahenden Dämonen. »Jordan, wir bräuchten dann mal deine Hilfe.«

»Lass mich erst den hier erledigen«, Jordan schwang ihr Schwert in einem eleganten Bogen und setzte am Hals des Dämons einen klaren, glatten Schnitt. Triumphierend lächelte sie, kickte die tote Bestie beiseite und wandte sich dann zu der neuerlichen Bedrohung. »Wie viele?«

»Mindestens zwei, schwer zu sagen«, rief Mark ihr zu.

Ich suchte den dunklen Saal mit den Augen ab. »Was sollen wir machen?«

Jordan antwortete, ohne sich zu mir umzudrehen. »Wir machen das. Verschwinde du von hier.«

»Bist du wahnsinnig? Ich lasse euch doch nicht mit den Viechern hier alleine.«

»Sara, du und Olivia, ihr blutet und keiner von euch kann kämpfen. Ich kann mich jetzt nicht auch noch um eure Ärsche kümmern.«

Ich sah in Olivias gepeinigtes Gesicht, dann auf den toten Dämon auf der Treppe. Aus der Stelle, an der die Silberspitze der Peitsche den Körper berührt hatte, kringelten sich kleine Rauchwolken über der ekelerregend grauen Haut.

»Sie kommen«, schrie Mark. »Oh Gott, es sind drei!«

Ich schubste Olivia beiseite, packte den Griff der Peitsche und zerrte daran, bis sie sich von dem Dämonenkörper löste und das Vieh die Treppen hinunterrollte. Mit der Peitsche in der Hand wirbelte ich herum, just in dem Moment, in dem Jordan und Mark angegriffen wurden. Mark beugte sich nach unten und stach auf einen der Dämonen ein, der in Panik versuchte, ihn am Hals zu erwischen. Jordan bewegte sich schnell, aber die Dämonen waren genauso wendig wie sie. Sie konnte so gut sein, wie sie wollte, dieses Mal war sie in der Unterzahl.

Ich steckte mir die Finger in die Wangen und ließ einen scharfen Pfiff erklingen. »Hey, ihr dicken, hässlichen Würmer, kommt und holt mich doch.« Einer der Dämonen wandte sich zu mir um und ich umfasste die Peitsche so fest, dass meine Handknöchel weiß hervortraten. »Ja, ich rede mit euch, ihr fetten Maden.«

Der Dämon gab eine Mischung aus Zischen und Kreischen von sich und kam auf mich zu. *Oh, Scheiße!* Auf der langen Liste dummer Dinge, die ich in meinem Leben schon gemacht hatte, war diese Idee ein Kandidat für Rang eins.

Ich ließ die Peitsche knallen und spürte, wie sie den Körper des Viehs berührte und einen langen qualmenden Riss in seine Seite schlitzte. Doch das hielt den Dämon nicht auf, und so ließ ich die Peitsche fallen, um ihn mit bloßen Händen zu bekämpfen. Die Wucht, mit der er auf mich prallte, riss uns beide die Treppenstufen hinunter. Ich rang nach Luft, als mein Hintern am Treppenabsatz aufschlug. Der Dämon erholte sich schnell und griff wieder an. Gerade noch rechtzeitig nahm ich die Hände hoch und packte ihn, um zu verhindern, dass seine grauenvollen Zähne sich in meinen Hals bohrten. Er wand sich mit aller Kraft, und ich kämpfte stöhnend, um ihn auf Abstand zu halten. Alleine würde es mir nicht gelingen, ihn zu besiegen. Wenn mir nicht bald – sehr bald – jemand zur Hilfe eilte, dann war es das für mich.

»Sara! Geht es dir gut?«, bellte Jordan.

»Ich könnte ... wirklich ... Hilfe brauchen!«, keuchte ich.

Der Dämon zuckte heftig, und plötzlich lag ich unter ihm. »Argh!« Ich drückte mit all meiner Kraft gegen den Kopf des Biestes, der nun nur noch wenige Zentimeter entfernt war. Sein Speichel tropfte mir auf Gesicht und Hals, und beinahe hätte ich gewürgt, so abstoßend war der Geruch. Dann starrte ich in den großen tunnelartigen Mund, Reihe für Reihe voll mit angsteinflößenden Zähnen, und schwor mir, dass ich so nicht sterben würde. Ich hatte nicht all diese schrecklichen Dinge überlebt, um mich von einem mutierten Wurm mit Zähnen niederstrecken zu lassen.

Über meine Haut prickelte es elektrisch, und meine Haare stellten sich auf. Mein gesamter Körper fühlte sich an, als würde durch ihn eine elektrische Leitung verlaufen. Das Gefühl nahm an Intensität zu und suchte nach einer Möglichkeit, sich zu entladen. Doch statt es wie sonst zu fürchten, begrüßte ich es und fütterte es durch meine Emotionen mit Kraft. Die Hitze schoss durch meine Arme, strömte in meine Hände, bis sie wie bei einer Heilung zu glühen begannen. Um mich herum schossen Blitze in die Luft und füllten den Raum mit einem schweren Geruch.

Der Dämon wand sich und schlug heftig um sich, versuchte, sich mir zu entziehen. Aber meine Hände waren wie an seinen Kopf geschweißt. Kleine elektrische Funken zischten aus meinen Fingern. Es fühlte sich an, als hielte ich einen Blitz in den Händen. Gewaltsam entlud sich dieser Kraftstrom in den Dämon – so lange, bis der Körper der Kreatur anzuschwellen begann und sich glühende Risse über seine Haut zogen. Ich sah, wie seine Fischaugen sich ängstlich weiteten, dann ließ er einen lauten gurgelnden Schrei erklingen und explodierte über mir. Er zerplatzte in tausend heiße stinkende Teile aus Blut und Gedärmen. Völlig entgeistert starrte ich ein paar Sekunden lang auf meine blutigen Hände, rollte mich dann zur Seite und übergab mich heftig.

Jordan war die Erste, die bei mir war. »Was zur Hölle ist hier los?«, fluchte sie, als sie mich und die Überreste des Dämons sah. »Was ist passiert? Wie hast du das gemacht?«

Ich hob die Hand und schüttelte den Kopf, als Mark und Olivia hinter ihr auftauchten und mich anstarrten. Von Kopf bis Fuß war ich von Gedärmen bedeckt. Aber wie sollte ich ihnen erklären, was geschehen war? Selbst, wenn ich mein Geheimnis mit ihnen teilte, so war nicht einmal ich mir sicher, was ich eben getan hatte.

Die Türen zu unserer Linken wurden aufgerissen und Niall und Seamus stürmten in den Saal. Sie stoppten abrupt, als sie Jordan, Olivia und Mark sahen, die sich über mich beugten. Der Boden war mit blutigen Leichenteilen bedeckt. Ihre scharfen Augen scannten hastig den Raum und zählten die toten Lampreydämonen. Dann sahen sie uns vier an. Blutig, aber aufrecht stehend. Nun ja, zumindest die meisten von uns.

»Heilige Scheiße!«

Einer der Zwillinge kauerte sich neben mich. »Bist du am Leben, Kleines?«

Ich hob einen Arm und versuchte, mir etwas Schleim aus dem Gesicht zu wischen. »Ja, auch wenn ich mir gerade wünsche, tot zu sein.«

Er grinste, streckte seine Hand aus und zog mich mühelos auf die Beine. Ich war nicht die Einzige, die beim Anblick der von mir abfallenden Dämonenteile bleich wurde. Auch in den Gesichtern der anderen zeigten sich Schock und Abscheu. Ich hatte in den letzten Monaten sehr viele furchtbare und seltsame Dinge gesehen, aber explodierende Dämonen setzten dem Ganzen wirklich die Krone auf.

Ich bin so froh, dass ich den ganzen Mist hier nicht aufräumen muss. Ich stellte mir die Gesichter des Reinigungspersonals vor, wenn sie den Schlamassel hier sahen, und ein Kichern braute sich in meiner Kehle zusammen. Es war einfach nicht aufzuhalten, und so erntete ich sehr verwirrte Blicke von den beiden Kriegern und den drei Teenagern vor mir. Etwas an ihrem Gesichtsausdruck erschien mir nun plötzlich auch wahnsinnig komisch und ich konnte nicht verhindern, dass ich laut loslachte. Ich lachte und lachte, bis mir der Bauch wehtat und mir Tränen über die Wangen liefen.

»Was stimmt nicht mit ihr?«, sagte Olivia mit zitteriger Stimme.

Jordan kniff die Augen zusammen und musterte mich. »Ich glaube, sie hat einen Schock erlitten.«

»N... nein«, stammelte ich und versuchte, mich zu fassen. »Stellt euch mal das Gesicht des Hausmeisters vor, wenn er hier reinkommt, um sauber zu machen.« Ich machte eine Handbewegung über die schleimigen Gedärme um uns herum. »Das ist mal ein realistischer Zombiefilm.«

Der Zwilling, der mir aufgeholfen hatte, schüttelte den Kopf und hielt sein Handy ans Ohr. »Hier ist Niall. Wir brauchen eine Reinigungsmannschaft. Blutige Lampreydämonen im Kino ... Scheiße, ja ... Ich weiß es auch nicht.« Er sah uns an. »Nein, sie sind okay, nur ein bisschen durcheinander ... Nein, sie haben sie ganz allein zur Strecke gebracht. Ein paar Zivilisten sind verletzt, wir müssen sie behandeln. Es ist ein ziemliches Durcheinander, also beeilt euch.« Er gab noch ein paar Anweisungen und legte dann auf. Mit geschürzten Lippen musterte er das Gemetzel zu seinen Füßen. »Möchte mir irgendjemand erklären, was das hier ist?«

Ich kämpfte noch immer gegen das Lachen, und wahrscheinlich wirkte ich dadurch tatsächlich wie etwas aus der Bahn geworfen, also sprach er die anderen an. Jordan zuckte mit den Achseln und deutete auf mich. »Frag sie. Ich war damit beschäftigt, mir einen von den Bastarden vom Leib zu halten, als sie ... was auch immer sie getan hat.«

Mark nickte zustimmend.

»Ich habe nur gesehen, wie Sara mit dem Dämon die Treppe runtergefallen ist«, ergänzte Olivia. »Dann habe ich einen weißen Blitz gesehen, und plötzlich ist der Dämon explodiert.«

Niall sah mich an und ich schüttelte den Kopf. Was immer er dachte, er bohrte nicht weiter und schlüpfte stattdessen aus seinem Mantel. »Zieh deine Jacke aus, Mädchen, und versuche, dein Gesicht und deine Haare so gut wie möglich abzuwischen. Dann zieh das an. Das bedeckt das meiste.«

Ich tat, wie mir geheißen und ließ zu, dass er den viel zu großen Mantel um mich legte. Jordan, Mark und Olivia taten auch ihr Möglichstes, um halbwegs normal auszusehen. Nun konnten wir nur noch auf Verstärkung warten. Niall und Seamus war es gelungen, die Türen zu schließen, um die Zivilisten draußen zu halten. Nur die beiden Jungs, die sich jetzt in eine Sitzreihe verzogen hatten, waren noch da und starrten uns an, als wollten wir sie einem satanischen Kult opfern. Ich wusste nicht, ob die Mohiri etwas besaßen, um Erinnerungen zu beeinflussen. Wenn, dann brauchten diese beiden hier eine starke Dosis.

Die Reinigungscrew verschwendete keine Zeit und war fünfzehn Minuten nach Nialls Anruf zur Stelle. Sie betraten den Raum über den Angestelltenausgang links neben der Leinwand. Die acht Männer konnten ihre Überraschung ob des Blutbads nicht verbergen. Doch sie bekamen ihre verdutzten Mienen schnell in den Griff. Zwei von ihnen gingen zu den Jungs, die alles bezeugt hatten, die anderen verschafften sich einen Überblick.

»Du hast nicht übertrieben«, sagte einer der Männer zu Niall. »Wir werden ein weiteres Team brauchen. Paulette wartet im Van, um die Schüler nach Hause zu bringen. Sieht so aus, als bräuchten sie alle medizinische Hilfe.«

»Wie sind sie so schnell hierhergekommen?«, wollte ich von Seamus wissen. Er erklärte mir, dass die Mohiri in jeder größeren Stadt Teams vorhielten. Das machte es einfacher, in Situationen wie dieser schnell zu handeln.

Bevor ich wusste, wie mir geschah, wurde ich nach draußen geschoben und zu einem schwarzen Van gebracht. Davor wartete eine große blonde Frau, die erschrocken auf mein blutiges Haar und meine verschmutzten Klamotten sah und mich dann schnell in das Fahrzeug winkte. Ich ließ den anderen den Vortritt und wünschte mir, meine Kleidung wechseln zu können, bevor ich mich neben sie setzte.

Ohne Vorwarnung ballte sich plötzlich ein kalter Knoten in meiner Brust zusammen und ließ mich hastig nach Luft schnappen. Ich musste mich festhalten, um nicht das Gleichgewicht zu verlieren. *Nicht jetzt!*

»Geht es dir gut?«, erkundigte sich Seamus. Es gelang mir, zu nicken. Er half mir in die zweite Sitzreihe des Vans und kletterte hinter mir hinein. Wir hatten viel Platz, denn die anderen hielten größtmöglichen Abstand von mir.

Sobald der Wagen losfuhr, sprach Jordan aus, was wir alle uns fragten.

»Wie zum Teufel kommen die Lampreydämonen in das Kino? Leben sie nicht in Abwasserkanälen?«

»Ja«, erwiderte Seamus. »Ich habe noch nie von einem offenen Angriff auf Menschen gehört.«

»Glaubst du, sie waren hinter uns her?« Meiner Erfahrung nach geschahen schlimme Dinge niemals aus Zufall, insbesondere nicht, wenn sie mich betrafen.

»Das bezweifle ich«, sagte Niall, aber das kurze Zögern in seiner Stimme war mir nicht entgangen. »Lampreydämonen sind nicht bekannt dafür, besonders intelligent zu sein. Sie sind eher wie Blutsauger und auf der Suche nach warmen Körpern. Sie haben auch die Menschen angegriffen, also glaube ich nicht, dass sie euch gezielt angegangen sind. Ihr hattet nur das Pech, die letzten im Saal zu sein.«

Die Fahrt nach Hause war weitaus weniger spaßig als die Hinfahrt. Tristan erwartete uns am Haupteingang. Er fragte uns nach unserem Befinden und brachte uns dann zur Krankenstation, wo ein kleines Team von Heilern auf uns wartete. Eine von ihnen drängte mich in ein Zimmer mit angrenzendem Bad, wo ich mich sofort auszog und duschte. Schaudernd sah ich zu, wie das Wasser dunkel von meinem Körper rann.

Danach zog ich mir ein Krankenhaushemd an und legte mich aufs Bett, während die Heilerin sich um den Biss an meinem Bein kümmerte. Sie reinigte die Wunde und trug eine spezielle Salbe auf, die den Schmerz verscheuchte, noch bevor sie eine leichte Bandage darum wickeln konnte. Dann gab sie mir etwas von der verhassten Gunnapaste und riet mir, mich auszuruhen.

Tristan kam etwa eine Minute, nachdem sie das Zimmer verlassen hatte, herein und umarmte mich kurz. »Wie fühlst du dich?«

»Die Jungs hier haben gute Drogen. Ich habe überhaupt keine Schmerzen mehr.« Er wirkte nicht überzeugt, also schenkte ich ihm ein beruhigendes Lächeln. »Glaub mir, ich hatte schon schlimmere Verletzungen. Da braucht es schon etwas mehr als einen blutsaugenden Dämon, um mich auszuschalten.«

Seine Miene war ernst. »Das muss furchtbar beängstigend gewesen sein.«

»Machst du Scherze? Hast du Jordan schon einmal mit einem Schwert gesehen? Das Mädchen ist angsteinflößender als ein ganzes Dutzend dämonischer Würmer.«

Tristan lachte leicht und wirkte plötzlich weniger angespannt. »Niall hat mir erzählt, dass einer der Dämon explodiert ist und niemand ihm sagen konnte, wie das geschehen ist. Willst du davon berichten?«

Ich fing damit an, ihm von der Geschichte mit der Bazeratte vor ein paar Tagen zu erzählen und erklärte ihm dann, was während des Kampfes mit dem Lampreydämon geschehen war. »Ich weiß wirklich nicht, wie ich es gemacht habe«, gab ich zu. »Es fühlt sich ein wenig wie meine Heilkräfte an, nur anders – auch wenn das alles keinen Sinn ergibt. Es ist, als fließe Strom durch meine Adern und ich glaube, diese Macht in mir hasst alles Dämonische.«

»Elementare sind sehr mächtige Geschöpfe und der natürliche Erzfeind jedes Dämons. Wahrscheinlich durchlebst du gerade die erste Phase, in der deine Kräfte zutage treten. Leider wissen wir viel zu wenig darüber.«

»Aine sagte, sie würde mich besuchen kommen. Ich hoffe, sie kommt bald. Ich hätte wirklich gerne ein paar Antworten.«

»Nun, ich glaube nicht, dass sie ausgerechnet heute Nacht kommt – du brauchst Schlaf, damit dein Körper heilen kann.« Er stand auf und deckte mich zu. »Ich komme später noch einmal und sehe nach dir.«

Ich versuchte, mich aufzusetzen. »Kann ich nicht in mein Zimmer? Ich würde viel lieber in meinem eigenen Bett schlafen.«

Er drückte mich sanft nach unten. »Die Heiler wollen dich eine Nacht zur Beobachtung hierbehalten. Die Bakterien im Maul eines Lampreydämons sind infektiös und wir müssen sehen, ob sich Zeichen einer Entzündung zeigen.«

Die Heilerin kam zurück und gab mir ein Glas mit einer süßlich riechenden Flüssigkeit zu trinken. Ich betrachtete es skeptisch, als sie sagte: »Das ist Takhisaft. Er wird dir helfen einzuschlafen, und er wirkt antibakteriell. Trink ihn bitte aus.«

Brav folgte ich ihrer Anweisung, und Tristan nickte zufrieden. »Schlaf jetzt, wir reden morgen weiter. Ist es in Ordnung, wenn ich heute Nacht komme und bei dir sitze, wenn du schläfst?«

Ich lächelte träge. Schon zeigte sich die Wirkung des Takhisaftes. »Okay.«

Im Schlaf quälten mich schlimme Albträume von Zombies mit riesigen, saugenden Mündern voll mit spitzen Zähnen. Ich warf mich unruhig auf dem Bett hin und her, aber das Schlafserum hatte mich fest im Griff. Zunächst fror ich schrecklich, doch schließlich bettete jemand dicke, warme Decken über mich. Dann fühlte sich mein Körper plötzlich so an, als stünde er unter Feuer. Ich schrie, und wenig später legte mir jemand ein kaltes Tuch aufs Gesicht. Ein paar Mal war ich kurz davor, aufzuwachen und hörte leise Stimmen, aber noch bevor ich die Augen öffnen konnte, wurde ich wieder fortgezogen.

Danach schien die Zeit sich endlos zu dehnen, die Flammen versiegten und ich spürte nur noch, wie eine warme Hand die meine auf der Decke streichelte. Die Berührung war voller Zärtlichkeit und gab mir so viel Ruhe, dass ich instinktiv nach der Hand griff und meine Finger darin vergrub. Ich seufzte, als die Albträume endlich ein Ende hatten und ich in einen traumlosen, tiefen Schlaf fiel.

* * *

Ich erwachte nur langsam, lauschte den Geräuschen der Leute, die redeten und in dem Zimmer auf und ab gingen. Mein Körper fühlte sich steif an, meine Kehle war trocken und in meinem Kopf pochten heftige Schmerzen. Ich stöhnte und hob eine Hand, um mir die Stirn zu reiben.

»Hier, das wird gegen die Kopfschmerzen helfen.«

Ich drehte den Kopf und sah Tristan, der an meinem Bett saß und mir ein Glas mit brauner Flüssigkeit reichte. Nach dem Schlafserum der letzten Nacht zögerte ich, weitere Medizin anzunehmen.

Er lächelte, als hätte er meine Gedanken gelesen. »Du hattest Fieber letzte Nacht, von dem Dämonenbiss, und du bist dehydriert, deshalb schmerzt dein Kopf. Ich verspreche dir, es wird nur die Schmerzen lindern.«

Meine Stirn pochte so heftig, dass seine Worte auf fruchtbaren Boden fielen. Ich nahm das Glas, leerte es und legte mich dann zurück auf das Bett. »Warst du letzte Nacht bei mir?«

»Ich war ein paar Mal da. Das Fieber hat dir schwer zu schaffen gemacht.«

»Was ist mit den anderen? Geht es ihnen gut?«

Er nahm mir das Glas ab und stellte es auf den Tisch. »Olivia hat auch Fieber bekommen, aber Mark und Jordan geht es gut. Sie wurden alle schon entlassen. Sobald es dir besser geht, kannst du auch gehen.«

»Es geht mir schon viel besser«, ich wollte mich aufrichten, aber er hielt mich zurück.

»Ein paar Minuten noch. Solange kannst du mir von deinem Training berichten.«

Ich brummte. »Willst du mich quälen? Nach der Nacht?«

Er lachte nicht wie erwartet. Seine Miene wurde ernst. »Du hättest sehr viel schlimmer verletzt oder gar getötet werden können. Du musst lernen, dich zu verteidigen und deine Morikräfte freilassen, damit du das nächste Mal in einer Gefahrensituation besser vorbereitet bist.«

»Ich dachte, ich hätte das ganz gut gemacht.«

»Ja, aber wir wissen nicht sicher, ob du diese Kräfte jederzeit abrufen kannst. Wir leben in einer gefährlichen Welt, und ich muss sichergehen, dass du dich verteidigen kannst. Ich habe deinen Trainingsplan etwas modifiziert.«

Ich zupfte an der Decke. »Was bedeutet das?«

»Nichts Schlimmes, das kann ich dir versichern. Wir werden es nur mit einem anderen Trainer versuchen und sehen, ob alternative Techniken dir besser liegen.« Er tätschelte meine Hand. »Sieh mich nicht so an. Ich habe ein gutes Gefühl, dass es genau das sein wird, was du brauchst.«

Warum war ich mir da nicht so sicher? »Wann fange ich mit dem neuen Trainer an?«

»Morgen. Heute ruhst du dich noch aus und sammelst deine Kräfte.«

Es war bereits Mittag, als die Heiler mir endlich erlaubten, die Krankenstation zu verlassen. Ich war hungrig wie ein Löwe, was den Heilern zufolge normal war nach Fieber, und so ging ich nach einer kurzen Dusche und einem Klamottenwechsel auf direktem Weg zum Speisesaal. Das Mittagessen war bereits vorüber, also bettelte ich in der Küche nach ein paar Resten und aß alleine.

»Hey, Sara, was machst du hier ganz allein? Gehst du nicht in die Arena?«

Ich sah zu Michael hoch, der im Türrahmen stand. »Was ist in der Arena?«

»Ein paar der Krieger duellieren sich.« Seine Augen blitzten aufgeregt.

»Duellieren sich?«

»Zum Spaß. Das machen sie hin und wieder, und es ist jedes Mal eine Freude, zuzuschauen. Komm schon, ich hab gehört, dieses Mal ist auch Tristan dabei.«

Ich räumte mein Tablett ab und folgte Michael. Ich hatte Tristan noch nicht kämpfen gesehen und wollte ihn unbedingt einmal in Aktion erleben. Ein Mann, dem so viel Respekt gezollt wurde, musste mehr als nur ein guter Anführer sein. Ich hätte wetten mögen, dass er auch ein herausragender Krieger war.

»Alle reden davon, was gestern passiert ist.«

Ich warf ihm einen langen Blick von der Seite zu. »Du bist sicher froh, dass du nicht mitgekommen bist, was?«

Er nickte eifrig. »Ja. Du hättest sterben können. Warum tun Lampreydämonen so etwas?«

»Ich habe absolut keine Ahnung.«

Die Arena war bereits zur Hälfte gefüllt, als wir eintraten. Die anderen Schüler saßen bereits oder standen nahe der Tür. Ich sah an ihnen vorbei und erkannte Niall und Seamus, die sich zu Tristan gesellt hatten. Stolz betrachtete ich meinen Großvater, der mit dem langen, schmalen Schwert ganz der starke Krieger war.

Wir kämpften uns durch die Menge zu den anderen durch. »Was haben wir verpasst?«, erkundigte ich mich.

»Tristan wischt mit seinen Gegnern den Boden auf«, erwiderte Terrence, ohne den Blick von den älteren Kriegern zu heben. »Und hier ist sein nächstes Opfer.«

Ich beobachtete, wie ein Koreaner auf Tristan zuging. Er trug ein ähnliches Schwert. Etwas an ihm erschien mir vertraut, aber erst als er Tristan und die Zwillinge erreicht hatte, stellte ich fest, dass er einer der Krieger war, die ich in Portland kennengelernt hatte. Sein Name war Erik, wenn ich mich recht erinnerte, und er war in der Einheit gewesen, die das Haus gestürmt hatte, in der Remys Cousinen festgehalten worden waren. Er hatte mich auch zusammen mit Nikolas und Chris hierher begleitet, aber ich hatte ihn seit meiner Ankunft nicht wiedergesehen.

Die Zwillinge traten zurück und machten den duellierenden Kriegern Platz. Tristan und Erik salutierten voreinander. Tristans Augen glänzten, wie ich es nie zuvor gesehen hatte, und ich begriff, dass er sich auf den Kampf mindestens genauso freute wie die Zuschauer.

Ihre Metallklingen klirrten aneinander und ich hielt den Atem mehr als einmal an, während sie zustießen, die gegnerischen Schläge parierten und mit tödlicher Eleganz umeinander herum tänzelten. Erik war ein geübter

Schwertkämpfer, und ein- oder zweimal glaubte ich sogar, er wäre Tristan überlegen. Dann aber bemerkte ich, dass Tristan mit ihm spielte. Er mochte nicht mehr so regelmäßig auf die Jagd gehen, wie er es einst getan hatte, aber er war noch immer ein herausragender Krieger, was er bewies, als er seinen Gegner mühelos entwaffnete.

Ich applaudierte mit den anderen. Tristans Blick traf mich und ich hielt zwei Daumen hoch. »Wow, er ist so gut!«

Joshs Wangen glänzten vor Aufregung. »Das ist noch gar nichts. Die Hauptattraktion kommt erst noch.«

»Wie soll man das noch übertreffen?«, fragte ich, bevor etwas zart meinen Verstand streifte. *Das ist nicht dein Ernst.* Ich schnaubte, als ich die Person, die ich hier als Letzte erwartet hatte, durch die Tür treten sah. Alle Augen waren auf seine eindrucksvolle Gestalt gerichtet, als er auf Tristan zuging. Unter seinem Shirt zeichneten sich seine Muskeln ab, das Schwert hielt er mit festem Griff in der rechten Hand. Er lächelte Tristan brüderlich zu.

Um mich herum richtete sich alle Aufmerksamkeit auf Nikolas und Tristan. Die Anspannung war spürbar. Ich allerdings spürte nichts als Ärger. Ich konnte nicht vergessen, wie er mich hier abgestellt hatte, als wäre ich ein lästiges Problem, das endlich hinter ihm lag. Es sollte mir egal sein, aber aus einem Grund, den ich nicht einmal vor mir selbst zugeben wollte, machte es mir schwer zu schaffen.

Ich fühlte mich nicht länger gut unterhalten und so wollte ich mich durch die Menge nach draußen drängen. Aber Olivia packte meinen Arm. »Wo willst du hin? Nikolas kriegst du nicht alle Tage beim Kämpfen zu sehen.«

»Ich hab ihn oft genug kämpfen gesehen.«

Terrence wandte sich um und warf mir einen bewundernden Blick zu. »Das stimmt. Du hast ihn schon in Aktion gesehen. Mann, das muss echt cool gewesen sein.«

»War es«, erwiderte ich grimmig.

Das Klirren von Stahl auf Stahl brachte mich zum Stehen, und so hielt ich eine Minute lang inne, weigerte mich hinzusehen, obwohl alles um mich herum staunend den Atem anhielt. Schließlich hielt ich es nicht mehr aus und drehte mich um.

Es war sofort klar, wer von beiden der bessere Schwertkämpfer war. Nicht, dass es mich überrascht hätte. Tristan war ein guter Kämpfer, aber wo er sich mit der Grazie eines Fechters bewegte, vollführte Nikolas einen einzigen tödlichen Tanz. Er hatte sich und sein Schwert unter so bemerkenswerter Kontrolle, dass man die Augen nicht von ihm lassen konnte. Die lange Schneide blitzte in der Sonne, die durch die großen Fenster schien, und er ließ seine Hiebe erbarmungslos auf Tristan niederregnen. Er umkreiste ihn wie ein Löwe, der bereit war, zu töten und zwang Tristan in die Defensive. Hätte ich nicht gewusst, dass das hier ein freundschaftliches Duell war, so hätte ich mir ernsthafte Sorgen um meinen Großvater gemacht.

Nikolas sah eine Lücke zwischen ihm und Tristan, richtete das Schwert auf Tristans Brust, und dann war es vorüber. So schnell und einfach. Tristan lächelte, verbeugte sich und klopfte Nikolas auf den Rücken, während die Menge in begeisterten Applaus ausbrach. Die beiden Männer traten beiseite, um Platz für das nächste Duell zu machen, aber nach dieser Darbietung musste alles Folgende verblassen. Ich kam nicht umhin, festzustellen, dass meine Begleiter mehr an Nikolas' Person als am eigentlichen Kampf interessiert waren.

»Eines Tages werde ich so gut sein wie er«, sagte eine Stimme neben mir voll Bewunderung.

Ich wandte mich zu Jordan um, die Nikolas anbetete, als wäre er ein Rockstar. »Gut, und wenn du das dann bist, dann trittst du ihm gehörig in den Hintern. Aber lass mich unbedingt wissen, wann es soweit ist, das darf ich nicht verpassen.« Sie sah mich an, als wäre ich verrückt geworden und ich zuckte mit den Achseln. »Verbring mal einen ganzen Monat mit ihm, dann pfeifst du aus einem anderen Loch.«

Jordan wollte gerade etwas erwidern, da erregte etwas hinter mir ihre Aufmerksamkeit. Ich drehte mich um und sah Tristan und Nikolas, die durch die Menge hindurch auf uns zu schritten. Ich biss die Zähne fest aufeinander. Ich hatte Nikolas so einiges zu sagen, aber dies war nicht der richtige Ort dafür. Sein Gesichtsausdruck wirkte gleichgültig, aber als unsere Blicke sich trafen, erkannte ich sofort das vertraute arrogante Glänzen darin, das meinen inneren Frust nur noch weiter anstachelte. Hatte er etwa geglaubt, ich würde ihn begrüßen, als wäre nichts gewesen?

Tristan blieb stehen, um mit jemandem zu sprechen, und sobald er und Nikolas sich wegdrehten, war ich schon auf dem Sprung. Ich duckte mich durch den überfüllten Raum und versuchte, so viel Abstand wie möglich zwischen mir und Nikolas zu schaffen. Wenn ich jetzt auf ihn traf, würde ich ihn anschreien und am Ende vor versammelter Mannschaft als Vollidiotin dastehen. An der Tür drehte ich mich noch einmal um und sah, wie Nikolas sich finster umschaute. *Nicht sehr nett, wenn jemand einfach vor einem davonläuft, nicht wahr?*, dachte ich mit zunehmender Befriedigung und huschte nach draußen, bevor er mich sehen konnte.

Wenn ich etwas über Nikolas wusste, dann, dass er in seiner Meinung und seinen Überzeugungen unerschütterlich war. Ich hatte den Ausdruck in seinem Gesicht gesehen und er würde mich nicht so einfach davonkommen lassen. Er hatte einen untrüglichen Sinn dafür, mich aufzuspüren – was im Falle einer Gefahr natürlich sehr hilfreich, allerdings weniger angenehm war, wenn ich ihm aus dem Weg gehen wollte.

Ich ging auf das Hauptgebäude zu, hoffte, dass die Leute in der Arena Nikolas lange genug aufhielten, um mir die Flucht zu ermöglichen. Ich fühlte mich wie ein trotziges Kind, das vor ihm davonrannte, aber die letzte Nacht und der Schock, ihn so unvermittelt wiederzusehen, versetzten meine Gefühle zu sehr in Aufruhr. Ich konnte ihm jetzt einfach nicht entgegentreten.

Ich war etwa zehn Schritte weit gekommen, als mir klar wurde, dass ich mich im Hauptgebäude nur in meinem Zimmer würde verstecken können. Allerdings hatte ich keine Lust, den Nachmittag drinnen zu verschwenden. Ich änderte die Richtung und ging stattdessen auf die Menagerie zu.

Ich atmete tief durch, als ich schließlich die schwere Tür hinter mir schloss. Hugo und Wolf kamen zur Vorderseite des Käfigs gerannt und jaulten. »Hey, ihr zwei«, grüßte ich sie und öffnete die Tür mit dem Schlüssel, den Sahir mir gegeben hatte. »Sieht so aus, als hätte ich den ganzen Nachmittag Zeit für euch.«

Kapitel 7

DER HUNGER TRIEB MICH schließlich aus meinem Versteck. Nachdem ich den Käfig saubergemacht hatte, ging ich zum Speisesaal und hoffte, nicht ausgerechnet Nikolas dort zu treffen. Es war sein erster Tag hier nach der Mission, es war also zu erwarten, dass er und Tristan im Büro saßen.

Meine Anspannung ließ etwas nach, als ich das Gebäude betrat und Tristan nirgends sehen konnte. Ich atmete aus, ohne bemerkt zu haben, dass ich die Luft angehalten hatte, und ging mir ein Tablett holen.

Ich hatte schon immer einen gesunden Appetit gehabt und, zum Leidwesen der anderen Mädchen auf der Highschool, nie auf meine Figur achten müssen. Nun wusste ich, dass meine Mohirigene der Grund für meinen guten Stoffwechsel waren. Genüsslich betrachtete ich die Pizza auf meinem Teller.

Ich aß gerade das zweite Stück, als Jordan sich den Stuhl mir gegenüber schnappte und ihr Tablett voll mit Burgern und Pommes abstellte.

»Was willst du?«

Sie steckte eine Strähne ihres blonden Haars hinter die Ohren und sah mich bewundernd an. »Ich glaube, ich hab dich unterschätzt, Kätzchen. Du hättest gestern einfach aus dem Saal flüchten können, aber du bist geblieben, obwohl du unbewaffnet warst und zu Dämonenfutter hättest werden können. Dazu braucht man Eier.«

»Ich renne nicht weg.« *Lügnerin, du läufst schon den halben Tag vor Nikolas davon.* »Und mein Name ist Sara, nicht Kätzchen.«

»Ist vermerkt.« Sie nahm einen Burger in die Hand und biss kräftig ab. Innerhalb weniger Minuten war sie fertig und sagte: »Dich verschreckt nichts so leicht, oder? Zu schade, dass du nicht kämpfen kannst, denn du hast echt Mumm.«

»Okay, ähm ... danke.«

»Nein, im Ernst. Olivia kämpft recht passabel, aber sie erschrickt vor ihrem eigenen Schatten, und die Jungs wissen nicht, was sie machen sollen, wenn sie ein echtes Monster sehen. Aber ich habe genau beobachtet, wie du das letzte Nacht gemacht hast. Du bist direkt da reingegangen, obwohl du schon verletzt warst, und du hast die Lampreys von uns weggelockt. Das war echt eine krasse Aktion.«

»Wohl eher ziemlich dumm.« Ich nahm das dritte Stück Pizza. »Auf jeden Fall warst du echt cool. Beeindruckende Schwerttechnik. Ich hätte mir wahrscheinlich selbst den Kopf damit abgeschnitten.«

Jordan grinste breit und ihr Gesicht leuchtete auf. Ich hatte recht, was meine Einschätzung von ihr betraf. Sie war sehr hübsch, wenn sie erst einmal lächelte. »Ich hatte noch nie so viel Spaß!«

»Zu schade, dass du vor zwei Monaten in Maine nicht dabei warst. Du hättest den Spaß deines Lebens gehabt.«

Ihre Hand hielt kurz vor ihrem Mund inne, die Pommes baumelte an ihrer Gabel. »Du hast das echt alles erlebt, was du den anderen erzählt hast, nicht wahr?« Ich nickte. »Verdammt, du hast Nikolas tatsächlich in Aktion gesehen.«

Ich winkte mit der Pizza. »Was habt ihr nur alle mit ihm? Ja, er kann sein Schwert bedienen, und weiter? Riesensache ...«

Jordan sah mich an, als wäre ich schwer von Begriff. »Nikolas ist besser als nur gut, Sara. Er ist der allerbeste. Er tut, was er will, und sie lassen ihn, weil er so verdammt gut ist. Und: Niemand könnte ihn aufhalten. Niemand sagt *Nein* zu Nikolas.«

»Das höre ich immer wieder. Es tut mir leid, deine kleine Seifenblase zu zerstechen, aber er ist nur ein Mann, der auf zwei Füßen durch die Welt geht. Wie alle anderen auch.« Ich legte das angebissene Stück Pizza auf den Teller und schob ihn weg. »Ihr vergöttert ihn alle. Kein Wunder, dass er so arrogant ist.«

»Ha! Sag das bloß nicht zu ihm.«

Ich lächelte leicht. »Wäre nicht das erste Mal.«

Sie klaubte ein Stück Peperoni von meiner Pizza und aß es. »Ja, das glauben wir erst, wenn wir es sehen. Ich denke ...«

Ich spürte seine Anwesenheit schon eine Sekunde, bevor Jordan heftig errötete und in einem seltenen Moment der Schüchternheit auf ihren Teller starrte. Es war kaum Zeit, festzustellen, dass der gesamte Speisesaal in ehrfürchtige Stille verfallen war, da schob er schon den Stuhl neben mir beiseite und stellte sein Tablett auf den Tisch. »Es macht dir doch nichts aus, wenn ich mich euch anschließe, oder?«, fragte Nikolas und setzte sich, weil keiner von uns beiden etwas erwiderte. Ich drehte mich zu ihm, um ihn finster anzufunkeln und war wie erstarrt, als ich bemerkte, wie nahe seine grauen Augen den meinen auf einmal waren. »Du ...«, stotterte ich und lehnte mich hastig zurück. Sein Mund verzog sich zu dem vertrauten Grinsen. »Lass mich raten, sonst will keiner gemeinsam mit dir essen?«

Er schenkte mir ein träges Lächeln, das in meinem Magen Dinge anrichtete, die definitiv nicht gut für mich waren. »Ich glaube, das letzte Mal, als wir gemeinsam zu Abend gegessen haben, warst du um einiges netter.«

»Als hätte ich eine Wahl gehabt«, erwiderte ich und dachte an die letzte Nacht in New Hastings. »Ihr habt mich in dieser Nacht ja auch nicht aus den Augen gelassen.«

»Eigentlich hatte ich mehr an den Abend gedacht, an dem wegen des Sturms der Strom ausgefallen ist.«

Die Bilder jener Nacht waren plötzlich wieder da – wie wir beide im Kerzenlicht Sandwiches gegessen und am Feuer miteinander geredet hatten. Die Luft im Speisesaal fühlte sich auf einmal viel zu warm an. »Dinge ändern sich«, war alles, was ich hervorbrachte. Ich spürte Jordans Blicke auf mir. Das Letzte, was ich wollte, war, hier vor allen Augen mit Nikolas zu streiten. Ich griff nach meinem Tablett.

»Ich habe gehört, du hast Probleme beim Training.« Seine Feststellung ließ mich innehalten. »Ich dachte, vielleicht möchtest du darüber reden.«

Er wusste mehr von mir als alle anderen in diesem Raum, aber dennoch war er der Letzte, dem ich mein Herz ausschütten wollte. »Nein, danke.«

Nikolas schien völlig ungerührt von meiner Zurückweisung. Er lächelte Jordan an. »Jordan, nicht wahr?« Sie nickte stumm. »Ich habe gehört, du bist ziemlich gut mit dem Schwert.«

Ich sah, wie sie errötete und sich von einer mutigen Kriegerin in einen verschämten Teenager verwandelte, der endlich sein Idol getroffen hatte. »Das ist sie«, sagte ich und war mir nicht sicher, warum ich ihr unbedingt zur Hilfe kommen wollte. »Du hättest sie letzte Nacht sehen sollen, wie sie diese Lampreydämonen zur Strecke gebracht hat. Wenn sie nicht gewesen wäre, wären wir alle Dämonenfutter. Sie ...«

Ich hielt inne, als ich sah, wie Nikolas sich versteifte und ich mich daran erinnerte, wie er sich stets verhielt, wenn ich in Gefahr war. Nun, das lag ja nun wirklich nicht mehr in seiner Verantwortung. Damit musste er jetzt klarkommen.

Auch Jordan spannte sich angesichts der Veränderung in Nikolas' Haltung zusehends an. Ganz offensichtlich hatte sie ihn noch nicht in rabenschwarzer Laune erlebt. Am liebsten hätte ich zu ihr gesagt: *Siehst du, hab ich dir doch gesagt*, boxte Nikolas stattdessen aber ein wenig fester als nötig mit dem Ellbogen in die Rippen. »Hör auf, so düster aus der Wäsche zu schauen, du verschreckst ja meine neue Freundin.«

Einen Moment lang blickte er noch finsterer drein, dann entspannte er sich ein wenig und nahm seinen Burger vom Teller. »Das will ich natürlich nicht. Die hier hat zumindest kein Fell und stinkt nach Hund.«

Ich wollte ihm eine scharfe Antwort darauf geben, aber dann sah ich, wie sich seine Mundwinkel hoben. Er spielte nur mit mir. Das war eine Seite von ihm, die er nicht sehr häufig zeigte – zumindest nicht in meiner Gegenwart. Ich wusste nicht, wie ich darauf reagieren sollte. Er biss in seinen Burger und wirkte sehr zufrieden mit sich.

»Ignorier ihn einfach«, sagte ich zu Jordan, obwohl ich wusste, wie lächerlich das war, wenn man bedachte, mit welch anbetungsvoller Ehrfurcht sie Nikolas ansah. »Er muss mir wenigstens eine Mahlzeit verderben, bis er sich wieder auf und davon macht. Zur nächsten Mission.«

»Ach, hast du es noch gar nicht gehört?«, fragte er und sein eingebildetes Grinsen verursachte mir Magenschmerzen. »Hättest du vielleicht, wenn *du* heute Nachmittag nicht einfach verschwunden wärst.«

»Was hätte ich gehört?«

»Ich gehe die nächsten vier Wochen nirgendwohin.«

»Was? Bist du das Jagen schon leid?«

»Nein, ich habe nur eine andere Aufgabe. Ich bin dein neuer Trainer.«

Mein erster Gedanke war: Das ist ein Scherz. Aber dann sah ich seine ernste Miene und schüttelte heftig den Kopf. »Ich trainiere nicht mit dir.« Auf einmal erschien mir Callum gar nicht mehr so übel. Ich sah mich nach Tristan um, er musste das hier klären, aber ich konnte ihn nirgends entdecken.

»Es war Tristans Idee«, erklärte er, als wüsste er, nach wem ich suchte. »Er glaubt, es könne dir helfen, mit jemandem zu arbeiten, den du kennst.«

»Seit wann trainierst du mit Schülern oder folgst den Anweisungen anderer Leute?« Ich hoffte noch immer ein wenig auf einen miesen Scherz. »Musst du keine Waisen retten?«

»Nach der Sache mit dir habe ich den größten Respekt vor Leuten, die den Job sonst machen«, knirschte er. »Ich stimme Tristan zu, was dich betrifft. Wir müssen dein Training ganz anders angehen.«

»Vor ein paar Tagen hat Tristan noch einen Kerl aus Indien erwähnt, von dem er glaubt, er könne mir helfen.«

»Janak?« Nikolas gluckste, und am liebsten hätte ich ihn erneut mit dem Ellbogen geboxt. »Janak ist ein netter Kerl, aber viel zu lasch für dich. Eine Trainingseinheit mit dir und er säße schon wieder im Flieger nach Asien.«

Ich verschränkte die Arme vor der Brust und schaute ihn finster an, während er erneut herzhaft in seinen Burger biss. Wenn er glaubte, einfach aus dem Nichts auftauchen, mich beleidigen und sich in mein Leben einmischen zu können, dann kannte er mich offenbar nicht so gut, wie er dachte. »Also, was ist dein brillanter Plan? Willst du mich so lange provozieren, bis ich dir meinen Dämon auf den Hals hetze?«

Er nahm sich Zeit, widmete sich seinem Essen, bevor er antwortete. Ich wusste, er tat das, um mich zu ärgern. Was mich jedoch am meisten störte, war, dass es ihm gelang. Ich wollte ihn anschreien und gleichzeitig vor ihm davonlaufen, aber mein Stolz verbot es mir.

»Wenn es nötig sein« sollte. Aber ich glaube, ich habe eine bessere Idee.«

»Und die wäre?« So sehr ich auch vorgeben wollte, mich nicht dafür zu interessieren, so war ich doch neugierig darauf.

Er stand auf und nahm sein Tablett. »Du solltest schlafen gehen, morgen beginnt unser Training.«

Bevor ich ein Gegenargument formulieren oder ihn erneut nach seiner Idee fragen konnte, war er schon davonmarschiert. Ich starrte ihm nach, bis Jordan laut nach Luft schnappte und mich daran erinnerte, dass ich nicht alleine am Tisch saß. Ich drehte mich zu ihr und bemerkte, wie sie mich beinahe ehrfürchtig ansah.

»Du bist die glücklichste Frau auf Erden. Das weißt du, oder?«

»Ach ja? Wie kommst du darauf?« Ich fühle mich eher verflucht denn glücklich und fragte mich, wie ich nur um dieses Training herumkommen konnte. Warum sollte Tristan so etwas vorschlagen? Er wusste doch, wie ich über Nikolas dachte.

»Du verarschst mich, oder? Nikolas Danshov gibt dir Privatunterricht. Sieh ihn an! Willst du mir wirklich weismachen, dass er dich völlig kalt lässt?«

Ich rutschte unbehaglich auf dem Stuhl hin und her. »Ich habe nie gesagt, dass er nicht gut aussieht. Er kann nur ziemlich arrogant sein und rechthaberisch, er ist manchmal einfach schwer zu ertragen.«

Jordan legte ihr Kinn in die Handflächen und seufzte übertrieben. »Ich bitte dich!«

»Du würdest es verstehen, wenn du ihn kennen würdest. Nikolas ist ein Eisberg.« Sie hob eine Augenbraue und ich schüttelte den Kopf. »Ich meine nicht, dass er kalt ist. Du siehst nur seine hübsche Oberfläche. Darunter ist viel mehr, als du dir vorstellen kannst, und das ist nicht alles schön.«

Jordan lächelte wissend. »Es sieht auf jeden Fall so aus, als würdest du sehr viel Zeit mit ihm allein verbringen. Was würde ich dafür geben, mit dem Mann in einem Raum eingesperrt zu sein.« Aus ihrem Lächeln wurde ein verschmitztes Grinsen. »Ich kann es nicht erwarten, Celines Gesicht zu sehen, wenn sie davon erfährt.«

Schnell zog ich eine Grimasse, um die Hitze in meinen Wangen zu verbergen. »Ich ruiniere ja nicht gern deine Fantasien, Jordan, aber ich werde nicht mit Nikolas trainieren.«

»So sieht es für mich aber nicht aus.« Ihre Augen glänzten, während sie nach meiner kalten Pizza griff. »Ich hab dir vorhin schon erklärt: Niemand sagt *Nein* zu Nikolas.«

»Halt die Klappe«, fauchte ich, aber sie grinste nur noch breiter.

* * *

»Ich kann nicht glauben, dass du die Rohfassung schon fertig hast. Ich hoffe, du hast nicht die Nächte durchgearbeitet.«

Nate lachte ins Telefon. Normalerweise war er bis zur Fertigstellung der ersten Fassung seiner Bücher immer sehr gestresst. Ihn so entspannt zu hören, war ein gutes Zeichen dafür, dass es mit dem Buch rund lief. »Seit du nicht mehr hier bist und mich vom Arbeiten abhältst, schufte ich viel zu viel.«

Ich tippte mit dem Bleistift auf die Zeichnung von Hugo und Wolf, an der ich gearbeitet hatte, bevor Nate angerufen hatte. »Also ist es ruhig bei dir?« Ich musste das nicht weiter ausführen, Nate wusste, wonach ich mich erkundigte.

»Sehr ruhig. Brendan kam vor zwei Tagen zu Besuch und meinte, es wäre jetzt sicher hier. Aber sie halten die Augen weiter offen.«

»Es gefällt mir nicht, dass du allein bist. Wenn ich nur wüsste, ob der Trollzauber noch wirkt.« Der Bannkreis, den ich um das Haus gelegt hatte, um es zu schützen, sollte so lange halten, wie es mein Zuhause war. Noch immer war unsere Wohnung für mich meine Heimat, auch wenn ich jetzt hier lebte. Aber ich wusste nicht, ob der Zauber die Bedeutung dessen wörtlich nahm. Und schließlich konnten wir auch nicht einfach eine gefährliche Kreatur hineinlassen, um die Wirkung zu testen. »Du nimmst doch den Ptellonnektar, oder?«

Es war kurz still. »Noch nicht. Wenn Brendan die Gegend für sicher hält ...«

»Nate, du hast es versprochen!«

»Ich weiß, ich habe nur einfach ein Problem damit, irgendwelche Sachen zu schlucken, von denen ich nichts weiß.«

Ich unterdrückte ein frustriertes Seufzen. Nate hatte akzeptiert, dass es übernatürliche Dinge in dieser Welt gab, aber er kam noch immer nicht damit zurecht. Jedes Mal, wenn wir telefonierten, erinnerte ich ihn an das Ptellonblut, das ihn vor Dämonen und anderen grässlichen Dingen schützen sollte, und jedes Mal versprach er, es bald zu nehmen. Selbst jetzt, da er die Gefahren da draußen am eigenen Leib erlebt hatte, wollte er einfach nichts Magisches zu sich nehmen.

»*Ich* weiß, was es ist. Du musst mir vertrauen. Bitte! Wenn du wüsstest, wie schwierig es war, an das Zeug zu kommen.« Ich hatte ihm nie von meinem kleinen Abenteuer im Hafen erzählt. Nach allem, was geschehen war, hatte ich ihn nicht noch mit einem Rudel besessener Ratten konfrontieren wollen. »Ich würde mich sehr viel besser fühlen, wenn du es nehmen würdest.«

Ich hörte, wie sein Rollstuhl knarrte. »Ich nehme es ja. Ich muss mich nur noch überwinden.«

»Versprich es.«

»Ist gut, ich verspreche es. Also, erzähl mal: Was ist bei dir so los?«

Ich öffnete den Mund, um ihm von der Dämonenattacke zu berichten, und schloss ihn dann schnell wieder. Ich konnte ihm so etwas nicht erzählen, ohne dass er völlig ausflippte. Er hatte meinem Umzug nur zugestimmt, weil er mich hier in Sicherheit glaubte. Und das war ich auch, nur nicht so sehr, wie er dachte.

»Hugo und Wolf machen sich gut, sie knurren niemanden mehr an. Hast du das Foto bekommen, das ich dir von ihnen geschickt habe?«

»Ja, und ich dachte schon, es wäre Spam, bis ich kapiert hab, dass du eine andere E-Mail-Adresse benutzt. Das Bild ist nicht bearbeitet, oder?«

Ich gluckste. »Nein.«

Er pfiff leise. »Als du mir von ihnen erzählt hast, hat sich das irgendwie nicht real angehört. Wer glaubt schon, dass es wirklich Höllenhunde gibt? Aber na ja, vor ein paar Monaten habe ich vieles nicht geglaubt. Glühen ihre Augen immer so gespenstisch?«

»Ja, aber ich glaube, der Kamerablitz hat den Effekt noch etwas verstärkt.«

»Sie sehen furchteinflößend aus. Bist du dir sicher, dass sie dir nichts tun?«

»Absolut. Vertrau mir. Tristan würde mich nicht in ihre Nähe lassen, wenn er glauben würde, dass sie mir schaden könnten. Er ist fast so schlimm wie Nikolas.« Nate wusste inzwischen über Tristan Bescheid und war froh, dass ich hier Familie hatte. Und wenn er es seltsam fand, dass ich einen Großvater hatte, der jung genug aussah, um sein eigener Sohn sein zu können, dann sagte er es nicht.

»Ah, ich hab schon gemerkt, irgendetwas beschäftigt dich, und jetzt kann ich mir denken, was. Hast du immer noch nichts von Nikolas gehört?«

Ich ließ den Bleistift fallen, sodass er über den Tisch schlidderte. »Er ist wieder da.«

»Und?«, fragte Nate gedehnt.

»Und er ist wie aus dem Nichts aufgetaucht, um mir zu sagen, dass er mich jetzt trainieren wird. Einfach so!«

Ich konnte noch immer nicht glauben, dass Tristan mich dazu zwang. Nach dem Abendessen hatte ich ihn aufsuchen wollen, doch er war nicht zu sprechen gewesen. Ziemlich verdächtig. Ich überlegte, morgen einfach nicht zum Training zu erscheinen, aber irgendetwas sagte mir, dass Nikolas mich nicht würde davonkommen lassen.

»Ich weiß, du warst wütend, weil er dich im Stich gelassen hat und du ihn vermisst hast, aber er hatte bestimmt seine Gründe.«

»Ich hab ihn doch nicht vermisst!« Ich sprang auf und ging im Zimmer auf und ab. »Ich finde nur, er hätte den Anstand haben können, sich zu verabschieden. Ich habe ihn wochenlang nicht gesehen, und jetzt taucht er auf und glaubt, er könne mir sagen, was ich zu tun habe. Du solltest mal sehen, wie die anderen sich ihm gegenüber verhalten. Sie sprechen von ihm, als wäre er ein Gott oder so. Als ob er noch eingebildeter werden müsste.«

Nate wartete, bis ich mit meiner Tirade fertig war, dann sagte er: »Ich weiß, du willst das nicht hören, aber ich bin froh, dass er mit dir trainieren wird. Du hast doch selbst gesagt, dass es nicht gut läuft. Vielleicht kann Nikolas dir helfen. Wenn ich in den Wochen, in denen du verschwunden gewesen bist, etwas gelernt habe, dann wie engagiert er ist und wie viel ihm an deinem Wohlergehen liegt.«

»Er will einfach nur seinen Job richtig machen«, sagte ich bitter.

»Da spricht die Enttäuschung aus dir. Das meinst du nicht so.«

»Ich weiß nicht mehr, was ich glauben soll. Er hat mich verlassen, Nate.«

»Und jetzt ist er wieder da.«

Ich sagte nichts, und einen Moment lang war es still zwischen uns.

»Hör mal, ich muss wieder an die Arbeit. Ich habe meiner Lektorin gesagt, dass sie die ersten fünf Kapitel noch diese Woche bekommt.« Ich hörte das sanfte Surren seines Rollstuhls und wusste, dass er auf dem Weg zurück in sein Büro war. »Sei nicht so hart mit Nikolas. Ich bin mir sicher, er hatte sehr gute Gründe für seine lange Abwesenheit.«

»Leichter gesagt als getan.« Entmutigt sank ich wieder auf meinen Stuhl. »Ich ruf dich in ein paar Tagen wieder an, ja?«

Als ich auflegte, hörte ich meinen Magen knurren und erinnerte mich daran, dass ich mein Abendessen nicht beendet hatte. Ich ging auf die kleine Küchenzeile zu und holte mir einen Blaubeermuffin. Ich zog die

Verpackung ab und knabberte daran, während ich zu meinem Schreibtisch ging. Das Küchenteam machte einen fantastischen Job, aber die Blaubeermuffins waren nicht ansatzweise so gut wie die von Nate. Wenn ich an Nate und seine Backkünste dachte, hatte ich immer Heimweh. Ich legte den Muffin auf den Schreibtisch und ging zum Schrank, um die Kisten durchzugehen, die ich noch nicht geöffnet hatte. Der Karton, in dem die gequiltete Decke meiner Großmutter lag, war an einer Ecke eingerissen und ich wollte sichergehen, dass die Decke nicht beschädigt war. Nate hatte sie mir aus Portland mitgebracht, nachdem mein Dad gestorben war, und sie bedeutete mir so viel wie die Bücher meines Vaters. Ich schüttelte die Quiltdecke aus und dachte darüber nach, dass sie sicher gut auf dem Bett aussehen würde. Tatsächlich war es Zeit, dem Raum eine persönlichere Note zu geben.

»Was zum ...« Etwas zischte an meinen nackten Füßen entlang. Ich sah hinunter auf den Blaubeermuffin, den ich gerade erst auf den Tisch gelegt hatte. »Wie ist der jetzt hierhergekommen?« Aus dem Augenwinkel sah ich, wie etwas über das Bettzeug huschte, und als ich herumwirbelte, blickte ich direkt in ein winziges Gesichtlein, das mich anstarrte. Kobolde in einem Mohirigebäude? Die Vorstellung, dass diese kleinen kleptomanischen Dämonen, die man in der übernatürlichen Welt als Ungeziefer betrachtete, in eine Festung von Dämonenjägern eingedrungen waren, war wirklich zum Lachen. Dieses Exemplar hier war ein besonders mutiges kleines Biest, wenn es sich mir so offen zeigte. Zu Hause in New Hastings hatte es Jahre gedauert, mit den Kobolden eine Art Waffenstillstand zu vereinbaren. Musste ich meine Sachen jetzt auch hier wegsperren?

Ich warf die Decke aufs Bett und beugte mich nach unten, um den Muffin aufzuheben. Ich stand wieder auf und wollte ihn gerade in den Mülleimer werfen, als ein leises Klappern unter dem Bett mich aufsehen ließ. Der Kobold hatte sich ein Stück nach vorn getraut und stierte nun auf meine Hand.

»Hast du Hunger? Willst du das hier?« Ich streckte meine Hand aus und war so schockiert, als ich ihn nicken sah, dass ich den Muffin beinahe hätte fallen lassen. Kobolde sind keine besonders freundlichen Kreaturen und sie beharren für gewöhnlich darauf, Menschensprache nicht zu verstehen. Ich hatte eine Ahnung. Es war sehr verdächtig, wenn ein Kobold sich so offen zeigte und dann auch noch mit mir kommunizierte.

»Ich kenne dich, oder? Du bist als blinder Passagier mit mir gereist.« Der eingedellte Karton ergab auf einmal Sinn. *Verdammte kleine Mistviecher.*

Der Kobold trippelte von einem Fuß auf den anderen, dann nickte er wieder.

»Du bist doch mit Sicherheit nicht allein hier, um die Welt zu entdecken. Wo sind deine Kumpels?« Als er darauf keine Reaktion zeigte, sagte ich: »Wenn du diesen Muffin willst, dann bist du besser ehrlich zu mir.« Ich hatte gar nicht vor, ihm den Muffin vorzuenthalten, aber das wusste er ja nicht. Ein paar Sekunden verstrichen und dann tauchten zwei weitere Gesichter unter dem Bett auf. Ich musste mich zwingen, nicht laut zu stöhnen. Was sollte ich nur mit den drei Ausreißern anfangen? Und was würde Tristan sagen, wenn er erfuhr, dass ich die Festung mit kleinen Dämonen infiziert hatte?

»Ich hoffe, ihr seid nicht mitgekommen, um Oscar zu entkommen, denn dann habe ich schlechte Neuigkeiten für euch. Nate bringt ihn mit, wenn er mich an Thanksgiving hier besucht.« Was mich daran erinnerte, dass ich noch ein Katzenklo und Futter kaufen musste. Mein Zimmer erschien mir auf einmal leicht überfüllt.

Ich zerbrach den angebissenen Muffin in drei Teile und legte sie auf den Boden nahe dem Bett. Dann trat ich einen Schritt zurück, sodass die Kobolde sich die Stücke holen und essen konnten. Als sie wieder unter dem Bett verschwanden, fragte ich mich, ob sie es sich hier auch wie zu Hause in den Wänden gemütlich machen wollten. »Jungs, wenn ihr unter meinem Bett euer Geschäft verrichtet, werde ich mir ein paar neue Mitbewohner suchen, klar?«, rief ich ihnen nach.

Ich schüttelte den Kopf und warf den Quilt meiner Großmutter über das Bett. Sofort fühlte sich der Raum heimeliger an. Ich tauschte auch den teuren Teppich gegen meinen alten blau-gelben Läufer und installierte die Anlage meines Vaters auf einem Tisch in der Sofaecke. Über die Couch legte ich eine hellrote Decke, und die Wand über dem Kamin würde künftig eine gerahmte Zeichnung zieren, die ich vor langer Zeit angefertigt hatte. An eine andere Wand stellte ich ein paar weitere Zeichnungen und gerahmte Fotos von Nate, Roland und Peter, die ich aufhängen wollte, wenn ich das notwendige Werkzeug dazu hatte. Als ich schließlich ein paar Schritte zurücktrat und mein Werk betrachtete, fühlte ich mich zum ersten Mal zu Hause hier.

Es gab noch etwas, was ich heute Abend erledigen wollte. Ich griff unter meinen Schreibtisch und zog das antike Schachbrett hervor, das ich in dem Juweliergeschäft gekauft hatte, um das verbrannte zu ersetzen.

Ich hatte Desmund seit der Nacht, in der wir Dame gespielt hatten, nicht mehr gesehen, und als ich jetzt auf die Bibliothek zuging, fühlte ich eine Mischung aus ungeduldiger Spannung und ängstlichem Zögern. Hatte er bemerkt, was mit mir geschehen war, nachdem ich ihn berührt hatte? War mein hastiges Verschwinden Grund genug für ihn, verärgert das Buch zu zerreißen und das Spielbrett zu verbrennen? Es war mir unmöglich zu erahnen, wie viel Schmerz er hatte erdulden müssen und wie sehr sein Verstand davon getrübt worden war. Es hatte mich verletzt, das zerstörte Buch zu sehen und ich musste mir immer wieder sagen, dass Desmund nicht wohlauf war und damit auch nicht ganz zurechnungsfähig.

Erleichtert stellte ich beim Betreten der Bücherei fest, dass sie wieder in ihren vorherigen Zustand versetzt worden war. Das Feuer knisterte im Ofen, und ein leeres Brandyglas neben Desmunds Sessel sagte mir, dass er kürzlich hier gewesen sein musste. Ich war selbst überrascht, dass mir die Tatsache, ihn verpasst zu haben, nicht gefiel. Ich sagte mir, dass ich nur nach ihm hatte sehen wollen, aber die Wahrheit war, dass Desmund mich trotz seiner Launen interessierte und meine Neugier anstachelte. Zumindest dann, wenn er sich auf seine ruppige Art durchaus charmant zeigte.

Aber auch wenn ich ihm heute nicht beggegnen sollte, so konnte ich ihm das Schachbrett dalassen. *Und hoffen, dass er es nicht wieder als Kaminanzünder benutzt.* Ich legte es auf den Tisch nahe dem Fenster, wo wir gespielt hatten und sah mich nach einem Stück Papier um, um ihm eine Nachricht zu hinterlassen. In einem kleinen Schreibtisch wurde ich fündig und kritzelte schnell ein paar Wörter. *Freue mich auf meine Revanche, Sara.*

Ich verließ den Raum und machte mich wieder auf den Weg zum Treppenhaus, als ich plötzlich vom anderen Ende des Flurs her Musik hörte. Die bewegende Melodie sprach mich an, und so fühlte ich mich wie magisch angezogen von den Klängen. Vor einer halbgeöffneten Tür, aus der fahles Licht drang, blieb ich stehen. Ein paar Minuten lang lauschte ich der Musik, bevor ich leise eintrat. Ein Mann saß an einem Flügel und bewegte seine langen Finger über die Tasten. Er war der Tür mit dem Rücken zugewandt, aber ich erkannte Desmund sofort. Still wie eine Maus stand ich im Türrahmen, aus Angst, ihn zu stören und sein Spiel zu beenden. Es würde zu ihm passen, wenn er kein Publikum haben wollte, aber ich konnte mich den zauberhaften Tönen einfach nicht entziehen.

Als das Stück zu Ende war, saß Desmund regungslos über die Tasten gebeugt. Ich beobachtete ihn einen Moment, wollte dann aber leise hinausschlüpfen.

»Hat es dir gefallen?«

Ich drehte mich um und sah, dass er mich mit ausdrucksloser Miene musterte. »Es war wundervoll. Ich habe nie zuvor so etwas Schönes gehört.« Keine Regung in seinem Gesicht, und ich fragte mich, ob er wütend war, weil ich schon wieder seine Privatsphäre verletzt hatte. »Es tut mir leid, ich wollte Sie nicht stören.«

»Ich habe dich tagelang nicht gesehen.« In seiner Stimme schwang etwas Hartes mit, aber ich war mir nicht sicher, ob es Ärger oder Enttäuschung war.

»Es war ziemlich verrückt die letzten Tage.« Innerlich zuckte ich ob meiner gedankenlosen Wortwahl zusammen. »Ich wollte Sie in der Bücherei besuchen und dann habe ich die Musik gehört.«

»Du wolltest mich besuchen?« Ich nickte und sein Blick wurde sofort weicher. Er klopfte neben sich auf die Klavierbank. »Komm, setz dich zu mir.«

Einen Moment lang zögerte ich, bevor ich auf das Klavier zuging. Die Vorstellung, nach der letzten Erfahrung so nah bei ihm zu sitzen, machte mich nervös, aber ich wollte ihn auch nicht verletzen, indem ich ablehnte. Er rutschte, um mir Platz zu machen und dabei streifte sein Ärmel meinen nackten Arm. Nichts geschah, und so atmete ich erleichtert aus.

»Was war das für ein Stück?«

Desmund spielte ein paar Noten und ich stellte dabei fest, dass seine langen Finger geradezu perfekt waren, um Klavier zu spielen.

»Das war Beethoven. Ich spiele gerne etwas von ihm, wenn ich in der Laune dazu bin. Möchtest du noch etwas hören?«

»Ja, gern. Spielen Sie eines Ihrer Lieblingsstücke für mich.«

Er fing wieder an zu spielen und ich sah gebannt auf seine Finger, die über die Tasten tanzten. Die Musik füllte den Raum mit atemberaubender Leichtigkeit. Bevor ich hierhergekommen war, hatte ich mit klassischer Musik nichts anfangen können, aber Desmund spielen zu hören, war, als hätte man mir ein seltenes Privileg gewährt. Es erstaunte mich, dass er mit solcher Präzision und Grazie spielte, obwohl in seinem Innern Krankheit und Launenhaftigkeit tobten.

Meine Recherche zu den Hale-Hexern hatte keine verwertbaren Ergebnisse geliefert, um Desmunds Zustand zu verstehen, und ich wusste, die einzige Möglichkeit, etwas darüber herauszufinden, war, aus erster Hand zu erfahren, was in ihm vorging. Ich wollte diese furchtbare Übelkeit nicht noch einmal erleben, ertrug aber auch den Gedanken nicht, ihn alleine zu lassen in seinem Leid. Ich an seiner Stelle wäre schon lange wahnsinnig geworden, und es sprach für seine Stärke, dass er in der Lage war, so gut zu funktionieren.

Ich war mir nicht sicher, ob ich sobald schon direkten Hautkontakt zu ihm ertragen konnte, also versuchte ich zunächst etwas Passiveres. Ich ließ meine Kraft in den Raum gleiten, wie ich es tat, wenn ich ein Tier heilte, und drängte meine Macht in Desmunds Richtung. Sein Spiel wurde dadurch nicht beeinträchtigt und er wirkte nicht, als würde er etwas spüren. Also drehte ich weiter auf. Nichts. *Nun gut, es war einen Versuch wert.* Ich sah hinab, dorthin, wo unsere Arme sich berührten – getrennt nur durch seinen Ärmel. Zeit, für einen direkten Kontakt.

Ich ließ meine Kraft in den Arm fließen, der Desmunds berührte, zögerte aber noch, bevor ich sie auf ihn dirigierte. Ich musste mich erst mental darauf einstellen, was passieren konnte. Selbst wenn ich ihm nicht helfen konnte, so gab es noch immer die Chance, auf diese Weise etwas über seine Krankheit zu erfahren. Ich erinnere mich an die kalte, widerwärtige Präsenz des Hale-Hexers in meinem Kopf und unterdrückte ein Schaudern. Dann wappnete ich mich und übertrug meine Kraft auf ihn. Ich spürte die Wärme seines Körpers, dann einen Herzschlag und das unmissverständliche Glühen, das jede lebende Kreatur in sich trug.

Meine Freude darüber, seine Lebensader zu spüren, schwand schnell, als mich eine kalte Welle heftiger Übelkeit überrollte und mich stumm nach Luft schnappen ließ. *Gott, wie erträgt er das nur?* Ich musste mich zwingen, stillzuhalten und das Gefühl der abartigen Magie in seinem

Innern zu erdulden. Es machte mich unglaublich wütend, wie sehr er von dem Hale-Hexer verletzt worden war. Statt jemandem im Kampf zu besiegen, ließen sie einen Teil ihrer Magie zurück und quälten ihre Opfer. Wie kam es, dass eine Seele so schwarz sein konnte, dass sie einer anderen solch endloses Leid zufügen wollte?

Desmunds Arm zuckte leicht und ich spürte, wie etwas in mir zum Leben erwachte. *Mist!* Ich zog schnell meine Kraft zurück, bis sie Desmund kaum noch berührte. Ich hatte seinen Mori völlig vergessen. Ich bezweifelte, dass ihm meine Kraft besser gefiel als einem anderen Dämon. Die Tatsache, dass auch in mir ein Dämon lebte, hatte ich zwar nicht vergessen, aber das hatte Zeit bis später. Für den Moment musste ich herausfinden, wie ich die Magie des Hexers angehen konnte, ohne Desmunds Mori in Aufruhr zu versetzen. Und das war leichter gesagt als getan.

Wenn der Prophet nicht zum Berg kommt ...

Sobald die Idee in meinem Kopf Form angenommen hatte, wusste ich, dass es der richtige Weg war. Selbst wenn er mir Angst machte. Ich schauderte bei dem Gedanken, die schreckliche Magie in mir zu fühlen, aber es machte Sinn, sie in mich aufzusaugen, um dagegen zu kämpfen. Wenn es überhaupt möglich war. Ich wusste nicht, wie sich die Magie bei einem anderen Wirt verhalten würde, und es wäre sicher nicht das Gleiche, wie bei einem direkten Kampf gegen einen Hexer. Die Magie lebte schon sehr lange Zeit in Desmund und hatte jede seiner Zellen wie ein Krebsgeschwür infiziert. Ich war nicht so dumm, zu glauben, dass ich es einfach mit ihr aufnehmen konnte wie damals beim Kampf gegen den Hale-Hexer, aber vielleicht konnte ich den Zauber etwas abschwächen und Desmunds Leid lindern. *Es gibt nur einen Weg, das herauszufinden.*

Ich versuchte, mich für das, was nun kommen würde, zu wappnen, wusste aber, dass es nicht ausreichen würde. Auch wenn ich Tristan gesagt hatte, dass ich keine Angst vor den Hale-Hexern hatte, so verabscheute ich doch ihre Magie und fühlte mich schon schmutzig, wenn ich nur an sie dachte. Ich drängte meine Kraft in Desmund, gerade genug, um diese klirrende Kälte in ihm zu spüren, und statt eine innere Barriere dagegen zu errichten, öffnete ich mich dem Zauber. Es dauerte nicht lang, da bewegte sich die düstere Macht auf den potenziellen neuen Wirt – mich – zu. Ich musste mich zwingen, nicht aufzuspringen, und biss die Lippen fest aufeinander. Mein Herzschlag beschleunigte sich und der Schweiß brach mir auf Stirn und Oberlippe aus, als die Magie meinen Körper besetzte. Ich musste jedes Quäntchen Selbstbeherrschung aufbringen, um meine Kraft zurückzuhalten und zuzulassen, dass die faule Magie in meinen Kreislauf sickerte. Die Übelkeit drehte mir den Magen um und dann wusste ich, dass ich mich würde übergeben müssen, wenn ich auch nur noch eine Sekunde weitermachte.

Mein Körper erzitterte, als ich die Verbindung zwischen mir und Desmund beendete und mich so weit von ihm zurückzog, dass uns nun ein paar Zentimeter trennten. Ich kämpfte gegen den Würgereiz und ließ stattdessen meine Kraft fließen, um sie wie ein reinigendes Feuer durch meinen Körper zu jagen. Es erklang kein Schrei, wie damals beim Kampf gegen den Hexer, die Magie kämpfte nicht einmal gegen meine Kraft an, die sie ohne Mühe zersetzte. Meine Kraft ließ nach und ich fühlte nur noch leichte Übelkeit – eine enorme Verbesserung im Vergleich zu dem Zustand, in dem ich mich gerade noch befunden hatte.

Desmund beendete das Stück mit einem kurzen Tusch und lächelte mich an. Ich war nicht in der Lage gewesen, die böse Magie komplett auszulöschen, aber es musste ein wenig geholfen haben. Bildete ich es mir nur ein oder sah er tatsächlich etwas entspannter aus?

»Das war schön«, sagte ich und suchte in seinem attraktiven Gesicht nach einer Veränderung. Er sah glücklicher aus, aber das konnte auch der Musik zuzuschreiben sein.

»*Schön*? Man nennt Schubert nicht *schön*.« Er seufzte in gespielter Verzweiflung. »Mit dir werde ich noch eine Menge Arbeit haben, junge Lady.«

Seine neckenden Worte machten mir Hoffnung. Der Desmund, den ich noch vor ein paar Tagen getroffen hatte, hatte mich immer so finster angesehen und mir gegenüber entweder Ablehnung oder Gleichgültigkeit gezeigt. War es möglich, dass ich sein Leid wirklich gelindert hatte?

»Wenn Sie weiterhin so spielen, bin ich auf alle Zeit für normale Musik verdorben.« Ich berührte die kühlen Tasten, noch immer entzückt, welche Töne er ihnen entlockt hatte.

»Möchtest du spielen lernen? Ich kann es dir beibringen.«

Ich lachte, gerührt von seinem Angebot. »Gott, nein. Ich habe in der Grundschule versucht, Flöte zu lernen, aber ich bin ein hoffnungsloser Fall. Ich würde Ihnen lieber zuhören.«

»Wie du möchtest.« Seine Augen glänzten freudig und er spielte ein weiteres Stück. Eine weitere Stunde lauschte ich ihm. Es gab keinen Anlass zu sprechen, und so fühlten wir uns auch ohne Worte wohl miteinander. Ich vergaß mein Heimweh und meine Furcht vor dem morgigen Tag.

Erst später wurde mir bewusst, dass ich nur leicht müde war von der Heilung. Angesichts der Energie, die ich darauf verwandt hatte, sollte ich mich völlig ausgelaugt fühlen. Diese Entdeckung bestätigte meinen Verdacht: Meine Elementarkräfte wurden stärker, wie Aine es prophezeit hatte. Ich wusste nicht, was das für mich bedeutete, aber wenn es meine Heilkräfte verbesserte, musste es etwas Gutes sein.

»Es ist spät, du solltest zu Bett gehen«, sagte Desmund und riss mich aus meinen Grübeleien. »Tristan wird es nicht gefallen, wenn du die ganze Nacht auf bist und morgen beim Training einschläfst.«

Ich zog eine Grimasse. »Erinnere mich nicht daran.«

»Magst du das Training nicht?«

»Um ehrlich zu sein, hasse ich es. Und jetzt hat Tristan auch noch beschlossen, mich zu foltern. Ich soll mit Nikolas trainieren.«

Desmund lächelte. »Ah, Nikolas.«

»Kennst du ihn?«

Er machte ein komisches Geräusch. »Nikolas und ich kennen uns schon sehr lange.« Sein Ton sagte mir, dass die beiden nicht wirklich Freunde waren. »Die meisten Frauen wären sehr glücklich darüber, Zeit mit ihm verbringen zu dürfen.«

»Ich nicht. Er versucht ständig, mich herumzukommandieren, und er macht mit Absicht Dinge, um mich zu ärgern.«

Ich tippte auf eine Taste und ein wütender Ton erklang. »Er tut so, als wäre ich völlig hilflos, und bei der kleinsten Gefahr flippt er völlig aus. Okay, vielleicht hatte er vor einem Monat noch Grund, sich um mich zu sorgen. Aber jetzt bin ich doch hier.«

»Nikolas nimmt seine Berufung sehr ernst.«

»Das können Sie laut sagen. Als ich von einem Crocotta verletzt worden bin, ist er rasend wütend geworden. Es war wie ein Anfall. Zumindest hat Chris es so genannt.«

Desmunds Augen weiteten sich. »Ein Anfall? Ist das so?«

»Ja«, erwiderte ich brummend. »Wie soll ich mit so jemandem trainieren?«

Er war eine ganze Weile lang still, seine nächsten Worte aber überraschten mich. »Ich glaube, du musst einfach darauf vertrauen, dass Tristan weiß, was gut für dich ist.«

»Wie können Sie so etwas sagen? Tristan weiß, wie ich über Nikolas denke. Und ich wette, er weiß auch, was Nikolas von mir hält.«

»Da bin ich mir sicher.« Er stand auf und streckte mir seinen Arm entgegen wie ein Gentleman alter Schule. Ich nahm ihn und ließ mich von ihm zur Treppe führen. »So sehr ich deine liebenswürdige Gesellschaft auch schätze, du musst dich für morgen ausruhen.«

»Ich habe einfach nicht damit gerechnet, dass alles so schwer werden würde.«

Desmund lachte leise. »Wenn ich meinen alten Freund Nikolas recht kenne, hat er mit dir auch nicht gerechnet.«

»Toll, vielen Dank für die aufmunternden Worte, Desmund.«

Seine Augen blitzten amüsiert, als er sich abwandte. »Jederzeit, Kleines.«

Kapitel 8

»IST DAS WAHR? Du trainierst wirklich mit Nikolas?«

Ich hörte auf, mein Rührei hin und her zu schieben und sah zu Olivia hoch, die ihr Tablett neben meines auf den Tisch gestellt hatte. Ein paar Meter hinter ihr folgte Jordan. Noch vor ein paar Tagen hatte ich immer alleine gegessen und ich war mir noch nicht sicher, wie ich meine neue Beliebtheit finden sollte. Insbesondere, seit alle nur noch davon sprechen wollten, wie toll Nikolas war.

»Ja.«

Olivia quietschte mädchenhaft und ich zuckte zusammen.

»Muss das sein?«, motzte Jordan. Sie war ganz offensichtlich ein Morgenmuffel.

»Wie hast du das nur angestellt?«, fuhr Olivia fort und ignorierte Jordan. »Niemand trainiert mit Nikolas. Was würde ich dafür geben ...«

Ich gab es auf, so zu tun, als würde ich essen, und schob meinen Teller weg. »Weißt du, nur weil er hier so etwas wie ein Kriegergott ist, bedeutet das nicht, dass mit ihm immer alles heiter Sonnenschein ist. Wenn du glaubst, dass das Training mit ihm der reinste Spaß sein wird, dann machst du dir völlig falsche Vorstellungen. Aber hey, wir können gern tauschen.«

»Und uns damit das Vergnügen nehmen, dir und Nikolas zuzuschauen?«, neckte eine vertraute, männliche Stimme.

Ich lächelte Chris an. Auch ihn hatte ich seit meiner Ankunft hier nicht wiedergesehen. Der blonde Krieger war so attraktiv, dass Frauen in seiner Gegenwart ihre Namen vergaßen, und er war deutlich offener und freundlicher als Nikolas. »Hallo, Mr Grübchen. Solltest du nicht unterwegs sein und Herzen brechen?«

Chris grinste und besagte Grübchen zeigten sich an seiner Wange. Ich hörte Olivia leise seufzen. »Du und Nikolas trainiert miteinander – das darf ich um nichts auf der Welt verpassen. Und wenn du ihm dieses Mal sagst, er kann dir den Buckel runterrutschen, werde ich nicht einschreiten.«

»Ich dachte, du bist der Nette von euch beiden.«

Lachend wandte er sich ab. »Wir sehen uns ... wenn ihr beiden euch nicht gegenseitig umbringt.«

Olivia starrte ihm mit dümmlichem Blick nach. »Okay, Sara, verrate mir dein Geheimnis.«

»Mein Geheimnis?«

»Du trainierst mit Nikolas und flirtest mit Chris.«

»Ich flirte nicht mit Chris, wir sind so was wie Freunde.«

»Wenn du es sagst. Hast du sonst noch irgendwo ein paar superheiße Typen versteckt, von denen wir nichts wissen?«

Ich beschloss, Desmund nicht zu erwähnen, auch wenn er wahrscheinlich ganz gut in Olivias Kategorie ›superheißer Typen‹ passte, obwohl er etwas durchgeknallt war. »Die Mädchen zu Hause stehen voll auf meinen Freund Roland, aber ich glaube nicht, dass er dein Typ ist.«

»Warum nicht? Ist er schwul?«

»Nein, ein Werwolf.« Ich unterdrückte ein Lachen, als ich in ihr überraschtes und auch ein wenig angewidertes Gesicht sah. Man musste ihr zugutehalten, dass sie zumindest nicht versuchte, es zu verbergen.

Jordan lehnte sich zu Olivia und stieß sie mit der Schulter an. »Es liegt daran, dass sie wie ein armes, kleines Rehlein aussieht. Männer können da nicht widerstehen.«

»Ich bin kein Reh«, erwiderte ich wütend. »Ich kann gut auf mich selbst aufpassen.«

Jordan kicherte. »Ich habe nicht gesagt, dass du ein Reh bist. Du siehst nur aus wie eins. Ist dir eigentlich schon mal aufgefallen, dass du viel kleiner bist als alle anderen hier?«

Ich hatte schon kurz nach meiner Ankunft bemerkt, dass die Mohirimänner alle über einen Meter fünfundachtzig groß waren, und die Frauen waren nicht wesentlich kleiner. Mit einem Meter fünfundsechzig fiel ich deutlich aus dem Rahmen. Ich vermutete, dass meine Faegene dafür verantwortlich waren. Aine hatte eine ähnliche Statur und Größe wie ich. Aber nur weil ich kleiner war, bedeutete das nicht, dass ich schwächer war. Und das sagte ich Jordan auch.

»Ich werde mich nicht mit dir darüber streiten.« Sie spielte mit ihren Pfannkuchen und grinste mich schelmisch an, um mich wissen zu lassen, dass sie sich nur einen Spaß erlaubt hatte. »Also, weißt du schon, wie das Training mit Nikolas aussehen wird?«

»Ich hab keine Ahnung, aber ich schätze, für euch wird es nicht aufregend genug sein.« So wie ich Nikolas kannte, würde er mich nicht einmal ansatzweise etwas Gefährliches machen lassen. »Wahrscheinlich lässt er mich einfach so lange rennen, bis ich bewusstlos werde.«

Sie schnaubte. »Der Kerl wirkt nicht so, als würde er etwas Langweiliges mit dir anstellen. Du musst uns auf jeden Fall heute Abend *alles* erzählen.«

»Ja, und bemitleide uns ein bisschen«, grunzte Olivia. »Während du mit Nikolas abhängst, müssen wir uns für Sahir um die blöden Karkeier kümmern.«

»Was sind denn Karkeier?«

»Karks sind hässliche kleine Viecher, ein wenig wie Fledermäuse. Sie schlüpfen aus Eiern, die riechen, als würden sie schon sechs Monate lang vor sich hin rotten«, sagte Jordan und verzog das Gesicht. »Die Sendung sollte eigentlich nach Mexiko gehen, aber jemand hat Mist gebaut und deswegen sind sie hier gelandet. Sie sind kurz vor dem Schlüpfen, und Sahir hat uns angewiesen, sie zu wenden und mit Wasser zu besprühen, damit sie nicht die ganze Ladung verlieren, bevor es nach Mexiko geht. Aus irgendeinem Grund glaubt er, es wäre eine tolle erzieherische Maßnahme für uns.«

Jordan schien nicht besonders glücklich darüber zu sein, sich um die Karkeier zu kümmern, aber für mich klang es weitaus erstrebenswerter als das Training mit Nikolas. »Sind Karks gefährlich?«

»Nein, sie essen Käfer und so Zeug, aber Skarabäen sind ihre Leibspeise. Wenn du noch nie einen Skarabäusdämon gesehen hast, dann stell dir diese fleischfressenden Käfer aus ›Die Mumie‹ vor.«

»Na ja, betrachtet es von der positiven Seite: Zumindest müsst ihr sie nicht füttern.«

Olivia zog eine Grimasse. »Sagt das Mädchen, das den Vormittag mit Nikolas verbringen darf.«

»Hör mal, ich hab dir doch schon ...« Ich spürte Nikolas' Anwesenheit noch in derselben Sekunde, in der er den Speisesaal betrat. Selbst wenn dieses sanfte Kitzeln in meinem Innern nicht gewesen wäre, so war spätestens beim Anblick von Olivia und Jordan klar, dass er auf dem Weg zu uns war. Die beiden starrten ihn an, und um uns herum wurde es still. Mein Körper spannte sich an, als ein Schatten auf unseren Tisch fiel.

»Bereit fürs Training?« Sein Ton sagte mir, dass er schon in den Kriegermodus geschaltet hatte und heute nicht zum Scherzen aufgelegt war. Er war lässig in Jeans und einen dunkelblauen Pullover gekleidet, aber er trug ein Schwert an seinem Rücken und an seiner Hüfte hing ein Halfter, in dem ein Messer steckte. Es war wirklich unfair, dass er so gelassen wirkte, während ich ein einziges Nervenbündel war.

Ich nickte widerwillig.

»Dann komm mit.«

Ich stand auf, nahm das Tablett mit dem unangerührten Essen und trug es zu dem Geschirrwagen. Dann folgte ich ihm zur Tür. Als ich an Chris vorbeikam, hob er seine Tasse und grinste mich an. Gut zu wissen, dass wenigstens einer hier Spaß hatte.

Nikolas wartete im Flur auf mich, und dann gingen wir gemeinsam zum Haupteingang.

»Wir gehen nicht in die Trainingsräume?«

»Ich dachte, wir gehen nach draußen. Oder willst du lieber drinnen sein?«

»Nein.«

Wir verließen das Gebäude und gingen über die Wiese, ohne dass er mir verriet, wohin wir liefen. Als wir zum Waldrand kamen, fragte ich nach.

»Wo gehen wir hin?«

»Spazieren«, war alles, was er darauf antwortete.

»Ich sollte dir vielleicht sagen, dass ich immer, wenn ich spazieren gehe, in Ketten zurückgebracht werde.«

Er sah mich an, als wüsste er nicht, ob ich scherzte oder nicht. »Das geht schon in Ordnung.«

Natürlich. Wer würde Nikolas schon davon abhalten, zu tun, was er tun wollte.

Nikolas drosselte sein Tempo, sodass ich mit ihm schritthalten konnte, und so gingen wir Seite an Seite durch den Wald. Er schien keine Lust zu haben, mit mir zu reden und ich wusste nicht, was ich sagen sollte. In New Hastings war die Stimmung zwischen uns immer entweder angespannt oder bedrohlich gewesen. Manchmal auch beides. Ich hatte geglaubt, dass wir nach allem, was wir gemeinsam durchgemacht hatten, Freunde werden konnten, aber dann hatte er mich hier zurückgelassen und ich war wochenlang sauer auf ihn gewesen. Letzte Nacht hatte er mich mit seinem neckenden Ton und der Ankündigung, mein Trainer zu werden, völlig überrumpelt. Nun war ich verwirrt und wusste nicht mehr, wie ich mich in seiner Gegenwart verhalten sollte.

Weitere zehn Minuten vergingen, bevor er endlich etwas sagte. »Außer deinem Problem mit dem Training, wie geht es dir hier?«

»Es ist nicht mein Zuhause«, gab ich harscher als beabsichtigt zurück.

Ich spürte seinen Blick auf mir, erwiderte ihn aber nicht. »Ich weiß, du vermisst Nate und deine Freunde, aber es ist ja nicht so, dass du sie nie wiedersehen wirst. Und du bist nicht allein hier. Du hast neue Freunde gefunden, und du hast Tristan, Chris und mich.«

»Wenn du nicht mal wieder auf eine deiner Missionen abhaust ...«

»Willst du mir damit sagen, dass du mich vermisst hast?« Die Veränderung in seiner Stimme sagte mir, dass er lächelte, aber noch immer mied ich es, ihn anzusehen.

»Nein.« Sobald das Wort meinen Mund verlassen hatte, wusste ich bereits, dass ich log. Aber ich würde mir lieber die Zunge abbeißen, als das zuzugeben.

»Ich habe für den nächsten Monat noch keine Pläne, also hast du mich eine Weile ganz für dich.«

»Was für ein Glückspilz ich doch bin«, murmelte ich und hörte ihn leise lachen. »Wo warst du?«

Sein Lachen erstarb. »Es war ein Job – wir haben ein paar Vampirnester ausgelöscht. Nichts, wovon du etwas hören willst.«

»Du hast nach dem Master gesucht, nicht wahr?«

»Du musst dir um ihn keine Sorgen mehr machen.«

Abrupt blieb ich stehen. »Ich bin kein Kind mehr, Nikolas. Und ich habe ein Recht darauf, zu erfahren, was los ist. Wenn du nicht offen mit mir sein kannst, dann kannst du dir jemand anderen zum Trainieren suchen.«

Ich drehte mich hastig zur Festung um, aber er griff nach meinem Arm und stöhnte genervt. »Ich seh schon, immer noch die gleiche kleine Nervensäge.«

Ich wandte mein Gesicht von ihm weg, denn ein Lächeln kitzelte meine Mundwinkel. »Das sagt der Richtige.«

»Wir haben den Ort gefunden, an dem Eli vermutlich gelebt hat, und es gab Anzeichen dafür, dass der in Nevada liegt. Nicht gerade überraschend, wenn man bedenkt, was für ein perfekter Ort für Vampire Las Vegas ist. In Henderson haben wir ein Nest gestürmt, das uns zu zwei weiteren in Vegas geführt hat, aber in keinem davon haben wir einen Hinweis auf den Master gefunden. Wo immer er ist, er versteckt sich gut, und selbst seine Anhänger wissen nicht, wo er ist.«

Ich sah ihn an. »Und was passiert jetzt?«

Sein Lächeln kehrte zurück. »Nun trainieren wir, während jemand anderes nach ihm sucht. Ein Master ist keine kleine Angelegenheit, und der Rat hat es zur obersten Priorität gemacht, ihn zu finden. Sie haben schon spezielle Teams in die Staaten geholt, um ihn zu jagen. Es ist nur eine Frage der Zeit, bis wir ihn haben.« Er sagte es nicht laut, aber ich wusste, er würde sich den Jägern wieder anschließen, wenn der Master nicht gefunden wurde. So erzürnt ich über ihn war, ich wollte mir nicht vorstellen, wie er da draußen auf so einen mächtigen Vampir traf.

Wir gingen weiter, und ein paar Minuten später sah ich es durch die Bäume schimmern und wusste, wohin wir unterwegs waren. Ich rannte voraus, stürmte aus dem Wald und sah auf das felsige Ufer des Sees, den ich seit Wochen versuchte, zu erreichen. Er war größer, als er auf der Landkarte ausgesehen hatte, und bis auf die Tatsache, dass das Wasser sanft ans Ufer schwappte, verzerrte nicht eine einzige Bewegung die glatte, glasige Oberfläche. Die Wälder ringsherum surrten vor Leben. Ich hörte Vögel, Frösche und eine Vielzahl an Insekten. Unweit des Ufers stand ein Reh und reckte alarmiert den Kopf in die Höhe. Es war genauso malerisch und zauberhaft, wie ich es mir vorgestellt hatte.

»Das ist unglaublich«, sagte ich, als Nikolas zu mir aufschloss. »Ich kann es nicht fassen – alle müssten doch ständig hierherkommen wollen.«

»Nicht jeder liebt die Wälder so wie du.«

Ich drehte mich zu ihm um. »Warum hast du mich dann hergebracht?«

»Weil ich nicht wie alle anderen bin.« Er setzte sich auf einen großen Felsbrocken und bedeutete mir, mich neben ihn zu setzen. »Wir sollten uns unterhalten.«

Ich zögerte einen Moment, dann setzte ich mich. »Ich dachte, wir trainieren.«

»Das werden wir, aber zuerst möchte ich mit dir über das Training sprechen. Callum hat mir gesagt, dass du dich weigerst, deine Morifähigkeiten zu nutzen.«

»Du hast mit ihm über mich geredet?« Ich war mir nicht sicher, warum, aber mir gefiel die Vorstellung nicht.

»Natürlich. Ich muss ja verstehen, was das Problem ist, um es beheben zu können.«

Das Problem war keines, das ich behoben haben wollte, aber das sagte ich nicht. Nikolas hatte, wie alle Mohiri außer mir, eine mysteriöse Verbindung zu seinem Mori, die ich nicht verstehen konnte. Und er würde nicht verstehen, warum ich nicht das Gleiche empfand. »Du glaubst also, dass du mein Problem kennst?«

»Ich habe verschiedene Theorien. Es könnte sein, dass du so sehr daran gewöhnt bist, deinen Mori zu unterdrücken, dass du gar nicht anders kannst. Dämonen fürchten Faemagie, was wiederrum erklärt, warum dein Mori nicht darum kämpft, freigelassen zu werden, wie meiner es tut, sondern sich damit zufriedengibt, eingesperrt zu sein. Du musst lernen, die Kontrolle aus der Hand zu geben. Es ist wie mit einem Muskel: Du musst lernen, ihn zu bewegen – und das erfordert Übung.«

Ich knetete meine Hände, die ich unwillkürlich im Schoß vergraben hatte. »Das ist es also?«

»Es ist nur eine Theorie.« Nikolas stützte die Ellbogen auf die Knie und rückte näher an mich heran. Sein Blick hielt den meinen fest, als versuchte er, meine Gedanken zu lesen. »Meine andere Theorie lautet: Du hast Angst.«

Ich schluckte schwer und versuchte, wegzusehen, aber es gelang mir nicht. »Warum ... warum sollte ich Angst haben?«

»Ich war da, in diesem Weinkeller, Sara, und ich habe gesehen, was passiert ist, als du den Dämon von der Leine gelassen hast. Ich habe auch die Furcht in deinem Gesicht gesehen, als ich dich am nächsten Tag danach gefragt habe. Es hat dir furchtbare Angst eingejagt, wie nahe der Dämon dran war, die Kontrolle zu übernehmen. Doch das wäre nie geschehen.«

Ein Schauer lief mir über den Rücken und ich strengte mich an, die Erinnerung an den Dämon, der sich unter meiner Haut bewegt, meinen Körper besetzt und meinen Geist für sich beansprucht hatte, zurückzudrängen. »Du irrst dich«, flüsterte ich heiser. »Er hat es fast geschafft.«

»Nein, das hat er nicht. Sieh mich an«, befahl er. »Ich hätte es nicht zugelassen.«

»Aber wenn du nicht rechtzeitig gekommen wärst, dann ...«

»Dann hättest du es allein geschafft. Du bist viel stärker, als du vorgibst zu sein. Der Dämon hat vielleicht für kurze Zeit die Kontrolle übernommen, aber du hättest ihn vertrieben.«

Der Atem stockte in meiner Brust. »Wie kannst du das wissen?«

Sein Blick zauderte nicht. »Weil ich dich kenne. Du bist eine der willensstärksten Personen, die ich je getroffen habe, und es braucht weit mehr als einen Dämon, um dich zu beherrschen.« Seine Lippen kräuselten sich zu einem Lächeln, und mein Körper reagierte sofort darauf und es wurde warm in meinem Innern. »Das weiß ich aus Erfahrung.«

»Wirst du mir zeigen, wie ich ohne meinen Dämon kämpfen kann?«

»Heute fangen wir mit den Grundlagen an. Du wirst lernen, dich deinem Mori zu öffnen, ohne dich selbst in Gefahr zu bringen.«

Ein kalter Knoten formte sich in meiner Brust. »Das kann ich nicht ...«

»Doch, das kannst du. Jeder von uns lernt es, und das wirst auch du. Du bist viel stärker als die meisten von uns, wenn sie mit dem Training beginnen.« Seine Stimme war fest, aber beruhigend und ich wollte ihm gerne glauben. Aber die Erinnerung an jene Nacht in dem Keller hatte sich fest in meinen Kopf gebrannt.

Er musste meine Furcht bemerkt haben, denn ohne dass ich damit gerechnet hatte, streckte er seine Hand aus und berührte meinen Arm. Es kribbelte warm auf meiner Haut. »Vertraust du mir?«

Ich biss mir auf die Lippe und nickte langsam.

»Und du weißt, dass ich niemals etwas tun würde, das dir schadet, richtig?«

»Ja.«

»Gut.« Er lächelte und sein Blick wurde weicher. Dann ließ er meinen Arm los und setzte sich zurück. »Es wäre ganz gut, wenn du mir sagen könntest, wie du deinen Dämon in Schach hältst. Wie trennst du die Faekräfte von deinem Mori?«

Ich dachte kurz darüber nach, wie ich es am besten erklären konnte. Nie zuvor war ich danach gefragt worden. »Es ist schwer, zu beschreiben. Ich spüre den Dämon in meinem Kopf und kann seine Gedanken oder besser seine Emotionen lesen. Wenn das Sinn ergibt.«

Er nickte.

»Als ich klein war, habe ich seine Stimme immer wie ein Flüstern vernommen, wie einen Song, den du einfach nicht mehr aus dem Kopf bekommst. Ganz egal, ob er dir gefällt oder nicht. Ich glaube, ich war fünf oder sechs, als er das erste Mal versuchte, mich zu überwältigen, und ich hatte so große Angst, dass ich versehentlich meine Kräfte fließen ließ – von denen ich bis zu diesem Tag überhaupt keine Ahnung gehabt hatte. Das Biest – so nannte ich den Dämon, bevor du mir erklärt hast, was es wirklich ist – fürchtete sich vor meiner Kraft und zog sich weit in mich zurück. Ich hatte Todesangst und keine Vorstellung davon, was mit mir geschah. Aber ich wusste, ich hatte etwas getan, um diese schreckliche Stimme in meinem Kopf verstummen zu lassen. Als ich später dann ein verletztes Rotkehlchen fand und sich die Kraft in meine Finger entlud, um den Flügel des Vogels zu heilen, da begriff ich, wozu ich wirklich fähig war. Danach musste ich lernen, meine Kräfte im Zaum zu halten und sie nur zu rufen, wenn ich sie brauchte. Und ich musste lernen, die Kraft auf das Biest ... ich meine, den Dämon zu richten, um ihn im tiefsten Innern meines Verstandes einzusperren. Der Dämon erwachte stets nur dann, wenn ich eine Heilung hinter mir hatte und meine Kräfte erschöpft waren. Am Anfang ist das ständig passiert, jetzt gar nicht mehr.«

Einen Augenblick lang war er still, seine Miene schwer zu interpretieren. *Er hält mich für einen Freak.*

»Ich weiß nicht, ob ich mehr erstaunt bin über dein hohes Maß an Kontrolle oder darüber, dass du dir all diese Dinge in so zartem Alter allein beigebracht hast. Machst du das bewusst oder geschieht es unbewusst?«

In seiner Stimme lag nicht ein Hauch von Abscheu, wie ich befürchtet hatte. Und das beruhigte mich ein wenig. »Am Anfang war es bewusst und unglaublich schwer. Ich verlor ständig die Kontrolle, weil ich mich darauf konzentrieren musste, das Biest ruhig zu halten. Inzwischen ist es so selbstverständlich wie das Atmen. Ich muss nicht darüber nachdenken, außer wenn ich meine Kräfte zu sehr beansprucht habe und geschwächt bin. Dann bewegt sich der Dämon in mir und ich muss ihn mit Gewalt niederzwingen. Wie machst du das?«

»Nicht so.« Er lachte und fuhr sich mit der Hand durchs Haar. Ohne es zu wollen, bewunderte ich die dunklen Wellen, die in der Sonne glänzten. »Du redest über deinen Mori und deine Faemagie, als wären sie ein Teil von dir, den du so mühelos bewegen kannst wie ein Bein oder einen Arm. Für den Rest von uns gibt es keine wirkliche Trennung zwischen uns und unseren Dämonen. Mein Mori und ich sind zu einer Einheit verschmolzen und ich fühle seine Gedanken und Emotionen so stark wie meine eigenen.«

»Wie kannst du ihn kontrollieren, wenn er so ein großer Teil von dir ist?« Ich konnte es mir nicht vorstellen, meinen Verstand ständig mit einem fremden Bewusstsein zu teilen. Meine eigenen Gedanken hallten schon viel zu laut durch meinen Kopf. Ich würde verrückt werden, wenn ich die ganze Zeit noch mit den Gedanken des Mori bombardiert würde.

»Ich habe von Kindesbeinen an gelernt, den natürlichen Drang des Dämons zu unterdrücken. Als wäre es nicht viel mehr als eine Gier nach etwas. Aber anders als du kann ich ihn nicht vollständig blockieren und bin mir meines Mori immer bewusst, weil wir nur zusammen ganz sind.«

»Ich glaube nicht, dass ich so leben könnte.«

»Und ich kann es mir auch nicht anders vorstellen«, sagte er lächelnd. »Nun verstehe ich, warum es so schwer für dich ist, dir die Stärke deines Mori zu eigen zu machen. Du hältst ihn so fest an der Leine, dass du dir seiner Anwesenheit die meiste Zeit gar nicht bewusst bist. Wir müssen dir zeigen, wie das geht.«

Meine Hand verkrampfte sich in den Taschen meines Hoodies. »Wie soll das gehen?«

»Du sagst, du hältst ihn in einem Teil deines Geistes gefangen, nicht wahr? Also musst du loslassen und dich mit ihm verbinden.«

Ich sprang auf. »Das geht nicht. Du verstehst nicht, wie es sich anfühlt, wenn ich ihn freilasse.«

Nikolas blieb regungslos auf dem Fels sitzen. »Es wird nicht so sein wie beim letzten Mal. Das lassen wir nicht zu.« Er wirkte so ruhig und so zuversichtlich, dass ich ihm wirklich gern Glauben schenken wollte. Er war stark, aber konnte er mich auch vor einer Gefahr schützen, die direkt aus meinem Innern kam? Er streckte seine Hand aus. »Vertrau mir.«

Meine Hand verselbstständigte sich und glitt in seine, und so konnte er mich wieder auf den Stein zurückziehen. Die Angst ließ mich frösteln und das einzig Warme, war seine Hand, die mich hielt.

»Geh es langsam an. Öffne dich nur ein bisschen und bedenke dabei immer, dass du die Stärkere von euch beiden bist.«

»Ich dachte, der Sinn des Ganzen wäre, den Dämon zu wecken, um mir seine Stärke und Geschwindigkeit anzueignen.«

Sein Blick blieb standhaft. »Physikalisch gesehen, ja. Aber deine mentale Stärke ist größer, und der Mori weiß das.«

Ich schloss die Augen und streckte mich nach der Wand, die mich und meinen Mori trennte. Ein einziger Gedanke reichte und die Barriere schrumpfte. Die Aufregung des Dämons dahinter war spürbar. Er wand sich unruhig und machte mir so große Angst, dass ich die Wand sofort wieder wachsen ließ. Ich holte tief Luft und versuchte es erneut. Wieder schrumpfte die Mauer, der Dämon sprang nach vorn, doch schnell richtete ich die Barriere wieder auf. Ich versuchte es zwei weitere Male mit dem gleichen Ergebnis. Frustriert biss ich die Zähne aufeinander.

Dann drückte Nikolas' starke Hand sanft die meine. *Ich bin sicher mit ihm. Ich kann das.* Entschlossen ließ ich die Mauer bis auf ihre Grundfeste fallen – noch bevor ich es mir anders überlegen konnte. Der Dämon rauschte vorwärts, und dieses Mal überschritt er die Grenze. Ich schrie laut auf, als er sich gierig gegen meinen Verstand stemmte und der Druck in meinem Kopf schier unerträglich wurde.

»Sieh mich an«, sagte Nikolas und seine warmen Hände legten sich um mein kaltes Gesicht. Ich öffnete die Augen, starrte ihn an. »Ich weiß, das fühlt sich falsch an und du hast Angst, aber nur, weil du es nicht gewohnt bist. Renn nicht weg, stoße ihn nicht von dir. Fühle deinen Mori, lerne ihn kennen und lass ihn dich kennenlernen.«

Ich suchte nach meiner Kraft, hielt mich an ihr fest wie an einem Rettungsanker und sah dem Mori ins Gesicht. *Stopp!*, befahl ich scharf, aber er ignorierte mich und drängte weiter nach vorn. Ich wehrte mich mit meiner Kraft wie mit einer Waffe. *Stopp!*

Der Mori erstarrte und ich spürte, wie er mich skeptisch beobachtete. Wir fixierten einander eine gefühlte Ewigkeit, bevor er schließlich unterwürfig zurückwich. Ich zog meine Kräfte in mich und wir studierten einander zum ersten Mal, ohne durch eine Wand getrennt zu sein. Der Mori war wie ein kleiner dunkler Klecks Düsternis, mit mannigfaltigen Emotionen und durcheinanderwirbelnden Gedanken, die ich nicht verstand. Wir waren vertraute Fremde, die bereits lange Zeit im gleichen Haus lebten, aber nie miteinander gesprochen hatten.

Hallo, sagte ich und merkte selbst, wie lächerlich sich das anhörte. Man redete doch nicht mit einem Dämon im eigenen Kopf. *Ist ja auch selbstverständlich, einen Dämon zu haben. Es gibt Irrenhäuser für solche Fälle.*

Der Mori veränderte seine Position leicht, erinnerte mich an einen Hund, der den Kopf neigte, wenn man ihn schalt. *Verstehst du mich?*, fragte ich.

Er antwortete nicht, aber ich spürte, dass er reagierte und ich fühlte seine Abneigung. Mir würde es auch so gehen, wenn ich seit Jahren eingesperrt wäre. Und doch konnte ich diesen Funken Neugier in mir nicht unterdrücken. *Willst du nicht mit mir reden?*

Reden?

Ein Wort, das meinen Verstand überschwemmte, ich erkannte die Stimme, die ich so viele Jahre in meinem Kopf gehört hatte.

Ja, du weißt schon – um einander kennenzulernen.

Der Mori antwortete nicht und ich fragte mich, ob ich mir seine Stimme nur eingebildet hatte. Ich ging einen Schritt auf ihn zu und sofort schreckte er zurück und knurrte. Es dauerte einen Augenblick, bis ich begriff, dass er Angst vor mir hatte oder besser gesagt Angst vor der Macht in meinem Kopf. Ich fasste Mut, ließ meine Kraft weiter in sich zusammenfallen und öffnete mich ihm. *Ich werde dir nicht wehtun*, sagte ich auf die gleiche Art, wie ich mit einem gefährlichen Tier sprach.

Leuchten brennt, zischte er.

Leuchten? Wovon sprach er? Dann suchte ich in mir selbst und sah das schimmernde Glühen meiner Kraft. Am liebsten hätte ich mir selbst in den Hintern getreten. Meine Faekraft tat ihm weh, weil er ein Dämon war.

Das tut mir leid. Ich wusste nicht, dass es für dich brennt. Ich werde dir nicht weiter wehtun.

Der Mori schien zu verstehen, entspannte sich, kam aber nicht näher. Er musterte mich ruhig, als versuchte er, herauszufinden, warum ich auf einmal mit ihm sprach.

Nikolas sagt, wir ...

Solmi!, schrie der Mori und eine Welle heftiger Emotionen rollte über mich und ließ mich heftig nach Luft schnappen. Ich war mir vage bewusst, dass jemand mit mir sprach, aber es dauerte ein paar Sekunden, bis ich Nikolas' Stimme erkannte. Ich öffnete die Augen und sah in seinen sorgenvollen Blick.

»Geht es dir gut?«

»Ja«, erwiderte ich, versuchte, mich auf ihn zu konzentrieren und gleichzeitig den Dämon im Auge zu behalten. »Das ist so seltsam und so ... intensiv.«

»Das kann ich mir vorstellen. Ich glaube, es reicht für heute.«

»Aber wir haben doch gerade erst angefangen.«

Er hob leicht die Augenbrauen. »Du bist seit einer Stunde damit beschäftigt.«

Ungläubig schüttelte ich mich. »Ernsthaft?«

»Ja, und du solltest es auch nicht übertreiben.«

»Okay.« Ich schloss die Augen, fixierte den Dämon, der sich nicht bewegt hatte. *Es tut mir leid, dass ich das tun muss, jetzt, da wir uns gerade kennenlernen, aber ich muss dich wieder einsperren.*

Einsperren?, fragte er. Seine Furcht und seine Traurigkeit darüber waren spürbar.

Nur für den Augenblick. Ich fühlte mich schuldig, ihn dazu zu zwingen, aber ich war auch noch nicht bereit, einen Dämon in meinem Kopf schalten und walten zu lassen, wie es ihm beliebte.

Wer weiß, ob ich jemals dazu in der Lage sein werde?

Der Mori überraschte mich, als er freiwillig zurück in sein Gefängnis ging, aber seine Verärgerung und sein Schmerz schwappten auch dann noch auf mich über, als ich meine Mauern längst wieder hochgezogen hatte. Ich öffnete die Augen und stellte schockiert fest, dass Tränen darin schimmerten.

»Sara?«

Ich entzog mich Nikolas und wischte mir die Tränen mit dem Ärmel weg. »Es geht mir gut. Es war nur ... nicht so, wie ich es erwartet hatte.«

»Was ist passiert?«

»Wir haben uns ein wenig unterhalten. Also, eigentlich habe die meiste Zeit ich geredet.« Ich stand auf und ging zum Seeufer, zu aufgewühlt, um sitzen zu bleiben. Nikolas saß noch an Ort und Stelle, als ich mich zu ihm drehte. »Ich kann es nicht beschreiben. Wie ist es denn für dich?«

»Ich fühle die Gedanken meines Mori, aber sie sind beinahe wie meine eigenen. Ich spreche nicht mit ihm, wie ich zu einer anderen Person sprechen würde.«

»Oh.« Diese Antwort ernüchterte mich etwas. Warum musste bei mir immer alles anders sein? Warum konnte ich nicht einmal wie alle anderen sein?

»Mach das nicht.« Seine Stimme war fest und bestimmt, als er auf mich zu kam. »Du hast große Fortschritte gemacht, wenn man bedenkt, was für eine Angst du davor hattest.«

»Ich weiß. Es ist nur ... vergiss es.«

»Sag es mir«, befahl er sanft.

Ich hob einen der kleinen Steine auf und warf ihn in den See, sodass ich ihn nicht ansehen musste. »Nichts an mir ist normal. Ich bin wahrscheinlich die Einzige meiner Art, und ich passe hier nicht her wie die anderen Schüler. Ich kann nicht kämpfen, ich hasse es, zu töten. Was für eine Kriegerin ist so? Ich habe noch nicht einmal eine Verbindung zu meinem Mori wie der Rest von euch.«

Er nahm mir einen der Steine aus der Hand und ließ ihn über die Oberfläche des Sees springen. »Dein Faeblut macht dich anders, aber das bedeutet nicht, dass du nicht genauso eine Mohiri bist wie wir. Und es ist nichts falsch daran, wenn man nicht gerne tötet.«

»Mein Mori hat Angst vor mir. Ich wette, da musst du dir bei deinem keine Sorgen machen.«

Nikolas schüttelte den Kopf. »Nein, und das wird sich bei dir auch ändern, wenn du und dein Mori erst einmal gelernt habt, euch miteinander zu verbinden. Vertrau mir, er will nur bei dir sein. Ohne dich hat er keine Daseinsberechtigung.«

»Er sagt, meine Kraft verbrennt ihn. Ich habe versprochen, ihm nicht mehr wehzutun, aber was, wenn meine Faemagie stärker wird?«

Meine Frage brachte ihn aus der Fassung, er starrte mich eine Weile sprachlos an. »*Wird* deine Faemagie denn stärker?«

»Ja.« Ich erzählte ihm von den merkwürdigen elektrischen Impulsen und der Kälte in meiner Brust. Seine Augen wurden groß, als ich beschrieb, was ich mit den Bazeratten und dem Lampreydämon gemacht hatte, und auch als ich bereits geendet hatte, blieb er noch eine Minute lang stumm.

»Hast du irgendjemandem davon erzählt?«

»Nur Tristan und Roland.«

Er nickte. »Gut. Behalte es erst einmal für dich und sag mir, wenn es wieder passiert.«

»Du hast meine Frage nicht beantwortet?« Ein ängstlicher Ton stahl sich in meine Stimme. »Wird meine Faemagie dem Dämon schaden? Kann ich damit einem anderen Mohiri Leid zufügen?«

»Ehrlich gesagt, weiß ich es nicht«, erwiderte er unsicher und mein ungutes Gefühl wurde größer. »So wie ich es sehe, hast du beides schon dein Leben lang in dir, und hättest du deinem Mori schaden können, so wäre es längst geschehen. Hattest du das Gefühl, dein Mori war in Gefahr, als du diese elektrischen Impulse gespürt hast?«

Ich dachte darüber nach und erinnerte mich, dass der Mori darauf gar nicht reagiert hatte. »Nein.«

»Da hast du deine Antwort.« Er schenkte mir ein beruhigendes Lächeln. »Mach dir nicht jetzt schon unnötige Sorgen.«

Seine Zuversicht gab auch mir neues Vertrauen, und so atmete ich tief ein, um mich ein wenig zu entspannen. »Was jetzt?«

Seine Augen glänzten. »Jetzt trainieren wir etwas anderes.«

»Was für eine Art Training?« Ich bedachte ihn mit einem skeptischen Blick, als er sein Schwert herauszog und dann den dünnen Pullover ablegte und beides auf den Felsen warf, auf dem er gesessen hatte. Ich hatte kurz eine ziemlich gute Sicht auf seinen muskulösen Oberkörper, bis er das schwarze T-Shirt wieder herunterzog und in den Bund seiner Jeans steckte. Hitze breitete sich in meinem Bauch aus und ich sah schnell beiseite, bevor er mich noch beim Starren erwischen konnte.

»Nichts Schwieriges«, sagte er. Nichts sprach dafür, dass er meine glühenden Wangen bemerkt hatte. »Wie wäre es mit einem kleinen Lauf?«

Ich konnte ein lautes Lachen nicht unterdrücken. »Erwartest du, dass ich mit dir schritthalte?« Ich war eine gute Läuferin, aber Nikolas war so schnell wie ein Vampir.

Er hob einen Mundwinkel. »Ich versuche, mich etwas zurückzuhalten.«

»Uh, was für eine Ehre«, erwiderte ich und dehnte die Beine. »Wie lang wird es dauern, bis ich so schnell bin wie du?«

»Ungefähr hundert Jahre oder so.«

Ich streckte mich und starrte ihn an. »Hundert Jahre?«

»Plus, minus ein paar Jahre. Dein Mori wird dir Stärke geben, aber es wird schon lange dauern, diese Art von Geschwindigkeit zu beherrschen. Hat dir das noch niemand erklärt?«

Ich schüttelte den Kopf und versuchte, zu erkennen, ob er mich aufzog oder es ernst meinte. »Ich glaube, Callum war zu beschäftigt, mich dazu zu bringen, meinen Mori zu nutzen, als dass er mir irgendetwas erklären konnte. Aber was du sagst, ergibt keinen Sinn. Wie können Krieger Vampire bekämpfen, wenn sie ihnen nicht folgen können?«

Nikolas verschränkte die Arme und wirkte unzufrieden. »Offensichtlich haben sie dir vieles nicht gesagt. Was weißt du über Vampire und wie sie erschaffen werden?«

»Wenn ein Vampir von einem Menschen trinkt und diesen dann zwingt, auch sein Blut zu trinken, dann wird der Dämon auf einen neuen Wirt übertragen. Es dauert drei bis vier Tage, bis der neue Dämon stark genug ist, um die Kontrolle über den Menschen zu übernehmen. Oh, und nur erwachsene Vampire können neue Vampire erschaffen.«

Er nickte. »Das ist alles richtig. Aber wusstest du auch, dass neugeborene Vampire schwach sind und ihre Stärke sich erst über die Zeit entwickelt? Sicher, sie sind stärker als Menschen, aber kein ernsthafter Gegner für einen trainierten Krieger. Ein Vampir braucht in etwa so lange, um seine volle Stärke und Geschwindigkeit auszubilden, wie wir. Die meisten Vampire, die wir in Maine gesehen haben, waren bereits erwachsen und es ist sehr unüblich, so viele von ihnen zusammen zu sehen. Viele der Vampire, gegen die die Mohiri kämpfen, sind deutlich langsamer und schwächer.«

»Ich weiß, dass neugeborene Vampire schwach sind, aber ich dachte, nur für ein paar Monate.« Seine Erklärung überraschte mich, aber sie erfüllte mich auch mit einer gewissen Erleichterung. Es war gut, zu wissen, dass nicht jeder Vampir so stark und schnell war wie Eli. Eine weitere Erinnerung daran, wie lückenhaft mein Wissen war und wie viel ich noch dazulernen musste.

»Wir müssen deinem Training auch ein paar Theoriestunden hinzufügen«, sagte er, als hätte er meine Gedanken gelesen. »Wir fangen heute Nachmittag an.«

Oh yeah, ein ganzer Tag mit Nikolas.

»Aber jetzt laufen wir erst einmal.«

Ein Teil von mir war immer noch wütend auf ihn, aber der Gedanke, mich frei durch die Wälder zu bewegen, wie ich es zu Hause getan hatte, war einfach zu schön, um zu widerstehen. Und er machte es mir mit seiner fürsorglichen Art auch wirklich schwer, ihm weiterhin böse zu sein.

»Okay.«

»Folge mir.«

Wir rannten um den See, und erst als wir ihn bereits zur Hälfte umrundet hatten, fiel mir auf, dass er sehr viel größer war, als er auf den ersten Blick wirkte. Es gab keinen wirklichen Weg und so mussten wir über Steine und umgestürzte Bäume springen, was meine Freude am Laufen kein bisschen beeinträchtigte. Nikolas hielt sich an sein Wort und drosselte sein Tempo so weit, dass ich nur wenige Meter hinter ihm laufen konnte. Anders als ich zeigte er keine Müdigkeitserscheinungen, als wir wieder an unserem Ausgangspunkt ankamen.

Auf dem Weg zurück zur Festung sprach ich nicht viel, und Nikolas schien zufrieden damit, mich meinen eigenen Gedanken zu überlassen. Ich fühlte mich anders, verändert durch die Erfahrung mit meinem Mori. Ich hatte nie darüber nachgedacht, dass er ein Wesen mit Gedanken und Emotionen sein könnte. Nach dem heutigen Tag hatte ich meine Meinung über ihn geändert. Er war nicht länger ›das Biest‹. Noch immer war er ein Dämon, mit niederen Instinkten, aber er war auch ein Teil von mir.

»Iss eine Kleinigkeit zu Mittag und ruh dich aus«, sagte Nikolas, während er die Tür zur Haupthalle für mich öffnete und ich vor ihm eintrat. »Wir treffen uns um zwei.«

»Okay.«

»Hier. Das ist ein Ersatz für das Messer, das du verloren hast.« Er öffnete den Verschluss des Futterals an seiner Hüfte und reichte mir

Messer samt Hülle. Ich zog das Messer raus und bemerkte, dass es exakt so aussah wie das letzte, das er mir gegeben hatte.

Ich ließ es in die Tasche meines Hoodies gleiten und war gerührt von der Geste.

»Du hast dich heute wirklich gut geschlagen.«

»Danke.« Ich wandte mich ab, bevor er sehen konnte, wie mir vor Freude über das unerwartete Lob die Röte in die Wangen kroch.

Laute Rufe und das Poltern von Fußstapfen unterbrachen uns, und so wandten wir uns beide zu Mark, der um die Ecke gelaufen kam. »Schließt die Tür, schnell. Bevor sie rauskommen.«

»Was zum ...«, murmelte ich und sah im selben Augenwinkel ein weißes Etwas an Marks Kopf vorbeirauschen. Nikolas schlug die Tür zu, bevor die Kreatur uns erreichen konnte und so schwirrte es mit einer scharfen Kurve direkt auf den massiven Kronleuchter an der gewölbten Decke zu.

»Was ist das?«, fragte ich und versuchte, der Kreatur mit den Augen zu folgen.

»Die verflixten Karks sind geschlüpft, während wir ...« Marks Stimme wurde von schrillem Quietschen und lauten Flügelschlägen übertönt und meine Augen weiteten sich beim Anblick Hunderter winziger Kreaturen, die sich in den Ecken sammelten und direkt auf uns zukamen.

Kapitel 9

NIKOLAS STRECKTE SEINE HAND nach mir aus und zog mich hinter sich. Sobald die Karks bemerkten, dass der Weg nach draußen versperrt war, schwirrten sie an uns vorbei und sausten orientierungslos in der Halle umher. Immer auf der Suche nach einem neuen Ausgang. Bis Sahir, Jordan und Olivia, gefolgt von Terrence und Josh ankamen, waren sie überall. Ihre kleinen weißen Körper surrten die langen, geschwungenen Treppenreihen hinauf, durch offene Türen hindurch und in jeden Flur. Sie umkreisten mit unglaublicher Energie und Geschwindigkeit jeden, der ihnen entgegenkam.

»Tut ihnen nicht weh!«, schrie Sahir und griff nach Joshs Arm, um ihn davon abzuhalten, mit seinem langen, dünnen Schwert nach den Tieren zu schlagen. Sahirs Sorge war unbegründet. Die Karks waren so winzig und geschwind, dass es unmöglich war, sie zu treffen.

»Hast du eine Ahnung, wie lange es dauert, Karks auszubrüten?« Sahir duckte sich, als einer von ihnen direkt auf ihn zukam. »Wir können sie nicht einfach töten.«

»Was sollen wir denn dann mit ihnen machen?«, schrie Josh zurück.

»Wir müssen sie irgendwie einfangen.«

Ich betrachtete die unzähligen weißen Körper, die wild um uns herumflatterten und schüttelte entschieden den Kopf. Ich konnte mir beim besten Willen nicht vorstellen, wie man diese Dinger fangen sollte. Ich riss mich von Nikolas los und rannte zu Sahir. »Wie fängt man sie?«

»Normalerweise benutzt man ein Spray, das aus Skarabäenpheromonen hergestellt wird. Karks können dem nicht widerstehen. Aber die hier sollten noch gar nicht schlüpfen, und ich habe nirgendwo das Spray finden können.«

Ich hob die Hand über den Kopf, als ein Kark mir so nahekam, dass er sich mit seinen winzigen, krallenbesetzten Flügeln beinahe in meinen Haaren verfangen hätte. »Und was machen wir jetzt?«

Sahir schätzte die Situation ein. »Ich habe ein Sedativum, das sie vielleicht etwas langsamer werden lässt. Ich gehe es holen und du versuchst, die Leute hier davon abzuhalten, sie zu töten.«

»Ich? Wie soll ich das denn machen?«, fragte ich, aber Sahir war schon weg.

Jemand quietschte laut, ich wirbelte herum und sah, dass Olivia verzweifelt auf zwei Karks einschlug, die um ihren Kopf schwirrten. Jordan dagegen hatte sich nach unten gebeugt und hielt sich den Bauch vor Lachen. Mark, Terrence und Josh rannten wie wild in der Halle umher und jagten die Kreaturen. Dann kam ein Dutzend weiterer Krieger in den Saal, alle hielten erst einmal perplex inne, als sie das Chaos sahen. Ich erkannte Chris unter ihnen. Seine Augenbrauen schossen in die Höhe, als er mich inmitten dieses Durcheinanders sah. Ich schüttelte den Kopf, um ihn wissen zu lassen, dass das hier nicht meine Schuld war.

»Was in Gottes Namen geht hier vor sich?«, bellte Tristan. Ich sah hoch und entdeckte ihn auf der Brüstung im ersten Stock neben Celine. Diese bedachte mich wieder mit einem ihrer finsteren Blicke, und ihr hübsches Gesicht wirkte dabei so anklagend, als wäre ich höchstpersönlich für das Desaster verantwortlich. Warum glaubten eigentlich immer alle, dass ich mit solchen Dingen in Verbindung stand?

Tristan eilte die Stufen hinunter, Celine folgte ihm auf dem Fuß, und beide mussten zweimal innehalten, weil die Karks wie riesige weiße Motten um sie herumflatterten. Ich konnte mir ein Grinsen nicht verkneifen, als ich sah, wie Celine genervt um sich schlug.

»Wer ist dafür verantwortlich?«, fragte Tristan in herrischem Ton. Seine Stimme hallte schwer durch den Raum. »Wo ist Sahir?«

»Er ist nach draußen, um irgendein Sedativum zu holen, das sie betäuben soll«, erklärte ich, weil sonst niemand antwortete.

Tristan starrte verdrießlich auf die Szene. »Wie konnte das passieren?«

»Frag sie«, ich deutete auf die anderen Schüler. »Ich war mit Nikolas zusammen.«

Hinter Tristan kniff Celine die Augen verärgert zusammen, sagte aber nichts. Sie griff in ihre Tasche und einen Moment lang glaubte ich, sie würde ein Messer herausziehen und sich auf mich stürzen.

»Es war ein Unfall«, sagte Jordan. »Wir haben die Eier nach dem Frühstück aus dem Karton genommen und sie gewendet, so wie Sahir es uns befohlen hat. Später, als wir sie erneut drehen wollten, waren sie bereits alle geschlüpft.«

Kopfschüttelnd trat Tristan mitten in das Chaos. »Ich will, dass ihr diese Dinger schnellstmöglich in Käfige sperrt, bevor es ein noch größeres Durcheinander gibt.« Wie, um seine Worte zu unterstreichen, landete just in diesem Moment ein weißer Batzen Kot auf Celines glattem schwarzem Haar. Die Kriegerin kreischte, als wäre es Gift statt harmloser Exkremente. Ich hätte beinahe gelacht, doch dann roch ich den unangenehmen Gestank, der von dem Dung ausging. Sofort bedeckte ich Mund und Nase mit meinen Händen. Es stank nach einer grauenvollen Mischung aus faulen Eiern und totem Stinktier. Wenn wir die Karks nicht bald unter Kontrolle hatten, würde die Halle noch Monate nach ihrem Mist riechen.

Zunächst überlegte ich, meine Kräfte zu nutzen, um die Karks zu beruhigen, aber mein Verstand sagte mir, dass ich nicht so viele auf einmal würde händeln können. Dennoch, es konnte bei einigen von ihnen wirken, und das war besser als nichts. Immerhin waren sie keine Dämonen und so würde ich ihnen weder wehtun noch sie in den Wahnsinn treiben.

Ich ließ meine Kräfte in die Halle fließen. Ein paar Minuten später bemerkte ich, dass die Karks ganz in meiner Nähe langsamer flogen als der Rest von ihnen. Wie betrunken fingen sie an, auf dem Treppengeländer, dem Kerzenleuchter und allen anderen Oberflächen zu landen. Ich ging zu ihnen und hob einen hoch, um einen besseren Blick auf die Kreatur werfen zu können. Der Kark hatte schneeweißes Fell mit weichen Daunen. Ich streichelte ihn vorsichtig mit einem Finger und studierte die fledermausähnlichen Ohren und Zähne, die weißen, ledernen Schwingen, die aussahen, als wären sie aus Glas.

»Sie werden müde«, sagte Mark. »Sollen wir versuchen, sie zu fangen?«

Ich hob den Kopf und sah, wie Nikolas und Tristan mir wissende Blicke zuwarfen. Glücklicherweise hatte sonst niemand etwas bemerkt. »Los, beeilt euch, holt ein paar Kisten oder Boxen. Irgendetwas, worin man sie einsperren kann«, befahl Tristan Mark und Josh, die sofort seinem Befehl folgten und losrannten.

Nikolas kam zu mir und sprach so leise, dass ihn niemand außer mir hören konnte: »Machst du das?«

»Ja, aber ich bin mir nicht sicher, wie lange die Wirkung anhält. Sahir sollte besser schnell zurückkommen.«

Tristan stellte sich zu uns, gefolgt von Celine, die noch immer versuchte, den Karkdung aus ihren Haaren zu ziehen. »Jemand sollte für dieses Desaster bestraft werden.« Ich ignorierte ihren Blick, der sich eindeutig auf mich richtete. Wie sehr sie mich auch verabscheute, es würde ihr nicht gelingen, mir dieses Chaos in die Schuhe zu schieben.

»Hier, wir können sie doch in die Taschen sperren.« Michael kam in die Halle gestürmt und brachte zwei Trainingstaschen mit. Er entdeckte Tristan und ging auf ihn zu. »Wird das reichen?«

»Gute Idee«, lobte ich, als er die Taschen öffnete und ich den Kark hineinlegen konnte. »Kommt schon«, rief ich den anderen Schülern zu. »Helft uns.«

Mit der Hilfe von Olivia, Jordan und Terrence gelang es uns, mindestens drei Dutzend Karks zu fangen. Aber es waren noch immer über zweihundert von ihnen im Raum und flatterten wild umher. Sie zeigten nicht den Hauch von Müdigkeit, und um das Ganze noch schlimmer zu machen, mussten sie nun alle offenbar gleichzeitig ihren Bedürfnissen nachgehen. Sie setzten ihre Stinkbomben ab, als befänden wir uns in einem schlechten Computerspiel aus den Neunzigerjahren. Würde meine Nase von ihrem Gestank nicht so brennen und schmerzen, hätte ich lauthals über die lächerliche Situation gelacht.

»Pass doch auf«, sagte Celine schnippisch, als ich sie im Versuch, einem weiteren Kackhaufen zu entkommen, anrempelte. Zu unserem Pech rutschte Michael im selben Augenblick auf dem schmierigen Mist aus und prallte auf uns, sodass wir zu dritt auf den Boden segelten. Ich hatte insofern Glück, dass Celine meinen Aufprall bremste, aber sie war darüber nicht ganz so froh wie ich, und so war ich mir sicher, dass ihr spitzer Ellbogen nicht versehentlich in meine Rippen stach. Ich brummte und rollte mich von ihr, direkt auf den armen Michael, der laut aufstöhnte, als mein Hinterkopf auf seine Nase schlug.

»Ach verdammt«, murmelte ich, als ich mich aufsetzte und die weißen Flecken auf meiner Jeans bemerkte. Meine Augen tränten bereits von dem beißenden Aroma in der Luft. Es würde eine Ewigkeit dauern, diesen Gestank wieder loszuwerden, und meine Klamotten waren ganz sicher endgültig ruiniert. Ich erspähte einen gelben Striemen auf meinem Ärmel und hoffte, dass es nicht Urin war. Genervt verzog ich das Gesicht – ein weiterer Fleck war nun auch nicht mehr der Rede wert.

»Brauchst du Hilfe?«, Chris' Stimme zitterte belustigt. Ich sah finster zu ihm hoch, was ihn allerdings nur weiter zum Lachen brachte. Tristan stimmte ein, und so bedachte ich sie beide mit düsteren Blicken, bevor jeder von ihnen mich an einem Arm packte und hochzog.

»Argh«, grunzte ich und sah an mir herab. Ich wollte wirklich nicht wissen, wie mein Haar gerade aussah.

Nikolas half auch Celine hoch, die sich sofort an seinen Arm klammerte. Wie war es möglich, dass sie, obwohl sie noch mehr abbekommen hatte als ich, trotzdem noch so gut aussah?

»Wenn mich irgendjemand suchen sollte, ich bin die nächsten Stunden in meiner Badewanne«, erklärte Celine, und ich kam nicht umhin, die Blicke zu bemerken, die sie Nikolas bei diesen Worten zuwarf. Sein Gesicht konnte ich nicht sehen, hörte ihn bei ihrer offenherzigen Einladung jedoch leise glucksen. Vor Verärgerung wurden meine Glieder ganz steif und ich stakste unbeholfen von ihnen weg. Wir waren von oben bis unten mit Kacke beschmiert, hatten keine Ahnung, wie wir zweihundert Karks einfangen sollten und die beiden flirteten, als wären wir auf einer Cocktailparty.

Die Tür öffnete sich, und Sahir huschte herein. Von seinem Hals baumelte eine Atemmaske und er trug einen kleinen Metallkanister mit Gummischlauch bei sich. An einem Ende des Schlauchs war eine Art Zerstäuber angebracht. »Tut mir leid, dass es so lange gedauert hat. Ich musste das Betäubungsmittel noch verdünnen und es dann in den Kanister füllen, so werden wir alle erwischen.« Er hob den Schlauch und sprühte in Richtung der Karks, die an ihm vorbeiflogen. Zunächst zeigte sich keine Wirkung, nach einer Minute allerdings fielen sie bewusstlos zu Boden. Sofort hob ich die Tiere auf, um zu überprüfen, ob sie noch am Leben waren und lächelte Sahir an, als ich ihren regelmäßigen Herzschlag spürte. »Es hat funktioniert.«

Er wandte sich zu Tristan. »Ich habe es verdünnt, aber es könnte sein, dass es sich auch auf uns überträgt und den ein oder anderen ausknockt. Wir sollten die Halle evakuieren, bevor ich mehr davon versprühe.«

Tristan nickte und befahl allen, sich in den Gemeinschaftsräumen zu verteilen, bis Sahir die Luft wieder für rein erklärte. Ich wollte nichts mehr, als in die nächste Dusche hüpfen und mich sauber schrubben. Aber sobald Sahir alle Karks betäubt hatte, wurden wir wieder gebraucht, um sie in die Taschen zu stecken. Pflichtbewusst folgte ich also den anderen wie geheißen.

»Aua!« Ich riss meinen Kopf zur Seite, als einer der Karks direkt auf mein Gesicht zuflog und mich mit seinen scharfen kleinen Zähnen am Ohr packte. Ich riss die Hand hoch, fegte den Kark beiseite und runzelte die Stirn, als ich das Blut an meinen Fingern sah. »Der kleine Scheißer hat mich gebissen.«

»Er muss dich versehentlich gekratzt haben. Karks beißen niemanden«, sagte Sahir, zog sich die Maske über Mund und Nase und wartete darauf, dass endlich alle die Halle verließen.

Ein stechender Schmerz an meinem Unterarm ließ mich entgeistert auf die weiße Kreatur starren, die sich in meinem Ärmel verbissen hatte und ihre spitzen Zähne immer wieder in meine Haut rammte. Ich schrie auf und packte den kleinen Körper, um ihn von mir zu schütteln. »Was ist denn los mit dem Ding?«

Ich hatte die Worte noch nicht ausgesprochen, da kam ein weiterer Kark angeflogen und zielte auf meine Brust. Ich schlug ihn weg, aber er drehte einen Looping und kam zurück. Mit der anderen Hand fing ich ihn und dann rastete er genauso aus, wie der Kark zuvor. Mein erster Gedanke war: Diese Dinger sind Dämonen. Aber davon hatte niemand etwas gesagt. Warum sonst aber sollten sie sich in meiner Gegenwart so seltsam aufführen? Allerdings hätten sie dann auch vor wenigen Minuten schon so auf meine Kraft reagieren müssen, statt sich schlafen zu legen.

»Aua! Was zur Hölle …«, schrie ich, als mich aus dem Nichts plötzlich fünf oder sechs Karks auf einmal attackierten. Ich musste die Arme hochreißen, um mich vor ihnen zu schützen. »Sahir, betäub die Dinger endlich, bevor sie mich auffressen.«

»Ich hab dir doch gesagt, dass Karks keine …« Sahir unterbrach sich selbst, als sich ein Dutzend weiterer Karks aus allen Richtungen sammelten und wie ein Schwarm angriffslustiger Hornissen auf mich stürzten. Ich schrie und suchte nach Deckung, konnte aber durch die Menge von kleinen weißen Körpern hindurch kaum noch etwas sehen. Das laute Quietschen und Flügelschlagen wurde nur stellenweise durch Sahirs Schreie durchbrochen, aber ich war viel zu beschäftigt, die ach so harmlosen Viecher abzuwehren, als dass ich hätte wahrnehmen können, was er sagte.

Ein paar Sekunden später warf sich etwas viel Größeres auf mich und ich flog rückwärts. Statt jedoch auf dem Rücken zu landen, wurde ich von einem Paar starker Arme umfasst und gegen einen festen Körper gedrückt, der mich vor dem Aufprall schützte. Mein Retter und ich überschlugen uns und landeten auf dem Boden. Sein Körper bedeckte meinen. Nicht erst das Flattern in meinem Kopf ließ mich wissen, wer mich so eng an sich gepresst hielt und seinen eigenen Körper wie einen Schutzschild benutzte. Auf einmal war es schwer, Luft zu bekommen, und zu meinem Unbehagen war ich mir sicher, dass das nicht an dem Sturz lag.

»Es ist mir scheißegal, mach es einfach«, bellte Nikolas jemandem zu und ich spürte das tiefe, verärgerte Rumpeln in seiner Brust. Er neigte den Kopf und sein warmer Atem blies über meine Wange. »Bedecke Mund und Nase. Sahir wird jetzt sprühen.«

Ich presste mein Gesicht in die Kuhle an seiner Schulter und war mir seines Körpers auf meinem auf einmal sehr bewusst – und der Tatsache, dass ich einem Mann noch nie so nahe gewesen war. Wenn man von dem einen Mal absah, als ich Roland geheilt hatte. Allerdings fiel ein halb wahnsinniger Werwolf wohl kaum in die gleiche Kategorie.

»Es sind zu viele«, sagte Sahir eine Minute später mit gedämpfter Stimme.

»Mach weiter«, befahl Nikolas.

»Ich kann nicht. Ich vergifte euch beide, wenn ich weiter sprühe.« Ich hörte, wie Sahir sich entfernte. »Ich tue, was ich kann, um sie zu dezimieren. Was zur Hölle stimmt nicht mit denen? Warum gehen sie nur auf Sara los?«

»Ich weiß es nicht.« Nikolas verlagerte sein Gewicht und überraschte mich dann, als er sich zu mir beugte und zuerst an meinen Haaren und dann an meinem Hoodie schnüffelte. Wie er durch den Gestank nach Karkexkrementen überhaupt noch etwas anderes riechen konnte, war mir ein Rätsel.

»Irgendetwas an ihr riecht komisch.«

Ich konnte mir ein Schnauben nicht verkneifen. »Ach ja?«

Statt zu lächeln, wie ich es erwartet hatte, griff er nach unten und packte den Saum meines Hoodies. »Was machst du da?«, erwiderte ich panisch, als er begann, ihn mir über den Kopf zu ziehen.

»Ich glaube, es ist etwas an deinen Klamotten, das die Karks so durchdrehen lässt«, erklärte er, ohne sein Vorhaben zu unterbrechen. »Irgendetwas daran riecht weder nach dir noch nach deren Mist.«

Er kennt meinen Geruch? Diese Offenbarung schockte mich so sehr, dass ich vergaß, weiter zu protestieren. Nikolas nutzte die Gelegenheit, um mir den Hoodie auszuziehen und ihn von uns zu werfen. Trotz seiner Körperwärme fröstelte ich, als ich den kalten Marmorboden durch mein dünnes Shirt spürte. Ein paar Karks schlugen sofort zu und krallten sich noch im Flug an den Stoff.

»Himmel, sieh dir das an.« Unter Nikolas vergraben, konnte ich nicht sehen, was Sahir meinte, aber sein Ton ließ mich schaudern. »Sie versuchen noch immer, auf sie loszugehen. Was immer es ist, es muss auch an ihrem T-Shirt kleben.«

»Ich weiß.« Nikolas hob wieder den Kopf und sein Blick war dunkel und entschuldigend, als er meinen suchte. »Sara ...«

»Auf keinen Fall! Vergiss es.« Unter keinen Umständen würde ich vor ihm und all den anderen hier blankziehen. »Wir können doch einfach weglaufen.«

»Es sind zu viele. Sobald ich von dir runtergehe, greifen sie an.«

»Das ist mir egal. Ich ziehe mich nicht weiter aus.« Allein bei dem Gedanken drehte sich mein Magen auf links.

Nikolas seufzte schwer. »Es tut mir leid, aber wir haben jetzt keine Zeit für falsches Schamgefühl. Es ist nur ein Shirt und ich werde dich bedecken.«

Soll ich mich jetzt besser fühlen? Meine Kehle war staubtrocken und ich mied seinen Blick, während meine zitternden Hände versuchten, nach dem Saum meines Oberteils zu greifen. Warum passierten solche Dinge immer mir?

»Tretet zurück, Jungs. Zeit für die Mädels, zu zeigen, wie man so etwas macht«, brüllte Jordan über das Geländer. »Lasst mich mal ran.«

Ich hatte kaum Zeit, mich zu fragen, was die Mädchen vorhatten, als Nikolas und ich mit einem Schwall kalten Wassers begossen wurden, der uns beide in Sekundenschnelle bis auf die Haut durchnässte. Hustend drehte ich mein Gesicht an seine Brust, um kein Wasser in die Lunge zu bekommen. Sekunden später spürte ich ein lautes Glucksen in seinem Innern vibrieren, drückte mich weg und stellte fest, dass er lachte.

»Wie schön, dass du dich amüsierst«, brummte ich, noch immer in Aufruhr darüber, wie knapp ich einem öffentlichen Striptease entkommen war.

»Ich amüsiere mich sogar köstlich.« Er hob den Kopf und sah sich um, dann rollte er sich von mir und rappelte sich mit einer einzigen, eleganten Bewegung auf. Bevor ich selbst auf die Beine kommen konnte, beugte er sich nach unten und zog mich neben sich.

Überall um uns herum lagen weiße Körper auf dem Boden und auf den Treppenstufen, während noch immer ein paar Karks verzweifelt versuchten, dem Wasserstrahl zu entkommen, den Jordan aus dem dicken Feuerwehrschlauch auf sie richtete. Jordan grinste diebisch, schwenkte den Schlauch in unsere Richtung und dann wieder auf alles, was Flügel hatte.

»Hey!« Ich spuckte Wasser, das in Sturzbächen über meinen Körper floss, wischte mir das nasse Haar aus der Stirn und warf ihr einen finsteren Blick zu.

»Sorry, ich wollte keinen von ihnen entwischen lassen«, sagte sie, aber ihr Grinsen strafte ihre Worte Lügen. »Hey, es hat funktioniert, oder nicht?«

Sie hatte recht, plötzlich war kein einziger Kark mehr an mir interessiert. Ich sah mich nach meinem Hoodie um und erkannte nur noch einen winzigen Fetzen blau unter einem Berg bewusstloser Körper. Sahir musste sie schon betäubt haben.

»Ich glaube, das reicht, Jordan.« Tristan betrachtete das Chaos in der Halle mit ernster Miene. Er wartete, bis Jordan das Wasser abgestellt hatte und ging dann, dicht gefolgt von Chris und den anderen Kriegern, auf uns zu. »Seid ihr beide okay?«, fragte er mich und Nikolas. Ich nickte, und er wandte sich an Sahir, der hier der Experte für übernatürliche Kreaturen war. »Sahir, was könnte das gewesen sein?«

Sahir nahm seine Maske ab und schüttelte den Kopf. »Ich habe Karks noch nie so erlebt. Sie hatten es nur auf Sara abgesehen.«

»Irgendetwas an ihren Kleidern hat sie angelockt.« Nikolas ging zu dem Haufen, der meinen Hoodie unter sich begraben hatte. »Seht euch das an.«

Ich japste nach Luft, als ich die Überbleibsel des Kleidungsstückes sah, das ich noch vor wenigen Minuten am Leib getragen hatte. Die scharfen Zähne der Karks hatten es im wahrsten Sinne des Wortes geschreddert. Mir wurde eiskalt, als ich begriff, dass genau das mit mir passiert wäre, wenn Nikolas nicht eingegriffen hätte.

Tristans Miene war wie erstarrt. Es war das erste Mal, das ich ihn so verärgert sah. »Untersucht diesen Stoff. Ich will genau wissen, was hier geschehen ist.« Er wandte sich an einen der jüngeren Krieger, von dem ich nur wusste, dass er Ben hieß. »Holt etwas, um die Dinger einzusperren, bevor sie aufwachen. Und wir brauchen eine Reinigungscrew hier drinnen.«

»Ja, Sir«, sagte Ben und eilte davon, um seinen Befehl auszuführen.

»Geht es dir wirklich gut?«, fragte Tristan erneut. Seine Stimme färbte sich sorgenvoll.

»Es geht mir gut.« Oder zumindest würde es das, nach einer ausgiebigen heißen Dusche.

Jordan hatte den Schlauch beiseitegelegt und kam zu uns. »Sara, du siehst aus, als hättest du einen Wet-T-Shirt-Contest gewonnen«, verkündete sie.

»Was?«, krächzte ich und sah hinunter auf mein hellgelbes Shirt mit dem V-Ausschnitt. Es klebte so eng an meinem Körper, dass kein Interpretationsspielraum mehr gegeben war. Die Hitze stieg mir in die Wangen und ich zog den nassen Stoff von meiner Brust.

Nikolas trat vor mich und sein breiter Rücken schützte mich augenblicklich vor den neugierigen Blicken der anderen. Eine Welle tiefer Dankbarkeit legte sich über meinen Ärger auf ihn. Ich würde ihn nie verstehen. In einem Moment tat oder sagte er etwas, das mich wünschen ließ, ihn zu schlagen und im anderen tat er etwas so Nettes wie das hier.

Nachdem es mir gelungen war, mein Shirt so zurechtzurücken, dass es nicht mehr wie eine zweite Haut an mir klebte, trat ich hinter ihm vor. Ich hoffte, mein Gesicht war nicht so rot, wie es sich anfühlte. Der Erste, den ich ansah, war Chris. Seine Mundwinkel zuckten verdächtig, aber dankenswerterweise behielt er zumindest seine Gedanken für sich.

»Nikolas, wir müssen reden, wenn du eine Minute für mich hast«, sagte Tristan. Nikolas nickte angespannt. Zwischen ihnen lag eine ernsthafte Spannung, die ich nicht recht begreifen konnte.

»Wenn ihr mich nicht mehr braucht, würde ich mich gerne waschen gehen«, sagte ich zu Tristan, der Nikolas einen Blick zuwarf und mir dann den Rest des Tages freigab. Ich verschwendete keine Zeit, verschwand in mein Zimmer und verbrachte eine halbe Stunde damit, mir die Karkkacke von Leib und Haaren zu waschen. Währenddessen trauerte ich um meinen St. Patrick's Hoodie und meine Lieblingsjeans.

Als ich vor dem Badezimmerspiegel stand und meine Haare trocknete, fragte ich mich, ob Roland mir wohl einen neuen Hoodie besorgen konnte. Ich habe nie besonders an meiner alten Schule gehangen, aber jetzt, da ich nicht länger Schülerin dort war, hortete ich gerne Dinge, die mich an diesen Teil meines alten Lebens erinnerten.

Ich fühlte mich um Welten besser, als ich endlich sauber war und überlegte gerade, wie ich den Rest des Nachmittags verbringen konnte, als sich mein Magen lautstark zu Wort meldete. Es war Zeit fürs Mittagessen, schließlich hatte ich mein Frühstück kaum angerührt. Aber ich war nicht besonders erpicht darauf, den Speisesaal aufzusuchen. Ich war mir ziemlich sicher, dass in der Zwischenzeit ganz Westhorne von dem Vorfall mit den Karks wusste und sich ein und dieselbe Frage stellte: Warum hatten die Karks *nur* mich angegriffen?

Es war eine Frage, der ich aus dem Weg ging, seit ich die Haupthalle verlassen hatte. Wenn Karks Mohiri für gewöhnlich nicht angriffen, hatte irgendjemand dafür gesorgt, dass sie sich auf mich stürzten. Und wenn Nikolas recht behielt und etwas an meinen Klamotten sie angezogen hatte, wie ist es dann dahin gekommen? Oder viel wichtiger: Wer hatte das getan? Es musste jemand in der Halle gewesen sein oder zumindest jemand, mit dem ich irgendwann im Verlauf des Vormittages in Kontakt gekommen war. Ich machte eine mentale Liste von allen, die am Morgen in meiner Nähe gewesen waren, gab dies aber schnell wieder auf. Nikolas und Chris würden mir niemals Schaden zufügen, und es fiel mir schwer, zu glauben, dass Jordan oder Olivia böse Absichten hatten. Außer ihnen hatten mir nur zwei Mädchen am Tisch gegenübergesessen, und keine von ihnen war mir nahe genug gekommen, um mich zu berühren. Und später in der Halle hatte es viel zu viel Chaos gegeben, um mich zu erinnern, wer alles in meiner Nähe gestanden hatte. Die Einzigen, die mich berührt hatten – zumindest soweit ich mich erinnerte –, waren Nikolas, Tristan, Chris, Michael und Celine.

Beim letzten Namen hielt ich inne. Celine mochte mich ganz offensichtlich nicht und wir hatten engen Kontakt gehabt, als ich auf sie gefallen war. Sie hätte die Gelegenheit gehabt, meine Klamotten mit irgendetwas zu besprühen, das die Karks anzog. Und sie war direkt nach dem Sturz nach draußen geeilt. Ich starrte aus dem Fenster, ohne wirklich etwas zu sehen. Konnte die Eifersucht sie zu einer solchen Tat getrieben haben?

Der Gedanke brachte mich zum Lachen. Celine sollte eifersüchtig auf mich sein? Schwer vorstellbar. Sie war unglaublich hübsch, und sie konnte sicher jeden Mann haben, den sie begehrte. Es gab keinen Grund dafür, etwas so Dramatisches zu tun, wenn sie Nikolas auch so für sich haben konnte. Und wenn er jemanden wie sie wollte, dann ... Oh, was spielte das schon für eine Rolle?

Ich nahm das Telefon und wählte Rolands Nummer. Er sollte jetzt schon von der Schule zu Hause sein, und ich musste einfach seine Stimme hören.

»Hey«, antwortete er atemlos, so als hätte er hektisch in seiner Tasche nach dem Handy suchen müssen. »Alles in Ordnung?«

Ich legte mich mit dem Telefon am Ohr in mein Bett. »Warum sollte nicht alles in Ordnung sein?«

»Na ja, weil du für gewöhnlich nicht so früh anrufst und ich schon seit zwei Tagen nichts mehr von dir gehört habe.«

Ich schlug mir mit der flachen Hand gegen die Stirn. Mist. Nikolas' plötzliche Rückkehr hatte mich gestern so aus der Bahn geworfen, dass ich darüber vergessen hatte, Roland anzurufen. Nun musste ich ihm von den Karks und dem Lampreydämon berichten. »Es war ziemlich verrückt hier die letzten beiden Tage. Nikolas ist gestern zurückgekommen.«

»Ah.« Erstaunlich, dass eine einzige Silbe so bedeutungsschwer sein konnte.

»Das ist noch nicht alles.« Ich setzte ihn in Kenntnis über den Trip nach Boise und ließ die ganze Dämonenattacke ein wenig harmloser erscheinen, als sie wirklich gewesen war. Es gab keinen Grund, ihn zu beunruhigen, wenn er ohnehin nichts daran ändern konnte. Ich erzählte ihm allerdings, dass ich den Dämon zum Platzen gebracht hatte.

»Wow! Du hast wirklich nicht übertrieben, als du gesagt hast, dass deine Kräfte stärker werden.«

»Ich wäre auch ganz gut ohne eine Dusche aus Blut und Gedärmen ausgekommen.«

Er winkte meinen Ekel in typisch männlicher Manier ab. »Das ist doch absolut cool. Ich bin nur überrascht, dass Nikolas dich überhaupt hat nach Boise fahren lassen. Du weißt schon, so wie der sich immer anstellt.«

»Er war ja nicht da, und selbst wenn, er hat mir doch nicht zu sagen, was ich zu tun und zu lassen habe«, erklärte ich irritiert.

Roland gluckste. »Mmh. Und was genau macht er jetzt da?«

»Gar nichts ... Mann, das waren aber auch ein paar verrückte Tage. Erst die Lampreydämonen, dann Nikolas' Rückkehr und jetzt trainiert er mich auch noch, und dann ...«

»Warte! Nikolas trainiert dich?« Roland brach in lautes Gelächter aus.

Ich warf einen finsteren Blick gen Zimmerdecke. »Sag mir doch noch mal, warum ich dich angerufen habe.«

»S... sorry, ich komm nur gerade nicht klar. Ich versuche, mir vorzustellen, wie er dir diese ganzen Schwertsachen beibringt. Können die Mohiri sich eigentlich Gliedmaßen nachwachsen lassen?«

»Ach, halt doch die Klappe«, erwiderte ich, aber ein kleines Lächeln stahl sich doch in mein Gesicht. Ich war mir ziemlich sicher, dass Nikolas nicht so blöd sein würde, mir ein Schwert in die Hand zu drücken.

»Na, zumindest ist es nicht langweilig bei dir.« Er seufzte schwer, und nun war ich an der Reihe, mich nach ihm zu erkundigen.

»Ich hasse das alles hier. Es ist unser Abschlussjahr und wir sollten miteinander abhängen. Du, Peter und ich. Die Schule macht ohne dich überhaupt keinen Spaß.«

»So schlimm wird es schon nicht sein.«

»Ach ja?« Roland knurrte. »Hast du eine Ahnung, wie schwer es ist, so zu tun, als wäre man traurig über den Tod der besten Freundin, wenn man weiß, dass sie quicklebendig ist?«

Ich versuchte, mich in seine Lage zu versetzen, aber es gelang mir nicht.

»Das wird bald besser. Ich wette, die Leute haben mich schon fast vergessen.«

»Dir ist immer noch nicht klar, dass du unseren Leuten hier zu Hause sehr wohl aufgefallen bist, oder? Sie reden die ganze Zeit von dir.«

»Wirklich?« Das schockierte mich nun doch. Insbesondere wenn man bedachte, wie wenig Freunde ich an der St. Patrick's gehabt hatte. Außer Roland und Peter hatte es nur einen Jungen namens Jeffrey gegeben, mit dem ich ab und zu gemeinsam gegessen hatte.

»Ich sag dir, es hat sich alles verändert. Scott ist wie verwandelt, seit du weg bist. Peter glaubt, dass er dich vermisst.«

»Ha! Jetzt verarschst du mich aber.«

»Ernsthaft, er ist nicht mehr der Gleiche. Viel ruhiger und sogar netter zu anderen Leuten. Ich habe gehört, dass er vor zwei Tagen mit Faith Schluss gemacht hat.«

Ich wusste nicht, was ich dazu sagen sollte. Scott und ich hatten uns in den letzten Jahren entfremdet und es war schwer vorstellbar, dass ihm mein Tod wirklich naheging. Viel wahrscheinlicher war, dass er sich verändert hatte, weil er diese negativen Gefühle mir gegenüber nicht mehr empfinden musste. Vielleicht machte ihn meine Abwesenheit zu einem besseren Menschen. *Wow. Was für ein deprimierender Gedanke.*

Es klopfte, und so wurde ich davon abgehalten, weiter nachzugrübeln.

»Warte kurz, Roland. Da ist jemand an meiner Tür.«

Meine Überraschung konnte ich nur schwer verbergen, als ich die Tür öffnete und Jordan vor mir sah. Sie hatte sich gewaschen und hielt nun einen Teller mit Sandwiches und zwei Flaschen Wasser in der Hand.

»Ich hab mir gedacht, dass du bestimmt einen Bogen um den Speisesaal machst und vielleicht Hunger hast«, erklärte sie, stürmte an mir vorbei und stellte Teller und Getränke auf meinen Schreibtisch.

»Ich rufe dich später zurück, Roland«, erklärte ich und wir verabschiedeten uns.

Jordan ging in meinem Zimmer umher, studierte die Fotos und Zeichnungen. »Hübsch. Hast du die gezeichnet?«

»Ähm, ja.«

»Ist das dein Onkel?«

»Ja.«

»Heiß für so einen alten Kerl.« Sie beendete ihre Tour und ließ sich auf mein Bett fallen, als hätte sie das bereits zigmal getan.

Ich stand noch immer an der Tür. »Was willst du, Jordan?« Ich hatte die Erfahrung gemacht, dass kein Mädchen einfach nur zu mir kam, um mit mir abzuhängen. Für gewöhnlich gingen sie mir aus dem Weg. Dann erinnerte ich mich daran, dass ich nicht unter menschlichen Mädchen war, die sich auf natürliche Weise von meiner Wassernymphenseite abgestoßen fühlten. Aber nach all den Jahren, in denen ich gemieden wurde, war es nun schwer, etwas anderes zu glauben.

Sie wirkte, als hätte die Frage sie verletzt, und schon bereute ich meinen barschen Ton. »Tut mir leid, das kam jetzt irgendwie falsch rüber. Ich bin nur überrascht, dich hier zu sehen.«

»Ich auch«, gab sie zu. »Ich mag nur wenige Leute. Olivia ist nett, aber sie ist so ein richtiges Mädchen, wenn du weißt, was ich meine. Als du hierhergekommen bist, fand ich dich auch ziemlich doof. Aber ich habe meine Meinung geändert.«

Ich schloss die Tür und setzte mich auf meinen Schreibtischstuhl. »Jetzt sollte ich wohl Danke sagen.«

Jordan richtete sich auf und fuhr mit dem Finger über die Umrisse eines Vogels auf der Quiltdecke meiner Großmutter. »Das ist schön. Hat deine Mutter es gemacht?«

Ich lachte bitter. »Meine Mutter hat mich verlassen, als ich zwei war, und selbst wenn sie diese Decke gemacht hätte, dann hätte ich sie eher verbrannt, als sie mit hierherzubringen. Meine Großmutter hat sie genäht.«

»Autsch. Da hat wohl jemand einen ernsthaften Mutterkomplex!«

»Wenn du hergekommen bist, um dich über mich lustig zu machen – du weißt, wo die Tür ist.«

»Huhuuu, ist ja gut, chill mal. Ich habs verstanden. Du bist nicht die einzige Waise hier mit einer traurigen Familiengeschichte.« Sie stand auf und kam zu mir, nahm sich ein Sandwich und eine der Wasserflaschen. »Warum essen wir nicht zusammen und du erzählst mir einfach noch mal, dass zwischen dir und Nikolas Danshov absolut gar nichts läuft?«

»Ich hab dir doch schon gesagt, dass da nichts zwischen uns ist. Er ist mein Trainer und mehr nicht.«

Sie legte Sandwich und Getränk auf das Nachttischchen und setzte sich wieder aufs Bett. »Mmh, und deswegen wirft er auch wie ein lebender Schutzschild auf dich?«

Ich gluckste. »Du kennst Nikolas wirklich schlecht. Das ist das, was er macht – er beschützt andere, und er hätte das auch für jedes andere Mädchen gemacht.«

Jordan lachte laut auf. »So sehr ich mir auch wünschte, dass Nikolas zu meiner Rettung eilen würde – nicht, dass ich das nötig hätte –, das wird nicht passieren. Du hast sein Gesicht nicht gesehen, als du angegriffen wurdest. Ich habe noch nie gesehen, dass sich jemand so schnell bewegt hat.«

»Vielleicht sollte jemand Nikolas und Tristan auch mal sagen, dass ich ihren Schutz nicht nötig habe«, brummte ich.

»Die Männer sind nun mal so gestrickt«, erklärte Jordan mit vollem Mund. »Du bist tough, aber du hast diesen verletzlichen Ausdruck, der ihr Testosteron in Aufruhr versetzt. Und trotzdem glaube ich, dass da zwischen dir und Nikolas noch mehr ist. Wenn du ihn danach gesehen hättest ... Als du da nass vor allen gestanden warst und er sich vor dich gestellt hat ... der Blick, den er den anderen Jungs zugeworfen hat. Brrrr. Er hätte nur noch im Kreis um dich herum pinkeln müssen, um sein Territorium endgültig zu markieren.«

»Das ist total absurd. Und vielen Dank auch für das Kopfkino!«

Sie musterte mich lange. »Du kannst doch nicht so völlig ahnungslos sein. Jeder mit Augen im Kopf sieht, wie es zwischen euch funkt.«

Ich sah beiseite und wickelte mein Sandwich aus der Folie. Bevor ich reinbeißen konnte, quietschte Jordan laut. »Oh, mein Gott! Du weißt es wirklich nicht, oder?« Als ich nicht antwortete, sprang sie aus dem Bett und hüpfte von einem Bein aufs andere, als hätte sie gerade im Lotto gewonnen.

»Was?«, fragte ich.

Sie fiel aufs Bett und kugelte sich vor Lachen. Irritiert beobachtete ich sie. Ein paar Minuten später riss sie sich zusammen, setzte sich auf und wischte sich die Lachtränen aus den Augen. »Ich liebe das hier! Celine schmeißt sich seit Jahren an Nikolas ran, und er zieht ihr das kleine Waisenmädchen vor. Sie muss wahnsinnig sein vor Eifersucht. Oh, ich wünschte, sie hätte sehen können, wie er sich vor dir aufgebaut hat, um den anderen keinen Blick auf ...«

»Er hat mich ihr nicht vorgezogen«, unterbrach ich sie. »Und ich will ihn auch ganz bestimmt nicht.« Ich sackte in meinem Stuhl zusammen

und fragte mich, warum ich nie auf die Idee gekommen war, dass es schön sein konnte, eine Freundin zu haben, mit der man über solche Dinge reden konnte. Mein Gesicht musste inzwischen leuchten wie eine Ampel. »Können wir bitte über etwas anderes sprechen?«
Jordan nahm einen Schluck aus ihrer Wasserflasche und zog dann eine Grimasse. »Klar, aber nichts ist interessanter, als mit dir über Nikolas zu reden.«
Alles war besser als *dieses* Thema. »Ich versteh schon, warum Celine mich nicht mag.« Jordan schnaubte ob meiner Wortwahl, aber ich ignorierte sie. »Aber warum kannst du sie nicht leiden?«
»Machst du Witze? Die Frau ist eine absolute Hexe! Wenn du keinen Penis hast, bist du bei ihr unten durch. Sie bevorzugt im Training immer die Jungs, die Mädchen piesackt sie nur. Zum Glück ist sie nur ein paar Mal im Jahr hier.«
»Also hat sie ohnehin etwas gegen mich – weil ich ein Mädchen bin?«
Ihre Augen funkelten. »Ja, aber du bist ein spezieller Fall.«
»Wie lange wohnst du schon hier?« Ich wusste bereits, dass alle Schüler mit Ausnahme von Terrence Waisen waren. Doch bisher kannte ich nur Michaels Geschichte. Jordan war barsch, furchtlos und anders als die anderen und ich fragte mich, wie ihr altes Leben ausgesehen hatte.

Ein Schatten huschte über ihr Gesicht. »Meine Mutter hat mich abgegeben, als ich vier Jahre alt war und anderen Menschen von dem kleinen Wesen in meinem Kopf erzählt habe. Ich schätze, es war auch nicht hilfreich, dass ich Kinder verprügelt habe, die doppelt so groß waren wie ich. Niemand in der Familie wollte mich aufnehmen, und so war ich ein Fall fürs Jugendamt. Ich wurde viel herumgereicht. Niemand will ein Kind, das Stimmen hört und zweimal die Woche wegen aggressiven Verhaltens zur Kinderpsychologin muss.« Sie warf ihr blondes Haar in den Nacken und ihre Augen blitzten stolz. »Aber ich habe immer gewusst, dass es einen Grund dafür gibt, dass ich anders bin. Als ich zehn war, bin ich von dem letzten beschissenen Zuhause weggelaufen, in das sie mich gesteckt haben. Ich lebte drei Wochen auf der Straße, dann lief mir Paulette zufällig über den Weg. Schon bei ihren ersten Worten wusste ich, dass sie so ist wie ich, und sie musste mich nicht zweimal bitten, mit ihr zu kommen. Sie nahm mich mit nach Valstrom – ein Lager in Nordkalifornien, und ich habe dort gelebt, bis ich vor zwei Jahren hierherkam. Wusstest du, dass ich die älteste Waise war, die sie jemals gefunden haben? Bis du kamst.«

»Nikolas hat das erwähnt, ja.« Nun ergab es Sinn, dass Jordan mich zu Beginn so kühl und abschätzig behandelt hatte. Ihr altes Leben war ziemlich mies gewesen, und dann war sie hierhergekommen, war endlich geliebt und geschätzt worden. Laut Michael war sie immer die Nummer eins bei allem gewesen, was sie angefasst hatte. Und dann kam ich – die Waise, über die alle redeten, weil sie siebzehn Jahre da draußen überlebt hatte. Ich hatte sie aus dem Rampenlicht verdrängt, und selbst wenn ich es nicht beabsichtigt hatte, musste sie mich dafür hassen. Zumindest schien sie das nun überwunden zu haben.

Ihre Augen wurden groß. »Nikolas hat mich erwähnt?«

»Er hat mir gesagt, dass du schon zehn Jahre alt gewesen bist, als sie dich gefunden haben. Alle anderen Waisen waren nicht älter als sieben.« Nachdem ich ihre begeisterte Reaktion gesehen hatte, vermied ich es, sie darauf hinzuweisen, dass Nikolas sie nicht mit Namen erwähnt, sondern nur von einer weiblichen Waise gesprochen hatte. Ihr strahlendes Lächeln war die kleine Flunkerei wert.

»Wie hat Nikolas dich überhaupt gefunden?«, fragte sie, wieder mit vollem Mund.

»Ich war in Portland mit Freunden in einem Club«, sagte ich vage. »Ein paar Tage später hat er mich aufgespürt und mir gesagt, wer ich bin. Ich war nicht wirklich glücklich darüber.«

Sie warf mir einen verständnislosen Blick zu. »Warum nicht?«

»Ich bin total ausgeflippt, als ich gehört habe, dass ich einen Dämon in mir trage. Hat dich das nicht gestört?«

»Machst du Witze? Ich habe herausgefunden, dass ich nicht verrückt bin, wie alle behauptet haben, und unsterblich war ich plötzlich auch noch – mit Superkräften. Das war wie: Ja, super! Wo darf ich unterschreiben?«

Ich kaute nachdenklich auf meinem Sandwich herum. Sie und ich hatten eine sehr unterschiedliche Vergangenheit. Ich hatte meinen Dad gehabt und dann Nate, beide haben mich geliebt und sich um mich gekümmert. Und ich hatte Freunde. In Pflegefamilien aufzuwachsen und mit zehn auf der Straße zu leben – da war es kein Wunder, dass sie ihre Mohiriherkunft mit offenen Armen annahm. Bis ich Leute wie sie und Michael getroffen hatte, war mir nie klar gewesen, wie viel Glück ich gehabt hatte.

Jordan legte ihr angebissenes Sandwich auf den Nachttisch und stand auf. »Ich glaube, du und ich werden dicke Freunde werden. Und um dir zu zeigen, was für eine tolle Freundin ich bin, werde ich dir beweisen, dass ich, was dich und deinen Krieger betrifft, recht habe.«

»Was willst du mir damit sagen?«

Sie ging zu meinem Kleiderschrank. »Du versteckt dich unter diesen furchtbaren Hoodies, aber ich habe dich heute in dem nassen Shirt gesehen, und es ist eine Schande, diesen Körper derart zu verstecken.«

»Ich verstecke mich nicht, und es ist nichts falsch an der Art, wie ich mich kleide. Ich mag meine Klamotten – sie sind bequem und praktisch.«

»Langweilig«, hörte ich sie aus dem Innern meines Schrankes murmeln. »Hast du nichts anderes da drin als ranzige Jeans und Tennisschuhe?«

»Hey, ich mag meine Jeans.«

Sie kroch wieder aus dem Schrank. »Lass mich raten: Du hattest zu Hause nur männliche Freunde und keine einzige Freundin?«

»Und?«

»Eine Freundin hätte dafür gesorgt, dass du wenigstens ein paar coole Outfits hast, um dich hin und wieder wie eine Frau anzuziehen. Zum Glück hast du jetzt mich.«

»Ich dachte, du magst mich, weil ich nicht zu mädchenhaft bin.«

Jordan machte eine ausschweifende Handbewegung über ihren eigenen Körper, der in engen Jeans und einem hübschen schwarzen Top mit Stehkragen steckte. Ihre Klamotten kosteten wahrscheinlich das Dreifache von meinen. »Sehe ich etwa mädchenhaft aus für dich? Nein, ich sehe heiß aus. Glaub mir, das ist ein Unterschied.«

Ich verschränkte die Arme über der Brust. »Das ist dein Stil, nicht meiner. Und wenn er ... irgendein Typ mich nicht so mag, wie ich bin, dann kann er mir gestohlen bleiben.«

»Ha! Du magst ihn.«

»Nein, das war nur ein Beispiel. Dreh mir nicht die Worte im Mund herum.«

Sie lächelte schelmisch. »Für ein Mädchen, dem ein Typ egal ist, regst du dich ganz schön auf.«

Ich drehte mich um, griff nach meinem Wasser und damit nach einer Möglichkeit, ihr verschmitztes Grinsen zu ignorieren. »Ich rege mich auf, weil du ein besonderes Talent dafür hast, einen wahnsinnig zu machen.«

Sie lachte, dann schrie sie plötzlich laut auf. »Hey!« Ich wirbelte in meinem Stuhl herum und sah, wie sie auf Händen und Beinen vor meinem Bett kniete und darunter schaute. Sie sah hoch und zog eine Grimasse. »Tut mir leid, dir das sagen zu müssen, aber du hast Ungeziefer hier. Die kleinen Mistkerle haben mir mein Sandwich gestohlen.«

Ich legte die Hand an die Stirn. »Mist. Ich habe vergessen, ihnen heute etwas zu essen zu geben. Sie müssen ziemlich hungrig sein.«

Jordan starrte mich mit offenem Mund an. »Du fütterst sie? Du weißt schon, dass das kleptomanische Nager sind, die dir die eigene Mutter stehlen würden, wenn sie sie tragen könnten?«

Wütendes Gekeife erklang unter meinem Bett. »Ich glaube nicht, dass sie gerne als Nager bezeichnet werden wollen. Und wenn sie meine Mutter stehlen wollen, nur zu.« Ich brach ein Stück von meinem eigenen Sandwich ab und legte es unter das Bett. »Sie sind völlig verrückt nach Blaubeermuffins, aber wenn sie hungrig sind, essen sie alles.«

Jordan setzte sich auf ihren Hintern und starrte mich an. »Du behandelst sie wie Haustiere? Du bist ein sehr seltsames Mädchen, Sara.«

Ich grinste, denn sie wusste ja noch nicht einmal die Hälfte. »Du willst Haustiere sehen? Komm mit, ich stelle dir Hugo und Wolf vor.«

Kapitel 10

»SARA, DU SIEHST BEZAUBERND AUS.«

Ich zog am Saum des geborgten Tops und trat in Tristans Wohnung. »Jordan hat sich ein wenig an mir ausgetobt.« Meine neue Freundin war bestimmender als meine Freunde zu Hause und es war schwer, Nein zu ihr zu sagen, wenn sie sich erst einmal etwas in den Kopf gesetzt hatte. Heute hatte sie mich überredet, eines ihrer Oberteile zu tragen. Es war zart pink mit einem hübschen Blumendruck und von all den Tops, die sie mir hatte aufzwingen wollen, das dezenteste. Außerdem hatte sie mich gezwungen, die Haare offen zu tragen. Wenigstens lag das Top bei mir nicht so eng an wie bei ihr. Ich hatte die Reißleine gezogen, als sie mir auch noch High Heels hatte andrehen wollen und mich stattdessen für bequeme Ballerinas entschieden.

Tristan lachte und schloss die Tür hinter mir. »Nun, du siehst fantastisch aus. Besonders, wenn man das kleine Malheur von heute Morgen bedenkt.«

»Kein Vergleich zu all den anderen Katastrophen, in denen ich schon gesteckt habe.« Ich setzte mich auf die Couch, er nahm mir gegenüber Platz und musterte mich mit gerunzelten Brauen. »Ernsthaft, mir geht es gut«, versicherte ich ihm.

Sein Gesicht entspannte sich etwas und er lächelte. Bei unserer ersten Begegnung war ich mir nicht sicher gewesen, was ich von ihm halten sollte. Schließlich war er Madelines Vater. Aber Tristan war ein so umgänglicher, netter Mann, dass man ihn einfach mögen musste.

»Ich habe eine Überraschung für dich«, sagte Tristan nun.

Ich zog eine Grimasse. »Ich mag keine Überraschungen. Sie neigen dazu, mich auffressen zu wollen.«

Seine blauen Augen funkelten amüsiert. »Ich verspreche dir, so eine Überraschung ist es nicht. Möchtest du deinen Cousin kennenlernen?«

»Er ist wieder hier?« Ich überlegte, ob ich heute neue Gesichter gesehen hatte, aber mir fiel niemand ein.

»Er ist vor ein paar Tagen zurückgekommen. Wir haben uns heute unterhalten und beschlossen, dass es Zeit ist, ihn dir vorzustellen. Ich dachte, es wäre nett, wenn wir drei heute gemeinsam zu Abend essen – wenn du möchtest.«

»O... okay.« Ich brauchte weniger als zehn Sekunden, um herauszufinden, wer vor ein paar Tagen nach Westhorne zurückgekehrt war. Mein Mund fühlte sich plötzlich trocken an und in meinem Magen tat sich ein Loch auf. *Cousins?*

Jemand klopfte laut an die Tür, und alles in mir wurde taub.

»Perfektes Timing.« Tristan ging zur Tür. Ich stand da und fuchtelte nervös mit den Fingern in meinen Haaren herum.

»Ich hoffe, ich bin nicht zu spät. Diese kleine Familienzusammenkunft wollte ich mir unter keinen Umständen entgehen lassen.«

Die Kinnlade klappte mir herunter, als Chris den Raum betrat und mich angrinste. Er kam zu mir und schloss mich in die Arme. »Meine kleine Cousine.«

Ich erholte mich langsam von dem Schock, stieß ihn weg, was er mit einem Kichern quittierte.

»*Du* bist mein Cousin?«

Ich brach in lautes Lachen aus.

Ein paar Sekunden später hatte ich Tränen in den Augen und hielt mir die Seiten vor Lachen. Chris schien fast ein wenig beleidigt. Ich wusste wirklich nicht, warum das Ganze mich so amüsierte. Vermutlich, weil von all den Mohiri ausgerechnet Chris mein Cousin war. Vielleicht aber auch aus Erleichterung darüber, dass nicht ein gewisser anderer Mohiri mein nächster Verwandter war.

»Sorry«, sagte ich und sammelte mich. Ich sah von Chris zu Tristan und erkannte eine gewisse Ähnlichkeit. Seltsam, dass mir das vorher nie aufgefallen war. Chris' Augen waren grün, Tristans blau, aber ihre Haare hatten die gleiche Farbe und sie hatten sehr ähnliche Gesichtszüge – insbesondere die Mundpartie und die Nase. »Du bist also Tristans Neffe?«

»Er und meine Mutter sind Geschwister.«

»Wusstest du, dass wir verwandt sind, als du nach New Hastings gekommen bist?«

Chris verzog das Gesicht. »Zunächst nicht. Und als ich es dann wusste, hätte ich dich gerne das eine oder andere Mal übers Knie gelegt.«

»Ha! Das hättest du mal versuchen sollen. Wenn ich mich recht erinnere, warst du ja schwer beschäftigt damit, dir die Mädchen vom Hals zu halten.«

»Menschliche Frauen sind viel aggressiver als Mohirimädchen. Und du warst nicht gerade eine Hilfe. Ehrlich gesagt glaube ich, dass du sie sogar das eine oder andere Mal noch ermutigt hast.«

Ich konnte ein Grinsen nicht zurückhalten. »Man muss die Waffen nutzen, die man zur Verfügung hat.«

Tristan lächelte uns beide an. »Schön, dass das Eis zwischen euch bereits gebrochen ist.«

Ich half ihm, das Brathähnchen und den Salat aufzutragen und füllte die Gläser mit Wasser. Tristans Wohnung hatte eine eigene Küche und er hatte mir bei meinem letzten Besuch anvertraut, dass er gerne kochte, es jedoch selten tat. Nun, da ich hier war, freute er sich, seinen Ofen einmal benutzen zu können.

Es war das erste Mal, dass Chris und ich zusammen aßen oder überhaupt außerhalb einer Gefahrensituation Zeit miteinander verbrachten. Ich genoss seine Gesellschaft sehr. Ich hatte bereits gewusst, dass er charmant und humorvoll war, und während des Essens lernte ich ihn noch besser kennen. Er war 1876 geboren worden und in einem Lager in Oregon aufgewachsen. Er war ein Einzelkind und sah seine Eltern nur selten, weil sie inzwischen in Deutschland lebten. Kurze Zeit, nachdem er ein Krieger geworden war, war er nach Westhorne gekommen, um unter Tristan zu dienen. Es war deutlich, dass Chris Tristan loyal ergeben war und das nicht nur, weil er zur Familie gehörte. Tristan hatte das Talent, die Leute unter ihm gut und gerecht zu führen. Während ich meinen Cousin und meinen Großvater so betrachtete, musste ich Nikolas im Nachhinein recht geben. Mohirifamilien waren sich tatsächlich sehr nah. Könnte Nate nur hier sein – dann wäre meine Familie komplett.

Nach dem Essen räumten Chris und ich den Tisch ab und machten die Küche sauber. Ich kam nicht umhin, mich darüber zu wundern, dass ich es noch vor einer Woche für unmöglich gehalten hätte, mit meiner Familie zu Abend zu essen oder mit meinem Cousin abzuwaschen. Gerade weil es so normale, alltägliche Tätigkeiten waren, musste ich glücklich lächeln.

Als wir den Abwasch hinter uns gebracht hatten, schenkte Tristan sich und Chris Drinks ein und wir setzten uns ins Wohnzimmer. Beide berichteten mir mehr von unserer Familiengeschichte. Sie erwähnten eine Menge Namen, manche von den Leuten lebten noch, andere waren bereits verstorben. Hin und wieder fiel es mir schwer, der Unterhaltung zu folgen. Es war unausweichlich, dass irgendwann auch Madelines Name fiel und ich zuckte innerlich zusammen, als Tristan mich nach ihr fragte.

»Du hast dich nie nach deiner Mutter oder ihrer Kindheit erkundigt. Denkst du nicht ab und zu an sie?«

»Nein«, sagte ich heftiger als beabsichtigt. »Ich weiß, dass Madeline deine Tochter ist und du sie liebst, ganz gleich, was sie getan hat. Mir aber bedeutet sie nichts. Es tut mir leid, wenn das in deinen Ohren kaltherzig klingt.«

Tristan nickte traurig und ich bedauerte sofort, ihn mit meinen Worten verletzt zu haben. Doch es war sinnlos, ihn anzulügen oder falsche Hoffnungen zu schüren. Zwischen mir und Madeline würde es keine Versöhnung geben. Für mich war sie nur ein Mittel zum Zweck, um den Master zu finden, und sobald wir ihn hatten, konnte sie von mir aus auch wieder verschwinden.

Chris schwenkte die braune Flüssigkeit in seinem Glas. »Also, Sara, ich habe gehört, dass du den zwei Monstern Namen gegeben hast und dass sie dir aus der Hand fressen. Zumindest sagt Nikolas das.«

»Nikolas?«

»Er hat sie in einem unserer Lager in Minneapolis aufgespürt und hierherbringen lassen.« Chris lächelte schief, als er meine überraschte Miene bemerkte. »Er meinte, es würde dir nicht gefallen, wenn man sie wegsperren ließe. Ich habe ihm gesagt, dass sie irgendjemanden auffressen werden und er hat gewettet, dass du sie in kürzester Zeit zähmen wirst. Wegen dir, liebe Cousine, habe ich mein geliebtes Messerset an ihn verloren.«

»Tut mir leid«, erwiderte ich abwesend, schockiert über die Neuigkeit, dass Nikolas Hugo und Wolf gefunden hatte und sie für mich hatte herschicken lassen. Erst war er ohne ein Wort gegangen und ich hatte Wochen nichts von ihm gehört, und nun fand ich heraus, dass er etwas völlig Abwegiges getan hatte, nur um mich glücklich zu machen. Ich würde wohl niemals schlau aus ihm werden.

»Was die Höllenhunde betrifft«, Tristan lehnte sich nach vorn und lächelte, »Sahir glaubt, dass sie inzwischen stabil genug sind, dass du sie für einen kurzen Spaziergang mit nach draußen nehmen kannst. Aber erst, wenn wir alle anderen hier in Sicherheit gebracht haben.«

»Wirklich? Wann?«

»Morgen.«

Ich kreischte aufgeregt und hätte mit dem hohen Piepston sogar Olivia neidisch gemacht.

Chris und Tristan lachten noch immer über mich, als es an der Tür klopfte. Ich spürte das vertraute Flattern, bevor Tristan die Tür öffnete und Nikolas hereinbat. Ich war von dem Vorfall heute Morgen noch immer peinlich berührt, und so sehr ich mich auch gegen Jordans Meinung gewehrt hatte, in diesem Moment klangen mir ihre Worte laut in den Ohren.

Nikolas betrat die Wohnung und hielt inne, als wäre er überrascht, mich hier zu sehen. Sein Blick ruhte ein paar Sekunden auf mir, dann wandte er sich Tristan und Chris zu. Kein Anzeichen dafür, dass er froh war, mich zu sehen. Soviel also zu Jordans Theorien.

»Ich lass euch dann mal allein. Ihr habt sicherlich Geschäftliches zu besprechen«, sagte ich zu Tristan.

Er schüttelte den Kopf. »Nein, das betrifft auch dich. Nikolas hat Nachforschungen bezüglich der Karkattacke angestellt.« Er sah zu Nikolas. »Ich schätze, du hast etwas für uns?«

Nikolas setzte sich ans andere Ende der Couch, und sofort bemerkte ich, wie er sich versteifte. Und das, obwohl ich versuchte, überall hinzusehen, nur nicht zu ihm. Seine düstere Stimmung verwirrte mich und ich strengte mich an, nicht herumzuzappeln, als ich seine Blicke auf mir spürte.

»Wir haben Saras Shirt untersucht. Die Karks haben einen Großteil davon zerstört, aber auf dem übrig gebliebenen Stoff haben wir Spuren von Skarabäenpheromonen gefunden.« Nikolas sah mich an. »Jemand muss es absichtlich auf Saras Klamotten gesprüht haben.«

Tristans Lächeln verblasste. »Ich kann nicht glauben, dass jemand innerhalb dieser Mauern zu so etwas fähig ist.«

»Ich tue mich auch schwer damit, aber die Beweise sprechen für sich. Sahir meinte, er fand es schon seltsam, dass in den Kisten mit den Eiern kein Pheromonspray gewesen sei. Sehr wahrscheinlich also hat es jemand rausgenommen, bevor er die Kisten inspiziert hat.«

»Warum sollte jemand Sara angreifen?«, überlegte Chris. Er warf mir einen seitlichen Blick zu. »Deine Hunde haben niemanden angeknabbert, oder?«

»Haha«, erwiderte ich. »Ist ja nicht so, dass ich da draußen keine Feinde hätte.«

Tristan schüttelte den Kopf. »Draußen vielleicht, aber nicht hier drinnen, und es gibt keine Anzeichen dafür, dass die Vampire an deinem Tod zweifeln. Und selbst wenn, für einen Mohiri gibt es keinen Grund, einen ihrer Leute an einen Vampir zu verraten.«

»Da stimme ich zu.« Nikolas' Stimme klang mühsam beherrscht, aber doch überzeugt. »Es muss ein anderes Motiv geben.«

»Die Schüler spielen sich hin und wieder untereinander Streiche. Zu meiner Zeit waren sie ganz schön erfinderisch. Vielleicht hat einer es für einen Scherz gehalten und das Ganze ist außer Kontrolle geraten«, schlug Chris vor.

»Ich kenne niemanden von ihnen besonders gut, aber sie waren alle sehr nett zu mir. Ich wüsste nicht, warum jemand mir schaden wollen könnte.«

Chris hob die Augenbrauen. »Jordan? Nett?«

»Sie hat so ihre Momente.« *Selbst, wenn sie mich gezwungen hat, dieses alberne Top zu tragen.* »Aber ich mag sie. Ich habe sie heute mit zu Hugo und Wolf genommen und sie haben überhaupt nicht geknurrt. Jordan ist in Ordnung.«

»Jordan wird eines Tages eine hervorragende Kriegerin sein«, kommentierte Nikolas, und ich freute mich schon auf Jordans Gesicht, wenn ich ihr von seinem Lob berichtete. »Du kannst viel von ihr lernen.«

»Sie bringt mir schon eine Menge bei.« Ich fragte mich, was er sagen würde, wenn er wüsste, dass Jordans Lehrtätigkeit sich vornehmlich auf Klamottentipps bezog und nicht auf den Schwertkampf.

Ich stand auf und wandte mich an Tristan. »Ich muss jetzt los. Ich will Nate noch anrufen, weil ich gestern vergessen habe, ihn zu fragen, ob er an Thanksgiving auch wirklich herkommt.«

Tristan gluckste. »Davon wirst du ihn kaum abhalten können. Ich habe schon vor zwei Wochen ein Flugzeug für ihn gechartert.«

Ich dachte an den kleinen Jet, mit dem man mich damals nach Boise geflogen hatte und wünschte, ich könnte Nates Gesicht sehen, wenn er einstieg. Ich hatte mich nie nach den Finanzen der Mohiri erkundigt, aber der Jet allein war Beweis für den Wohlstand des Stammes.

»Ich kann es gar nicht erwarten, euch einander vorzustellen.«

Er begleitete mich zur Tür. »Ich freue mich auch sehr darauf. Er klingt am Telefon wie ein wirklich netter Kerl.«

Ich hielt inne und starrte ihn an. »Du hast mit Nate telefoniert?«

Tristan schien überrascht von meiner Reaktion. »Wir telefonieren mindestens einmal die Woche. Wusstest du das nicht?«

»Nein.« Warum hatte Nate das nicht erwähnt? »Worüber sprecht ihr? Ihr kennt einander doch gar nicht.«

»Wir lernen uns gerade kennen. Er sorgt sich um dein Wohl, er weiß, wie sehr du deine Freunde zu Hause vermisst. Als wir das letzte Mal gesprochen haben, wollte er wissen, ob du schon einen Jungen datest. Offensichtlich waren die Jungs bei dir daheim nicht so nach deinem Geschmack.« Ich schauderte innerlich. Das Letzte, was ich wollte, war, dass mein Onkel und mein Großvater mein nicht vorhandenes Liebesleben diskutierten. »Entschuldige mich, ich gehe jetzt mal meinen Onkel töten.«

»Wir sehen uns morgen.« Tristan öffnete die Tür und versuchte erst gar nicht, seine Belustigung zu verbergen. Ich wandte mich zu den anderen und wollte mich verabschieden. Da bemerkte ich erst, dass Nikolas nur wenige Meter hinter uns stand und finster dreinblickte. Was war denn jetzt schon wieder? Ich war doch diejenige, die man in Verlegenheit gebracht hatte.

»Ich begleite dich, dann können wir über das Training morgen sprechen«, sagte Nikolas. Er war mir gegenüber kühl gewesen, seit er hergekommen war, und ich hoffte, er würde seine Laune bis morgen ändern. So wollte ich nicht mit ihm trainieren.

Tristan hob die Hand, als Nikolas auf die Tür zuging. »Warte, Nikolas, ich muss noch mit dir sprechen. Wenn es dir nichts ausmacht.«

Nikolas sah aus, als würde er ablehnen, aber dann nickte er nur. Ich war mir ziemlich sicher, dass sie ihr Gespräch über die Karks fortsetzen würden, aber ich wollte darüber nichts mehr hören. Chris hatte sicher recht mit seiner Theorie. Es war ein Scherz gewesen, der außer Kontrolle geraten war. Und selbst wenn sich herausstellen sollte, dass Celine dahintersteckte, so glaubte ich dennoch nicht, dass sie mir ernsthaft Schaden hatte zufügen wollen.

»Ich begleite meine süße kleine Cousine nach draußen«, verkündete Chris. Er trat hinter mich, zog mir an den Haaren und lachte, als ich seine Hand wegschlug. »Ich habe noch Nachholbedarf«, lachte er.

»Bevor du auf dumme Ideen kommst, Mr Grübchen, möchte ich dich daran erinnern, dass meine besten Freunde Jungs sind und ich mich mit Rache gut auskenne. Ich habe mir sogar von Remy ein paar Tricks zeigen lassen.«

Er winkte ab und schlüpfte an mir vorbei. »Niemals das Mädchen mit den Trollfreunden unterschätzen, was?«

»Wir sehen uns«, sagte ich zu Tristan und Nikolas. Dann folgte ich Chris nach draußen. Seine Wohnung lag zwei Stockwerke tiefer und ich verabschiedete mich an seiner Tür von ihm und ging zu meinem Zimmer. Ohne Nikolas' düstere Blicke im Rücken fühlte ich mich deutlich leichter. Ich hatte gehofft, dass er hier – wo ich in Sicherheit war – ein wenig gelassener sein würde. Dabei schien es, als wäre er noch launenhafter als sonst. Konnte der Kerl sich nicht einfach mal entspannen und seine Kriegerhaut ablegen? Ich dachte an die Nacht zurück, in der wir am Feuer gesessen und den ganzen Sturm hindurch miteinander geredet hatten. Entspannter hatte ich Nikolas nie erlebt. Warum konnte er nicht immer so sein?

Puh! Noch vor zwei Monaten war ich vor Vampiren davongerannt, hatte Trolle gerettet, und nun war ich nur noch dabei, die Launen eines Typen zu analysieren. Wahrscheinlich hatte ich erst herausfinden müssen, dass ich unsterblich war, bevor ich mich wie ein normaler Teenager verhalten konnte. Es lag schon viel Ironie in dieser Tatsache, und eines Tages würde ich sicher darüber lachen können, aber für den Augenblick war ich einfach nur genervt von mir selbst. *Bitte, lass mich nicht zu einem dieser Mädchen werden.*

Ich runzelte noch immer die Stirn, als ich Nates Nummer wählte. Er hob nach dem zweiten Klingeln ab.

»Ist alles in Ordnung?«, erkundigte er sich leicht besorgt.

»Alles gut. Warum?«

»Weil du für gewöhnlich nur alle paar Tage anrufst und wir erst gestern Abend gesprochen haben. Ist wirklich alles okay?«

Ich streckte mich auf dem Bett aus. »Ich bin mir sicher, Tristan hätte dir gesagt, wenn etwas nicht in Ordnung wäre.«

Nach einer kurzen Pause räusperte er sich. »Er hat es dir also gesagt. Ich dachte, ich sollte wissen, was das für Leute sind, die sich da draußen um dich kümmern. Dein ... Großvater klingt nett, vertrauenswürdig, und er sorgt sich sehr um dich.«

»Ich bin nicht böse auf dich, Nate. Eigentlich finde ich es sogar süß von dir. Ich verstehe nur nicht, warum du mir nicht gesagt hast, dass ihr beiden eine Art Fernbeziehung führt.«

»Ich wollte nicht, dass du glaubst, ich würde dir misstrauen. Oder dass ich dir hinterherschnüffele. Wenn du nicht willst, dass ich mit ihm telefoniere, werde ich es lassen.«

»Nein, ich finde es toll, dass ihr beiden euch kennenlernt. Tu mir nur einen Gefallen und diskutiere bitte, bitte nie wieder mein Liebesleben mit ihm. Es ist wirklich ziemlich schräg, herauszufinden, dass der eigene Onkel mit dem Großvater über etwas so Intimes spricht.«

Nate lachte. »Okay. Ich verspreche es. Gibt es denn etwas zu erfahren?«

»Nate!«

»Einen Versuch war es wert.«

Ich seufzte laut und verzweifelt. »Es gibt keinen Freund. Aber ich glaube, ich habe eine Freundin gefunden.«

»Du *glaubst* es?«

»Na ja, bei Jordan ist das schwer zu sagen. Sie kann ganz schön bestimmend sein, und sie ist nicht wirklich der gesellige Typ.«

»Mmmh, klingt ein wenig wie ein Mädchen, das vor einer Weile noch bei mir gelebt hat.«

»Mein Onkel, der Komiker«, neckte ich und erntete ein weiteres Lachen. »Egal, du wirst sie kennenlernen, wenn du hier bist. Du kommst doch auch wirklich an Thanksgiving, oder?«

»Das lasse ich mir nicht entgehen.«

»Tristan meinte, er wird dir den Jet schicken. Warte, bis du das Ding siehst, du wirst dich wie ein Rockstar fühlen.«

»Ich kann es nicht erwarten.«

»Und vergiss Oscar nicht.« Ich konnte es kaum abwarten, Oscar wiederzusehen. Auch wenn die Kobolde vermutlich weniger erfreut darüber sein würden. Ich hatte immer noch kein Katzenklo, und Futter musste ich auch besorgen. Ich würde Tristan darum bitten müssen, noch einmal einkaufen gehen zu dürfen. Terrence und Josh waren schließlich auch ständig in Butler Falls, und niemand schien damit ein Problem zu haben.

»Keine Sorge. Er steht ganz oben auf meiner Liste.«

»Liste? Was willst du denn sonst noch mitbringen?«

Er schwieg bedeutungsvoll und sagte dann: »Eine Kiste mit Sachen aus dem alten Haus.«

Ich spürte, wie ich die Augenbrauen hochzog. »Was für Sachen? Ich habe Dads Kram doch schon.«

Wieder war es einen Moment lang still. »Es gibt ein paar Dinge, die dein Vater aufgehoben hat. Von deiner Mutter. Ich habe sie behalten, weil ich dachte, du willst sie vielleicht eines Tages haben.«

»Will ich nicht«, erwiderte ich steif, zu erschrocken von seinen Worten, um mehr zu sagen. Ich hatte immer geglaubt, Madeline hätte alles mitgenommen. Und jetzt fand ich heraus, dass Nate die ganze Zeit ihre Sachen …

»Ich weiß, aber ich habe gedacht, vielleicht will Tristan sie haben. Es sind nur ein paar alte Bücher und Fotoalben und ein paar Briefe, aber sie könnten für ihn von Wert sein.«

Ich wollte etwas sagen, etwas nicht sehr Nettes, aber dann bremste ich mich selbst. Ich empfand nichts als Gleichgültigkeit Madeline gegenüber, aber sie war trotz allem Tristans Tochter und sie war ihm nicht egal. Ich hatte den Schmerz in seinen Augen gesehen, als ich mich geweigert hatte, über sie zu sprechen. Madelines Habseligkeiten bedeuteten nichts für mich, für ihn dagegen mochten sie sehr wertvoll sein.

»Ich bin mir sicher, dass er das sehr zu schätzen weiß, Nate.«

Wir sprachen noch weitere zehn Minuten miteinander, vor allem über sein Buch. Er erzählte mir, dass eine Reporterin vom New York Magazine ihn am Tag zuvor wegen eines Interviews kontaktiert hat. Die Frau würde nächste Woche aus New York anreisen, und ich spürte, wie aufgeregt Nate deswegen war. Er versprach mir, mir alles darüber zu erzählen, wenn er zu Besuch kam.

Ich legte auf und wollte mich gerade am Computer einloggen, als ich ein sanftes Klopfen an der Tür vernahm. Nach einem Blick auf die Uhr fragte ich mich, wer mich so spät noch besuchen kam, schließlich war es schon nach halb zehn Uhr abends. Als ich die Tür öffnete, fand ich den

Flur leer vor. Auf dem Boden lag nur eine flache Box. Wer hinterließ mir denn ein Päckchen? Ich hob es auf und schüttelte es, aber es war nichts zu hören. Ich schloss die Tür, trug die Box zu meinem Schreibtisch und hob den Deckel an. Es trat ein gefaltetes Stück schweren Briefpapiers zutage, darunter befand sich das Verpackungsmaterial, das den Inhalt der Box verbarg. Ich öffnete zunächst die Nachricht und war erneut mehr als überrascht zu sehen, von wem sie war.

Ich hoffe, du lernst, sie so zu lieben, wie ich es tue. Desmund.

Die Handschrift war elegant und präzise. Das D zu Beginn seines Namens leicht geschwungen, wie man es von einem englischen Lord erwartete. Ich saß eine geschlagene Minute da und starrte auf die Nachricht – erstaunt darüber, dass Desmund mir ein Geschenk schickte. Dann schlug ich das Verpackungspapier beiseite und entdeckte zwei CDs – Beethovens und Schuberts größte Hits.

Gerührt holte ich die Schubert-CD aus der Hülle, legte sie ein und setzte mich wieder an den Laptop. Meine gute Laune hielt nicht lange an. Nachdem ich mich in meinem Lieblingschat eingeloggt hatte, erschrak ich über die Vielzahl alarmierender Meldungen. Die Vampirbeobachter tauschten sich wild und in epischer Breite über die verschiedensten Geschichten aus. Irgendetwas ging vor sich, alle waren in Alarmbereitschaft. Überall gingen Vermisstenmeldungen ein, aber die Vampire waren zu diskret, als dass man sie damit in Verbindung hätte bringen können. Sie achteten darauf, nicht offen zu jagen und zu viel Aufmerksamkeit auf sich zu ziehen. Aber wenn man den Geschichten Glauben schenken durfte, so hatten sich die Vermisstenfälle in Vegas, Los Angeles, Houston und in ein paar weiteren großen Städten nahezu verdoppelt. Ich kaute auf meiner Unterlippe herum, während ich jeden einzelnen besorgniserregenden Post las. Waren wirklich Vampire für all diese verschwundenen Menschen verantwortlich? Und wenn ja, warum verwischten sie ihre Spuren nicht besser? Hatten sie keine Angst, dass die Mohiri sie zur Strecke bringen würden?

Als ich mich gerade wieder ausloggen wollte, ploppte eine E-Mail von David auf. Kurz, wie fast alle seine Nachrichten, war es nicht viel mehr als die Info, dass eine seiner Spuren im Sand verlaufen war und er mich wissen lassen würde, wenn es etwas Neues gab. Auch er vermeldete einen Anstieg der Vampiraktivitäten und riet mir, die Füße stillzuhalten. Ich verdrehte die Augen und loggte mich aus. *Als ob man mich daran erinnern müsste.*

Später im Bett hatte ich Mühe, meine wild durcheinander wirbelnden Gedanken zu sammeln. Ich fühlte etwas ganz zart und leicht in meinem Kopf flattern. Es erinnerte mich an Nikolas und sofort wurde ich ruhiger. Seltsam, dass er noch immer der einzige Mohiri war, den ich auf diese Weise spüren konnte.

Vielleicht würde es einfacher werden, mich mit anderen Mohiri zu verbinden, wenn ich erst einmal Kontakt zu meinem eigenen Mori hatte. *Was meinst du, Dämon?,* fragte ich, während ich langsam einschlief. *Bist du bereit, neue Freundschaften zu schließen?*

Ich mochte es mir nur eingebildet haben, aber ich hätte schwören mögen, dass er *Nein* gesagt hatte.

Kapitel 11

»WIR GEHEN NICHT wieder zum See?«

»Heute nicht.«

Ich folgte Nikolas um das Hauptgebäude herum und wartete auf eine Erklärung, die nicht kam. Grimmig schaute ich auf seinen Rücken und versuchte, mit seinen langen Schritten mitzuhalten. Währenddessen fragte ich mich, was ihm heute Morgen über die Leber gelaufen war. Seit er im Speisesaal aufgetaucht war, hatte er kein Wort mit mir gesprochen, und der stürmische Ausdruck auf seinem Gesicht sprach Bände. Heute Morgen beim Frühstück hatte ich gerade über einen Witz von Terrence gelacht, als Nikolas angekommen war und so böse geschaut hatte, dass der arme Terrence den Kopf eingezogen und schnell an seinen eigenen Tisch verschwunden war. Selbst Jordan hatte sich nicht getraut, mich wegen Nikolas aufzuziehen. Ich hatte keine Ahnung, was los war, aber er konnte schlecht noch immer wegen des Karkzwischenfalls so aufgewühlt sein. Wir hatten weitaus schlimmere Situationen gemeistert, und nie war seine Stimmung danach so düster gewesen.

»Geht es vielleicht ein bisschen langsamer? Ich hab nicht vor, mich wegen dir zu überschlagen, nur weil du zu miesepetrig bist, um in einem vernünftigen Tempo zu gehen.«

Ich hatte nicht erwartet, dass er innehalten und sich so schnell umdrehen würde, dass ich auf ihn prallte. Ich trat einen Schritt zurück, rieb mir die Nase und erwiderte seinen stählernen Blick ebenso eisern. Das – was immer es war – mochte andere einschüchtern, aber ich hatte Nikolas' Launen schon zu oft miterlebt, um mich davon beeindrucken zu lassen.

»Ich bin kein Miesepeter«, erklärte er, als hätte ich ihn zutiefst beleidigt.

»Ach, nein? Wie komme ich nur darauf?«

Er ging weiter, jedoch langsamer, und so war ich in der Lage, neben ihm herzugehen.

»Wo gehen wir hin?«

»Zur Arena.«

»Du lässt mich aber nicht gegen Bazeratten kämpfen, oder? Ich muss nämlich sagen, dass das nicht eine meiner liebsten Erfahrungen war.«

»Du wirst wieder mit deinem Mori arbeiten.«

»Ah, okay.« Ein aufgeregtes Schaudern erfasste mich beim Gedanken, wieder mit meinem Mori zu sprechen, sofern man den kurzen Schlagabtausch beim letzten Mal überhaupt als Gespräch bezeichnen konnte.

Als wir bei der Arena ankamen, öffnete Nikolas die Tür und ich betrat das Gebäude vor ihm. Er drückte einen Knopf und schaltete die Deckenbeleuchtung an. So hell beleuchtet wirkte der riesige Raum gar nicht mehr so gruselig.

Das Zentrum der Arena war bis auf ein paar dicke Ketten und Gewichte auf dem Boden leer. Ich betrachtete die Ketten und fragte mich, wofür sie waren. Aber Nikolas ignorierte sie und führte mich zur untersten Sitzreihe der Tribüne. Ich setzte mich, er nahm neben mir Platz. So nah, dass sich unsere Schultern berührten. Ich brauchte etwas Abstand und so klappte ich einen weiteren Sitz nach unten und rutschte seitwärts. Er sah mich nachdenklich an.

»Was?«

Ein paar Sekunden vergingen, in denen er mich unablässig musterte. »Wie geht es dir nach gestern?«

»Meinst du das Training oder die Karkgeschichte?«

»Beides.«

»Mit meinem Mori zu sprechen, war nicht wirklich das, was ich erwartet hatte. Ich bin mir nicht sicher, wie es mir damit geht.«

»Und der Karkangriff?«

Ich hob eine Schulter. »Ich weiß es nicht. Ich habe nicht viel darüber nachgedacht. Verglichen mit den anderen Sachen, die ich schon erlebt habe, war es nichts.«

Sein Gesicht wurde weicher. »Das stimmt.«

»Hast du nicht einmal gesagt, ich wäre ein Magnet für Gefahren aller Art?«

Ein Lächeln zupfte an seinen Lippen. »Ich glaube, es war ›Magnet für Desaster aller Art‹.«

»Man kann den Karkangriff wohl kaum als Desaster bezeichnen, also schätze ich, dass mein Schicksal eine positive Wende nimmt.«

»Vielleicht, aber lass uns jetzt an deinem Training arbeiten, damit du dich nicht auf dein Glück verlassen musst. Glaubst du, dass du noch einmal mit deinem Mori sprechen kannst? So wie gestern?« Ich nickte. »Dann fangen wir damit an und dann sage ich dir, was wir als Nächstes machen.«

Ich schloss die Augen, weil es sich so natürlicher anfühlte, und öffnete meine Gedanken für den Dämon in seinem Gefängnis. Noch bevor ich meine inneren Mauern fallenließ, fühlte ich die gemischten Gefühle des Dämons. Angst und Erwartung kämpften gegeneinander. *Komm raus*, sagte ich und die Mauer fiel. *Ich werde dir nicht wehtun.*

Mehr Ermutigung war gar nicht nötig. Doch statt eilig aus seinem Käfig zu stürmen wie beim letzten Mal, trat er vorsichtig nach vorn. Ich spürte, wie er nach *dem Leuchten* suchte, wie er es genannt hatte. Als er begriff, dass ich meine Kräfte nicht nutzte, entspannte er sich und erinnerte mich an eine Katze, die sich auf die Hinterbeine setzte. Kaum zu glauben, dass dieser kleine, scheinbar zurückhaltende Batzen Düsternis mich so aggressiv machen und mir die Stärke und Schnelligkeit geben konnte, um es mit einem Vampir aufzunehmen.

Da wären wir. Ich bin mir nicht sicher, was wir jetzt machen sollen, sagte ich ihm. *Ich schätze, du weißt es auch nicht.*

Der Dämon musterte mich mit seinen gesichtslosen Zügen, sagte aber nichts. Toll, wir waren wohl beide keine guten Gesprächspartner. Das konnte ja lustig werden.

Nikolas' Stimme durchschnitt die Stille zwischen uns. »Wie geht es dir?«

Solmi?, fragte der Dämon eifrig und ich fragte mich, ob er den anderen Mori in seiner Nähe spürte.

»Es geht mir gut«, erwiderte ich, ohne die Augen zu öffnen. »Was soll ich machen?«

»Berühre ihn.«

Ich riss die Augen auf. »Ihn berühren?«

Er lächelte über meine Reaktion. »Ja. Wenn du dir seine Kraft zu eigen machen willst, dann musst du lernen, mit ihm zu verschmelzen. Ihn zu berühren, ist der erste Schritt.«

Mit dem Dämon verschmelzen? Unseren Geist eins werden lassen, wie er es gestern beschrieben hatte? Ich war mir nicht sicher, ob ich jemals dazu in der Lage sein würde.

»Wir gehen es so langsam an, wie du möchtest.«

Ich schloss die Augen wieder und sah den Dämon an, der sich nicht bewegt hatte, während ich mit Nikolas gesprochen hatte.

Ich werde dir nicht wehtun. Ich berühre dich nur. Ich trat näher an ihn heran, doch in letzter Sekunde zuckte er zurück.

Sieh mal, Nikolas meinte, *wir müssen das machen. Damit wir zusammenarbeiten können.*

Der Dämon schnellte nach vorn. *Solmi?*

Ja, Solmi. Vielleicht war mein Dämon einverstanden, wenn er dachte, der andere Dämon bat ihn darum. Es war einen Versuch wert.

Es funktionierte. Der Dämon lehnte sich mir entgegen, als ich mich nach ihm streckte. Dieses Mal zuckte er nicht weg und mein Geist nahm Kontakt mit dem gestaltlosen, dunklen Batzen auf.

Unmöglich zu beschreiben, welche Empfindungen sich bei dieser einzigen Berührung auf mich übertrugen. Farben, Geräusche und Gerüche bombardierten mich und dann schwappte eine Welle tiefer Emotionen auf mich über: Angst, Liebe, Wut, Freude, Einsamkeit und so vieles mehr. So stellte ich mir einen Gefangenen vor, der nach einem langen Leben in Verdammnis das erste Mal Sonnenlicht auf seiner Haut spürte, einen Blinden, der zum ersten Mal sah, einen Tauben, der Musik hörte. Es war pure Freude über die Freiheit, die Angst, sie wieder zu verlieren und das allumfassende Bedürfnis, sich mit einer anderen lebenden Kreatur zu verbinden.

Ich saugte jede dieser Emotionen in mich auf und fühlte, wie sehr ich ihn all die Jahre verletzt hatte, indem ich ihn eingesperrt hatte. Er war ein Dämon, aber er war auch ein empfindsames Wesen und so sehr Teil von mir wie mein Herz oder meine Lunge. Ich hatte Kobolde und Bazeratten mit mehr Mitgefühl und Zärtlichkeit behandelt als den Dämon, der in meinem Innern lebte.

Ich hatte nicht bemerkt, dass ich weinte, bis eine Hand mein Gesicht berührte. »Sara, was ist los?«

»Es tut so weh.«

»Hast du Schmerzen?«

Ich schüttelte den Kopf, hielt die Augen aber weiter geschlossen. »Nicht ich, der Mori. Er ist so einsam und traurig.«

»Du weinst deines Dämons wegen?« In seiner Stimme lag Erstaunen, aber auch etwas, das ich nicht zuordnen konnte.

Ich wandte mein Gesicht ab. »Du würdest es nicht verstehen.«

Er brauchte einen Moment, um zu antworten. »Willst du mir erzählen, was gerade geschehen ist?«

»Ich fühle so viele Dinge auf einmal, es ist fast zu viel.« Ich schluckte schwer an dem Knoten in meinem Hals. »Ich weiß nicht, wie du das machst. Wie lebt man damit?«

»Es ist das erste Mal, dass du dich deinem Dämon öffnest. Je häufiger du das tust, desto einfacher wird es werden.« Nun klang er wieder wie mein Trainer. »Gib dir ein bisschen Zeit, dich daran zu gewöhnen und dann sag mir, was du fühlst.«

Ich stellte mich dem Ansturm des Dämons, bis ich es nicht mehr ertragen konnte. *Bitte, es ist zu viel,* flehte ich, bereit, mich zurückzuziehen. Der Mori änderte seine Position und langsam wurde die Flut an Emotionen geringer, bis sie schließlich nicht mehr als ein Nieselregen war. Wir berührten einander noch immer, aber ich fühlte mich nicht länger wie erschlagen von seinen Gefühlen. Das erlaubte mir, unsere Verbindung genauer zu betrachten. Das Erste, was mir auffiel, war, wie intelligent der Dämon war. Er hatte sich immer wie ein Biest ohne Verstand angefühlt, ohne jeglichen rationalen Gedanken. Auch als er gestern in abgehackten Sätzen mit mir gesprochen hatte, war er mir nicht besonders schlau erschienen. Nun aber begriff ich, dass es nur ein Mangel an Kommunikationsfähigkeit war, der daher kam, dass er nicht wusste, wie er mit mir sprechen sollte. Schließlich hatte ich ihn mein Leben lang eingesperrt.

Als Nächstes bemerkte ich eine Art pulsierender Energie, wie ich sie nie zuvor gespürt hatte. Dunkel und verworren, beinahe beängstigend in ihrer Intensität und so anders als meine eigene Kraft. Während meine Faekräfte heilende Wirkung hatten, war diese Energie zerstörerisch. Ich wusste instinktiv, dass dies die Essenz des Moridämons war und der Ort, von dem alle Mohiri ihre Stärke bezogen. Neugierig geworden gab ich mich unserer Verbindung weiter hin und entlockte dem Mori einen kleinen Strahl dieser Energie. Er gab sie mir bereitwillig. Wie ein Adrenalinstoß schoss die Energie in mich. Ich holte tief Luft, staunte über die Stärke, die nun durch mich floss. Wenn dies schon bei einer brüchigen, dünnen Verbindung zwischen uns zustande kam, was war dann erst möglich, wenn man eins mit seinem Dämon wurde wie Nikolas?

»Das ist ... unglaublich.« Zum ersten Mal verstand ich, wie Nikolas in der Lage gewesen war, all diese Vampire auf einmal zu bekämpfen.

»Was fühlst du?«

Ich öffnete die Augen und strahlte. »Ich fühle mich stark. So als könnte ich ein Auto in die Luft stemmen.«

Nikolas grinste. »Ich glaube, wir sollten mit etwas Kleinerem anfangen. Siehst du das kleine Gewicht dort drüben? Es wiegt achtzehn Kilo. Glaubst du, dass du es hochheben kannst?«

»Hältst du mich für so schwach? Ich kann auch so achtzehn Kilo stemmen.«

»Ja, aber wie leicht? Kannst du es mit einer Hand?«

Ich stand auf und ging zu den Gewichten, hielt beim kleinsten an – einer eisernen Kugelhantel. Ich kniete mich hin, nahm die daran befestigte Kette und streckte meine Hand. Das Gewicht bewegte sich einige Zentimeter über dem Boden, dann musste ich es stöhnend wieder absetzen. »Ich versteht das nicht. Ich fühle mich, als könnte ich viel mehr als das heben.«

»Du spürst die Kraft deines Mori, aber du hast sie dir noch nicht zu eigen gemacht. Um das zu können, musst du *mit* dem Mori arbeiten, statt ihm etwas abzunehmen.«

»Du meinst, mit ihm verschmelzen, wie du?«, fragte ich. Selbst in meinen eigenen Ohren klang ich ängstlich.

»Irgendwann ja, aber für diese Übung ist das noch nicht notwendig. Jetzt bitte ich dich erst einmal darum, den Mori loszulassen und ihm stattdessen zu erlauben, dich zu berühren. Öffne dich ein wenig, und dein Mori wird wissen, was er zu tun hat. Du weißt, dass du ihn kontrollieren kannst, also hab keine Angst davor. Lass ihn rein.«

Klar, er hatte leicht reden. Ich zog mich von dem Mori fort, und unmittelbar nachdem der Kontakt abgerissen war, fühlte sich mein Verstand ohne die zusätzlichen Emotionen des Dämons schon viel ruhiger an. *Okay, gehen wir es an,* sagte ich zu dem Mori, der mir offensichtlich schon wohler gesonnen war. Er schien zu wissen, was ich wollte, aber er bewegte sich nur langsam auf mich zu – unsicher, ob er tun sollte, was ich verlangte. In dem Moment, in dem er mich berührte, setzten seine natürlichen Instinkte ein und er begann, sich zu strecken und sich gegen meinen Geist zu lehnen. Er bat mich, ihn hereinzulassen, und mit einem weiteren tiefen Luftzug öffnete ich mich.

Einzelne Fasern seiner Stärke griffen in meinen Verstand, während andere sich auf meine Wirbelsäule legten, sich auf Arme und Beine übertrugen und mit meinen Muskeln und Knochen eins wurden. Ich kämpfte gegen den natürlichen Drang an, ihn von mir zu stoßen und konzentrierte mich stattdessen darauf, ihn eingehend zu betrachten. Wie anders er doch war, verglichen mit meiner Faepower. Seine Kraft machte mich körperlich stark und agil – es war ein berauschendes Gefühl.

Wieder griff ich mit der Hand nach der Kette und dem Gewicht, und dieses Mal ließ es sich schon viel leichter anheben. Es war noch immer schwerer als erwartet, aber die Tatsache, dass ich hier stand und ein Achtzehn-Kilo-Gewicht mit einer Hand hielt, flößte mir Ehrfurcht ein. Ich ließ es fallen und hüpfte hoch.»Ja!«

Ich wandte mich um und grinste Nikolas an.»Hast du das gesehen? Das ist der Wahnsinn!«

»Sehr gut. Du lernst schnell.« Er trug wieder diese Trainermiene zur Schau, aber ich hörte einen Funken Stolz in seiner Stimme.»Jetzt möchte ich, dass du das Gleiche fünfmal hintereinander machst. Einmal mit der rechten, einmal mit der linken Hand.«

Ich tat, wie mir befohlen, und als ich fertig war, hatte sich ein kleiner Schweißfilm auf meiner Stirn gebildet. Ich wischte mit dem Ärmel darüber und sah Nikolas triumphierend an.

Er nickte zustimmend.»Schon müde?«

»Nur ein bisschen«, log ich.

Er stand auf, kam zu mir, beugte sich nach unten und hob ein viel größeres Gewicht an. Bei ihm sah es aus, als wöge es rein gar nichts.»Das hier wiegt achtundzwanzig Kilo. Kannst du es heben?«

Ich biss auf meiner Lippe herum.»Ich weiß nicht.«

Er legte es wieder auf den Boden.»Wenn du mehr Stärke benötigst, musst du den Mori nur darum bitten.«

»Mehr?« Mein Körper schien bereits jetzt vor Energie zu surren und zu brummen. Ich wusste nicht, ob ich noch mehr davon aushalten konnte.

»Es ist in Ordnung, wenn du noch nicht dafür bereit bist.«

Ich wusste schon, was er damit beabsichtigte und ich ließ mich darauf ein. »Nein, ich kann es«, sagte ich und erklärte dem Dämon stumm, was ich brauchte. Innerhalb weniger Sekunden floss ein weiterer Energiestrahl in meine Hände. Ich beugte mich nach vorn und griff die Kette des schwereren Gewichts. Doch die Kugel schien wie an den Boden geschweißt, sie ließ sich nicht anheben. Ich keuchte und versuchte es zwei weitere Male, doch jedes Mal bewegte sie sich kaum. »Ich kann es nicht«, musste ich schließlich zugeben und streckte mich, um Nikolas anzusehen.

»Lektion Nummer eins: Auch Dämonenstärke erschöpft sich. Wenn du sie aufbrauchst, muss sie sich erst wieder erholen. Wie deine eigene Kraft.«

»Aber du wirst niemals müde.«

Er lupfte einen Mundwinkel. »Doch, das werde ich. Es dauert nur länger, und du musst bedenken, dass ich schon sehr lange trainiere.« Er ging zu dem größten Gewicht, das ich, gemessen an seiner Größe, mindestens auf siebzig Kilo schätzte. Mühelos hob er es mit einer Hand hoch. »Lektion Nummer zwei: Sich die Stärke eines Dämons zunutze zu machen, braucht Zeit. Du solltest nicht erwarten, dass du in naher Zukunft Autos hochheben kannst.«

»Alter Angeber«, murmelte ich, und er gluckste.

»Du wirst das auch irgendwann können. Es dauert nur etwas.« Er legte das Gewicht wieder ab. »Du bist für die zweite Stunde schon sehr weit gekommen.«

»Wirklich?«

Mit ernstem Blick sah er mich an. »Ja.«

Ich betrachtete das Achtundzwanzig-Kilo-Gewicht erneut. »Ich will es noch mal versuchen.«

»Für heute ist es genug.«

»Du glaubst nicht, dass ich es schaffe.«

»Ich weiß, dass du es nicht kannst.« Er lachte leise, und ich öffnete meinen Mund, um zu protestieren, doch da schüttelte er den Kopf. »Du verstehst es noch nicht, aber das hier ist viel anstrengender, als es dir jetzt erscheint. Du wirst es später merken und deswegen solltest du es nicht übertreiben.«

»Sind wir also schon fertig mit dem Training?«

Er setzte sich und deutete auf die Sitze neben sich. »Wir machen eine kurze Pause, und dann versuchen wir etwas anderes.«

Ich schloss mich ihm an, nicht sicher, ob ich wissen wollte, was er als Nächstes geplant hatte. Bisher war er sehr behutsam mit mir gewesen, aber wir hatten uns inzwischen eindeutig aus der Komfortzone herausbewegt. In zwei Tagen Training mit Nikolas hatte ich mehr erreicht als nach Wochen mit Callum. Trotz Nikolas' Launenhaftigkeit sprach ich gerne mit ihm und es fühlte sich an, als würde ich ihn weit länger als nur drei Monate kennen.

»Kann ich dich etwas fragen?«, sagte ich, nachdem wir ein paar Minuten lang schweigend nebeneinandergesessen hatten. »Du weißt alles über mein Leben, aber du sprichst nie über dich. Wie war deine Kindheit? Wo ist deine Familie jetzt?«

Er lehnte sich zurück und stützte die Arme auf die Rückenlehnen der Sitze zu seinen Seiten. »Ich bin in einer Militärfeste außerhalb von Sankt Petersburg aufgewachsen. Die Miroslav-Feste ist ganz anders als Westhorne. Sie ist zu allen Seiten von hohen Steinmauern umgeben und wird wie eine militärische Anlage geführt – auch wenn es eine Handvoll Familien gibt, die dort leben. Meine Eltern waren als Berater des Rats tätig und sehr stark in militärische Operationen involviert. Also war es notwendig, dass wir dort lebten und nicht in einer der Anlagen für Familien.«

»Hört sich nicht besonders spaßig an.« Ich konnte mir nicht vorstellen, mein Leben an einem Ort zu verbringen, der gesichert war wie ein Gefängnis und alles bis auf den Himmel aussperrte. Das Bild in meinem Kopf passte zu jenem, das ich ursprünglich von den Mohiri gehabt hatte, als ich das erste Mal von ihnen hörte. Damals hatte ich noch geglaubt, sie würden in Kasernen wohnen und nur für die Jagd leben.

»Nein, eigentlich hatte ich eine sehr schöne Kindheit dort. Wir hatten weit mehr Annehmlichkeiten als die meisten Menschen zu dieser Zeit. Damals war man schon wohlhabend, wenn man über fließendes Wasser, ein Kanalsystem und Gasbeleuchtung verfügte. Um nur ein paar Beispiele zu nennen.« Sein Blick schweifte in die Ferne, als er sich an seine Kindheit erinnerte. »Meine Eltern waren viel beschäftigt und verreisten häufig. Aber sie waren sehr liebevoll und einer blieb immer bei mir, während der andere fort war. Sie haben mich stets sehr stark zum Trainieren motiviert und dazu angehalten, auch in der Schule gut mitzuarbeiten. Aber ich wusste, dass sie mich mit ihrem Ehrgeiz auf die Gefahren vorbereiten wollten, die mich als Krieger erwarteten.«

»Du warst also ein Einzelkind?«

»Ja.«

»Das erklärt so einiges«, grinste ich. Nikolas schaute gespielt finster drein. »Hattest du viele Freunde? Was hast du so in deiner Freizeit gemacht?«

»Ich hatte in diesen Jahren einige gute Freunde. Die meisten Familien ziehen weg, wenn die Eltern zu anderen Stützpunkten gerufen werden, andere ziehen neu hinzu. Ich glaube nicht, dass ich jemals einsam war. Ich habe den Kriegern gern beim Trainieren zugesehen und viel Zeit auf dem Trainingsplatz verbracht. Sie alle haben mich gelehrt, wie man kämpft und die Waffen führt. Zu der Zeit, als ich dann selbst mit dem Training angefangen habe, war ich bereits so gut, dass ich mit den älteren Schülern üben durfte.«

Warum überraschte mich das nicht? »Ich wette, deine Eltern waren sehr stolz auf dich.«

Seine Augen glänzten liebevoll. »Das sind sie noch immer. Sie leben beide noch.«

»Du hast gesagt, du hast Russland verlassen, als du sechzehn Jahre alt warst und deine Familie nach England gezogen ist. Warum habt ihr Russland den Rücken gekehrt, wenn es euch in der Feste so gut gefallen hat?«

Er wirkte überrascht darüber, dass ich mich an dieses Detail erinnerte. »Mein Vater war darum gebeten worden, die Leitung eines militärischen Lagers bei London zu übernehmen. Der frühere Leiter war während einer Vampirsäuberung getötet worden. Wir haben acht Jahre dort gelebt, bevor meine Eltern gefragt wurden, ob sie beim Aufbau einiger neuer Anlagen in Nordamerika helfen wollten. Zu der Zeit war ich bereits ein erwachsener Krieger, und ich fand die Wildnis des Kontinents sehr anziehend. Also bin ich ihnen gefolgt.«

»Wo sind deine Eltern jetzt?«

»Sie sind vor fünfzig Jahren nach Russland zurückgekehrt. Mein Vater leitet jetzt die Miroslav-Feste. Meiner Mutter war die Leitung einer anderen Festung angeboten worden, aber sie hatte sich nicht von ihm trennen wollen. Ich sehe sie mindestens einmal im Jahr.«

»Also ... ähm ... Und was machst du sonst so, wenn du nicht Vampire tötest oder andere Leute herumkommandierst?«

Er hob die Augenbrauen und ich schenkte ihm einen scheinbar unschuldigen Blick. »Komm schon, du musst doch auch irgendetwas einfach nur zum Spaß machen. Liest du? Schaust du gerne fern? Strickst du?«

»Ich lese manchmal.« Er nannte ein paar Bücher von Hemingway, Vonnegut und Scott und ich war nicht überrascht, dass sie alle vom Krieg handelten. Er machte sich nichts aus Fernsehen oder Kino und wenn es nach ihm ging, war die beste Musikepoche die der Sechziger. Ich lachte, als er zugab, dass er und Chris in Woodstock gewesen waren und versuchte, ihn mir in den Hippiklamotten der damaligen Zeit vorzustellen. Er sagte, er wäre dort gewesen, weil das Festival viele Vampire angezogen hatte und die meisten der Besucher so high oder betrunken gewesen waren, dass sie unaufmerksam wurden. Ich konnte mir nur schwer vorstellen, dass Nikolas oder Chris irgendwo nicht auffielen, aber diesen Gedanken behielt ich besser für mich.

»Wenn wir schon davon reden – warum hast du mir nicht gesagt, dass Chris mein Cousin ist? Was, wenn ich mich in ihn verliebt hätte, wie alle anderen Mädchen zu Hause?«

Sein Blick war nicht zu durchschauen. »Du warst völlig von der Rolle, als ich dir gesagt habe, wer du bist. Und ich dachte, es wäre verfrüht, dich deiner Mohirifamilie vorzustellen. Aber wenn es dir hilft: Auch Chris wusste es zunächst nicht.«

»Versprich mir, nichts mehr vor mir geheim zu halten.«

»Du kannst mich alles fragen – ich werde dir eine ehrliche Antwort geben«, sagte er nach einer kurzen Pause. Es kam mir vor, als gäbe es wichtige Fragen. Ich wusste nur nicht, welche.

»Bist du bereit, etwas anderes zu versuchen?«, fragte er. Inzwischen hatte ich mich bereits zwanzig Minuten lang ausgeruht.

»Was denn?«

Er drehte sich zu mir. »Du hast gestern gesagt, dass deine Kräfte stärker werden. Das hat mich ins Grübeln gebracht. Du machst dir Sorgen darüber, deinem Dämon oder dem eines anderen Mohiri zu schaden, aber ich glaube nicht, dass das geschehen wird. Zumindest nicht absichtlich. Die Bazeratten und die Lampreys sind Dämonen in ihrer Urform. Daher waren sie anfälliger für deine Kräfte.« Er streckte seinen Arm und nahm meine Hand in seine. »Unsere Dämonen leben in uns und sind durch unsere Körper wie durch einen Schild geschützt. Ich glaube *das* und die Tatsache, dass du selbst einen Mori in dir hast, lassen deine Kräfte aufflammen.«

Ich hielt den Atem an, während seine Worte in meinen Verstand sickerten. Er hatte recht, meine Kraft reagierte auf ihn überhaupt nicht. Das Einzige, was bei seiner Berührung in Aufruhr geriet, waren die kleinen Schmetterlinge in meinem Bauch. Ich zog meine Hand weg und steckte sie in meine Tasche. »Wolltest du das ausprobieren?«

Seine Mundwinkel zuckten. »Nicht wirklich. Wir wissen, dass deine Kräfte nicht instinktiv auf mich reagieren, aber ich möchte herausfinden, ob du sie bewusst gegen mich einsetzen kannst.«

»Was?« Ich sprang auf und wandte mich ab. »Bist du verrückt geworden? Ich könnte dich töten.«

»Könntest du nicht.«

»Das kannst du doch nicht wissen!« Das Bild eines explodierenden Lampreydämons erschien vor meinem inneren Auge und ich schüttelte vehement den Kopf. »Du hast nicht gesehen, was ich mit dem Dämon in Boise gemacht habe. Wärst du dabei gewesen, würdest du so etwas nicht vorschlagen.«

Er stand auf, kam aber nicht auf mich zu. »Ich habe das Bild gesehen, dass die Jungs von der Reinigungsmannschaft gemacht haben.«

Ich ging noch einen weiteren Schritt zurück. »Warum zur Hölle fragst du mich dann, ob ich dasselbe bei dir versuchen kann?«

»Ich frage dich nicht danach.« Er hielt die Hände hoch. »Hör mir zu. Ich glaube, deine Kräfte reagieren, wenn du Angst hast oder dich in Gefahr befindest. Und ob du es glaubst oder nicht: Du kannst es kontrollieren. Als der Lampreydämon dich angegriffen hat, warst du in Lebensgefahr und du wusstest: Du musst töten oder du wirst getötet. Also hast du alles getan, um zu überleben. Du hattest Angst, als du mit den Bazeratten hier drinnen warst, aber du hast dich nicht in echter Gefahr geglaubt, nicht wahr? Nicht mit den ganzen Leuten da draußen.«

Ich dachte daran, wie ich mich gefühlt hatte, als die Bazeratte sich auf mich gestürzt hatte. Ich hatte mich gefürchtet, ja, aber Todesangst? Nein. Zu dem Zeitpunkt hatte ich sie einfach nur überwältigen wollen und erst nach Erfüllung der Aufgabe erfahren, dass es sich um Dämonen handelt.

»Du hast deine Kräfte so häufig schon darauf verwendet, Kreaturen zu heilen, und du weißt, wie du mit dieser Art von Energie umgehen musst, wie du sie kontrolliert einsetzen kannst, richtig?« Ich nickte. »Es ist die gleiche Art von Kraft. Bei den Dämonen hast du sie nur offensiv angewandt. Ich glaube, dass du deine Kraft wie eine Waffe benutzen kannst, wenn du sie als ein und dieselbe Macht ansiehst.«

Ich biss auf die Innenseite meiner Wange. Ich war mir ziemlich sicher, dass er recht hatte mit der Vermutung, dass meine Kraft derselben Quelle entsprang. Die Möglichkeiten, die sich daraus ergaben, waren mehr als aufregend. Nach allem, was mir geschehen war, was konnte da besser sein, als eine Waffe, die man im Innern mit sich trug?

Aber was, wenn ich versuchte, mich an Nikolas zu erproben und scheiterte? Was, wenn ich ihm wehtat oder schlimmer noch, wenn …

Der Gedanke, dass er sterben könnte, ließ mir eisige Schauer über den Rücken laufen. Und dass ich diejenige sein könnte, die ihm das Leben nahm, raubte mir gänzlich den Atem. Ich musste mich daran erinnern, wieder Luft zu holen. »Ich kann nicht … ich kann das nicht machen«, keuchte ich und war kurz vorm Hyperventilieren.

Bevor ich reagieren konnte, hatte Nikolas mich schon bei den Schultern gepackt. Seine Augen wurden weich. Grau wie rauchige Wolken packten sie meinen Blick und ließen ihn nicht los. »Das macht dir wirklich Angst, nicht wahr?«

Ich konnte nur nicken.

»Umso wichtiger ist es, dass du lernst, es zu kontrollieren. Wenn du das nicht tust, wird es stattdessen dich beherrschen, und wir beide wissen doch, wie sehr du es verabscheust, wenn andere über dich bestimmen.« Seine Lippen kräuselten sich zu einem zaghaften Lächeln. »Du vertraust mir, oder?«

Ich sah über seine Schulter hinweg und fragte mich, wie er das anzweifeln konnte. Nach allem, was wir gemeinsam durchgemacht hatten. »Ja.«

»Und ich vertraue dir.«

Hastig suchte ich wieder seinen unnachgiebigen Blick.

»Ich vertraue dir, Sara. Du wirst mir nicht wehtun.«

»Ja, aber ...«

»Du hattest zunächst auch Angst davor, dich mit deinem Mori zu verbinden. Aber du hast es getan, und nun fürchtest du ihn nicht länger. Das hier ist nichts anderes.« Seine Hände rutschten von meinen Schultern und glitten meine Arme hinab, griffen nach meinen Händen. Er legte meine Handflächen an seine Brust. Ich spürte seinen langsamen, regelmäßigen Herzschlag unter meinen Fingern. Mehr, als Worte es hätten tun können, zeigte er mir damit sein Vertrauen. »Geh es ruhig an und schau, was geschieht. Du kannst jederzeit aufhören.«

»Okay«, erwiderte ich zitterig. »Aber nicht so.« Ich würde nicht riskieren, dass etwas schief ging, wenn ich ihm so nahe war. Ich löste mich von seiner Brust und nahm eine seiner Hände in meine. Der rauen Haut seiner Handfläche auf meiner war ich mir dabei sehr bewusst. Ich öffnete mich für meine Kraft und ließ sie langsam in meine Finger fließen, ohne sie dabei in Nikolas' Richtung zu drängen. Er stand unbeweglich vor mir und zeigte keine Anzeichen dafür, etwas Ungewöhnliches wahrzunehmen.

»Spürst du etwas?«, fragte ich ihn. Er schüttelte den Kopf. Ich intensivierte meine Kraft und fragte erneut nach. Noch immer nichts. Die Energie sammelte sich in meiner Hand und ein sanftes Leuchten zeigte sich. Durch meine Finger floss nun genügend Kraft, um das gebrochene Bein eines Hundes zu heilen. Nikolas aber zuckte noch nicht einmal mit einem Muskel.

»Deine Hände fühlen sich wärmer an. Was machst du?«, wollte er wissen. Ich erklärte, wie ich die Kraft dirigierte, so, wie ich es immer tat, wenn ich heilte.

Dann ließ ich seine Hand los. »Ich glaube nicht, dass es funktioniert. Ich weiß nur, wie man jemanden heilt, ich habe keine Ahnung, wie ich das mit den Dämonen gemacht habe.«

»Hmmm.« Er starrte einen Moment lang über meinen Kopf hinweg in den Raum hinein, dann lächelte er so entschlossen, dass ich ihn beunruhigt ansah. »Deine offensiven Kräfte zeigten sich nur, wenn ein Dämon in der Nähe ist, spüren meinen Mori aber nicht.«

»Das ist doch gut, oder nicht?« Wenigstens wusste ich jetzt, dass ich keinen anderen Mohiri verletzen konnte.

»Nur solange wir unsere Dämonen unter Kontrolle halten. Aber was passiert, wenn wir ihnen erlauben, an die Oberfläche zu dringen?« Etwas in seinem Ton stimmte mich nervös und ich versuchte, mich ihm zu entziehen. Er aber war schneller und griff erneut nach meinen Händen.

»Nikolas, was immer du da vorhast, es ist eine sehr schlechte Idee.« Ich keuchte erschrocken, als ich sah, wie sich in seinen Augen silbrige Flüssigkeit sammelte. Ich starrte ihn an wie eine Motte das Licht, völlig fasziniert von der Flamme in seiner Iris, und erst als mein Mori in mir tosend erwachte und sich wütend gegen die Wände meiner Mauern warf, konnte ich mich von dem Zauber lösen. Es kostete mich all meine Kraft, den Dämon in mir davon abzuhalten, sich Nikolas' Mori zu nähern.

Völlig abgelenkt von dem Kampf mit meinem Mori, bemerkte ich zu spät, dass auch etwas anderes in mir erwacht war. *Nein, nein, nein*, flehte ich stumm, als die ersten Funken der elektrischen Spannung durch meine Haare prickelten. Es fühlte sich wild und ausdauernd an, verglichen mit der zahmen Heilkraft, die ich so gut kannte. Und einige Sekunden lang war ich versucht, die Kraft frei fließen zu lassen. Nur, um zu sehen, zu was sie fähig war.

Stärke, von der ich nichts geahnt hatte, ergriff Besitz von mir, und ich riss die Hände aus Nikolas' Griff und stolperte rückwärts. Ein erstaunter Ausdruck huschte über sein Gesicht, bevor er mir still nachging. Seine Absichten zeigten sich ganz deutlich in seinen Augen. Was stimmte nur nicht mit dem Kerl? Begriff er nicht, wie sehr ich ihn in diesem Zustand verletzen konnte?

»Nikolas, bitte hör auf«, flehte ich, als er immer näherkam. »Ich will das nicht. Ich will dir nicht wehtun.«

Statt einer Antwort verschwand er so schnell, dass sein Anblick wie verzerrt durch die Bewegung wirkte. Eine Sekunde später schrie ich laut auf, denn er griff meine Schultern von hinten. Ich wusste, dass er es war, aber meine Instinkte übernahmen, und die Kraft, die ich soeben erst freigelassen hatte, schlug nun in einem Funkenflug auf ihn über. Der Mori sauste voran, ich kreischte und es gelang mir, in letzter Sekunde mit meinen Kräften um mich zu schlagen, bevor sein Mori mich erwischen konnte. Es roch verbrannt, ein knarrendes Geräusch folgte, und dann krachte etwas mit Wucht in die Holzsitze hinter mir.

Ich wirbelte herum und mein Herz setzte mehrere Schläge aus, als ich sah, dass Nikolas reglos auf dem Boden lag.

»Nikolas!«

Im Handumdrehen kniete ich an seiner Seite und schüttelte ihn heftig. »Nikolas, wach auf! Oh Gott, bitte sei nicht tot.« Er bewegte sich nicht und ich presste mein Ohr an seine Brust. Ich schluckte schwer, meine Kehle war wie zugeschnürt durch das Schluchzen, dann fühlte ich einen Herzschlag und sah, wie seine Brust sich hob und senkte. Ich beugte mich über ihn und starrte auf seine geschlossenen Augen und seine leicht geöffneten Lippen. Es sah aus, als schliefe er. Er war am Leben, aber ich hatte keine Ahnung, was ich mit ihm angestellt hatte. Meine Brust schmerzte so sehr, dass ich Schwierigkeiten hatte, zu atmen.

Da flackerten seine Augenlider, und sein verschleierter Blick verhakte sich mit meinem, ließ mir den Atem in der Brust gefrieren. Bevor ich die Stimme wiederfinden konnte, schenkte er mir ein träges Lächeln. »Ich habe dir doch gesagt, dass du es kannst.«

»Du Idiot! Du ... du Arschloch!« Ich schlug ihm fest mit der Faust auf die Brust und rappelte mich auf. Tränen der Wut brannten in meinen Augen, als ich auf die Tür zu rannte. Wenn ich daran dachte, was für Sorgen ich mir gemacht hatte! Hätte ich nicht gerade noch Angst gehabt, ihn umgebracht zu haben, hätte ich nur zu gern kehrtgemacht und ihm eine Extradosis meiner Kräfte verpasst.

»Mmmpf«, brummte ich, als ich direkt auf seine Brust prallte. Zu verärgert, um etwas zu sagen oder ihn gar anzusehen, versuchte ich, mich an ihm vorbeizuschlängeln, aber er war wieder einmal schneller und griff nach meinem Arm.

»Sara, wir mussten deine Kräfte testen, um zu sehen, ob du sie bewusst einsetzen kannst. Und nun wissen wir es.«

»Bewusst?«, blaffte ich ihn an. »Ich hätte dir beinahe Feuer unterm Hintern gemacht! Wäre es mir nicht gelungen, mich rechtzeitig zurückzuziehen, würdest du jetzt aus einem ganz anderen Loch pfeifen. Nein, warte, dann wärst du tot!«

»Aber du hast es kontrolliert, und ich wusste, dass du das kannst. Willst du wissen, warum ich mir so sicher war?«

Er ließ mich los und ich verschränkte schnell die Arme vor der Brust, um ihn fernzuhalten. »Bitte, sorge für Erleuchtung.«

»Wenn ich etwas über dich weiß, dann dass du unfähig bist, jemandem wehzutun, außer derjenige selbst bedroht dich oder jemanden, den du gerne hast.« Er schenkte mir wieder dieses Lächeln, das mich so wahnsinnig machte. »Damit habe ich die Wette gewonnen.«

Unter diesem Lächeln schmolz mein Ärger nur so dahin. Ich sah schnell weg. Zu Hause hatte ich Roland und die anderen Jungs häufig dabei beobachtet, wie sie mit ihrem Süßholzgeraspel und ihrem charmanten Grinsen die Mädchen rumgekriegt haben, aber Nikolas spielte in einer ganz anderen Liga. »Du hast mir eine Heidenangst eingejagt«, sagte ich, unfähig, den verletzten Ton in meiner Stimme zu unterdrücken. »Ich dachte ...«

»Es tut mir leid, ich wollte dir keine Angst machen. Aber der einzige Weg, deine Kräfte freizusetzen, war, dir einen Dämon zu präsentieren und dich damit in die Defensive zu zwingen. Jetzt, da wir wissen, wozu du fähig bist, können wir damit arbeiten und ich kann dir beibringen, wie du auf deine Kräfte zugreifen kannst, wenn du sie brauchst.«

Ich schüttelte entschieden den Kopf. »Das mache ich *nie* wieder.«

»Das nicht, nein«, erwiderte er ruhig. »Wir müssen das nächste Mal nicht wieder etwas so Drastisches versuchen.«

»Nächstes Mal? Was an *nie* hast du nicht verstanden?«, schrie ich ihn an.

Er hob die Augenbrauen. »Du weigerst dich also, deine Kräfte an mir zu testen, egal was ich tue?«

»Ganz genau.«

»Und wie willst du mich dann aufhalten?«

Ich wusste, er wollte mich in eine Falle locken, konnte aber dennoch nicht widerstehen nachzufragen. »Was meinst du damit?«

»Wenn ich meinen Mori wieder herauslocke und er sich auf dich stürzt, wie willst du dann verhindern, dass sich deine Kraft wieder an mir entlädt?«

»Ich *werde* es verhindern.«

»Wie?«

So viel zu seinem Vertrauen in mich.»Ich werde es einfach. Okay? Ich weiß jetzt, wie sie funktioniert, und ich werde dafür sorgen, dass sie sich nicht wieder selbstständig macht.«

Er antwortete nicht, und so hingen meine Worte schwer in der Stille zwischen uns, bis mir die volle Bedeutung dessen, was er gesagt hatte, klar wurde. Dieser hinterhältige Mistkerl! Er hatte das von langer Hand geplant.

»Da wir das ja jetzt geklärt haben, warum versuchen wir nicht etwas Einfaches? Etwas, wobei mein Allerwertester nicht einmal quer durch den Raum geschleudert wird?« Er sah ekelhaft selbstzufrieden aus, für jemanden, dem gerade Feuer unterm Hintern gemacht worden war. »Also, wenn du Lust hast, meine ich.«

Verdammt noch mal. Er wusste genau, dass ich vor keiner Herausforderung davonlief. Ich drehte mich um und stürmte wieder ins Zentrum der Arena. »Gut, aber gib mir nicht die Schuld, wenn ich dir wieder einheize. Und außerdem schuldest du mir was. Dafür, dass ich dachte, dich getötet zu haben.«

Nikolas heiseres Lachen folgte mir. »Okay. Was willst du?«

Ich beobachtete, wie er auf mich zu kam und lächelte. »Ich muss diese Woche in die Stadt, um ein paar Sachen für Oscar zu kaufen, bevor er hierherkommt.« Ich konnte mir kaum vorstellen, dass Nikolas bisher schon einmal in einem Laden für Tierbedarf gewesen war. Und ein Katzenklo hatte er sicher auch noch nie ausgesucht. Vielleicht waren seine Muskeln dann auch einmal für etwas gut.

Er zog die Augenbrauen hoch. »Oscar?«

»Meine Katze. Nate bringt sie mit, wenn er an Thanksgiving hierherkommt.«

»Oh.« Seinem Gesichtsausdruck nach zu urteilen hatte er geglaubt, dass ich ihn um einen größeren Gefallen bitten würde. Vielleicht sollte ich mir nächstes Mal etwas Beeindruckenderes ausdenken.

Wir verbrachten die nächste Stunde damit, an meinen Defensivkräften zu arbeiten. Es war nicht leicht, sie ohne die Bedrohung durch einen Dämon wach zu kitzeln, und ich weigerte mich vehement, Nikolas noch einmal als Lockvogel zu benutzen.

Nach etwa vierzig Minuten bekam ich langsam ein Gefühl dafür und es gelang mir, ein paar Funken aus den Fingerspitzen sprühen zu lassen. Nikolas riet mir, mich darauf zu konzentrieren, aber irgendwann wurde ich müde und mein Magen knurrte. Ich gab es nicht zu, aber ich war sehr zufrieden mit meinen Fortschritten.

Wir machten uns gemeinsam auf zum Mittagessen.

»Wann willst du in die Stadt fahren?«, fragte Nikolas und öffnete die Tür für mich.

»Dieses Wochenende vielleicht?«, fragte ich eifrig. Für den Nachmittag hatte ich bereits Pläne.

»Ich denke, das lässt sich einrichten.«

Als ich daran dachte, was ich heute Nachmittag machen würde, fiel mir ein, dass ich Nikolas noch nicht wegen der Höllenhunde gedankt hatte.

»Chris hat mir erzählt, dass du derjenige warst, der Hugo und Wolf hat hierherschicken lassen. Danke, dass du das gemacht hast.«

»Dafür musst du mir nicht danken. Sie gehören zu dir.«

Ein zufriedenes Schweigen breitete sich aus, während wir über das Gelände gingen. Unterbrochen erst durch Nikolas' brummigen Kommentar: »Der Junge köpft sich noch selbst.«

Ich folgte seinem Blick und erkannte Michael, der in der Nähe des Waldrandes sein schlankes Schwert schwang und dabei ziemlich ungeschickt wirkte. Als hätte er uns gespürt, hielt Michael inne und starrte Nikolas ehrfürchtig an. Dann schaute er schnell schüchtern beiseite.

Gedankenverloren sah ich Michael an und seufzte dann leise. »Kann ich meinen Trip in die Stadt noch gegen etwas anderes eintauschen?«

Nikolas blieb stehen und schaute mich fragend an. »Du willst jetzt doch nicht in die Stadt?«

»Doch, aber etwas anderes will ich mehr.«

Seine Augen funkelten interessiert. »Gut, dann schieß mal los.«

»Ich möchte, dass du Michael dabei hilfst, sich nicht selbst zu köpfen.«

Nikolas sah mich ungläubig an, ich zuckte mit den Achseln. »Er braucht dringend eine Lektion in Sachen Schwertkampf, mehr als ich eine Fahrt in die Stadt. Außerdem, du hast keine Ahnung, was es ihm bedeuten würde! Er hält große Stücke auf dich.«

Nikolas sah zu Michael und seine Miene war schwer zu lesen, als er sich wieder zu mir drehte. Einen Moment lang glaubte ich, er würde ablehnen. »Wenn es das ist, was du willst.«

»Ist es«, erwiderte ich und meinte es auch so.

»Gut, ich schau mal, was ich für ihn tun kann. Aber ich kann dir nichts versprechen. Und ich fahre trotzdem mit dir in die Stadt.«

Ich stellte mir Michaels Begeisterung vor, wenn er hörte, dass Nikolas mit ihm trainieren würde. Und da konnte ich mich einfach nicht mehr zurückhalten. Ich schlang meine Arme um Nikolas Hüfte und umarmte ihn kurz. »Danke!«

Erschrocken über mein eigenes Verhalten riss ich mich schnell wieder los und eilte auf das Hauptgebäude zu. Bevor er noch sehen konnte, wie rot meine Wangen geworden waren.

* * *

»Ist das dein Ernst? Du willst wirklich mit diesen beiden Monstern spazieren gehen?«

»Nenn sie nicht so, Jordan. Du siehst doch, wie gut sie sich benehmen. Sie sind wie etwas zu groß geratene Welpen.«

»Du hast eine sehr verdrehte Vorstellung, wenn du diese Mon... äh, diese Brut für Welpen hältst. So langsam glaube ich, irgendetwas stimmt nicht mit dir, Sara.«

»Hast du Schiss?«

»Nein.« Ihre Lippen verzogen sich zu einem hübschen Lächeln. »Trotz all deiner Verrücktheiten, deiner Ahnungslosigkeit was Männer betrifft und deinem Mangel an modischem Geschmack glaube ich, gibt es noch Hoffnung für dich. Außerdem bist du die einzige Frau hier, mit der ich es länger als eine Stunde aushalte.«

Ich nahm eine Traube aus meinem Früchtebecher und warf sie nach ihr. »Wenn du mich weiter beleidigst, kannst du dir bald ein anderes Anziehpüppchen suchen.« Nicht, dass ich die Absicht hatte, ihr weiterhin als lebendige Schaufensterpuppe zu dienen.

»Apropos anziehen: Hat dein Krieger dich gestern eigentlich in deinem hübschen Aufzug gesehen?«

Ich verdrehte die Augen. »Er ist nicht mein Krieger, und du liegst völlig falsch, was ihn betrifft. Ich hätte genauso gut einen Kartoffelsack tragen können.«

»In diesen Dingen irre ich nie. Er hat viel Temperament, also hast du ihn womöglich in schlechter Stimmung erwischt. Mann, heute Morgen dachte ich wirklich, er reißt irgendjemandem den Kopf ab. Beinahe hätte ich dich dafür bemitleidet, mit ihm trainieren zu müssen. Aber es sieht ja so aus, als hättest du in einem Stück überlebt.«

»Gerade so.«

In diesem Moment betrat Chris den Raum. Er lächelte und winkte mir zu, als er an uns vorbeiging. Jordans Blicke folgten ihm bewundernd, dann sah sie mich mit einem frechen Grinsen an. »Ah, Nikolas hat Konkurrenz, was?«

Das Mädchen gab einfach nie auf. »Chris ist mein Cousin, Jordan.«

Ihre Augen wurden groß. »Dein Cousin? Warum hast du das nicht schon früher gesagt?«

»Ich weiß es erst seit gestern.«

Sie brauchte weniger als dreißig Sekunden, um die richtigen Schlüsse zu ziehen. »Aber er ist mit Tristan verwandt. Bedeutet das ...«

»Tristan ist mein Großvater. Seine Tochter Madeline ist meine Mutter.«

Sie riss die Augen noch weiter auf. »Heilige Scheiße! Das ist ja total verrückt. Und das hast du alles gestern Abend herausgefunden?«

»Tristan hat mir vor etwa zwei Wochen gesagt, wer er ist. Ich wollte nicht, dass die Leute hier eine große Sache daraus machen, also hab ich ihn gebeten, es für sich zu behalten. Ich schätze, jetzt ist die Geheimniskrämerei dahin.«

»Kein Scheiß. Du hast echt den Sechser im Waisenlotto gezogen!«

»Also, ehrlich gesagt, wäre es mir lieber gewesen, meine Mutter hätte mich gar nicht erst verlassen.«

»Jaja, du mit deinem Mutterkomplex.« Jordan lehnte sich über den Tisch. Ihre Augen sprühten nur so vor Aufregung. »Wenn du Lord Tristans Enkeltochter bist, dann macht das aus dir eine Lady oder so.«

»Ich bitte dich! Nein. Zumindest hoffe ich das nicht. Ich muss mich erst einmal noch daran gewöhnen, dass ich einen Großvater habe, der aussieht, als sei er nur wenige Jahre älter als ich.«

»Und auch noch so heiß aussieht.«

»Argh, bitte, erspar mir das!«

Sie brach in lautes Gelächter aus und zog damit die Aufmerksamkeit der Leute um uns herum auf sich. Ihren Blicken nach zu urteilen, war es nicht gerade alltäglich, dass Jordan lachte. Sie schürzte die Lippen und musterte Chris, der sich zu Seamus und Niall gesetzt hatte. »Hm. Du weißt ja, Blonde haben mir schon immer gut gefallen.«

Ich neigte den Kopf, um mein Lächeln zu verbergen. Armer Chris! Der glaubte, menschliche Mädchen wären anstrengend.

»Ah, genau die beiden, die ich gesucht habe.« Terrence blieb an unserem Tisch stehen, das Essenstablett in der Hand. »Wie siehts aus? Habt ihr Lust auf Party am Samstagabend?«

»Eine Party?« Jordans Augen leuchteten auf. »Besser als die im letzten Monat, als ihr Jungs euch noch vor Mitternacht die Lichter ausgeschossen habt?«

»Viel besser.« Er ignorierte ihren neckenden Ton, stellte sein Tablett auf den Tisch und lehnte sich weiter zu uns, um mit leiser Stimme zu sagen: »Party in der Stadt.«

»Ich bin dabei«, erklärte Jordan, ohne nach den Details zu fragen.

»Warte. Ist das überhaupt erlaubt?« Nach unserem Trip nach Boise war ich mir nicht sicher, ob Tristan mich würde irgendwohin ohne Bodyguard gehen lassen. Eine Party mit den Zwillingen als Anstandswauwau würde nur halb so viel Spaß machen.

Terrence lächelte. »Josh und ich gehen ständig nach Butler Falls. Ich glaube nicht, dass irgendjemand damit ein Problem hat.«

»Und wenn du nicht fragst, kann auch keiner Nein sagen«, fügte Jordan hinzu. »Funktioniert bei mir meistens.«

»Du meinst, ihr wollt euch rausschleichen?« Tristan hatte gesagt, dass der Master mich für tot hielt und keine Bedrohung mehr für mich darstellte. Aber nach der Dämonenattacke war mein Großvater übervorsichtig und ich wollte ihm keinen Anlass zur Sorge geben.

Jordan schnaubte. »Hätte nicht gedacht, dass du der Typ Mädchen bist, der um Erlaubnis bittet.«

»So einfach ist das nicht. Ich habe ein paar ziemlich dumme Sachen gemacht, bevor ich hierhergekommen bin, und meinetwegen wären fast mein Onkel und ein paar gute Freunde ums Leben gekommen. Ich habe Nate versprochen, vorsichtiger zu sein.«

»Na ja, es wird eine Megaparty«, sagte Terrence. »Unser Freund Derek hat eine sehr gut ausgestattete Bar, und seine Spielkonsole ist vom Feinsten.«

Jordan sah von mir zu Terrence und dann wieder zurück. »Ich bin dabei. Alles ist besser, als Samstagabend hier rumzuhängen.«

Terrence streckte sich und nahm sein Tablett wieder auf. »Cool, und vielleicht ändert auch Sara noch ihre Meinung.«

Ich sah zu, wie er sich wieder Josh anschloss und wandte mich dann an Jordan. »Ich dachte, ihr beiden könnt einander nicht ausstehen?«

Sie zuckte mit der Schulter. »Nee, Terrence weiß nur, welche Schalter man bei mir umlegen muss, und ich weiß, wie ich ihn aus der Reserve locke. Wir hatten letztes Jahr mal was miteinander, aber haben schnell beide begriffen, dass das ein großer Fehler war.«

Jordan und Terrence? Ich spießte ein Stück Ananas mit der Gabel auf und kaute darauf herum. Es war nicht leicht, aus Jordan schlau zu werden. Manchmal kam es mir vor, als hätte sie eine multiple Persönlichkeit. Man wusste nie, was sie als Nächstes aus dem Hut zauberte.

»Na ja, egal wie du dich entscheidest, die Party fällt sowieso flach für dich.«

»Warum?«, wollte ich wissen.

Sie grinste schief. »Weil deine *Welpen* heute Hundefutter aus dir machen werden.«

Kapitel 12

»WER HAT LUST auf einen Spaziergang?«

Hugo und Wolf winselten und liefen im Kreis, als ich mich an ihrem Schloss zu schaffen machte. In ihrer Aufregung wirkten sie so sehr wie normale Hunde, dass ich lachen musste. Nachdem ich die Tür geöffnet hatte, machten sie artig Sitz, so wie ich es ihnen beigebracht hatte. Doch statt in den Zwinger zu treten, wie sonst, deutete ich auf meine Füße und sagte: »Kommt.« Die Hunde wirkten verwirrt, also wiederholte ich das Kommando. Dieses Mal standen sie auf und stürmten auf mich zu. Als sie begriffen, dass sie ihr Gefängnis verlassen durften, wedelten sie heftig mit ihren Schwänzen und ihre Mäuler zeigten ein breites Hundegrinsen.

»Sie sehen aus, als wollten sie jemanden auffressen«, hörte ich Sahir über den Lautsprecher aus sicherer Entfernung von seinem Büro aus sagen.

Ich verdrehte die Augen in Richtung der Sicherheitskamera. »Sie können auch nichts für ihr Aussehen.« Mit ihren riesigen Zähnen und den schwarz-roten Augen sahen die Höllenhunde natürlich alles andere als harmlos aus. Aber solche Oberflächlichkeiten konnten täuschen. Jedermann hielt Trolle für blutrünstige Kreaturen, aber ich war seit zehn Jahren mit Remy befreundet und er war einer der sanftmütigsten Charaktere, die ich kannte.

»Tristan hat die Umgebung evakuiert, also wird schon nichts passieren.«

»Danke. Kommt schon, Jungs.« Ich ging in Richtung Ausgang und die Höllenhunde folgten mir bei Fuß. Ich öffnete die Tür und trat hinaus ins Sonnenlicht. Dann drehte ich mich zu ihnen. Sie musterten mich misstrauisch. Ich klopfte auf meinen Oberschenkel. »Lasst uns gehen.«

Mehr Ermutigung brauchten sie nicht und so wurde ich fast überrannt, als sie sich eifrig nach vorne warfen. Sie umkreisten mich, drückten sich gegen mich und konnten es offenbar kaum glauben, dass sie frei waren. Ich ließ ihnen ein paar Minuten, um sich auszutoben, dann befahl ich ihnen, sich links und rechts neben mich zu stellen. So, wie wir es geübt hatten. Als wir uns schließlich auf den Weg Richtung Wald machten, waren mir die Blicke der Leute hinter den Fenstern des Hauptgebäudes sehr bewusst und ich widerstand nur mit Mühe dem Drang, zu ihnen hochzusehen. Die Gerüchte um die Höllenhunde hatten sich schnell verbreitet. Nun wollten alle sehen, wie die Geschichte ausging und ich war mir sicher, dass nicht wenige ein dramatisches Ende erwarteten. Aber sie würden schon sehen ...

Trotz meiner Entschlossenheit, sie alle vom Gegenteil ihrer Befürchtungen zu überzeugen, fühlte es sich gut an, unter dem Schutz der Bäume zu verschwinden und ihren neugierigen Blicken zu entkommen. Sobald wir außer Sichtweite waren, fing ich an, zu joggen und pfiff nach den Hunden. Es war unglaublich befreiend, alleine zu laufen, und ich genoss es so sehr wie die beiden Tiere. Obwohl sie so riesig waren, bewegten sie sich geschmeidig durchs Unterholz, sprangen mit Leichtigkeit über größere Steinbrocken und rannten in Kreisen um mich, wenn ich hinter ihnen zurückfiel. Hugo bekam den Geruch eines Fuchses in die Nase und jagte ihm nach, bellte dabei wie ein Fährtenhund und schüchterte sicherlich jedes einzelne Tier im Umkreis von einer Meile damit ein. Glücklicherweise gelang es dem Fuchs zu entkommen. Ich wollte nicht, dass ein Tier verletzt wurde, aber ich konnte den Hunden auch ihren Jagdtrieb nicht übelnehmen. Trotz allem waren sie Raubtiere und das Jagen war Teil ihrer Natur.

Ich hatte keine Schwierigkeiten, den See wiederzufinden, und so rannte ich die felsige Küste mit den Hunden an meiner Seite entlang. Sie tranken sabbernd von dem kalten Wasser und sandten kleine Wellen über die spiegelglatte Oberfläche. Als sie gesättigt waren, sahen sie mich an und schnupperten dann ausgiebig über den Boden. »Geht nicht zu weit weg«, befahl ich ihnen, war mir aber ohnehin sicher, dass sie mich nicht aus den Augen lassen würden. Ich ließ sie die Umgebung erkunden und fand für mich ein trockenes, flaches Stückchen Erde, auf dem ich mich zurücklegen und die Sonne genießen konnte. Der Wald war ungewöhnlich ruhig. Vögel und kleinere Waldtiere versteckten sich vor der ungekannten Bedrohung in ihrem Territorium. Mir fehlten ihre Rufe, das Rascheln und Piepsen, aber es war dennoch sehr friedlich hier.

Beinahe wäre ich weggedöst, als mir auffiel, dass ich die Hunde nicht mehr hören konnte. Ich setzte mich auf, sah mich am Ufer des Sees um und fand sie schließlich Seite an Seite sitzend ein paar Meter weiter. Sie starrten auf den See hinaus. Ich pfiff, aber keiner von ihnen bewegte sich oder sah auch nur in meine Richtung. Seltsam. Allein die Art, wie sie da so still saßen, und das, wo es hier so viel zu entdecken gab, war komisch – vor allem aber, dass sie nicht auf mein Kommando reagierten, machte mich unruhig und ich rappelte mich auf. Irgendetwas stimmte hier nicht.

»Es geht ihnen gut«, sagte eine musikalische Stimme hinter mir. Ich wirbelte herum und sah einem barfüßigen, rothaarigen Mädchen in einem luftigen Blumenkleid in die Augen. Ich riss überrascht den Mund auf. Ein Lächeln hellte ihr engelsgleiches Gesicht auf. »Hallo, kleine Schwester.«

»Aine!« Ich überwand die kurze Distanz zwischen uns und warf meine Arme um meine Freundin. Sie lachte sanft und drückte mich. Wie eine Umarmung legte sich der überaus anziehende Duft Faeries um mich. Hatte man erst einmal eine gewisse Zeit an diesem Ort verbracht, so haftete einem der besondere Duft an. Das hatte ich nach meinem eigenen Aufenthalt dort bemerkt. Roland und Peter hatten damals gemeint, ich würde nach Sonnenschein und etwas Süßem, nicht Identifizierbarem riechen. Ihren empfindlichen Werwolfnasen war das nicht entgangen.

»Sara, wie schön, dich zu sehen. Du hast seit unserem letzten Treffen neue Freunde gefunden, wie ich sehe.«

Ich trat einen Schritt zurück und lachte. Noch immer konnte ich kaum glauben, sie hier zu sehen. Ich blickte mich nach den Höllenhunden um, die immer noch starr wie Statuen am Ufer saßen. »Schlafen sie?«

»Sie befinden sich in einer Art Tagtraum. In ihrer Vorstellung springen sie durch den Wald und jagen Rehe. Sie sind glücklich, das kann ich dir versichern.« Ihre Augen zwinkerten schelmisch. »Und was die zwei rothaarigen Krieger betrifft, die dir gefolgt sind, sie haben ihre Mission völlig vergessen und bewachen gerade nur den Wald.«

»Seamus und Niall sind mir gefolgt?« Ich hätte wissen müssen, dass Tristan mich nie allein würde hierherkommen lassen, selbst mit zwei Höllenhunden an meiner Seite. »Es geht ihnen gut, oder?«

»Ich habe nichts an ihnen verändert, und sie werden sich auch an nichts erinnern, wenn ich meinen Zauber wieder aufhebe.«

»Okay.« Ich sah sie erneut an. »Ich habe dich vermisst. Ich war mir nicht sicher, wann wir uns wiedersehen werden.«

Sie lächelte, nahm meine Hand und führte mich auf die Wiese. »Es tut mir leid. Unsereins mischt sich nicht mehr so gerne in die Welt der

Menschen ein. Aber jetzt bin ich hier und ich will alles von dir wissen. Bist du glücklich hier?«

»Es ist vieles so neu und ich muss mich erst daran gewöhnen. Aber ich versuche es. Die Leute sind nett und ich habe Familie hier. Ich vermisse Nate und meine Freunde, aber wir telefonieren häufig und es wird langsam leichter für mich.«

»Das ist schön zu hören. Bei deinem Volk zu leben, war die richtige Entscheidung. Aber ich habe mich gefragt, ob du hier wirklich glücklich werden kannst.«

Ich zupfte an einem Grashalm und wickelte ihn mir um den Daumen. »Es ist sicher nicht das, was ich mir von meinem Leben erwartet habe. Ich dachte immer, ich würde die Schule fertigmachen und mit meinen Freunden aufs College gehen. Es ist schwer, dieses Leben loszulassen, aber ich beginne langsam, die Vorteile meines neuen Lebens zu erkennen.«

Aine legte ihren schlanken Arm um meine Schultern und drückte sie sanft. »Manchmal ist es schwer, im Leben das Gute zu sehen, wenn alles in Aufruhr scheint. Erinnere dich immer daran, dass selbst im wildesten Sturm die Sonne scheint. Du magst sie nicht sehen, aber sie verbirgt sich hinter den Wolken und wartet darauf, dich zu wärmen.«

Ich hob eine Augenbraue. »Ist das eine Faerieredewendung?«

Ihr Lachen erinnerte mich an das Klirren eines Windspiels. »Nur ein schwesterlicher Rat. Und nun, berichte! Wie ergeht es dir mit deiner Magie? Ich kann spüren, dass sie seit unserem letzten Treffen stärker geworden ist.«

Seit Wochen sehnte ich mich danach, Aine nach meinen neuen Fähigkeiten zu fragen. Ihr nun davon zu erzählen, war, als löste sich ein schweres Gewicht von meinen Schultern. Sie hörte mir aufmerksam zu, während ich beschrieb, wie sich die seltsamen Kräfte immer wieder entluden und welche Erfahrungen ich mit den Dämonen gemacht hatte. Sie nickte zustimmend, als ich ihr von meinem jüngsten Training mit Nikolas berichtete.

Nachdem ich geendet hatte, lächelte sie breit. »Das ist aufregend, und das sind wunderbare Neuigkeiten, kleine Schwester! Deine Elementarmagie wird stärker, so wie ich es vermutet habe. Hab keine Angst davor! Das sind gute Entwicklungen.« Beinahe hätte ich vor

Erleichterung laut geseufzt. »Aber warum jetzt? Hat mein Aufenthalt in Seelie etwas in mir ausgelöst?«

»Auch, aber es liegt hauptsächlich daran, dass die Gegenwart von Dämonen deine Kräfte verstärkt. Du bist umzingelt von ihnen, und selbst wenn sie in einem Wirt ruhen, so lockt ihre Nähe deine Magie aus der Reserve. Je mehr Kontakt du mit Dämonen hast, desto schneller wird sie wachsen.«

Ich starrte sie alarmiert an. »Was bedeutet das? Meine Kraft hat bereits einen Dämon getötet und sie hätte Nikolas verletzen können, wenn ich sie nicht daran gehindert hätte. Ich will niemanden von den Mohiri wehtun. Und was ist mit meinem eigenen Dämon? Kann ich ihm schaden?« Es hatte eine Zeit gegeben, in der ich froh gewesen wäre, mich von dem Biest in meinem Kopf befreien zu können, aber jetzt hatten sich meine Gefühle für ihn verändert. Ich wollte ihn schützen, nicht loswerden.

Aines rote Locken hüpften, als sie langsam den Kopf schüttelte. »Ich habe nie zuvor jemanden wie dich getroffen, also kann ich dir nicht sicher sagen, was geschehen wird. Aber ich glaube, da du Halb-Mohiri bist, bist du keine Gefahr für dein Volk. Und was deinen Dämon betrifft: Er lebt bereits sein Leben lang Seite an Seite mit deinen Faekräften. Auch er muss sich nicht fürchten. Alles andere wird die Zeit zeigen.«

Ihre Worte beruhigten mich nicht so, wie ich es mir erhofft hatte. »Nikolas meinte, die anderen Dämonen wären mir in ihrer Urform begegnet, also hätte meine Kraft sie stärker treffen können. Aber ich habe letztes Jahr einen Kobold geheilt, als er in einer Mausefalle gefangen worden war, und er ist nicht annähernd so ausgeflippt.«

»Damals war deine Kraft noch schwach, aber sie hat sich verändert. Du könntest jetzt keinen von ihnen mehr berühren, ohne ihn zu töten. Zumindest nicht, bis du gelernt hast, deine Fähigkeiten zu kontrollieren.«

»Also werde ich sie irgendwann kontrollieren können und nur nutzen, wenn ich es möchte?«

»Ja.«

»Ich bin so froh, das zu hören.« Ich würde sehr vorsichtig mit den Kobolden umgehen müssen, so lange es nicht sicher war, mich ihnen zu nähern. Vielleicht konnte ich ihnen ein neues Zuhause suchen. Das würde ihnen nicht gefallen, aber sie werden ohnehin nicht glücklich über Oscars bevorstehende Ankunft sein. Die Lieblingsbeschäftigung meines Katers war es, kleine Nager zu jagen.

Ich klopfte das Gras von meinen Beinen. »Was hat es mit diesem kalten Gefühl in meiner Brust auf sich? Wird das auch durch meine Elementarkräfte hervorgerufen?«

»Das weiß ich nicht.« Sie schürzte die Lippen und dachte nach. »Wir waren uns nicht sicher, wie dein Körper auf das Vampirblut reagieren würde, das du aufgenommen hast. Vielleicht ist es eine Nebenwirkung dessen.«

»Toll. Ich hoffe nur, dass ich nicht eines Morgens aufwache und ein kleiner Vampir aus meiner Brust hüpft.«

»So werden Vampire nicht gezeugt.«

Ich schüttelte den Kopf über ihren verblüfften Gesichtsausdruck. »Das war nur ein Witz.«

Aine zog die Nase kraus und sah dabei trotzdem noch aus wie ein kleiner Engel. »Der Humor in deiner Welt ist sehr seltsam.« Sie strich über die Falten an ihrem Kleid und verschränkte dann die Hände in ihrem Schoß. »Ich bin nicht nur gekommen, um dich zu besuchen, kleine Schwester. Wärst du unter unseresgleichen aufgewachsen, so wüsstet du nun bereits alles über unsere Magie. Es ist meine Pflicht, dir beizubringen, was du wissen musst.«

Der Atem stockte mir erwartungsvoll. »Was wäre das genau?«

Sie stand auf und bedeutete mir, ihr zu folgen. Wir gingen ans Ufer des Wassers und sie bat mich, in den See zu steigen. Ich stellte ihre Bitte nicht infrage, zog meine Wanderstiefel und Socken aus und wickelte die Jeans bis zu den Knien hoch. Dann trat ich in das eiskalte Wasser, bis es meine Waden zur Hälfte bedeckte.

»Ich bin eine Sylph, also kann ich die Luft kontrollieren und mich ihrer Kraft bemächtigen. Du bist eine Wassernymphe, was bedeutet, dass du das Gleiche kannst – mit Wasser in jeglicher Form. Außerdem hast du die Fähigkeit, mit den Kreaturen aller Gewässer zu kommunizieren.«

»Welche Kreaturen?« Ich besah die glatte Oberfläche des Sees und versuchte, mir vorzustellen, was sich darunter verbarg. Wenn Aine nicht bei mir gewesen wäre, hätte mich meine lebhafte Vorstellungskraft längst wieder aus dem Wasser getrieben.

Aine lächelte, als hätte sie meine Gedanken erraten. »Ich verspreche dir, du musst dich vor nichts in diesem See fürchten. Rufe sie, und ich werde es dir beweisen.«

Meine Neugier siegte über meine Angst. »Wie soll ich sie rufen?«

»Dirigiere deine Kräfte ins Wasser und nutze sie auf die Art, wie du auch nach einem Tier rufen würdest.«

»Ich rufe Tiere nicht, ich benutze meine Kräfte nur, um sie zu beruhigen.«

»Das ist das Gleiche.«

»Oh.« Ich konzentrierte mich auf meine Energie, aber statt sie in die Luft fließen zu lassen, sandte ich sie in das Wasser zu meinen Füßen.

Ich sah nach unten und rang um Atem. Unter mir bildete sich eine Art Glocke im Wasser, in der goldene Funken tanzten. Es war, als betrachte man eine wunderschöne kleine Schneekugel. »Wow! Hast du das gesehen?«

»Das Wasser verstärkt deine Kräfte nicht nur, es zeigt auch die wahre Form deiner Magie«, erklärte Aine sanft. Ich wackelte mit den Zehen und bemerkte, dass das Wasser an meinen Füßen sich plötzlich ein paar Grad wärmer anfühlte. Ich hob meinen Blick und sah Aine, die belustigt wirkte. »Das ist unglaublich.«

Etwas kitzelte an meinem Fuß, und als ich nach unten schaute, bemerkte ich überrascht, dass eine lange gesprenkelte Forelle an meinen Zehen knabberte. Schnell kam eine zweite hinzu, dann eine dritte, und innerhalb einer Minute schwammen Dutzende Forellen um mich herum.

Ein paar Meter weiter kräuselte sich die Wasseroberfläche und die Forellen zischten zur Seite. Etwas Größeres kam auf uns zu. Ich starrte starr vor Schreck auf die Stelle, als die Oberfläche sich teilte und ein langer schwarzer Kopf aus dem Wasser ragte. Ein Kelpie! Ich wollte davonlaufen, aber meine Füße hatten an Ort und Stelle Wurzeln geschlagen. Die pferdeartige Kreatur hob sich und ragte über mir auf. Sie war pechschwarz, hatte eine lange Mähne und einen Schwanz. Der Atem stockte mir in der Brust und ich ging einen Schritt zurück, bevor der Kelpie mir in die Augen sah und sich auf mich zu bewegte.

»Keine Angst, Schwester, du hast nichts zu befürchten. Das ist Feeorin. Er und sein Bruder Fiannar sind die Wächter des Sees und der Flüsse in diesem Tal. Sie wachen über dich, seit du hierhergezogen bist. Feeorin ist sehr neugierig auf dich und er kommt, um dich zu begrüßen.«

Der Kelpie blieb vor mir stehen. Sein Maul war nur noch Zentimeter von meinem Kopf entfernt, sodass ich seinen heißen Atem auf meinem Gesicht spüren konnte. Aines beruhigenden Worten zum Trotz verspannte ich mich und wartete darauf, dass er sich auf mich stürzen und mich unter die Oberfläche ziehen würde, um mich zu ersticken. So, wie Kelpies es für gewöhnlich taten. Sekunden vergingen wie Stunden, dann neigte Feeorin seinen Kopf und knuffte mir leicht in die Schulter. Ich sah zu Aine, die mir zunickte. Dann hob ich die Hand, um seine Stirn zu berühren. Der Kelpie schnaubte sanft und knuffte mich erneut – und tat das solange, bis ich endlich sein Gesicht und seinen Hals tätschelte.

»Hallo, Feeorin.« Meine Stimme erzitterte vor Ehrfurcht. Ich konnte nicht glauben, dass ich tatsächlich einen lebenden Kelpie berührte. Vor zwei Jahren hatte ich Remy geholfen, Medizin für einen kranken Kelpie zu besorgen, war der Kreatur aber nicht nahegekommen, weil ich wusste, wie gefährlich sie für Menschen waren. Und nun stand ich hier und streichelte einen von ihnen.

Feeorin hob seinen Kopf, und seine großen schwarzen Augen brannten sich einen Moment lang in die meinen. Dann verbeugte er sich erneut und kehrte zurück in die Tiefen des Sees. Als das Wasser über seinem Rücken zusammenschlug, gab er noch ein letztes leises Schnauben von sich und verschwand dann gänzlich unter der Oberfläche. Ich sah auf den Punkt, an dem er abgetaucht war und starrte so lange darauf, bis auch die letzten kleinen Wellen verschwunden waren.

»Kelpies bleiben nicht gern über Wasser. Dass Feeorin so lange durchgehalten hat, ist ein Zeichen seiner Wertschätzung dir gegenüber.« Aine strahlte. »Er hat dich als Wassernymphe erkannt, was bedeutet, dass ich recht hatte. Deine Faeseite ist viel stärker als dein Dämon.«

Ich fragte sie nicht, was geschehen wäre, hätte der Kelpie mich nicht als Fae erkannt.

»Nun ist es Zeit zu lernen, wie du das Wasser beherrschen kannst.« Ich musste eine Grimasse gezogen haben, denn sie lachte laut. »Keine Angst. Wir fangen mit etwas Einfachem an. Ich werde dir zeigen, wie ich die Luft bewege und dann kannst du dasselbe mit dem Wasser versuchen.«

Sie stellte sich zwischen eine Baumreihe und betrachtete mich. Dann hob sie die Hand und machte kreisende Bewegungen. Auf dem Boden fingen die Blätter und Zweige an zu tanzen. Sie formten sich zu einer Säule, die bis zu Aines Hand aufragte. »Um das zu tun, musst du nur ein wenig Magie in deine Hände fließen lassen, wie du es vorhin mit den Wasserkreaturen getan hast. Wasser ist dein Element, also musst du nur Kraft daraus ziehen und es deinen Befehlen unterwerfen.«

Na, wenn das alles ist! »Wie mache ich das?«

»Alles in der Natur hat eine Lebensader, durch die Energie fließt. Es ist die gleiche Kraft, die auch in dir beheimatet ist. Wenn du nach dieser Kraft außerhalb deines Körpers suchst, wirst du sie finden.«

Ich tat, wie mir geheißen und fühlte nach der Kraft. Ich wusste, wonach ich suchte und wie sie sich anfühlen musste, aber entweder machte ich etwas falsch oder ich konnte die Energie nicht an mich ziehen, wie Aine es getan hatte. Ein paar Minuten später sah ich sie ernüchtert an. »Es funktioniert nicht.«

Aine schürzte die Lippen und dachte einen Moment nach, dann erhellten sich ihre grünen Augen. »Du brauchst mehr Kontakt zum Wasser. Setz dich in den See und versuche es noch einmal.«

»Setzen? Das Wasser ist klirrend kalt.«

»Das ist der einzige Weg«, sagte sie und wischte meine Bedenken beiseite. »Wenn du es ein paar Mal getan hast, musst du nur noch deinen Finger heben. Jetzt aber musst du ganz in dein Element eintauchen.«

Warum musste ich auch ausgerechnet ein Wasserelementar sein? Ich zog meinen Hoodie aus und warf ihn aufs Land – nicht, dass ein trockener Pullover viel half, wenn erst einmal der Hintern nass war. Mit einer Grimasse senkte ich meinen Körper in den kalten See, bis das Wasser mir an den Bauch schwappte. »K... können Wassernymphen e... eine B... Blasenentzündung bekommen?«, fragte ich mit klappernden Zähnen.

Aine ließ ihr musikalisches Lachen erklingen. »Nein, je früher du lernst, die Wassermagie an dich zu ziehen, desto schneller wird dir warm werden.«

Mehr Motivation brauchte ich nicht. Ich legte die Hände auf meine Oberschenkel ins Wasser und versuchte, die Magie um mich herum zu fühlen. Es war schwer, nicht nach meiner eigenen Kraft zu greifen und stattdessen zu ignorieren, wie die Kälte mir in jede Pore kroch. Ich stellte mir bildlich vor, alle warme Energie auf mich zu ziehen – konzentrierte mich nur darauf, und nach ein paar Minuten waren die Bilder so lebendig, dass ich die Kälte nicht mehr spürte.

»Siehst du, Schwester!«

Ich hatte nicht gemerkt, dass ich die Augen geschlossen hatte, bis Aine sprach. Als ich meine Lider aufschlug, wurde mein Blick sofort auf das sanfte Leuchten gezogen, das meinen Körper wie eine äußere Haut umgab und über der Wasseroberfläche schimmerte. Zunächst glaubte ich, versehentlich meine Kräfte freigesetzt zu haben, bis ich begriff, dass es Tausende kleiner goldener Funken waren, die auf mich zu drifteten. Als wären sie winzige Glühwürmchen unter Wasser. Fasziniert betrachtete ich, wie Partikel für Partikel sich mit jene verbanden, die meinen Körper umschmeichelten und meine goldene Aura noch heller scheinen ließen. Ich schwenkte die rechte Hand langsam durchs Wasser und stellte entzückt fest, dass die Magie meiner Bewegung folgte. Und ich spürte kaum Widerstand, ich hätte meine Hand genauso gut durch die Luft schwingen können. Ich imitierte Aine und ließ die Hand kreisen. Eine schillernde Spirale der Magie erhob sich im Wasser. Mit schnelleren Bewegungen schuf ich einen kleinen Wirbel und hob meine Hand dann in die Luft, ließ sie aber weiter Kreise formen. Die Augen vor Erstaunen weit, zog ich scharf die Luft ein, als sich eine wirbelnde Wassersäule zwischen meinen Händen und der Wasseroberfläche bildete. *Das muss ein Traum sein, unmöglich, dass das hier wirklich geschieht.*

Lautes Klatschen machte meine Konzentration zunichte und so brach die Wassersäule mit einem kleinen Platschen in sich zusammen. Ich sah über die Schulter zu Aine und grinste so breit, dass meine Wangen schmerzten. »Habe wirklich ich das gemacht?«

»Ja.« Sie ging zum Uferrand, wo ich sie besser sehen konnte und ihr Gesicht glänzte vor Stolz. »Du bist wirklich Sahines Nachfahrin, sie wäre so unendlich stolz auf dich.«

»Das war fantastisch. Kann ich es noch mal versuchen?«

»So oft du nur willst«, ihre Augen funkelten schelmisch. »Wenn dir nicht zu kalt ist, um weiterzumachen.«

»Nein. Ist ganz kuschelig hier.« Und das stimmte. Das Wasser war warm wie in einer Badewanne und ich hätte den ganzen Tag darin sitzen können.

Aine machte es sich am Ufer bequem und breitete ihr Kleid um sich herum aus. »Ich werde so lange hier sein, wie du möchtest.«

In den nächsten zwei Stunden spielte ich mit dem Wasser, ließ es zu immer höheren Säulen aufsteigen, kreierte wirbelnde Strudel und kleine Wellen, die sich am Ufer brachen. Selbst eine drei Meter hohe Wasserfontäne, die sich wie sanfter Sommerregen über uns ergoss, gelang mir. Ich staunte über jeden einzelnen dieser Tricks, unfähig, zu glauben, dass ich diejenige war, die das Wasser auf diese Art beherrschte. Das Beste war, dass ich nicht müde wurde dabei. Ich nutzte die Energie des Wassers, nicht meine eigene. Wenn meine Morikräfte doch nur auch so kinderleicht zu beherrschen wären.

Nur widerwillig ließ ich es irgendwann gut sein und löste mich von der Macht des Wassers. Die Haut an meinen Händen war schrumpelig geworden und meine Klamotten klebten völlig durchnässt an mir. Als ich mich zu Aine gesellte, wurde mir klar, dass es ein kalter Marsch nach Hause werden würde, aber das machte mir nichts aus. Das war der wunderbarste Nachmittag meines Lebens gewesen und ich war so glücklich, wie lange nicht mehr.

Aine nahm meine Hände in die ihren. »Das hast du gut gemacht, kleine Schwester.«

»Es war einfach unglaublich«, sagte ich und suchte nach einem besseren Wort, um dieses Ereignis zu beschreiben.

»Es freut mich, dass es dir gefallen hat. Nun werde ich mich aber erst mal darum kümmern.« Sie schwang ihre Hand, und sofort waren meine Kleider trocken.

»Cooler Trick«, sagte ich, setzte mich und zog meine Socken und Stiefel an. Erst jetzt sah ich, dass die Sonne sich schon gen Westen gewandt hatte. »Ich wünschte, ich müsste noch nicht gehen, aber sie werden nach mir suchen, wenn ich nicht bald zurückkomme. Wann sehen wir uns wieder?«

»Wenn du deine Wassermagie perfektioniert hast, werde ich wiederkommen. Ich möchte nicht länger in dieser Welt bleiben.«

»Du könntest mich zu Hause besuchen«, sagte ich hoffnungsvoll.

Sie lächelte und schüttelte dann den Kopf. »Du kannst dich unter den Mohiri frei bewegen, du bist zur Hälfte eine von ihnen. Ich aber bin eine

Fae, und es gäbe ein furchtbares Chaos, wenn ich mich unter so viele Moridämonen begeben würde.«

»Was würde passieren?«

»Sie würden sich vor mir fürchten, wären verwirrt und sehr verärgert. Die wenigsten Mohiri treffen in ihrem Leben auf eine Fae und sie könnten ihren Dämon in meiner Gegenwart nicht kontrollieren. Ich glaube nicht, dass deine Leute glücklich darüber wären.«

Beim Gedanken an Dutzende Mohirikrieger, die sich wütend auf eine Fae stürzten, wurde mir ganz anders zumute. »Nein, definitiv nicht.«

Sie umarmte mich. »Wir sehen uns bald, kleine Schwester«, sagte sie und trat zurück. Sie lächelte und winkte, und dann war sie einfach verschwunden.

Das nächste Mal, wenn ich sie sehe, muss ich sie fragen, wie sie das macht.

Laute Schritte zogen meine Aufmerksamkeit auf die nahenden Höllenhunde. Sie hechelten und wirkten, als hätten sie den Nachmittag damit verbracht, in den Wäldern zu jagen, statt stumm am See zu sitzen. Ich fühlte mich schuldig. Nun hatte ich so viel Spaß gehabt und sie waren in einer Art Trance gefangen gewesen. Allerdings wirkten sie sehr glücklich. Um es wenigstens ein wenig gutzumachen, tollte ich eine Viertelstunde mit ihnen am See herum, bevor ich ihnen bedeutete, dass es Zeit war, nach Hause zu gehen. Der Heimweg sollte kein Problem darstellen, es war schließlich unwahrscheinlich, dass wir hier so nahe bei der Mohirifeste auf etwas treffen würden, das zwei Höllenhunde nicht würden händeln können.

Als wir kurz vor der Dämmerung aus dem Wald traten, entdeckte ich Nikolas und Chris nahe dem Hauptgebäude. Sie beobachteten den Wald und ich wusste, dass sie auf meine Rückkehr warteten. Ich war mir ziemlich sicher, dass sie sich keine zehn Minuten später auf die Suche nach mir gemacht hätten.

Eine Stunde später zog ich mich zum Abendessen um und hörte dabei, wie sich jemand vor meiner Tür zu schaffen machte. Noch bevor ich nachsehen konnte, bemerkte ich den Umschlag, der unter meiner Tür hindurchgeschoben worden war. Sofort erkannte ich das Briefpapier.

Lächelnd faltete ich das Papier auseinander und las die Nachricht, die in seiner eleganten Handschrift verfasst war.

Ich wäre erfreut, wenn du heute Abend gemeinsam mit mir dinieren würdest. Um Sieben in der Bücherei. Desmund.

Ich starrte die Nachricht eine ganze Weile lang an. Desmund lud mich zum Essen ein? Derselbe Desmund, der vor weniger als zwei Wochen völlig außer sich geraten war, weil ich seine Bibliothek betreten hatte? Es erstaunte mich, wie sehr er sich in dieser kurzen Zeit verändert hatte. An dem Abend, an dem wir uns das erste Mal getroffen hatten, war er die unverschämteste Person gewesen, die mir je begegnet war, und nun freute er sich darauf, Zeit mit mir zu verbringen.

Schon als ich auf die Bibliothek zuging, begrüßte mich ein Schwall lauter Musik. Ich erkannte die Beethoven-Aufnahme, die Desmund mir geschickt hatte. Im Innern der Bücherei war nichts von ihm zu sehen, aber ich entdeckte einen kleinen Tisch nahe dem Kamin, der für zwei gedeckt war, und auf einem weiteren Tisch standen abgedeckte Teller, aus deren Richtung es köstlich duftete. Mein Magen knurrte erwartungsvoll.

»Sara, ich freue mich, dass du es einrichten konntest. Ich war mir nicht sicher, ob du nicht schon andere Pläne für heute Abend hast.«

Ich wandte mich zu Desmund, um ihn zu begrüßen, aber war so überrascht von dem Wandel, den er auch äußerlich vollzogen hatte, dass mir die Worte im Halse stecken blieben. Er war rasiert, trug braune Hosen und ein beiges Jackett, das in jeder Hinsicht an einen englischen Adeligen erinnerte. Aber es waren gar nicht unbedingt diese Oberflächlichkeiten, die mich so schockierten, sondern vielmehr sein gesunder Teint und das warme Lächeln. Er sah noch immer krank aus, aber er war deutlich genesen, seit ich ihn das letzte Mal gesehen hatte. War es möglich, dass diese kleine Heilung vor ein paar Tagen einen solchen Effekt gehabt hatte?

»Tja, ich habe eben all meine anderen Einladungen abgesagt – sie werden darüber hinweggekommen«, sagte ich, als ich endlich meine Stimme wiederfand.

Sein Lächeln schwand. »Oh, ich wollte nicht, dass du meinetwegen deine Pläne änderst.«

»Das war nur ein Witz. Wenn Sie mich nicht zum Essen eingeladen hätten, dann wäre ich ohnehin heute Abend auf Besuch gekommen. Sie schulden mir noch eine Revanche. Schon vergessen?«

Ich musste das Richtige gesagt habe, denn sein Mund verzog sich zu einem kecken Lächeln und in seinen dunklen Augen blitzte es vergnügt. »Lassen wir doch das Sie. Bitte sag Desmund zu mir.«

Überrascht nickte ich.

»Aber nun lass uns zunächst das Essen genießen und dann bekommst du deine Chance.«

Er zog einen Stuhl für mich heran und bestand darauf, dass ich mich setzte und er mich als Gastgeber bediente. Er schien großen Gefallen daran zu haben, also ließ ich ihn gewähren, obwohl ich mir ein wenig lächerlich dabei vorkam. Ich wollte gerade sagen, dass er um meinetwillen nicht so einen Aufwand hätte betreiben müssen, als mir einfiel, dass er sich sein Essen sicher immer bringen ließ. Schließlich hatte ich ihn noch nie im Speisesaal gesehen. Ich ging davon aus, dass Tristan ihn hin und wieder besuchte, aber es musste sicher sehr einsam sein, so häufig alleine zu essen.

»Bitte sehr.« Er stellte einen Teller mit Lammkotelett, Rosmarinkartoffeln und Salat vor mich und setzte sich dann mir gegenüber. Das Menü war aufwendiger, als das, was ich sonst aß, aber es schien mir, als wäre es ein alltägliches Essen für Desmund.

»Wein?« Er hob eine Flasche mit Rotwein an und ich lehnte dankend ab. »Wie läuft der Unterricht mit deinem neuen Trainer?«, erkundigte er sich, während er sein Fleisch schnitt.

»Besser als erwartet. Mithilfe meiner Morikraft ist es mir heute Morgen gelungen, einhändig ein Zwanzig-Kilo-Gewicht zu heben. Das habe ich vorher noch nie geschafft.« Desmund wusste nichts von meiner Faeherkunft, also konnte ich ihm vom anderen Teil meines Trainings nicht berichten.

»Ist die Arbeit mit Nikolas also gar nicht so schlimm, wie du befürchtet hattest?«

»Ich schätze nicht«, gab ich widerwillig zu. »Er hilft mir, auch wenn ich die meiste Zeit das Gefühl habe, ihm auf die Nerven zu gehen.«

Er lachte und ich war überrascht, wie verändert er wirkte – so entspannt, gelassen und zuversichtlich. Ich wünschte, ich könnte ihm von meinem

Nachmittag am See erzählen, aber ich kannte ihn nicht gut genug, um ihm ein solch großes Geheimnis anzuvertrauen.

»Desmund, als ich das letzte Mal hier war, hast du erwähnt, dass du Nikolas bereits seit Langem kennst und ich hatte das Gefühl, dass ihr einander nicht ausstehen könnt. Darf ich fragen, warum?«

Seine Miene wirkte mit einem Mal verschlossen, und ich glaubte schon, er würde mir nicht antworten. Dann huschte ein zurückhaltendes Lächeln über sein Gesicht. »Nikolas ist einer der besten Krieger überhaupt, aber es gab eine Zeit, in der ich sehr voreingenommen war, was ihn betrifft. Ich habe viele hundert Missionen in ganz Europa durchgeführt und meine Erfolge suchten ihresgleichen. Ich leitete ein Team, das sich um ein gravierendes Vampirproblem in Glasgow kümmern sollte, als wir auf ein anderes Team trafen – angeführt von einem aufstrebenden jungen russischen Krieger, der gerade erst seine Ausbildung beendet hatte. Ich sagte diesem Mann, dass wir die Situation unter Kontrolle hatten, dass er nach Hause gehen sollte. Aber der junge Nikolas hat meine Worte nicht sonderlich gut aufgenommen.« Desmunds Lächeln verzog sich zu einer Grimasse. »Es kann sein, dass ich gesagt habe, er sei zu jung, um die Brust seiner Mutter zu verlassen. Oder so ähnlich. Es erklärt sich also von selbst, dass wir nicht unbedingt gemeinsam ein Bier trinken waren, nachdem der Job erledigt war.«

In der kurzen Zeit, die ich Desmund nun kannte, hatte ich mir bereits ein Bild von dem arroganten und sarkastischen Mann gemacht, der er vor der Hale-Hexer-Attacke gewesen sein musste. Ich konnte mir gut vorstellen, wie zwischen ihm und dem nicht weniger sturen Nikolas die Funken geflogen sein mussten.

»Ihr seid wegen dieser einen Geschichte nie gut miteinander ausgekommen?«

Desmund gluckste. »Ach was. Das war nichts. Wir hatten in den folgenden Jahren noch ein paar Mal das Vergnügen miteinander, aber es ist nicht unbedingt besser geworden. Um ehrlich zu sein, ist es in Europa ziemlich langweilig geworden, nachdem er in die Staaten gezogen ist.«

Ich schüttelte den Kopf. »Irgendwie bezweifle ich, dass es irgendwo hätte langweilig werden können, wo du warst.«

»Wohl wahr«, erwiderte er mit einem stolzen Achselzucken. Er nahm einen Schluck Wein und wir aßen eine Weile schweigend, bevor er sagte, er hätte von der Aufregung unten im Saal gestern gehört. Danach musste ich ihm die gesamte Karkattacke im Detail beschreiben.

»Ich habe letzte Nacht herausgefunden, dass ich einen Cousin hier habe. Kennst du Chris ... Christian ... ähm ... Mist, ich kenne nicht einmal seinen Nachnamen.«

»Er heißt Kent, wie Tristan«, half er mir.

»Ich dachte, Tristans Nachname wäre Croix – wie Madelines.«

Desmund schaute finster drein. »Ah, Madeline – die war mir noch nie geheuer. Ich begreife bis heute nicht, wie ein guter Mann wie Tristan ein so selbstsüchtiges Problemkind wie sie hervorbringen konnte. Croix ist der Mädchenname von Madelines Mutter, sie hat ihn angenommen, nachdem sie von hier verschwunden ist.«

»Sie hat Tristan damit sehr verletzt.« Es war keine Frage. Ich hatte gesehen, wie Tristan bei der Erwähnung seiner Tochter jedes Mal schmerzerfüllt zusammenzuckte.

»Madeline war eine hervorragende Kriegerin, aber sie hatte geglaubt, als Tristans Tochter besondere Privilegien genießen zu dürfen und sich selbst über alle Regeln hinwegsetzen zu können. Tristan hat ihr schließlich Grenzen aufgezeigt, und statt sich anzupassen, ist sie abgehauen. Sie war Elena sehr ähnlich.«

»Du hast Elena gekannt? Tristan hat mir erzählt, was ihr zugestoßen ist.«

Sein Lachen klirrte vor Kälte. »Tristan erinnert sich mit der Liebe eines Bruders an Elena, für ihn war sie zwar verwöhnt und speziell, aber doch gutherzig. Ich habe ganz andere Erinnerungen an sie. Selbst im zarten Alter von sechzehn Jahren war Elena schon ein manipulatives kleines Ding, das ständig darauf aus war, die Männer um den Finger zu wickeln. Glücklicherweise war sie mit ihren Reizen bei mir an der falschen Adresse.«

»Warum?«

»Sie war nicht mein Typ.« Er zeigte wieder sein übliches, leicht überhebliches Grinsen und hob sein Weinglas. Ich spürte, dass hinter dieser Feststellung mehr lauerte, er aber nicht bereit war, näher darauf einzugehen. Ich versuchte, ihn mir bildlich vorzustellen, bevor er von dem Hexer angegriffen worden war. Mit seinem guten Aussehen und dem

Charme, der ab und zu aufblitzte, musste er ein ziemlicher Frauenschwarm gewesen sein.

»Warst du jemals wirklich verliebt?« Sobald die Worte meine Lippen verlassen hatten, wollte ich sie bereits zurücknehmen. Er hatte so viel durchgemacht und das Letzte, woran ich ihn erinnern wollte, war eine alte Liebe. »Es tut mir leid. Ich habe kein Recht, das zu fragen.«

Er stellte das Weinglas auf dem Tisch ab und starrte mich an, als sähe er durch mich hindurch in die Vergangenheit. »Ein- oder zweimal. Oder ich glaubte es zumindest. Es ist so lange her, dass ich mich nicht mehr richtig daran erinnere. Was ist mit dir? Hast du schon mal jemanden geliebt?«

»Nein, ich war mal ein wenig verknallt, aber es ist nichts passiert. Und vor ein paar Monaten gab es da einen Jungen, der ... egal.«

»Er hat deine Zuneigung nicht erwidert?«

Ich spielte mit meiner Gabel. »Wir hatten ein einziges Date – wenn man das so nennen kann –, und er wollte auch wieder mit mir ausgehen, aber da hatte ich gerade erst herausgefunden, wer ich war, und ich hielt es nicht für den richtigen Zeitpunkt, um eine Beziehung mit einem Menschen einzugehen.«

Desmund nickte verständnisvoll und ich war dankbar, dass er nicht weiter auf dem Thema herumhackte. Er legte sein Besteck auf den Teller. »Verzeih, dass ich gar nicht nach dem Dessert gefragt habe. Ich esse für gewöhnlich selbst keines.«

»Das ist in Ordnung. Ich bin ohnehin mehr als satt.« Ich schob meinen Stuhl zurück und stand auf. »Sollen wir eine Runde spielen?«

Ein vertrautes Leuchten zeigte sich in seinen Augen. »Mit Vergnügen.«

Wir gingen zu dem kleinen Tisch am Fenster, wo er das Spielbrett, das ich für ihn gekauft hatte, bereits aufgestellt hatte. Wir setzten uns einander gegenüber und keiner von uns beiden erwähnte das neue Brett oder das Schicksal seines Vorgängers. Ich wusste noch immer nicht alles von seiner Krankheit, es war also gut möglich, dass er sich gar nicht an den Vorfall erinnerte. Er war heute Abend so gut gelaunt, dass ich ihn auf keinen Fall aufregen wollte.

Zwei Partien Dame später, war ich um drei Erkenntnisse reicher. Erstens: Ich würde Desmund in Dame niemals besiegen können. Zweitens: Je besser ich ihn kennenlernte, desto glücklicher war ich darüber, ihn zum Freund zu haben. Drittens: Sein Befinden hatte sich nicht so stark verbessert, wie ich gedacht hatte. Nach mehreren Stunden in seiner Gesellschaft zeigte er Anzeichen von Erschöpfung, seine Augen leuchteten übernatürlich hell und obwohl er lächelte, konnte er das Zittern seiner Hände nicht verbergen. Er musste sich sichtlich anstrengen, um den ständigen Schmerz und inneren Aufruhr zu überspielen. Er verschanzte sich hier oben nicht etwa, weil er andere Leute nicht leiden mochte, sondern vielmehr, weil es unglaublich schwer war, seinen Zustand geheim zu halten. Er war ein stolzer Mann, einst ein großer Krieger und es musste unerträglich für ihn sein, in Körper und Geist so schwach zu sein.

Ich konnte nicht wissen, ob meine Heilung ihm gutgetan hatte, aber ich wollte es erneut versuchen. Das Problem war nur, dass ich ihn dafür berühren musste, zumindest seine Hand oder seinen Arm. Und wie sollte das gehen, ohne ihm einen falschen Eindruck von mir zu vermitteln? Es fehlte gerade noch, dass Desmund glaubte, ich würde mich an ihn ranmachen.

»Noch ein Spiel?«

»Eigentlich würde ich dich viel lieber noch einmal Klavierspielen hören – wenn du möchtest.« Er war das letzte Mal so sehr in der Musik versunken, dass er von meiner Heilung gar nichts mitbekommen hatte. Vielleicht konnte es so klappen.

Ein wenig fiel die Anspannung bei diesen Worten von ihm ab. »Was möchtest du denn hören?«

»Ich lasse mich überraschen.«

Er stand auf und streckte mir seinen Arm entgegen. Ich nahm ihn und wir gingen gemeinsam den Flur entlang zum Musikraum. Wir setzten uns auf die Bank, Desmund spielte ein düsteres Stück mit vielen dramatischen Passagen, die seinen momentanen Gefühlszustand offenbar gut widerspiegelten. Ich hatte dieses Stück nie zuvor gehört und fand es ein wenig deprimierend. Aber er war so versunken in sein Spiel, dass ich gute Chancen sah, meine Absichten in die Tat umzusetzen.

Als ich mich der Halemagie dieses Mal öffnete, war ich bereit für die kalte Welle heftiger Übelkeit. Ich biss die Zähne zusammen und wappnete mich, ließ die dunkle Magie in mich fließen, bis kleine Schweißperlen über meinen Rücken rannen und ich gegen ein Schaudern ankämpfen musste, das drohte, meinen Körper erzittern zu lassen. Als ich es nicht mehr aushielt, zog ich mich vorsichtig zurück und überließ es meinen Kräften, die dunkle Magie zu zerstören.

Desmund beendete das Stück und begann eine neues – offenbar ohne meinen inneren Kampf auch nur zu erahnen. Sobald mein Herzschlag sich wieder normalisiert hatte, knüpfte ich erneut eine Verbindung zwischen uns und entzog ihm noch mehr des bösen Zaubers. Zunächst schien es, als würde das Hexenwerk in einem stetigen, niemals endenden Strom in mich fließen, aber schließlich wurde es weniger und weniger, bis es sich nur noch wie ein Tröpfeln anfühlte. So viel Kraft auf die Vernichtung des grauenvollen Zaubers zu verwenden, hätte mich auslaugen müssen. Stattdessen fühlte ich mich seltsam erfrischt.

Desmund spielte zwei weitere Stücke, dann bemerkte ich, dass er müde wurde. Seine Wangen glühten rosiger, und mir kam der Gedanke, dass er sich womöglich wie alle anderen Kreaturen nach einer großen Heilung ermattet fühlte. Natürlich würde er niemals zugeben, müde zu sein.

Ich legte meine Hand auf den Mund und tat, als müsste ich gähnen. Er hielt inne. »Müde, Kleines?«

»Es tut mir leid, das viele Training hat mich ganz schön fertiggemacht.«

»Dann solltest du dich hinlegen und ein wenig ausruhen. Wir können ein andermal weitermachen.« Er stand auf und lächelte mich an. »Wenn du morgen mit deinem neuen Trainer mithalten willst, solltest du dich gut ausschlafen.«

Wir trennten uns am Treppenabsatz wie üblich und ich nahm einen kleinen Umweg in den Speisesaal, um mir noch einen Blaubeermuffin zu holen. Als ich an den bodentiefen Fenstern vorbeikam, bemerkte ich Nikolas und Celine, die über den gut beleuchteten Rasen schritten. Sie hielten an und Celine sah schmachtend zu Nikolas auf. Er sagte etwas zu ihr und sie öffnete den Mund. Es schien mir, als lachte sie herzlich. Ich kam mir vor, als würde ich sie in einem sehr intimen Moment beobachten. Wenn man die beiden so betrachtete, kam man nicht umhin, festzustellen, wie gut sie miteinander aussahen. Und ich war auch nicht überrascht darüber, dass Nikolas mit einer so schönen Frau zusammen sein wollte. Sie mochte anderen Frauen gegenüber eine ziemliche Hexe sein, aber ganz offensichtlich hatte sie einen Schlag bei den Männern.

Celine hob die Hand und legte sie in vertrauter Geste auf Nikolas' Schulter. Plötzlich war mir, als hätte jemand mir einen Tritt in die

Magengrube verpasst. Schnell huschte ich außer Sichtweite und rannte in Richtung meines Zimmers – verwirrt und peinlich berührt von einer Flut an seltsamen Gefühlen. Warum störte es mich, die beiden zusammen zu sehen? Es lief schließlich nichts zwischen mir und Nikolas, er war vermutlich der Letzte, mit dem ich mir etwas vorstellen sollte. Ja, er war verdammt attraktiv, und okay, vielleicht fühlte ich mich ein wenig von ihm angezogen. Wer würde das nicht? Er war gut zu mir, aber er war auch arrogant, bestimmend und launisch.

Ich konnte nur ganz einfach den Gedanken nicht ertragen, dass diese Frau ihre Krallen nach ihm ausstreckte. *Er könnte jemand viel Besseren als Celine haben.*

Was geht dich das an?, fragte meine innere Stimme. *Du magst ihn nicht einmal. Schon vergessen?*

Ich mag ihn sehr wohl, hielt ich dagegen. *Er ist mein Freund und ich will nicht, dass meine Freunde mit solchen Frauen zusammen sind.*

Wem willst du das denn erzählen? Nikolas war für dich niemals nur ein Freund.

»Nein, das stimmt nicht«, flüsterte ich, während ich die Tür zu meinem Zimmer öffnete. »Ich habe keine Hintergedanken.«

Lügnerin.

Ich schloss die Tür und drückte schwach meine Stirn dagegen. »Das passiert jetzt nicht wirklich.«

Die Stimme blieb stumm.

Kapitel 13

ALS ICH AM NÄCHSTEN MORGEN aus dem Bett krabbelte, fühlte sich mein Kopf an, als wäre er in einen Schraubstock gezwängt worden. Unter den Augen hatte ich dunkle Ringe und ich wollte nichts mehr, als einfach wieder unter die Decke kriechen und mich den Rest des Tages dort verstecken. Alles wäre mir recht, um Nikolas nicht unter die Augen treten zu müssen. Wie sollte ich mit ihm trainieren, geschweige denn mit ihm allein sein, nachdem ich letzte Nacht begriffen hatte, dass ich etwas für ihn empfand? Ich wusste noch immer nicht, welche Gefühle genau das waren, aber sie machten mir eine Heidenangst. War mein Leben nicht auch so schon kompliziert genug? Nikolas war mein Trainer und ein Freund, und er war alles andere als unkompliziert.

Obwohl Jordan anderer Meinung war, war ich mir sicher, dass Nikolas sich nicht von mir angezogen fühlte. Ihn gestern mit Celine zu sehen, bestätigte das. Ob ich mir wünschte, dass er mich auf diese Weise wollte? Natürlich nicht! Die meiste Zeit lagen wir uns doch sowieso in den Haaren. Auch wenn ich zugeben musste, dass er in den letzten Tagen viel geduldiger und verständnisvoller gewesen war. Er war ein anderer hier, entspannter als in Maine, und das brachte mich einfach aus dem Konzept. Das musste es sein. Wir verbrachten eben viel Zeit miteinander, und dass er plötzlich so freundlich war, verwirrte mich.

Oder?

Ich vergrub den Kopf in den Händen. »Das kann ich jetzt wirklich nicht gebrauchen.« Meine Kehle fühlte sich zu eng an, meine Stimme klang heiser. Diese schlaflose Nacht brachte meine Gefühle durcheinander, und wenn ich mich nicht bald wieder im Griff hätte, würde ich in Kürze ein totales Wrack sein. Da hatte ich ja besser geschlafen, als ein Psychovampir hinter mir her gewesen war. Wie verrückt war das denn bitte?

Es gab nur eine Möglichkeit: Ich musste mich so verhalten, als wäre nichts geschehen und so viel Abstand wie möglich zwischen Nikolas und mir schaffen. Zumindest solange, bis diese dummen Gefühle wieder verschwunden waren. Ich war mir nicht sicher, wie das funktionieren sollte, jetzt, da er mein Trainer war, aber ich würde ihn einfach außerhalb des Trainings um jeden Preis meiden.

Nun, da ich einen Plan hatte, fühlte ich mich etwas besser. Ich zog mich an und eilte zum Frühstück. Auf der Treppe kam ich an Olivia vorbei, und ihr fragender Blick sagte mir, dass ich furchtbar aussehen musste. Mein Kopf war wie in Watte gehüllt, und dieses seltsame Gefühl in meinem Magen konnte sowohl vom Hunger als auch vom Schlafmangel herrühren. Wenn es je einen Tag gab, an dem ich Starbucks dringend nötig gehabt hätte, dann heute. Ein doppelter Espresso würde jetzt Wunder wirken.

Als ich jedoch den Speisesaal betrat, war mein Verlangen nach Kaffee augenblicklich vergessen. Die ersten beiden, die ich sah, waren Nikolas und Celine, die gemeinsam frühstückten. Sie waren nicht allein; Tristan und Chris saßen mit am Tisch, aber das trug nicht dazu bei, die intime Szene des gestrigen Tages vergessen zu machen. Als hätte sie meine Gedanken gelesen, lehnte sich Celine zur Seite und sagte etwas zu Nikolas. Ihre Hand legte sie dabei besitzergreifend über die seine. Der Ärger brannte wie ein Feuer in mir, pochte in meinen Ohren und erfüllte mich mit dem Drang, hinüber zu gehen und ihre Hand von seiner zu reißen. Ich wollte ihr klar machen, dass er mein …

Mein was? Ich unterbrach mich abrupt und meine irrationale Wut verpuffte augenblicklich. Mein Gesicht glühte vor Scham. Ich war verwirrt, und der Gedanke an Essen verursachte mir Übelkeit. Ich machte auf dem Absatz kehrt und ging so schnell hinaus wie möglich, ohne zu viel Aufmerksamkeit auf mich zu ziehen. Kaum hatte ich die Tür zum Speisesaal hinter mir geschlossen, zog ich scharf die Luft ein, aber es war nicht genug. Es war zu stickig, die Luft zu schwer. Raus! Ich musste nach draußen, oder ich würde ersticken.

Ich nahm den nächstgelegenen Ausgang und stellte mich regungslos in die frische, kalte Luft. Die Morgenbrise beruhigte mein erhitztes Gemüt und kühlte meinen glühenden Kopf. Was war nur los mit mir? Hätte ich mich gerade wirklich fast auf Celine gestürzt? Der Gedanke daran, wie nahe ich einer solchen Blamage gekommen war, machte mir Beine. Ich lief über das Gras und suchte nach einem Plätzchen, an dem ich wieder zu mir kommen konnte. Ein paar Leute winkten mir im Vorbeigehen zu, aber zu meiner Erleichterung sprach mich niemand an. Schließlich fand ich mich am Fluss wieder, dort, wo das Rauschen des Wassers alle anderen

Geräusche übertönte und langsam auch die Anspannung aus meinem Körper vertrieb.

Ich setzte mich ans Ufer ins Gras und zog die Beine an die Brust. Lange starrte ich auf die starke Strömung und sah dabei gar nichts. Was war gerade geschehen? Es war, als hätte ich jegliche Kontrolle über meine Emotionen verloren, und das machte mir unaussprechliche Angst. Es war doch alles gut gewesen, bis ich mit Nikolas zu trainieren begonnen hatte. War es der Verbindung mit meinem Mori zuzuschreiben? Hatte er mich empfänglicher für seine eigenen Gefühle und Wünsche gemacht? Vielleicht war das vorhin auch der Zorn des Dämons gewesen, gar nicht mein eigener.

Ich verschränkte die Arme über den Knien und legte meine Stirn darauf. Wie sehr ich mir jetzt wünschte, mit jemandem darüber reden zu können. Roland galt mein erster Gedanke, aber den verwarf ich schnell wieder. Er selbst ließ Gefühle für Mädchen gar nicht erst zu, und so würde er es nicht verstehen. Jordan konnte mir die Mohiriemotionen vielleicht erklären, aber sobald ich Nikolas auch nur erwähnen würde, würde sie sich vermutlich sofort in die Hochzeitsvorbereitungen stürzen. Und eher würde die Hölle zufrieren, als dass ich meinem Großvater meine plötzliche Zuneigung zu einem seiner Freunde gestehen würde. Das alles war so verrückt, und wahrscheinlich würde ich mich demnächst zu einer Therapie anmelden können.

Remy würde genau wissen, was er sagen musste, aber er war der Einzige, mit dem ich nicht sprechen konnte. Ich holte zitternd Luft. Sah so aus, als müsste ich alleine damit klarkommen.

»Geht es dir gut?«

Ich zuckte zusammen und riss den Kopf hoch. Es war Nikolas, der nur wenige Meter hinter mir stand. Ich war so versunken in meine Grübeleien gewesen, dass ich ihn weder hatte kommen hören noch ihn gespürt hatte.

»Du bist abgehauen, ohne etwas zu essen, und mit leerem Magen kannst du nicht trainieren.« Er kam näher. »Die magst du am liebsten, oder?«

Ich sah auf und bemerkte, dass er einen Blaubeermuffin in Händen hielt. Ein paar Sekunden lang starrte ich ihn an, dann griff ich zu. »Danke«, sagte ich mit belegter Stimme und mied seinen Blick.

»Willst du mir nicht sagen, was mit dir los ist?«

»Alles gut.«

»Ich glaube, ich kenne dich gut genug, um zu wissen, dass das nicht stimmt.« Er setzte sich neben mich ins Gras, und auf einmal war ich mir seines Geruches und der Berührung seines Armes mehr als bewusst. Ich versuchte, zu schlucken, aber mein Mund war zu trocken.

»Ich habe letzte Nacht kaum geschlafen und bin müde«, brachte ich hervor. Ich wickelte den Muffin aus und hoffte, meine Erklärung würde ihn zufriedenstellen.

»Ist das alles? Du klingst irgendwie aufgewühlt.« In seiner Stimme schwang Besorgnis mit, und am liebsten hätte ich mich an seiner Schulter ausgeweint und wollte gleichzeitig vor ihm davonzulaufen. Warum konnte er nicht einfach wieder der anstrengende, nervtötende Nikolas sein?

Ich starrte auf das schäumende Wasser und wünschte mir, es würde mich von seinem aufmerksamen Blick und seinen beunruhigenden Nettigkeiten forttragen. »Es wühlt mich auf, wenn ich nicht schlafen kann.«

Er schwieg einen Moment lang, seinen Blick dagegen spürte ich überdeutlich. »Vielleicht haben wir es gestern beim Training etwas übertrieben.«

»Wahrscheinlich.«

»Wir lassen das heute mit dem Training«, sagte er zu meiner Überraschung. »Gibt es etwas anderes, was du gerne machen möchtest? Wir könnten in die Stadt fahren.«

Mein Puls beschleunigte sich. Dann aber erinnerte ich mich daran, dass ich beschlossen hatte, so viel Distanz wie möglich zu schaffen. »Ich glaube, ich esse meinen Muffin und gehe dann zu Hugo und Wolf.«

»Solange du nichts machst, was dich zu sehr anstrengt.« Er stand auf und einen Augenblick lang spürte ich seine Anwesenheit noch hinter mir, dann entfernte er sich. »Wir sehen uns später.«

»Bis dann, und danke für den Muffin«, rief ich ihm nach.

»Jederzeit.«

Ich sprach an diesem Tag nicht noch einmal mit Nikolas, was mir nur gelang, weil ich bei Sahir im Büro zu Mittag aß und mir zum Abendessen nur ein Sandwich holte.

Am nächsten Morgen wollte das Schicksal es, dass Nikolas geschäftlich weggerufen wurde. Ich war tatsächlich froh, wieder mit Callum zu trainieren. Etwas, das uns beide überraschte. Und so demonstrierte ich meinem erstaunten alten Trainer meine neuen Fähigkeiten. Es war das erste Mal, dass er mir so etwas wie ein zustimmendes Nicken entgegenbrachte. Wir arbeiteten danach an meinen Reflexen, und obwohl es mir nur ein einziges Mal gelang, mich nicht überrumpeln zu lassen, musste er zugeben, dass ich langsam Fortschritte machte.

Erst beim Abendessen sah ich Nikolas wieder und das auch nur im Vorbeigehen. Er betrat den Speisesaal, als ich gerade ging, und ich war unendlich erleichtert, dass keines dieser verrückten Gefühle wieder an die Oberfläche trat. Ich wollte mir nicht vorstellen, wie seltsam es sein musste, mit jemandem unter einem Dach zu leben, ihn jeden Tag sehen zu müssen und dabei immer wieder diese nicht zuzuordnenden Gefühle zu hegen. Wir waren beide unsterblich, und für immer war eine sehr lange Zeit, um jemandem aus dem Weg zu gehen. Aber jetzt würde sich alles wieder normalisieren – so gut das in meinem Leben eben möglich war.

Nach dem Abendessen hatte ich es mir im Gemeinschaftsraum gemütlich gemacht und sah einen furchtbar schlechten Science-Fiction-Film mit Michael, als ein nervös wirkender Sahir eintrat. »Sara, hier bist du. Kannst du mitkommen? Ich brauche deine Hilfe.«

»Natürlich. Was ist los?« Ich stand auf und ging zu ihm.

»Heute kam eine neue Kreatur an und es ist …« Er wandte sich zum Gehen. »Komm schon, es ist einfacher, wenn ich es dir zeige.« Und schon eilte er Richtung Haupteingang.

Eine neue Kreatur? Ich platzte vor Neugier und beeilte mich, um mit ihm Schritt halten zu können. »Was für eine Kreatur, und wie kann ich dir dabei helfen?«

»Sie ist ein Greif und sie ist …«

»Woah!« Schlidernd kam ich auf dem nassen Gras zum Stehen. »Ein … ein Greif?«

Sahir blieb ein paar Meter weiter vor mir ebenfalls stehen und sah mich ernst an. »Ein junger Greif. Wenn du mich fragst, fast noch ein Junges.«

Es gelang mir nicht, den Mund zu schließen, also legte ich die Hand über die Lippen. »Oh mein Gott.« Wenn es irgendeine Rasse gab, die noch zurückgezogener lebte und ihre Jungen noch entschlossener beschützte als Trolle, dann waren es Greife. Und sie waren ebenso tödliche Waffen, wenn ihre Jungen in Gefahr waren, wie Remys

Verwandte. Nicht, dass ich je einen lebenden Greif gesehen hätte. Greife waren nicht in Nordamerika beheimatet, sie lebten in den entlegensten Bergregionen Südafrikas. Ich hatte noch nie davon gehört, dass es jemandem gelungen war, einen Greif zu fangen. Geschweige denn ein Junges.

»Ein paar unserer Leute haben einen Zauberer bei Los Angeles aufgespürt und überfallen. Er züchtete Dämonen und sie haben das Junge in einem seiner Käfige gefunden. Greife haben mächtiges Blut und wir glauben, dass er sie benutzen wollte, um einen Schutzzauber für die Dämonen herzustellen.« Sahir schüttelte angeekelt den Kopf und ging weiter. »Er hat sich geweigert, uns zu verraten, wie er sie aufgetrieben hat. Wir werden ihren Schwarm ausfindig machen müssen. Das wird nicht leicht. Greife sind unglaublich scheu.«

»Was kann ich tun?«

»Sie ist hoch in die Dachsparren geflogen, bevor ich ihre Käfigtür schließen konnte. Und sie knallt ständig gegen die Scheiben. Du hast doch einen guten Draht zu Hugo und Wolf, und ich hatte gehofft, du könntest sie beruhigen, bevor sie sich selbst verletzt.«

Wir hatten die Menagerie schon fast erreicht, als sich die Tür zur Arena öffnete und Nikolas und Chris heraustraten. Sie trugen ihre Schwerter noch bei sich, also hatten sie ihr Training wohl eben erst beendet.

»Wo brennt es?«, erkundigte sich Chris.

»Der junge Greif, den wir heute reinbekommen haben, ist unruhig. Sara hilft mir«, erklärte Sahir.

Chris lächelte schief. »Wrestlen mit einem Greif? Eines deiner vielen Talente, liebe Cousine?«

Nikolas kam auf uns zu. »Greife können sehr gefährlich werden, wenn man sie in die Ecke treibt. Sara, geht da nicht schutzlos rein.«

Oh, da ist er ja, der alte Nikolas, den ich kenne und ... Ich gebot dem Gedanken schnell Einhalt. »Sie ist ein Junges, Nikolas.«

Er baute sich vor mir auf. »Dieses Junge könnte mühelos einen Grizzly mit ihren Krallen aufspießen.«

»Das hätte der Troll, von dem du dachtest, er wollte mich töten, auch gekonnt«, sagte ich und erinnerte ihn an die Nacht, in der er Remy kennengelernt hatte.

Sahir starrte uns an. »Troll?«

»Erzähl ich dir später. Jetzt kümmern wir uns erst mal um den Greif.«
In meinem Magen kribbelte es erwartungsvoll. Ich würde einen echten Greif sehen!

Nikolas bewegte sich keinen Zentimeter. »Nicht ohne uns.«

Ich seufzte genervt und ging um ihn herum. »Na schön, aber mach ihr bloß keine Angst. Ihr beiden könnt an der Tür stehen bleiben, sollte der böse, böse Greif auf mich losgehen.«

»Sie ist ganz schön herrisch geworden, seit sie hier ist«, sagte Chris zu Nikolas laut flüsternd. »Was hast du ihr alles beigebracht?«

Nikolas murmelte etwas auf Russisch. Ich wusste, er war einfach nur ... Nikolas, aber das hier war kein Angriff von einem Haufen Crocottas oder etwas dergleichen. Wir hatten es mit einem verängstigten Küken zu tun, das seiner Familie beraubt worden war, und sie brauchte Mitgefühl, keinen Zwang.

Wir betraten die Menagerie, und Nikolas und Chris hielten sich an der Tür auf, während Sahir und ich auf die Käfige zu gingen. Hugo und Wolf heulten auf, als ich näherkam, und ich musste innehalten und sie kurz streicheln. Dann befahl ich ihnen, sich hinzulegen, um den Greif nicht zu verängstigen.

Alex kauerte wie immer in seinem Käfig. Ich rief ihm leise ein paar Worte zu und machte dabei einen großen Bogen um seine Behausung. Er musterte uns unbeweglich, und wie immer jagte sein Blick mir einen Schauer über den Rücken. Die Leute, die Wyvern trainierten, mussten entweder die mutigsten oder die dümmsten Mohiri auf Erden sein.

Eine goldene Feder flatterte mir vors Gesicht und ich sah schnell hoch zur Decke. »Wow ... oh, wow.« Ich starrte auf die Kreatur, die sich am höchsten Dachbalken unter dem Glasdach festkrallte. Sie war so groß wie ein ausgewachsener Golden Retriever, hatte einen löwenähnlichen Körper, den Kopf eines Adlers und verbarg ihre Schwingen an ihren Seiten. Selbst aus dieser Entfernung konnte ich erkennen, dass ihr Gefieder verschmutzt und zerzaust war. Ungewöhnlich für eine Kreatur, die für ihre Reinlichkeit bekannt war. Beim Klang meiner Stimme neigte sie ihren Kopf und bedachte mich mit einem Blick so voller Traurigkeit, dass es mir das Herz zerriss.

»Sara, das ist Minuet.«

Ich konnte die Augen nicht von ihr lassen. »Sie ist unglaublich«, hauchte ich.

»Nicht mehr lang, wenn wir sie nicht bald hierunter kriegen und ihr etwas zu essen geben«, sagte Sahir und erinnerte mich an meine Aufgabe.

»Stimmt. Sorry. Ich habe nur noch nie ein Wesen wie sie gesehen.« Ich studierte das Greifenweibchen noch einen Augenblick und suchte dann nach einer Sitzgelegenheit. Das hier konnte eine Weile dauern – wenn es überhaupt funktionierte. Ich entschied mich für eine Stelle auf dem Boden und drückte den Rücken gegen den Käfig gegenüber von Minuets Voliere. »Sahir, könntest du dich bitte zu den anderen stellen, damit du ihr keine Angst machst?«

»Was hast du vor?«

»Ich möchte nur ein wenig mit ihr sprechen.«

Er schloss sich Nikolas und Chris an. Ich spürte ihre Blicke auf mir, als ich meine Kraft in den Raum fließen ließ. Ich tat mein Möglichstes, um das Publikum zu ignorieren, und sprach zu dem jungen Greifenweibchen. »Ich hoffe, es stört dich nicht, wenn ich dir Gesellschaft leiste, Minuet. Es ist sicher ziemlich beängstigend und einsam für dich hier.« Sie blinzelte und wandte den Kopf ab. Meine Brust fühlte sich eng an. »Ich weiß, wie du dich fühlst. Ich vermisse meine Familie auch sehr.«

Sie gab keinen Laut von sich, aber ich sah, wie sie von einem Fuß auf den anderen trat. Eine weitere Feder segelte von der Decke. Remy zufolge waren Greife sehr intelligente Wesen und verstanden alle gesprochenen Sprachen. Ich war mir nicht sicher, ob das auch auf sehr junge Greife zutraf, aber ich hoffte, dass mein Ton sie beruhigte. Das und die Kraft, die ich nun auf sie zufließen ließ.

»Minuet, möchtest du die Geschichte eines Mädchens hören, das sich fern ihrer Familie verirrt hat? Es ist eine ähnliche Geschichte wie deine eigene, schätze ich. Aber sie hat ein gutes Ende, das verspreche ich dir.«

»Der Name des Mädchens war … ähm … Mary, und eines Tages verschwand sie, weder ihre Freunde noch ihre Familie hatten eine Ahnung, wo sie war. Sie glaubten, sie für immer verloren zu haben. Sie konnten nicht wissen, dass Mary sehr, sehr krank geworden war und gestorben wäre, hätten nicht ein paar gute Fae sie mit nach Hause genommen und sie geheilt. Lange Zeit schlief Mary tief und fest, während die Faerie ihre Magie an ihr erprobten. Und eines Tages wachte sie auf und fand sich an einem wunderbaren Ort wieder. Einem Ort, wie sie nie zuvor einen gesehen hatte.«

Ich sah hoch zu Minuet und bemerkte, wie sie ganz leicht ihren Kopf in meine Richtung neigte. Ich verkniff mir ein Lächeln und fuhr fort. »Mary lag in dem weichsten Bett, das man sich vorstellen kann, umgeben von Wänden aus Weinreben und wunderschönen Blumen. Dann bewegte sich das Grün um sie herum und es trat eine zauberhafte, rothaarige Sylph ein, die Mary erklärte, sie habe sie geheilt. Sie versetzte Mary einen gehörigen Schrecken, als sie ihr sagte, sie sei Halb-Fae und die Fae hätten sie deshalb gerettet. Sie nahm Mary mit nach draußen und ließ sie von den wundervollsten Speisen kosten, führte sie zu einem Ort, der so schön war, dass Mary Tränen in die Augen traten.« Ich beschrieb einen glasklaren See, sattes Grün, einen leuchtend blauen Himmel, Vögel und andere Wesen, die an diesem Ort zu Hause waren.

»Mary und ihre neue Freundin redeten lange miteinander, und die Sylph sagte ihr, dass dies nun ihr neues Zuhause war, wenn sie nur wollte. Mary sah sich um und sie wusste, sie würde sich nirgends sonst so sicher und zufrieden fühlen wie hier. Sie konnte bleiben, für alle Ewigkeit, wenn sie ihr irdisches Leben aufgab und sich für Faerie entschied.«

Ich brach ab, als ich ein kratzendes Geräusch über mir vernahm. Minuet trippelte seitwärts über den Balken. Ich hielt den Atem an, als sie ihr Gefieder sträubte, als wäre sie bereit zum Fliegen. Als sie meinen Blick bemerkte, hielt sie inne. Schnell senkte ich die Augen und sah stur geradeaus.

»Kaum jemand will Seelie wieder verlassen, wenn er es erst einmal gesehen hat. Aber Mary dachte an ihre Familie und daran, welche Sorgen sie sich um sie machen mussten und ...« Ich erstarrte, als ein Lufthauch über meine Haare strich und vier Krallenfüße weniger als eineinhalb Meter vor mir auf dem Boden landeten. Langsam hob ich den Blick zu dem gefiederten Körper, bis ich in Minuets goldene Augen sah. Ein Geräusch bei der Tür zog ihre Aufmerksamkeit von mir fort, und ich wusste, dass Nikolas sein Schwert gezogen hatte.

Ich sah in eine andere Richtung und fuhr mit meiner Geschichte fort. »Obwohl Mary bewusst war, dass die irdische Welt gefährlich und angsteinflößend sein konnte, so wollte sie ihre Familie und ihre Freunde nicht zurücklassen. Sie bat die Sylph, sie nach Hause zu bringen. Diese war darüber sehr traurig, denn sie war froh gewesen, Mary zu finden und empfand für sie wie für eine Schwester. Aber sie tat, worum Mary sie gebeten hatte. Mary war überglücklich, wieder zu Hause zu sein und war auch bald mit ihrer Familie und ihren Freunden vereint, die nicht glauben konnten, dass sie am Leben und wohlauf war. Sie waren den Faerie sehr dankbar, dass sie ihnen Mary wiedergebracht hatten.«

Minuet piepste leise und ich sah direkt in ihre klugen Augen. »Ich weiß, es ist beängstigend, von zu Hause weg zu sein. Vielleicht verstehst du meine Worte nicht, aber ich verspreche dir, du bist sicher hier bei uns – bis wir deine Familie gefunden haben.«

Sie starrte mich noch einen Moment lang an. Dann trippelte sie nach vorn, bis sie direkt vor mir stand. Außer ihrer breiten, gefiederten Brust konnte ich nichts mehr erkennen. Ich hielt den Atem an, als sie ihren Kopf auf meine Höhe senkte und dann ganz sanft mit dem Schnabel über mein Haar strich. Etwa eine Minute später zog sie sich zurück und ging in ihren Käfig, wo sie an dem rohen Lachs in ihrem Futternapf zu zerren begann.

Niemand sagte ein Wort, als ich mich aufrichtete und die Käfigtür hinter ihr schloss. Ich drehte mich zu den anderen und sah, wie sich mein eigener erschrockener Gesichtsausdruck in ihren Mienen widerspiegelte.

Chris fand seine Stimme zuerst wieder. »Ich dachte ja, ich wüsste über dich Bescheid, als wir diesem Troll begegnet sind, aber das ...«

»Sara, begreifst du, was gerade geschehen ist?«, fragte Sahir mit schwerer Stimme. Ich schüttelte den Kopf. »Sie hat dich mit ihrem Geruch markiert. Für sie gehörst du nun zu ihrem Schwarm. S... so etwas habe ich noch nie gesehen.«

»Oh, bin ich jetzt also ein Ehrengreif? Cool!«, ich lächelte und ging noch immer ein wenig benommen auf die drei zu. Mein Blick fiel auf Nikolas. »Siehst du, Kinderspiel.«

Die Worte hatten kaum meinen Mund verlassen, als ich ein Rascheln zu meiner Linken vernahm. Zu spät bemerkte ich, dass ich so von meinem Erfolg mit Minuet abgelenkt gewesen war, dass ich nicht genug Abstand zu Alex' Käfig gehalten hatte. Ich drehte den Kopf und sah, wie der Wyvern auf mich zugestürmt kam. Flammen schossen aus seinem Maul.

Sein Feuer brannte sich in meinen Arm, bevor ich vom Käfig und damit aus Alex' Reichweite weggerissen wurde. Nikolas hielt mich fest und klopfte eilig auf die Flammen, die auf meinem Ärmel züngelten. Aber ich spürte den stechenden Schmerz bereits vom Handgelenk bis hoch in den Ellbogen. In meinen Augen brannten die Tränen und ich schrie laut auf, als der versengte Stoff meine Haut berührte. Alles war bereits von Blasen übersät.

»Sara, alles in Ordnung?«, schrie Sahir und rannte auf uns zu.

Nikolas blitzte ihn böse an. »Verdammt, Sahir. Ich habe dir gesagt, es ist nicht sicher hier für sie. Das Ding hätte sie umbringen können.«

»Das ist nicht seine Schuld«, knirschte ich. »Ich war leichtsinnig. Ich bin zu nah rangegangen.«

»Und ob es seine Schuld ist«, zürnte Nikolas, während er mich noch immer festhielt. »Er hätte gar nicht zulassen dürfen, dass du die Menagerie betrittst.«

»Nikolas«, sagte Chris scharf. Sie tauschten einen Blick, den ich nicht deuten konnte, und Nikolas löste seinen Griff um meinen Arm ein wenig.

Ich versuchte, mich loszureißen, aber er hielt meine Hüfte wie ein Stahlband mit seinem anderen Arm fest. »M... mach Sahir nicht dafür verantwortlich. Ich bin alt genug, um meine eigenen Entscheidungen zu treffen.« Ich versuchte erneut, mich loszureißen – ohne Erfolg. »Lass mich los.«

Nikolas sah mich finster an, meine Bitte ignorierte er geflissentlich. »Du darfst dich nicht ständig in solche Gefahren bringen.«

Sein herrischer Ton ließ mich meine Schmerzen vergessen. »Würdest du dich bitte einfach um dich selbst kümmern?«, schrie ich und schaffte es endlich, mich von ihm zu befreien. Ich ging um ihn herum und rief: »Du hast mir nicht zu sagen, wohin ich zu gehen oder wie ich meine Zeit zu verbringen habe. Ich bin kein kleiner Schwächling, dem du andauernd zur Hilfe eilen musst.« Er hob eine Augenbraue und stachelte meine Wut damit nur weiter an. »Okay, gerade eben schon, und dafür bin ich auch dankbar, aber das gibt dir nicht das Recht, alle anzuschreien oder mich zu behandeln, als wäre ich nutzlos. Wenn es das ist, was du von mir denkst, dann halte dich für alle Zeiten von mir fern.«

Er trat einen Schritt auf mich zu. »Ich habe doch nicht gesagt, dass du ...«

»Vergiss es einfach.« Ich hob eine Hand und dabei schürfte der Stoff schmerzhaft über meinen verbrannten Arm. Ich biss mir auf die Unterlippe, um nicht laut zu wimmern.

Sorge trat anstelle des Ärgers in Nikolas' Augen. »Wir müssen dich auf die Krankenstation bringen.«

Ich wandte mich zur Tür. »Ich brauche deine Hilfe nicht. Ich kann da sehr gut allein hingehen.«

»Ich komme mit.«

Ich drückte die Tür auf. »Nein, wirst du nicht. Lass mich einfach in Ruhe.«

Auf dem Weg zum Hauptgebäude konnte ich kaum etwas sehen, so dicht war der Schleier aus Tränen vor meinen Augen. Ich wusste nicht einmal, ob es Tränen des Schmerzes, der Wut oder Traurigkeit waren. Ich fühlte mich auf so vielen Ebenen miserabel, dass es schwer war, all diese Gefühle auseinanderzuhalten. Wichtig war nur, so viel Abstand wie möglich zwischen Nikolas und mir zu schaffen.

Die Heilerin, die heute Dienst hatte, war die Gleiche, die auch bereits meine erste Verbrennung behandelt hatte. Sie schüttelte nur den Kopf, als sie meinen versengten Ärmel bemerkte. Bevor sie sich meinem Arm zuwandte, gab sie mir etwas Gunnapaste, und dieses Mal nahm ich sie ohne Widerworte. Innerhalb weniger Minuten wurden die Schmerzen schwächer, und sobald ich mich etwas entspannt hatte, machte sie sich an die Arbeit. Sie entfernte das Shirt, bedeckte die Brandwunde mit kühlender Salbe und verband meinen tauben Arm mit einer leichten Bandage. Dann half sie mir wieder in das Shirt und befahl mir, mich ein paar Minuten hinzulegen.

Als sich wenig später die Tür öffnete, drehte ich den Kopf und erwartete, die Heilerin zu sehen. Stattdessen stand Nikolas vor mir. Seine Miene war ausdruckslos, und so beschloss ich, in Richtung Decke zu schauen.

»Ich bin nicht in der Stimmung, um mit dir zu streiten, Nikolas.«

»Ich wollte nur sehen, ob es dir gut geht.«

»Es geht mir gut. Ich hatte schon schlimmere Verletzungen. Schon vergessen?«

»Ich erinnere mich«, erwiderte er mürrisch.

Eine Minute lang schwiegen wir beide. Die Stille beunruhigte mich. Meine Position auf der Liege machte mich angreifbar, und so setzte ich mich auf, ließ beide Beine zur Seite baumeln und hob meinen bandagierten Arm. »Schau, alles schon wieder okay. Ich bin in null Komma nichts wiederhergestellt.«

Er lächelte nicht. Es wollte mir einfach nicht in den Kopf, warum er sich über diese Dinge so sehr aufregte. Niemand außer ihm machte so eine große Sache daraus.

»Du musst nicht hierbleiben. Die Heilerin sagt, es ist alles in Ordnung.«

»Es tut mir leid, dass ich dich angeschrien habe.«

Die Kinnlade klappte mir herunter. *Hatte ich richtig gehört? Hatte Nikolas sich gerade bei mir entschuldigt?*

»Und ganz bestimmt wollte ich nicht, dass du dich nutzlos fühlst. Es ärgert mich nur, wenn du dein Leben aufs Spiel setzt.«

Ich bemühte mich nach Kräften, meinen Ärger nicht wieder aufflammen zu lassen. »Was erwartest du von mir? Soll ich in meinem Zimmer sitzen und mich den ganzen Tag verstecken, damit ich nicht verletzt werde? Niemand ist immer in Sicherheit. Du musst akzeptieren, dass ich hin und wieder etwas einstecken muss – insbesondere, wenn ich eine Kriegerin werden soll.«

Das verdächtige Glänzen in seinen Augen verriet mir, dass ich schon wieder etwas Falsches gesagt hatte. »Ich dachte, du wolltest keine Kriegerin sein.«

Ich hob meinen unverletzten Arm. »Wofür trainiere ich dann, wenn ich keine werden soll? Ist es nicht das, was wir tun?«

Er kam näher. »Ich bringe dir bei, dich selbst zu verteidigen, solltest du es jemals brauchen. Nicht, damit du gezielt Ärger suchst.«

»Ich suche nicht nach Ärger. Die Sache mit Alex war ein verdammter Unfall. Das hätte jedem passieren können.« Ich sah beiseite und drückte mit dem unverletzten Arm gegen meine Magengegend. Nach all den Fortschritten, die ich diese Woche gemacht hatte, glaubte er noch immer, ich wäre nutzlos? »Warum fällt es dir so schwer, zu glauben, dass ich mich selbst beschützen kann? Ich bin doch kein Kind mehr.«

Etwa einen halben Meter von mir entfernt blieb er stehen, durch meine Position auf der Untersuchungsliege sahen wir einander nun direkt in die Augen. Unglücklicherweise bedeutete das, dass ich seinem Blick nicht ausweichen konnte.

»Nein, du bist kein Kind.« Seine heiser gesprochenen Worte machten meinen Mund trocken wie die Sahara. Die Luft im Raum wurde zu warm, zu dick – und auf einmal fiel es mir schwer, zu atmen.

Ein weiterer Schritt, und er stand zwischen meinen Knien. Nah genug, um seine Körperwärme zu spüren und seinen würzigen Atem zu riechen. Mein Herzschlag pochte laut in meinen Ohren. Ich versuchte vergeblich, zu schlucken. In meinem Magen turnten Akrobaten, als ginge es um ihr Leben.

Nikolas' stürmischer Blick weigerte sich, den meinen loszulassen. Er hob die Hand und streichelte mit seinem Daumen federleicht über meine Kieferknochen. Alles in mir wurde weich. Entfernt spürte ich, wie mein Mori sich regte. »Sara«, sagte er mit belegter Stimme, als er seine Stirn an meine lehnte. Ich saß ganz still, kämpfte mit den Emotionen, die drohten, mir das Herz aus der Brust zu katapultieren. »Schrei mich an. Sag mir, dass ich gehen soll«, flüsterte er.

Ich hob die Hände und presste sie flach gegen seine Brust, wollte ihn wegschubsen, doch dann fühlte ich den starken, schnellen Schlag seines Herzens zwischen meinen Fingern. Ich schloss die Augen und schluckte schwer.

»Nikolas, ich ...«

Er zog sich zurück und es kam mir vor, als schwebte ich in luftleerem Raum, bis er seine Finger unter mein Kinn legte und mein Gesicht zu sich hob. Meine Augen streiften seine sinnlichen Lippen und alles, woran ich denken konnte, war, wie sie sich anfühlen mochten. Schockiert über meine eigene, so plötzliche Kühnheit hob ich den Blick und war sofort verloren in den rauchigen Tiefen seiner grauen Augen. Etwas zerrte an meiner Brust, ein vage vertrautes Gefühl, das mich zu ihm zog. Ich las in seinen Augen und begriff, was er vorhatte, bevor er seinen Mund zu meinen Lippen senkte.

Und dann vergaß ich zu atmen.

Kapitel 14

JEGLICHE VERNUNFT WICH, als Nikolas' Lippen mich berührten. Mit unendlicher Langsamkeit entdeckte sein Mund den meinen. Zärtlich umfasste er mein Gesicht und hielt mich warm und fest gegen sich gedrückt. Als ob ich die Kraft gehabt hätte, ihn von mir zu stoßen. In meiner Brust explodierte eine Vielzahl ungekannter Gefühle, doch statt sie zu erforschen, lehnte ich mich vor und erwiderte den Kuss zaghaft. Ich spürte, wie etwas zwischen uns sich kaum merklich verschob, als wären wir zwei gegensätzliche Pole, die sich plötzlich dazu entschlossen hatten, einander anzuziehen. Ich öffnete die Lippen und seufzte leise. Er zog mich näher, und obwohl es kaum möglich war, wurde der Kuss tiefer und intensiver. Ich gab mich ihm völlig hin, erregt und gleichzeitig verängstigt, wollte ich, dass es nie endete.

Sekunden – oder vielleicht auch ein ganzes Leben später – gab Nikolas ein tiefes Seufzen von sich und zog sich von mir zurück. Zitterig holte ich Luft und erwiderte seinen dunklen, verhangenen Blick, der mir sagte, dass ich nicht die Einzige war, die dieser Kuss in den Grundfesten erschüttert hatte. Ein Sturm tiefer Emotionen überrollte mich: Verwunderung, Verwirrung, Jubel – aber sie alle verpufften, als ich begriff, was ich gerade getan hatte.

Oh, mein Gott! Ich habe Nikolas geküsst.

Einen endlosen Moment lang sagte keiner von uns ein Wort. Und plötzlich war ich mir seiner Hände sehr bewusst. Hände, die noch immer mein Gesicht streichelten, und Lippen, die nur wenige Zentimeter von meinen entfernt waren. Würde er mich wieder küssen? Wollte ich das denn?

Bevor ich mir diese Frage selbst beantworten konnte, wurde sein Blick fern und abwesend, dann ließ er seine »Es tut mir leid. Ich wollte nicht ...«

Seine heiseren Worte hingen sekundenlang zwischen uns, bevor sie mit der Wirkung einer Eisdusche auf mich niederprasselten. *Er wollte nicht?* Ich riss meinen Blick von ihm, zu spät, als dass mir das Bedauern, das ihm ins Gesicht geschrieben stand, nicht aufgefallen wäre. Mein Herz stürzte ins Bodenlose und mein ganzer Körper wurde heiß vor Demütigung.

»Sara ...«

»Nein.« Ich wollte keine Erklärung von ihm, wollte nicht hören, dass er einen Fehler gemacht hatte. Dabei sagte seine Reaktion das mehr als laut und deutlich. Es spielte keine Rolle, warum er mich geküsst hatte. Es war geschehen und man konnte es nicht mehr ändern. Ich wollte auch nicht darüber reden. In meinen Augen brannten die Tränen. Ich war unglaublich wütend darüber, dass ein simpler Kuss mich so durcheinanderbrachte. Auch wenn es mein erster Kuss gewesen war.

Es war erdrückend still zwischen uns. Ich weigerte mich, ihn anzusehen, und dabei war mir seine Anwesenheit so bewusst wie nie zuvor. *Bitte geh jetzt,* flehte ich innerlich.

Nikolas seufzte. »Es tut mir leid«, sagte er erneut. Dann drehte er sich um und ging.

* * *

Ich klopfte an die Tür von Tristans Büro, öffnete sie und steckte vorsichtig den Kopf hinein. Er sah vom Computer auf und bedeutete mir, hereinzukommen. Dann drückte er einen Knopf an seinem Telefon. »Ich muss nur diesen Anruf noch beenden, dann habe ich Zeit für dich.«

»Ich kann später wiederkommen.«

»Nein, setz dich. Es dauert nur noch knapp fünf Minuten.«

Ich setzte mich auf die Couch und starrte aus dem Fenster. Ich wollte der Unterhaltung nicht lauschen, aber dennoch drangen Gesprächsfetzen zu mir durch.

»... Das sind sieben in Nevada diese Woche, von denen wir wissen ... Wie viele in Kalifornien? ... Nein, es gab keine Spuren in Vegas ... Es scheint nur der westliche Bezirk betroffen ...«

Meine Gedanken schweiften ab, und so erstickte meine Grübelei Tristans Stimme gänzlich. Wie so oft in den letzten drei Tagen wanderten meine Gedanken zu jener Nacht auf der Krankenstation. Wie immer, wenn ich an den Kuss zurückdachte, berührte ich mit den Fingern meine Lippen. Vor diesem Abend war ich überzeugt gewesen, dass ich mir meine Gefühle für Nikolas nur eingebildet hatte. Aber der Kuss hatte nicht nur alles in mir aufgewühlt, er hatte mir auch klar gemacht, wie stark ich für ihn empfand. Etwas in mir hatte sich verändert, und ich wusste nicht, wie ich meine verdrehten Emotionen wieder entwirren sollte.

Die Scham, die ich empfunden hatte, nachdem Nikolas einfach weggelaufen war, wurde nur von dem brennenden Gefühl seiner Zurückweisung übertroffen, nachdem ich erfahren hatte, dass er unmittelbar am nächsten Morgen zu einer Mission aufgebrochen war. Er wurde erst in drei oder vier Tagen zurückerwartet. Letzte Woche noch hatte er behauptet, er würde einen Monat bleiben, und nun war er schon wieder weg. Bereute er unseren Kuss so sehr, dass er verschwinden musste, um mir aus dem Weg zu gehen?

In seiner Abwesenheit hatte ich das morgendliche Training mit Callum wieder aufgenommen. Nun, da ich endlich Fortschritte machte, war er weniger streng. Davon abgesehen war es um einiges angenehmer mit ihm als mit jemandem, der einem kaum ins Gesicht sehen konnte.

»Es tut mir leid, die letzten Tage war hier einfach die Hölle los«, sagte Tristan und riss mich aus meinen Gedanken. Er saß in einem Stuhl mir gegenüber und schenkte mir ein warmes Lächeln. Wie beschäftigt er auch sein mochte, er schien immer erfreut, mich zu sehen.

Ich erwiderte sein Lächeln. »Ich verstehe. Das ist in dem Job wohl einfach so.«

»Ja, sicher. Aber für dich habe ich immer Zeit.« Er musterte mich einen Augenblick lang. »Du wirkst besorgt.«

»Nein, mir geht es gut«, sagte ich, denn auf keinen Fall würde ich ihm die Wahrheit sagen. Es waren zu viele Demütigungen für eine Woche. »Ich bin gekommen, um dich um etwas zu bitten. Also, eigentlich um zwei Dinge. Terrence und Josh wollen heute Abend zu einer Party in die Stadt, und sie haben mich und Jordan gefragt, ob wir mitkommen wollen. Ich wollte aber erst dich fragen, ob das in Ordnung ist.«

»Du bittest mich um Erlaubnis?«

»Ja. Ich würde wirklich gern gehen, aber ich weiß, dass es gewisse Regeln für neue Waisen gibt, auch wenn ich um einiges älter bin als die meisten anderen.« Ich hätte mich bestimmt auch einfach davonschleichen können, aber das wollte ich nicht.

Zu meiner Überraschung nickte er. »Butler Falls ist sicher, insbesondere, wenn die anderen mitkommen. Ich mache mir allerdings ein wenig Gedanken wegen der Jungs im Ort.«

Nikolas' bedauernder Gesichtsausdruck zuckte durch meinen Kopf. »Vertrau mir, das Letzte, was ich gerade will, ist, mich mit irgendjemandem einzulassen.«

Tristan lächelte, und seine Augen funkelten dabei ein wenig zu listig für meinen Geschmack. Wusste er, was zwischen mir und Nikolas geschehen war? Oh Gott, hoffentlich nicht.

»Was willst du mich noch fragen? Es waren doch zwei Dinge.«

Ich ruckste unruhig auf dem Sofa herum. Die zweite Bitte war deutlich schwerer zu formulieren. »Mein Training läuft jetzt schon viel besser. Ich habe die letzten Tage wieder mit Callum gearbeitet, und ich mache große Fortschritte. Also möchte ich das Training gerne mit ihm fortführen.« In ein paar Tagen würde Nikolas zurück sein, und bis dahin musste ich diese Sache erledigt haben.

Tristans Miene zeigte deutlich, dass er mit dieser Bitte nicht gerechnet hatte. »Du willst wieder mit Callum trainieren?«

»Wenn es geht und er nicht anderweitig beschäftigt ist.«

»Nicht mit Nikolas? Aber es hat doch so großartig funktioniert mit euch beiden.«

Obwohl ich auf diese Frage vorbereitet war, kam ich kurz ins Stocken. »Nikolas hat mir sehr geholfen, aber ich habe nur zweimal mit ihm trainiert. Und ihr braucht ihn für die Missionen. Ohne mich hätte er dafür mehr Zeit.«

Tristan runzelte die Stirn. »Ich weiß nicht, was Nikolas dazu sagen wird. Hast du schon mit ihm gesprochen?«

»Nein, aber warum sollte er anderer Meinung sein? Er trainiert mich ja nur, weil du ihn darum gebeten hast.«

Er gluckste. »Ich habe für gewöhnlich zu viel Mitleid mit meinen Schülern, als dass ich Nikolas auf sie loslasse. Er hat gefragt, ob er dich trainieren darf, und ich dachte, es wäre eine gute Idee. Nach allem, was ihr gemeinsam erlebt habt.«

Nikolas hatte angeboten, mich zu trainieren? »Du lässt ihn nicht auf die anderen los, aber auf mich schon?«

»Ich war mir ziemlich sicher, dass du dich ihm gegenüber behaupten kannst.«

Bis er mich geküsst hat. »Also, was ist mit Callum?«

Tristan nickte, sah aber nicht sehr glücklich aus dabei. »Wenn du wirklich wieder mit ihm arbeiten willst, von mir aus.« Er sah auf seine Uhr. »Und wenn du in ein paar Stunden auf eine Party gehen möchtest, solltest du dich mal besser beeilen. Ich kenne mich zwar nicht wirklich mit euch Teenagermädchen aus, aber ich habe gehört, ihr braucht eine halbe Ewigkeit, bis ihr euch fertiggemacht habt.«

Ich lachte. »Nur ein paar Minuten, um die richtige Jeans zu finden. Obwohl Jordan das vermutlich ganz anders sieht.«

»Viel Spaß, aber übertreib es nicht.«

»Jetzt klingst du wie Nate«, neckte ich ihn, aber der Vergleich schien ihm zu gefallen. Ich stand auf. »Ich schätze, ich überbringe Jordan besser schnell die guten Neuigkeiten.«

»Warte. Bevor du gehst, möchte ich dich noch etwas fragen.«

»Okay.« Ich ließ mich langsam wieder auf die Couch zurückfallen. *Er kann nichts von Nikolas und mir wissen. Oder?*

»Ich habe gestern mit Desmund zu Abend gegessen. Wir treffen uns einmal die Woche auf ein paar Drinks und eine Partie Schach. Wusstest du das?«

»Nein.« Ich wusste, dass die beiden Freunde waren. Das erkannte man schon an der Art, wie sie voneinander sprachen. Aber ich war davon ausgegangen, dass Desmund die meiste Zeit für sich blieb. Ich war mir nicht sicher, warum Tristan das Thema nun ansprach und ich sorgte mich ein wenig. Desmund war unberechenbar. Wollte er mich vielleicht nicht wiedersehen?

»Desmund redet für gewöhnlich am liebsten über die Vergangenheit und sein Leben vor dem Angriff.« Tristan lehnte sich ein wenig nach vorn. »Weißt du, worüber er gestern gesprochen hat?«

Ich schüttelte den Kopf, und in meinem Magen ballte sich ein kleiner Knoten zusammen.

»Über dich.«

»Mich?«, quietschte ich.

Tristans Lächeln traf mich unvorbereitet. »Er ist ziemlich angetan von dir. Und er hat sich schon sehr lange Zeit für niemanden mehr erwärmen können. Er hat sich sehr verändert, seit du ihn besuchst.«

»Oh.« Ich entspannte mich ein wenig. »Ich mag ihn auch gerne. Man muss sich erst an ihn gewöhnen, aber er kann sehr charmant sein, wenn er will. Ich wünschte, ich hätte ihn früher kennengelernt. Bevor er krank wurde.«

»Das ist es eben. Der Desmund, den ich gestern getroffen habe, war dem alten Desmund verblüffend ähnlich. Wenn ich sage, dass er sich sehr verändert hat, dann meine ich damit, dass er beinahe wieder sein altes Selbst ist. Es ist, als wäre er auf mysteriöse Weise geheilt worden.« Tristans undurchdringlicher Blick machte mich nervös. »Das warst du, nicht wahr?«

»Ich ...«, stotterte ich und wusste nicht weiter. Wenn ich ihm sagte, was ich getan hatte, wäre er dann verärgert? Ich hatte in den letzten Jahren unzählige Kreaturen geheilt, aber meine Kräfte auf einen Mann zu richten und dann noch mit Magie zu hantieren, war etwas völlig anderes. Niemand hatte je zuvor das Opfer eines Hale-Hexers geheilt, und hier stand ich und maß mir an, dazu fähig zu sein, nur weil ich ein einziges Duell gegen einen Hexer bestritten und gewonnen hatte. Dieses eine Mal glimpflich davon gekommen zu sein, gab mir nicht das Recht, mit Desmunds Krankheit zu spielen.

»Ich nehme das als ein Ja.« Er fuhr sich mit den Händen durchs Haar. »Du musst nicht mit mir darüber reden, nicht jetzt. Aber irgendwann müssen wir uns damit auseinandersetzen. Was du getan hast ... weißt du, was das für jene Leute bedeutet, die Ähnliches wie Desmund erleiden mussten?«

Bis zu diesem Moment war es mir nur darum gegangen, Desmund zu helfen. Ich hatte nie wirklich geglaubt, dass es funktionieren könnte. Die Vorstellung, anderen helfen zu können, die das gleiche Schicksal erlitten hatten, fühlte sich so an, als hätte ich endlich eine Art Daseinsberechtigung unter den Mohiri erhalten.

Tristan erhob sich und winkte in Richtung Tür. »Geh schon, mach dich fertig für die Party. Wir reden ein anderes Mal ausführlich darüber.«

»Okay«, sagte ich. Erleichtert, dass er nicht sauer auf mich war.

»Sara?«, rief er mir nach, als ich die Tür bereits geöffnet hatte. »Ich glaube nicht, dass Desmund begreift, was geschehen ist oder was du für ihn getan hast. Ich möchte dir an seiner statt danken.«

Tränen brannten in meinen Augen. »Du musst mir nicht danken. Er ist auch mein Freund.«

* * *

Ich zupfte an dem Saum des weißen Shirts, das Jordan mir geliehen hatte und das mir viel enger am Körper lag, als ich es gewohnt war. Vielleicht war *geliehen* auch nicht das richtige Wort, *aufgezwungen* traf es besser. Ich hatte vergeblich versucht, mich zu weigern. Ich konnte Höllenhunde zähmen, aber mich nicht gegen ein Teenagermädchen wehren, dass sich in den Kopf gesetzt hatte, mir ein Partyoutfit zu verpassen. Die Jeans war ganz okay, obwohl sie ein wenig zu tief auf meinen Hüften saß. Ich konnte noch immer nicht glauben, dass Jordan sie zusammen mit ein paar süßen braunen Lederboots online für mich bestellt hatte. Sie war bestimmend und gewieft. Ich wünschte, ich könnte sie mit nach New Hastings nehmen und sie Faith Perry und den anderen bösartigen Mädchen an meiner alten Schule vorstellen. Die würden Augen machen.

»Will einer von euch Mädels ein Bier?«, erkundigte sich Derek, der Gastgeber, lautstark über die Musik hinweg und trat mit zwei ungeöffneten Flaschen auf uns zu.

Ich hob das Wasser in meinen Händen hoch und lehnte ab. Ich hatte in den letzten beiden Stunden schon das ein oder andere Bier getrunken, war aber nicht besonders erpicht darauf, mehr zu trinken.

»Ich nehme eins.« Jordan nahm eine der Flaschen und lächelte dabei so aufreizend, dass der gutaussehende Dreiundzwanzigjährige auf einmal wie ein Schuljunge grinste. Ich verbarg meine Belustigung hinter meiner Wasserflasche. Zunächst war ich ein wenig besorgt gewesen, mich wieder in menschliche Gesellschaft zu begeben, insbesondere jetzt, da meine Elementarkräfte stärker wurden. Zu Beginn der Party hatten ein paar Jungs, Derek eingeschlossen, Interesse an mir gezeigt, aber nachdem ich auf ihre Flirtversuche nicht eingegangen war, hatten sie sich anderweitig orientiert. Weit waren sie nicht gekommen dabei. Die Hälfte von ihnen war schon Hals über Kopf in Jordan verschossen, die auch wirklich fantastisch aussah heute. Ihrer selbstbewussten, sexy Aura konnten Männer einfach nicht widerstehen. Sie liebte die Aufmerksamkeit und ich war froh, mich im Hintergrund halten und die Party genießen zu können.

»Was ist mit dir?« Derek bot Olivia das zweite Bier an.

»Mark holt mir gerade was«, sagte sie, deutete auf Mark, der mit Terrence und Josh am anderen Ende des Raumes stand.

Jordan sagte etwas zu Derek und ich nutzte die Gelegenheit, um Olivia anzustupsen und einen Verdacht mit ihr zu teilen, den ich bereits den ganzen Abend hegte. »Hey, was geht eigentlich mit dir und Mark? Ich beiden habt euch heute kaum aus den Augen gelassen.« Ich wusste, dass sie seit Jahren befreundet waren, aber es war offensichtlich, dass zwischen den beiden etwas lief.

Olivia errötete und ihre Augen funkelten. »Wir haben nach langer Zeit beschlossen, mal miteinander auszugehen. Erst haben wir eine Weile nur Witze darüber gemacht, aber gestern Abend ... haben wir uns geküsst. Mein erster Kuss, und es war einfach unglaublich. Ich bin schon so lange verrückt nach ihm und mir war nie klar, dass er genauso empfindet.«

»Das ist toll, Olivia.«

Sie seufzte glücklich und sah sich nach Mark um. »Ich kann es immer noch nicht glauben.«

Als Mark sich eine Minute später wieder zu uns gesellte, konnte ich beobachten, wie die beiden einander verliebte Blicke zuwarfen. Schließlich standen sie auf, um zu tanzen. Ich kam nicht umhin, darüber nachzudenken, wie anders mein erster Kuss gewesen war, wie glücklich Olivia war, während ich ... Ich war mir gar nicht sicher, wie ich mich fühlte. Zurückgewiesen? Verletzt? Durcheinander?

Himmel, es war nur ein dummer Kuss. Ich bin doch längst drüber hinweg.

»Habt ihr Spaß?«, fragte Derek und ich nickte. Die Leute hier waren etwas älter als meine Freunde von der Highschool, aber sie schienen alle nett und nicht übertrieben aufdringlich.

»Es ist superschön hier«, erklärte ich. »Hast du das alles selbst gemacht?«

Dereks Miene hellte sich auf, als ich erwähnte, wie schön das renovierte Haus, dessen Baujahr irgendwann um die Jahrhundertwende datierte, war. Er hatte das Grundstück, das im Außenbezirk der Stadt lag, vor drei

Jahren von seiner Großmutter geerbt und ein altes Haus in ein modernes Zuhause verwandelt, das dennoch nichts von seinem Charme verloren hatte.

»Ja, mithilfe von ein paar Kumpels. Ich bin noch nicht ganz fertig. Ich arbeite noch an der Scheune. Ich will eine Garage und eine Art Werkstatt daraus machen. Soll ich dich rumführen?«

»Gern.« Ich sah zu Jordan, die nickte. Wir holten unsere Mäntel und folgten Derek zum Hinterausgang. Sobald die Tür sich hinter uns geschlossen hatte, wurde auch der Lärmpegel deutlich geringer und ich seufzte laut. Ich war noch nie eine Partymaus gewesen. Auch wenn Roland nicht müde geworden war, mich von einer Feier zur nächsten zu schleifen. Ich hatte frische Luft schon immer einem überfüllten, stickigen Raum vorgezogen.

Die Scheune befand sich einige Meter hinter dem Haus, aber der Vollmond leuchtete die Gegend aus, sodass man alles gut erkennen konnte. Derek erklärte, was er mit dem Gebäude vorhatte, erzählte uns, dass er auf dem College Kunst studiert hatte und seine Großmutter ihm glücklicherweise genug Geld hinterlassen hatte, dass er seiner Leidenschaft nachgehen konnte, statt einen Vollzeitjob annehmen zu müssen, um sich durchzuschlagen. Seine zweite Leidenschaft galt Oldtimern und er war gerade dabei, einen Pontiac, Baujahr 1969, zu restaurieren. Ich dachte an Roland, der für ein solches Auto sterben würde und meinetwegen jetzt nicht einmal mehr seinen alten Chevy-Truck besaß.

»Ich hab zwar ein eigenes Zimmer für meine Kunst, aber ich kann es nicht erwarten, endlich mein Studio fertigzustellen«, sagte Derek und sofort spitzte ich die Ohren.

»Sara zeichnet, aber sie versteckt ihre Arbeiten in ihrem Zimmer«, sagte Jordan, und Derek sah mich plötzlich mit ganz neuem Interesse an.

»Was zeichnest du? Malst du auch?«

»Meistens Menschen und Tiere. Ich habe vor ein paar Jahren auch versucht, zu malen. Aber das Zeichnen liegt mir mehr, und man hat nicht das Problem mit den Farbflecken überall.«

Derek lachte. »Das haben meine Eltern auch immer gesagt, als ich noch zu Hause gewohnt habe. Wenn du willst, zeige ich dir im Haus ein paar meiner Arbeiten. Aber jetzt will ich euch noch schnell zum Loft führen. Da möchte ich mein Studio einrichten.«

Derek nahm eine batteriebetriebene Laterne von einem Haken an der Tür und führte uns zu einer Leiter im hinteren Bereich der Scheune. »Mein Kumpel Seth hilft mir mit dem Studio. Er meint, das wäre nur angebracht, weil wir dort schon als Kinder immer Cowboys und Indianer gespielt haben. Er und seine Freundin sind gerade in Vegas, aber wenn sie zurückkommen, wollen wir anfangen. Bevor es zu kalt dafür wird.«

»Geh du voraus«, sagte ich und folgte ihm auf die Leiter. Jordan hielt sich hinter mir. Am Absatz der Leiter trat ich in das Loft, das so groß war, dass Dereks Laterne kaum bis in die Ecken vordrang. Es roch ein wenig nach altem Heu, und bis auf ein paar Kisten und einen kleinen, quadratischen Tisch mit ein paar Papierrollen darauf, war es leer.

Derek befestigte die Laterne an einem Pfosten und ging zu den breiten Fensterläden an der Vorderseite der Scheune. Er drückte sie auf, und schon flutete Mondlicht den Raum. Eine kalte Brise drang herein, und entfernt nahm ich die Geräusche der Party wahr. Er ging zu dem Tisch, rollte eine der Papierrollen aus und enthüllte einen detaillierten Plan der Scheune.

»Es zahlt sich aus, wenn man einen Freund hat, der Architektur studiert«, gab er zwinkernd zu. »Seth hat die Pläne für mich an der Uni gezeichnet.« Er deutete auf lange, rechteckige Markierungen an den Wänden und erklärte, dass an den Stellen Fenster eingezogen werden sollten, um bestmögliche Lichtverhältnisse zu schaffen. »Und der Ausblick von hier ist bei Tag einfach atemberaubend.«

»Das ist richtig cool«, sagte Jordan und ging ein wenig in dem Loft umher. »Du musst uns das unbedingt mal zeigen, wenn es fertig ist.«

»Auf jeden Fall«, freute sich Derek. Ich hob eine Augenbraue in Jordans Richtung. Aber sie zuckte nur leicht mit den Achseln, während Derek beiseite sah. War sie mehr an ihm interessiert, als sie zugab? »Ihr könnt kommen, wann immer ihr möchtet. Vielleicht können Sara und ich mal gemeinsam zeichnen?«

»Vielleicht.« Ich hatte noch nie mit jemandem gemeinsam gezeichnet, aber es könnte Spaß machen. Insbesondere in einem richtigen Studio.

»Schätze, wir sollten langsam mal zurück zur Party. Sonst suchen Terrence und Josh euch noch.« Derek hob die Laterne und richtete sie auf die Leiter. »Nach euch. Ich leuchte euch, wenn ihr runtersteigt.«

Ich war kaum einen Schritt in Richtung des Abstiegs gegangen, da schlug die Kälte wie eine Faust in meinen Magen. Beinahe wäre ich gestolpert. *Nicht jetzt!* Wenn meine Elementarkräfte jetzt verrücktspielten, konnte ich das wohl kaum plausibel erklären. Vielleicht konnte ich Derek noch täuschen, aber Jordan war zu schlau, um auf eine fadenscheinige Erklärung hereinzufallen. Vor allem, wenn man bedachte, was ich mit dem Lampreydämon gemacht hatte.

»Sara, ist alles in Ordnung?« Jordan eilte zu mir und legte ihre Hand auf meinen Rücken.

»Ist ihr schlecht?«, fragte Derek. »Sie hat doch gar nicht viel getrunken.«

Es kostete mich alle Mühe, mich aufzurichten und zu lächeln. Die Kälte war noch immer da, schlimmer als je zuvor, aber es war eher unangenehm als schmerzhaft. Und zum Glück zeigte sich auch bisher kein Anzeichen für diese seltsamen elektrischen Schwingungen, die mein Geheimnis verraten hätten. »Es geht mir gut. Mir war nur kurz schwindelig. Wahrscheinlich hätte ich einfach etwas mehr essen sollen.«

Derek lächelte erleichtert. »Das haben wir gleich. Im Haus gibt es jede Menge zu essen.« Er hob die Laterne und reichte sie Jordan. »Würdest du sie bitte nehmen, während ich Sara nach unten helfe?«

Beinahe hätte ich über den Ausdruck in Jordans Gesicht gelacht. Wir beide wussten, dass sie stärker war als drei von Dereks Sorte und mich mit Leichtigkeit auf ihrem Rücken hätte nach unten tragen können. Aber das konnten wir Derek schließlich nicht sagen.

»Ein Vögelchen in Not? Da komme ich wohl gerade richtig.«

Wir wirbelten herum und bemerkten den Mann, der auf uns zukam. Jordan riss die Laterne hoch und leuchtete in das lächelnde Gesicht eines blonden Mannes, der in Dereks Alter sein musste.

»Seth?«, Derek lächelte breit. »Seit wann bist du zurück?«

»Vor ein paar Stunden angekommen. Wir mussten uns zu Hause um ein paar Sachen kümmern und dachten, wir schauen dann mal hier vorbei. Hab mir schon gedacht, dass du es krachen lässt und es bei dir was Leckeres zum Beißen gibt.«

Seths Blick schweifte über mich und sofort stellten sich die Haare an meinem Nacken auf. Wie konnte jemand, der so nett war wie Derek, einen solchen Idioten zum Freund haben?

»Wir sind gerade auf dem Weg zurück ins Haus. Wir haben genug Bier und Essen, um selbst dich satt zu kriegen. Ist Dana dabei?«

»Sie ist auf dem Weg und bringt noch einen Freund mit. Wir können hier draußen unsere eigene Party feiern.«

Etwas an Seths schmierigem Grinsen war mir auf unheimliche Art und Weise vertraut und plötzlich sah ich Eli vor meinem inneren Auge. Er hatte mich mit demselben hungrigen Ausdruck angesehen. Alle Alarmglocken schrillten. *Das kann nicht sein*, dachte ich, während meine Hand schon langsam nach dem Messer in der Innentasche meines Mantels tastete. Nach den Vorfällen in Boise hatte ich beschlossen, auf Nummer sicher zu gehen und fortan immer eine Waffe bei mir zu tragen. Ich hatte nur *wirklich* gehofft, sie nicht benutzen zu müssen.

Derek lachte. »Hierbleiben? Was redest du denn da? Der Alk und das Essen sind im Haus.«

Seth legte eine Hand auf die Leiter. »Oh, mein Lieber, wenn du mich fragst, dann findet die Party hier statt.«

Ich schaute auf seine Hände und just in diesem Augenblick veränderten sie sich. Als ich das Messer herauszog, hatten sich seine Fingernägel schon in schwarze Klauen verwandelt. »Vampir!«

»Was?«, schrie Jordan und schon setzten ihre blitzschnellen Reflexe ein und sie zog zwei tödliche, spitze Messer hervor.

»Was ist das?« Seth schnüffelte und sein Lächeln wurde breiter, offenbarte seine Fangzähne.

»Oh, von euch kleinen Appetithappen aus dem Westhorne-Institut habe ich schon viel gehört.«

»Seth! Alter, was ist los?«, schrie Derek ängstlich. »Was stimmt nicht mit dir?«

»Was nicht stimmt?« Ein eisiges Lachen entfuhr Seth. »Ich habe mich noch nie in meinem Leben so gut gefühlt, Kumpel, und es wird noch viel besser.«

In dem Moment, in dem Seth sich bewegte, schubste Jordan Derek mit solcher Wucht hinter uns, dass er gegen die Wand prallte und zu Boden fiel. Wir beide nahmen unsere Kampfstellung ein. Gott, wie groß war die

Wahrscheinlichkeit, auf einer Party zu landen, bei der der beste Freund des Gastgebers als Vampir aus dem Urlaub zurückkam? Und das nahe einer Mohirifeste? Ich war definitiv ein Magnet für Katastrophen der dritten Art.

»Wie süß! Die kleinen Mädchen glauben, sie hätten eine Chance gegen mich.« Seth rollte die Schultern. »Ich weiß alles über euch Mohirikinder und dass es nichts Köstlicheres gibt als euer Blut.« Seine Augen verengten sich und er schluckte wie ein Alkoholiker, dem man ein Glas Whiskey angeboten hatte.

»Wir wissen auch alles über dich«, sagte ich weitaus mutiger, als ich mich fühlte. »Du bist ein Babyvampir, weniger als eine Woche alt, was bedeutet, du bist lange nicht so gut, wie du glaubst. Und meine Freundin Jordan hier ist die beste Kriegerin, die du jemals treffen wirst. Wenn man es genau nimmt, ist sie auch die *letzte* Kriegerin, die du sehen wirst.«

Jordan erholte sich schnell von dem Schock, den ersten Vampir ihres Lebens zu sehen, und sah mich mit ihrem für sie typischen Grinsen an, bevor sie geschickt das Messer in ihrer rechten Hand drehte. Seths Blick folgte der Waffe und ich bemerkte das Zögern in seinen Augen. Die Tatsache, dass er ein neugeborener Vampir war, spielte uns zu.

»Willst du uns jetzt essen, oder was?«, stichelte Jordan, und ich sah, wie sich Seths Nasenflügel daraufhin weiteten. Neugeborene Vampire waren reizbar, und wenn jemand Talent hatte, einen auf die Palme zu bringen, dann Jordan. »Ich habe Durst und könnte mir jetzt auch ein Bier holen, statt meine Zeit mit dir zu verschwenden.«

Wären wir nicht in tödlicher Gefahr, so hätte ich über ihren kühnen Spruch laut gelacht.

Seth fand es allerdings weniger lustig. »Wenn jemand hier etwas zu trinken bekommt, dann bin ich das«, spuckte er und warf sich nach vorn. Er war schneller, als ich erwartet hatte, aber es fehlte ihm an der schwindelerregenden Geschwindigkeit, die ich bereits bei anderen Vampiren gesehen hatte. Jordan traf ihn auf halber Strecke und verpasste ihm einen Stich in die Brust, der sein Herz nur knapp verfehlte. Er sprang schmerzerfüllt zurück, aus seinem Oberkörper drangen kleine Rauchwolken. Dann machte er sich für seinen zweiten Angriff bereit. »Dafür werde ich dich töten, du Schlampe.«

»Jaja, du großer, böser Blutsauger. Halt die Klappe und versuch es doch.«

Wenn das hier vorbei war, würden Jordan und ich ein ernstes Wörtchen darüber reden müssen, wie man *nicht* mit einem Vampir sprach.

Seth gab ein Geräusch von sich – irgendetwas zwischen einem Knurren und einem Schrei –, und dann stürzte er sich erneut auf Jordan. Offenbar hielt er mich für die kleinere Gefahr von uns beiden und wollte sich Jordan zuerst vornehmen. Für einen angehenden Architekten war er ziemlich dumm. Er streckte seine Klauen nach Jordans Kehle aus und hätte dabei besser auf die beiden Silbermesser geachtet, die sie mit tödlicher Präzision schwang. Eines der Messer schlitzte über seine Mitte und eröffnete eine tief klaffende und rauchende Wunde. Sobald er die Hände senkte, um seine Gedärme daran zu hindern, herauszufallen, fand auch das zweite Messer sein Ziel. Die Augen des Vampirs weiteten sich erschrocken, als Jordan ihr Messer wieder herauszog. Dann krachte er mit einem lauten Knall auf den Boden.

»Gott, ich liebe diesen Job!« Jordan beugte sich nach unten und wischte ihr blutiges Messer an dem Ärmel des toten Vampirs ab. Als sie wieder aufstand, bemerkte ich, dass nicht ein einziger Tropfen Blut an ihr klebte. Wie war das möglich?

»Wir sollten zurück …« In meiner Brust formte sich erneut ein eisiger Knoten, und die Todesangst breitete sich rasant in mir aus, als ich begriff, was mit mir geschah. Ich wirbelte zu der Leiter herum, als ein weiblicher Vampir meiner Größe mit langen dunklen Haaren durch den Aufstieg gekrabbelt kam. Ihr Erscheinen schockte mich nicht so sehr wie die Erkenntnis, dass diese Kälte kein unwillkürliches Phänomen meiner Kräfte war.

Ich hatte einen eigenen Vampirradar entwickelt!

»Seth!«, kreischte die Frau, als sie ihn am Boden liegen sah, und somit war klar, dass es sich bei ihr um Dana handeln musste – die Freundin, die Derek erwähnt hatte.

Mir fiel auf, dass Derek noch immer kein Wort von sich gegeben hatte und so drehte ich mich um und sah, wie er bewusstlos vor der Wand lag. Verdammt, Jordan konnte ihre Kraft einfach nicht richtig einschätzen. Ich hoffte, er war nicht zu schwer verletzt. Aber wir hatten keine Zeit, um nach ihm zu sehen. Wir mussten uns um Dana kümmern, und wenn Seth die Wahrheit gesagt hatte, dann gab es noch einen dritten Vampir, der auf dem Weg zu uns war. Ich konnte nur hoffen, dass er wie die anderen beiden ein Neugeborener war.

»Was habt ihr mit Seth gemacht?«, schrie Dana und stürzte sich auf uns. Jordan lächelte und hob ihre Waffen. »Seth ist in der Hölle, aber keine Sorge, du wirst ihn bald wiedersehen.«

»Brent«, kreischte Dana nach hinten und zeigte Jordan ihre Zähne. »Ich werde dich langsam töten, du Schlampe.«

Beinahe hätte ich laut aufgestöhnt, als Jordan erwiderte: »Nur zu, lass dir Zeit. Aber dass du es weißt, ich habe vor, dich schnell zu töten.«

Bis zu diesem Moment hatte ich geglaubt, dass wir gute Chancen hatten, das Ganze hier zu überleben. Als allerdings ein zweiter männlicher Vampir die Leiter emporstieg, wusste ich, dass wir in ernsthaften Schwierigkeiten steckten. Jordan konnte wahrscheinlich einen der beiden erledigen, aber ich war keine Kriegerin. Meine einzige Stärke lag in meinen Elementargenen, und auf die war kein Verlass. Ich hatte das Gefühl, diese Vampire würden nicht so lange stillstehen, bis ich dann mal so weit war.

Mein Mori rührte sich in meinem Innern, reagierte auf die drohende Gefahr und ich hatte plötzlich einen Funken Hoffnung. Ich war nicht so stark und schnell wie Jordan, aber ich war auch nicht völlig hilflos. Die Furcht um mein eigenes Leben überlagerte die Angst vor meinem Dämon, und so ließ ich die Wand zwischen uns fallen. *Hilf mir.*

Ich unterdrückte ein Schaudern, als der Geist des Mori mich streifte und seine Kraft nur eine Sekunde später meinen Körper überschwemmte. Als Brent sich auf mich warf, überraschte ich uns beide, indem ich seinem Angriff so geschickt auswich, dass selbst Callum stolz gewesen wäre. Der Vampir erholte sich schnell und stürzte sich erneut mit gebleckten Zähnen und ausgefahrenen Krallen auf mich. Es blieb keine Zeit, nachzudenken oder sich darum zu kümmern, wie Jordan sich schlug. Mein Dämoneninstinkt übernahm, und so schwang ich das Messer in einem hohen Bogen und ließ es über Brents Hände schneiden. Er schrie auf und mir wurde übel, als ein kleiner Finger mit langen Krallen auf meinem Stiefel landete.

Erzürnt ging Brent wieder auf mich los, und dieses Mal traf er mich so hart, dass ich gegen die Wand prallte. Mein Messer rutschte mir aus der

Hand und schlingerte über den Boden. Glücklicherweise war es mir zuvor noch gelungen, ihm einen ordentlichen Stich in den Nacken zu verpassen. Er trat zurück, drückte seine Hände auf die klaffende Wunde und gab mir damit Zeit genug, mich aufzurappeln. Die Stärke meines Dämons schwand bereits. Er hatte mich vor der ersten Attacke geschützt, aber einen weiteren Schlag wie diesen würde ich nicht verkraften. Und ich hatte meine Waffe verloren.

Frustriert streckte ich die Finger. Wo war all die Kraft, die sich bei den anderen Dämonen so deutlich gezeigt hatte? Vampire waren doch auch Dämonen – oder zumindest lebte ein Dämon in ihnen. Es gab also keinen Grund, dass ich meine Kraft nicht auf sie richten konnte, wie ich es bei Nikolas getan hatte. Vampirdämonen lauerten viel dichter unter der Oberfläche, als es ein Mori tat. Meine Kräfte sollten also längst verrücktspielen. Vielleicht brauchten sie nur einen kleinen Schubs.

Ich ließ den Vampir nicht aus den Augen, während ich meinen Mori zurückdrängte und eine Wand errichtete, die ihn vor meinen anderen Kräften schützte. Das vertraute, beruhigende Hitzegefühl flutete meine Venen und ich griff danach, versuchte, es zu jener Waffe zu formen, die ich auch schon gegen Nikolas und die Dämonen eingesetzt hatte. Doch nichts passierte. Was machte ich falsch?

Zu meiner Rechten schrie jemand auf, und Brent drehte sich im richtigen Moment um, um zu bezeugen, wie Jordan seiner Freundin einen tödlichen Stoß versetzte. Seine Augen weiteten sich ängstlich, und genau das war der Augenblick, auf den ich gewartet hatte. Ich nutzte den letzten Rest meiner geborgten Kraft, warf mich auf seinen Rücken und schlang meine Hände um seinen Nacken und sein Gesicht. Nun musste ich ihn nur noch lange genug festhalten, bis Jordan mit der Frau fertig war.

Sobald meine nackte Haut auf seine traf, surrte die Elektrizität mit unfassbarer Energie durch mich. Die Haare standen mir vom Körper ab und meine Arme prickelten. Aus meinen Fingerspitzen schossen kleine Blitze. Der Vampir zuckte kurz und wurde dann steif, als wäre er mit einem Elektroschocker betäubt worden. Regungslos sank er zu Boden.

Ich lag auf ihm, geschockt vom Gestank verbrannten Fleisches. War er tot? Die Antwort auf diese Frage war ein leises Stöhnen. Er versuchte, sich aufzurichten, kollabierte aber sofort wieder. Was immer ich mit ihm angestellt hatte, er war erst einmal außer Gefecht gesetzt. Aber Vampire heilten schnell. Ich sah mich nach meinem Messer um und entdeckte es auf der anderen Seite des Lofts.

»Hier.« Jordan streckte mir eines ihrer Messer entgegen. Ich zögerte nicht, nahm es und stieß es dem Vampir mitten ins Herz.

Kapitel 15

DER VAMPIR ZUCKTE heftig und dann wurde er still. Sekundenlang saß ich einfach nur da und starrte auf die furchterregende Szene.

»Heilige Scheiße.«

Jordans Stimme riss mich aus meiner Trance, und da begriff ich, dass ich noch immer auf dem toten Vampir saß. Ich rollte mich herunter, stützte mich auf Hände und Knie und keuchte heftig. Es fiel mir schwer, mich nicht an Ort und Stelle zu übergeben.

»Bist du okay?«, erkundigte sie sich. Ich nickte langsam. Um es ihr zu beweisen, rappelte ich mich ungelenk auf.

Jordan starrte mich an. »Was hast du mit dem gemacht?«

Ich warf einen Blick auf die Leiche am Boden. Die Verbrennungen auf seinem Gesicht waren von hier aus nicht zu erkennen.

»Ich ... ich ...«

»Sara? Jordan?«

Mit zitternden Knien ging ich zum Fenster und starrte auf mindestens ein halbes Dutzend Leute, die sich vor der Scheune versammelt hatten. »Tristan?«

»Ist Jordan bei dir? Geht es euch gut?«

Ich sah hinter mich, auf Jordan, die drei toten Vampire und Derek, der noch immer bewusstlos am Boden lag.

»Es geht uns gut, aber wir könnten Hilfe gebrauchen. Wir hatten ... ähm, einen Zwischenfall, und ein Mensch ist ohnmächtig. Er braucht wahrscheinlich einen Arzt.«

»Wir kommen hoch«, rief er zurück.

»Flipp nicht aus, okay?«, sagte ich, als er die Leiter hochkam. Ich trat ein wenig zurück und warf noch einmal einen Blick auf die blutige Szene. Mein einziger Gedanke war: Gott sei Dank ist Nikolas nicht hier und sieht das.

Na, super, wir haben gerade drei Vampire erledigt, und das Erste, woran ich denke, ist er.

Tristan kletterte vor Chris und Callum durch die Luke. Die drei Männer starrten stumm auf das Blutbad. »Ihr habt ganz allein drei Vampire zur

Strecke gebracht?«, fragte Tristan und sah mich an. Ein absurdes Hochgefühl kam über mich. Es tat gut, dass er auch mir einen Teil an dem Erfolg zuschrieb.

»Babyvampire.« Ich kniete mich nieder, um nach Derek zu sehen, und atmete erleichtert auf, als ich einen regelmäßigen, starken Puls fühlte. »Er lebt«, sagte ich an Jordan gewandt.

Callum kniete sich neben mich und untersuchte rasch Dereks Kopf. Er zog etwas Gunnapaste aus seiner Tasche und winkte mir zu, während er sie in den Mund des bewusstlosen Mannes steckte. »Er hat wahrscheinlich eine Gehirnerschütterung. Das wird wieder. Er braucht aber dennoch medizinische Versorgung.«

»Junge Vampire?«, murmelte Tristan.

»Er kannte sie.« Ich deutete auf Dereks tote Freunde. »Sie sind aus der Stadt. Sie hießen Seth und Dana, Derek zufolge waren sie gerade auf Urlaub in Las Vegas. Ich weiß nicht, wer der Dritte ist. Die Frau hat ihn Brent genannt.«

Die drei Männer tauschten grimmige Blicke und mir war klar, dass sie mehr wussten, als sie uns verraten wollten.

»Was verheimlicht ihr vor uns?«

Tristan bewegte sich, als trüge er ein schweres Gewicht. »Wir haben Nachricht erhalten, dass letzten Monat in gewissen Gegenden vermehrt Vermisstenfälle gemeldet wurden. In Las Vegas war es am schlimmsten.«

Ich sagte ihm nicht, dass auch ich von vermissten Menschen gehört hatte. »Vampire.«

Er nickte stumm.

»Junge Vampire sind trotz ihres Alters schon recht stark. Wie habt ihr die drei überwältigen können?« Der Blick, den Callum mir zuwarf, sagte mir, dass er noch immer nicht sehr viel von meinen Kampfkünsten hielt. Obwohl das Training inzwischen besser lief.

Ich ließ Jordan berichten. Ihre Erzählung war ohnehin bunter und detailreicher, als ich sie hätte abliefern können. Sie war ziemlich aufgeregt wegen ihres ersten selbst erlegten Vampirs. Als sie zu der Szene kam, in der ich eine bedeutende Rolle gespielt hatte, hielt sie kurz inne. Sie wusste nicht, wie sie weiter beschreiben sollte, was passiert war, und so übernahm ich.

»Er ist auf mich losgegangen und ich habe ihn an der Kehle verletzt, dabei aber mein Messer verloren. Er musste seine Kehle bedecken, weil das Blut überallhin gespritzt ist.« Ich deutete auf meine blutbesudelte Kleidung. »Dann bin ich auf seinen Rücken gesprungen und habe ihn niedergerissen, während Jordan mir ihr Messer gegeben hat, um ihm den Garaus zu machen.«

Die Erklärung klang selbst in meinen Ohren vernünftig und plausibel, aber aus dem Augenwinkel sah ich, wie Jordan mir einen verwirrten Blick zuwarf. Ich hoffte, sie würde meine Story nicht infrage stellen, weil ich ihr die Wahrheit nicht sagen konnte. Noch nicht.

»Woher wusstet ihr, dass wir in Schwierigkeiten stecken?«, erkundigte ich mich, bemüht, das Thema zu wechseln.

»Wir hören den Polizeifunk aus der Stadt ab und haben dadurch von einem Mord in der Gegend erfahren«, erklärte Tristan. »Chris hat sich erkundigt und berichtet, dass ein Nachbar der Polizei gesteckt hat, den Sohn des Opfers gesehen zu haben, wie er das Haus wenige Stunden zuvor betreten hatte. Der Nachbar hatte sich darüber gewundert, weil der Sohn eigentlich in Las Vegas sein sollte. Mit all den Berichten aus Vegas wollten wir kein Risiko eingehen.«

»Woher wusstet ihr, wo wir sind?«

Chris zeigte eines seiner Grübchen. »Du solltest doch am besten wissen, dass wir alle Autos mit GPS-Sendern ausgestattet haben. Euch zu finden, war leicht, und im Haus hat Terrence uns erzählt, ihr Mädchen wärt draußen mit seinem Freund Derek.«

Ich zog eine Grimasse. »Tja, da hast du den Spaß hier knapp verpasst.«

»Geht es euch wirklich gut?«, fragte Tristan erneut. »Ihr seid von oben bis unten mit Blut bespritzt.«

Jordan sah an sich herab und bemerkte offenbar erst jetzt ihre blutbesudelten Beine. Ihre beiden Opfer hatte sie, ohne einen Tropfen Blut zu verspritzen, erledigt. Somit war klar, wer für die Sauerei verantwortlich war. »Verdammt, Sara. Ich hab die Jeans neu gekauft.«

Ich lachte erstickt. »Sorry.«

Chris schüttelte den Kopf. »Scheint ihnen recht gut zu gehen.«

Ich sah auf mein Shirt, das mehr rot als weiß war und verzog das Gesicht. »Tut mir leid, dir das sagen zu müssen, Jordan, aber ich glaube nicht, dass dein Shirt das hier lebend überstanden hat.«

Tristan fing an, Anweisungen zu erteilen. »Callum, du trägst den jungen Mann nach unten. Chris, ruf die Reinigungscrew. Wir müssen die Partygäste von der Scheune fernhalten.« Er sah zu mir. »Und ihr beiden: Raus mit euch.«

Wir warteten, dass Callum die Leiter mit Derek über der Schulter hinabstieg, dann kletterten Jordan und ich nach unten. Sobald meine Füße wieder festen Boden unter sich hatten, merkte ich, dass meine Beine leicht zitterten. Aber Tristan stand direkt hinter mir und hielt mich fest. »Ich bin nur ein bisschen müde«, versicherte ich ihm, als er mich besorgt ansah.

Tristan legte seinen Arm um mich und begleitete mich zum Eingang der Scheune. »Kannst du zum Van laufen? Ich trage dich auch, wenn du möchtest.«

»Danke, aber das schaffe ich allein.« Auf keinen Fall würde ich zulassen, dass er mich trug.

»Gut, dann ...« Tristan sah auf etwas, das draußen vor der Scheune stand, und erstarrte. Seine Hand griff fester um meinen Arm.

Was ist jetzt wieder los? Ich schielte vorsichtig an Tristan vorbei, ohne zu wissen, was mich nun erwartete. Ich sah Terrence, Josh, Seamus und Niall auf der einen Seite stehen und Olivia, Mark, Callum und Jordan auf der anderen. Zwischen ihnen Nikolas. Ihn hier zum ersten Mal seit unserem Kuss wiederzusehen, brachte meinen Magen heftig zum Flattern. Es war unmöglich, seinen Gesichtsausdruck zu erkennen, also hatte ich auch keine Ahnung, was er dachte oder wie er sich dabei fühlte, mich zu sehen.

Spielt es eine Rolle? Er hat seine Gefühle doch sehr deutlich gemacht.

Ich riss mich von Tristan los und ging von der Scheune weg, wollte einen weiten Bogen um Nikolas machen. Er war der Letzte, mit dem ich gerade sprechen wollte. Ich hatte die Nase so voll von diesem ganzen Wechselbad der Gefühle, und ich war auch nicht in der Stimmung, mich anschreien zu lassen. Er konnte jemand anderen zu seinem emotionalen Prügelknaben machen.

Nikolas brummte tief, aus der Brust heraus und alle, bis auf Tristan, traten einen Schritt zurück. Ich stoppte mitten in der Bewegung und sah ihn mit verengten Augen an. »Hast du mich gerade angeknurrt?«

»Nikolas, es geht ihr gut«, sagte Tristan hinter mir mit ruhiger Stimme. Zu ruhig ...

Ich musterte Nikolas genauer und bemerkte, dass er wie festgenagelt an Ort und Stelle stand und beide Hände an seinen Seiten zu Fäusten geballt hatte. Seine Augen waren so dunkel, dass sie beinah schwarz wirkten, und sein Gesicht hätte genauso gut aus Stein gemeißelt sein können. Ich hatte ihn zuvor schon wütend gesehen, aber nie so wie jetzt. Er sah aus, als würde er jeden Augenblick explodieren.

Und er starrte mich direkt an.

»Sara, hör mir zu«, sagte Tristan langsam. »Du musst auf ihn zugehen, mit ihm sprechen, ihm klarmachen, dass es dir gut geht.«

»Ich verstehe nicht ...«, sagte ich, ohne den Blick von Nikolas zu lassen.

Tristan atmete aus und in der Stille klang es viel zu laut. »Ich weiß. Ich werde es dir später erklären. Aber jetzt muss ich dich bitten, zu tun, was ich dir sage. Nikolas' Mori ist verärgert, und das Einzige, was ihn jetzt beruhigen kann, ist zu sehen, dass du unverletzt bist.«

Nikolas verlor die Nerven und Tristan wollte, dass ich zu ihm ging? War er völlig durchgeknallt? »Kann er das nicht von hier aus sehen?«

»Nein, du musst näher rangehen. Er wird dir nicht wehtun. Wenn es irgendjemanden gibt, der gerade sicher vor ihm ist, dann du.«

Der Atem stockte mir. Was sollte das nun wieder bedeuten? Würde Nikolas auf die anderen losgehen, wenn er die Kontrolle verlor? Warum war ich die Einzige, die vor ihm sicher war? Ich wagte einen Blick auf Terrence und Josh, die ziemlich eingeschüchtert wirkten. Verdammt. Ich hoffte wirklich, dass Tristan wusste, was er da von mir verlangte.

Ich holte tief Luft und näherte mich Nikolas. Nur noch knapp zwei Meter von ihm entfernt spürte ich plötzlich die Hitze seiner Wut, die regelrecht von seinem Körper abstrahlte. »Nikolas, sieh mich an. Es geht mir gut. Okay, ich hab schon besser ausgesehen, aber das tut jetzt nichts zur Sache.«

Er antwortete nicht, bewegte sich nicht. Während sich unsere Blicke ineinander verhakten, entdeckte ich etwas Düsteres, Wildes in seinen Augen. Kalte Finger krabbelten über meinen Nacken und ich spürte, wie der Mori in mir sich regte. *Was soll ich jetzt tun?*

»Berühre ihn«, rief Tristan sanft, und ich musste mich zusammenreißen, um mich nicht offenen Mundes zu ihm umzudrehen.

»Was?«

»Nimm seine Hand. Vertrau mir.«

Mein Magen rumorte nervös, während ich den letzten Abstand zwischen uns überwand. Ohne den Blick von Nikolas zu nehmen, streckte ich meine Hand aus und legte sie in die seine. Sofort prickelte es warm in meinen Fingern. Dann schloss er seine Hand mit eisernem Griff um meine Finger.

»Aua!« Tränen schossen mir in die Augen und ich boxte ihn mit der freien Hand fest in die Brust. »Lass los!« Als er nicht antwortete, hob ich meine Hand und schlug ihm ins Gesicht. »Nikolas, lass los – du brichst mir die Hand.«

Er ließ mich los, aber bevor ich mich um meine gequetschten Finger kümmern konnte, zog er mich an sich und umschlang mich mit seinen Armen so fest, dass ich kaum noch atmen konnte. Sein ganzer Körper bebte, und ich fühlte sein Herz an meiner Wange rasen. Meine Angst war wie weggeblasen, ich wollte ihn jetzt nur noch beruhigen. Ich befreite meine Arme und legte sie um seine Taille. »Hey, alles in Ordnung. Ich bin ja da«, flüsterte ich und rieb ihm über den Rücken. Mein eigenes verräterisches Herz beschleunigte seinen Schlag, so nah waren wir uns, und ich kam nicht umhin, mich an unsere letzten Berührungen zu erinnern. *Das ist nicht dasselbe.* Es würde keine Wiederholung jener Nacht geben.

Minuten vergingen, und sein Zittern ließ nach, sein Herzschlag normalisierte sich. Ich wollte ihn fragen, ob alles in Ordnung war, als er seinen Griff um mich löste und die Hände zu den Seiten sinken ließ. Ich ging vorsichtig einen Schritt zurück und sah ihn an. Sein Gesicht war noch immer wie versteinert, aber in seinen Augen lag zumindest nicht länger dieser Ausdruck puren Wahnsinns. Die Wut schien verraucht.

Tristan trat hinter mich. »Nikolas, wir müssen Sara und die anderen nach Hause bringen.«

Nikolas sah ihn über meinen Kopf hinweg an und nickte.

Ich schaute von einem zum anderen, wartete auf eine Erklärung. Aber Tristan schüttelte nur leicht den Kopf, und Nikolas schien gar nicht erst in der Lage zu sprechen.

Mein Blick fiel auf Terrence, der noch immer aussah, als sei sein Leben akut in Gefahr, und dann auf Jordan, die mich mehr neugierig als ängstlich musterte. Was zur Hölle ging hier vor sich, und warum war offenbar ich die Einzige, die das alles verwirrte?

Als ich dieses Mal um Nikolas herumgehen wollte, hielt mich niemand auf. Ich sah keinen von ihnen an, ging nur stur auf die Einfahrt zu, in der die SUVs warteten. Körperlich ging es mir gut, aber in meinem Herzen tobte ein wilder Sturm. Ich brauchte Antworten, und vor allem brauchte ich Abstand.

Ich hörte Schritte hinter mir und wusste, dass er es war, aber ich hielt nicht an, bis ich einen der beiden schwarzen Wagen erreicht hatte. Ich öffnete die hintere Tür, kletterte hinein und ließ mich träge auf einen der Ledersitze fallen. Es war mir egal, dass ich alles mit Blut beschmierte. Ich legte meinen Kopf gegen die Rückenlehne und schloss die Augen, während ich wartete, dass irgendjemand auftauchte, um mich nach Hause zu fahren.

Erstickte Stimmen drangen von draußen zu mir herein und es hörte sich an, als würde jemand streiten. Ich blendete alles aus, bis sich die Tür vor mir öffnete und Tristan einstieg. Zur gleichen Zeit setzten sich Seamus und Niall auf die vorderen Plätze, und Seamus startete den Motor. Ich drehte meinen Kopf zu Tristan, der zum ersten Mal, seit ich ihn kannte, müde wirkte.

»Wo ist Jordan?«, erkundigte ich mich.

»Sie ist im anderen Auto. Soll ich sie holen?«

»Nein, ist okay.« Jordan hatte gerade vermutlich die beste Zeit ihres Lebens und prahlte vor den anderen mit ihrem ersten Kampf gegen Vampire. Ich wollte ihr den Spaß nicht verderben. Ich wünschte, ich könnte mich zu ihr gesellen, aber ich war viel zu verwirrt von der Sache mit Nikolas.

Tristan legte seine Hand auf meine. »Ich erkläre dir zu Hause alles.«

Niemand sprach ein Wort, bis wir die Festung erreicht hatten, und das sagte mir, dass das, was immer Tristan mir zu berichten hatte, mir nicht gefallen würde. Als wir ankamen, war der Erste, den ich sah, Nikolas. Er stand vor dem Haupteingang und wartete auf uns. Er sagte nichts, aber er blickte finster drein, und ich spürte seine Augen auf mir, als wir an ihm vorbeigingen.

Drinnen wollte Tristan mich auf die Krankenstation bringen, aber ich weigerte mich. Ich bestand darauf, nicht verletzt zu sein. Ich wollte nur eine Dusche und ein paar Antworten. Und zwar genau in dieser Reihenfolge. Als ich mich aber zu meinem Zimmer aufmachte, sagte Tristan, es wäre das Beste, wenn ich stattdessen mit in seine Wohnung käme. Etwas in seinem Gesicht sagte mir, dass ich diesmal besser nicht widersprach.

In Tristans Wohnung gab es ein Gästezimmer mit angrenzendem Bad, und ich schloss mich sofort nach unserer Ankunft dort ein. Ich zog die blutverschmierten Klamotten aus, stopfte sie in einen Müllsack, denn ich war mir sicher, dass Jordan nichts davon wiederhaben wollte. Wahrscheinlich war es sogar eine sehr willkommene Ausrede dafür, neue Kleider für uns beide zu bestellen.

Als ich in einen dicken Bademantel gehüllt aus dem Zimmer kam, war ich überrascht zu sehen, dass einige meiner Kleider auf dem Bett lagen. Wer auch immer sie aus meinem Zimmer geholt hatte, hatte sogar an einen frischen BH und Unterhosen gedacht. Normalerweise wäre mir der Gedanke, einer der Krieger hatte meine Unterwäsche durchstöbert, unangenehm gewesen, aber heute war es mir völlig egal.

Tristan wartete im Wohnzimmer auf mich.

»Was ist?«, fragte er, als ich die Stirn runzelte.

»Jedes Mal, wenn ich ausgehe, sehe ich nachher aus wie Stephen Kings Carrie nach dem Abschlussball.« Ich seufzte schwer. »Wenigstens habe ich diesmal keinen Arzt gebraucht. Ich schätze, ich habe eine Glückssträhne.«

»Ich würde das heute Nacht nicht als Glück bezeichnen. Du und Jordan könnt sehr stolz auf euch sein.«

Ich setzte mich auf die Couch. »Ich bin es, und sie sicher auch. Wahrscheinlich erzählt sie gerade allen davon.«

Tristan gluckste. »Da bin ich mir sicher. Sie ist eine der besten jungen Kriegerinnen, die wir je hier hatten. Ich bin froh, dass ihr beiden euch angefreundet habt.«

»Ich auch.«

Einen Augenblick lang schwiegen wir. Ihm lag etwas auf dem Herzen, nur schien er sich nicht sicher, wie er anfangen sollte. So viel war klar. Als er dann endlich etwas sagte, war es das Letzte, was ich von ihm erwartet hatte. »Sara, bevor ich dir alles erkläre, muss ich dich etwas fragen. Ich möchte wirklich nicht deine Privatsphäre verletzen, aber ich muss dich das fragen. Bist du mit Nikolas intim gewesen?«

»Was? Nein!«, platzte ich heraus. Mein Gesicht brannte. »Warum fragst du mich das?«

Er schien sich genauso zu fühlen wie ich: unbehaglich. »Ich rede nicht von Sex. Ich meine, gab es irgendeinen physischen Kontakt zwischen euch ... außerhalb des Trainings.«

Ich starrte auf meine Hände, die verkrampft in meinem Schoß lagen. »Vor ein paar Tagen ... haben wir uns geküsst. Es war nur ein Kuss – und keine Sorge, Nikolas hat mir mehr als klar gemacht, dass es ein Fehler war. Das war das letzte Mal, das ich ihn gesehen habe – bis heute Nacht.«

»Ich verstehe.«

»Du verstehst was?« Ich schaute wieder zu ihm auf. »Was hat das mit all dem hier zu tun?«

Er fuhr sich mit der Hand durch sein blondes Haar und seufzte. »Ich hatte gehofft, ein wenig mehr Zeit zu haben, um mit dir darüber zu sprechen. Wenn du unter den Mohiri aufgewachsen wärst, wüsstest du von diesen Dingen.« Er hielt inne. »Was ich dir jetzt sage, wird zunächst schwer zu verstehen sein, wenn man bedenkt, dass du deine Kindheit und Jugend unter Menschen verbracht hast, aber unter unseren Leuten ist es etwas völlig Natürliches. Bitte, lass mich erst alles erklären. Dann kannst du mir so viele Fragen stellen, wie du möchtest.«

Ich nickte stumm und zog die Knie an die Brust, schlang meine Arme darum, als könnten sie mich vor Tristans Enthüllungen schützen. Der Letzte, der in diesem Ton mit mir gesprochen hatte, war Nikolas gewesen. Damals, als er mir gesagt hatte, ich wäre eine Mohiri. Ich war nicht bereit für eine weitere Offenbarung dieser Art.

Tristan pausierte einen Moment, dann stürzte er sich in seine Geschichte. »Wir sind in vielen Bereichen wie die Menschen – abgesehen von den offensichtlichen Unterschieden. Wir führen Beziehungen, wir verabreden uns und gehen emotionale Bindungen ein. Paare bleiben manchmal für viele Jahre zusammen, aber meistens ist das nicht vergleichbar mit Ehen unter Menschen. Damit wir untereinander einen festen Bund eingehen, muss unser Partner unser *Solmi* sein, ein lebenslanger, tief verbundener Partner. Für die meisten von uns vergehen viele Jahre, bis wir diesen Seelenverwandten treffen, wenn es dann aber so weit ist, dann erkennt unser Mori den anderen sofort. Bei der allerersten Berührung.«

Solmi? So hat mein Mori doch ...

»Die Männer fühlen den Bund früher und auch stärker. Unser Beschützerinstinkt erwacht. Wie du gesehen hast, sind auch unsere Mohirifrauen sehr stark und wollen zumeist gar nicht beschützt werden, also kann die Beziehung am Anfang recht instabil sein. Je tiefer die Gefühle werden, desto stärker wächst das Band und es intensiviert sich, je mehr Zeit man miteinander verbringt, besonders wenn man ... auf irgendeine Art intim miteinander wird. Schließlich wird der Bund vervollständigt und man wird zu lebenslangen Gefährten. Es ist eine sehr tiefgründige Erfahrung.«

Ich versuchte, zu schlucken, aber mein Mund war zu trocken. Mein Innerstes fühlte sich an, als fahre es Achterbahn – mit all meinen Emotionen an Bord. »Ich ... ich glaube, ich weiß, was du mir versuchst zu sagen, aber du irrst dich. Ich würde doch wissen ... wenn wir ...« Ich bekam Angst. »Er will nicht ...«

»Wenige Tage, nachdem du in Maine verschwunden bist, hat Nikolas mich angerufen und mir von eurem Bund berichtet. Er wusste, du warst nicht tot, weil eure Verbindung nach wie vor bestand.« Tristan stoppte und gab mir Zeit, diese Neuigkeit sacken zu lassen. Ich erinnerte mich daran, wie Nate mir erzählt hatte, dass Nikolas nicht an meinen Tod geglaubt und sich geweigert hatte, die Suche nach mir abzubrechen.

»Eine andere weibliche Mohiri hätte den Bund zwischen ihr und dem Mann bereits bemerkt, aber du hast keine gewöhnliche Beziehung zu deinem Mori. Denn sonst hättest du Nikolas in deiner Nähe gespürt, so wie er es tut. Darum habe ich Nikolas gebeten, dir Zeit zu geben, dich an die neuen Umstände deines Lebens zu gewöhnen, bevor er dir von dem Bund erzählt. Du bist so jung, und du hast in der letzten Zeit so viel durchgemacht. Dein Zuhause zu verlassen, war sehr schwer für dich, und ich glaubte, dass du nicht bereit warst für solch schwerwiegende Enthüllungen. Nikolas selbst wollte dich nicht aufregen oder unnötig verwirren. Es gefiel ihm nicht, aber er hat sich bereit erklärt, eine Weile fortzugehen und dir Zeit und Raum zu geben, um dich hier einzuleben. Allerdings weigerte er sich, länger fortzubleiben, als er von der

Lampreyattacke gehört hat. Er ist noch in derselben Nacht zurückgekehrt.«

Ich kaute auf meiner Unterlippe herum und versuchte, meinen Magen zu beruhigen. Das alles konnte einfach nicht wahr sein. Ja, ich spürte, wenn Nikolas in meiner Nähe war. Aber das bewies noch gar nichts. Ich hatte ihn mit Celine gesehen und die Art, wie er mich nach dem Kuss angesehen hatte, war absolut eindeutig gewesen. Er hatte diesen Kuss bereut. So verhielt man sich doch nicht, wenn man verliebt in jemanden war. »Aber ich habe ihn ... mit Celine gesehen und er meinte, der Kuss wäre ein Fehler gewesen«, sprach ich meine Gedanken aus.

»Nikolas und Celine waren eine Zeitlang zusammen, aber ich versichere dir, da ist nichts mehr zwischen ihnen. Und was den Kuss anbelangt, Nikolas ist ein ehrenwerter Mann und er wusste, dass ich nicht wollte, dass zwischen euch eine tiefere Beziehung entsteht, solange du nicht verstehst, was vor sich geht.«

»Ich ... es fällt mir schwer, das zu glauben. Ich vertraue dir, aber du hast uns doch noch gar nicht zusammen gesehen. Wir streiten die ganze Zeit, und er versucht ständig, mir vorzuschreiben, was ich tun soll. Und dann steigert er sich immer so rein, wenn ich ...«

»Wenn du in Gefahr bist?«, half Tristan mir aus, und mir sackte der Magen ins Bodenlose. »Wie gesagt, die Männer können sehr beschützend sein, und die Beziehung zwischen Mohirimännern und -frauen ist zunächst häufig stürmisch. Wenn ein Mann spürt, dass seine Frau in Bedrängnis kommt oder in Gefahr ist, dann steigert sich sein Mori in eine Art Rage.«

»Eine Rage?« Etwas, das Chris einmal zu mir gesagt hat, kam mir wieder ins Gedächtnis. *Er hat sich selbst in Rage versetzt ... es ist eine Morisache ... Du wirst bald mehr darüber erfahren.*

»Das geschieht, wenn ein männlicher Krieger und sein Mori zu aufgewühlt sind, um ihre Emotionen zu beherrschen«, erklärte Tristan. »Es ist einfacher, zu kontrollieren, wenn der Bund noch sehr neu oder schwach ist, aber je stärker die Verbindung zweier Mohiri wird, desto tiefer wirken auch die Instinkte des Mannes, dich zu schützen. Als Nikolas dich heute Nacht gesehen hat, gebadet in Blut, hatte er sich in einen richtigen Wutrausch hineingesteigert. Und eine falsche Bewegung von uns hätte ihn völlig entfesselt. Der einzige Weg, ihn zu beruhigen, war ihm zu zeigen, dass du in Sicherheit bist. Deshalb habe ich dich gebeten, zu ihm zu gehen, mit ihm zu reden und ihn zu berühren. In diesem Zustand konntest nur du zu ihm durchdringen. Das Band zwischen euch ist viel stärker, als ich vermutet hatte, darum habe ich dich gefragt, ob ihr körperlich miteinander gewesen seid.«

Ich legte meine Stirn auf die Knie und schloss die Augen. Das war alles zu viel. Nikolas war mir nicht gleichgültig. Die meiste Zeit aber machte er mich wahnsinnig, dennoch würde ich lügen, wenn ich behauptete, da wäre gar nichts zwischen uns. Zumindest meinerseits. Seit dem Kuss hatte ich genug Zeit gehabt, meine Gefühle zu analysieren und ich hatte begriffen, dass ich schon lange vor meiner Abreise aus New Hastings etwas für ihn empfunden habe. Der Kuss hatte mich nur dazu gebracht, zuzugeben, was ich vor mir selbst die ganze Zeit geleugnet habe.

Aber Liebe? Nein, nicht einfach nur Liebe, sondern so etwas wie Seelenverwandtschaft, von der Tristan gesprochen hatte? Dafür war ich nicht bereit. Der Gedanke, mich an diesem Punkt für mein gesamtes Leben jemandem zu verschreiben, selbst wenn ich starke Gefühle für diese Person hatte, war für den Augenblick einfach zu viel des Guten.

Wie dachte Nikolas über all das? Hatte er mich nur geküsst, weil sein Dämon eine Verbindung zu meinem suchte? Was, wenn er sich in diesem Bund gefangen fühlte und er deshalb so unglücklich geschaut hatte, nachdem wir uns geküsst hatten? Wie sollte ich jemals wissen, ob er es war, der mit mir zusammen sein wollte oder nur sein Mori?

»Du bist sehr still.«

Ich rieb mir die Augen. »Entschuldige. Ich versuche nur, das alles zu verstehen. Was genau bedeutet es, diesen Bund zu schließen?«

Tristan zögerte, als überlegte er, wie er mir das am besten erklären sollte. »Ein miteinander verbundenes Paar teilt etwas, was man nur als eine spirituelle Verbindung bezeichnen kann. Sie können einander spüren, wenn sie sich nahe sind, und nachdem ihr Bund vollzogen ist, können sie durch diesen miteinander kommunizieren und die Gefühle des anderen spüren. Verbundene Seelenverwandte teilen ihre Morikräfte, um einander zu trösten oder zu heilen, wenn der andere krank oder verletzt ist. Es ist eine sehr innige Verbindung und etwas, das nicht miteinander verbandelte Mohiri nicht können.«

Als ich Nikolas in New Hastings das erste Mal gesehen hatte, hatte er versucht, sich in meinen Geist zu drängen, um mir zu beweisen, dass ich eine Mohiri bin. Er hatte bereits damals von dieser Verbindung zwischen uns gewusst. Wie musste es für ihn gewesen sein, es die ganze Zeit zu wissen, während ich völlig ahnungslos war?

»Du hast gesagt, man trifft seinen potenziellen Seelenverwandten. Bedeutet das, eine Person kann in ihrem Leben mehr als einen Partner dieser Art haben? Kann das Band gebrochen werden?«

Meine Frage schien ihm Probleme zu bereiten, denn er zögerte mit der Antwort. »Seinen Seelenverwandten zu finden, kann sehr lange dauern, aber ich kenne einige Leute, die den Bund abgelehnt und später einen anderen Partner gefunden haben. Dein Mori kann mit mehreren anderen kompatibel sein, und wenn du die Beziehung zu einem Mohiri nicht möchtest, dann wird das Band nicht wachsen. Hat es sich aber schon entwickelt, wie bei dir und Nikolas ... so kann es zwar noch durchschnitten werden, aber die Trennung ist schmerzhaft. Nicht körperlich«, beeilte er sich zu sagen, als ich scharf die Luft einzog, »aber emotional. Es hängt davon ab, wie fortgeschritten die Verbindung bereits ist. Wenn ein Paar den Bund vollständig vollzieht, dann gilt er für ein Leben lang und kann nicht durchtrennt werden.«

Ich schluckte schwer. »Wie bricht man ihn, bevor er vollständig ist?«

Tristan wirkte noch unglücklicher bei dieser Frage als bei der zuvor. »Zunächst muss man der anderen Person sagen, dass man sie nicht will. Dann bricht man jeglichen Kontakt ab. Keine Kommunikation und vor allem kein körperlicher Kontakt. Über die Zeit wird das Band dann schwächer, bis es sich auflöst. Erst dann kann man sich wiedersehen.«

Alle Verbindungen zu Nikolas abbrechen? Sich von ihm verabschieden und ihn vielleicht niemals wiedersehen? Ein schweres Gewicht legte sich auf meine Brust. Nach allem, was wir gemeinsam erlebt haben, war er mehr für mich als nur ein Beschützer oder ein Trainer. Er war auch mehr als ein Freund, selbst wenn ich nicht genau wusste, was genau er war. Ich wollte nicht in eine Beziehung gezwungen werden, aber ich konnte mir auch nicht vorstellen, ohne ihn zu sein.

»Du musst jetzt noch nichts entscheiden. Gib dir Zeit, um darüber nachzudenken«, sagte Tristan und sprach damit meine Gedanken laut aus. »Niemand wird dich zu etwas drängen, das du nicht willst.«

Endlich drückte es nicht mehr auf meine Lungen, als befände ich mich schon zu lange unter Wasser. Zitternd holte ich Luft. »Wie wird der Bund vervollständigt? Gibt es eine Zeremonie oder so etwas?«

Tristan räusperte sich. »Nein. Wenn das Paar bereit dafür ist, erklärt es sich im Privaten seine Liebe und vereint sich körperlich.«

»Körperlich? Du meinst ...?« Er nickte und mein Magen rumpelte erneut los, beim Gedanken an mich und Nikolas beim ... Mein Gesicht glühte, weil ich einfach nicht glauben konnte, woran ich gerade gedacht hatte – in Anwesenheit meines Großvaters. »Jeder weiß also von dieser Bund-Sache. Alle wissen über Nikolas und mich Bescheid.« *Und nach seiner Reaktion heute Abend glauben sie alle, dass wir noch viel mehr miteinander machen als nur trainieren.*

»Ja. Stört dich das?«

»Wie soll ich ihnen denn noch in die Augen schauen?« Ich verbarg mein Gesicht mit einem Seufzer erneut in meinen Armen. »Wie soll ich Nikolas noch in die Augen schauen?«

»Nikolas versteht, wie schwierig das für dich ist. Es war auch für ihn nicht leicht.«

Ich hob den Kopf, überrascht von dieser Aussage. »Ich glaube nicht, dass irgendetwas nicht leicht für ihn ist.«

»Nikolas hat sich sein ganzes Leben nur darauf konzentriert, ein Krieger zu sein. Außer ein paar unverbindlichen Beziehungen ist er keine Bindung eingegangen. Und dann trifft er nach zwei Jahrhunderten auf seine potenzielle Partnerin. Ich glaube, er hat gar nicht mehr daran geglaubt.« Tristan lächelte warmherzig. »Dich hat er ganz sicher nicht erwartet. Du hast seine Welt auf den Kopf gestellt, und er hat keine Ahnung, wie er damit umgehen soll. Stell dir vor, wie das für ihn gewesen sein muss. Er ist auf einer Routinemission und stolpert ausgerechnet in einer Bar über eine Waise, und auf einmal sagt ihm sein Mori, dass sie die Eine ist. Ich bezweifle, dass er das gut aufgenommen hat.«

»Er war ein wenig barsch.« Und das war noch eine sehr milde Umschreibung für Nikolas' feindselige erste Reaktion auf mich, aber das wollte ich Tristan nicht auf die Nase binden.

Tristan lachte herzlich. »Du vergisst, dass ich Nikolas schon sehr lange kenne. Ich kann mir gut vorstellen, wie er sich aufgeführt hat.« Er lehnte sich nach vorn und stützte die Ellbogen auf die Knie. »Er will nur das

Beste für dich, Sara. Du solltest mit ihm reden und dir von ihm erklären lassen, wie er empfindet.«

Beim Gedanken daran, Nikolas wiederzusehen, flammte erneut Panik in mir auf. »Jetzt? Ich ... ich kann nicht.«

»Nicht heute Nacht, und nicht, solange du nicht bereit bist.«

Ich sackte auf der Couch zusammen, mit einem Mal mental und körperlich völlig ausgelaugt. Ich wollte nur noch schlafen. Vielleicht würde ich morgen früh aufwachen und feststellen, dass dies alles nur ein verrückter Traum war.

»Es tut mir leid, dass du es so herausfinden musstest. Du bist sicher sehr verwirrt und überwältigt.«

Verwirrt beschrieb nicht einmal annähernd, wie ich mich fühlte. »Einer von euch hätte es mir sagen müssen. Die ganze Zeit über habe ich mich gewundert, wie er so launisch sein konnte. Hätte ich gewusst, was vor sich geht, dann hätte ich es aufhalten können, bevor es sich weiterentwickelt – bevor wir einander nähergekommen sind.«

»Möchtest du damit sagen, dass du den Bund brechen willst.«

»Nein ... ich ... weiß es nicht«, antwortete ich ehrlich. Ich hatte Gefühle für Nikolas. Wenn ich ihnen nicht nachgab und erforschte, was sie bedeuteten, würde ich das dann den Rest meines Lebens bereuen? »Ich brauche etwas Zeit, um das alles zu verarbeiten, bevor ich etwas entscheide.«

Tristan stand auf und deutete in Richtung Gästezimmer. »Du musstest heute Nacht viel verdauen. Warum versuchst du nicht, ein wenig zu schlafen, und wir reden morgen weiter?«

»Okay.« Ich wollte eigentlich am liebsten in mein eigenes Bett kriechen, aber die Möglichkeit, auf dem Weg zu meinem Zimmer irgendjemandem – geschweige denn Nikolas – in die Arme zu laufen, ließ mich Tristans Einladung annehmen. Ich wünschte ihm eine gute Nacht und vergrub mich wenig später in den Decken des Gästebetts, wartete darauf, dass die Erschöpfung mich übermannte. Aber so müde mein Körper auch war, mein Geist weigerte sich, Ruhe zu geben. Immer wieder ging ich in Gedanken mein Gespräch mit Nikolas durch und ließ jede einzelne Szene mit ihm wieder und wieder ablaufen. Ich suchte nach Beweisen, nach einer Bestätigung für die Dinge, die Tristan mir erzählt hatte. Seit ich Nikolas kannte, hatte seine überfürsorgliche Art, sein übertriebenes Sicherheitsbedürfnis mich genervt und die meisten unserer Streitigkeiten verursacht. Aber ich konnte auch nicht leugnen, dass ich mich bei ihm immer sicher gefühlt und ich ihm von Anfang an mein Leben anvertraut hatte. Warum hätte ich solches Urvertrauen in einen Fremden haben sollen? Ich erforschte mich und meine Gefühle tiefer und erinnerte mich an diesen kurzen Moment des Wiedererkennens, den ich bei unserem ersten Zusammentreffen gespürt hatte. Hatte ich mir das nur eingebildet oder war es der Mori gewesen, der seinen Seelenverwandten erkannt hatte?

Laut seufzend wälzte ich mich hin und her und prügelte auf mein Kissen ein. Tristan hatte recht. Es war sinnlos, die Verbindung zwischen mir und Nikolas zu leugnen. Sie hatte vom ersten Tag an bestanden. Es war nicht romantisch genug, um die Bezeichnung ›Liebe auf den ersten Blick‹ zu verdienen. Denn daran glaubte ich ohnehin nicht, egal was die Leute sagten. Aber es war trotzdem etwas zwischen uns, und ich musste entscheiden, wie ich damit umgehen wollte.

Nikolas und ich? *Nikolas!* Wie sollte ich jetzt mit ihm sprechen, wo ich das alles wusste? Ich gab ihm nicht die Schuld für irgendetwas, er war genauso wie ich gefangen. Ich dachte daran, wie er dort vor der Scheune gestanden war und wie sein Blick sich nicht von mir hatte lösen können. Wie er gezittert und mich an sich gedrückt hatte. Es war das bisher einzige Mal gewesen, dass er vor meinen Augen die Kontrolle verloren hatte, und das machte mir Angst.

Auf keinen Fall wollte ich, dass es ihm schlecht ging, aber ich hatte bisher mit Gefühlen dieser Art nichts zu tun gehabt. Ein Teil von mir war zu Tode geängstigt, während der andere zu ihm gehen wollte und ... und was? Ihm sagen, dass alles gut werden würde? Ihm sagen, dass mir auch etwas an ihm lag?

Ich rollte mich unglücklich zusammen und betete, endlich einschlafen zu können. Aber erst als sich bereits rote Streifen über den Himmel zogen und den Anbruch des nächsten Tages verkündeten, gab mein Geist nach und ich fiel für kurze Zeit in den seligen Schlaf des Vergessens.

Kapitel 16

DIE SONNE STAND bereits hoch am Himmel, als ich meine Augen öffnete, und so wusste ich, dass ich den ganzen Vormittag verschlafen hatte. Geweckt hatte mich allerdings nicht das helle Licht, sondern ein hauchzartes Flattern in meinem Kopf – wie der Flügelschlag eines Schmetterlings – gefolgt von Männerstimmen aus dem angrenzenden Zimmer.

»Sie ist noch nicht bereit, dich zu sehen«, sagte Tristan mit fester Stimme. »Die letzte Nacht war ein großer Schock für sie und sie braucht Zeit, um das alles zu verarbeiten.«

»Ich habe ihr Angst gemacht, und ich möchte es ihr erklären.« Nikolas' raue Stimme brachte etwas in meiner Magengegend zum Hüpfen und mir war nicht klar, ob es aus Nervosität oder Aufregung geschah.

Tristans Stimme wurde ruhiger. »Sara weiß, dass du ihr nie wehtun würdest, und sie ist die Einzige, die gestern keine Angst vor dir hatte. Du und ich, wir beide wussten, dass sie sich über die Sache mit dem Bund aufregen würde. Deswegen hatten wir beschlossen, damit zu warten.«

»Ich habe gewartet«, erwiderte Nikolas und ein Hauch Ungeduld schlich sich in seine Stimme. »Ich bin beinahe drei Wochen weg gewesen.«

»Als du zurückgekommen bist und sie trainieren wolltest, sagtest du, du würdest Abstand wahren können. Sie zu küssen, fällt wohl kaum darunter.«

Oh Gott! Mein Gesicht brannte und ich zog mir schnell ein Kissen über den Kopf, um den Rest der Unterhaltung nicht hören zu müssen. So neugierig ich auch war, was Nikolas zu dem Kuss zu sagen hatte, ich wollte ihn darüber nicht mit meinem Großvater reden hören. Kannten diese Leute eigentlich gar keine Grenzen?

Ich wartete gut fünf Minuten, dann hob ich das Kissen und stellte fest, dass es still geworden war in Tristans Wohnzimmer. Nach weiteren zehn Minuten zog ich mich an und öffnete die Tür einen kleinen Spalt. Zunächst musste ich sichergehen, dass Tristan auch allein war.

Er schaute von den Papieren hoch, die auf seinem Tisch verteilt waren und ich verstand, dass er meinetwegen hiergeblieben und nicht in sein Büro gegangen war. »Guten Morgen.«

»Morgen«, erwiderte ich schwach. »Du hättest nicht bei mir bleiben müssen.«

»Ich wollte hier sein, wenn du aufwachst. Hast du Hunger?«

Mein Magen knurrte als Antwort, und wir mussten beide lachen.

Er stand auf und holte einen Eierkarton aus dem Kühlschrank. Ich meinte, ich könne mich selbst versorgen, aber er ignorierte meinen Protest und befahl mir, mich hinzusetzen. »Ich koche sehr gerne mal wieder für jemanden. Ich werde dir das beste Omelett aller Zeiten zubereiten.«

Ich setzte mich an den Tisch und sah zu, wie er Gemüse schnitt und Eier in einer Schüssel aufschlug. Ich wartete darauf, dass er etwas über Nikolas' Besuch sagte oder von letzter Nacht anfing, aber er schien zufrieden damit zu sein, nur zu kochen. Jetzt war eine gute Gelegenheit, um ihm von meiner gestrigen Entdeckung zu erzählen.

»Ich konnte diese Vampire gestern schon spüren, bevor sie da waren.«

Er hielt inne und starrte mich an. »Was meinst du?«

»Ich hatte dieses kalte Gefühl in meiner Brust, bevor der erste von ihnen aufgetaucht ist. Und das hat sich beim zweiten Vampir wiederholt.« Er wirkte ungläubig und ich konnte es ihm nicht verdenken. Das musste sich seltsam anhören. »Es ist schon ein paar Mal passiert, ich habe es nur nicht zuordnen können.«

»Auch schon in Maine?«

»Nein, erst seit ich hier bin. Das erste Mal, als ich draußen im Wald war. An dem Tag, an dem Hugo und Wolf ausgebrochen sind. Das zweite Mal vor dem Kino in Boise.«

»Wir patrouillieren durch die Wälder um Westhorne rund um die Uhr. Es ist unwahrscheinlich, dass ein Vampir es riskieren würde, uns so nah zu kommen.«

»Aber es ist nicht unmöglich.«

Er musterte mich einen Augenblick lang und schüttelte dann den Kopf. »Nein, das ist es nicht. Wären da gestern nicht diese drei Vampire gewesen, so hätte ich gesagt, die Wahrscheinlichkeit, dass ein Vampir hier auftaucht, sei verschwindend gering. Ich werde jemanden losschicken, um sich in den Wäldern genauer umzusehen, und wir werden weitere Wachen aufstellen.« Er machte sich wieder an dem Omelett zu schaffen. »Du sagtest, du hättest es auch in Boise gespürt?«

Ich erzählte ihm von dem kalten Knoten in meiner Brust, der mir, nachdem wir das Theater verlassen hatten, so sehr zu schaffen gemacht hatte. »Ich will damit nicht sagen, dass der Vampir, den ich gespürt habe, etwas mit der Lampreyattacke zu tun hatte, aber ich bin sehr sicher, dass ein Vampir in der Nähe war.«

Tristan nickte, aber er wirkte besorgt, während er die Eiermischung in die Pfanne gab. »Boise ist für gewöhnlich sehr ruhig. Wir bemerken hin und wieder ein paar kleinere Dämonenaktivitäten – Lampreys in der Kanalisation oder dergleichen –, aber sehr selten Vampire. Ich werde Chris bitten, ein Team zusammenzustellen und der Sache nachzugehen. Wenn ein Vampir dort gewesen ist, könnte er auch nur zufällig hier und auf der Durchreise gewesen sein, aber ich glaube nicht an Zufälle.«

Sein Vertrauen in meine Worte und seine Bereitschaft, sofort etwas zu unternehmen, waren sowohl beruhigend als auch erfreulich. »Ich glaube auch nicht an Zufälle.«

»Hast du eine Ahnung, warum du Vampire plötzlich spüren kannst?«

»Aine glaubt, dass es etwas mit dem Vampirblut zu tun hat, das über das Messer auf mich übertragen wurde.«

Dieses Mal drehte er den Kopf zu mir. »Du hast die Sylph gesehen? Hier?«

»Nein, am See. Vor ein paar Tagen. Sie meinte, sie könnte nicht hierhergekommen, weil sie damit nur alle furchtbar aufregen würde.«

»Hat sie dich wieder gebeten, mit ihr nach Faerie zu kommen?« In seiner Stimme schwang deutlich ein besorgter Ton mit. Ich beeilte mich, ihn zu beruhigen.

»Nein, sie wollte mich nur wiedersehen und sichergehen, dass es mir gut geht.«

Tristan hatte das Omelett fertig und tat es auf einen Teller. Mit einem Glas Orangensaft stellte er es vor mich und setzte sich mir gegenüber, während ich aß.

»Das ist fantastisch«, murmelte ich mit vollem Mund.

Er lächelte. »Schön, dass es dir schmeckt.« Dann klatschte er in die Hände. »So, du glaubst also, dass du Vampiraktivitäten spüren kannst? Wenn das wirklich stimmt, dann ist das eine bemerkenswerte Fähigkeit.«

»Ja, und es ist viel angenehmer, als sie immer erschnuppern zu müssen.«

»Sie erschnuppern?«

»Du weißt schon, dieser schreckliche Gestank, der Vampiren anhaftet. Natürlich riecht man es nur, wenn man ihnen sehr nahekommt.«

Er runzelte die Stirn. »Vampire riechen nicht anders als Menschen.«

»Du musst zu sehr damit beschäftigt gewesen sein, sie zu töten, um das nicht zu merken. Sie stinken wie Aas. Ich war nur Eli nahe genug, um es zu riechen, aber diesen Gestank werde ich nie wieder vergessen.« Ich legte meine Gabel nieder und schauderte bei der Erinnerung.

Tristan rieb sich das Kinn. »Es muss eine Elementarfähigkeit sein, die dir ermöglicht, sie zu riechen. Interessant.«

»Interessant fändest du das nur so lange, bis es dir neben einem Vampir hochkommt.«

»Ja, da hast du wohl recht.«

Ich nahm noch ein paar Bissen von dem Omelett. »Hey, wir könnten doch meinen Vampirradar testen. Du könntest mich mit nach Vegas nehmen und ich könnte sie für dich aufspüren.«

Zu meiner Überraschung schien er nicht sofort abgeneigt. »Sobald du ein bisschen besser trainiert bist, könnten wir das tatsächlich versuchen.«

»Super, würde mir gefallen. Ach ja, wie geht es eigentlich Derek? Jordan hat ihn ganz schön heftig erwischt.«

»Wir haben ihn behandelt und ihn dann in ein Krankenhaus gebracht. Es war nur eine leichte Gehirnerschütterung und soviel ich weiß, ist er von der Scheunenleiter gefallen, weil er betrunken war.«

»Wie macht ihr das? Wie vergessen die Menschen, dass sie einen Vampir gesehen haben?«

»Wir haben eine spezielle Droge, die wir aus verschiedenen Pflanzenextrakten herstellen und die es uns ermöglicht, das menschliche Kurzzeitgedächtnis zu manipulieren. Den meisten Menschen geht es besser damit, nichts über die Welt jenseits ihrer Vorstellungskraft zu wissen.«

Ich nickte zustimmend und trank einen Schluck Orangensaft.

Als ich noch glaubte, ein Mensch zu sein, hatte ich viel Zeit darauf verwendet, alles über die übernatürliche Welt zu erfahren. Aber hätte ich das Gleiche getan, wenn mein Vater nicht ermordet worden wäre? Wahrscheinlich hätte ich in seliger Unwissenheit gelebt, bis die Vampire aufgetaucht sind, um nach Madelines Tochter zu suchen. Oder ich irgendwann festgestellt hätte, dass ich nicht altere.

»Sara, Nikolas war hier, als du noch geschlafen hast. Er wollte dich sehen. Ich habe ihm gesagt, dass du noch nicht bereit bist dafür, aber du solltest bald mit ihm sprechen.«

Mein Magen zog sich zusammen. »Ich weiß nicht, was ich zu ihm sagen soll. Kann ich nicht noch ein paar Tage darüber nachdenken?«

Tristan nickte. »Niemand will dich zu etwas drängen, aber lass ihn nicht zu lange im Ungewissen. Das ist auch für ihn nicht leicht.«

»Ich werde nicht ... ich brauche einfach ein bisschen Zeit.« Ich wollte Nikolas ganz sicher nicht wehtun, aber noch konnte ich ihm nicht entgegentreten. Auf keinen Fall war ich bereit, jetzt schon mit ihm über unsere Zukunft oder dieses Band zwischen uns zu sprechen. Ich trug meinen Teller zum Spülbecken und wusch ihn ab. »Weiß Nikolas, dass ich wieder mit Callum trainiere?«

»Ich habe es ihm noch nicht gesagt.« Tristan verschränkte die Arme vor der Brust. »Hast du mich gebeten, dir Callum wieder zuzuteilen, wegen dem, was zwischen dir und Nikolas geschehen ist?«

»Ja, aber ich will wirklich nicht darüber reden.«

»Du weißt, dass Nikolas trotz allem der beste Trainer für dich ist?«

Ich hängte das Geschirrtuch wieder an den Haken zurück, lehnte mich gegen den Tresen und kaute auf meiner Unterlippe herum. Ich wusste, Tristan hatte nur mein Bestes im Sinn, aber ich wollte einfach meine Gefühle für Nikolas nicht mit ihm erörtern.

Nach einer Weile seufzte er unglücklich. »Ich werde es ihm heute sagen.«

* * *

Den Rest des Nachmittags verbrachte ich in meinem Zimmer, und während alle anderen beim Abendessen waren, schlich ich mich nach draußen zur Menagerie. Sahir brachte mir ein Essenstablett und ich vermutete, dass Tristan ihn gebeten hatte, ein Auge auf mich zu werfen. Ich setzte mich gegenüber von Minuets Käfig und erzählte ihr alles, während ich aß. Seit der Nacht, in der sie mich markiert hatte, setzte sie sich, wenn ich sie besuchte, auf den Boden ihres Käfigs, sah mich an und nickte hin und wieder, als hätte ich etwas von großem Interesse erzählt. Sahir schüttelte den Kopf und murmelte, dass er so etwas nie zuvor gesehen hatte.

Nachdem ich mein Essen beendet hatte, bemerkte ich, dass Alex in seinem Käfig weiter nach vorne gekrochen war und zuhörte, wie ich mit Minuet sprach. Leider waren Wyvern ziemlich ausdruckslos in ihrer Mimik, und so konnte ich nicht sagen, ob er neugierig war oder darauf aus, mich zu grillen. Ich beschloss, Abstand zu wahren und warf ihm ein paar Reststücke meines Steaks aus sicherer Entfernung zu. Obwohl er rohes Fleisch bevorzugte, stürzte er sich sofort auf die Brocken.

Später, in meinem Zimmer, nahm ich das Telefon, um Roland anzurufen. Aber es wollte mir nicht gelingen, seine Nummer zu wählen. Ich teilte eigentlich fast alles mit ihm, aber wie sollte ich ihm etwas erklären, das ich selbst nicht verstand? Ich hatte Roland noch nichts von dem Kuss und meinen widersprüchlichen Gefühlen erzählt. Ich liebte Roland, aber es gab Dinge, die man einfach nicht mit einem Jungen besprechen konnte.

Zutiefst deprimiert griff ich nach meinem Zeichenblock. Ich hatte vor zwei Wochen einen neuen begonnen und er war bereits mit Zeichnungen von Hugo, Wolf, Alex und Minuet gefüllt. Wer hätte vor ein paar Monaten gedacht, dass mir einmal Höllenhunde, ein Wyvern und ein Greif Modell stehen würden?

Ich schlug eine neue Seite auf und nahm meinen Bleistift. Eine Minute lang dachte ich über die Szene nach, die ich aufs Papier bannen wollte, dann schwang ich den Stift. Während ich zeichnete, erlebte ich jedes Detail der blutigen Begegnung in der Scheune erneut. Jordan und ich hatten den Kampf gewonnen, aber ich wusste, es hätte übel ausgehen können für uns. Wenn die drei Vampire gleichzeitig erschienen wären, hätten wir sie nicht überwältigen können. Hätte ich Seth nicht rechtzeitig als das erkannt, was er geworden war, oder wäre ich mit jemand weniger Geübten, vielleicht mit Olivia statt mit Jordan zusammen gewesen, dann wären wir jetzt tot. Und wenn meine Kräfte nicht getan hätten, was ich mir erhofft hatte, dann hätte dieser Vampir mich getötet.

Die traurige Wahrheit war, ich war noch immer eine miese Kämpferin, ich beherrschte ja noch nicht einmal die Grundlagen der Selbstverteidigung. Ich hinkte den anderen Schülern um Jahre hinterher. Meine Superkräfte waren zwar toll, aber ich musste endlich lernen, richtig zu kämpfen.

Ich zog gerade die letzten Striche an der Zeichnung, als es an der Tür klopfte. Ich stand auf, öffnete sie und sah Jordan, die mit einem breiten Grinsen an mir vorbeihuschte, ohne auf eine Einladung zu warten.

»Hallo, Jordan, möchtest du reinkommen?«, fragte ich trocken und schloss die Tür.

»Vielen Dank, Sara. Sehr gern.« Sie ließ sich auf meinem Schreibtischstuhl fallen und ich setzte mich wieder aufs Bett. »Also, was hast du für heute Aufregendes geplant?«

Ich zog eine Grimasse und nahm den Zeichenblock wieder hoch. »Hat dir letzte Nacht nicht gereicht?«

Ihr Gesicht leuchtete. »Das war die beste Party, auf der ich jemals war. Du hättest Terrence und Josh sehen sollen – wie sauer die waren, dass sie den ganzen Spaß verpasst haben.«

»Ich bin mir sicher, du hast die Szene eins zu eins für sie nachgespielt.«

»Natürlich«, sie grinste und sah sich um. »Wollen wir irgendetwas unternehmen?«

»Was denn?« Ich war überrascht, dass sie Nikolas noch nicht erwähnt hatte, aber hatte auch keine Eile, das mit ihr zu diskutieren.

»Lass uns spazieren gehen.«

Ich sah von der Zeichnung auf. »Dafür ist es zu dunkel. Und seit wann gehst du überhaupt spazieren?«

Sie schnaubte. »Seit ich dich kenne. Ich habe Dämonen in einem Kino getötet und Vampire auf einer Party. Wer weiß, was da draußen im Wald so unterwegs ist.«

»Ich habe Kreaturen gesehen, die sich bei Nacht im Wald verstecken. Glaub mir, die willst du nicht treffen.«

»Na gut, dann gehen wir eben drinnen spazieren. Ist ja alles groß genug hier.«

Kein Ort der Welt war groß genug, wenn man es vermeiden wollte, jemandem unter dem eigenen Dach zu begegnen. »Oder wir bleiben einfach hier.«

»Er ist nicht hier, weißt du.«

Ich gab vor, mich nur für meine Zeichnung zu interessieren. »Wer?«

»Olivia hat Nikolas und Tristan heute Nachmittag draußen miteinander reden sehen, und Nikolas wirkte sehr sauer wegen irgendetwas. Dann hat er sich auf sein Motorrad gesetzt und ist weggefahren. Soweit ich gehört habe, ist er noch nicht zurück.«

»Oh.«

»*Also* ... du und Nikolas, wie?«

Ich legte den Block aufs Bett. »So ist es nicht. Nicht, wie du denkst.«

Jordan lachte laut. »Oh, ich weiß genau, wie es ist. Ich verstehe nur nicht, warum du mir nichts von dem Bund erzählt hast. Als ob ich das nicht ohnehin irgendwann rausgefunden hätte.«

»Bis gestern Abend wusste ich selbst nichts davon.«

Sie schnaubte, aber als sich meine Miene nicht veränderte, weiteten sich ihre Augen. »Ist das dein Ernst?«

Ich nickte und sie runzelte die Stirn. »Wie ist das möglich? Ein Blinder mit Krückstock hätte dir sagen können, was da vor sich geht. Und gestern ...« Sie pfiff leise. »Ich habe ja schon von Männern gehört, die sich in einen Wutrausch hineingesteigert haben ... Aber das war echt beängstigend.«

»Es tut mir leid.« Ich war mir nicht sicher, warum ich mich entschuldigte. Vielleicht, weil ich das Ganze verursacht hatte. Hatte ich doch, oder?

Sie lehnte sich nach vorn. »Ich sag dir mal was: Die Mohirimänner regen sich nicht so auf, wenn es bloß um Freundschaft geht.« Ihre Augen glänzten wissend. »Miss Grey, ich glaube, du hast Geheimnisse vor mir. Das müssen ja ganz besondere Trainingseinheiten sein.«

Ich verschränkte die Arme vor der Brust. »Ich habe dir doch gesagt ... wir haben nicht ...«

Sie hob eine Augenbraue.

»Ein Kuss, okay. Wir haben uns ein einziges Mal geküsst.« Ich ließ mich rückwärts auf das Bett fallen und zog mir ein Kissen über den Kopf. »Ich will wirklich nicht darüber reden.«

»Oh, scheiße, nein!« Jordan riss mir das Kissen aus den Händen und hüpfte neben mir aufs Bett. »Du kannst mir nicht einfach sagen, dass du Nikolas Danshov geküsst hast und mich dann in der Luft hängen lassen. Ich will Details.«

»Was für Details? Es war kein Date, Jordan. Es war nur ein Kuss.«

Sie blies lautstark die Luft aus und knuffte mich in die Schulter. »Du bist mir vielleicht eine. Es ist niemals nur ein Kuss mit einem Mann wie Nikolas. Also, erzähl: Wann ist es passiert? Was hat er gesagt? War es so gut, wie ich glaube, dass es war? Oh … vergiss es. Natürlich war es das. Es war bestimmt absolut überwältigend. Sag mir bitte nur, hat er sein Schwert dabei getragen?«

Ich öffnete ein Auge und sah sie verwirrt an. »Sein Schwert?«

»Was? Ich habe was übrig für Männer mit Schwertern.« Sie wackelte mit den Augenbrauen. »Je größer das Schwert, desto besser.«

Ich stöhnte und rollte mich zur Seite. Auf keinen Fall würde ich ihr sagen, dass Nikolas sein Schwert tatsächlich getragen hatte. Dank Jordan würde ich es nie wieder als einen harmlosen Gegenstand betrachten können. Wie konnte ich glauben, es könnte schön sein, Geheimnisse mit einer Freundin zu teilen?

»Also, erzählst du mir jetzt endlich was?«

»Okay«, ich seufzte. »Aber gib nicht mir die Schuld, wenn du nachher enttäuscht bist.« Ich erzählte ihr, wie Alex mich verbrannt hatte und Nikolas mir zur Krankenstation gefolgt war. »Wir haben uns gestritten und bevor ich wusste, wie mir geschah, hat er mich geküsst. Dann hat er aufgehört und gesagt, dass er es nicht wollte. Er ist gegangen und ich habe ihn bis gestern Abend nicht wiedergesehen.«

Jordan ließ sich auf den Rücken fallen. »Er hat dich nach einem leidenschaftlichen Streit geküsst? Das ist ja noch besser! Sag mir nicht, dass es dir nicht gefallen hat.«

Bei der Erinnerung an Nikolas' Hände, die mein Gesicht streicheln, an seinen Mund, der meinen bedeckt, schlug mein Magen wieder ein paar wilde Purzelbäume. Ich hatte nie verstanden, warum Mädchen so ein Aufheben um ein bisschen Knutscherei machten. Jetzt erlebte ich es am eigenen Leib. Allein der Gedanke daran brachte meinen Puls zum Rasen und mir stockte der Atem. Waren alle Küsse so fantastisch oder war dieser eine wegen Nikolas so speziell?

»Es hat mir gefallen«, gab ich zu. *Sehr sogar.* »Aber ich bin mir nicht sicher, ob es ihm auch so ging.«

»Äh ... dann hätte er sich gestern anders verhalten.«

»Tristan hat mir gesagt, dass man keine Kontrolle darüber hat, mit wem man diesen Bund schließt und dass die Männer es stärker empfinden. Was, wenn dieser Bund Nikolas dazu gebracht hat, mich zu küssen, obwohl er es eigentlich gar nicht wollte?«

Jordan gab einen Laut von sich, der nach gleichzeitigem Lachen und Schnauben klang. »Ich glaube nicht, dass irgendetwas diesen Mann dazu bringt, etwas zu tun, was er nicht will. Der Bund wird stärker, wenn zwei Mohiri Gefühle füreinander haben. Das hat sich letzte Nacht ganz deutlich gezeigt. Also, hör auf, rumzuspinnen.«

»Er ist mir ja bestimmt nicht gleichgültig, aber es macht mich einfach wahnsinnig, dass er ständig versucht, mir zu sagen, was ich zu tun habe.« Ich rollte mich auf den Rücken und sah sie an. »Das alles macht mich völlig verrückt. Ich hatte noch nicht einmal ein richtiges Date, und plötzlich soll ich einen Bund fürs Leben eingehen? Ich meine, könnte es tun.«

»Wow, du warst noch nie mit einem Kerl aus?«

»Doch, einmal, zum Kaffeetrinken. Zählt das?«

Sie zuckte die Achseln. »Schätze schon. Aber das mit Nikolas war dein erster Kuss?«

»Ja.«

»Entschuldige bitte, dass ich dich gerade kurz hasse.«

Ich rollte die Augen. »Ich bitte dich!«

Jordan schlug sich mit der flachen Hand gegen die Stirn. »Das erklärt natürlich, warum er gestern so ausgetickt ist!«

»Wegen des Kusses?«

»Weil du Jungfrau bist. Hat Tristan dir das nicht gesagt?«

Meine Wangen glühten schon wieder. »Darüber haben wir nicht geredet.«

»Männer.« Jordan drehte sich auf die Seite und wiegte den Kopf in den Händen. »Die meisten brauchen sehr lange, bis sie ihren Seelenverwandten treffen, und wir sind ja nun auch keine Mönche oder Nonnen. Ich habe gehört, dass die Instinkte der Männer ziemlich hohldrehen, wenn ihre Seelenverwandte noch Jungfrau ist.«

»Toll«, murmelte ich schwach und wünschte mir, der Boden unter mir würde sich auftun und mich verschlucken.

»Mach dir keine Sorgen. Die beruhigen sich auch wieder, wenn der Bund erst einmal vervollständigt ist.«

»Was, wenn ich das nicht möchte?« Nikolas war viel mehr als nur ein Freund für mich, aber reichte das, um sich für immer zu binden?

»Du musst das nicht tun, aber dann werde ich dir ordentlich die Leviten lesen. Wir reden hier von Nikolas!«

Ich rieb mir die Schläfen. »Können wir nicht einfach über etwas anderes sprechen?«

»Okay. Dann erzähl mir, wie du das gestern mit dem Vampir gemacht hast.«

Ich versuchte, möglichst unschuldig dreinzuschauen. »Was meinst du?«

Sie warf mir einen bedeutungsvollen Blick zu. »Ich war da, falls du dich erinnerst. Ich habe gesehen, wie du ihn niedergestreckt hast, und ich habe ihn schreien gehört.«

Er hat geschrien?

»Und es hat verbrannt gerochen.«

»Ich hatte ein Silbermesser«, erklärte ich leise.

Jordan schüttelte den Kopf. »Dein Messer lag auf der anderen Seite des Raums. Hör zu, ich weiß, du ... hast irgendetwas gemacht. Das Gleiche wie mit dem Lampreydämon. Du bist anders als der Rest von uns, nicht wahr? Ich meine, sieh dich an. Du bist eine siebzehnjährige Waise und du bist bei Verstand. Du benimmst dich noch nicht einmal, als hättest du einen Dämon in deinem Innern. Die meisten von uns müssen jeden Morgen meditieren, damit sie sich unter Kontrolle haben. Und wer zum Teufel besitzt schon Höllenhunde?«

»Du meditierst?«

»Versuch nicht, das Thema zu wechseln. Wenn es da nicht diesen Bund zwischen Nikolas und dir gäbe, würde ich mich ernsthaft fragen, ob du überhaupt eine Mohiri bist.«

Ich hätte wissen müssen, dass Jordan eins und eins zusammenzählen würde. Ich wollte mich ihr gern anvertrauen, aber irgendetwas hielt mich zurück. Nicht, weil ich ihr nicht vertraute. Es fiel mir nur einfach schwer, mich anderen Leuten gegenüber zu öffnen. Ganz besonders bei diesem Thema.

»Du hast recht. Ich bin anders. Ich wünschte, ich könnte dir sagen, warum, aber das geht nicht. Noch nicht. Nur ein paar Leute wissen Bescheid, und sie glauben, dass es besser wäre, es für uns zu behalten.«

»Tristan und Nikolas, richtig?« Ich nickte und sie schürzte die Lippen.

»Wirst du deswegen von Nikolas trainiert?«

»Ja.« Es gab keinen Grund, das zu leugnen.

»Okay.«

Okay? »Das war's? Du wirst mich nicht weiter ausfragen?«

Jordan zog an einem Faden, der sich an ihrem Ärmel gelöst hatte. »Wenn Tristan und Nikolas glauben, dass dein Geheimnis ein Geheimnis bleiben soll, dann muss es wohl wichtig sein. Ich werde einfach warten, bis du es mir erzählen darfst.« Ihre Augen leuchteten. »Oder ich finde es selbst heraus.«

»Viel Glück dabei«, sagte ich siegesgewiss. So schlau sie auch sein mochte, in einer Million Jahren käme sie nicht darauf.

Sie rollte sich vom Bett. »Also, gehen wir jetzt spazieren?«

»Warum nicht.«

»Drinnen oder draußen?«

»Drinnen.« Wenn Nikolas mit seinem Motorrad unterwegs war, dann wollte ich nicht riskieren, ihm draußen über den Weg zu laufen.

Es war fast zehn Uhr abends und so begegneten wir nur wenigen, als wir von einem Flügel in den nächsten wanderten. In einem der Gemeinschaftsräume hatten sich Olivia und Mark aneinander gekuschelt und schauten einen Film. Beide warfen mir neugierige Blicke zu, als wir vorbeigingen. Ich konnte mich nicht für immer vor allen verstecken, aber noch war ich nicht bereit für ihre Fragen.

Mit Jordan war es anders. Etwas an ihrer direkten Art und ihrem Humor machten es mir leicht, mit ihr zu sprechen. Ich kam nicht umhin, mich zu fragen, wie es gewesen wäre, wenn ich zu Hause eine Freundin wie sie gehabt hätte.

Wir beendeten gerade unseren Rundgang durch den Südflügel, als wir Celine und Tristan aus seinem Büro kommen sahen. Wir waren nicht nahe genug dran, um zu hören, was sie sagten, aber Celine war offensichtlich verärgert. Ich musste keine Gedanken lesen können, um zu wissen, was los war.

»Arme Celine. Sie hatte nie eine Chance«, sagte Jordan leise, als wir zu unseren Zimmern zurückgingen. »Du hättest sie beim Essen sehen sollen. Sie sah aus wie ein Grizzlybär mit Zahnschmerzen.«

»Sie war nie freundlich zu mir, also würde ich den Unterschied vermutlich gar nicht bemerken«, erwiderte ich. Ich wollte nicht über die andere Frau sprechen. Noch immer war ich nicht überzeugt, dass Nikolas sich nicht von ihr angezogen fühlte. Insbesondere, nachdem ich die beiden zusammen gesehen hatte.

Warum juckt dich das, wenn du dir noch nicht einmal sicher bist, ob du ihn willst?, fragte die gehässige Stimme in meinem Innern. Statt zu antworten, grübelte ich darüber nach, wo Nikolas jetzt wohl war und was er von alldem hielt. War er böse auf mich, weil ich heute nicht mit ihm hatte reden wollen? Wie dachte er über diesen Bund zwischen uns? Er hatte ja auch nicht wirklich eine Wahl gehabt. Vielleicht wollte er das alles gar nicht und wartete nur darauf, dass ich den Bund brach und ihn freigab.

Warum tat ich das nicht einfach? Worauf wartete ich? Wenn ich herausgefunden hätte, dass ich zu irgendeinem anderen Mann hier einen Bund entwickelt hatte, dann wäre ich ausgeflippt und hätte das Ganze sofort beendet. Ich war so verwirrt und ängstlich – und okay, ich flippte gerade ein wenig aus, aber gar nicht wegen des Gedankens daran, mit Nikolas zusammen zu sein. Ich mochte ihn sehr. Und selbst wenn er mich manchmal furchtbar aufregte, so hätte ich komatös sein müssen, um ihn nicht anziehend zu finden. Und dann dieser Kuss. Ich hatte noch immer Schmetterlinge im Bauch. Sicher, ich hatte keinen Vergleich, aber das war doch keine normale Reaktion auf einen einzigen, simplen Kuss.

In Wahrheit zweifelte ich nicht an meinen Gefühlen für Nikolas. Ich hatte versucht, sie zu unterdrücken. Aber sie ließen sich nicht vertreiben, so sehr ich mich auch über ihn ärgerte. Aber Tristan hatte gesagt, der Bund wäre etwas für die Ewigkeit, und ich konnte mich doch nicht nach ein paar Monaten und einem einzigen Kuss für alle Zeiten an jemanden binden. Und ich wäre überrascht, wenn Nikolas bereit wäre, sich sofort darauf einzulassen. Ganz egal, was sein Mori ihm auch sagte. Auf der anderen Seite wollte ich mich auch nicht von ihm verabschieden. Jedes Mal, wenn ich diese Möglichkeit in Betracht zog, fühlte sich mein Magen an, als hätte ich Blei gegessen. Ich brauchte Zeit – wir beide brauchten Zeit. Um uns besser kennenzulernen und um herauszufinden, was wir uns bedeuteten.

Ich war froh, dass ich Tristan gebeten hatte, wieder mit Callum zu trainieren. Nikolas mochte das zunächst nicht gefallen, aber er würde sicher bald merken, dass es das Beste für uns beide war.

Kapitel 17

ICH STRECKTE MICH und machte meine Aufwärmübungen, während ich auf Callum wartete. Nach den letzten beiden Tagen war ich voller aufgestauter Energie und konnte es nicht erwarten, ein wenig davon loszuwerden. Und wenn es etwas gab, worauf man sich bei Callum verlassen konnte, dann darauf, dass er einen auspowerte. Ich würde ihn heute darum bitten, mir ein paar Tritte und Schläge beizubringen. Meine Morikräfte würden viel effektiver wirken, wenn ich sie erst einmal zu lenken wüsste.

Als sich die Tür öffnete, wandte ich mich um, um meinen Trainer zu begrüßen. Aber mein Lächeln verpuffte, als ich statt Callum Nikolas eintreten sah. Nach der Party so unerwartet hier auf ihn zu treffen, brachte mein Herz zum Rasen. Sein verschlossener Gesichtsausdruck ließ nicht erahnen, was er dachte oder fühlte.

»Ich warte auf Callum«, sagte ich lahm.

Er schloss die Tür. »Callum und ich haben uns unterhalten und er will, dass ich dich weiter trainiere.« Die Art, wie er seinen Kiefer entschlossen zusammenpresste, als er mich ansah, ließ mich automatisch nach Fluchtmöglichkeiten suchen.

»Damit bin ich nicht einverstanden. Ich will lieber ...« Ich brach ab und trat einen Schritt zurück, als er auf mich zukam.

Er blieb stehen, und sofort zeigte sich Bedauern in seinem Blick. »Bitte nicht. Ich würde dir nie wehtun.«

»Ich weiß.« Es mochte seltsam sein zwischen uns, aber er sollte nicht glauben, dass ich Angst vor ihm hatte. »Ich dachte nur, es wäre besser, wenn ich mit jemand anderem trainieren würde.«

»Niemand hier kann dir etwas beibringen, was ich nicht auch könnte.«

Ich antwortete nicht, weil ich wusste, dass er recht hatte. Ich konnte ihm nicht sagen, dass ich mit jemandem trainieren wollte, der mir kein Magenflattern verursachte und mich so verwirrte, dass ich nicht vernünftig denken konnte.

Er fuhr sich mit der Hand durch sein dunkles Haar. »Wir wissen beide, worum es hier geht.«

»Ich will nicht darüber reden.«

»Das müssen wir aber irgendwann«, sagte er ruhig. So verdammt ruhig. Wie konnte er so gelassen sein, während ich emotionalen Schiffbruch erlitt?

»Aber nicht jetzt.« Ich flehte ihn mit Blicken an, während ich versuchte, meine Panik zu verbergen. »Bitte.«

Er atmete langsam aus. »Dann lass uns trainieren.«

»Okay.« Wenn ich mit ihm trainieren musste, würde ich das tun, aber nicht mehr. Noch nicht.

»Woran willst du arbeiten?«, fragte er, und ich war überrascht, dass er mir die Wahl ließ.

»Zeig mir, wie ich kämpfen kann. Ich hab diese Dämonenstärke, aber sie ist total nutzlos, wenn ich nicht einmal weiß, wie man jemandem einen richtigen Schlag versetzt.«

Er schüttelte den Kopf, aber ich schnitt ihm das ungesagte Wort ab. »Hör zu, ich muss lernen, mich zu verteidigen. Ich soll doch eine Kriegerin werden, oder nicht? Wenn du jedes Mal sauer wirst, sobald ich das erwähne, funktioniert das hier nicht. Und dann werde ich meine Zeit auch nicht mit dir verschwenden.«

»Du musst lernen, deinen Körper zu beherrschen, und du brauchst mehr Zeit, um mit deinem Dämon zu arbeiten, bevor du Kampftechniken erlernst.«

Ich zuckte mit den Schultern. »Kann ich nicht beides? Die bösen Jungs werden wohl kaum warten, bis ich Schritt halten kann. Kann ich nicht ein paar Moves lernen und das andere Zeug gleichzeitig machen?«

Ein Muskel in seiner Wange zuckte und ich stöhnte auf. »Siehst du, es geht schon wieder los. Callum würde nicht zweimal überlegen, wenn ich ihn darum bitten würde, mir das Kämpfen zu lehren. Er hat kein Problem damit, dass ich mir ein paar Blutergüsse einfange, wenn er mich einmal quer durch den Raum schleudert.«

»Er schleudert dich herum?«

»Aaaah!« Ich hob die Hände und ging auf die Tür zu.

»Ich zeige dir ein paar Kicks und wie du Schläge abwehrst, und dann machen wir ein Workout und schauen, wie viel Arbeit wir noch vor uns haben. Sobald du die Grundlagen beherrschst, machen wir ein paar schwierigere Sachen.« Er ging zur Mitte des Raums und bedeutete mir, zu ihm zu kommen.

Ich zögerte einen Moment, dann ging ich zu ihm. So nahe bei ihm zu sein, ließ mich ein wenig zittern – nicht aus Angst, sondern einfach nur, weil mir dadurch seine Gegenwart viel bewusster wurde. Ich atmete tief ein und versuchte, mich auf seine Worte zu konzentrieren, nicht auf unsere schwierige Beziehung zueinander. Nur so würde ich das hier durchstehen.

»Es gibt nur eine Regel, die du im Kampf beherzigen musst: Es gibt keine Regeln. Wir kämpfen, um eine Bedrohung zu neutralisieren und um zu überleben. Wir tun, was immer nötig ist, um dieses Ziel zu erreichen. Dabei bedienen wir uns der Techniken verschiedener Kampfstile und kombinieren sie mit unserer Stärke und unserer Schnelligkeit. Wir verwandeln unsere Körper in Waffen.«

»Das kling nach Krav Maga«, sagte ich. Beeindruckt und nervös zugleich. »Mein Freund Greg wollte das mal lernen.«

Zum ersten Mal, seit wir den Raum betreten hatten, lächelte er leicht. »Was glaubst du wohl, woher die Prinzipien des Krav Maga stammen?«

»Oh.«

»Im Kampf musst du immer in der Offensive sein. Hör nicht auf, dich zu bewegen. Jeder Schritt zählt. Du darfst deinem Gegner nie die Gelegenheit zu einem direkten Angriff geben. Und um das zu erreichen, musst du jeden einzelnen möglichen Schlag, Tritt und Block beherrschen. Die Bewegungen müssen dir ins Blut übergehen. Wenn du einem Angreifer gegenüberstehst, gibt es kein Zögern und Zaudern. Du kämpfst mit allen Mitteln, weil sie das auch tun. Und vergiss nie: Ein Vampir ist vielleicht stärker, aber der Körper besitzt alle Schwächen eines menschlichen Organismus. Ein gut gezielter Tritt in die unteren Körperregionen tut ihnen auch weh.«

Ich nickte und dachte daran, wie schnell sich Nikolas im Kampf bewegte und drei Vampire auf einen Schlag erledigen konnte. Seine Bewegungen wirkten dabei so mühelos, als tanzte er. »Wo fangen wir an?«

»Der erste Schlag, an dem wir arbeiten, ist ein gerader Schlag. Davon gibt es zwei Arten.« Er zeigte mir, wie er mit der Faust zuschlug und dann mit der Handkante. Beide Bewegungen waren so schnell, dass ich kaum mit den Augen folgen konnte. Er wiederholte beide ein paar Mal, diesmal langsamer, und erklärte mir dabei, wie ich stehen sollte, wie ich meine Schulter, meinen Kopf und meine Arme halten musste. Dann trat er zurück. »Mach nach, was ich dir gezeigt habe.«

Ich positionierte mich, wie er es mir vorgemacht hatte, und schlug mit der Faust in die Luft. Dann wiederholte ich die Bewegung mit der offenen Hand. Beide Male kam ich mir unheimlich langsam und tollpatschig vor, wenn ich mich mit ihm verglich. Aber es störte mich nicht weiter, denn ich wusste, von diesem Moment an würde mich alles, was ich lernte, zu einer besseren Kämpferin machen.

Nikolas' Miene war passiv. Mit nüchternen Worten erklärte er mir, was ich falsch gemacht hatte. Als er schließlich neben mich trat und mir zeigte, wie ich mich richtig hinstellen musste, war ich trotz des leichten Zitterns in meinem Körper in der Lage, mich auf seine Anweisungen zu konzentrieren. Wenn er etwas von meiner Nervosität bemerkte, als er seine Hände auf meine Schultern und Arme legte, dann ließ er es sich nicht anmerken. Seine ruhige, unaufgeregte Art machte es mir leichter, die Dinge zwischen uns zu verdrängen und zumindest für den Moment meine volle Aufmerksamkeit dem Training zu widmen.

Nachdem ich zahllose Male den Schlag in die Luft wiederholt hatte, war er zufrieden. »Nun schlag mich.«

»Was?«

»Schlag mich.«

Ich runzelte die Stirn. »Ich werde dich nicht schlagen.«

Er hob einen Mundwinkel. »Vertrau mir, du wirst mir nicht wehtun.«

»Aber ...«

»Wenn du lernen willst, zu kämpfen, musst du auch lernen, andere zu schlagen.« Er hob die Hände vor seine Brust, die Handflächen mir zugewandt. »Und jetzt schlag mich.«

»Bring mich nicht in Versuchung«, murmelte ich. Dann stellte ich mich in Position und holte mit der rechten Hand aus. Ich traf seine geöffneten Hände und es klatschte leicht.

»Schulter vor, noch einmal.«

Wieder berührte meine Faust seine Handfläche.

»Entspann die Arme. Noch einmal.«

Wieder und wieder ließ er mich auf seine Hände schlagen und bellte dabei Anweisungen wie ein Drillsergeant beim Militär. Zuerst versuchten wir es mit meinem rechten Arm, und nachdem er endlich zufrieden war, taten wir das Gleiche mit dem linken. Ich hatte aufgehört, die Schläge zu zählen, aber ich schwitzte und meine Arme schmerzten. Schließlich nahm er die Hände herunter und befahl mir, eine kurze Pause einzulegen.

Nach weniger als fünf Minuten reichte er mir ein Hantelset. »Jetzt arbeiten wir an deiner Kraft und Kondition. Wir hören auf, wenn du nicht mehr kannst.« Ich verengte die Augen als Antwort auf sein schlecht verhohlenes Grinsen. Er genoss das hier.

Zwei Stunden später ließ ich das Springseil in meinen Händen sinken und lehnte mich keuchend an die Wand. Am liebsten hätte ich mich kopfüber auf eine der Matten fallen lassen und nur meine Entschlossenheit, vor Nikolas keine Schwäche zu zeigen, hielt mich davon ab.

Er hob das Seil hoch und hängte es an einen Haken. »Lassen wir es für heute gut sein?«

»Nein, ich brauche nur einen kurzen Moment.« Ich trat von der Wand weg, ein wenig wackelig auf meinen erschöpften Beinen, aber immerhin aufrecht. »Was kommt als Nächstes?«

Etwas in seinen Augen blitzte bewundernd und ich fühlte mich lächerlicherweise ein wenig stolz. Er hatte mich in den letzten Stunden hart rangenommen, und offensichtlich waren wir beide überrascht, dass ich mich noch aufrecht halten konnte.

Er wandte sich ab und stapelte Gewichte in einer Ecke des Raumes. »Ich glaube, das reicht für heute. Wir wollen es doch nicht schon in der ersten Stunde übertreiben.«

»Okay.« Ich würde nicht mit ihm streiten. Ich hatte mich bewiesen und nun riefen die heilenden Bäder bereits verführerisch wie Sirenen nach mir. Wie hatte ich nur glauben können, dass Callums Stunden hart waren? Mit viel Glück würde ich morgen noch gehen können ... wenn ich nicht im Bad einschlief und dabei ertrank.

»Morgen fangen wir an, mit dem Sack zu trainieren«, sagte er, als wäre das so etwas wie eine Belohnung.

Ich verkniff mir ein lautes Seufzen und öffnete die Tür. »Juhu.«

Ich hätte schwören können, ein leises Lachen zu hören, bevor die Tür hinter mir ins Schloss fiel.

* * *

»Hey, Sara, darf ich mich zu dir setzen?«

»Hä?« Ich riss den Kopf hoch, den ich in meinen Händen vergraben hatte und blinzelte zu dem Jungen auf, der vor mir stand und ein Essenstablett hielt. »Oh, hi, Michael. Klar, setz dich.«

Ich richtete mich auf und wischte mir eilig übers Kinn. Am Ende hatte ich während meines kurzen Nickerchens auch noch gesabbert. Ein kurzer Blick durch den Raum verriet mir, dass Nikolas nicht Zeuge meines Schläfchens geworden war. Nicht einmal ein langes Bad hatte mir heute Morgen nach dem Training mit ihm geholfen.

»Danke.« Michael setzte sich mir gegenüber und biss in sein Sandwich. Wenig später legte er es ab und presste die Lippen aufeinander, als wollte er etwas sagen. Ich drängte ihn nicht, denn wenn er etwas loswerden wollte, würde er das schon tun.

»Ich hab gehört, was in der Stadt los war«, sagte er schließlich. »Alle reden davon. Habt Jordan und du wirklich drei Vampire alleine getötet?«

»Ja, aber es waren Neugeborene, und Jordan hat alleine zwei von ihnen erledigt.« Ich erzählte ihm die Geschichte, obwohl ich mir sicher war, dass er Jordans Version bereits gehört hatte.

Seine blauen Augen leuchteten vor Aufregung. »Wow, das ist der Wahnsinn!«

Ich musste lächeln. »Ja, das ist es wirklich.«

»Ich bin froh, dass es dir gut geht.« Er nahm sein Sandwich wieder in die Hände. »Du bist gestern Abend gar nicht runtergekommen und ich habe mir schon Sorgen gemacht.«

»Ich hab mich nur ein wenig ausgeruht.« Michael war viel zu freundlich, um ein Krieger zu sein. Er sollte ein Heiler werden oder irgendetwas in der Richtung, denn ich konnte mir beim besten Willen nicht vorstellen, dass er jemanden tötete. Nicht einmal einen Vampir.

Er nickte und knabberte an seinem Sandwich, kaute langsam und sagte dann: »Darf ich dich was fragen? Stimmt es, was man über dich und

Nikolas sagt?« Sobald er die Worte ausgesprochen hatte, lief sein Gesicht rot an. »Sorry, das geht mich gar nichts an.«

»Nein, schon okay. Ist ja kein großes Geheimnis.« Ich hielt mich mit Mühe davon ab, entnervt zu seufzen. Ich wusste, Fragen dieser Art würde ich noch häufiger zu hören bekommen.

»Du wirkst nicht gerade glücklich darüber.«

Ich nippte an meinem Wasser und zog die Nase kraus. »Ich muss mich erst daran gewöhnen. Es war schon ein kleiner Schock und ich bin mir nicht sicher, was jetzt passieren wird.«

»Ihr streitet euch viel«, stellte er unumwunden fest. Die Frage in seinen Worten entging mir nicht.

Ich hob eine Schulter. »Tja, ich schätze, sonst wäre es auch langweilig.«

»Schon verrückt, dass der erste Mohiri, den du je getroffen hast, dein Seelenverwandter ist. Und dann auch noch ausgerechnet Nikolas Danshov. Manche von uns brauchen Jahrhunderte, um ihren Partner zu finden, und du bist noch nicht einmal achtzehn.«

»Wir sind noch keine Seelenverwandten«, sagte ich abwesend. Innerlich versuchte ich, mich noch immer an den Gedanken zu gewöhnen, mit Nikolas mein Leben zu verbringen. Es fiel mir schwer, mich zu konzentrieren, wenn jedes Mal, wenn ich an ihn dachte, mein Magen zu flattern begann.

»Man sagt, es tut zunächst weh, wenn man einen Seelenverwandten zurückweist. Aber es wird besser.«

»Was?« Meine Gedanken klarten sich ein wenig auf. »Was meinst du?«

Michael schien unbeeindruckt von meiner abrupten Antwort. »Du hast gesagt, der Bund wäre nicht vollständig, also dachte ich, du denkst darüber nach, ihn zu brechen. Ich wollte nur sagen, dass das für Nikolas sicher in Ordnung wäre.«

»Gut zu wissen.« Michael himmelte Nikolas an, also ergab es Sinn, dass er sich Sorgen um sein Wohlergehen machte. Und doch war mir das Gespräch unangenehm. Immerhin ging es um etwas sehr Persönliches. Ich überlegte, wie ich das Thema wechseln konnte. »Wie ist das mit Thanksgiving hier? Wird das groß gefeiert? Ich freue mich so auf den Truthahn nächste Woche. Und mein Onkel wird herkommen.«

Am liebsten hätte ich mir selbst in den Hintern getreten, als ich den traurigen Ausdruck in seinem Gesicht bemerkte. Wie konnte ich nur so unsensibel sein, wo ich doch wusste, dass er so viel Zeit darauf verwendete, einen Bruder zu finden, der wahrscheinlich längst tot war?

Thanksgiving musste eine sehr schwere Zeit für jemanden sein, der seine Familie so sehr vermisste wie Michael. Wenn jemand Verständnis dafür haben sollte, dann ich. Allerdings hatte ich immer gewusst, wann es Zeit war, etwas loszulassen.

»Michael, ich weiß, dass du noch immer nach deinem Bruder suchst«, fing ich an, und sofort wich er vor mir zurück. »Nein, warte«, sagte ich, als er im Begriff war, aufzustehen. »Ich wollte dir nur meine Hilfe anbieten.« Da hielt er inne und starrte mich an, als wüsste er nicht, ob ich es wirklich ernst meinte. Ich nahm sein Zögern als ein gutes Zeichen und fuhr fort. »Ich habe dir nie von meinem Dad erzählt, oder?«

»Dein Vater?« Er schüttelte den Kopf und starrte mich weiter an, als versuchte er, mich zu ergründen.

Ich senkte die Stimme, sodass niemand im Raum mithören konnte. Und zwang Michael damit, näher zu kommen. »Als ich acht Jahre alt war, ist mein Vater von Vampiren ermordet worden.« Ich schluckte schwer an dem Kloß in meinem Hals, der sich jedes Mal wieder bildete, wenn ich über die Vergangenheit sprach. »Dass es Vampire waren, habe ich erst später herausgefunden.«

»Was hat das mit meinem Bruder zu tun? Dein Vater ist tot, aber Matthew lebt.«

»Lass mich bitte zu Ende reden. Ich wusste, dass mein Vater tot ist, aber ich konnte nicht verstehen, warum die Vampire es auf ihn abgesehen hatten. Ich habe Jahre darauf verwendet, Antworten zu finden, und ich habe mich da ziemlich reingesteigert. Ich wäre deswegen beinahe ums Leben gekommen. Aber während der Jahre, in denen ich mich auf die Suche gemacht habe, habe ich online viele Kontakte geknüpft. Mit Leuten, die vieles wissen. Ich möchte dir damit nur sagen, dass ich Leute kenne, die dir vielleicht helfen können. Ich kenne auch einen Hacker und ein paar Jungs, die auf dem Schwarzmarkt tätig sind. Wenn jemand uns helfen kann, Matthew zu finden, dann sie. Wenn sie allerdings nichts herausfinden, dann ist er wahrscheinlich für immer verschwunden.« Ich hatte keine Hoffnung, seinen Bruder zu finden, aber vielleicht brauchte Michael jemand Fremden, der ihm sagte, dass Matthew tot war, damit er es endlich akzeptieren konnte.

Die Skepsis wich aus seinem Gesicht und stattdessen zeigte sich die Verletzlichkeit eines kleinen Jungen, der einfach nur hören wollte, dass alles gut werden würde. »Das würdest du für mich tun?«

»Natürlich, dafür sind Freunde doch da.«

Er fuchtelte an einer Serviette herum, aber in seinen Augen glänzte es überzeugt. »Alle glauben, dass ich verrückt bin. Aber ich weiß, dass Matthew lebt. Ich würde es spüren, wenn er tot wäre.«

Mein Herz zog sich schmerzhaft zusammen, beim Gedanken daran, wie Michael leiden würde, wenn er erst erfuhr, dass sein Bruder tatsächlich tot war. »Es gibt noch etwas, worüber du nachdenken solltest. Selbst wenn wir Matthew finden würden, könnte es sein, dass er nicht mehr derselbe ist. Es ist sehr wahrscheinlich, dass ihm das gleiche Schicksal widerfahren ist, wie jenen Waisen, die nicht rechtzeitig gefunden werden.«

»Aber dir geht es doch auch gut«, sagte er so voller Zuversicht, als hätte er über diese Möglichkeit bereits nachgedacht.

Ich antwortete nicht, denn ich konnte ihm die Wahrheit über mich nicht erzählen. Wenn Matthew wie durch ein Wunder noch am Leben war, dann hatte ihn der Dämon mittlerweile in den Wahnsinn getrieben. Ich wusste nicht, was schlimmer wäre: herauszufinden, dass sein Bruder gestorben oder dass er verrückt geworden war. Doch ganz offensichtlich konnte Michael mit diesen beiden Szenarien noch nicht umgehen und so beschloss ich, meine Gedanken für mich zu behalten.

Danach sprachen wir nur noch über das Training, Michael wollte alles über meine Arbeit mit Nikolas wissen. Um ihn und all die anderen Nikolas-Fans von ihrer Verehrung für ihren Helden zu heilen, müssten sie nur einmal ein paar Stunden mit ihm trainieren. Wie gerne hätte ich gesehen, wie sie mit seinem Bootcamp-Trainingsstil umgehen würden. Wäre ich nicht so müde, hätte ich laut über die Vorstellung gelacht.

* * *

»Ich kann nicht glauben, dass du auch davon wusstest und mir nichts gesagt hast. Sollte ich es als Letzte herausfinden?«

»Es lag nicht an mir, es dir zu sagen, Kleines. Die Seelenverwandtschaft ist eine sehr intime Erfahrung zwischen zwei Partnern, und niemand mischt sich in solche Angelegenheiten ein.«

Ich warf Desmund einen finsteren Blick über das Damebrett hinweg zu. »Woher wusstest du es überhaupt? Von Tristan?«

»Natürlich nicht. Tristan teilt solche privaten Dinge nicht mit mir.« Er warf mir einen leicht vorwurfsvollen Blick zu. »Ich wusste es, als du mir erzählt hast, wie Nikolas sich in Rage versetzt hat, als du verletzt worden bist. Ich muss sagen, zunächst war ich durchaus überrascht.«

»Da bist du nicht der Einzige.« Ich schmiss schnell einen seiner Steine und er revanchierte sich, indem er mir gleich zwei abnahm. »Wir sind die schlechteste Partie in der Geschichte der Mohiri. Meistens vertragen wir uns nicht einmal besonders gut.«

»Ihr seid beide starke Persönlichkeiten. Du wirst ihm eine würdige Partnerin sein, weil du eine stetige Herausforderung bist.« In seinen Augen glänzte es schelmisch. »Zumindest wird es für uns alle äußerst erheiternd sein.«

Grimmig schaute ich auf das Spielbrett. »Ich gönne dir ja deinen Spaß, aber ich weiß nicht, ob es das ist, was ich will.«

Er lehnte sich nach vorn. »Ach wirklich? Was sagt Nikolas dazu?«

»Wir haben bisher nicht darüber gesprochen. Ich hab ihm gesagt, dass ich mit ihm trainieren werde, aber das ich noch nicht bereit bin, darüber zu reden. Ich bin noch immer sauer auf ihn und auf Tristan, dass sie es mich auf diese Art und Weise haben herausfinden lassen.«

»Ja, ich kann mir vorstellen, dass das ein ziemlicher Schock gewesen ist. Aber sei nicht so hart zu ihm. Ich möchte behaupten, dass es auch für ihn nicht leicht ist.«

»Ich dachte, du magst ihn nicht. Und jetzt verteidigst du ihn?«

Desmund winkte ab. »Wie kann ich einen Mann nicht verteidigen, dem an deinem Wohlergehen liegt?«

»Du alter Süßholzraspler«, schimpfte ich, woraufhin er mich mit gespielter Unschuld ansah. »Ich weiß eben, wie ich mir meine Freunde aussuche.«

Er hielt mit der Hand über dem Brett inne. »Freunde?«

»Natürlich. Das sind wir doch, oder?«, fragte ich, ohne nachzudenken. Desmund war exzentrisch und er litt unter einer langen, psychischen Krankheit. Er hatte sich seit unserem ersten Zusammentreffen stark verändert, aber wer wusste, wie er auf meine Worte reagieren würde. Es war möglich, dass er gar keinen Freund haben wollte, so seltsam das auch klang.

Ein Lächeln erleuchtete sein Gesicht. »Aber sicher.«

»Gut.« Ich sah hinab auf meine deutlich reduzierte Anzahl an Spielsteinen. »Ich möchte gar nicht wissen, wie du jemanden abzockst, der nicht dein Freund ist.« Erneut schaute er völlig unschuldig und ich musste lachen. »Glaub nicht, ich wüsste nicht, dass du dich zurückhältst.«

Er zuckte mit den Achseln und ich wusste, er würde es niemals zugeben. »Hab ich dir schon erzählt, dass mein Onkel Nate nächste Woche hierherkommt, um mit uns Thanksgiving zu feiern?«

»Du freust dich sicherlich sehr auf ihn.«

»Ich kann es nicht erwarten. Er bleibt für eine ganze Woche.« Der Gedanke, Nate jeden Tag sehen zu können, machte mich ein wenig kribbelig. Ich freute mich so sehr darauf, ihn herumzuführen und ihm alle vorzustellen. Was er wohl für ein Gesicht machen würde, wenn er Alex und Minuet sah?

»Ich habe dich nie zuvor so glücklich gesehen«, sagte Desmund. »Dein Onkel muss ein guter Mann sein.«

»Das ist er. Ich hoffe nur ...« Ich zögerte, nicht sicher, wie ich das, was ich sagen wollte, in die richtigen Worte packen konnte. »Ich möchte gerne, dass du ihn kennenlernst. Also, natürlich nur, wenn du das auch willst.«

»Es wäre mir eine Ehre.« Sein Lächeln verzog sich zu einem spielerischen Grinsen. »Wie oft stellst du deinem Onkel junge Männer vor?«

Ich schnaubte laut. »Jung? Hast du mir nicht erzählt, Tschaikowsky und du wärt Freunde gewesen?«

Er berührte mein Kinn. »Hm, du glaubst also, dein Onkel hat kein Problem mit unserem Altersunterschied?«

»Altersunterschied?« Mein Mund klappte auf und ich starrte ihn an. Dachte er etwa ... Ich grübelte über das nach, was er vor wenigen Minuten gesagt hatte, als ich meinte, er wäre ein Freund. Empfand Desmund mehr als Freundschaft für mich? Aber er hatte mir doch gerade erst noch gesagt, ich wäre eine gute Partnerin für Nikolas. Hatte er das nur aus Freundlichkeit gesagt?

»Stimmt etwas nicht?«

Ich rieb meine plötzlich schwitzigen Handflächen an den Schenkeln. »Desmund, du weißt aber schon, dass wir nur Freunde sind, oder? Ich meine, ich mag dich, aber ich kann nicht ...«

Er platzte laut mit einem Lachen heraus, das mich völlig vergessen ließ, was ich eigentlich hatte sagen wollen. Es war das erste Mal, dass ich ihn so herzlich lachen sah, und ich hatte keine Ahnung, warum er sich so amüsierte. Sollte ich jetzt erleichtert sein oder mir erst recht Sorgen machen?

Er brauchte eine ganze Minute, um sich wieder zu beruhigen. Dann wischte er sich die Augen trocken. »Du bist wirklich eine Bereicherung. Ich habe mich schon lange nicht mehr so köstlich amüsiert.«

»Was ist denn so witzig?«, fragte ich leicht beleidigt.

Er lächelte zuvorkommend. »Wenn ich mich in eine junge Frau verlieben würde, dann stündest du sicher auf der Liste ... nein, du würdest die Liste anführen. Aber du und ich ... wir haben zu wenig gemeinsam, als dass das jemals geschehen könnte.«

»Ich verstehe nicht.«

»Das gehört zu deinen einzigartigen Qualitäten, Kleines.« Er überraschte mich, indem er sich über den kleinen Tisch lehnte und meine Stirn küsste. »Und wenn du ein Mann wärst, dann wäre ich schon längst unsterblich in dich verliebt.«

Wenn ich ein ... Oh. »Oh!«

»Lass mir dir sagen, dass ich nicht nur seines musikalischen Genies wegen viel Zeit mit Piotr Tschaikowsky verbracht habe.«

Eine Hitzewelle brandete über mein Gesicht. Ich konnte nicht glauben, dass ich Desmund unterstellt hatte, hinter mir her zu sein. Gott, ich war solch eine Idiotin. Was Männer anbelangte, war ich schon immer ein dummes Schaf gewesen. Aber das hier toppte alles.

»Ich wollte dich nicht in Verlegenheit bringen.«

Ich schenkte ihm ein beruhigendes Lächeln. »Es liegt nicht an dir. Ich kann nur nicht glauben, wie blöd ich manchmal bin.«

Er schüttelte den Kopf. »Ich finde deine Unschuld sehr charmant.«

»Nur, weil du ein Gentleman bist«, erwiderte ich und fühlte mich gleich weniger peinlich berührt.

»Und eben weil ich ein Gentleman bin, bin ich froh, dir nicht verfallen zu sein.«

Ich hob die Augenbrauen. »Warum?«

Er gluckste. »Weil ich dann mit Nikolas Danshov um dich kämpfen müsste, und ich habe meinen Kopf gerne da, wo er hingehört.«

Kapitel 18

AM NÄCHSTEN TAG zeigte mir Nikolas, wie man einen Aufwärtshaken ausführte und einen Tritt gezielt einsetzte. Dann ließ er mich eine Stunde lang am Boxsack arbeiten, bevor wir wieder zu dem zermürbenden Workout an den Gewichten übergingen. In all der Zeit, die wir zusammen verbrachten, verhielt er sich absolut professionell und versuchte nicht einmal, das Gespräch auf uns beide zu lenken. Eigentlich sagte er so gut wie gar nichts, außer es hing direkt mit dem Training zusammen. Sobald unsere Trainingseinheiten zu Ende waren, ging er, und ich sah den Rest des Tages nicht mehr viel von ihm.

Erst als ich am Abend in meinem Heilbad Blubberblasen sprudeln ließ, fiel mir ein, dass ich Nikolas gar nichts von Aine erzählt hatte und er auch nicht wusste, dass ich den Vampir in der Scheune mit meinen Kräften besiegt hatte. Unter keinen Umständen wollte ich diese Nacht erwähnen, aber Nikolas war derjenige, der mir beigebracht hatte, wie ich meine Kräfte einsetzen konnte – und er war noch immer mein Trainer.

Am nächsten Morgen wartete ich, bis wir mit dem Üben der Tritte und Schläge fertig waren, um das Thema anzusprechen. Ich wischte mir das Gesicht mit einem Handtuch ab und nahm einen großen Schluck aus meiner Wasserflasche, bevor ich damit herausplatzte.

»Ich habe dem Vampir in der Scheune Elektroschocks verpasst.«

Nikolas setzte die Hanteln ab und wandte sich zu mir um. Es dauerte ein paar Sekunden, bis ich begriff, dass er offenbar nicht im Geringsten überrascht war.

»Tristan hat es dir gesagt.«

»Ja.«

Ich versuchte, zu erahnen, was er dachte, aber sein Ton und seine Miene verrieten nichts. »Warum hast du nichts gesagt?«

Er lehnte sich gegen die Wand und verschränkte die Arme vor der Brust. »Ich dachte mir, dass du es mir sagen würdest, wenn du so weit bist. Und du das Gefühl hast, mir wieder vertrauen zu können.«

»Ich habe nie aufgehört, dir zu vertrauen.« Ich errötete, weigerte mich aber, den Blick abzuwenden. Ich musste sichergehen, dass er mich ernst nahm. Wenn es jemandem gab, dem ich mein Leben anvertraute, dann war es Nikolas. Was mein Herz betraf, war ich mir da nicht so sicher.

»Willst du mir erzählen, was passiert ist? Tristan meinte, du hättest die Vampire spüren können.«

Ich erzählte ihm, was ich auch Tristan gesagt hatte. In Nikolas' Augen schimmerte zusehends mühsam unterdrückter Zorn, je weiter ich mit meiner Geschichte kam, aber er nickte nur, als ich ihm von dem kalten Knoten in meiner Brust berichtete und wie ich in der Lage gewesen war, den Vampir zu überwältigen. Ich konnte sehen, dass er mit seinem Dämon um Kontrolle rang. Auf einmal ergab es Sinn, dass er jedes Mal, wenn ich mich in Gefahr befand, einen Wutausbruch bekam. Was ich jedoch nicht verstand, war, warum der Bund ihn so stark reagieren ließ oder warum ich einen innerlichen Drang verspürte, zu ihm zu gehen und ihm über die Sorgenfalten an seiner Stirn zu streichen.

Ich verknotete die Hände hinter meinem Rücken und konzentrierte mich stattdessen auf meine Geschichte. »Ich wollte die Kraft in mir rufen, wie wir es geübt hatten, aber erst, als ich den Vampir berührt habe, hat sich etwas getan. Dann ist sie regelrecht aus mir geschossen, wie bei den anderen Dämonen. Ich verstehe nicht, warum ich ihn damit verbrannt habe, dich aber nicht.«

Nikolas lächelte angespannt. »Ein Vampirdämon lauert stets viel näher an der Oberfläche, weil er den Körper kontrolliert. Meinen Dämon hast du dagegen erst gespürt, als ich ihn gerufen habe.« Er starrte lange aus dem Fenster und sein Gesicht spiegelte den Kampf in seinem Innern. Er wollte mich trainieren, mir helfen, stark genug zu werden, um mich selbst zu schützen. Aber gleichzeitig wollte er mich so weit wie möglich von Vampiren fernhalten.

Zu meiner Erleichterung gewann seine pragmatische Seite. »Das ist gut. Es bedeutet, dass du eine Art eingebauten Schutzmechanismus gegen Vampire hast – zumindest gegen jüngere. Wir müssen daran arbeiten, dass die Kraft verlässlich abrufbar wird.«

»Was ist mit meinem Vampirradar? Können wir ihn nicht irgendwo testen?« Ich wusste, er würde das ablehnen – aber einen Versuch war es mir dennoch wert.

»Erst wenn du besser trainiert bist. Du hast genügend Zeit, um all deine Fähigkeiten auszuprobieren.«

»Okay.« Ich war bereit, zu warten, wenn er bereit war, zu akzeptieren, dass ich irgendwann gegen Vampire kämpfen würde. Es war ein kleiner Schritt nach vorn – für uns beide. »Wann können wir wieder mit meinen Kräften arbeiten?«

Er hob ein Springseil auf und streckte es mir entgegen. »Lass uns erst das Workout zu Ende bringen, und dann treffen wir uns nach dem Mittagessen wieder.«

Ich brummte und griff nach dem Seil. Ich hatte das untrügliche Gefühl, dass meine Tage von jetzt an sehr viel anstrengender werden würden.

Im Laufe der nächsten Woche fanden Nikolas und ich einen eigenen Rhythmus. Jeden Morgen zeigte er mir neue Schläge oder Tritte und quälte mich dann durch ein ausgiebiges Workout. Nach dem Mittagessen verbrachten wir stets zwei Stunden damit, an meinen Spezialkräften zu arbeiten. Er holte dafür Chris mit ins Boot, der außer Nikolas und Tristan als Einziger von meinem Geheimnis wusste.

Ich konnte spüren, wie meine Kräfte stärker wurden, aber ohne einen Dämon als Gegner war es unmöglich, sie zu testen. Ich weigerte mich, Nikolas oder Chris mehr als einen kleinen elektrischen Schlag zu verpassen, so sehr sie mich auch provozierten. Auf keinen Fall war ich bereit, das Risiko einzugehen, einem von ihnen wehzutun. Selbst wenn es manchmal schwer war, mich zurückzuhalten.

Auch mit meiner Kontrolle wurde es von Tag zu Tag besser und ich war bald schon in der Lage, mir so viel Energie zu holen, wie nötig war. Ich demonstrierte das eines Tages, als Chris sich einen Spaß daraus machte und mir immer wieder im Vorbeigehen an den Haaren zog. Als er mir zu nahekam, griff ich nach seiner Hand. Der kleine Blitz, den ich ihm verpasste, ließ seine blonden Haare zu Berge stehen und seine Knie erzittern. Als er ein paar Minuten später wieder zu sich kam, meinte er, es hätte sich angefühlt, als wäre er kurze Zeit gelähmt gewesen.

Obwohl wir viele Stunden gemeinsam verbrachten, sprachen Nikolas und ich kaum miteinander. Zwischen uns entwickelte sich eine höfliche Distanz, doch irgendwann begann ich zu vermissen, wie es einst zwischen uns gewesen war. Wenn ihn die ruhige Anspannung störte, so ließ er es sich nicht anmerken. Und ich fragte mich, ob es ihm überhaupt etwas ausmachte. Je mehr Zeit verging, desto überzeugter war ich, dass er den Bund zwischen uns nicht wollte.

Ich fing an, den Tag zu fürchten, an dem er sich vor mich stellen und mir sagen würde, dass er unser Band zerschneiden und mich verlassen würde. Der Gedanke, ihn nie wiederzusehen, tat mehr weh, als ich zugeben konnte. Und so warf ich mich mit aller Energie ins Training und vermied, darüber nachzugrübeln. Häufig ging ich nach dem Training zu den Hunden und spazierte mit ihnen zum See. Immer in der Hoffnung, Aine wiederzusehen. Doch sie kam nicht, dafür glaubte ich, Feeorin zweimal an der Wasseroberfläche entdeckt zu haben. Ich wollte meine Magie erneut in dem Seewasser erproben, aber mit den Kriegern im Nacken war das unmöglich. Nachdem ich Tristan erzählt hatte, dass ich Vampire im Wald gespürt hatte, was er sofort Nikolas petzen musste, machten sie mir unmissverständlich klar, dass ich nicht alleine fortgehen durfte. Nicht einmal mit zwei Höllenhunden an meiner Seite. Ich widersprach nicht, auch wenn das bedeutete, dass ich meine Elementarfähigkeiten nur in der Badewanne weiter testen konnte. Es erstaunte mich, wie leicht es mir von der Hand ging, wo mir doch im Gegensatz dazu keine meiner Mohirifähigkeiten in den Schoß fiel. Mühelos zauberte ich Miniwellen und Wasserfontänen und erhitzte das Wasser, wenn es mir zu kalt wurde. Ob ich jedoch jemals eine so gute Verbindung zu meinem Mori haben würde wie alle anderen Mohiri, bezweifelte ich stark.

Schließlich bat ich Chris, mich in die Stadt zu fahren, um ein paar Dinge für Oscar zu kaufen. Ich konnte Nikolas schlecht fragen, wenn wir kaum miteinander sprachen. Als Chris und ich meine Einkäufe in den Pick-up luden, fühlte ich beim Gedanken an mein lockeres Geplänkel mit Nikolas an dem Tag, an dem ich ihn um diesen Trip gebeten hatte, einen Stich. Würde es jemals wieder so entspannt zwischen uns sein, oder war die Leichtigkeit für immer verloren?

David mailte mir zweimal in dieser Woche, um mir zu berichten, dass er und seine Freunde Madelines Spur langsam näher kamen. Seine Aufregung darüber war ansteckend. Sobald er sie gefunden hatte, würde ich es Tristan wissen lassen, damit er eingreifen und sie schnappen konnte, bevor sie erneut entwischte. Meine Mutter hatte bewiesen, dass sie sehr gut darin war, sich unsichtbar zu machen. Insbesondere vor ihren eigenen Leuten.

Nach meinem Gespräch mit Michael hatte ich David gefragt, was er tun konnte, um Matthew aufzuspüren. Ich hatte ihm jedes Detail mitgeteilt, dass ich über Michaels Familie in Atlanta hatte finden können und ihm auch von den Umständen um den Tod von Michaels Mutter und das Verschwinden seines Bruders berichtet. Auch wenn es hoffnungslos war, wollte ich es um Michaels Willen versuchen. David bestätigte, was ich bereits wusste: Es gab keinen einzigen Hinweis darauf, dass Matthew am Leben war. Er würde weitersuchen, aber ich kannte die Wahrheit, auch wenn Michael sie nicht hinnehmen wollte.

Als ich am Dienstagmorgen vor Thanksgiving erwachte, besserte sich meine Laune schlagartig. Mein erster Gedanke war, dass Nate morgen hier sein würde. Ich grinste unter der Dusche und konnte beim Frühstück nur schwer still sitzen. Ich lächelte sogar Nikolas zu, als er in den Trainingsraum kam. Deshalb machte er es mir beim Training zwar nicht leichter, aber ich war zu glücklich, als dass es mich interessiert hätte. In dieser Woche würde mir nichts die Stimmung verderben können.

Am Abend klingelte mein Telefon und ich lachte, als ich Nates Nummer erkannte. Er war einfach ein solches Gewohnheitstier. Er rief zuverlässig jeden Dienstagabend an und er ließ es sich auch heute nicht nehmen, obwohl wir uns morgen sehen würden.

»Hey, Nate!«

»Hey, du. Wie geht's?« Er klang müde und ich hoffte, er hatte sich nicht überarbeitet.

»Ach, weißt du ... nichts Besonderes.« Der Blitz müsste mich treffen, ob dieser gigantischen Lüge, aber ich konnte Nate einfach nicht alles am Telefon erzählen. »Hast du schon alles gepackt für morgen?«

»Deswegen rufe ich an.« Er hustete und ich hörte mit zunehmender Panik, wie er mehrmals nieste. »Ich habe schlechte Neuigkeiten. Ich fühle mich die letzten Tage ziemlich krank und war heute auch beim Arzt. Er sagt, es ist eine Lungenentzündung und dass ich diese Woche nicht verreisen kann.«

In meinem Magen tat sich ein riesiges Loch auf. »Was? Nein! Wir haben hier alle möglichen Medikamente. Deine Lungenentzündung haben wir im Handumdrehen geheilt.« Im Stillen rechnete ich bereits aus, wie lange es dauern würde, ihm unsere Medizin zukommen zu lassen.

Er hustete erneut. »Sara, du weißt doch, was ich davon halte. Mein Arzt hat mir etwas verschrieben, und ich muss mich einfach ein paar Tage ausruhen.«

Und Thanksgiving verpassen? Ich war schon auf dem Weg zu meinem Schrank, um nach dem Koffer zu suchen. »Dann komme ich zu dir.«

»Nein«, sagte er scharf und ich blieb abrupt stehen.

»Nate?«

»Sorry, ich wollte dich nicht anschreien. Es ist nur, du musst dich verstecken und wir können nicht riskieren, dass dich jemand sieht. Ich wäre ohnehin keine besonders angenehme Gesellschaft. Es wäre mir lieber, wenn du dort bleibst, ich komme eben ein paar Tage später.«

»Aber dann bist du an Thanksgiving ganz alleine!« Das Glücksgefühl, das mich durch den Tag getragen hatte, war urplötzlich verschwunden.

»Mach dir um mich keine Sorgen. Das ist schon okay«, sagte er mit rasselndem Atem. »Ich komme, sobald ich wieder verreisen darf. Um nichts in der Welt lasse ich mich davon abhalten, dich bald zu sehen.«

»Es ist nicht das Gleiche ohne dich hier.«

»Ich weiß, aber wir sehen uns doch bald.« Er holte tief Luft und ich hörte, wie es dabei in seinen Atemwegen krachte. »Ich muss meine Medizin nehmen und mich ausruhen, damit ich den Mist wieder loswerde. Wir sprechen in ein paar Tagen wieder, ja?«

»In Ordnung«, sagte ich, auch wenn nichts in Ordnung war. Seit ich hier war, zählte ich die Tage bis Thanksgiving. Die Enttäuschung wog schwer und ich wollte mich am liebsten im Bett verkriechen und weinen.

Was bin ich nur für eine schreckliche Person. Da lag ich hier und suhlte mich in meinem Selbstmitleid, wenn es doch Nate war, dem es schlecht ging. Er würde an dem Feiertag allein sein, und ich dachte nur an mich selbst. Ich konnte noch nicht einmal Roland oder Peter anrufen, um sie zu bitten, bei Nate vorbeizuschauen, weil sie morgen mit ihrer Familie nach Bangor zu ihrer Großmutter fahren würden.

Der Drang, allen vernünftigen Argumenten zum Trotz doch nach Hause zu fahren, war so groß, dass ich mir einen Rucksack nahm und ihn mit Klamotten vollstopfte. Erst nach einer Weile, kam ich wieder zu Verstand. Nate hatte recht, es war für mich nicht sicher in New Hastings. Ich würde uns nur beide in Gefahr bringen und es mir niemals verzeihen, wenn er noch einmal wegen mir Leid erfahren musste.

Es wurde eine lange, schlaflose Nacht, und am Morgen war ich übermüdet und völlig gerädert. Bereits nach zehn Minuten Training nahm Nikolas mich zur Seite und fragte, was los war.

»Nichts«, murmelte ich und versuchte erfolglos, gegen den schweren Sack zu treten, wie er es mir am Vortag gezeigt hatte.

»Irgendetwas hast du doch.«

»Es geht mir gut«, log ich. Die Tränen drückten in meinen Augen, und wütend schlug ich auf den Sack ein. Ich wollte ihm ja sagen, was los war, aber die Stimmung zwischen uns war so seltsam, dass ich nicht wusste, wie. Außerdem wollte ich nicht jedes Mal angekrochen kommen, wenn etwas schieflief. Es war mir wichtig – für uns beide –, zu beweisen, dass ich alleine zurechtkam. »Können wir einfach weitermachen?«

Er trat nach vorn und hielt den Sack wieder fest und als er sprach, klang seine Stimme ein wenig wärmer als in den letzten Tagen. »Du weißt aber, dass ich für dich da bin, wenn du es möchtest.«

Keiner von uns sagte während des restlichen Trainings einen Ton, aber Nikolas' Worte hallten noch den ganzen Nachmittag in meinem Kopf nach. Je länger ich darüber nachdachte, desto schuldiger fühlte ich mich, ihn so brüsk abgewiesen zu haben. Nichts von alldem war seine Schuld, und immer, wenn er mir die Hand reichte, benahm ich mich wie ein verzogenes Gör. War es, weil ich gerne stark sein wollte oder weil ich Angst hatte, mich ihm zu öffnen und mit den Konsequenzen leben zu müssen? Wir beide befanden uns in einem unerträglichen Schwebezustand, weil ich mich nicht mit *uns* befassen und er mich nicht drängen wollte. Es war ihm gegenüber mehr als unfair, und ich musste endlich aufhören, so zu tun, als wäre ich die Einzige mit Gefühlen.

Als es Zeit fürs Abendessen wurde, hatte ich genug Mut gesammelt, um mit ihm zu sprechen. Ich sah mich während des Essens nach ihm um, schmeckte kaum etwas und hörte auch nur mit halbem Ohr zu, was Jordan und Olivia redeten. Doch er tauchte nicht auf, und ich biss frustriert die Zähne aufeinander. Da wollte ich endlich reden und er hatte offenbar beschlossen, anderswo zu essen.

»Hallo, Cousinchen, du siehst ziemlich verloren aus«, sagte Chris, als ich nach dem Essen in der Eingangshalle auf ihn traf. Ich wusste, dass er und Nikolas viel miteinander trainierten. Wenn jemand wusste, wo er steckte, dann Chris.

»Also eigentlich suche ich nach Nikolas. Hast du ihn gesehen?«

Er hob eine Augenbraue. »Du suchst nach Nikolas? Das ist ja was ganz Neues.«

»Ja, Bizarro-Welt«, erwiderte ich, woraufhin er verwirrt die Stirn runzelte.

»Bizarro-Welt?«

»Du weißt schon, wie in den Superman-Comics?« Er schüttelte den Kopf und ich seufzte. »Wie kannst du schon eine halbe Ewigkeit leben und nichts von Superman wissen?«

Er zog eine Grimasse. »Ich weiß, wer Superman ist. Ich lese nur keine Comics. Und was Nikolas betrifft, ich glaube, er und Tristan haben eine Besprechung. Aber sie sollten fast fertig sein.«

»Danke.« Ich machte mich auf den Weg zu Tristans Büro, in der Hoffnung, Nikolas zu erwischen, bevor mein Mut sich in Luft aufgelöst hatte.

Tristans Tür öffnete sich gerade, als ich den Flur entlangging und ich hörte gedämpft männliche Stimmen aus dem Büro dringen. Ich näherte mich und schnappte Fetzen ihrer Unterhaltung auf, blieb dann abrupt stehen, als ich Nikolas' tiefe Stimme vernahm. »... nicht, was ich wollte ... unglücklich ... den Bund brechen.«

Ich zuckte zusammen, als hätte man mir eine Ohrfeige verpasst. Nikolas wollte den Bund brechen? Nach der letzten Woche hätte mich das nicht überraschen sollen, aber trotzdem schockte es mich, es laut ausgesprochen zu hören. Auf den scharfen Schmerz in meiner Brust war ich nicht vorbereitet gewesen. Meine Kehle schnürte sich zusammen und ich wirbelte schnell herum, bevor einer von ihnen herauskommen und mich sehen konnte.

Und dann wurde meine Flucht von der letzten Person verhindert, die ich in diesem Moment sehen wollte. Celine warf ihr langes schwarzes Haar in den Nacken und bedachte mich mit einem mitleidigen Blick, der zehnmal schlimmer war als ihr übliches böses Grinsen.

»Tja, jetzt weißt du es also«, sagte sie so leise, dass Tristan und Nikolas sie nicht hören konnten. »Wenn dir etwas an Nikolas liegt, dann lässt du ihn besser gehen.«

Ich drängte mich an ihr vorbei. »Als ob dich das kümmern würde. Du willst ihn doch nur für dich selbst.«

Sie hielt mühelos mit mir Schritt. »Ich werde nicht lügen. Ja, ich will ihn, und er will mich. Nikolas und ich hatten etwas Besonderes, und wir würden noch immer zusammen sein, wenn da nicht dieser lächerliche Bund wäre, der in seinem Kopf herumspukt. Männer sind so anfällig für solche Dinge.«

Ich gab vor, sie zu ignorieren, aber sie redete einfach weiter. »Du bist ein süßes Mädchen, Sara. Aber Nikolas ist ein Mann. Ich verstehe, warum du glaubst, ihn zu lieben, aber du wärst nicht das erste junge Ding, das sein Herz an ihn verliert. Er aber will eine Frau und kein Kind.«

»Warum bricht er den Bund dann nicht?« Meine Stimme war brüchig. Eilig beschleunigte ich meine Schritte, um ihr zu entkommen.

»Er ist einfach zu ehrenwert dazu. Du kennst ihn lange genug, um zu wissen, was für ein Gentleman er ist. Er will dir nur nicht wehtun.«

Ihre Worte legten sich wie Stacheldraht um mein Herz und ich hatte kein Mittel, mich dagegen zu wehren. Eben weil sie die Wahrheit sprach.

Hatte ich nicht das Gleiche gedacht, als ich von dem Bund erfahren hatte? Nikolas war kein Mönch und er war wahrscheinlich schon mit sehr vielen schönen Frauen wie Celine zusammen gewesen. Was sollte er mit einem Mädchen, das sich von einem einzigen Kuss durcheinanderbringen ließ und so dumm war, dass sie sogar glaubte, ein homosexueller Mann würde mit ihr flirten?

Wir erreichten das Erdgeschoss, und noch bevor ich ihr entwischen konnte, griff Celine nach meinem Ellbogen. »Du kannst immer noch mit ihm befreundet sein, wenn es das ist, was du willst. Aber es ist grausam, ihn an dich zu binden, wenn es ihn unglücklich macht.« Sie ließ meinen Arm los und wandte sich zum Gehen. »Denk darüber nach und du wirst sehen, dass ich recht habe.«

»Ah, nach dir hab ich schon gesucht.« Jordan kam die Stufen unseres Wohnflügels herabgesaust und schaute grimmig, als sie Celine sah. »Was wollte *die* denn?«

Ich zwang mich zu einem Lächeln. »Das Übliche. Celine eben.«

Sie hakte mich unter. »Vergiss sie. Wir müssen zu einer Party.«

»Jordan, nach allem, was bei der letzten Party passiert ist, können wir nicht einfach feiern gehen.« Davon abgesehen, dass Tristan und Nikolas mich vermutlich einsperren würden, wenn ich das Wort ›Party‹ auch nur erwähnte.

Sie kicherte und drückte meinen Arm. »Wer hat denn gesagt, dass wir dazu raus müssen? Wir veranstalten unsere eigene Thanksgivingparty.«

»Das ist ja ganz toll und so, aber ich bin echt nicht in der Stimmung heute.«

»Hör mal, ich kann ja verstehen, dass du wegen deines Onkels Trübsal bläst, aber es wird nicht besser, wenn du dich in deinem Zimmer verschanzt und dir die Augen ausheulst.« Sie sah mich entschlossen an. »Willst du nicht lieber ein bisschen Spaß haben? Wir haben Bier, und Terrence hat Gran Patron aufgetrieben.«

Ich wusste zwar beim besten Willen nicht, was Gran Patron war, aber ich nahm an, dass es sich um irgendeine Art Alkohol handeln musste. Ich stand nicht auf Schnaps, Likör und Co, aber ein Bier oder zwei würde ich jetzt schon vertragen. Ich sah die Treppe hinauf und wusste auf einmal, dass ich jetzt nicht allein sein wollte.

»Komm schon«, versuchte Jordan, die mein Zögern falsch interpretierte, mich zu überreden. »Ich kann mich doch nicht allein mit den Losern betrinken.«

»Okay.«

»Prima, dann lass uns gehen.«

Ich hatte angenommen, dass sie mich zum Gemeinschaftsraum führen würde, und war umso überraschter, als sie den Weg Richtung Haupteingang einschlug. »Wo gehen wir hin?«

»In die Arena«, sagte sie, als wir draußen standen.

Die Temperaturen waren seit dem Nachmittag deutlich gesunken und ich fror in meinem Sweatshirt. Ich hob das Gesicht und atmete die kalte Luft tief ein. Meine Nase täuschte sich nicht, wir würden ein weißes Thanksgiving bekommen.

»Was machst du da?«, fragte Jordan.

»Ich schnuppere. Ich glaube, es wird schneien.«

Sie tat es mir gleich. »Du kannst Schnee riechen? Ernsthaft?«

»Du nicht?«

»Nein.«

»Oh.«

Sie warf mir einen seitlichen Blick zu. »Du bist seltsam, das weißt du, oder?«

Es fühlte sich gut an, zu lächeln. »Du hast ja keine Ahnung.«

Noch bevor wir die Arena erreicht hatten, öffnete sich die Tür und Licht drang nach draußen. »Zeit, dass ihr auftaucht«, rief Terrence. »Wir dachten schon, wir müssten ohne euch anfangen.«

Jordan lachte. »Als ob ihr Leichtgewichte ohne uns was zustande bringen könntet.«

Er trat beiseite und so gingen wir hinein. In der Arena saßen die anderen Schüler neben einer riesigen Kühlbox beisammen. Selbst Michael war dabei, und es überraschte mich, ihn ohne seinen Laptop zu sehen.

»Get this party started«, sang Terrence. Er nahm Bierflaschen aus der Kühlbox und reichte sie herum. Nachdem alle sieben eines hatten, hob er seine Flasche und sagte: »Auf uns.«

»Auf uns.«

Wir tranken, Josh zog einen tragbaren Lautsprecher hervor, und die Musik von Coldplay erfüllte den Raum. Wir redeten über das Training und wann wir zu unserer ersten Mission aufbrechen würden. Alle hatten durch Jordan von unserem Abenteuer gehört und wollten nun auch meine Version der Geschichte hören. Ich erzählte ihnen alles, ohne meine Geheimnisse zu offenbaren. Jordan strahlte, als ich beschrieb, wie sie ohne große Mühe zwei Vampire erledigt hatte. Menschliche Mädchen fanden ihre Gemeinsamkeiten in Musik oder Jungs, wir darin, Vampire ins Jenseits zu schicken. Es war kein Wunder, dass ich vor Jordan nie eine Freundin gehabt hatte.

»Also, du und Danshov, was?«, fragte Josh. Es war das erste Mal, dass jemand abgesehen von Jordan mich auf den Bund ansprach. Ich reagierte mit einem möglichst gleichgültigen Gesichtsausdruck und zuckte nur mit den Achseln. In meinem Innern dagegen zog sich alles schmerzhaft zusammen, als ich an Nikolas' Worte dachte.

Jordan stellte ihre Flasche ab. »Hey, Terrence, was ist denn jetzt mit dem Gran Patron, mit dem du so geprahlt hast? Ich glaube, es ist Zeit für einen Kurzen.«

»Ja, verdammt.« Terrence griff unter seinen Sitz, zog eine Flasche mit klarer Flüssigkeit und ein paar Schnapsgläser hervor. »Tequila für alle.«

Ich wollte ablehnen, als Terrence mir ein Glas reichte. »Ich mag das Zeug nicht so.«

»Dann hast du noch keinen guten Tequila getrunken. Den hier musst du probieren.«

Jordan knuffte mich in die Seite. »Komm schon, einen musst du mit uns trinken.«

Ich zog eine Grimasse, nahm das Glas dann aber doch. »Schon mal was von Gruppenzwang gehört?«

»Ach was, das ist Menschenkram«, grinste Jordan und hob ihr Glas. »Krieger nennen das eine Herausforderung, und eine gute Challenge lehnt doch keiner von uns ab.«

Alle außer Michael nahmen ihr Glas, als Terrence »Prost« sagte, und dann stürzten wir den Alkohol hinunter. Der Tequila war warm und brannte sich angenehm in meinen traurigen, leeren Bauch. Eine Minute später kitzelte er schon wohlig durch meine Glieder.

»Siehst du, gut, oder?«, sagte Terrence, als er mich lächeln sah. »Willst du noch einen?«

»Vielleicht später.« Ich nahm mein Bier und nippte daran. Der Tequila machte sich schon in meinem Kreislauf bemerkbar.

Hui, ich sollte etwas langsamer machen.

Ich nahm mir Zeit mit dem zweiten Bier, aber alle außer Michael schienen sich darin messen zu wollen, wer am meisten vertrug. Jordan hatte nicht gescherzt, als sie die anderen als Leichtgewichte bezeichnet hatte, denn sie selbst schüttete weit mehr hinunter als die Jungs und schien davon gar nicht beeinträchtigt zu sein.

Als ich mein drittes Bier anfing, wollten Olivia und Jordan mich von einem weiteren Tequila überzeugen. Dabei war das gar nicht nötig, denn ich hatte längst festgestellt, dass ich umso weniger über Nikolas, Celine und Nate nachdenken musste, je mehr ich trank. Jemand drehte am Lautsprecher herum, und schließlich tanzte ich mit Jordan und Olivia durch den Raum. Wir sangen und lachten und hatten eine richtig gute Zeit. So fühlte es sich also an, Spaß zu haben. Ich stellte mir Rolands Gesicht vor, wenn er mich so sehen könnte, und musste lachen.

Nach dem dritten Bier hatte ich das Gefühl, alles zu können und war in Versuchung, zu Nikolas zu gehen und ihm zu sagen, er solle sich doch einfach mit Celine verpissen, wenn er das wollte. Den scharfen Schmerz in meinem Herzen schob ich beiseite. Er hatte doch klargemacht, was er wollte, und das war nicht ich. Also, warum warten? Genauso gut konnte ich den Bund gleich brechen. Der Drang, es endlich hinter mich zu bringen, wurde immer stärker.

»Hey, wo willst du hin?«, rief Jordan mir nach, als ich mich zur Tür aufmachte.

»Ich muss schnell was erledigen.«

»Aber wir haben doch gerade so viel Spaß.«

»Ich bin gleich wieder da.« Ich öffnete die Tür und die eisige Luft legte sich wie Balsam auf mein erhitztes Gesicht. Draußen war es still und die Wolken hingen schwer am Himmel. Meine Beine waren ein wenig wackelig, als ich zum Hauptgebäude ging, aber das würde mich nicht von meiner Mission abhalten. Ich würde Nikolas finden und ihm die frohe Botschaft überbringen, dann würde ich wieder zur Party gehen und meine Freiheit feiern.

Die Luft in der Eingangshalle kam mir verglichen mit jener im Freien wie in einer Sauna vor. Ich musste mich am Geländer festhalten, als ich die Treppen zum dritten Stock des Nordflügels hinaufstieg. Nur die älteren Krieger lebten in diesem Teil des Gebäudes, also musste Nikolas dort sein. *Wenn er nicht bei Celine ist*, sagte die gehässige Stimme in meinem Innern. Ich schüttelte den Kopf, um den unangenehmen Gedanken loszuwerden.

Als ich schließlich am Ende des Flurs im dritten Stock angekommen war und auf die lange Reihe geschlossener Türen blickte, bemerkte ich den Fehler in meinem Plan. Ich hatte keine Ahnung, welches davon Nikolas' Zimmer war – ich konnte ja nun schlecht an alle Türen klopfen. »Verdammt«, murmelte ich und wanderte den verlassenen Gang entlang. Nun würde ich bis morgen warten müssen, um mit ihm zu reden, und ich hatte den leisen Verdacht, dass ich dann nicht einmal halb so mutig sein würde.

»Sara?«

Erschrocken wirbelte ich herum und prallte gegen einen festen Oberkörper. Große, starke Hände hielten mich und ich sah auf in Nikolas' neugierigen Blick.

Er ließ mich los und ich stolperte rückwärts. »Was machst du hier? Hast du mich gesucht?«

Ihn zu sehen, löste einen Tsunami verschiedenster Gefühle aus und beförderte meinen Mut aus dem nächstgelegenen Fenster. »N… nein.« Ich wollte um ihn herumgehen, aber er war zu schnell und so schwankte ich seitwärts. Er fing mich und drehte mein Gesicht erneut zu sich.

»Was ist los mit dir? Bist du betrunken?«

»Nein«, erwiderte ich und kam nicht umhin, mich an das letzte Mal zu erinnern, als er mich beschuldigt hatte, benebelt zu sein. Dieses Mal allerdings hatte er wohl recht. Als hätte mein Körper darauf gewartet, fing alles an, sich plötzlich zu drehen und ich wusste, ich musste verschwinden, bevor ich mich vor ihm demütigte. Ich riss mich von ihm los, aber die heftige Bewegung war zu viel und mein Magen drohte, sich auf links zu drehen. Ich riss die Hand vor meinen Mund. »Oh, ich fühl mich gar nicht gut«, brummte ich durch meine Finger.

Ich hörte ihn seufzen und dann schlang er einen Arm um meinen Rücken, griff mit der anderen Hand unter meine Knie und drückte mich an seine Brust. Ich zuckte heftig zusammen und hätte mich ganz sicher befreit, wenn ich nicht Angst gehabt hätte, uns beide vollzukotzen. Er eilte zur letzten Tür im Flur und riss sie auf, ohne mich abzusetzen. Ich erhaschte noch einen kurzen, unsteten Blick auf ein Wohnzimmer in dunklen Braun- und Grüntönen, dann betraten wir schon das Badezimmer. Er setzte mich hinunter auf die Fliesen, und ich warf mich sofort in Richtung der Toilette, in die ich mich heftig übergab.

»Oh Gott, ich sterbe«, schluchzte ich, während ich Tequila und Bier herauswürgte. Ich war kaum einen einzigen Tag meines Lebens krank gewesen und die paar Male waren in keiner Weise vergleichbar mit der Übelkeit, die ich nun verspürte.

Es dauerte ein paar Minuten, bis ich begriff, dass Nikolas die ganze Zeit hinter mir gesessen und mir die Haare gehalten hatte. Nun kam zu meinem Unglück auch noch pure Scham dazu. »Bitte, geh weg und lass mich in Frieden sterben«, flüsterte ich heiser, bevor sich ein weiterer Strahl ins Klo ergoss.

Er ließ meine Haare los und ich glaubte schon, er würde das Badezimmer verlassen. Dann hörte ich aber Wasser im Waschbecken plätschern und einige Sekunden später war er zurück. Er hob meine Haare an und legte einen kalten Lappen in meinen Nacken. Es fühlte sich so gut an, dass ich es nicht über mich brachte, ihn ein zweites Mal zu bitten, mich allein zu lassen. Ich hatte keine Ahnung, wie lange ich über der Schüssel hing, aber er blieb die ganze Zeit bei mir und drückte stumm kalte Lappen gegen meinen Nacken. Als mein Magen endlich beschloss, dass es genug war, drückte ich auf die Spülung und sackte erschöpft gegen das kalte Emaillebecken. Wieder hörte ich Wasser fließen, und dann hob Nikolas mein Kinn und wusch mir das Gesicht.

»Musst du dich noch einmal übergeben?«

Ich schüttelte schwach den Kopf, zu peinlich berührt, um ihn anzusehen. Ich zog die Knie an die Brust und legte den Kopf darauf. Wie sollte ich jemals genug Kraft aufbringen, um aufzustehen und in mein Zimmer zu laufen? Dabei wollte ich mich sowieso am liebsten zu einer Kugel zusammenrollen und hier auf dem Badezimmerboden schlafen.

»Hier.« Ich roch die Gunnapaste, bevor sie meine Lippen berührte, und hob eilig die Hand, um sie wegzudrücken.

»Vertrau mir. Morgen wirst du dankbar dafür sein.«

Das war alles, was ich hören musste. Allein der Gedanke an den gewaltigen Kater, der mich morgen erwartete, ließ mich gehorsam den Mund öffnen. Ich schauderte, als ich die ekelhafte Paste schluckte und meinte, ein leises Glucksen von Nikolas zu hören. Aber ich war zu sehr in mein Selbstmitleid vertieft, als dass es mich interessiert hätte.

»Okay, jetzt erst mal hoch vom Boden.« Bevor ich etwas sagen konnte, hob er mich auf, als wöge ich nicht mehr als eine Feder, und trug mich in den anderen Raum. Dort setzte er mich auf eine weiche Ledercouch. Ich ließ den Kopf schwer gegen die Armlehne sinken und fühlte, wie das Polster sich nach unten drückte, als Nikolas sich ans andere Ende setzte. Ein paar Minuten verstrichen in absoluter Stille, während ich überlegte, was ich zu ihm sagen sollte.

»Wolltest du zu mir?«

Ich nickte stumm, ohne ihn anzusehen.

»Und dazu musstest du dich erst betrinken?« Klang er etwa belustigt? Ich wollte etwas Biestiges erwidern, aber nachdem er sich so liebevoll um mich gekümmert hatte, schluckte ich die Worte wieder hinunter.

»Ein paar Schüler haben eine Party veranstaltet«, sagte ich zitterig. Meine Kehle war völlig überreizt.

»Wolltest du mich einladen?« Keine Frage, er war amüsiert.

»Nein, ich ...« Nun, da ich neben ihm saß, wusste ich gar nicht mehr, wie ich es ihm sagen sollte – mehr als das, ich wollte es gar nicht mehr sagen. Ich konnte die Vorstellung, ihn nie wieder zu sehen, einfach nicht ertragen.

»Nimm dir Zeit.«

Ich konnte mir keine Zeit nehmen, denn dann würde ich es nie herausbekommen und er verdiente etwas Besseres. *Sei stark und spuck es aus. Das bist du ihm schuldig.* »Ich wollte dir sagen, dass ... dass du frei bist. Ich werde den Bund brechen.«

»Was?«

Der Schock und der Ärger in seiner Stimme ließen mich aufschauen. Sein Mund war zu einer dünnen Linie zusammengepresst, und einige Sekunden lang schimmerte der Schmerz nur allzu deutlich in seinen Augen. Dann sah er weg. Ich biss mir verwirrt auf die Lippe. Warum regte ihn das auf? Ich gab ihm doch, was er wollte. »Es tut mir leid. Ich weiß, ich mache alles falsch.«

»Entschuldige dich bitte nicht«, sagte er steif. »Ich glaube, es gibt keinen einfachen Weg, etwas wie das hier hinter sich zu bringen.«

Meine Kehle verkrampfte sich so heftig, dass ich glaubte, ersticken zu müssen. Warum hatte Tristan mich nicht davor gewarnt? Es tat so sehr weh, den Bund zu brechen – es fühlte sich an, als ob meine Lungen sich zusammenzogen und mich am Atmen hindern wollten, als ob meine Adern sich mit Eis füllen und nie wieder warm werden würden. Wenn Nikolas nur halb so viel Schmerz empfand wie ich, dann war es kein Wunder, dass er mich nicht ansehen konnte.

»Deshalb warst du heute im Training so aufgewühlt.«

»Nein, das war wegen etwas anderem.« Ich konnte jetzt nicht über Nate sprechen – nicht, wenn ich noch einen Rest Würde wahren wollte. Es war auch so schon viel zu viel Schmerz in mir.

Er schwieg eine ganze Weile, und als er dann wieder etwas sagte, klang seine Stimme kalt und abwesend. »Warum hast du so lange gewartet, um mir das zu sagen? Wir sehen uns doch jeden Tag.«

Ich beschloss, ihm die Wahrheit zu sagen, auch wenn es mich beinahe um den Verstand brachte, es laut auszusprechen. »Ich habe gelauscht, als du heute Abend mit Tristan gesprochen hast. Du hast gesagt, dass du den Bund brechen möchtest.«

Er riss den Kopf zu mir herum und verengte die Augen. »Wovon redest du?«

»Du hast Tristan gesagt, dass du unglücklich bist und dass du nicht willst, dass das hier passiert.« Ich schluckte schwer. »Ich wollte nicht lauschen und hab auch nur Bruchstücke gehört. Und dann hat Celine gesagt ...«

Nun wurde seine Stimme wieder hart. »Was hat Celine gesagt?«

»Sie meinte, es wäre nicht fair, an einem Bund festzuhalten, den du nicht möchtest, und dass du zu ehrenhaft wärst, ihn zu brechen.« Eine neue Welle heftigen Unglücks schwappte über mich und heiße Tränen rannen mir über die Wangen. Ich vergrub das Gesicht in den Händen, nicht mehr in der Lage, ihn anzusehen. »Es ... es tut mir leid. Ich wollte dir nie w... wehtun.«

»Verdammt noch mal.« Nikolas rutschte auf der Couch zu mir und zog mich an sich. Nur zu gern ließ ich mich auf die Umarmung ein. »Celine hatte kein Recht, das zu sagen. Und du hast mich völlig missverstanden. Ich hab Tristan nur gesagt, dass es mir leidtut, wie du von dem Bund erfahren hast und dass ich ihn lieber brechen würde, als dich deswegen unglücklich zu machen.«

»Du willst den Bund gar nicht brechen?«, fragte ich verwirrter denn je.

»Nein.«

Mein Atem stockte. Was sagte er da? »Nicht?«

Ich fühlte, wie er sich leicht verspannte. »Möchtest du es?«

Wie sollte ich diese Frage beantworten? Wollte ich herausfinden, was das zwischen uns war? Ja. War ich bereit für diese Ewigkeitsgeschichte? Nein. Wie sollte ich Ja zu dem einen und Nein zum anderen sagen?

»Du musst mir nicht sofort darauf antworten«, sagte er sanft. Er beschützte mich wieder, stellte meine Gefühle vor seine eigenen, und diese Selbstlosigkeit rührte mich erneut zu Tränen. Seine Arme hielten mich fester. »Es tut mir leid, wie das alles gelaufen ist. Ich wollte dir nie wehtun.«

Es vergingen einige Minuten, bis ich mich so weit im Griff hatte, um sprechen zu können. »Warum hast du mir nicht schon in New Hastings von dem Bund erzählt?«

»Hätte ich das getan, wärst du nie mit hierhergekommen, und ich wollte, dass du in Sicherheit bist.« Seine Stimme war schwer von Emotionen und zum ersten Mal erlebte ich ihn verletzlich.

»Tristan hat mir erzählt, dass der Bund die Beschützerinstinkte befeuert. Vielleicht würdest du dich anders fühlen, wenn wir den Bund brechen. Du solltest dich nicht ständig um mich sorgen müssen.« Ich wollte es nicht andeuten, aber auch ich wollte nicht immer die Schwache sein.

Er zog mich so nah, dass mein Kopf unter seinem Kinn begraben war, und seine Wärme vertrieb die Kälte, die noch vor Sekunden meinen Körper fest im Griff gehabt hatte. Ich schloss die Augen und sog seinen vertrauten Geruch ein.

»Ich werde mich immer um dich sorgen. Das weißt du doch, oder nicht?«

Ich nickte gegen seine Brust.

»Was denkst du?«, drängte er vorsichtig. »Rede mit mir.«

»Ich weiß nicht mehr, was ich denken soll«, flüsterte ich heiser. »Ich meine, wir streiten uns ständig, seitdem wir uns kennen, und ich weiß, du warst am Anfang nicht unbedingt glücklich über unsere Begegnung. Mein Leben ist eine einzige Katastrophe, und ich werde nie eine Kriegerin sein wie … Celine.« Der Name der anderen Frau hinterließ einen faulen Geschmack in meinem Mund, aber ich musste es einfach aussprechen. Ich würde nie so glamourös, so heißblütig sein wie Celine. Nie das haben, was Männer so an ihr mochten. Ich wollte es auch gar nicht, denn wenngleich mich vieles in meinem Leben verwirrte, so mochte ich doch, wie ich war. Wenn Nikolas nun etwas wollte, was ich nicht sein konnte und es zu spät bemerkte, was dann?

»Sara, ich will nicht, dass du wie Celine bist.«

»Aber woher willst du wissen, was du willst? Woher weißt du, dass deine Gefühle dir gehören und nicht etwas sind, das dein Mori dir vorgibt und über das du keine Kontrolle hast?« Ich wollte ihn fragen, wie sich der

Bund für ihn anfühlte, um meine eigenen Empfindungen zu verstehen. Aber ich fand nicht die richtigen Worte.

Er seufzte. »Mein Mori und ich teilen einen Verstand und wir teilen auch Gefühle, aber ich kenne stets den Unterschied.«

»Ich bin so verwirrt. Ich verstehe nichts von alldem. Es ist, als hätte ich die Kontrolle über mein Leben jemand anderem überlassen. Und ich habe Angst.« Wie sollte ich erklären, dass ich keine Angst davor hatte, mit ihm zusammen zu sein, vielmehr fürchtete, der Bund würde uns verändern und ich mich dadurch selbst verlieren?

Er streichelte mein Haar. »Zunächst ging es mir genau wie dir.«

»Du hattest Angst?« Ich konnte den ungläubigen Ton in meiner Stimme nicht verhehlen.

Er gluckste leise. »Ich hatte schreckliche Angst, als ich dich da in dem Club gesehen habe und gespürt habe, was zwischen uns geschieht. Ich habe nie zuvor etwas Ähnliches erlebt und ich war nicht vorbereitet darauf, so für jemanden zu empfinden. Schon gar nicht für eine Waise, die ich in einer Bar aufgespürt habe. Ich wollte bei dir sein und gleichzeitig vor dir fliehen. Ich habe versucht, einfach zu gehen, aber es war mir nicht möglich. Und dann sah ich dich in den Händen dieses Vampirs ...«

Ein Schaudern überkam ihn und ich legte langsam die Hand an seine Brust. Eine Minute später hatte er sich wieder entspannt.

»Du hast gesagt, du wärst zunächst verwirrt und verängstigt gewesen. Bist du es nicht mehr?« Ich hielt den Atem an, während ich auf seine Antwort wartete. Es verlangte mich verzweifelt danach, zu wissen, wie er fühlte.

»Nein, das bin ich nicht. Ja, es hat mit meinem Mori begonnen. In dieser Bar. Aber schon kurze Zeit später habe ich begriffen, dass du viel mehr bist. Mehr, als du die Leute in deiner Umgebung sehen lässt. Du hast mich in den Wahnsinn getrieben mit deiner Starrköpfigkeit und deinem Leichtsinn, und du hast eine unerfindliche Gabe dafür, dich in Schwierigkeiten zu bringen. Aber ich kam auch nicht umhin, deinen Unabhängigkeitssinn, deine Freiheitsliebe und deine Loyalität deinen Freunden gegenüber zu bewundern. Du warst eine untrainierte Waise mit keinerlei besonderen Fähigkeiten, die sich gegen einen Mohirikrieger gestellt hat, um zwei Werwölfe und einen Troll zu verteidigen. Du warst schon jemand, den man nicht so häufig traf. Ich wollte nicht mehr als

Verantwortungsgefühl dir gegenüber empfinden, aber das hast du mir unmöglich gemacht.«

Sein Geständnis ließ mich innerlich taumeln. Nikolas hatte sich nie zuvor so geöffnet und seine Worte bestachen durch ihre Ehrlichkeit. Er sagte mir, dass ich es war, zu der er sich hingezogen fühlte, nicht mein Mori, und er klang nicht wie ein Mann, der gegen seinen Willen zu etwas gezwungen wurde. Meine Welt drehte sich in den Angeln, suchte nach ihrem Ruhepunkt – dem Ort, wo Nikolas und ich mehr sein konnten als nur Freunde. Diesen Punkt hatten wir nun überschritten und würden nie wieder dorthin zurückkehren können. Und das wollte ich auch gar nicht.

»Ich habe auch etwas gespürt, als wir uns das erste Mal gesehen haben. Es war so, als hätte ich dich schon gekannt, noch bevor wir uns trafen. Mein Leben ist in dieser Nacht auf mehrere Arten auf den Kopf gestellt worden. Ich habe viele dumme Dinge getan, und ich habe es gehasst, dass du recht hattest. Ich habe es gehasst, dass du nicht gehen und mich mein Leben so leben lassen wolltest, wie ich es gewohnt war. Ich habe dich für arrogant und bestimmend gehalten und geglaubt, dass du mich absichtlich in den Wahnsinn treibst.«

Er beugte sich hinunter und sagte mit heiserer Stimme. »Wenn das eine Liebeserklärung ist, dann habe ich kein gutes Gefühl.«

»Ich bin noch nicht fertig«, platzte ich heraus, völlig durcheinander. Er hatte gerade eben das L-Wort verwendet und ich war noch nicht bereit, darauf einzugehen. »Selbst, wenn ich wütend auf dich war, wusste ich, dass du mich beschützen würdest und ich sicher war bei dir. Es war seltsam. Ich habe noch nie leicht Vertrauen zu Fremden gefasst, aber dir habe ich so schnell vertraut. Aber ich glaube, erst an dem Tag auf der Klippe habe ich verstanden, dass ich mehr für dich empfinde. Ich war allein und sah dem Tod ins Auge und alles, woran ich denken konnte, waren diejenigen, die ich nie wiedersehen würde. Du warst einer von ihnen.« Ich holte tief Luft. »Und ... ich habe dich vermisst, als du von hier verschwunden bist. Es hat so wehgetan, weil ich geglaubt habe, du wärst froh, mich losgeworden zu sein.«

»Ich hätte nicht einfach so verschwinden sollen. Ich hätte ein paar Tage warten sollen, bis du dich eingewöhnt hast und dir dann sagen, dass ich für eine gewisse Zeit gehen muss.«

»Was machen wir jetzt ... mit uns?«

»Was möchtest du denn?«

»Ich weiß es nicht. Ich meine ...« Ich dachte kurz darüber nach, was ich sagen wollte. »Als Tristan mir von dem Bund erzählt hat, habe ich mich furchtbar darüber aufgeregt, dass du es mir verheimlicht hast und ich bin ein wenig ausgeflippt. Nimm mir bitte nicht übel, was ich jetzt sage, aber wir kannten uns ja erst ein paar Monate. Ich mag dich sehr, aber wie soll ich wissen, ob wir für immer zusammen sein wollen? Die Ewigkeit ist eine lange Zeit.« Ich brummte innerlich. *Super, geht es noch lahmer?*

»Du magst mich sehr?«, neckte er mich.

Meine Wangen brannten und ich war froh, sie in seinem Shirt verstecken zu können. »Manchmal.«

Er streichelte wieder über meinen Kopf. »Für immer ist eine lange Zeit, aber wir müssen jetzt noch nicht darüber nachdenken. Lass es uns langsam angehen und sehen, was passiert. Versprich mir nur, dass du mit mir reden wirst, wenn du Fragen oder Zweifel hast, statt auf das Geschwätz anderer Leute zu hören.«

»Ich verspreche es«, sagte ich heiser.

»Gut. Sagst du mir jetzt auch, was heute im Training mit dir los war?«

»Nate kann an Thanksgiving nicht kommen.« Ich erzählte ihm von Nates Anruf, und er rieb mir beruhigend über den Rücken.

»Das tut mir leid. Ich weiß, wie sehr du dich auf seinen Besuch gefreut hast.«

»Es ist einfach nicht das Gleiche ohne ihn.« Ich schniefte und schluckte die Tränen hinunter. »Oh Mann, ich kann heute nicht aufhören, zu weinen.«

»Kein Problem, meine T-Shirts schrumpfen nicht wegen ein paar Tränen«, sagte er und brachte mich damit zum Lachen.

Ich hickste und Nikolas lachte leise. Er rutschte ein wenig herum und seine Lippen streiften meinen Kopf. Die sanfte Berührung wärmte mein Herz und ich schlang die Arme um ihn. Zum ersten Mal seit langer, langer Zeit fühlte ich keine Angst und keinen Schmerz. Niemand wusste, was morgen oder nächste Woche geschehen würde, aber für den Moment war ich glücklich. Mein Mori seufzte leise und ich erkannte, dass ich ihn noch nie so ruhig und zufrieden erlebt hatte.

»Geht es dir besser?«, fragte Nikolas und rieb mit sanften kreisenden Bewegungen über meinen Rücken, dass es mich schläfrig machte.

»Ja, aber Tequila werde ich nie wieder anrühren.«

In seiner Brust polterte ein herzliches Lachen. »Hätte ich gewusst, dass du auf Sauftour gehst, dann hätte ich dir gesagt, dass Faeries Alkohol sehr schlecht vertragen. Anders als wir. Sieht so aus, als hättest du diese Eigenschaft geerbt.«

»Toll, das sagst du jetzt? Du bist mir ja ein Trainer.«

»Ein guter Trainer lässt seinen Schüler Fehler machen, die er nicht wiederholen wird.«

Ich verzog das Gesicht, auch wenn er es nicht sehen konnte. »Dann bist du der beste Trainer aller Zeiten.«

Nikolas gluckste. »Wie bist du nur je ohne mich zurechtgekommen?«

»Das frage ich mich auch.«

Kapitel 19

ICH ERWACHTE LANGSAM in einem herrlich warmen Kokon, den ich am liebsten nie mehr verlassen wollte. Bis in die Haarspitzen glücklich, seufzte ich und kuschelte mich an die gemütliche Wärmequelle.

»Guten Morgen.«

Mein Kopf benötigte ein paar Sekunden, bis er die Stimme zuordnen konnte. Ich riss die Augen auf und bemerkte zuerst, wie das Sonnenlicht durchs Fenster schien. Dann sah ich eine breite Brust unter meiner Wange. Ich blinzelte ein paarmal, versuchte Klarheit in meinen benebelten Verstand zu bringen und wünschte mir bald, ich hätte sofort begriffen, wo ich oder besser gesagt bei *wem* ich mich so genüsslich streckte.

»Morgen«, murmelte ich, zu verschämt, um mich zu bewegen.

Eine Hand bewegte sich über meinen Rücken. »Wie geht es dir?«, fragte Nikolas mit tiefer, noch schläfriger Morgenstimme. Die Schmetterlinge in meinem Bauch waren schneller wach als ich.

Jeder einzelne Moment des gestrigen Abends kam zurück, und ich erinnerte mich auch gut an die demütigenden Szenen im Badezimmer, gefolgt von unserer Unterhaltung und daran, wie er mich auf der Couch in den Armen gehalten hatte. Allerdings konnte ich mich nicht entsinnen, eingeschlafen zu sein, geschweige denn daran, wie ich in meiner aktuellen Lage gelandet war.

»Gut«, sagte ich mit rauem Ton. »Den Umständen entsprechend.«

»In Anbetracht der Unmengen Alkohol, die du ausgespuckt hast, meinst du?« Ich musste sein Gesicht nicht sehen, um zu wissen, dass er lächelte. Finster schaute ich auf seine Brust. Schön, dass wenigstens einer von uns Gefallen daran fand.

»Oh bitte, erinnere mich nicht daran.« Ich drückte mich ein wenig von ihm weg, setzte mich auf, konnte ihm aber noch immer nicht in die Augen sehen. Ich strich mir die Haare aus dem Gesicht und fragte mich, wie es nun zwischen uns sein würde. Die Emotionen waren gestern hochgekocht und wir hatten zu viel gesagt, zu viel geteilt, um zurückzukehren zu der

Beziehung, die uns noch gestern miteinander verbunden hatte. Ich war glücklich, so wie es war, aber ich wusste nicht, wie es Nikolas damit ging.

»Hast du vor, mich auch irgendwann mal anzuschauen?«

»Das war nicht der Plan, nein.«

Er lachte leise und rappelte sich auf. »Du kannst mich nicht für immer meiden.«

Ich konzentrierte mich auf den blauen Himmel draußen vor dem Fenster. »Warum eigentlich nicht?«

»Weil du mich ... sehr magst.«

Mein Gesicht wurde schon wieder heiß und ich wandte mich zu ihm. Was immer ich hatte sagen wollen, war beim Anblick seines zerzausten Haars, der warmen Augen und des sinnlichen Lächelns völlig vergessen. Mein Magen schlug Purzelbäume und mein einziger Gedanke war, dass ich einfach nur wieder zurück zu dem Moment gehen wollte, in dem ich in seinen Armen erwacht war.

Sein Lächeln wurde breiter, als wüsste er genau, was ich dachte. »Siehst du, hat ja gar nicht lange gedauert.«

»Halt die Klappe«, erwiderte ich und er lachte wieder.

Er fuhr sich mit der Hand durch sein dunkles Haar und alles in mir kribbelte. Es war so unfair von ihm, bereits morgens so gut auszusehen, während ich völlig hinüber war und nach dem gestrigen Abend mit Sicherheit keine besonders gute Figur abgab. Über meinen Atem wollte ich noch nicht einmal nachdenken. Wahrscheinlich könnte ich heute Vampire durch bloßes Anhauchen töten.

»Ist wirklich alles okay?«, fragte er jetzt ernster. »Mit uns?« Der unsichere Ausdruck in seinen Augen rührte mich. Am liebsten hätte ich ihn umarmt. Gott, eine Nacht mit ihm auf der Couch und ich war ein sentimentales Wrack.

Ich nickte. »Und du ... ist es für dich auch okay?«

»Ja.« Sein Lächeln war so zart, dass ich plötzlich schüchtern wurde.

Ich stand auf. »Entschuldige mich. Ich muss mal ins Bad und mir dringend den Mund ausspülen.«

Er grinste. »Bitte sehr, du kennst ja den Weg.«

Vor dem Badezimmerspiegel rümpfte ich beim Anblick meiner verknoteten Haare und der rotgeränderten Augen die Nase. Ich spritzte mir etwas kaltes Wasser ins Gesicht und versuchte, meine Haare mit den Fingern halbwegs in Ordnung zu bringen. Nikolas' Zahnbürste lag auf einem Regal, aber es fühlte sich zu intim an, solche persönlichen Dinge von ihm zu benutzen.

Ja, ihn aber als Matratze zu gebrauchen, ist nicht zu intim...

Ich gurgelte gerade mit der zweiten Ladung Mundspülung, als ich das Klopfen an seiner Wohnungstür hörte. Daraufhin erklangen männliche Stimmen. Das Letzte, was ich jetzt wollte, war einen Zeugen für meine Übernachtung bei Nikolas. Ich spuckte die Spülung möglichst leise ins Becken, wischte den Mund mit einem Handtuch ab und wartete darauf, dass der Besucher wieder verschwand.

Dass es daraufhin an der Badezimmertür klopfen würde, hatte ich nicht erwartet. »Sara, kommst du bitte kurz raus?«, rief Nikolas durch die Tür.

Oh Mist! Nikolas würde mich keinem Klatsch und Tratsch aussetzen, also konnte das nur eine Person sein, die da draußen wartete. »Sicher«, sagte ich nervös und fuhr mir noch einmal glättend durch die Haare, bevor ich die Tür öffnete.

Tristan stand im Wohnzimmer und sah sowohl besorgt als auch verärgert aus, als er meine etwas zerzauste Erscheinung erblickte. Zumindest waren meine knitterigen Klamotten Beweis dafür, dass ich nicht ohne sie geschlafen hatte. Ich sah zu Nikolas, sein zerknautschtes Gesicht und die Füße ohne Socken, die den Anschein erweckten, wir wären gerade erst aufgewacht. Ich konnte mir gut vorstellen, was in Tristans Kopf vorging.

»Es ist nichts passiert«, platzte ich heraus. »Ich war betrunken, und Nikolas hat sich um mich gekümmert. Das ist alles.«

Er nickte, aber seine Miene veränderte sich nicht. »Nikolas hat mir bereits alles erklärt und ich habe ihm gesagt, dass er dich in dein Zimmer oder zu mir hätte bringen sollen.«

Nikolas lächelte, von Tristans Schelte gänzlich unbeeindruckt. »Und ich habe ihm gesagt, dass, was immer zwischen uns passiert, niemanden etwas angeht.«

»Sara ist noch nicht einmal volljährig, Nikolas. Und ihr Onkel vertraut darauf, dass ich auf sie achtgebe. Das beinhaltet auch ihre Ehre und ...«

»Oh, mein Gott! Das ist jetzt doch nicht dein Ernst«, krächzte ich entsetzt. Nikolas hustete und ich warf ihm einen warnenden Blick zu.

Wenn ich auch nur ein leises Lachen von ihm hörte, war der Bund nicht mehr sein größtes Problem.

Tristan hob die Hände. »Es tut mir leid. Ich wollte dich nicht beschämen, aber in deiner Situation solltest du Sex nicht auf die leichte Schulter nehmen. Ich würde …«

»Aaaah!« Ich drängte mich eilig an ihnen vorbei. Beide riefen nach mir, aber es würde eine ganze Dämonenlegion brauchen, um mich jetzt hier zu halten. Ich schlug die Tür hinter mir zu und rannte den Flur entlang. Wer wollte ein Aufklärungsgespräch mit seinem Großvater führen, während der Kerl, mit dem man die Nacht verbracht hatte, vor einem stand? Tristan und ich würden uns ernsthaft über gewisse Grenzen unterhalten müssen. Nate hatte nie versucht, solche Themen mit mir zu besprechen.

Beim Gedanken an Nate wurde ich wieder daran erinnert, dass heute Thanksgiving war und er nicht hier sein würde. Ich konnte die köstlichen Aromen aus der Küche bereits riechen, aber sie bedeuteten mir nichts. Nate würde all das nicht mit mir genießen können. Wie sollte ich einen schönen Abend haben, wenn ich wusste, dass er allein und krank war?

»Sara, du hast den Rest der Party verpasst und … Hey, wo sind deine Schuhe?«, sagte Josh, als ich an der Treppe an ihm vorbeiging.

Ich starrte auf meine Füße und begriff, dass meine Schuhe noch immer in Nikolas' Wohnzimmer standen, wo ich sie letzte Nacht abgestellt hatte. »Frag besser nicht«, murmelte ich und eilte an ihm vorbei – sehr darum bemüht, meine erhitzten Wangen zu verbergen.

* * *

»Nate, ich bin's noch mal. Ich wollte nur mal hören, wie es dir geht. Wahrscheinlich schläfst du, aber ruf mich doch zurück, wenn du das hörst, ja?«

Ich legte auf und das Telefon beiseite, starrte aber noch eine Weile darauf. Das war bereits der dritte Anruf, den er nicht angenommen hatte. Gestern hatte er gesagt, er würde viel schlafen, weil die Medikamente ihn müde machten. Er hatte auch gar nicht geklungen wie sonst. Die Sorge um Nate nagte an mir. War es normal, dass man mit einer Lungenentzündung so viel schlief? Aß er auch genug? Ich beschloss, ihn in zwei Stunden erneut anzurufen, und wenn er dann noch immer nicht abnahm, würde ich das nächste Flugzeug nehmen. Ob er wollte oder nicht.

Ich ging zum Fenster und sah hinaus auf die dicke Schneedecke, die in den letzten Sonnenstrahlen des Tages glitzerte. Ich hatte noch nie ein verschneites Thanksgiving gefeiert und ich kam nicht umhin, die atemberaubende Szenerie zu bewundern. Hinter den schneebedeckten Wäldern hoben sich majestätisch die Berge – die Landschaft wirkte, als wäre sie einem Märchenbuch entsprungen.

Ich drehte mich vom Fenster weg und sah auf meinen Wecker. Es war kurz nach fünf. Wahrscheinlich waren die anderen schon unten und warteten auf das große Festessen. Ich tauschte mein T-Shirt gegen ein hübsches Top und kämmte mir die Haare. Ich war nicht gerade in Feierstimmung, aber Tristan freute sich auf unser erstes Thanksgiving und er wäre verletzt, wenn ich dem Fest fernbleiben würde. Das wollte ich nicht, auch wenn ich wegen Nate ziemlich geknickt war.

Außerdem war es auch mein erstes Thanksgiving mit Nikolas. Ein warmer Schauer lief mir über den Rücken beim Gedanken daran, in seinen Armen erwacht zu sein. Er war so zärtlich und so offen gewesen letzte Nacht und er hatte gesagt, wir würden uns Zeit lassen und alles gemeinsam angehen. Was bedeutete das? Würde er mich wieder küssen? In meinem Magen flatterte es wild und ich berührte meine Lippen, erinnerte mich an unseren ersten Kuss. Daran, wie sein Mund den meinen erforscht hatte, und an seinen Duft. Ich hoffte sehr, dass wir das wiederholen würden.

Ein Klopfen an meiner Tür riss mich aus meinen Tagträumen und ich errötete, als ich merkte, wie laut dieser Kuss noch immer in mir nachhallte. »Eine Minute«, rief ich und versuchte, mich zu sammeln. Als ich Jordan beim Mittagessen getroffen hatte, hatte ich den Fehler begangen, ihr zu sagen, ich wäre nicht in der Stimmung für die Festlichkeiten. Sie hatte gedroht, mich zu holen, wenn ich nicht auftauchen sollte. Wahrscheinlich hatte sie beschlossen, nicht zu warten.

»Was machst du denn hier?«, stammelte ich und starrte auf die letzte Person, die ich vor meiner Tür erwartet hatte.

»Ich glaube nicht, dass das die richtige Art und Weise ist, jemanden zu begrüßen, der einen zum Dinner führt, junge Lady!«

Ich trat nach draußen. »Dinner? In der Bücherei?«

Desmund lächelte so freimütig, wie ich es nie zuvor bei ihm gesehen hatte. »Tristan würde mir wohl nicht verzeihen, wenn ich dich heute für mich allein haben wollte. Ganz abgesehen von einem gewissen Krieger, der es wohl sofort auf mich abgesehen hätte.« Er griff nach der Tür und schloss sie. »Tristan hat mir gesagt, wie enttäuscht du warst, dass dein Onkel heute nicht hier sein kann. Ich bin gewiss kein guter Ersatz, aber ich hoffe, du erlaubst mir dennoch, dir an seiner statt Gesellschaft zu leisten.«

Ein Knoten formte sich in meiner Kehle. Desmund hatte seinen Zufluchtsort verlassen und war meinetwegen bereit, sich all den anderen Leuten zu stellen? War das wirklich derselbe Mann, den ich vor knapp drei Wochen kennengelernt hatte? Er wirkte so stark und selbstsicher und viel gesünder als noch vor Wochen. Aber war er schon bereit, sich unters Volk zu mischen?

»Das ist wirklich lieb von dir, aber das musst du nicht tun. Ich weiß, wie sehr du es hasst, unter so vielen Leuten zu sein.«

Er verzog den Mund zu einem arroganten Grinsen. »Ich muss dich korrigieren, meine Liebe, ich hasse nicht nur Menschenmengen, ich hasse generell jeden. Dich natürlich eingeschlossen.« Er streckte mir seinen Arm entgegen. »Wollen wir?«

Ich hakte mich unter. »In Ordnung, aber du musst mir versprechen, dass du nett zu meinen Freunden bist.«

Er gab ein grummelndes Geräusch von sich. »Lass es uns nicht übertreiben.«

Bereits auf dem Weg nach unten schlug uns lautes Lachen und Gemurmel entgegen. Desmund hielt einen Moment am Treppenabsatz inne und ich fürchtete schon, es wäre doch zu viel für ihn.

»Weißt du, mir würde es nichts ausmachen, oben zu essen. Ich bin nicht so gut in großer Gesellschaft.«

Er tätschelte meinen Arm. »Ich habe mit Königen und Zaren diniert. Ein paar Krieger sind da geradezu lächerlich. Folge mir einfach.«

Als wir den Speisesaal betraten, schien zunächst niemand von uns Notiz zu nehmen. Allerdings hielt meine Erleichterung nicht lange an. Olivia war die Erste, die auf uns zukam, und ich beobachtete, wie sich ihre Augen weiteten und sie vergaß, was sie zu Mark hatte sagen wollen. Er drehte sich, um herauszufinden, was sie so ablenkte und dann klappte ihm die Kinnlade herunter. Einer nach dem anderen verstummte, alle Köpfe wandten sich zu uns um, und eine schwere Stille legte sich über den Raum. Desmund führte mich hindurch, und die Leute machten uns Platz, teilten sich wie das Rote Meer zu unserer Linken und Rechten. Um ihre fragenden Blicke zu meiden, schaute ich stur auf die Tische vor uns, die mit hübschen Platzdeckchen, feinem Porzellan und mondänen Kerzenleuchtern geschmückt waren. Zu Hause hatten Nate und ich zwar auch immer einen Truthahn zubereitet, aber wir hatten uns nicht mit Dekoration abgemüht oder das gute Geschirr herausgeholt. Dies hier war festlicher als alles, was ich bisher gesehen hatte.

Wir blieben an einem Tisch am Ende des Raums stehen. Ohne sich um unser Publikum zu scheren, zog Desmund einen Stuhl für mich heraus und setzte sich neben mich. Er beugte sich zu mir und sagte: »Siehst du, es ist gar nichts dabei.«

Bevor ich ihm antworten konnte, schloss sich uns Tristan an. »Desmund, wie schön, dass du dich entschlossen hast, heute Abend mit uns zu feiern.«

»Ein kleiner Tapetenwechsel, so dachte ich mir, mein Freund.« Desmunds Blick schweifte über die Menge und ich sah, wie sich sein Augenmerk auf Terrence richtete. Ich konnte es ihm nicht verdenken, Terrence sah umwerfend aus. Ich überlegte, ob ich ihm sagen sollte, dass Terrence heterosexuell war, aber dann ließ ich es sein. Warum ihm den Spaß verderben?

Tristan setzte sich zu meiner Rechten. »Schön, dass ihr beiden gekommen seid«, sagte er mit gedämpfter Stimme. »Ich weiß, es ist nicht dasselbe für dich ohne Nate.«

»Nein, ist es nicht. Aber auch hier habe ich ja Familie um mich.«

Er lächelte, und dann glitt sein Blick zu Desmund. »Hast du …«

Ich schüttelte kaum merklich den Kopf. »Seine Idee«, formte ich mit den Lippen.

»Nun, das wird ein Spaß heute.« Chris besetzte einen der Stühle gegenüber von Tristan und zwinkerte mir zu, als wäre ich Teil eines Insiderwitzes. »Dich gibt es also noch, Desmund.«

Desmund neigte den Kopf. »Christian, schön, dich zu sehen.«

Chris sah von Desmund zu mir und ich gab vor, die Frage in seinen Augen nicht zu bemerken. Wie alle hier wollte auch er wissen, was zwischen mir und Desmund vor sich ging. Nur hatte ich keinerlei Intention, seine Neugier zu befriedigen. Zumindest nicht für den Moment.

Der Lärmpegel im Raum stieg wieder. Die Leute überwanden ihr Erstaunen und begannen wieder, leise miteinander zu sprechen. Jemand füllte unsere Gläser und ich nippte an meinem Wasser, während Desmund und Tristan über Leute sprachen, die sie vor langer Zeit gekannt hatten. Dann sah ich, wie jemand mir zuwinkte und entdeckte Jordan, die mir einen Du-hast-mir-einiges-zu-erzählen-Blick zuwarf. Ich lächelte, zuckte mit den Achseln und sie antwortete mit einem Ausdruck, der offensichtlich sagen sollte: *Glaub nicht, dass du mir so einfach davonkommst!*

Einer jedoch fehlte. Ich fragte mich gerade, ob Nikolas wohl kommen würde, als er den Raum betrat. Mein Herz setzte einen Schlag aus, als sein Blick sich mit meinem verhakte und er auf uns zukam. Dann sah er zu meiner Linken, und Erstaunen spiegelte sich in seinem Gesicht, als er meine Begleitung erkannte. Sofort verfinsterte sich seine Miene und es war offensichtlich, dass er nicht glücklich darüber war, Desmund neben mir sitzen zu sehen. Ich hoffte, er würde keine große Sache daraus machen. Bund hin oder her, ich konnte mir meine Freunde ja wohl hoffentlich noch selbst aussuchen.

»Hey«, sagte ich atemlos, als er sich mir gegenübersetzte. Ich schenkte ihm ein zaghaftes Lächeln. Unsicher, wie ich mich in seiner Gegenwart verhalten sollte.

»Hey«, erwiderte er und sein Blick wurde weicher. Er begrüßte Tristan und Chris und sah dann zu Desmund. »Ich bin überrascht, dich hier zu sehen.«

Desmund gluckste. »So wie ich. Aber ich fühle mich schon fast wieder wie mein altes Selbst. Es ist ein Wunder.«

»Ach ja?« Nikolas sah mich misstrauisch an. »Was dieses Wunder wohl ausgelöst hat?« Sein Blick versprach mir, dass wir uns später unterhalten würden.

»Wenn ich es jemandem zuschreiben kann, dann meiner charmanten kleinen Freundin hier.« Desmund legte seine Hand auf die meine, und Nikolas kniff die Augen zusammen. Ich konnte an Desmunds Ton hören, dass er sich köstlich amüsierte. Innerlich seufzte ich. »Ich kann gar nicht sagen, wie sehr ich unsere gemeinsamen Abende genossen habe.«

Nun glitzerten Nikolas' Augen verdächtig, und ich wollte nichts lieber, als Desmund für seine teuflischen Neckereien unter dem Tisch treten. Sicherlich wusste Nikolas, dass Desmund auf Männer stand und sich nur einen Scherz erlaubte, oder? Ich warf Nikolas einen hilflosen Blick zu und stellte erleichtert fest, dass er ein Grinsen unterdrückte. Wenn das so weiterging, würden wir es nicht bis zum ersten Gang schaffen.

»Wir spielen Dame zusammen«, stellte ich klar. Nikolas schaute zu mir. »Und irgendwann werde ich ihn hoffentlich schlagen.«

»Dame? Wie süß.« Celine ließ sich auf den Stuhl neben Nikolas sinken. Sie trug ein saphirblaues Kleid, das so eng an ihrem Körper anlag, dass ich befürchtete, die Nähte könnten jeden Moment platzen. Sie lehnte sich zu Nikolas und lachte aus voller Kehle, sodass sich ihre halbnackte Brust deutlich hervorhob. »Also, da könnte ich mir weitaus spannendere Dinge vorstellen, mit denen man sich den Abend vertreiben kann.«

Nikolas lächelte, und nun hätte ich am liebsten ihn unter dem Tisch getreten. Oder ihn daran erinnert, dass ich auch einem Mohiri Elektroschocks verpassen konnte. Die Frage war nur, ob Celine oder er zuerst an der Reihe waren. Ich konnte einfach nicht vergessen, dass sie mich angelogen hatte und mich manipulieren wollte, damit ich den Bund mit Nikolas brach.

»Ah, die schöne Celine«, sagte Desmund und bekam als Dank ein Lächeln von ihr. »Habe ich dir überhaupt schon mal gesagt, dass du mich an eine Kurtisane an König Georges Hof erinnerst? Sie war atemberaubend schön und sehr beliebt.«

Celine spielte mit einer Haarsträhne. »Du schmeichelst mir, Desmund. War sie von adeliger Abstammung?«

»Nein, aber ich glaube, sie wärmte dem einen oder anderen Duke das Bett.«

Ich verschluckte mich an meinem Wasser. Tristan klopfte mir auf den Rücken und lächelte die erzürnte Celine dabei entschuldigend an. »Celine, ich habe einen Beaujolais, der hervorragend zum Essen passt. Wenn ich mich erinnere, bevorzugst du französische Weine?«

Sie warf ihr Haar in den Nacken und wirkte ein wenig besänftigt. »Das wäre sehr freundlich, Tristan.«

Tristan rief nach einem Kellner und fragte nach dem Wein. Während wir warteten, lenkte er das Gespräch in ruhigere Bahnen. Er redete über die Teams, die nach Las Vegas gesandt wurden, nachdem das junge Paar als verwandelte Vampire aus dem Urlaub zurückgekommen war. Es mochte nur ein Zufall gewesen sein, meinte er, aber er wollte dennoch kein Risiko eingehen. Zusätzlich hatte er in Nevada das Sicherheitspersonal aufgestockt und dafür gesorgt, dass alle die Augen offenhielten.

»Glaubst du, sie haben etwas vor?«, fragte ich und war froh darüber, dass er das Thema endlich einmal in meiner Anwesenheit ansprach.

»Vampire planen immer etwas«, antwortete Nikolas für ihn. »Es ist unsere Aufgabe, ihre nächsten Schritte vorauszusehen.«

Ich wusste, dass ich hier sicher war, aber dennoch lief mir ein Schauer über den Rücken. Ich hatte aus erster Hand erfahren, wie gewieft und entschlossen Vampire sein konnten. Elis Master hatte sich einen sterbenden Scheich und einen Hale-Hexer zunutze gemacht, um mich in seine Hände zu bekommen. Glücklicherweise hielt mich der Master für tot. Wer weiß, was er sonst als Nächstes geplant hätte.

Der Wein wurde serviert und Tristan schenkte Celine ein Glas ein. Er bot auch mir einen Schluck an, aber allein die Erinnerung daran, wie ich über Nikolas' Kloschüssel gehangen hatte, brachte mich zum Würgen. »Nein, danke«, gelang es mir, zu sagen. Ich mied es, Nikolas anzuschauen, aber aus dem Augenwinkel bemerkte ich ein spöttelndes Grinsen.

Während wir uns unterhielten, setzten sich auch die anderen Krieger und Schüler. Tristan gab den Kellnern das Signal, das Menü aufzutragen, und dann stand er auf und wandte sich an die Menge.

»Meine Freunde, ein weiteres grandioses Jahr liegt nun beinahe hinter uns. Wir haben viele erfolgreiche Missionen absolviert und zahlreiche Leben gerettet. Für einen Krieger gibt es keinen größeren Lohn, als die Aufgabe zu erfüllen, für die wir geboren wurden. Wir freuen uns über eine stattliche Anzahl an neuen Schülern, die bald selbst Krieger sein werden, und ich bin stolz auf jeden einzelnen von euch.« Er sah durch die Reihen und fuhr dann fort: »Ganz besonders geehrt fühle ich mich, dass ich dieses Jahr Thanksgiving zum ersten Mal mit meiner Enkelin feiern darf.«

Tristans so außergewöhnlich emotionalen Worte wärmten mich. Er war nicht der Einzige, der sich in diesem Jahr bedanken durfte. Die letzten Monate waren schwierig gewesen, mein Leben hatte sich von Grund auf geändert, aber ich hatte so viel gewonnen. Ich hatte einen Großvater und einen Cousin kennengelernt, von deren Existenz ich nicht einmal gewusst hatte. Und ich hatte neue Freunde gefunden.

Und Nikolas.

Ich sah ihn an und bemerkte, dass er mich beobachtete. Unsere Blicke trafen sich, und einen Moment lang gab es außer uns niemanden in diesem Raum. Der Glanz in seinen Augen verriet mir, dass ich nicht die Einzige war, die gerade an letzte Nacht und an all das, was wir uns gesagt hatten, dachte. Vor gar nicht allzu langer Zeit hatte ich mir gewünscht, er würde aus meinem Leben verschwinden und nun konnte ich mir eine Zukunft ohne ihn nicht mehr vorstellen.

Einer der Kellner stellte einen Teller Suppe vor mich und unterbrach den Zauber zwischen mir und Nikolas. Bald sprachen alle am Tisch, außer Desmund und ich, über die Geschäfte des Rates. Desmund war still und ich glaubte, dass er das Gerede über den Rat ebenso langweilig fand wie ich.

»Ich bin so froh, dass du hier bist«, sagte ich ihm. »Ich wünschte, Nate könnte auch da sein. Es wäre so schön gewesen, wenn ihr euch hättet kennenlernen können.«

Er tupfte sich mit der Serviette den Mund ab. »Er wird doch kommen, sobald es ihm besser geht. Nicht wahr?« Ich nickte und er lächelte. »Dann werden er und ich noch genug Gelegenheit haben, einander kennenzulernen.«

Als schließlich das Dessert serviert wurde, kam Ben und flüsterte Tristan etwas zu. Ich konnte nicht hören, was er sagte, aber Tristans überraschter Gesichtsausdruck entging mir nicht. Er stand auf und entschuldigte sich.

»Der Rest der Welt hat offenbar nicht in den Feiertagsmodus geschalten«, sagte Nikolas, als ich ihn fragend anschaute. Seine Gelassenheit beruhigte mich für gewöhnlich, aber diesmal verfehlten seine Worte ihre Wirkung. Ein ängstlicher Knoten formte sich in meiner Brust. Man mochte es Intuition nennen oder Paranoia oder vielleicht war das Gefühl einfach nur der Tatsache geschuldet, dass in meiner Umgebung nun mal ständig schlimme Dinge passierten. Etwas fühlte sich nicht richtig an.

Ich legte meine Serviette ab und schob den Stuhl zurück. »Entschuldigt mich einen Moment.«

Nikolas, Desmund und Chris erhoben sich gleichzeitig, ganz die perfekten Gentlemen. »Ist alles in Ordnung?«, fragte Nikolas.

»Ja, ich ... muss nur kurz nach etwas sehen. Ich bin gleich wieder da.«

»Alles in Ordnung, Gentlemen«, schnaubte Celine, der es nicht gefiel, dass ihr selbst zu wenig Aufmerksamkeit zuteilwurde. »Sie braucht wohl kaum eine Eskorte zur Toilette.«

Zum ersten Mal war ich dankbar für Celines Anwesenheit. »Sie hat recht. Bitte, esst euer Dessert.«

Die drei Männer setzten sich wieder. Nikolas zuletzt. Ich sah die Sorge in seinen Augen. Ich wusste nicht, ob es der Bund war oder unsere gemeinsame Vergangenheit, aber er war viel zu gut darin, mich einzuschätzen. Bald würde ich gar nichts mehr vor ihm geheim halten können.

Ich ging hinaus und wandte mich in Richtung Haupthalle. Ich wusste nicht, warum, aber etwas sagte mir, dort entlang gehen und meiner Intuition vertrauen zu müssen. Als ich um die Ecke ging, sah ich die geöffnete Eingangstür und beschleunigte meine Schritte. Ich näherte mich der Tür und hörte von draußen Männerstimmen. Eine von ihnen gehörte Tristan. Die Winterluft blies kalt herein, aber ich ließ mich davon nicht abhalten. Dasselbe Bauchgefühl, das mich vom Tisch hatte aufstehen lassen, trieb mich nun nach draußen. Ich musste sehen, was dort vor sich ging.

Die kalte Luft raubte mir den Atem und schnell schlang ich die Arme um mich. Die Nacht war dunkel, der Mond noch nicht aufgegangen und doch drang von drinnen genug Licht nach draußen, um Tristan am Treppenabsatz stehen zu sehen. Ben war bei ihm. Sie waren allein und starrten auf die Einfahrt, als erwarteten sie jemanden. Vielleicht jemanden vom Rat. Es musste etwas Wichtiges sein, wenn Tristan das Dinner verließ und sich in die Kälte stellte.

Bevor ich die Scheinwerfer sehen konnte, hörte ich die Geräusche eines nahenden Wagens. Schließlich kam ein weißer Van mit der Aufschrift des Flughafenshuttles von Boise herangefahren und hielt direkt vor der Treppe. Ich beobachtete, wie der Fahrer ausstieg und die hintere Tür auf seiner Seite öffnete. Ich hörte leises Murmeln, ein paar knackende

Geräusche und schließlich das Knirschen von Schritten auf dem Schnee. Dann warf der Fahrer die Tür zu und kam um den Van herum zu uns. Er war allein, mit leeren Händen und ich starrte ihn verwirrt an. Was machte er hier? Mit wem hatte er gesprochen?

Eine Bewegung lenkte meine Aufmerksamkeit von dem Fahrer ab und schließlich schnappte ich hastig nach Luft, als ein Mann in einem Rollstuhl um die Ecke rollte.

»Nate!«

Jetzt ergab alles einen Sinn. Deswegen war er nicht ans Telefon gegangen! Er war hierher geflogen, um den Feiertag mit uns zu begehen. Mein Herz drohte vor Glück zu explodieren.

Über Nates Gesicht zog sich ein breites Grinsen. Er kam neben dem Fahrer zum Stehen. »Ich hoffe, ich komme nicht zu spät zum Essen.«

»Gerade rechtzeitig, mein Freund«, sagte Tristan freundlich. »Warum hast du nicht gesagt, dass du kommst? Wir hätten dir unseren Flieger geschickt.«

Ich lachte und rannte die Stufen hinab. Ich würde Nate später dafür schelten, dass er den Rat des Arztes in den Wind geschlagen hatte. Jetzt wollte ich ihn einfach nur umarmen. Dann würde er so viel Truthahn bekommen, wie er essen konnte – gefolgt von dem größten Stück Kürbiskuchen, das er je gesehen hatte. Ich würde ihn so gut füttern, dass er nie mehr würde gehen wollen.

Die Erkenntnis traf mich in dem Moment, in dem ich die unterste Stufe mit meinen Füßen berührte. Ein Gefühl, als hätte mir jemand einen Eiszapfen ins Herz gestoßen. Heftig nach Luft schnappend blieb ich neben Tristan stehen und starrte Nate verwirrt an. Dann blickte ich mit zunehmender Panik auf den Fahrer, der hinter Nates Rollstuhl getreten war.

Oh Gott. Nein!

»Vampir!«, schrie ich.

Tristan packte meinen Arm, Ben zog sein Schwert. Die Augen des Fahrers weiteten sich und er wirbelte herum, um hinter sich zu schauen. Nate saß seelenruhig in seinem Stuhl.

Es war, als wäre die Luft statisch aufgeladen, als Nate sich schließlich nach vorn lehnte. Ich sah stumm zu, wie er erst einen Fuß, dann den anderen auf den Boden setzte. Unsere Blicke trafen sich und sein Mund verzog sich zu einem Grinsen, das seine Augen nicht erreichte.

»Nein«, krächzte ich und verschluckte mich an dem Wort.

Er stand auf, und meine Welt fiel in sich zusammen.

Kapitel 20

»WAS DENN? Bekommt dein Onkel keine Umarmung?«
Der Schmerz in mir löschte jedes Gefühl für Kälte aus. Meine Kehle schnürte sich zu und ich war nicht mehr in der Lage, zu sprechen. *Das passiert nicht wirklich. Das ist nur ein furchtbarer Traum.* Er kam einen Schritt auf mich zu und warf die Arme in die Luft. »Sieh nur, ich kann wieder gehen. Freust du dich nicht für mich?«

Tristan ließ meinen Arm los, und bevor ich wusste, was geschah, hatten er und Ben Nate in den Schwitzkasten genommen. Nate wehrte sich nicht, aber in seinem Mund schossen die scharfen Zähne hervor. Er lächelte mich noch immer an. »Ich habe eine Nachricht von meinem Master für dich. Eli war einer seiner Lieblinge, und er war sehr erbost darüber, ihn zu verlieren. Der Master glaubt also, es wäre nur fair, auch dir jemanden zu nehmen, den du liebst.«

In meinen Ohren rauschte es laut und ich stolperte blindlings rückwärts. Ich hatte das getan. Ich hatte diese Monster in Nates Leben gebracht. Ich hatte Eli getötet, und nun zahlte Nate den Preis dafür. Wegen meiner Taten war der Mensch, der mich immer geliebt und beschützt hatte, verloren. Die Trauer grub sich mit ihren scharfen Krallen in mein Innerstes und ich schnappte vergeblich nach Luft. Ich wollte sterben. Sterben, um den Schmerz nicht mehr fühlen zu müssen.

Meine Beine knickten weg und jemand hinter mir fing mich auf. »Ich bin hier, *malyutka*«, sagte Nikolas in mein Haar. Ich versteifte mich und versuchte, mich loszureißen. Nate war meinetwegen gestorben. Ich hatte es nicht verdient, getröstet zu werden. Nikolas hatte mich gewarnt, dass Nate oder einer meiner Freunde wegen mir sterben konnten, wenn ich nicht vorsichtig war. Wie konnte er es aushalten, mir nahe zu sein, nach allem, was ich getan hatte?

Doch statt mich loszulassen, zog er mich enger zu sich, flüsterte Worte, die ich nicht verstand, weil das Blut in meinen Ohren zu laut dröhnte. Es war vergeblich, sich gegen ihn zu wehren, also hielt ich inne und stand hölzern in seiner Umarmung. Wartete darauf, was nun unweigerlich kommen würde.

»Nikolas, wie schön, dich wiederzusehen«, sagte Nate fröhlich. Jedes seiner Worte ein tiefer Schnitt in meine Seele. In meinen Augen brannten Tränen, die sich nicht lösen wollten.

»Ich wünschte, ich könnte das Gleiche sagen«, erwiderte Nikolas ruhig. »Es tut mir leid, was dir zugestoßen ist, Nate.«

»Nicht doch. Ich habe mich nie besser gefühlt.«

Tristan winkte jemandem zu, und Niall und Seamus kamen und legten Nate Handschellen an.

Nate schnaubte. »Was soll das denn? Ihr seid doch Vampirkiller, oder nicht?«

Tristan kam zu mir, und das Mitgefühl in seinem Blick war beinahe unerträglich. »Wir werden ihn befragen.«

»Und dann?«

»Dann wird er sterben«, sagte er mit schwerer Stimme. »Ich verspreche dir, es wird schnell gehen und ...«

Den Rest hörte ich nicht. Vor meinen Augen schwirrten schwarze Punkte und alle Geräusche klangen plötzlich nur noch gedämpft, als wäre ich unter Wasser. Ich schwankte in Nikolas Armen. »Ich bringe dich rein«, sagte er sanft.

»Nein, ich muss ... ich muss hier sein.« Was immer er auch jetzt war, ich konnte Nate nicht verlassen und ihn unter Fremden sterben lassen. Er verdiente etwas Besseres.

Tristan rieb sich die Augen. »Es wird nicht heute geschehen. Für gewöhnlich dauert es mehrere Tage, bis wir sie zum Reden bringen. Er wird jedoch nicht lange ohne ... Nahrung durchhalten.« Neue Vampire brauchten täglich Blut. Tristan würde Nate hungern lassen, bis er ihm die gewünschten Informationen gab.

Der Gedanke, Nate könnte Blut trinken, erschreckte mich. Aber er hatte es bereits getan, oder nicht?

Vampire vollendeten ihre Verwandlung erst dann, wenn sie von einem lebenden Menschen tranken. Ein weiteres Leben, das meinetwegen ausgelöscht worden war. Wann würde das aufhören?

Erst wenn der Master stirbt ... oder du.

»Du wirst ja schon ganz blau vor Kälte, Kleines«, sagte Desmund leise und ich fragte mich, wie lange er schon hier war. »Lass Nikolas dich nach drinnen bringen, bitte.« Ich nickte und erlaubte Nikolas, mich ins Innere zu führen. Am Treppenabsatz hatten sich bereits einige Leute versammelt. Ich schaute stur geradeaus, versuchte, die mitleidigen und geschockten Mienen zu ignorieren. In der Eingangshalle sah ich Jordan, Olivia und Michael zusammenstehen. In Olivias Augen schimmerten Tränen, und zum ersten Mal war jegliche Überheblichkeit aus Jordans Blick gewichen. Michael wirkte angespannt und ich wusste, dass er sich an den Verlust seiner Familie erinnerte. Ich wünschte, ihm ein paar Worte des Trostes zusprechen zu können, aber meine Lippen waren so erstarrt wie mein Herz.

Selbst Celine, die alleine an den Treppenstufen stand, warf mir einen mitfühlenden Blick zu.

Sieh an, dachte ich wie betäubt, *sie hat ja doch ein Herz*. Nicht, dass es eine Rolle spielte. Nichts spielte eine Rolle mehr.

Ich nahm meine Umgebung kaum wahr, als wir zu meinem Zimmer gingen. Nikolas versuchte nicht, mit mir zu sprechen, aber er hielt die ganze Zeit meine Hand in der seinen. Ich hatte ihn schon einmal für meinen Anker gehalten, und genau das war er auch jetzt für mich. Der Letzte, der mich davon abhielt, in tausend Teile zu zerbrechen.

Später würde ich mich nur noch schemenhaft daran erinnern, wie ich in mein Zimmer und in mein Bett gekommen war, auf dem ich mich wie ein Embryo zusammenrollte. Stimmen kamen und gingen. Ich lag völlig versunken in meine Trauer und dachte an Nate in seiner Zelle. Nur dass er nicht mehr Nate war. Der Mann, der mich aufgezogen und geliebt hatte, war von mir gegangen. Und an seiner statt lebte ein Monster. Der Schmerz in meiner Brust strahlte in jede Pore und ich drückte mein Gesicht fest in das Kissen, bettelte um Schlaf.

Als ich endlich einschlief, jagte Nate durch meine Träume. Er rief mich, flehte mich an, ihn zu retten und fragte mich, wie ihm all das nur hatte geschehen können. Ich sah, wie er sich aus dem Rollstuhl erhob, seine grünen Augen rot und seine Lippen blutbeschmiert. Zu seinen Füßen lag ein blondes Mädchen im Teenageralter und ich erkannte in ihr eine der Frauen, die vor Monaten in Portland verschwunden waren. Während ich ihn so anstarrte, veränderten sich seine Züge und er wurde zu meinem Dad. Das Gesicht grau und leblos. *Warum, Madeline? Warum tust du mir das an?*, kreischte er mit rasselnder Stimme. Sein Gesicht verschwamm und er war wieder Nate, der ein Messer hielt, das aus seiner Brust ragte. *Du bist wie sie. Sie hat meinen Bruder getötet, und du hast mich auf dem Gewissen.*

»Pssst.« Nikolas hielt mich, während ich gegen seine Brust schluchzte. Seine Hand rieb über meinen Rücken, bis ich auch die letzte Träne vergossen hatte. Er setzte sich auf und ich klammerte mich an sein Shirt. Er aber zog nur eine Decke über uns und hielt mich dann weiter in seinen Armen. Emotional völlig ausgelaugt, schlief ich wieder ein – das Geräusch seines Atems in meinen Ohren, seinen Herzschlag an meiner Wange.

Als ich das nächste Mal erwachte, war es bereits Morgen und ich lag alleine im Bett. Ich berührte die Stelle neben mir, und das warme Laken verriet mir, dass Nikolas noch nicht lange weg war.

»Wie geht es dir?«

Ich warf die Decke beiseite und sah Jordan am Fenster sitzen. Meine Augen fühlten sich dick und schwer an und meine Stimme klang heiser. »Okay.« Es war eine Lüge, und wir beide wussten das. Aber ich konnte die Wahrheit nicht in Worte fassen.

»Mist, das war eine ziemlich dumme Frage. Tut mir leid.« Sie kam zu mir und setzte sich auf die Bettkante. Ihre müden Augen sagten mir, dass auch sie in dieser Nacht nicht viel geschlafen hatte. »Nikolas musste sich um irgendetwas kümmern und hat mich gebeten, bei dir zu bleiben. Das ist doch in Ordnung, oder?«

»Ja. Ich bin froh, dass du da bist.« Auf keinen Fall wollte ich jetzt allein sein.

»Gut.« Sie schwieg einen Moment. »Es tut mir so wahnsinnig leid, was mit deinem Onkel geschehen ist.«

»Danke.« Ich rappelte mich auf und lehnte mich gegen die Kissen. Meine Hand ruhte auf dem Quilt und ich fuhr die Linien des Kolibris nach, der in eines der Vierecke gestickt worden war. Meine Großmutter hatte den Quilt angefertigt, um ihn von Generation zu Generation weiter zu vererben. Nate hatte nie über Frauen gesprochen oder darüber, dass er womöglich eine eigene Familie gründen wollte. Aber er war noch jung gewesen und hätte genug Zeit gehabt, selbst Kinder zu bekommen. Nun würde der Name Grey mit ihm sterben. Meine Kehle schnürte sich schmerzhaft zusammen und ich schluckte schwer an dem Versuch, die

Tränen aufzuhalten. Wie konnte es nach letzter Nacht noch eine einzige Träne geben?

»Hast du Hunger? Ich habe dir etwas zu essen mitgebracht, weil ich mir gedacht habe, dass du wahrscheinlich zum Frühstücken nicht nach unten gehen möchtest.«

Ich wollte nicht an Essen denken, aber ich wusste, dass ich etwas zu mir nehmen musste. Also nickte ich, und Jordan holte mir ein Tablett. Sie legte es über meine Beine und ich nahm ein Stück gebutterten Toast und knabberte daran.

»Hier, das ist für dich abgegeben worden.« Sie reichte mir einen cremefarbenen Umschlag und ich wusste sofort, von wem er war. Ich öffnete das Kuvert und las die kurze Nachricht in Desmunds eleganter Handschrift. *Ich bin für dich da. Desmund.*

»Das ist von Desmund Ashworth, nicht wahr?«, fragte Jordan mit ehrfürchtiger Stimme. »Ich habe von ihm gehört ... alle haben das. Aber seit gefühlten hundert Jahren hat ihn keiner mehr zu Gesicht bekommen. Er verlässt seinen Wohnflügel nie, und niemand ist dumm genug, da hoch zu gehen. Ich habe gehört, er wäre verrückt und gefährlich.«

Es gefiel mir nicht, wie sie von Desmund sprach, aber ich konnte es ihr auch nicht verdenken. Bis vor Kurzem wäre das genau die Beschreibung gewesen, die auch ich über ihn abgegeben hätte. Aber etwas sagte mir, dass diese Zeiten endgültig vorüber waren.

»Er war lange Zeit sehr krank, aber ich glaube, es geht ihm jetzt besser.«

Sie nahm sich eine Erdbeere aus dem Früchtebecher auf meinem Tablett. »Du bist weniger als einen Monat hier, und doch habt ihr beiden während des Essens wie alte Freunde gewirkt. Wie ist das gekommen?«

Es gab keinen Grund, meine Freundschaft zu Desmund zu verheimlichen, also erzählte ich ihr, wie wir uns getroffen hatten und wie ich angefangen hatte, ihn zu besuchen. Ich ließ den Part mit seiner Krankheit und meine Bemühungen, ihn zu heilen, bewusst aus. »Jeder hält sich fern von ihm, weil er diesen bestimmten Ruf hat. Nur davon wusste ich nichts. Ich dachte, er wäre einfach eine besonders unfreundliche Person mit schlechten Manieren.«

»Mit dir wird es auch nie langweilig«, neckte sie. Dann verschwand ihr Grinsen. »Es tut mir leid ...«

»Ist in Ordnung. Wirklich.« Mein Blick schweifte durch das Zimmer und ich zwang mich, auch auf die Bilder von Nate zu sehen. Ich musste aufhören, mich selbst zu bemitleiden und daran denken, was er verloren hatte. Er war das Opfer hier, nicht ich. »Hast du schon etwas von … ihm gehört?«

Jordan biss sich auf die Lippe. »Sie halten ihn in einer Zelle fest und ich habe gehört, dass Tristan die halbe Nacht bei ihm war. Sie drängen unerbittlich nach Informationen hinsichtlich des Vampirs, der ihn verwandelt hat, aber bis jetzt redet er nicht.«

Ich wollte nicht darüber nachdenken, welche Methoden sie an Nate ausprobierten. Ich musste mir immer wieder sagen, dass es nicht mehr Nate war, der da in der Zelle saß. Tristan tat, was notwendig war, um den Vampir zu finden, der Nate das angetan hatte.

Ich stellte das Tablett zur Seite, warf die Decke von mir und krabbelte aus dem Bett. Ich konnte nicht in diesem Zimmer bleiben, umgeben von Erinnerungen an Nate, und mich die ganze Zeit dabei fragen, was mit ihm geschah. Ich griff nach ein paar sauberen Klamotten und ging ins Badezimmer.

»Wo willst du hin? Nikolas hat gesagt, ich soll bei dir bleiben, bis er zurück ist«, rief Jordan durch die Badezimmertür.

»Ich glaube nicht, dass er damit gemeint hat, ich müsste mich im Zimmer einsperren.« Letzte Nacht war ich ein Nervenbündel gewesen. Ich konnte Nikolas also nicht vorwerfen, dass er mich nicht hatte allein lassen wollen. Aber jetzt musste ich nach draußen, frische Luft atmen und meinen Kopf klar bekommen. Ansonsten würde ich verrückt werden.

Frisch geduscht und umgezogen schlüpfte ich in warme Stiefel und einen Mantel und eilte nach draußen. »Ich gehe zur Menagerie«, erklärte ich Jordan, die mir folgen wollte. »Nikolas wird wissen, wo er mich findet.«

Draußen war die Luft klirrend kalt und es sah aus, als wären über Nacht einige Zentimeter Neuschnee gefallen. Als ich die Menagerie erreichte, stampfte ich den Schnee von meinen Stiefeln und ging zu Sahir, der gerade einen langen Stab benutzte, um rohes Fleisch gefahrlos in Alex' Käfig zu befördern.

»Sara, mit dir habe ich heute gar nicht gerechnet«, sagte er und kam auf mich zu. »Das mit deinem Onkel tut mir sehr leid.«

Meine Kehle war sofort wieder wie zugeschnürt. »Danke.«

Er bedeutete mir, ihm ins Büro zu folgen. Drinnen schloss er die Tür und wandte sich mir zu. »Ich weiß, es gibt nichts, was deinen Schmerz gerade lindern kann, aber ich habe Neuigkeiten für dich, die du sicher gerne hören wirst. Eines unserer Teams hat wahrscheinlich Minuets Schwarm aufgespürt.«

»Schon? Wo?«

»In Uganda. Sie versuchen, herauszufinden, ob es der richtige Schwarm ist. Was nicht einfach ist wegen der Kommunikation mit den Greifen. Sag noch nichts zu Minuet. Ich weiß nicht, wie viel sie versteht und ich will nicht, dass sie sich auf etwas freut, das noch nicht sicher ist.«

Zum ersten Mal an diesem Tag musste ich lächeln. »Danke, dass du es mir gesagt hast, Sahir.«

Wir verließen sein Büro und ich begrüßte Minuet und Alex, bevor ich Hugo und Wolf spazieren führte. Die Hunde jagten einander und wälzten sich in der weißen Pracht wie Welpen. In seligem Unwissen von meiner inneren Not. Eigentlich ging ich gerne im Schnee spazieren, aber dieses Mal fand ich keine Freude daran. Wie konnte ich glücklich sein und jemals wieder einen Tag genießen, wenn Nate nur noch wenige Tage blieben?

Wir entfernten uns nicht weit von der Feste. Tristan hatte weitere Wachen aufgestellt, die durch die Wälder patrouillierten. Eine deutliche Erinnerung daran, dass der Master wusste, dass ich am Leben war und in dieser Militärbasis lebte. Ich wollte sowieso nah bei Nate bleiben. Selbst jetzt, da er ein Dämon war, konnte ich ihn nicht loslassen. Es wäre mir wie Verrat an ihm vorgekommen. Die Vampire hatten ihn mir genommen, aber meine Erinnerung an ihn gehörte mir allein.

Als ich zurückkam, stellte ich fest, dass ich, so sehr ich auch in Nates Nähe sein wollte, es nicht übers Herz brachte, in das Gebäude zu gehen. Ich verbrachte ein paar Stunden in der Menagerie und wanderte dann auf dem Gelände herum. Vielleicht musste ich in Bewegung bleiben, um den schrecklichen Schmerz in meiner Brust davon abzuhalten, mich zu ersticken.

Ich ging gerade am Fluss entlang, da fand Nikolas mich, und als ich ihn sah, begriff ich, dass ich auf ihn gewartet hatte. In dem Moment, in dem er auf mich zukam, erlebte ich einen Augenblick völliger Klarheit und der

Rest der Welt verschwand, bis es nur noch ihn und mich gab. Letzte Nacht, als mein Leben auf grausamste Art auf den Kopf gestellt worden war, war er es gewesen, an den ich mich geklammert hatte. Er war derjenige gewesen, den ich gebraucht hatte. Ich wusste nicht, ob meine Gefühle für ihn stärker geworden waren, weil wir diese eine Nacht in seiner Wohnung zusammen verbracht hatten oder weil ich endlich erkannte, was die ganze Zeit schon da gewesen war.

Ich liebe ihn.

Zu jeder anderen Zeit hätte mich diese Erkenntnis in Angst und Schrecken versetzt, aber Nate zu verlieren, hatte mir klargemacht, dass ich die Leute in meiner Umgebung nicht mehr länger als selbstverständlich ansehen durfte. Ich wusste nicht, ob Nikolas mich liebte oder ob ich bereit war, ihm meine Liebe auch zu gestehen, aber was immer das zwischen uns war, es fühlte sich richtig an.

Ohne Worte schlang er seine Arme um mich, und so standen wir mehrere Minuten einander haltend, bis er sich schließlich von mir löste und zu mir heruntersah. »Wie geht es dir?«, fragte er und strich mir das Haar aus der Stirn.

»Es geht.«

Er lächelte traurig und nahm meine Hand. »Komm, ich hab etwas für dich.«

»Was?«

Er drückte meine Hand, als wir auf das Hauptgebäude zugingen. »Ich weiß, dass nichts dir den Schmerz vom Herzen nehmen kann oder ungeschehen machen kann, was passiert ist. Aber wenn du dir etwas wünschen könntest, jetzt, was wäre es dann?«

Darüber musste ich nicht nachdenken. »Ich würde ...«

»Sara!«

»Roland!« Ich ließ Nikolas' Hand los und warf mich auf den dunkelhaarigen Jungen, der um die Ecke des Gebäudes gerannt kam. Roland fing mich in seinen Armen auf und drückte mich, bis ich kaum noch atmen konnte. Ich lachte und weinte gleichzeitig.

»Hey, ich bin auch noch da.«

Roland setzte mich ab und schon umarmte mich Peter. Ich fühlte mich völlig zerknautscht, als sie endlich von mir abließen.

Hastig wischte ich mir das Gesicht mit dem Ärmel ab. »Wie seid ihr hierhergekommen?«, fragte ich, obwohl ich die Antwort bereits kannte.

»Nikolas hat uns gestern Abend angerufen und uns gesagt, dass du uns brauchst. Er hat einen Privatjet geschickt, der uns heute Morgen in Portland abgeholt hat.« In Rolands blauen Augen schimmerte der Schmerz. »Er hat uns alles von Nate erzählt. Es tut mir so leid, Sara.«

Ich nickte, unfähig, etwas zu sagen.

»Ich lasse euch drei mal allein. Ihr habt euch sicher viel zu erzählen«, sagte Nikolas. Doch bevor er gehen konnte, ergriff ich seine Hand. »Danke«, flüsterte ich und wusste nicht, wie ich meine Ergriffenheit ausdrücken sollte. Er wusste genau, was ich brauchte und hatte meine Freunde für mich einfliegen lassen.

Ich verlor den Kampf gegen die Tränen endgültig. Die erste suchte sich bereits ihren Weg meine kalte Wange hinab. Nikolas hob die Hand und wischte sie mit seinem Daumen weg. »Ich bin in deiner Nähe, wenn du mich brauchst.« Ich nickte, und dann ließ er uns allein. Roland sah ihm nach und lächelte schief. »Du und Nikolas also?«

»Ich ... es ist kompliziert«, sagte ich, obwohl es eigentlich gar nicht mehr stimmte. Als ich Nikolas hinterher sah, quoll mein Herz über vor Gefühlen, die ich nicht benennen konnte.

»Hat ja lange genug gedauert«, sagte Roland knapp, und er und Peter tauschten wissende Blicke.

Ich sah von einem zum anderen. »Was meinst du damit?«

Roland blies seinen warmen Atem in die kalte Luft. »Sara, niemand nimmt seinen Job *so* ernst.«

Diese Aussage musste ich erst einmal sacken lassen. »Warum hast du nichts zu mir gesagt?«

»Um es dem Dämonenboy einfach zu machen? Wo wäre da der Spaß gewesen?«

Ich war zu überrascht von dieser Erkenntnis, als dass ich ihn für den »Dämonenboy« hätte schimpfen können. War ich die Einzige, die nicht gesehen hatte, was zwischen Nikolas und mir geschah?

Roland legte seinen Arm um meine Schultern. »Lass uns nach drinnen gehen und uns aufwärmen. Ist es immer so verdammt kalt hier?«

»Es wird auch in Maine so kalt.«

»Ja, aber doch nicht im November. Hätte ich gewusst, wie eisig es hier ist, hätte ich mir einen dickeren Mantel mitgenommen.«

Ich lachte trotz der Tränen, als wir auf den Haupteingang zugingen. »Roland, du bist ein Werwolf. Wie kann dir jemals kalt sein?«

Er schnaubte. »Habe ich etwa Fell? Ich friere mir hier den Arsch ab.«

Die Eingangshalle kam mir vor wie ein glühender Ofen, nachdem ich so lange draußen gewesen war, und ich begriff erst jetzt, wie kalt es wirklich war. Ein paar Leute starrten uns im Vorbeigehen an, und zunächst dachte ich, es wäre wegen Nate. Dann aber erinnerte ich mich, dass die Mohiri und die Werwölfe nicht unbedingt gut aufeinander zu sprechen waren. Meine Freunde waren wahrscheinlich die ersten ihrer Art, die durch diese Tore spazierten.

»Seid ihr hungrig? Das Mittagessen ist vorbei, aber ich kann uns etwas besorgen.« Wenn es etwas gab, was ich über Werwölfe wusste, dann dass sie ständig Hunger hatten.

»Ich würde da nicht Nein sagen«, erklärte Peter. »Aber nur, wenn du auch etwas isst.«

Wir betraten die Eingangshalle, als sich gerade ein paar Spätankömmlinge trollten und Roland und Peter mit unverhohlener Neugier anstarrten. Ich ignorierte sie und ging zu der Tür, die in die Küche führte, um zu sehen, was noch abzugreifen war. Die Küchenmannschaft musste von Nate gehört haben, denn sie warfen mir mitfühlende Blicke zu und versprachen, etwas für uns zusammenzustellen. Zehn Minuten später trugen sie drei riesige Platten heraus und kamen dann noch einmal zurück, um zu fragen, was wir trinken wollten.

Roland starrte auf den Teller mit Steaks und Bratkartoffeln. »Das esst ihr zu Mittag?«

»Manchmal.« Ich pickte mit der Gabel ein paar Kartoffeln auf. »Hier gibt es alles.«

Er steckte sich ein Stück Fleisch in den Mund und brummte genüsslich. »Oh Mann. Das ist unglaublich. Wenn ich gewusst hätte, wie du hier schlemmst, dann wäre ich schon viel früher auf Besuch gekommen.« Er riss die Augen schuldbewusst auf, als ihm einfiel, warum er wirklich hier war. »Ach, Mist. Sara ... ich hab's nicht so gemeint.«

»Weiß ich doch.« Ich lächelte, obwohl meine Brust schmerzte. Trauer war kein vorübergehender Gemütszustand. Dieser Schmerz in mir würde eine lange Zeit vorhalten und ich würde lernen müssen, damit zu leben, sodass ich ihn eines Tages nicht mehr bei jedem Atemzug spüren würde.

Wir sprachen den Rest der Mahlzeit über die Leute zu Hause. Danach führte ich die beiden in mein Zimmer, wo wir ungestört waren. Roland und ich setzten uns auf das Bett und stopften Kissen hinter uns, so wie wir es auch zu Hause immer getan hatten. Peter streckte sich auf dem Boden vor dem Bett aus und stützte den Kopf auf seine Hand. Er sah aus, als wüsste er nicht, was er als Nächstes sagen sollte.

»Möchtest du darüber reden?«, fragte Roland leise.

»Ich weiß nicht, wie.« Wie sollte ich ihnen erklären, was ich gefühlt hatte, als Nate plötzlich als Monster vor mir gestanden war? Wie ich empfunden hatte, als ich erfahren musste, dass der Master ihm das meinetwegen angetan hatte?

Es dauerte eine ganze Weile, bis ich ihnen die ganze Geschichte erzählt hatte. Roland und Peter hörten zu, ohne mich zu unterbrechen, während ich ihnen von Nates Anruf vor ein paar Tagen berichtete. Rolands Hand bedeckte meine, als ich jedes einzelne furchtbare Detail des gestrigen Abends aufleben ließ, und da wusste ich, dass ich das hier ohne ihn und Peter nicht durchstehen würde.

Wir verbrachten den Nachmittag damit, in Kindheitserinnerungen zu schwelgen und uns Stories über Nate zu erzählen. Die Tränen kamen mir immer wieder, aber die Anwesenheit meiner Freunde und unsere gemeinsame Vergangenheit gaben mir Kraft.

Am frühen Abend kam Tristan, um nach mir zu sehen. Er wirkte wie ein Mann, dem das Gewicht der ganzen Welt auf den Schultern lastete. Ich stellte ihn meinen Freunden vor und er begrüßte sie herzlich. Er erklärte, dass er Roland das Zimmer mir gegenüber zuteilen würde und dass Peter einen Raum am Ende des Flurs beziehen konnte. So würden wir einander nahe sein. Peter und Roland seien willkommen, solange sie bleiben wollten, bot er an.

Dann nahm er mich beiseite und erkundigte sich nach meinem Befinden.

»Es geht schon, glaube ich. Wie geht es ... ihm?«

»Er ist hungrig, aber wir haben ihm nicht wehgetan. Bisher hat er uns nichts Hilfreiches erzählt.«

Ich versuchte, nicht an Nate zu denken, der dort unten lungerte und nach menschlichem Blut gierte. »Glaubst du, dass er etwas sagen wird?«

Tristan schüttelte skeptisch den Kopf. »Wenn wir ihn lange genug da unten festhalten, vielleicht.«

»Warum ist er überhaupt hierhergekommen. Er musste doch wissen, dass er …«, ich schluckte schwer, »… dass er hier sterben würde.«

»Ich vermute, dass er von einem reifen Vampir dazu gezwungen wurde. Neue Vampire sind sehr empfänglich für die Überredungskünste älterer Artgenossen.«

Es war die perfekte Rache: Nate zu einem Vampir zu machen und ihn hierherzuschicken, damit ich ihn töten oder zusehen musste, wie er ums Leben kam.

»Sara, er hat nach dir gefragt«, sagte Tristan. Seine Miene verriet mir, dass er nicht viel davon hielt. »Ich halte es für keine gute Idee, aber es ist deine Entscheidung, ob du zu ihm gehen möchtest oder nicht.«

»Vielleicht will er sich verabschieden.« Obwohl ich es hätte besser wissen müssen, keimte ein Funken Hoffnung in mir auf.

»Er ist nicht mehr Nate – nicht der Nate, den du gekannt hast.« Tristan fuhr sich mit der Hand durch die Haare. »Er wird nur versuchen, dir Leid zuzufügen.«

Ich starrte auf den Boden. Es verlangte mich danach, Nate zu sehen, aber ich war nicht bereit für das Böse, das nun in seinem Innern lebte. »Wie lange noch, bis … Wie viel Zeit hat er noch?«

»Einen Tag, maximal zwei. Bis dahin werden wir wissen, ob er redet. Wenn er gezwungen wurde, kann es auch sein, dass er gar nichts preisgeben kann.«

Panik erfasste mich. Ein Tag, und ich hatte ihn für immer verloren? »Können wir ihn nicht noch ein wenig länger festhalten und abwarten, ob er redet? Vielleicht, wenn er erst einmal richtig hungrig ist …«

Tristan drückte meine Schultern fest. »Willst du das wirklich? Ihn dort in der Zelle festhalten und verhungern lassen? Denn das wird geschehen, und ich kann dir versichern, es ist kein besonders angenehmer Tod für einen Vampir.«

Die Tränen schossen mir in die Augen. »Aber …«

»Ich wünschte mir mehr als alles andere, dass ich eine Lösung hätte und dir deinen Schmerz nehmen könnte, aber ihn als Vampir am Leben zu erhalten, wird dir nicht helfen. Es wird deine Trauer nur hinauszögern, und das werde ich nicht zulassen.« Seine Worte waren hart, aber seine Augen hielten meinen Blick mit sanftem Mitgefühl fest. »Der Nate, den du geliebt hast, würde das nicht für dich wollen und er würde von mir erwarten, dass ich dich schütze.«

Ich presste meine zitternden Lippen aufeinander und wandte mich ab. »Morgen. Ich werde morgen zu ihm gehen.«

»Bist du dir sicher?«

»Ja.«

»Gut, dann werde ich alles arrangieren.« Er legte mir eine Hand auf die Schulter. »Es tut mir so leid.«

Eine ganze Weile starrte ich aus dem Fenster, nachdem er gegangen war. Warum sagten einem die Leute immer, dass es ihnen leidtat, wenn man jemanden verlor? Es war ja nicht so, dass andere für meinen Schmerz verantwortlich waren.

»Alles okay?«, fragte Roland.

»Nein.« Ich war zu müde und zu ausgelaugt, um ihnen etwas vorzuspielen. Ich sah Roland und Peter an. »Kommt ihr morgen mit mir zu Nate? Ich würde es auch verstehen, wenn ihr nicht möchtet.«

»Natürlich kommen wir mit«, sagte Roland ohne Zögern, und Peter nickte zustimmend.

Ich setzte mich wieder neben ihm aufs Bett. »Ich bin froh, dass ihr beide hier seid. Ich glaube nicht, dass ich das ohne euch schaffen würde. Die Leute hier sind alle sehr nett, aber niemand von ihnen kannte Nate.«

Roland nahm meine Hände. »Wir bleiben, solange wie du willst ... und noch länger, wenn es jeden Tag Steak gibt.«

Ich lachte zitterig. »Du und dein Appetit.«

»Wenn wir schon davon sprechen«, mischte sich Peter ein, »es ist doch fast Zeit fürs Abendessen ...«

Ich wollte zwar wirklich nicht unter all den anderen zu Abend essen, aber ich konnte meinen Freunden auch nicht zumuten, sich ohne mich unter die anderen zu mischen. »Gebt mir ein paar Minuten, dann können wir runtergehen.«

Ich war gerade im Badezimmer und spritzte mir etwas Wasser ins Gesicht, als ich glaubte, ein Klopfen an der Tür zu hören. Ich trocknete mir das Gesicht ab und ging nach draußen. Roland und Peter saßen an meinem kleinen Tisch und hatten ein riesiges, voll beladenes Tablett vor sich. »Ein Mädchen namens Jordan hat uns Essen gebracht«, erklärte Roland. »Sie meinte, du solltest sie wissen lassen, wenn du etwas brauchst. Aber sie geht nicht mit den Kötern spazieren ... Du hast Hunde?«

Ich schüttelte den Kopf über Jordan und dankte ihr im Stillen, dass sie versuchte, mich zum Lachen zu bringen. Wie auch immer, ich glaubte nicht, dass Roland und Peter ihre Werwolfwitze lustig fanden.

»Nur die Höllenhunde«, sagte ich.

Peter machte ein komisches Geräusch. »Ich würde die Biester nicht unbedingt Hunde nennen. Wann lernen wir die beiden eigentlich kennen?«

»Ich nehme euch morgen mit runter.«

»Cool.« Er sah auf das Tablett. »Sieht lecker aus, oder?«

Jordan musste eine vage Ahnung vom Appetit eines Werwolfes haben, denn auf dem Tablett lagen fünf riesige Burger mit doppelt Fleisch. Dazu eine ordentliche Ladung Pommes. Ihre Bemerkung war schnell vergessen, als sich die Jungs auf das Essen stürzten. Ich nahm einen der Burger und knabberte daran. Währenddessen hatten die beiden die restlichen bereits vernichtet. Ich hatte kaum die Hälfte von meinem gegessen und reichte den Rest Roland, der ihn in null Komma nichts verschlang.

Peter nahm sich ein eingewickeltes Bündel vom Tablett und sah hinein. »Ein Blaubeermuffin? Zum Abendessen? Seltsam.«

Mein Herz schwoll an ob Jordans Fürsorglichkeit. Sie machte zwar immer einen auf toughes Mädchen, aber sie war viel netter, als sie zugeben wollte. Ich nahm den Muffin von Peter entgegen, brach ihn in drei Teile und legte sie auf den Boden vor das Bett.

»Was zum ...« Peter riss die Augen weit auf, als der erste kleine Kerl erschien, sich die Beute schnappte und wieder unter dem Bett verschwand. »Du hältst Kobolde in einer Dämonenjägerfestung ... und du fütterst sie auch noch?«

Ich beobachtete, wie das zweite Stück Muffin verschwand. »Sie sind von zu Hause mitgekommen, haben sich als blinde Passagiere in meinen Sachen versteckt.«

»Und du lässt sie in deinem Zimmer wohnen?«

»Warum nicht? Das haben sie zu Hause doch auch.«

Peter zog eine Grimasse. »Weil sie Dämonen sind und sie dir sogar die Zahnfüllungen stehlen würden, wenn sie könnten.«

»Sie sind ziemlich ruhig und sie stellen nichts mit meinen Sachen an. Außerdem weiß ich noch gar nicht, wie es sein wird, wenn Oscar …« Der Atem stockte mir. Nate hatte Oscar mit hierherbringen sollen. Nate, der bereits mitten in seiner Verwandlung gesteckt hatte, als ich ihn das letzte Mal gesprochen hatte. Der in seiner Wohnung als Vampir umhergelaufen war und unsere Dinge berührt hatte, unser Heim damit entweiht hatte. Ein schmerzhafter Stich durchbohrte mein Herz. Ein Vampir zeigte Tieren gegenüber keine Gnade, ganz besonders nicht jenen, die mir am Herzen gelegen hatten.

»Was ist los?«, fragte Roland.

»Oscar und Daisy … er hat sie bestimmt getötet«, sagte ich mit brüchiger Stimme.

»Das muss nicht sein. Tiere spüren das Böse, bestimmt sind sie weggerannt, als Nate sich verwandelt hat.«

… *als Nate sich verwandelt hat.* Ich hatte Nate mit eigenen Augen als Vampir gesehen, aber es von Roland zu hören, machte es auf eine furchtbare, quälende Art real. Nate war verloren, und mein Leben würde nie wieder sein wie früher.

Ich schob das Tablett von mir und rannte ins Badezimmer, wo ich das bisschen Mageninhalt in die Kloschüssel spuckte.

»Sara, alles okay?«, rief Roland durch die geschlossene Tür.

»Ich brauche nur eine Sekunde.« Ich spritzte mir kaltes Wasser ins Gesicht und starrte auf meine bleiche Erscheinung im Spiegel. Meine Lippen waren farblos und die Schatten um meine Augen herum ließen mich krank und müde aussehen. Und doch war meine ausgezehrte Erscheinung nichts im Vergleich zu dem Schaden, der meinem Innern zugefügt worden war. Wäre da nicht der konstante Schmerz in meiner Brust gewesen, so hätte ich glauben können, mein Herz wäre zerbrochen.

»Jetzt bin ich wirklich eine Waise«, flüsterte ich dem aschgrauen Gesicht zu.

Ich würde alles geben, um Nate zurückzuholen. Aber dieses Mal gab es keinen finsteren Kerl, gegen den ich kämpfen konnte, keine Möglichkeit, mich selbst an Nates Stelle zu opfern. Dafür hatte der Master gesorgt. Er hatte Nate nicht ausgesucht, weil es ihm darum ging, auch jemanden zu töten, wie ich es mit Eli getan hatte. Er hatte ihn ausgewählt, um mich zu foltern und mir zu zeigen, dass niemand, den ich liebte, sicher war. Wie viele sollten noch um meinetwegen zu Schaden kommen? Würde er seine Finger auch nach Roland oder Peter ausstrecken oder nach den Kids an meiner alten Schule?

Damit konnte ich nicht leben.

Meine Hände griffen um das Waschbecken, bis meine Fingerknöchel weiß schimmerten. Ich schauderte vor hilfloser Wut. *Hör auf! Genau das beabsichtigt er.* Ich spielte ihm geradewegs in die Hände, und wenn ich nicht sofort etwas tat, dann würde er gewinnen. Entschlossenheit und Wut steigerten sich in mir ins Unermessliche. Ich erinnerte mich an den geschändeten Körper meines Vaters und stellte mir vor, was Nate durchgemacht hatte. Eine Hitzewelle schoss durch meine Adern und ich sah, wie sich das Haar an meinen Schultern elektrisiert aufstellte. Kleine blaue Funken tanzten über meine Haut.

Hat er deshalb Angst vor mir? Ich konnte einen Babyvampir auslöschen, und meine Kräfte wurden von Tag zu Tag stärker. Ich würde bald in der Lage sein, ältere Vampire zu erledigen ... vielleicht irgendwann sogar einen Master. Und ich brauchte keine Waffe dafür, denn allein meine Berührung war tödlich.

Ich war, genaugenommen, die perfekte Dämonenkillerin.

Und nun wusste ich, was ich zu tun hatte.

Kapitel 21

ICH TROCKNETE MIR das Gesicht und öffnete die Tür. Draußen wartete Roland angespannt.

»Du siehst völlig fertig aus, Sara. Du solltest ein wenig schlafen.«

»Ich bin wirklich müde«, log ich. »Ich werde mich wohl etwas hinlegen. Ihr müsst aber nicht bei mir bleiben.«

»Peter und ich gehen runter in die Halle und schauen fern. Ich wette, ihr habt alle möglichen TV-Kanäle hier. Du kannst ja nachkommen, wenn du dich ausgeruht hast.«

»Okay«, stimmte ich zu, auch wenn Schlaf das Letzte war, was ich jetzt wollte.

Nachdem Roland gegangen war, wartete ich noch ein paar Minuten, bis ich mein Zimmer verließ und schloss dann die Tür leise hinter mir. Die meisten Leute waren beim Essen, und so waren die Flure leer, als ich mich in den Keller aufmachte, der die Zellen und Verhörräume beherbergte. Hier waren die Wände aus kaltem Stein und es gab keine Fenster. Ich schauderte in meinem Sweatshirt und wusste nicht, ob es an der eisigen Luft lag oder an dem, was ich vorhatte.

Am Treppenabsatz erstreckte sich ein langer Gang vor mir, an dessen Ende eine dicke Metalltür wartete. Je näher ich der Tür kam, desto besser waren die eingeritzten Runen zu erkennen, die jeden, außer die Mohiri selbst, davon abhalten sollte, die Tür zu öffnen. Als ich die Hand auf den Griff legte, spürte ich das Surren starker Magie auf der glatten Oberfläche. Ich hielt inne. Seit wann konnte ich Zauber mit den Händen erfühlen?

Ich drehte den riesigen Eisenknauf und zog die Tür zu mir. Dahinter offenbarte sich ein schwach beleuchteter Raum. Was ich jedoch erst bemerkte, als ich eintrat, war Ben, der zur Rechten der Tür Wache hielt. Er schaute mich ernst an.

»Du solltest nicht hier unten sein.«

»Ich will ihn sehen.«

Ben verschränkte die Arme vor der Brust. »Es tut mir leid. Aber ich kann dich ohne Tristans Erlaubnis nicht reinlassen.«

»Er ist mein Onkel und ich habe ein Recht, ihn zu sehen«, argumentierte ich und fragte mich, wie ich wohl an dem riesigen Krieger vorbeikommen konnte. »Kannst du nicht eine Ausnahme machen?«

In seinen Augen blitzte es mitfühlend. »Dieser Vampir ist nicht länger dein Onkel. Dein Verlust tut mir leid, aber ich kann dir nicht erlauben, zu ihm zu gehen, bis ich anderslautende Befehle erhalte. Wenn du möchtest, kann ich Tristan anrufen und ihn fragen.«

Mein Verstand arbeitete auf Hochtouren. Tristan mochte mir erlauben, zu Nate zu gehen, aber er würde darauf bestehen, dass er und Nikolas mich begleiteten. Und dann konnte ich mein Vorhaben nicht in die Tat umsetzen. Ich erkannte an Bens entschlossener Miene, dass er sich nicht würde von mir überreden lassen.

Ich muss da rein.

Ich wollte so verzweifelt bis zu Nates Zelle vordringen, dass ich die Idee, die mir kam, nicht lange hinterfragte. Ich trat einen Schritt zurück und ließ meinen Körper schwach gegen die Wand sinken.

Ben eilte sofort auf mich zu. »Alles in Ordnung?«

»Mir ist nur etwas schwindelig«, sagte ich mit gespielt dünner Stimme.

Er nahm meinen Arm und führte mich zu der einzigen Bank im Raum. »Setz dich, ich rufe jemanden an, der dich zu deinem Zimmer begleitet.«

Ich packte seine Hand, als er nach dem Mikrofon in seinem Ohr greifen wollte. »Ben, wenn das hier funktioniert, dann hoffe ich, dass du mir verzeihst.«

»Wenn was ...« Er riss die Augen weit auf und ich sah den Schock darin, als die Elektrizität über meine Hand prickelte und ein kleiner Blitz in ihn fuhr. Einen Moment lang stand er regungslos da und starrte mich an. Ich dachte nur: *Mist, das war nichts.* Dann aber rollte er mit den Augen und fiel auf die Knie. Er torkelte seitwärts und ich sprang nach vorn, um zu verhindern, dass er mit dem Kopf auf den harten Steinboden knallte. Ich wollte nun wirklich nicht, dass er sich eine Gehirnerschütterung oder Schlimmeres zuzog. Eilig checkte ich Puls und Atem und lächelte unsicher. Der Schlag, den ich ihm verpasst hatte, war ähnlich wie der, den ich auch bei Chris angewandt hatte, und so wusste ich, dass er nicht lange bewusstlos sein würde. Und wenn er aufwachte, würde er kaum besonders gutgelaunt sein. »Sorry, Ben, aber das musste sein«, sagte ich sanft und zog meinen Sweater aus, um seinen Kopf darauf zu betten.

Ich durchsuchte seine Taschen und fand einen Schlüsselbund. Sobald sich meine Finger darum schlossen, spürte ich die gleiche Magie, die auch schon die Türen umgeben hatte. Ich stand auf, zupfte mein T-Shirt zurecht und öffnete dann die Tür am anderen Ende des Raums. Auch sie war mit Runen verziert und noch schwerer als die erste Tür. Mit einem dumpfen Knall schloss sie sich hinter mir. Nun fand ich mich in einem weiteren Flur wieder, der zu beiden Seiten mit metallenen Türen versehen war. Jede Tür besaß ein kleines Fenster, durch das man in eine leere, fensterlose Zelle sehen konnte. Die Kälte ballte sich in meiner Brust zu einem Knoten zusammen und mein Herzschlag beschleunigte sich. Ich ging mit der Gewissheit, dass in einer dieser Zellen Nate saß, den Gang entlang. Die Angst ließ meinen Magen sich zusammenkrampfen, während ich versuchte, mich mental vorzubereiten.

»Kommst du endlich, um mich zu besuchen«, schnurrte eine Stimme, die ich kaum wiedererkannte, noch bevor ich die letzte Tür erreicht hatte. Ich sog scharf die Luft ein und stolperte leicht. Ich hatte geglaubt, auf alles gefasst zu sein, und doch erwischte mich seine Stimme eiskalt. Einen Moment lang musste ich mich sammeln, dann trat ich auf die Tür zu. Die Zelle war dunkel und so drückte ich einen Schalter neben der Tür. Sofort erhellte sich der Raum und gab den Blick auf eine Gestalt frei, die an Händen und Füßen an die hintere Wand gefesselt war. Sein dunkles Haar war strähnig, sein Gesicht dünner und bleicher als gestern – sofern das überhaupt möglich war. Doch es waren seine Augen, die mich am meisten erschrecken ließen. Statt des vertrauten hellen Grüntons waren sie dunkel, fast schwarz, und starrten mich hungrig an. Die Augen eines Raubtiers.

»Woher wusstest du, dass ich es bin?«, fragte ich und kämpfte gegen das Zittern in meiner Stimme.

»Du hast wohl vergessen, dass ich einen besonders guten Geruchssinn habe, jetzt, da ich ...« Er hob das Gesicht und schnüffelte. »Sie hatten recht. Du riechst köstlich.«

Ich schauderte. *Denk immer daran, das ist nicht Nate.* »Tristan hat gesagt, du wolltest mich sehen.«

Nate gluckste. »Das wollte ich. Aber ich bin überrascht, dass er und Nikolas dich ganz allein zu mir lassen. Ich wusste schon immer, dieser Krieger hat ein Herz für ...«

»Ich bin nicht hergekommen, um über Nikolas zu sprechen«, zischte ich. Ich war aus einem einzigen Grund gekommen, und ich würde mich nicht davon ablenken lassen. »Hast du mir etwas zu sagen?«

Er zuckte mit den Achseln und seine Ketten rasselten dabei. »Ich habe dir sehr vieles zu sagen. Wo sollen wir anfangen?«

»Wie ist das mit dir passiert?«

Die Frage schien ihn zu überraschen und er starrte mich einen Moment lang an, bevor er antwortete. »Ich habe eine sehr hübsche Rothaarige getroffen, dir mir gesagt hat, sie würde mein Leben für immer verändern.« Er lupfte spöttisch einen Mundwinkel und sah mich herausfordernd an. »Sie hat mich nicht enttäuscht.«

Ich schluckte trocken. »Wie war ihr Name?«

»Warum sollte ich dir das sagen? Damit du sie aufspüren und töten kannst, wie gute kleine Vampirjäger das tun?«, spottete er.

»So in der Art.« *Und sie dazu bringen, mir zu sagen, wer ihr Master ist, bevor ich sie töte.*

»Tut mir leid, dich enttäuschen zu müssen, Kind. Aber dieses Geheimnis nehme ich mit ins Grab ... was nicht mehr allzu lange dauern sollte, wenn es nach deinen Beschützern geht.«

»Warum?«, platzte ich heraus. »Warum schützt du jemanden, der dich in den Tod schickt?«

Er schaute mich finster an. »Du würdest die Loyalität und die Liebe zu meiner Schöpferin nie verstehen. Sie hat mich stärker gemacht, mir meine Beine wiedergegeben. Das war alles, was ich je wollte. Ich hatte sicher nie vor, mich mit einer wehleidigen, undankbaren kleinen Ratte wie dir abzugeben, die nichts kann, außer die Menschen zu verletzen, die sich um sie gekümmert haben. Dein Vater ist deinetwegen gestorben. Selbst deine Mutter kann dich nicht ertragen.«

»Das ist nicht wahr! Mein Dad und Nate haben mich geliebt, und ich habe sie geliebt – ich hätte alles getan, um sie zu schützen.«

»Nun, wenn man sich deine derzeitige Wohnsituation so anschaut, dann warst du damit wohl nicht sonderlich erfolgreich.«

Tränen vernebelten mir die Sicht und ich blinzelte heftig. »Ich wollte nie, dass dir ... dass Nate Leid geschieht. Ich weiß, es ist dir egal, aber das wollte ich dir dennoch sagen.«

Er lachte humorlos. »Da hast du recht, es ist mir gleich.«

»Dann schätze ich, haben wir uns nichts weiter zu sagen.« Ich holte zitterig Luft und drückte den Schlüssel ins Schloss.

»Was machst du?«

Ich öffnete die Tür und schlüpfte in die Zelle, schloss sie mit einem lauten Klacken hinter mir, das noch weit in den Flur hinaus hallte. Die Schlüssel ließ ich auf den Boden sinken und trat, Angesicht zu Angesicht, vor den Vampir, der mich skeptisch musterte. *Sei stark und denk daran, dass du das für Nate tust. Du schuldest es ihm.*

»Wie du schon gesagt hast, ich bin eine Vampirkillerin«, sagte ich emotionslos.

»Und du wirst deinen eigenen Onkel töten?«, fragte er mit einem hämischen Grinsen, aber wenig Selbstvertrauen in der Stimme.

Die Wut, die in meinem Innern brodelte, schwappte an die Oberfläche. »Du bist nicht mehr mein Onkel, nur der Dämon, der seinen Körper gestohlen hat.«

»Alles, was dein Onkel war, ist auch in mir. Willst du wirklich zerstören, was von ihm übrig ist?«

Ich ballte die Hände zu Fäusten und kam näher. »Du magst seine Erinnerungen besitzen und sein Gesicht tragen, aber seine Seele gehört dir nicht. Von ihm ist nichts mehr in dir.« Sobald ich die Worte gesagt hatte, wusste ich, dass sie wahr waren. Selbst nachdem ich ihn mit verlängerten Eckzähnen gesehen hatte, sogar noch vor dieser Zelle stehend hatte ein winziger Teil von mir glauben oder hoffen wollen, dass Nate nicht für immer verloren war. Doch nun erfasste mich die kalte Erkenntnis der reinen Wahrheit.

»Was hast du vor? Willst du deinem Onkel ein Messer ins Herz rammen?«, fragte er und wollte mich immer noch glauben lassen, er wäre mein Onkel.

»Es ist nicht mehr Nates Herz«, erwiderte ich schlicht und ging auf ihn zu. »Und ich brauche kein Messer.«

»Was soll das heißen?«

»Du hast Nates Erinnerungen, also weißt du, was ich bin. Weißt du, warum Dämonen die Fae so fürchten?«

Zum ersten Mal sah ich in seinen Augen so etwas wie Furcht. Sein Adamsapfel bebte.

»Ich bin nicht nur eine gewöhnliche Vampirkillerin, ich bin sozusagen eine höchst einzigartige Dämonenmörderin. Du hast mir Nate genommen, und so hast du die Ehre, mein erstes Mordopfer zu werden. Na ja, nicht wirklich das Erste, aber das Erste dieser Art.«

Die Augen fielen ihm beinahe aus dem Kopf, als er die Elektrizität im Raum knistern hörte.

»Zuerst werde ich mich um dich kümmern. Dann werde ich von hier verschwinden und deine Schöpferin aufspüren, dann deinen Master – und schließlich werde ich jeden Blutsauger töten, der sich mir in den Weg stellt.«

Gedämpfte Geräusche aus dem äußeren Bereich des Gebäudes drangen zu uns durch und zogen die Aufmerksamkeit des Vampirs auf sich. Es klang, als wäre Ben erwacht und hätte Verstärkung gerufen. Wenn ich das hier zu Ende bringen wollte, dann jetzt.

Ich wandte mich zu dem Vampir. »Nate, wo immer du bist, bitte vergib mir, dass ich dich nicht beschützen konnte.« Trotz meiner Entschlossenheit rannen mir Tränen über die Wangen, während ich meine Kräfte rief.

»Sara, nein!«, schrie Tristan durch das Fenster in der Tür. »Was immer du vorhast, du musst aufhören damit.«

Mein Atem stockte, aber ich sah ihn nicht an. »Ich werde einen Vampir töten.«

Tristan senkte die Stimme. »Hör mir zu, Sara. Das willst du nicht tun. Einen Vampir zu töten, ist eine Sache, aber wenn du Nate umbringst, wird dich das für immer verfolgen.«

Meine Haare knisterten, stellten sich auf, sodass sie fast senkrecht von meinen Schultern abstanden. Die Atmosphäre war wie statisch aufgeladen, während die Energie um mich herum immer weiter zunahm.

»Das ist nicht Nate. Das ist ein Monster.«

»Ja, aber du wirst in Nates Gesicht sehen, wenn du ihn tötest, und Nate würde nicht wollen, dass du dich so an ihn erinnerst.«

»Ich ...«

»Sara, öffne die Tür.«

Ich schloss die Augen beim Klang von Nikolas' tiefer Stimme. Etwas riss an meinem Herzen und ein Teil von mir wollte zu ihm rennen, sich in seine Arme stürzen und ihn das Böse in meinem Leben vertreiben lassen. Aber der größere Teil meines Ichs wusste, dass ich niemals meine eigene Stärke wiedererlangen würde, wenn ich mich hinter ihm versteckte.

Meine Hände prickelten und begannen, vor Energie zu leuchten. Das reflektierte Licht leuchtete in den Augen des Vampirs, die mich mit panischem Blick anstarrten, während er sich gegen seine Ketten warf. Hinter mir erklangen schnelle Schritte und das entfernte Geräusch von einem Schlüssel im Schloss der Zellentür.

Der Vampir schrie auf, als ich mit meinen Händen seine Brust berührte und er erbebte heftig, obwohl ich noch nicht einmal die volle Wucht meiner Kraft freigesetzt hatte. Von der Faemagie auch nur berührt zu werden, war unerträglich für ihn. Ich starrte ihn ein paar Sekunden lang an, dann bündelte ich meine Magie und bereitete mich auf den letzten Schlag vor.

Die Tür schwang auf und ich spürte, wie sich mir jemand mit atemberaubender Geschwindigkeit näherte. *Nein!*

Ich ließ meine Kräfte fließen und fühlte, wie der Vampir zuckte und dann einen erstickten Schrei von sich gab. Der Gestank nach verbranntem Fleisch drang in meine Nase, und ich hörte hinter mir einen dumpfen Schlag. Jemand fluchte laut. Der Vampir hing schlaff in seinen Ketten, aber ich wusste, er war noch am Leben, weil wir durch den Energiefluss zwischen unseren Körpern miteinander verbunden waren. Mein Verstand ekelte sich vor dem Wissen, sich in einem Vampir zu befinden. Aber ich war völlig besessen davon, den Vampirdämon zu sehen, bevor ich ihn zerstörte. Ich musste das Ding anschauen, das einen wunderbaren Mann in ein Monster verwandelt hatte.

Während Moridämonen im Hirn ihres Wirtes lebten, klammerten sich Vampirdämonen an die Herzen ihrer Opfer. Meine Kraft bewegte sich durch Organe, die völlig gesund und normal wirkten, bis ich den missgestalteten Klumpen fand, der nur noch entfernt an das Herz eines Menschen erinnerte. Der größte Teil davon war von einer dicken, durchsichtigen weißen Membran umgeben, die einer Qualle ähnelte.

Dicke Ranken führten von dort aus wie Bindfäden zur Wirbelsäule und zum Gehirnstamm. Ich durchdrang die Membran, und der Dämon zitterte, das Herz stotterte.

Das war der mächtige Vampirdämon? All die Stärke und Geschwindigkeit eines Vampirs hingen an einem geleeartigen Parasiten, der einen Wirt brauchte, um zu überleben? Diese schwache, natürliche Form des Dämons in ihrer Urform zu sehen, entzauberte das Mysterium und minderte meine Ängste vor Vampiren deutlich. Und doch tat es nichts gegen den Schmerz, Nate zu verlieren. Nun aber wusste ich weit mehr über meinen Erzfeind als bisher, und die wahre Schwäche des Dämons offenbarte sich.

Der Dämon strampelte und auch der Körper regte sich nun wieder. Ich sandte einen elektrischen Schlag und er wurde wieder still. Genug der Studien. Es war Zeit, das hier zu beenden. Ich drängte meine Kraft nach vorn, bis sie den Dämon umzingelt hatte, ohne ihn zu berühren. Er schauderte, als wüsste er, was ich vorhatte. Meine Seele weinte um das Herz, das bald nicht mehr schlagen würde, aber ich fühlte weder Mitleid noch den Wunsch nach Gnade für die Kreatur, die ich nun zerstören würde.

Ich liebe dich, Nate, sagte ich stumm, während meine Kraft den Dämon einkreiste.

Dieser ließ einen unmenschlichen Schrei hören, zuckte und wehrte sich vehement gegen meinen Griff. Ich öffnete mich weiter und ein Schwall frischer Energie schwappte aus der Quelle tief in meinem Innern. Es war, als fluteten Blitze meine Adern. In einem entlegenen Teil meines Verstandes wusste ich, dass ich mich in unbekanntes Terrain begab. Kurz wurde mir angst und bange, aber dieses Gefühl mischte sich schnell mit hysterischer Heiterkeit. Ich hatte mich noch nie so lebendig gefühlt, der Welt um mich herum noch nie so gewahr. Ich konnte hören, wie die Mohiri außerhalb der Zelle atmeten und wie eine Maus hinter den Wänden kratzte. Ich spürte die lebendige Erde unter dem dicken Steinboden. Ich roch die Wassertropfen in der feuchten Luft der Zelle und den Gestank des toten Vampirfleisches. Und im Innern des Vampirs sah ich Leben ... und Tod.

Fremde Worte drängten sich in meinen Kopf und ich hörte eine versteckte Stimme, die in mir den Drang weckte, mir die Hände auf die

Ohren zu legen und zu schreien. Etwas klickte in meinem Kopf, als öffnete sich eine Tür und dann begriff ich, dass ich die Gedanken und Erinnerungen des Dämons hörte. ... *guter, starker Körper ... so hungrig ... aber ich will nicht sterben ... ja, meine Schöpferin ... Schmerz ... so viel Schmerz ...*

So plötzlich sie gekommen war, so abrupt schwand die Stimme des Dämons, und nun fluteten Bilder meinen Kopf – so schnell, dass es schien, als verschwömmen die Farben ineinander. Ich streckte mich und griff nach einem. Erstaunt sah ich in das Gesicht eines kleinen Mädchens, nicht älter als zwei oder drei. Ein anderes Bild – das gleiche Mädchen, nur ein paar Jahre älter, mit braunen Locken und fröhlichen grünen Augen. *Das bin ich*, dachte ich voll Verwunderung und griff nach weiteren Bildern.

Ich auf einem Stuhl in einem weißen Krankenhauszimmer, die Augen dunkel, voller Angst.

Ich, zusammen gerollt in einem kleinen Bett, in den Händen ein Teddybär.

Ich an meinem zehnten Geburtstag mit Roland und Peter.

Ich, die ein Geschenk unter dem Weihnachtsbaum hervorzieht.

Ich, von oben bis unten mit Schokolade beschmiert.

Ich mit einer verlausten Katze, die ich mit vierzehn gerettet hatte.

Ich im Türrahmen, gekleidet in ein hellgelbes Faeriekleid.

Es waren Nates Erinnerungen an mich, an mein Leben mit ihm – und jede einzelne von ihnen leuchtete in den hellen Farben der Liebe eines Vaters für sein Kind. Ich hatte mein halbes Leben lang meinen Vater vermisst, und die ganze Zeit war ich für Nate wie eine Tochter gewesen. Es war ein bittersüßes Gefühl, erst jetzt zu verstehen, wie tief seine Liebe für mich gewesen war. Jetzt, da er gegangen war.

Immer mehr Erinnerungen überströmten mich. Dunkle und beängstigende Erinnerungen. Ich sah eine exotische, rothaarige Frau in einem aufreizenden schwarzen Kleid. *Ava Bryant*, sagte sie mit süßlicher Stimme. Im nächsten Moment verzerrte sich das Gesicht und ihre Fangzähne schossen hervor. Ich hörte Nate vor Schmerzen stöhnen und sagen: *Ich werde euch niemals verraten, wo sie ist.* Die Erinnerungen danach waren wie vernebelt und ich wusste, dass sie aus der Zeit der

Verwandlung stammten. Der letzte zusammenhängende Gedanke, den er gehegt hatte, bevor der Vampirdämon ihn besetzte, war, wie froh er war, dass ich nicht allein sein würde. Die Bilder und Stimmen verschwanden in grauem Dunst, und dann waren es nur noch ich und der Dämon. Er sah jetzt dunkler aus und härter mit kleinen Kratzern auf der Oberfläche und sein Herz schlug schwach und unregelmäßig. Das Herz, in dem einst so viel Liebe für mich beheimatet war. Ich würde ihn nicht länger leiden lassen.

Es war Liebe, kein Zorn, die mich erfüllte, als meine Kraft in einem einzigen strahlendweißen Strahl explodierte, der mich tief hinter den Augenlidern blendete. Ich spürte den Todeskampf des Dämons und konnte den Zeitpunkt, zu dem er sich in Nichts auflöste und das Herz für immer stehen blieb, exakt benennen. Eine Welle tiefer Trauer keimte in meinem Innern, und dann hörte ich aus der Erinnerung heraus eine Stimme. *Diejenigen, die dich jagen, werden diejenigen sein, die dir die Kraft dazu geben, das zu werden, was sie selbst am meisten fürchten.*

* * *

Weit über mir schien ein Licht, so hell wie ein Leuchtsignal und ich schwamm durch die alles verschlingende Dunkelheit darauf zu. Meine Arme und Beine waren schwer, drohten mich hinunterzuziehen. Es war so einfach, sich nur in der warmen Düsternis treiben zu lassen, aber das Licht rief mich. Ich drängte mich mit jeder Unze meiner Willenskraft in seine Richtung, bis es heller wurde und ich gedämpfte Geräusche wahrnehmen konnte. Stimmen, Piepsen, Musik.

Was ist das ... Carly Simon?

»Es sind zwei verdammte Tage. Warum ist sie noch nicht aufgewacht?«

»Physisch ist alles in Ordnung mit ihr«, sagte die Frau. »Ich vermute, dass ihr Geist sich von dem Trauma erholen muss, das sie erlitten hat, und ich denke, dass sie aufwachen wird, wenn sie bereit dafür ist.«

»Du denkst es?«

»Nikolas, beruhige dich. Es bringt nichts, wenn du die Heiler anschreist. Niemand von uns hat etwas dergleichen bisher erlebt.«

»Mann, ich würde auch nicht aufwachen wollen bei dem Geschrei, das du hier veranstaltest.«

War das Roland?

»Ich glaube, ihre Augen haben sich gerade bewegt.«

Peter?

Eine Hand berührte meine Schulter. »Sara, ich bin's, Roland. Kannst du mich hören?«

Ich versuchte, eine Hand zu bewegen, aber sie schien bleiern zu sein. Ich wollte die Zähne frustriert aufeinanderbeißen, aber auch das gelang mir nicht.

»Da! Ihre Lippen haben sich bewegt. Schau nur, Pete. Ich habe es dir gesagt. Die Musik war eine gute Idee.«

Ich hörte, wie die Leute um mich herum sich bewegten, und dann wurde meine Hand warm. »Sara? Es ist Zeit, aufzuwachen, *moy malen'kiy voin.*«

Ich versuche es ja, verdammt noch mal, hätte ich so gern gesagt, aber die Worte wollten nicht kommen.

»Ah, schläft unsere Schönheit noch?«, erkundigte sich eine neu hinzugekommene Stimme. »Vielleicht braucht sie einen Kuss von ihrem Prinzen.«

»Das ist nicht der richtige Zeitpunkt für deine Witze, Desmund.« Nikolas' Stimme klang gedämpft, aber harsch. Seine Hand auf meiner aber war ganz zart. Hinter seinem harten Erscheinungsbild spürte ich Sorge und Angst. *Nikolas und ängstlich? Unmöglich.*

»Im Gegenteil. Lachen ist genau das, was sie braucht. Es ist doch viel zu düster hier drin ... Und was ist das überhaupt für ein grauenvoller Lärm?«

»Hey, sie mag diese Musik«, protestierte Roland.

»Wenn die Gentlemen sich nicht benehmen können, dann werde ich Sie alle rausschmeißen«, schritt die Heilerin mit ruhiger Autorität ein.

Stimmen erhoben sich und dann wurde es noch lauter im Zimmer. Die Geräusche klirrten schmerzhaft in meinen Ohren.

»Aufhören«, schrie ich, aber es wurde nur ein heiseres Flüstern daraus. Laut genug jedoch, um den Raum in atemlose Stille zu versetzen. Ich zwang mich, die Augen zu öffnen, und dann sah ich ein unrasiertes Gesicht und ein paar grauschattierte Augen. »Hi.«

Nikolas drückte meine Hand, und seine Lippen kräuselten sich zu einem Lächeln, das an einem inneren Band zu meinem Herzen zupfte. »Selber hi.«

»Was ist denn los? Warum seid ihr alle hier?« Das letzte Wort hustete ich mehr, als dass ich es sprach, und fragte mich, warum mein Mund und meine Kehle so rau waren.

»Hier.« Er legte eine Hand hinter meinen Kopf und stützte mich. Dann führte er ein Glas Wasser an meine Lippen. Erst nach einem langen, gierigen Schluck drückte ich es weg.

Jemand auf der anderen Seite des schmalen Bettes bewegte mich, und erst nach ein paar Sekunden begriff ich, dass ich auf der Krankenstation war und nicht in meinem Zimmer. Warum? Ich versuchte, mich zu erinnern, aber die Bilder in meinem Kopf waren wie in Nebel gehüllt.

»Wie geht es dir?«, fragte Roland. Seine blauen Augen blickten mich skeptisch an. »Du hast uns alle zu Tode erschreckt.«

»Roland?« Ich glaubte zu träumen, als ich seine und Peters Stimme hörte. »Was macht ihr denn hier?«

Sein Blick schweifte zu Nikolas und dann zurück zu mir. »Du erinnerst dich nicht?«

»Nein, ich ...«

Und dann traten die Erinnerungen aus dem Schatten. Thanksgiving, das Essen, der weiße Van, Nate in seinem Rollstuhl, Nate, der aufsteht, Nate, der an eine Wand gekettet ist ... Ich bedeckte das Gesicht mit meinen Händen, als alles mit erschreckender Klarheit zurückkam. »Oh Gott, ich habe Nate getötet.« Mein Körper erbebte und ich konnte nicht mehr atmen. Nikolas sagte etwas, aber ich hörte nur die Schreie des Vampirs und den letzten Schlag von Nates Herzen, bevor es für immer verstummte. Arme schlangen sich um mich und ich wurde zu Nikolas umgedreht. Ich klammerte mich an ihn, während er etwas in mein Ohr murmelte. Es dauerte mehr als ein paar Sekunden, bis seine Worte meinen Trauerschleier durchdrangen. Ich riss mich los und starrte ihn verwirrt an.

»Was hast du gesagt?«

Nikolas lächelte leicht. »Nate lebt.«

Ich bewegte meinen Kopf langsam von links nach rechts. »Das ist nicht möglich. Ich habe ihn getötet, ich habe seinen Tod gespürt.«

»Du hast den Vampir getötet.« Tristan ging auf das Bett zu und in seinen Augen glänzte die Verwunderung. »Wir haben keine Ahnung, was du da in dieser Zelle gemacht hast, aber Nate lebt.«

»Das ergibt doch gar keinen Sinn. Wie kann der Vampir am Leben sein, wenn ich ihn getötet habe.«

»Sara, nicht der Vampir ist am Leben. Nate ist es«, sagte Nikolas langsam. »Nate ist wieder ein Mensch.«

Kapitel 22

»WAS?« ICH SAH von Nikolas zu Tristan, dann zu Roland und alle nickten der Reihe nach. Zunächst konnte ich es einfach nicht glauben, aber dann keimte ein Funken Hoffnung in mir auf. »Ein Mensch? Er ist ein Mensch ... und er lebt?«

»Also, wenn du meine Nase fragst, er riecht menschlich«, sagte Peter hinter Rolands Rücken.

Ich packte Roland am Arm, weil er am nächsten bei mir stand. »Hast du ihn gesehen?«

»Oh, Dämonenstärke, ich vergaß.« Er riss sich los und rieb sich seinen Arm. »Wir haben ihn ein paar Mal gesehen. Und du solltest wissen, dass er ...«

»Wo ist er? Ich will ihn sehen.« Ich warf die Decke beiseite und setzte mich auf. Doch mir wurde sofort schwindelig von der abrupten Bewegung und ich wäre aus dem Bett gefallen, hätte Nikolas mich nicht aufgefangen.

»Warte. Du bist zu schwach, um irgendwohin zu gehen.« Er hielt mich zärtlich fest. Ich kämpfte gegen ihn an, war aber chancenlos.

»Lass mich los. Ich will zu Nate.« Zweimal hatte ich gedacht, Nate verloren zu haben. Zum ersten Mal, als er hier als Vampir aufgetaucht war und dann, als ich ihn getötet hatte oder besser, als ich geglaubt hatte, das getan zu haben. Jetzt herauszufinden, dass er wie durch ein Wunder am Leben war ... »Lass mich los, Nikolas, oder ich schwöre dir, ich werde nie wieder ein Wort mit dir sprechen.« Das war zwar ein wenig drastisch ausgedrückt, aber ich meinte es so. Ich war viel zu aufgewühlt, um mich zu entschuldigen.

»Du konntest es noch nie leiden, wenn man dir gesagt hat, was du zu tun hast.«

Ich drehte meinen Kopf in Richtung Tür, aber die Sicht wurde mir von Tristan versperrt. Es spielte keine Rolle, denn diese Stimme hätte ich unter Tausenden wiedererkannt. »Nate?«, sagte ich leise.

Tristan trat beiseite und ich beobachtete atemlos, wie Nate auf mein Bett zukam. Er trug ein Lächeln im Gesicht, das seine vertrauten grünen Augen strahlen ließ und jeder boshafte Zug war aus seiner Miene gewichen. Nikolas ging einen Schritt zurück, und ließ Nate seinen Platz an meiner Seite einnehmen. Nate legte seine Hand über meine und ich sah Tränen in seinen Augen schimmern. »Hey, Kleines.«

Blind griff ich nach ihm. Er nahm mich in seine starken Arme und wir klammerten uns aneinander, als müssten wir Angst haben, der andere könnte jeden Moment wieder verschwinden. »Du bist wirklich hier«, heulte ich in sein Shirt. »Ich habe gedacht, ich hätte dich verloren.«

»Das habe ich auch gedacht.«

»Wie ist das ...« Die Worte blieben mir in der Kehle stecken, denn plötzlich wurde mir bewusst, was ich eben gesehen hatte. »Nate, du kannst ja laufen!«

Sein Lachen schmolz das letzte Eis in meiner Brust. »Tristan sagt, meine Wirbelsäule sei geheilt worden, nachdem der Vampir mich verwandelt hat. Und dann hast du den Dämon getötet.«

Ich sackte gegen mein Kissen und rieb mir die Stirn. »Ich verstehe das alles nicht.«

»Woran erinnerst du dich?«, wollte Tristan wissen.

Nun ergriff die Heilerin das Wort. »Sara ist zwei Tage lang bewusstlos gewesen, das ist jetzt alles zu viel für sie. Vielleicht sollten wir ihr ein wenig Ruhe gönnen, bevor ...«

»Nein, ich habe lange genug geschlafen.« Ich setzte mich auf, und Roland drückte einen Knopf, wodurch das Kopfteil des Bettes in Sitzposition gehoben wurde. Mit einem zusätzlichen Kissen hinter mir konnte ich es mir bequem machen. Ich zupfte an Nates Hand, bis er sich neben mich setzte. Ich glaubte nicht, ihn jemals wieder aus den Augen lassen zu können.

Als ich zur Seite sah, bemerkte ich, dass Tristan, Roland und Peter sich Stühle herangezogen hatten und Nikolas sich an das Kopfteil des Bettes gestellt hatte. Die Heilerin ging aus dem Zimmer, und schließlich bemerkte ich die einsame Gestalt am Fenster.

»Desmund? Ich dachte, du kommst nicht gern nach unten.«

Er stieß sich von der Wand ab, kam herübergeschlichen und lupfte spöttisch einen Mundwinkel. »Na ja, sie wollten dich nicht hoch zu mir bringen, also war ich wohl oder übel gezwungen, meine Zeit in diesem deprimierenden Krankenzimmer abzusitzen.« Er nahm meine Hand und hob sie an seine Lippen. »Willkommen zurück, Kleines. Wenn du uns noch einmal solche Sorgen machst, dann schließe ich dich eigenhändig für die nächsten fünfzig Jahre weg.«

»Stell dich hinten an«, murmelte Nikolas.

Toll, noch ein Mann in meinem Leben, der meinte, mir sagen zu müssen, was richtig für mich war und was nicht. Ich war unschlüssig, ob ich den beiden einen finsteren Blick zuwerfen oder mich freuen sollte, dass sie sich wenigstens endlich mal einig waren. Bei meinem Händchen für gefährliche Situationen würde ich aber wahrscheinlich über kurz oder lang eine Kostprobe ihrer Drohungen zu spüren bekommen.

Desmund lächelte freundlich und ließ meine Hand los. »Ich geh dann mal und lasse dich mit deiner Familie allein. Ich werde nach dir sehen, wenn es dir etwas besser geht.« Bevor ich ihm sagen konnte, dass er bleiben sollte, war er schon verschwunden.

Ich sah zu Nate, der leise mit Tristan sprach. Er war wirklich hier. Vor zwei Tagen noch hatte ich geglaubt, mein Herz wäre für immer gebrochen, und nun war er hier und ich platzte vor Glück.

»Sara, fühlst du dich gut genug, um uns zu erzählen, was du getan hast?«, wollte Tristan wissen. »Wir haben dergleichen noch nie erlebt und ich wüsste auch nicht, dass es einen einzigen Fall in der Vergangenheit gegeben hat, in der so etwas möglich war. Ich weiß gar nicht, wo ich anfangen soll, es zu verstehen.«

»Ich wusste nicht, dass ich das kann. Ich wusste, dass ich Dämonen töten kann. Aber in meinen kühnsten Träumen hätte ich mir nicht erhofft, dass ich aus einem Vampir wieder einen Menschen machen könnte.«

Ich spielte nervös mit dem Saum meiner Decke und erwiderte dann Nates Blick. »Ich war so wütend, so traurig über das, was dir zugestoßen ist. Ich wollte dich töten, nicht retten.«

Er legte seine Hand auf meine und hielt mich davon ab, weiter herumzufuchteln. »Ich weiß«, sagte er ohne einen Hauch Bitterkeit. »Ich erinnere mich an alles, besonders an die schrecklichen Dinge, die ich ... die der Vampir zu dir gesagt hat. Ich weiß, dass du getan hast, was getan werden musste.«

»Was genau hast du denn getan?«, drängte Roland.

»Wie schon gesagt, ich hatte vor, den Vampir zu töten. Das erste Mal habe ich ihn mit meiner Kraft so heftig erwischt, dass er bewusstlos wurde. Während ich mit ihm verbunden war, konnte ich sehen, dass der

Dämon Nates Herz besetzt hatte.« Ich hörte, wie Nate scharf die Luft einsog, aber ich konnte ihn nicht ansehen und damit auch nicht den Schrecken in seinem Gesicht bezeugen, der deutlich zu hören gewesen war.

»Ich wollte erneut zuschlagen, aber dann habe ich seine Gedanken gehört. Also eigentlich waren es seine Erinnerungen, glaube ich.«

Tristan hob die Hand, um mich zu unterbrechen. »Hast du sie verstanden? Seine Gedanken?«

»Bruchstücke davon.«

Er runzelte die Stirn. »Nur unsere ältesten Gelehrten verstehen die Sprache der Dämonen, und sie haben Jahrhunderte darauf verwendet, sie zu erlernen.«

»Aber wir verstehen doch auch unseren Mori.«

»Der Moridämon in uns wurde für unsere Rasse gewählt. Denn er ist kompatibel mit einem Menschen. Unsere Dämonen wurden in uns geboren, und deshalb lernen wir auch im Laufe unseres Lebens, mit ihnen zu kommunizieren.«

Ich sah von ihm zu Nikolas. »Du willst mir damit sagen, dass mein Mori eine ganz andere Sprache spricht als ich? Und ich wusste das nicht einmal?« Nikolas nickte und ich versuchte stumm, zu verstehen, was diese neue Erkenntnis bedeutete. Es gab so vieles, was ich noch lernen musste. Darüber, wer und was ich war.

Peter lehnte sich nach vorn. »Was ist passiert, nachdem du den Dämon gehört hast?«

»Dann habe ich …« Ich sah zu Nate. Er musste verstehen, warum ich ihm das sagte. »Ich habe Erinnerungen an mich gesehen. Dann habe ich gesehen, wie du verwandelt wurdest und welche Schmerzen du erleiden musstet. Ich konnte dich nicht länger leiden lassen. Ich hielt dein Herz und dann blieb es stehen. Ich dachte, du wärst gestorben.«

»Ich glaube, das bin ich auch. Aber dann zerrte etwas an mir. Es war so hell und warm, dass ich wirklich dachte, ein Engel sähe mich an.« In seinem Gesicht spiegelte sich der Ausdruck eines Menschen, der etwas so Wundersames gesehen hatte, dass er keine Worte dafür fand. »Dann breitete sich glühende Hitze in mir aus und mir wurde so warm, dass ich dachte, von innen heraus zu verbrennen. Ich verlor das Bewusstsein, und als ich erwachte, lag ich auf dem Boden der Zelle und Tristan beugte sich über mich. Er sah aus, als wollte er die Sache zu Ende bringen.«

»Das hätte ich auch beinahe«, erklärte Tristan reumütig. »Aber dann habe ich seine Augen gesehen und ich wusste, etwas hatte sich verändert. Und nach allem, was ich gesehen hatte ...«

»Was hast du denn gesehen?«, fragte ich ihn.

»Wir haben die Tür aufgeschlossen, aber bevor Nikolas oder ich zu dir durchdringen konnten, hast du eine solch heftige Energiewelle in den Raum abgegeben, dass wir durch die Luft flogen. Du und Nate wart in einer Art magischer Sphäre, die so grell leuchtete, dass es unmöglich war, euch anzusehen. Wir konnten uns dir nicht mehr als auf einen Meter nähern, ohne dass diese Energie uns zurückwarf. Ich habe in meinem Leben schon vieles gesehen, aber nichts dergleichen.«

»Du hast also nicht wirklich gesehen, was ich mit Nate gemacht habe?«

»Nein, es hat etwa eine Minute lang angehalten, dann war die Sphäre verschwunden und ihr seid auf dem Boden zusammengesackt. Was immer es gewesen ist, es hat die Ketten an Nates Armen und Beinen geschmolzen, ohne dass er einen einzigen Kratzer davongetragen hat.«

»Eine Minute?« Ich lehnte mich verblüfft gegen die Kissen hinter mir. »Es hat sich so viel länger angefühlt.«

»Ja, das hat es«, sagte Nikolas mit erstickter Stimme und ich sah, wie Nate ihm einen freundschaftlichen Blick zuwarf. Nate und ich mussten über so viele Dinge sprechen und ich wusste nicht, was er über Nikolas und mich sagen würde. Nate mochte Nikolas, aber ich hatte so ein Gefühl, dass er diese ganze Geschichte mit dem Bund nicht besonders gut aufnehmen würde.

Roland zog mir spielerisch an den Haaren. »Da hast du dir ja ein paar nette neue Tricks zugelegt, seit wir uns das letzte Mal gesehen haben.«

»Dagegen erscheint das, was sie mit dir gemacht hat, geradezu harmlos«, sagte Peter grinsend und Roland nickte heftig.

»So was von.«

Ich lachte leise, und Roland sagte: »Schön, dieses Geräusch endlich mal wieder zu hören.«

»Es fühlt sich auch gut an.« Wie sollte ich auch nicht glücklich sein? Nate war zurück und ich war von Leuten umgeben, die mir am Herzen lagen. Der Master wusste, dass ich am Leben war, aber ich war zu glücklich, um mich jetzt darum zu scheren. Nate war hier sicher, und der Master konnte ihn nicht mehr gegen mich einsetzen.

Ich zog an Nates Hand. »Du bleibst hier, bis wir den Master haben, richtig?« Er hatte sich so vehement dagegen gewehrt, mit hierherzukommen, als Nikolas es ihm damals in New Hastings angeboten hatte, dass ich fürchtete, er würde auch jetzt ablehnen.

Er lächelte. »Ich schätze, ich kann hier genauso gut schreiben wie überall sonst. Natürlich brauche ich meinen Computer und ein paar Sachen von zu Hause.«

»Und vergiss nicht Daisy und …« Ich brach ab, als mir wieder einfiel, dass ich noch immer keine Ahnung hatte, ob meine Tiere überhaupt noch am Leben waren. »Nate, wo sind Daisy und Oscar? Du hast doch nicht …«

Er wirkte besorgt. »Nein! Sie sind mir weggelaufen, nachdem ich verwandelt wurde.«

»Es geht ihnen gut«, sagte Peter. »Dad und Onkel Brendan haben bei euch nach dem Rechten gesehen und Oscar draußen gefunden. Er hat sie nicht an sich herangelassen, also hat Tante Judith ihn mit Futter gelockt.«

»Und Mom hat Daisy mit zu uns genommen«, fügte Roland hinzu.

»Danke«, sagte ich heiser.

Tristan erhob sich. »Warum lassen wir Sara und Nate nicht ein wenig allein? Ich bin mir sicher, sie haben viel zu bereden.«

»Warte! Was ist mit Ben? Geht es ihm gut?« Beinahe hätte ich den Krieger vergessen, den ich außer Gefecht gesetzt hatte.

»Ben geht es gut, auch wenn es ihm ein wenig zu schaffen macht, dass er sich hat so leicht von dir überlisten lassen. Er versteht, dass du neben dir gestanden hast und nicht klar denken konntest.« Tristan lächelte, aber in seinen Worten schwang ein leiser Vorwurf mit. Ich hatte das Gefühl, dass er mir – wenn ich erst genesen war – eine ordentliche Standpauke halten würde.

Ich nickte demütig. »Ich werde mich sobald wie möglich bei ihm entschuldigen.«

»Ich glaube, Ben wäre es lieber, wenn du das Thema nicht noch einmal ansprichst«, erklärte Nikolas mit schelmischem Grinsen. »Vielleicht sollte ich mich entschuldigen, dafür, diese spezielle Fähigkeit erst aus dir herausgekitzelt zu haben.«

Tristans Blick schweifte von mir zu Nikolas. »Es wäre wohl gut, wenn ich genauer über eure Unterrichtsstunden informiert wäre. Aber jetzt ruh dich erst einmal aus, Sara, und sprich mit Nate. Wir unterhalten uns in ein paar Tagen noch einmal über dein Training.«

»Können wir nicht in mein Zimmer gehen? Es wäre viel bequemer dort.«

»Du solltest hierbleiben, in der Nähe der Heiler. Zumindest für die nächsten paar Stunden«, sagte Nikolas, bevor Tristan antworten konnte. Er hatte wieder einen sehr entschiedenen Ton angeschlagen, aber dieses Mal wollte ich gar nicht mit ihm diskutieren.

»Okay, aber nur ein paar Stunden«, stimmte ich zu. »Dann muss ich hier raus. Ich habe im letzten Monat schon viel zu viel Zeit hier verbracht.«

»Ich habe Nate das Apartment neben meiner Wohnung gegeben«, sagte Tristan. »Es gibt darin zwei große Schlafzimmer. Du kannst bei ihm einziehen, wenn du möchtest.«

Ich wäre Nate zwar gerne nahe gewesen, aber der Gedanke, auf dem gleichen Flur zu wohnen wie Tristan und Nikolas, war zu viel für mich. Unter ihrer stetigen Beobachtung würde ich nie Frieden finden. Außerdem hatte ich gerne ein Zimmer für mich und mochte es, in der Nähe von Jordan und meinen anderen Freunden zu wohnen. Und was würde aus den Kobolden werden, wenn ich umzog?

Ich sah zu Nate. »Wenn es dir nichts ausmacht, würde ich gerne bei den anderen Schülern bleiben. Wir sehen uns ja trotzdem ständig.«

Er nickte und schenkte mir ein wissendes Lächeln. Wenn jemand wusste, wie wichtig mir meine Privatsphäre war, dann Nate.

Roland und Peter sträubten sich ein wenig, zu gehen und erklärten sich erst dann dazu bereit, als Nate ihnen versicherte, mich beim Essen dann wieder ganz für sich zu haben. Ich brummte, dass das so klang, als wäre ich ein Spielzeug, das sie untereinander teilen mussten, und alle lachten. Die Jungs sprachen beim Gehen über den Speiseplan und waren völlig aus dem Häuschen, als Tristan ihnen erklärte, dass sie Steaks bekommen konnten, wann immer sie wollten. War es wirklich erst wenige Monate her, dass meine beiden Werwolffreunde behauptet hatten, niemals mit den Mohiri klarkommen zu können? Und nun besuchten sie eine Mohirifestung und saßen mit ihnen an einem Tisch.

Nikolas war der Letzte, der ging und plötzlich fühlte ich mich ein wenig eingeschüchtert davon, mit ihm und Nate in einem Raum zu sein. Fast so, als brächte ich das erste Mal einen Jungen mit nach Hause. Nur dass Nikolas kein Junge war und ich nicht wusste, wo ich anfangen sollte, Nate meine Beziehung zu ihm zu erklären.

»Ich bin ganz in der Nähe, wenn du etwas brauchst.« Er beugte sich über mich und in meinem Magen flatterten die Schmetterlinge. Aber er berührte nur meine Stirn mit seinen Lippen. »Wir beide sollten uns später mal darüber unterhalten, was passiert, wenn du mir so etwas noch einmal antust.« Er streckte sich, nickte Nate zu und ging.

Nate hob eine Augenbraue, und ich seufzte schwer. Wir hatten wirklich viel zu bereden.

»Setz dich besser. Könnte eine Weile dauern.«

* * *

»Du hast also erst vor ein paar Monaten herausgefunden, dass deine beiden besten Freunde Werwölfe sind?«

Jordan sah zu Roland und Peter, die sich auf dem Bett neben mir fläzten. »Und ihr beiden hattet keine Ahnung, was Sara ist?«

Ich lachte, weil ich wusste, wie seltsam das klingen musste. Wie konnte einem entgehen, dass die besten Freunde Werwölfe waren? »Werwölfe sind ziemlich gut darin, ihre Geheimnisse zu bewahren, und ich habe mich ja selbst für menschlich gehalten. Bis ich Nikolas traf.«

»Riechen sie nicht nach Hund oder so, wenn sie nass werden?«

»Jordan«, schimpfte ich, doch meine Mundwinkel zuckten. Den ganzen Tag über stichelten die drei schon gegeneinander und langsam war ich es leid, immer den Schiedsrichter spielen zu müssen.

»Und dann hast du herausgefunden, dass du zur Hälfte eine Wassernymphe bist, und deswegen kannst du all dieses abgefahrene Zeug und hast deinen Onkel auferstehen lassen?« Ich nickte und sie fluchte. »Halb-Dämon, Halb-Fae. Das ist so freaky. Kein Wunder, dass du es niemandem erzählt hast.«

»Ich wollte es dir ja sagen. Wirklich.« Am gestrigen Tag hatte ich – dank meiner wundersamen Tat an Nate – herausgefunden, dass mein

Geheimnis nicht länger geheim war. Die Leute, die mich bereits vorher für verrückt gehalten hatten, starrten mich jetzt ganz offen an, und mehr als ein Gespräch war unterbrochen worden, wenn ich einen Raum betreten hatte. Offensichtlich hatte Tristan gestern Nacht eine Versammlung einberufen. Um den Gerüchten keinen Raum zu lassen, hatte er allen eine verkürzte Version der Wahrheit verkündet. Ich war froh, mich nicht mehr verstecken zu müssen, hätte aber gut auf den Promistatus verzichten können.

Jordan winkte mit einer Hand ab. »Nein, schon okay. Ich hätte so was wahrscheinlich auch für mich behalten.«

»Ich schätze, jetzt wissen wir, warum die Vampire so verbissen hinter dir her sind«, sagte Roland. »Wenn du sie wieder menschlich machen kannst, müssen sie sich ziemlich in die Hosen machen.«

»Aber echt«, sagte Peter und setzte sich auf. »Mein Dad sagt, nichts macht einem Vampir mehr Angst als Sterblichkeit.«

Diejenigen, die dich jagen, werden diejenigen sein, die dir die Kraft dazu geben, das zu werden, was sie selbst am meisten fürchten.

Die Vorhersage des Hale-Hexers hatte sich nicht auf meine Fähigkeit bezogen, Vampire zu töten, sondern darauf, sie sterblich zu machen. Aber die Vampire hatten mir diese Macht nicht gegeben, ich war so geboren worden. Oder etwa nicht?

Ich erinnerte mich an Aines Worte an dem Tag am See. *Wir waren uns nicht sicher, wie dein Körper auf das Vampirblut reagieren würde, das du aufgenommen hast.* Aine hatte geglaubt, dieses kalte Gefühl in meiner Brust wäre eine Nebenwirkung des Vampirbluts in meinem Kreislauf, aber was, wenn es nicht der einzige zusätzliche Effekt war? Was, wenn Elis Blut mich verändert hatte, es mir nicht nur ermöglichte, einen Vampirdämon zu verstehen, sondern auch einem Vampir die Menschlichkeit zurückzugeben? Allerdings konnte der Master das unmöglich erahnt haben.

»Sollte der Master je herausfinden, dass Nate wieder ein Mensch ist, dann weiß er, wozu ich fähig bin und wird hinter jedem her sein, der mir etwas bedeutet. Ich will nicht, dass euch etwas zustößt.«

Roland stopfte sich ein Kissen unter den Kopf. »Mach dir um uns keine Sorgen. Die Vampire wären ziemlich dämlich, wenn sie sich mit einem Rudel unserer Größer anlegen würden.«

»Wie groß ist euer Rudel?«, wollte Jordan wissen.

»Wir sind fünfundvierzig in New Hastings, aber wir haben Familie in ganz Maine«, antwortete Peter. »Insgesamt sind wir einhundertneunzig.«

»Das größte Rudel in den Staaten«, ergänzte Roland stolz.

Jordan stützte sich mit den Armen auf den Tresen in meiner kleinen Küchenecke, in der sie bereits den Kühlschrank inspiziert hatte. »Habt ihr eigentlich große Probleme mit Läusen und Flöhen?«

»Jordan!«

»Was? Das ist doch eine berechtigte Frage. Sie haben doch schließlich Fell.«

Ich schüttelte den Kopf, doch sie zuckte nur mit den Achseln. »Wie oft habe ich schon die Möglichkeit, Werwölfe auszufragen.«

Roland ging geflissentlich über ihre Frage hinweg. »Wir haben Nate heute nur kurz gesehen. Wie geht es ihm?«

»Er scheint in Ordnung zu sein, aber ich schätze, es wird eine Weile dauern, bis er das alles verdaut hat.« Gestern hatten Nate und ich uns stundenlang unterhalten. Er hatte mir von der Vampirfrau erzählt. Ava Bryant hatte sich als eine Reporterin aus New York ausgegeben, und es war der schönen Vampirin wohl auch nicht schwergefallen, Nate zu überzeugen, mit ihr zu kommen. Er hatte ihren Master nicht kennengelernt, aber ihre Liebe zu ihm hatte sich während der Verwandlung auch auf Nate übertragen. Ich sagte Nate immer wieder, wie leid es mir tat, was er meinetwegen hatte durchmachen müssen. Irgendwann bat er mich, damit aufzuhören. Er meinte, es würde hier anders sein, aber das Alleinleben war ihm ohnehin nicht bekommen, und so war er froh, nun in meiner Nähe zu sein.

Er war sehr interessiert an meinem Leben hier und insbesondere daran, was zwischen mir und Nikolas vor sich ging. Kaum überraschend war er nicht sehr begeistert von dieser Bund-Geschichte und sagte, ich wäre zu jung, um mich so stark zu binden. Ich versicherte ihm, dass ich mich nicht blindlings in etwas stürzte und erklärte ihm, dass Nikolas meine Gefühle verstand und wir es langsam angehen lassen würden. Das schien Nate ein wenig zu beruhigen, obgleich er meinte, Nikolas und er würden sich einmal von Mann zu Mann unterhalten müssen. So sehr ich auch gefleht hatte, in diesem Punkt war er unerbittlich geblieben.

Nikolas war gestern Abend vorbeigekommen, um zu sehen, wie es mir ging, aber die meiste Zeit ließ er mir meinen Freiraum, und so konnte ich viele Stunden mit Nate und meinen alten Freunden verbringen. Seitdem Roland und Peter hier angekommen waren, waren Nikolas und ich nicht mehr allein gewesen. Und nicht selten fragte ich mich, wo er war oder was er tat. Als ich gestern mit ihm gesprochen hatte, hatte er gesagt, wir würden uns heute Abend sehen. Die Schmetterlinge in meinem Bauch schwirrten wie verrückt, wenn ich nur daran dachte, wieder mit ihm allein zu sein.

»Nate kommt schon in Ordnung«, versicherte Roland mir. »Er kann überall schreiben. Er muss also nicht wirklich etwas aufgeben.«

Meine Miene hellte sich auf. »Das stimmt.« Ich krabbelte vom Bett, öffnete meinen Laptop und loggte mich ein. Ich hoffte auf eine E-Mail von David. Ich hatte ihm natürlich schon geschrieben und ihn gebeten, alles über eine Frau namens Ava Bryant herauszufinden. Tristan ließ seine Leute ebenfalls nach ihr suchen, und ich hatte ihn bereits schwören lassen, sie lebend hierherzubringen. Mit der Frau, die versucht hatte, mir Nate wegzunehmen, hatte ich ein sehr persönliches Hühnchen zu rupfen.

Während die Nachricht über eine neue E-Mail auf dem Bildschirm aufploppte, klopfte es an der Tür. Ich öffnete und war überrascht, dass Michael davorstand – mit großen Augen und völlig außer Atem.

»Sara, wie gut, dass ich dich gefunden habe«, keuchte er. »Sahir schickt mich.«

»Geht es um Minuet?«

»Nein, die Höllenhunde. Sie sind schon wieder ausgerissen und in die Wälder gelaufen.«

»Was?« Hastig stieg ich in meine Stiefel. »Wie zur Hölle sind sie da rausgekommen?« Ich hatte Roland und Peter noch vor wenigen Stunden mit in die Menagerie genommen und ich war mir sehr sicher, den Käfig wie immer abgeschlossen zu haben. Und außer Sahir und mir kam ihnen niemand nahe oder hatte einen Schlüssel zu ihrem Zwinger.

»Ich weiß es nicht, aber sie sind frei«, sagte Michael verängstigt. »Sie tun doch niemandem weh, oder?«

»Nein, natürlich nicht«, erwiderte ich scharf, während ich meinen Mantel vom Haken nahm. *Würden sie doch nicht, oder?* Die Höllenhunde benahmen sich, wenn ich bei ihnen war, aber sie waren auch keine Streichelzootiere.

Ich eilte hinaus und wandte mich kurz zu den anderen um. »Ihr bleibt hier. Ich kümmere mich darum und bin gleich wieder da.«

Roland und Peter waren schon vom Bett gesprungen. »Vergiss es«, sagte Roland und schlüpfte in seine Schuhe. »Du wirst nicht allein im Wald herumrennen.«

Jordan stand auf und rannte aus der Tür. »Wo gehst du hin?«, rief ich ihr nach.

»Hole meinen Mantel.«

Michael ging über den Flur und ich folgte ihm. »Ihr müsst wirklich nicht mitkommen«, sagte ich zu Roland und Peter. »Niemand wird mir etwas tun, wenn Hugo und Wolf bei mir sind.«

»Ist ja nicht so, als hätten wir etwas Besseres zu tun«, erwiderte Peter.

Jordan kam aus ihrem Zimmer und warf die Tür hinter sich zu. »Kommt schon, Leute. Lasst uns Saras Hündchen einfangen, bevor sie jemanden verspeisen.«

Wir fünf rasten die Treppen hinunter und rannten dabei fast zwei Leute über den Haufen. Draußen war es kalt und sternenklar. Der Vollmond tauchte den Schnee in ein sanftes Licht. Unser Atem waberte wie Nebel durch die Luft, während wir uns in Richtung Wald bewegten.

Ich wandte mich zu Michael. »Welche Richtung haben sie eingeschlagen?«

Er deutete auf einen Punkt in der Ferne, den ich als jene Stelle erkannte, an der wir üblicherweise zu unseren Spaziergängen aufbrachen. Wahrscheinlich waren sie meinem Geruch gefolgt. Dennoch war es seltsam, denn meine Spur war zwischen der Menagerie und dem Hauptgebäude sicher viel deutlicher.

Ich hielt am Waldrand inne und versuchte, in der Dunkelheit etwas auszumachen. Die dicken Äste blockierten das Mondlicht, und so sah ich nur den geisterhaften Glanz des Schnees auf dem Boden. »Hugo! Wolf«, schrie ich, aber es kam kein Bellen als Antwort. Sie konnten schon auf halbem Weg zum See sein. Ich hoffte nur, sie verletzten dabei keinen der Wachen.

Seufzend drehte ich mich in Richtung Menagerie. »Wir brauchen Taschenlampen.«

»Hier, nimm meine.« Michael zog eine kurze schwarze Taschenlampe aus seiner Hosentasche und reichte sie mir. Ich knipste sie an und schon breitete sich ein starkes Licht aus und schnitt wie ein Messer durch das düstere Schwarz jenseits der Bäume.

»Lasst uns gehen«, sagte ich. »Und macht mich nicht dafür verantwortlich, wenn ihr euch den Hintern abfriert.«

Wir betraten die Wälder und eilten in Richtung See. Meine vier Freunde dicht hinter mir. Weniger als ein paar hundert Meter weiter bemerkte ich Spuren im Schnee und wusste, dass sie zu den Höllenhunden gehörten. Es war nur schwer, zu sagen, ob sie frisch waren oder von unserem Spaziergang am Nachmittag stammten. Ich suchte nach meinen Fußabdrücken, aber konnte keine entdecken. Das war nicht weiter verwunderlich, weil Hugo und Wolf so wild herumgerannt waren, dass sie meine Spuren wahrscheinlich verwischt hatten. Ich hielt an, pfiff und rief erneut nach ihnen.

»Verdammt, ist das kalt«, murmelte ich, blies auf meine Hände und wünschte mir, ich hätte an Handschuhe gedacht.

Roland schnaubte. »Nett von deinem Freund Sahir, im Warmen zu bleiben, während wir uns hier abmühen.«

»Sahir würde nicht ...« Ich brach ab, als mich der Verdacht wie ein Blitzschlag traf. Ich drehte mich zu Michael um. »Wo ist Sahir überhaupt?«

Michael zuckte die Achseln. »Ich glaube, er ...«

Er grunzte vor Schmerz, als ich seinen Arm packte. Ich schnappte nach Luft und sofort stach ihre Eiseskälte in meine Lunge – was nichts war, verglichen mit dem kalten Klumpen, der sich plötzlich in meiner Brust formte.

»Vampire!« Ich wirbelte herum und rief den anderen zu: »Lauft!«

»Bitte, nicht meinetwegen«, sagte eine heisere Frauenstimme, bevor eine blonde Vampirin aus dem Nichts heraus plötzlich vor uns stand. »Wir sind doch gerade erst gekommen.«

Ich nahm ihre Worte kaum wahr, denn noch während sie sprach, kam eine leichte Brise auf und vier weitere Vampire traten aus dem Dickicht des Waldes.

Kapitel 23

DAS KONNTE NICHT wahr sein! Die Umgebung wurde mehrmals täglich und auch nachts von Patrouillen durchkämmt. Wie waren die Vampire an bewaffneten Kriegern vorbeigekommen – noch dazu so nahe bei der Festung?

»Ist sie das?«, fragte die Frau und deutete auf mich.

»Ja«, erwiderte Michael mit dünner Stimme.

Ich sog scharf die Luft ein. Hinter mir hörte ich lautes Knurren.

»Du mieses, verräterisches kleines Stück Scheiße!«, kreischte Jordan und warf sich auf Michael, der ein paar Schritte rückwärts stolperte. Einer der Vampire bewegte sich und ich packte schnell Jordans Arm, um sie zurückzuhalten.

»Es tut mir leid«, winselte Michael. »Sie haben Matthew und sie werden ihn töten, wenn ich ihnen nicht helfe. Er ist doch alles, was ich noch habe.«

Ich starrte ihn erschrocken an, wie er da die Arme verzweifelt in die Luft warf und mich anflehte. Ich hatte ja bereits vermutet, dass Michael durch den Verlust seiner Familie ein wenig durcheinander war, aber in diesem Moment sah ich erst, wie gebrochen er wirklich war. Er wollte so unbedingt glauben, dass sein Bruder am Leben war, dass er sogar seinem schlimmsten Feind vertraute und seine eigenen Leute verkaufte. Im Austausch für einen Geist.

»Wie rührend«, säuselte die Vampirin und bedeutete ihren Begleitern, näher zu kommen. »Nehmt sie und tötet die anderen.«

»Ihr habt gesagt, dass ihr die anderen in Frieden lassen werdet!«, schrie Michael. »Ihr habt versprochen, sie gegen Matthew einzutauschen.«

Die Frau lachte und zeigte ihre Zähne. »Wir machen keinen Handel mit Leuten wie dir.« Ihre Bewegungen waren so schnell, dass sie vor meinen Augen verschwammen. Dann schlug sie Michael so hart, dass er mehrere Meter durch die Luft flog und mit einem furchterregenden Knacksen gegen einen Baum krachte.

Er landete im Schnee und blieb reglos liegen. Die Vampirin wandte sich mir zu. »Nun, wo ...«

Sie schnappte nach Luft und trat bei dem dunklen Heulen hinter ihr einen Schritt zurück. An der Stelle, an der Roland und Peter gestanden hatten, erhoben sich nun zwei riesige Werwölfe.

»Werwölfe!«, spuckte sie, offenbar erstaunt darüber, dass ihre Gefährten den Geruch meiner Freunde nicht wahrgenommen hatten. Doch sie erholte sich schnell von ihrem Schrecken. »Zwei von euch haben keine Chance gegen fünf von uns.«

»Und was bin ich? Lebendfutter, oder was?« Jordan bewegte die Hand, und der Vampir neben ihr gab einen gurgelnden Laut von sich. Er hielt sich an dem Griff des silbernen Messers fest, das in seiner Brust steckte. Der Mann sank zu Boden, und Jordan wedelte mit einem weiteren Messer vor ihrer Nase herum. »Nun steht es vier gegen drei.«

Die Frau zischte. »Glückstreffer, kleine Jägerin. Aber Stephen war noch ein Grünschnabel. Mich bekommst du nicht so leicht.« Sie winkte den anderen zu. »Worauf wartet ihr?«

Einer der Werwölfe ließ ein tödliches Heulen hören und sprang über meinen Kopf hinweg auf die dunklen Gestalten vor uns zu. Ich wusste, dass es Roland war. Hinter mir wachte Peter und zu meiner Seite zog Jordan ihr langes Messer. Hilflos schaute ich auf meine unbewaffneten Hände, bevor ich begriff, dass ein Messer mir ohnehin nicht viel weiterhelfen würde. Die beste Waffe war ich selbst.

Roland stürzte sich auf einen der nahenden Vampire und ich hörte, wie sie erbarmungslos aufeinander losgingen. Ein Spritzer heißen Blutes tropfte auf meine Wange. Lautes Zischen und Kampfschreie hallten durch die Luft, und es war unmöglich, einen Schatten vom anderen zu unterscheiden.

Eine kalte Hand griff nach meinem Handgelenk und zog mich von meinen Freunden fort. Scharfe Krallen bohrten sich in meine Haut. Ich wusste sofort, das hier war kein Babyvampir. Todesangst kam über mich, und die Erinnerungen an Eli fluteten meinen Verstand. *Nein. Nie wieder.*

Ich öffnete die Barriere in meinem Innern und erlaubte der Hitze, meinen Körper zu übernehmen. Statt mich von meinem Angreifer wegzureißen, wirbelte ich herum und drückte meine freie Hand an seine Brust. Nach meiner Erfahrung mit Nate wusste ich genau, wo der Vampirdämon sich versteckte und wie ich ihm wehtun konnte. Bevor der Vampir wusste, wie ihm geschah, schossen weiße Funken aus meiner

Hand und durchbohrten seine Brust so mühelos wie eines von Jordans Messern.

Der Vampir erstarrte und seine Hände erschlafften. Ich entriss meine Hand seinem Griff und stolperte ein Stück zurück. Es war zu dunkel, um seinen Gesichtsausdruck zu sehen, aber ich konnte erkennen, dass seine Augen noch immer geöffnet waren und er mich völlig schockiert ansah. Ich wusste nicht, wie schnell er sich erholen würde und ich hatte keine Waffe, um ihm den Garaus zu machen. Also hob ich beide Hände, um mich erneut auf ihn zu werfen. Er gab ein leises Geräusch von sich, das wie ein unterdrückter Schrei klang.

Eine Sekunde später schubste mich jemand zur Seite und ein Messer versank in der Brust des Vampirs. Jordan zog es wieder heraus und griff nach meinem Arm. »Komm. Wir müssen von hier verschwinden.«

Ich wirbelte herum und begriff, dass wir bis auf die dunklen Gestalten am Boden allein waren. Mein Magen drehte sich. »Wo sind Roland und Peter?«

»Sie jagen der Frau hinterher.« Jordan zog mich durch das Geäst. »Wir müssen zurück und Alarm schlagen. Wie zur Hölle sind fünf Vampire an unseren Wachen vorbeigekommen?«

Tiefer aus dem Wald wurde das Schnauben meiner Werwolffreunde leiser, je weiter sie sich entfernten. Ich blieb abrupt stehen. »Wir können Roland und Peter nicht allein lassen. Und was ist mit Michael?«

Jordan stoppte und sah mich an. »Deine Freunde haben zwei Vampire in Stücke gerissen. Ich glaube, sie kommen allein zurecht. Und der kleine Verräter kann bleiben ...«

Ich erstarrte, das eisige Gefühl in meiner Brust war plötzlich übermächtig. »Es kommen noch mehr«, krächzte ich.

»Scheiße. Wo?«

Ich schüttelte den Kopf. So präzise war mein neuer Vampirradar nicht. Wir hatten nur eine Chance: Wir mussten rennen und hoffen, dass wir die richtige Richtung einschlugen. Dieses Mal griff ich nach Jordans Hand, und so rannten wir beide durch die Baumreihen. Nach ein paar hundert Metern ließ das eisige Gefühl etwas nach und so wusste ich, dass wir uns von den Vampiren entfernten, aber noch immer verfolgt wurden. Unser Problem war, dass alles in der Dunkelheit gleich aussah und ich keine

Ahnung hatte, wohin wir rannten. Wenn wir nicht bald aus dem Wald kamen, standen unsere Chancen schlecht.

Ich kam zum Stehen und hörte, wie etwas zu unserer Rechten rauschte. »Der Fluss. Komm schon.« Wenn wir nahe beim Fluss waren, war es nach Hause nicht mehr weit und wir mussten ihm nur folgen, bis er uns flussabwärts in Sicherheit brachte. Adrenalin rauschte durch meine Adern und ich wechselte die Richtung, dem Wasser zu. Jordan folgte mir dicht auf den Fersen.

Das Kältegefühl in meiner Brust wurde wieder stärker und ich beschleunigte meine Schritte, soweit es mir möglich war. Meine Füße stolperten über eine Baumwurzel und ich wäre gefallen, hätte Jordan mich nicht hochgerissen. Ich ignorierte den pochenden Schmerz in meinem Knöchel und drängte voran. Das Rauschen wurde lauter. Wir waren so nahe dran.

Wir erreichten den Waldrand und staksten eine Weile am Flussbett entlang, bevor wir uns für eine Richtung entschieden hatten. Schwer atmend drehten wir uns um und rannten einen schmalen Pfad entlang, der dem Schlängeln des Flusses folgte. Es war kaum hell genug, um den Pfad auszumachen, aber wir konnten es uns nicht erlauben, langsamer zu werden. Mit jedem Schritt spürte ich, dass die Vampire näherkamen. Sie konnten nicht wissen, wo wir waren, sonst hätten sie uns bereits erwischt. Das war das Einzige, was uns in die Hände spielte. Denn davonlaufen konnten wir ihnen nicht.

Jordan ließ einen leisen Schrei erklingen, und so hielt ich abrupt an. Gerade noch rechtzeitig fing ich mich, sonst wäre ich über sie gestolpert. Ich sah an ihr vorbei auf die große Gestalt im Mondlicht, die sich an der Biegung des Flusses aufrichtete. Meine neue Fähigkeit sagte mir alles, was ich wissen musste. Es war ein Vampir.

Ich wirbelte herum, um die Richtung zu wechseln, aber da bemerkte ich, dass auch auf diesem Weg jemand auf uns zukam. Wir saßen in der Falle. Rannten wir jetzt Richtung Wald, waren wir verloren. Damit blieb nur noch eine Option.

Ich packte Jordan am Arm, und als sie ihren Kopf zu mir drehte, schrie ich. »Spring.« Sie umfasste meine Hand mit fester Entschlossenheit und wir sprangen gleichzeitig. Es blieb kaum Zeit, um Luft zu holen, da tauchten wir bereits in den Fluss ein. Das eisige Wasser schloss sich über meinem Kopf, und der Aufprall hatte unsere Hände voneinander gelöst. Ich paddelte an die Oberfläche und wollte atmen. Stattdessen schluckte ich Wasser.

»Jordan!«, schrie ich gurgelnd. Die Strömung riss an meinen schweren Kleidern und zog mich nach unten. Ich trat mit den Füßen um mich und kämpfte mich an die Oberfläche, während der reißende Fluss mich mit sich zog. Es gelang mir, kurz Luft zu holen, bevor das Wasser wieder über meinem Kopf zusammenschlug. In Panik verlor ich das Gefühl für unten und oben. Meine Lunge brannte und vor meinen Augen tanzten kleine Sterne.

Nein, keine Sterne. In meiner Angst hatte ich die Magie des Wassers gerufen und sie antwortete auf meinen Ruf. Eine Wolke voll glitzernder Lichter bewegte sich rasant auf mich zu, umgab mich und hob mich nach oben. Ich durchbrach die Oberfläche, schnappte nach Luft.

Keuchend suchte ich nach Jordan. Bis endlich ein kurzes Aufblitzen heller Haare in dem schaumigen Wasser vor mir meine Aufmerksamkeit auf sich zog. Es verschwand wieder und ich glaubte schon, es mir nur eingebildet zu haben, da tauchte es erneut auf.

»Jordan!« Ich streckte mich mit neugewonnener Stärke ihr entgegen. Ein paar Sekunden später ergriffen meine vor Kälte tauben Finger den Kragen von Jordans Jacke und mit einem Aufschrei zog ich sie zu mir. Sie schlang ihren Arm um meine Hüfte und legte ihren Kopf auf meine Schulter, während ich versuchte, uns beide über Wasser zu halten. Sie war angeschlagen, halb erfroren, aber sie lebte.

»Halt dich an mir fest, wir werden es hier rausschaffen.« Ich holte ein paar Mal tief Luft, um mich zu beruhigen, und dann ließ ich meine Magie ins Wasser fließen. Es fühlte sich an, als reagierte es sofort, und so formten sich in Sekundenschnelle Millionen goldener Partikel um uns herum, die uns wie ein warmer Schutzschild umgaben und uns in der Strömung über Wasser hielten.

»W... was ist das? Ist das d... deine Kraft?«

»So in der Art.« Umgeben von vertrauter Magie spürte ich, wie mein Mut und meine Stärke zurückkehrten. Dies war mein Element, es gab im Wasser für mich nichts zu fürchten. Ich hatte die Kontrolle zurückerlangt, und der Fluss würde uns tragen, wohin wir auch wollten.

Minuten später sah ich ein Leuchten, das durch die Bäume vor uns drang. Die Festung. Ich nutzte meine freie Hand, um das Wasser in Richtung des Flussufers zu dirigieren, an dem ich schon so häufig gesessen hatte. Unsere Füße berührten festen Boden und wir stützten einander, während wir über glitschige Felsbrocken ans Ufer krabbelten. Kaum dem Wasser entstiegen, kroch die Kälte wieder in meine Knochen und ich schauderte heftig. Einen Augenblick lang starrte ich in den mondhellen Himmel, zu erschöpft, um mich zu bewegen.

Starr vor Kälte rappelte ich mich auf und zog Jordan mit mir. »Wir müssen rein und die anderen warnen.« Michaels Betrug lastete noch immer schwer auf mir. Das und die Tatsache, dass so viele Vampire an Tristans Wachen vorbeigekommen waren. Die Festung galt als uneinnehmbar, aber nun sah es nicht mehr so aus, als wären wir hier vor dem Master sicher.

»Hallo zusammen«, säuselte eine fremde männliche Stimme über unseren Köpfen. Ich taumelte rückwärts und starrte erschrocken auf die beiden Vampire am Ufer. Es war so kalt, dass ich sie nicht einmal gespürt hatte.

»Bleibt zurück.« Ich rutschte rückwärts, bis ich wieder das kalte Wasser um meine Waden spürte. Wo zur Hölle waren denn alle? Hier rannten Vampire übers Gelände und es war kein einziger Krieger in Sicht. Mein Bauchgefühl sagte mir, dass die Situation noch viel schlimmer war, als ich bislang gedacht hatte. Auf keinen Fall konnten Vampire mir so nahekommen, wenn Nikolas bei mir war ... außer ... außer es war ihm etwas zugestoßen. Mein Magen zog sich schmerzhaft zusammen.

»Nicht näherkommen«, schrie ich und die Angst um Nikolas überlagerte die Furcht um mich selbst.

»Oder was?« Der zweite Vampir lachte und hüpfte vom Abhang hinunter, wo er nur etwa einen Meter entfernt vor mir stehenblieb. »Spritzt ihr uns dann nass?« Bevor ich antworten konnte, packte er meinen Arm in stählernem Griff und drückte mich gegen sich. Jordan zog ihr Messer heraus und wedelte damit drohend vor dem anderen Vampir herum, der sich bereits auf sie zubewegte.

»Mmh, du riechst gut. Ich wette, du schmeckst auch gut.« Der Vampir schnupperte an meinem Nacken und ich kämpfte gegen die Übelkeit, die mich zu überkommen drohte. Er versuchte, meine Angst gegen mich zu verwenden und mich so in Schrecken zu versetzen, dass ich mich nicht wehren konnte. Noch vor ein paar Monaten wäre er damit erfolgreich gewesen.

Ich wirbelte herum und drückte eine Hand gegen seine Brust. Ich war nicht zu verängstigt und unterkühlt, um zu bemerken, dass es sich zwar schneller als ein junger, aber auch deutlich langsamer als ein reifer Vampir bewegt hatte. Ich mochte ihn nicht ausknocken können, aber ich war bereit, mein Bestes zu geben. Ich nahm den Blick nicht von ihm, sandte meine Kraft in das Wasser zu meinen Füßen und schickte einen stummen, dringenden Appell an die Magie des Wassers. Bat sie, mir beizustehen. *Komm und hilf mir*, schrie ich, meine innere Stimme ängstlich belegt.

Hinter mir explodierte das Wasser und sandte einen kalten Schauer über unsere Köpfe. Die Augen des Vampirs wurden weit und sein Mund öffnete sich zu einem stummen Schrei, als ein Kreischen, jenseits aller irdischer Vorstellungskraft, die Luft erfüllte. Bevor ich mich danach umdrehen konnte, beugte sich eine riesige, weiße Gestalt über meinen Kopf und landete hinter dem Vampir am Flussufer. Der schneeweiße Kelpie ragte über uns empor und schüttelte seine üppige Mähne, bevor er den Mund öffnete und einen weiteren ohrenbetäubenden Schrei von sich gab.

»Neeeeiiin«, knurrte der Vampir, als Fiannar sich an seine Schultern krallte und ihn hochriss. Die erschrockenen Augen des Vampirs richteten sich auf mich, dann war er verschwunden. Mit einem einzigen Kopfnicken hatte Fiannar ihn in den Fluss geworfen.

»Fiannar«, keuchte ich, als der Kelpie an Jordan vorbeirannte und den zweiten Vampir packte, der furchterfüllt schrie, als er ins Wasser gerissen wurde. Dann hielt der Wächter des Wassers an meiner Seite inne und verbeugte sich leicht, bevor er mit seiner Beute unter der Wasseroberfläche verschwand.

Weiter hinter uns hatte sich der zweite Vampir von seinem Schock erholt und schwamm panisch zum Ufer. Aus dem Wasser erhob sich Feeorins schwarzer Kopf. Der Kelpie packte den Vampir und zog ihn mit sich.

Der ganze Angriff hatte kaum eine Minute gedauert, und so starrte ich überrumpelt auf den dunklen Fluss, wo Sekunden zuvor noch die beiden Kelpies ihre Köpfe aus dem Wasser gestreckt hatten.

»Was zur Hölle war das?«

Ich sah zu Jordan, die ihr Messer schlapp in den Händen hielt. Sie klang zum ersten Mal, seit wir in den Fluss gesprungen waren, wieder wie sie selbst.

Ich begann, ans Ufer zu krabbeln. »Das waren Feeorin und sein Bruder Fiannar. Sie sind die Kelpies, die den Fluss bewachen.«

»Ach, das ist alles?« Sie steckte ihr Messer weg und folgte mir. »Freunde von dir?«

»Könnte man sagen.«

Beinahe taub vor Kälte zogen wir uns die Anhöhe hinauf. Doch blieben wie eine Minute lang liegen und bemühten uns, wieder zu Atem zu kommen, dann rannten wir auf die Festung zu. Es war gut möglich, dass weitere Vampire auf dem Gelände herumlungerten und wir mussten die anderen finden, bevor noch jemand angegriffen wurde. Ich wollte gar nicht an Roland und Peter denken, die da draußen in den Wäldern mit weiß Gott was kämpfen mussten. Oder Nikolas. Oder Nate.

Ich beschleunigte meine Schritte. Ich musste zu Nate.

Schon bald nachdem wir den Fluss hinter uns gelassen hatten, hörten wir laute Schreie und ängstliche Rufe. Die Kälte in meiner Brust explodierte und ich raste auf das nächste Gebäude zu. Der Anblick ließ mich abrupt innehalten.

»Oh Gott.«

Das Unvorstellbare war geschehen. Westhorne wurde angegriffen, und wo man den Blick auch hinwandte, sah man kämpfende Krieger. Die Vampire waren langsam, neugeboren, aber sie machten diese Schwäche durch ihre Anzahl wett. Die meisten Krieger bekämpften drei oder vier von ihnen gleichzeitig. Ihre Schwerter glänzten im Mondlicht, als sie einen Vampir nach dem anderen mit tödlicher Präzision erledigten. Die Krieger ohne Schwert kämpften mit Messern oder Pfeil und Bogen. Ich sah einen von ihnen mit bloßen Händen ein Loch in die Brust eines Vampirs schlagen. Es war das reinste Blutbad.

Eine Bewegung am Rande des Hauptgebäudes zog meine Aufmerksamkeit auf sich. Ich schnappte nach Luft, als ich sah, dass

Tristan einen Vampir enthauptete, dessen Platz sogleich von zwei weiteren eingenommen wurde. Neben ihm schwang Celine das Schwert mit tödlicher Präzision und das obwohl sie ein langes, kampfuntaugliches rotes Kleid trug. Ich verspürte noch immer keine Zuneigung zu ihr, aber ich musste zugeben, dass die Frau wusste, wie man kämpft. Und ich war froh, dass sie Tristans Rückendeckung war.

Ich suchte die Umgebung mit den Augen nach Nikolas ab, aber von ihm und Chris gab es keine Spur. So wie ich die beiden kannte, waren sie irgendwo da draußen inmitten des Blutvergießens. Mehr als jeder andere konnte Nikolas auf sich selbst aufpassen, aber das verhinderte nicht, dass sich ein ängstlicher Knoten in meinem Innern formte.

Gott, bitte gib auf ihn acht.

Zwei weitere Krieger stürzten sich in den Kampf, und das Herz schlug mir bis zum Hals, als ich Terrence und Josh in ihnen erkannte. Die beiden Jungs wurden sofort von drei Vampiren attackiert. Terrence schwang das Schwert, und einer der Vampire schrie auf, als ihm der Arm abgetrennt wurde. Josh warf sich zur Seite, hob sein Schwert und einer der beiden anderen Vampire taumelte zurück und hielt sich den Unterleib. Zwei von ihnen heulten nun schmerzerfüllt, aber sie zogen sich nicht zurück. Josh eilte zu Terrence, stand nun mit ihm Rücken an Rücken und so erwarteten sie den nächsten Angriff.

»Wir müssen etwas tun«, sagte ich. Unsere Freunde kämpften um ihr Leben und die Leute, die uns am meisten bedeuteten, standen unter Beschuss. Nate war im Innern des Gebäudes, ich hatte ihn gerade erst zurückbekommen und durfte ihn nicht wieder verlieren.

Jordan öffnete den Mund, um etwas zu erwidern, als ein Mädchen zu unserer Rechten laut aufschrie.

»Das ist Olivia.« Jordan rannte in die Richtung, aus der die Schreie gekommen waren – abseits des eigentlichen Schlachtfeldes. Es blieb mir nichts anderes übrig, ich musste ihr folgen. Nate und die anderen dominierten nach wie vor meine Gedanken, aber Olivia war hier und sie brauchte uns.

»Geh weg von ihr, du Bastard!«, kreischte Jordan und warf sich auf den Vampir, der sich in Olivias Kehle verbissen hatte. Er ließ Olivia los, die wie eine Puppe zu Boden fiel, und schwang dann seinen Arm, sodass

Jordan ein paar Meter durch die Luft flog und auf dem Rücken im Schnee landete.

Der Vampir ignorierte sie und kam auf mich zu. »All das süße, junge Mohiriblut ... köstlich«, zischte er. Er schwankte leicht, als wäre er betrunken, und kleine Blutstropfen – Olivias Blut – perlten von seinem Kinn auf den Boden. Die Galle stieg mir in die Kehle und mein Blick schweifte zu dem regungslosen Mädchen – wenige Meter entfernt. *Bitte, du musst leben*, flehte ich inständig, während ich vor dem Vampir zurückwich, der mich hungrig verfolgte.

Ich stieß mit den Füßen gegen etwas und musste wild mit den Armen rudern, um nicht zu fallen. Ich fing mich, sah mich um und schluckte heftig beim Anblick von Marks blinden Augen und seiner zerrissenen Kehle. Wir waren keine guten Freunde gewesen, aber etwas in mir veränderte sich beim Anblick seines leblosen Körpers. Anstelle von Mark sah ich plötzlich meinen Dad im Schnee liegen, bedeckt von seinem eigenen Blut.

Ein Feuer aus heißer Wut explodierte in meinem Kopf und mein Mori jubelte entzückt, als wir uns miteinander verbanden. Seine Kraft rauschte durch meine Muskeln, beanspruchte jede Faser, jeden Knochen für sich. Ich hob den Blick, und auf einmal schärften sich alle meine Sinne.

Ich wusste nicht, wer überraschter war, der Vampir oder ich, als ich meine Faust auf seine Nase senkte und es laut und befriedigend knackste. Er heulte auf und hob die Hand zu seinem blutenden Gesicht. Wenige Sekunden später verzog sich sein Mund zu einem finsteren Grinsen und er kam erneut auf mich zu. Er war schnell, aber nicht schnell genug.

Die Welt um mich herum wurde langsamer und so sah ich, wie seine Krallenhand nach meinem Gesicht griff, neigte den Kopf zur Seite und wich ihm aus. Ich trat aus und meine Stiefel trafen ihn genau zwischen seinen Beinen. Er winselte und sank zu Boden. Nun war es an mir, zu grinsen, und mit diebischer Freude musste ich Nikolas innerlich recht geben. Der Tritt war sehr effektiv gewesen. Bevor er sich erholen konnte, wirbelte ich herum und traf ihn mit meinem Fuß im Gesicht. Der Vampir rappelte sich auf, schlug um sich und taumelte nach hinten, direkt in Jordans Messer. Seine Augen weiteten sich erschrocken und dann gab er erstickte Geräusche von sich, bevor er mit dem Gesicht nach vorn in den Schnee plumpste.

»Liv!« Jordan ließ das Messer sinken und rannte zu Olivia. Meine Wut verpuffte augenblicklich, als ich mich neben meine gefallene Freundin zu Boden kniete. Ich berührte ihr Gesicht, und da war mir sofort klar, dass das Leben aus ihr gewichen war. Mein Blick traf Jordans. Ich schüttelte den Kopf – unfähig, auch nur ein Wort zu sagen.

»Kannst du ihr helfen?«, bat Jordan verzweifelt.

»Sie ist von uns gegangen. Es tut mir leid.«

Ich sah zum ersten Mal, wie sich Jordans Augen mit Tränen füllten. »Du dumme Kuh«, flüsterte sie heiser und strich Olivia die Haare aus dem Gesicht. »Wie oft habe ich dir schon gesagt, dass man nicht ohne Waffe aus dem Haus geht?« Ihr Atem stockte und sie sah mich an. »Ich habe sie ständig geneckt, aber sie war meine Freundin.«

»Ich weiß, und sie wusste das auch.« Ich erhob mich und nahm Olivias Arme.

»Was machst du?«

»Sie sollte neben Mark liegen.« Die beiden hatten sich erst letzte Woche zu ihrer Liebe bekannt, aber alle wussten, dass sie schon lange verrückt nacheinander waren. Sie waren gemeinsam gestorben, und es war nur richtig, sie auch im Tode nebeneinander zu betten.

Jordan stand auf und nahm Olivias Beine. Gemeinsam trugen wir sie hinüber und legten sie an Marks Seite. Ich schloss ihre Lider und Jordan faltete Olivias Hände über ihrer Brust. Dann wischte sie sich die Tränen mit dem Ärmel ab und räusperte sich. »Komm. Wir können hier nicht bleiben.«

Ich zuckte zusammen, als die Schreie hinter uns wieder lauter wurden. Im Moment waren wir zwar außer Sichtweite, aber wir steckten zwischen dem Kampfschauplatz und dem Wald. Ein Angriff konnte aus beiden Richtungen kommen und mit nur einer einzigen Waffe hatten wir schlechte Karten. Meine Morikräfte zu wecken, hatte mich müde gemacht, und unser Tauchgang im Fluss war der Fitness auch nicht gerade zuträglich gewesen. Ich war mir nicht sicher, ob einer von uns eine weitere Attacke überleben würde.

»Wohin sollen wir gehen?«

Jordan fand ihr Messer, wischte es im Schnee ab und hinterließ dabei blutige Spuren. »Ich weiß es nicht, aber im Moment stehen wir nur dumm herum.«

»Geh du voraus«, sagte ich und hob den Arm. Schmerz schoss hinein und ich stöhnte laut auf.

»Ah, Shit, hat er dich erwischt?« Jordan hob meinen Arm, um ihn zu untersuchen, und dabei sah auch ich zum ersten Mal die langen Risse im Ärmel. Es war Blut auf dem Stoff, aber die Schnitte sahen nicht besorgniserregend aus. Es tat nur höllisch weh.

»Ich hab schon Schlimmeres überstanden. Lass uns gehen.«

»Sara!«

Beim Klang meines Namens wandte ich mich um und meine Lippen verzogen sich zu einem zitterigen Lächeln, als ich sah, dass Chris auf uns zu sprintete.

»Chris«, schrie ich heiser und rannte ihm entgegen. Ich war so erleichtert, ihn unverletzt zu sehen.

»Hinter dir!«, kreischte Jordan. Chris und ich drehten uns zur gleichen Zeit um und bemerkten die beiden Vampire, die ihn von hinten angriffen. Keiner von ihnen sah älter aus als sechzehn, und ihre relativ langsamen Bewegungen entlarvten sie als Neugeborene. Chris hob das Schwert und enthauptete beide mit zwei mühelosen Schlägen. Ich konnte mich nicht gegen einen schmerzhaften Stich in meinem Innern wehren. Ein so kurzes, trauriges Leben.

Chris winkte uns zu. »Lasst uns gehen. Ich muss euch beide hier wegbringen.«

Jordan und ich waren noch etwa sechs Meter von Chris entfernt, als er plötzlich innehielt und sein Körper sich versteifte, als wäre er angeschossen worden. Ich schrie seinen Namen, doch da verzog sich sein Gesicht gepeinigt und er fiel auf die Knie. Eine Sekunde später richtete sich mein Blick auf eine schlanke Figur, die aus dem Wald zu unserer Rechten trat. Mit gezielten kraftvollen Schritten näherte sich die Person Chris. Wieder ein paar Sekunden später konnte ich die weißen Markierungen auf dem Gesicht des Mannes erkennen.

»Nein.« Die Kraft sammelte sich in meiner Kehle, rann über meine Zunge und schon sah ich mich selbst losrennen und meinen Körper auf Chris werfen, um ihn vor der bösen Magie des Hale-Hexers zu schützen. Meine Hände fanden Chris' Gesicht und ich öffnete mich, um den Zauber aus ihm herauszusaugen, bevor er sich in seinem Innern manifestieren konnte. Ekel überkam mich, als ich die Magie berührte, aber anders als der alte Zauber in Desmunds Innern war dieser hier frisch und dadurch viel schwächer. Dieser Hexer war nicht annähernd so mächtig wie derjenige, der Desmund angegriffen hatte.

Während ich die dunkle Magie in mich aufsog, wehrte ich mich vehement gegen die kalte Übelkeit, die sie verursachte. Es schien ein ganzes Leben lang zu dauern, bis ich dagegen ankam. Es war, als wüsste der Zauber von seinem bevorstehenden Ende. Aber ich war viel stärker als noch vor zwei Monaten, als ich das erste Mal gegen einen Hale-Hexer hatte bestehen müssen. Meine Kraft umzingelte die Magie. Ich hörte jemanden in der Nähe schreien, aber alles, was mich jetzt kümmerte, war Chris.

»Chris? Chris?« Ich rollte mich von ihm und schlug ihm ein paar Mal leicht auf die Wange, bevor sich seine grünen Augen öffneten und er mich verwirrt ansah. »Hey, bist du da?«, frage ich ihn.

Er brummte und rieb sich die Augen. »Ganz schön kriegerisch, deine Schreie, liebe Cousine. Was zum Teufel ist passiert? Ich fühle mich, als hätte ich den Kater meines Lebens.«

»Hale-Hexer.« Ich sah hinüber zu dem Hexer, der auf der Seite lag und den Blick von uns abwandte. »Komm schon, wir müssen aufstehen.«

»Auf?« Er blinzelte verwirrt. »Warum bist du so durchnässt?«

Ich zog an seinem Arm. »Lange Geschichte. Komm jetzt, steh auf.«

»Scheiße.«

Ich schaute gerade noch rechtzeitig auf, um zu sehen, wie Jordan sich beim Angriff einer fauchenden Vampirin duckte, die so aussah, als wäre sie noch vor ein paar Wochen aufs College gegangen. Jordan rollte sich zusammen und sprang dann auf die Füße, mit Chris' Schwert in den Händen.

»Das gefällt mir schon besser«, sagte sie entschlossen, während sie das Schwert mühelos durch die Luft schwang. Die Vampirin kam schliddernd zum Stehen und starrte skeptisch auf die Waffe. Jordan raste voran und trennte den Arm der Frau am Ellbogen ab.

»Das war für Mark«, schrie sie und übertönte die Schreie der Blutsaugerin. »Und das hier ist für Olivia!« Das Schwert schwirrte durch die Luft und trennte den Kopf vom Rumpf.

Jordan beugte sich über die Leiche, ihre Schultern bebten und stille Tränen rannen über ihr Gesicht. Dann schnellte sie herum, das blutige

Schwert in den Händen und stakste wütend auf den gefallenen Hale-Hexer zu.

»Nein.« Ich rappelte mich auf und griff nach ihrem Arm. Sie versuchte, sich loszureißen, aber ich hielt sie fest. »Vertrau mir, du willst nicht, dass er in deinen Kopf kriecht. Ich kümmere mich darum.«

Der Hexer hielt die Hände schützend vor sein Gesicht. Ich kickte mit meinen Stiefeln gegen seinen Rücken und er stöhnte laut.

»Wenn du das Echo nicht aushältst, dann versuch es gar nicht erst«, erklärte ich mitleidslos. »Hoch mit dir.«

Er rollte sich auf den Rücken und nahm die Hände von den Augen. Ich zog scharf die Luft ein, als ich sah, dass er nur ein Junge war. Vielleicht sechzehn, wenn überhaupt. Wie jung fing man denn in dem Geschäft an, bitte?

»Bitte«, flehte er zermürbt. »Bring es zu Ende. Töte mich.«

»Was?« Ich ging einen Schritt zurück. »Ich werde dich nicht töten. Ich will nur, dass du aufhörst, anderen wehzutun. Hast du deine Magie auch bei anderen angewandt? Im Wald?«

Der Junge nickte und ich fluchte wütend beim Gedanken an die Krieger, die von Schmerzen gepeinigt irgendwo im Wald lagen. »Dann hoffe ich für dich, dass sie am Leben sind«, knurrte ich. Wieder erklangen laute Schreie. »Wenn wir das hier überleben, dann wirst du mir zeigen, wo sie sind und in Ordnung bringen, was du angerichtet hast. Verstanden?«

»Bitte.« Er klang eher wie ein kleiner Junge, nicht wie ein mächtiger Hexer. »Sie haben mir meine Mutter und meine Schwestern genommen und sie werden sie töten, wenn ich nicht tue, was sie mir befohlen haben.«

»Es tut mir sehr leid um deine Familie. Ich würde auch alles tun, um meine zu beschützen. Du kannst dich später opfern, wenn es das ist, was du willst. Aber erst, wenn du den Menschen geholfen hast, denen du wehgetan hast. Und jetzt steh auf.«

Er starrte mich noch einen Moment lang an, dann setzte er sich auf. Seine angestrengte Miene sagte mir, dass er aus eigener Kraft nicht hochkam.

Ich wollte ihn nicht berühren, aber ich konnte ihn auch nicht hierlassen und ihm die Gelegenheit zur Flucht geben. Ich streckte mich, packte seine Hand und zog ihn nach oben. Er schwankte unsicher, und ich rief nach Jordan. »Ich glaube nicht, dass er noch genug Saft in sich hat, um irgendetwas anzustellen, aber wenn, dann darfst du ihn fertigmachen.« Ich warf dem Jungen einen harten Blick zu. »Du tust niemandem mehr weh, ansonsten bekommst du es mit mir zu tun.« Ich hatte keine Ahnung, ob ich ihn überwältigen konnte, aber das wusste er ja nicht. Er nickte unterwürfig.

Jordan sah ihn warnend an, dann nahm sie seinen Arm. Ich eilte zu Chris, erleichtert, dass er aufrecht saß. »Kannst du laufen? Wir können nicht hierbleiben.«

Bevor er antworten konnte, hörten wir laute Schreie, und als ich mich umdrehte, sah ich Erik und die drei anderen aus seinem Team auf uns zu rennen. Die Krieger stellten sich im Kreis um uns und hielten eine Gruppe von sechs Vampiren davon ab, uns anzugreifen. Mein Herz raste, als ich begriff, wie knapp wir ihnen entgangen waren. Umgeben von so vielen Vampiren spürte ich dauerhaft einen kalten Knoten in meiner Brust. Und so war mein Vampirradar nutzlos.

Erik und seine Männer werteten unsere bemitleidenswerte Truppe erheblich auf. Wir hatten ein Schwert, einen verletzten Hexer, und unser bester Krieger war niedergestreckt worden. »Weg hier«, schrie Erik uns an. »Wir kümmern uns darum.«

Ich sah mich verzweifelt um. Aus jeder Richtung drangen Kampfgeräusche, Schreie und laute Rufe. Bis jetzt hatten wir uns dem Schlachtfeld ferngehalten, aber es sah so aus, als hätte es uns gefunden. Es gab keinen Ausweg mehr.

»Du musst mir hochhelfen, Cousinchen«, sagte Chris und ich wünschte, ich wäre so tapfer wie er. Ich nahm seine Hände und half ihm auf, legte seinen Arm um meine Schultern, um ihn zu stützen. Er schüttelte seinen Kopf, und trotz meiner Angst, musste ich träge grinsen.

»Siehst du, Mr Grübchen, ich wusste, irgendwann würde ich dir mal den Arsch retten.«

Er versuchte, mich finster anzuschauen, aber es gelang ihm nicht richtig. »Wenn ich mich recht erinnere, wolltest du mich vor den Frauen retten. Davon, dass mein Hirn zu Brei gerührt werden würde, hast du nichts gesagt.«

»Das Leben ist eben kein Ponyhof.«

Er stolperte und ich verlagerte sein Gewicht, um ihn besser stützen zu können. Verdammt, Mohirikrieger waren wahrlich keine Leichtgewichte.

Ich sah mich um. »Wohin?«, fragte ich Chris und versuchte, die Furcht in meiner Stimme zu verbergen.

»Da lang.« Er deutete auf eine Ansammlung kleinerer Gebäude, ein paar hundert Meter zu unserer Linken, in der die Garagen untergebracht waren. »Wenn wir es dorthin schaffen, wird alles gut.«

»*Wenn* wir es schaffen.« Ich holte tief Luft, sammelte mich und dann ging ich in Richtung der Garagen. Ich versuchte, unter Chris' Gewicht nicht zusammenzubrechen, während wir so schnell wie möglich voranschritten. Ich sah stur geradeaus, ohne einen Blick auf die Kämpfe um uns herum zu werfen. Aber die Geräusche des Kampfes und die Schreie der Sterbenden ließen sich nicht ausblenden. Wenn ich das hier überlebte, würden mich diese Geräusche auf ewig verfolgen.

»Sara, wir *werden* es schaffen.« Der Arm um meine Schulter drückte mich. »Nikolas wird so stolz auf dich sein.«

»Hast du ihn gesehen? Wo ist er?«, fragte ich ängstlich.

»Wir sind gerade aus der Stadt gekommen, als der Alarm ausgelöst wurde. Das Haupttor stand offen und drinnen warteten zehn Vampire auf uns. Wir hielten sie auf, bis Desmund auftauchte, um uns zu helfen. Nikolas bat mich, dich zu suchen.«

»Du hast ihn dort zurückgelassen?« Meine Stimme hob sich beim Gedanken an Nikolas und Desmund, fünf zu eins in der Unterzahl.

»Mach dir keine Sorgen um die beiden. Desmund ist mit dem Schwert so geschickt wie Nikolas und er sah aus, als hätte er wirklich Spaß. Vertrau mir, er und Nikolas sind sicherer als wir beide in diesem Moment.«

Hinter uns knurrte es bedrohlich und sofort stellten sich die Haare an meinem Nacken auf. Ich wirbelte herum, aus Angst um Jordan, die uns mit dem Hale-Hexer folgte. Mein Atem stockte beim Anblick der beiden schwarzen Werwölfe, die nur wenige Meter von uns entfernt einen Vampir in Stücke rissen. Roland machte kurzen Prozess, ließ den Körper zu Boden sinken und kam gefolgt von Peter auf uns zu gerannt. Meine Freunde sahen aus, als hätten sie heute Nacht mehr als nur einen Krieg geführt. Ihr Fell war nass, dreckig und blutbesudelt. Peter humpelte und Roland hatte einen bösen Schnitt über dem Auge, der allerdings aussah, als würde er bereits heilen.

»Puh, ihr Jungs stinkt nach nassem Hund«, erklärte Jordan und stolperte leicht, als Peter sie streifte.

Roland kam zu mir und ich hätte ihn umarmt, wenn ich nicht noch immer Chris hätte stützen müssen. Ich fuhr mit einem Finger durch das Fell an seinem Rücken und er lehnte sich an mich.

»Es tut so gut, euch zu sehen.« Ich wollte vor Erleichterung weinen, aber es war nicht die richtige Zeit, um sich gehen zu lassen. Meine Freunde waren in Sicherheit und ihre Ankunft hatte unsere Überlebenschancen deutlich erhöht. Dennoch waren wir längst nicht außer Gefahr. Mit neuer Energie beschleunigten wir unsere Schritte. Roland ging an meiner Seite und Peter gab die Nachhut, um uns vor Überraschungsangriffen zu schützen.

»Roland, wenn wir bei der Garage angekommen sind, würdest du dann bitte Nate suchen und ihn beschützen?« Meine Stimme wurde brüchig. Ich hatte es mir die ganze Zeit untersagt, an Nate zu denken, aber meine Freunde hatten mir schmerzlich bewusstgemacht, dass er der Einzige war, über dessen Verbleib wir nichts wussten. Ich wusste auch, dass Roland und Peter mich nicht verlassen würden, solange ich nicht in Sicherheit war. Auch nicht, um Nate zu helfen.

Roland knurrte leise und neigte dann sein riesiges Haupt.

Als wenige Sekunden später ein hoher, kreischender Ton durch die Wälder schallte, hätte ich mir beinahe in die Hosen gemacht. Mein Herz drohte, meine Rippen zu durchbrechen. Chris wurde steif und versuchte, selbstständig zu stehen. Rolands Nackenhaare stellten sich auf, und Peter drängte sich näher an uns heran. Wir alle starrten in den dunklen Wald.

»Was ist das?«, fragte Jordan.

»Das willst du gar nicht wissen«, zischte ich zwischen den Zähnen hindurch. »Wir müssen von hier verschwinden – jetzt.«

Wir rannten los, so schnell es ging mit zwei Verletzten. Ich versuchte, nicht darüber nachzudenken, was dort draußen auf uns lauerte, aber es war unmöglich, die grinsenden Mäuler und ellenlangen Klauen zu vergessen, die damals das Dach von Rolands Pick-up aufgeschlitzt hatten.

Das Geräusch erklang erneut, viel näher dieses Mal, und dann wusste ich, dass wir die schützenden Gebäude nicht rechtzeitig erreichen würden. Auch Roland und Peter wurde das klar. Sie nahmen ihre Verteidigungsposten ein, stellten sich zwischen uns und die Baumreihen am Waldrand. Wenn es nicht zu viele von ihnen waren, hatten sie gute Chancen. Ich konnte nichts tun, außer Chris zu stützen, der von unserem kurzen Sprint bereits völlig erschöpft war. Jordan ließ den Hexer los und hob Chris' Schwert, als wäre es nur für sie gemacht worden. Sie war völlig durchnässt und müde und dennoch stand sie tapfer und wappnete sich gegen eine Bedrohung, wie sie in ihrem Leben noch keine gesehen hatte.

»Oh mein Gott«, fauchte sie, als die erste hyänenartige Kreatur aus dem Wald trat. »Was zum Teufel ist denn das?«

Niemand antwortete. Unsere Blicke hefteten sich an die beiden anderen Viecher, die nun gefolgt von mindestens zehn Vampiren aus den Wäldern kamen. Der Anblick der drei riesenhaften Crocottas ließ mich vor Angst zittern.

Eines der Biester sah in unsere Richtung und imitierte Jordans Stimme eins zu eins. »Oh mein Gott«, sagte es und kicherte.

Eine Sekunde später hallte ein lautes Dröhnen durch die Luft, gefolgt von lauten Schreien von der anderen Seite des Geländes. Welchem Horror mussten sich die Krieger dort stellen? Wie sollten wir das hier überleben?

Gott, bitte hilf uns.

Die Vampire hielten sich im Hintergrund, während die Crocottas angriffen. Roland und Peter warfen sich ihnen entgegen. Einer der Crocottas streckte seine Klauen aus und kratzte über Peters Flanke. Der heulte auf, krallte sich dann aber mit seinem mächtigen Gebiss in die Kehle des Crocottas. Beide stürzten, bissen nach einander und rollten sich in einer einzigen, nicht mehr zu unterscheidenden Masse aus Fell, Klauen und Zähnen über den Boden.

Roland knurrte laut, und er und der andere Crocotta gingen gleichzeitig aufeinander los. Ich schrie, als sich der Crocotta in Rolands Nacken verbiss. Dann donnerten sie mit einem dumpfen Knall auf den Boden und rollten sich mehrere Male im Schnee hin und her, bevor Roland sich schließlich von der Kreatur wegreißen konnte.

Ich war so fixiert auf meine Freunde, dass ich den dritten Crocotta vergessen hatte, bis Jordan meinen Namen brüllte. Sie sprang nach vorn und schwang Chris' Schwert in einem tödlichen Bogen. Die Spitze schnitt durch die Schulter des Biestes, als wäre sie aus Butter. Der Crocotta röhrte vor Schmerz und schlug dann nach ihr. Sie duckte sich, aber seine Klauen verhakten sich in ihrem Mantel und so brachte er sie aus dem Gleichgewicht.

Jordan landete auf dem Bauch, aber hielt ihr Schwert fest. In einer einzigen, flüssigen Bewegung rollte sie sich auf den Rücken und schlitzte den Crocotta über ihr die Brust auf. Der Angriff traf das Biest unvorbereitet, aber der Schreckensmoment hielt nicht lange an. Es holte mit einer Klaue aus und schlug ihr das Schwert aus den Händen, bevor sie zum nächsten Hieb ansetzen konnte. Der Crocotta öffnete das Maul und aus den Mundwinkeln tropfte grüner Speichel durch seine messerscharfen Zähne.

»Jordan!«, kreischte ich und wollte zu ihr rennen, doch Chris hielt mich zurück.

Dann dröhnte es lauter als zuvor – ein Geräusch, so anders als alles, was ich bisher gehört hatte. Aus dem Nichts erhob sich ein geflügelter Schatten direkt über uns, streifte uns beinahe, und der Wind, der durch die ledernen Schwingen entstand, ließ mir die Haare ums Gesicht wehen. Der Crocotta stolperte von Jordan weg und ich sah die Todesangst in seinen Augen, als er sich zur Flucht aufmachte. Er kam jedoch nicht weit. Flammen, so heiß, dass ich sie auch noch mehrere Meter entfernt spürte, verschluckten ihn mit Haut und Haar.

»Alex?«, flüsterte ich, zu entgeistert von seinem Erscheinen, als dass ich Angst bekommen konnte, er könnte als Nächstes mich selbst angreifen.

Umzingelt von einem Flammenmeer schrie der Crocotta laut auf und warf sich heftig auf den Boden. Der Wyvern umkreiste die sterbende Kreatur, bevor er sich den Vampiren zuwandte, die starr vor Schreck ihren Angriff auf uns unterbrochen hatten. Wieder schossen Flammen aus seinen Nüstern und ich hörte einen der Vampire gepeinigt aufschreien. Die anderen zerstreuten sich eilends.

Alex' Auftauchen war schon eine Überraschung gewesen, aber der Anblick des goldenen Greifweibchens, das sich mit einem wütenden Kreischen vom Himmel stürzte und einen der Vampire mit seinen scharfen Krallen packte, übertraf das noch. Der Schrei des Vampirs war von sehr kurzer Dauer, denn nur wenig später fiel er in Stücke gerissen zu Boden. Ich starrte auf die grausame Szene und schluckte mehrmals schwer, um mich nicht zu übergeben. Wenn meine süße Minuet schon so etwas fertigbrachte, dann wollte ich nicht wissen, zu was ein erwachsener Greif fähig war.

Chris ließ mich los und ich rannte Jordan zu Hilfe. Sie hatte das Schwert wieder an sich genommen, und nun sahen wir drei atemlos zu, wie die Vampire der gefiederten Gefahr scheinbar wehrlos ausgeliefert waren. Der schneebedeckte Grund färbte sich tiefrot und ich konnte nicht verstehen, warum die Vampire nicht um ihr Leben rannten, sondern sich stattdessen bei lebendigem Leib grillen oder in Stücke reißen ließen.

Ein lautes Grummeln zog meine Aufmerksamkeit auf Peter und Roland, die noch immer ihren eigenen Kampf um Leben und Tod bestritten. Scharfe Zähne und Klauen zerrten an Fleisch, kratzten über Knochen. Das Blut spritzte und heißer Atem waberte wie Nebel durch die Luft. Die Crocottas waren den Werwölfen ebenbürtig. Wir mussten Roland und Peter helfen.

»Jordan, wir müssen ...«

Jordan sprang nach vorn, das Schwert bereit. Aber nicht, um meinen Freunden zur Hilfe zu eilen. Ich sah den Vampir, als er um sie herumtänzelte und auf mich zukam. Er war kein Babyvampir, aber dennoch jung. Sein Grinsen war arrogant, offensichtlich sah er uns nicht als Bedrohung. Jordan schwankte leicht, dann wirbelte sie herum, um einzuschreiten. Ich merkte, wie erschöpft sie war.

Auch mir selbst schwanden die Kräfte erschreckend schnell, dennoch trat ich von Chris weg und sammelte meine letzten Reserven. Als der Vampir mich packte, rammte ich meine Hände in seine Brust und verpasste ihm einen schwachen Stromschlag. Es war nicht einmal genug, um ihn zu betäuben, aber er hielt kurz inne und starrte mich überrascht an.

Das war der Moment, den Jordan für sich nutzte. Unsere Blicke trafen sich kurz, dann tapste ich rückwärts, während sie ihm mit ihrem Schwert einen glatten Schnitt durch die Kehle verpasste. Der abgetrennte Kopf kullerte auf ihre Stiefel und sie kickte ihn schnell beiseite, bevor sie mir ein triumphierendes Grinsen zuwarf.

Ich versuchte, zurückzulächeln, aber ich schwankte, und Chris musste mich halten. »Sieht so aus, als müsstest du jetzt allein zurechtkommen«, keuchte ich, völlig ausgelaugt.

Chris schrie Jordans Namen und er warf sich herum, als ein männlicher und ein weiblicher Vampir sich ihren Weg zu uns bahnten. Ihre Fähigkeit,

Alex und Minuet aus dem Weg zu gehen und die Bewegungen, die durch ihre Schnelligkeit ineinander zu verschwimmen schienen, verrieten sie als reife Vampire.

»Gib mir das Schwert«, befahl Chris, aber ich wusste, er war zu schwach, um zu kämpfen. Jordan wusste es auch. Ohne ihn anzusehen schüttelte sie den Kopf. Sie würde sterben, um uns zu verteidigen.

Ich hörte ein Wimmern zu meiner Linken und schrie laut auf, als ich sah, dass Peter langgestreckt über einem der Crocottas lag. Er war blutbeschmiert und bewegte sich kaum noch. Wenige Meter entfernt befand sich Roland im tödlichen Griff der zweiten Kreatur. Meine Freunde würden vor meinen Augen sterben und es gab nichts, was ich tun konnte, um ihnen zu helfen.

Dann spürte ich einen Lufthauch und schon sprangen zwei haarige Körper über meinen Kopf. Knurrend kamen sie auf dem Boden auf. Hugo stürzte sich auf die Vampirfrau, bevor sie wusste, wie ihr geschah und mit einem einzigen Biss riss er ihr den Kopf von den Schultern. Wolf verfolgte den Mann, der bereits auf dem Absatz kehrtgemacht hatte und floh. Ich sah, wie Hugo der weiblichen Leiche einen letzten Schubs gab, bevor er sie fallen ließ und sich Wolf bei der Verfolgung des Vampirs anschloss.

Die restlichen Vampire verließ der Mut, als sie die zwei rotäugigen Höllenhunde sahen. Sie wandten sich um und flohen in Richtung Wald, doch Hugo und Wolf blieben ihnen dicht auf den Fersen, und Alex und Minuet griffen aus der Luft an.

Das Geräusch von brechenden Knochen wandte meine Aufmerksamkeit von den Höllenhunden ab und ich drehte mich gerade rechtzeitig um, um den letzten Crocotta zu Boden sinken zu sehen. Roland ließ sein gebrochenes Genick los und taumelte weg von der toten Kreatur.

Ich fiel neben Peter auf die Knie und fuhr mit den Händen über seinen Kopf und die Flanken. Meine Kraft war so erschöpft, dass ich nicht wusste, ob genug davon übrig war, um ihn zu heilen. Aber ich würde alles tun, was ich konnte.

Sein riesiger Kopf baumelte schwach, aber er nickte einmal. Ich schlang meine Arme um seinen mächtigen Nacken und drückte ihn fest. Roland setzte sich an meine Seite, und so war ich wie ein Sandwich zwischen die beiden gequetscht und versuchte verzweifelt, nicht zusammenzubrechen.

Ich war schon wieder so kurz davorgestanden, sie zu verlieren. Wenn Alex, Minuet und die Höllenhunde nicht rechtzeitig gekommen wären, wären wir längst alle tot. Ich war mir nicht sicher, wie viel ich heute Nacht noch würde ertragen können. »Ich glaube, es ist vorbei«, sagte Jordan noch leicht ungläubig.

Eine unheimliche Stille hatte sich über das Gelände gelegt. Wohin ich auch sah, überall standen Krieger mit toten Vampiren zu ihren Füßen. Die Ruhe wurde nur von entferntem Gebrüll durchbrochen, und selbst das Dröhnen und Brummen aus der Ferne wurde leiser und leiser.

»Glaubst du, es geht ihnen gut?«, fragte ich, ohne jemanden direkt anzusprechen und starrte in den Wald.

Chris lachte laut, dann hustete er. Als er sich erholt hatte, wischte er sich die Augen und grinste mich an. »Sara, dich und deine Haustiere möchte ich unbedingt mal mit in den Krieg nehmen.«

Jordan brummte missbilligend und warf Chris einen verdrießlichen Blick zu, dann stampfte sie das spitze Ende seines Schwerts so nahe an seinem Fuß in den Boden, dass er seitwärts springen musste, um seine Zehen zu retten. »Das nächste Mal trägst du dein verdammtes Schwert selbst, Blondie.«

Ich platzte mit einem lauten Lachen heraus und sah in Chris' Gesicht. Dann aber verstummte ich urplötzlich. Ein vertrautes Flattern berührte mein Innerstes. Mein Herz raste. *Er ist in Sicherheit.* Ich wirbelte herum und suchte mit den Augen atemlos nach Nikolas.

Er kam um die Ecke des Hauptgebäudes, hielt ein Schwert in jeder Hand und trug einen so grollenden Gesichtsausdruck zur Schau, dass er damit eine ganze Vampirarmee in die Flucht hätte schlagen können. Als er uns bemerkte, änderte er die Richtung und ich hatte kaum Zeit, Luft zu holen, da stand er bereits vor mir. Er warf seine Schwerter beiseite, packte mich bei den Schultern und ignorierte die Umstehenden geflissentlich.

»Bist du verletzt?«, fragte er, die Zähne aufeinandergebissen. Seine steife Haltung und der stürmische, intensive Ausdruck in seinen Augen sagten mir, dass er kurz davor war, die Kontrolle zu verlieren.

»Es geht mir gut, Nikolas. Wir sind alle wohlauf.« Ich legte meine Hände an seine Brust und fühlte seinen gesamten Körper darunter erbeben, in dem Versuch, sich selbst zu beruhigen. Ich stellte mich auf die

Zehenspitzen und flüsterte in sein Ohr: »Bitte, flipp nicht aus, ja? Ich glaube nicht, dass ich das jetzt auch noch ertragen kann.«

Ein leises Rumpeln dröhnte in seiner Brust. Hastig ging ich einen Schritt zurück, nur um von ihm sofort wieder herangezogen zu werden. Ich wollte protestieren, aber er schnitt mir das Wort ab und alle Gedanken verflüchtigten sich, als seine Lippen sich auf meinen Mund legten.

Kapitel 24

DIESER KUSS WAR so anders als der erste. Er war hart und drängend und sandte heiße Wellen durch mein tiefstes Inneres. Ich schnappte nach Luft und er küsste mich noch hingebungsvoller. In meinem Bauch ballte sich die Hitze und alles in mir schmolz dahin, bis ich meinen Beinen nicht mehr zutraute, mich zu tragen. Nikolas hielt mich fest und meine Arme bewegten sich wie von selbst zu seinem Hals und umschlangen seinen Nacken.

Als ich mich schließlich ganz dem Gefühl hingab, löste sich auch die Anspannung in mir und meine Lippen wurden weich, suchend. Ich antwortete auf die gleiche Weise wie er, mein Herz so voller Liebe. Mein Körper fühlte sich an, als hätte man ihn nach Sauerstoff hungern lassen und als wäre ich erst jetzt in der Lage, durchzuatmen. Ich fühlte, wie mein Mori zufrieden seufzte und hörte, wie er »*Solmi*« flüsterte. Ich zitterte, als ich mich innerlich streckte und zum ersten Mal auch Nikolas' Mori berührte. Ein Schauer rannte durch Nikolas. Es war wunderbar und beängstigend zugleich, zu wissen, wie intensiv wir in diesem Moment miteinander verbunden waren.

»Verdammt noch mal! Habt ihr kein Zuhause, ihr beiden?«, rief Jordan und brach damit den Bann. Alles in mir wurde warm, diesmal vor Scham, und abrupt löste ich mich von Nikolas. Der erstaunte Ausdruck in seinem Gesicht verriet mir, dass er nicht der Einzige war, den dieser Kuss völlig mitgerissen hatte.

Jordan pfiff anerkennend. »Wow, ich glaube, ihr habt gerade den Schnee zum Schmelzen gebracht.«

»Halt die Klappe«, murmelte ich und warf ihr einen bitterbösen Blick zu. Dann sah ich vorsichtig zu Peter und Roland, aber deren Mienen in ihrer Werwolfform zu lesen, war unmöglich. Chris anzusehen, weigerte ich mich, denn ich vermutete, dass er das Schauspiel trotz seines geschwächten Zustands äußerst amüsant gefunden hatte.

»Du hast den ganzen Spaß verpasst«, neckte Chris heiser. Er schwankte wieder leicht und ich eilte an seine Seite, um ihn zu stützen. Aber Nikolas schob mich zur Seite und half Chris an meiner statt.

Jordan knuffte mich im Vorbeigehen in die Seite. Ich blieb stehen, und sie flüsterte mir ins Ohr: »Nur zwei Worte: Verdammt heiß.«

Ich wurde knallrot und half zur Ablenkung schnell dem Hexenjungen auf, der noch immer dort lag, wo Jordan ihn hatte fallen lassen, um gegen die Vampire zu kämpfen. Er war noch immer zitterig und sah sich mit ängstlichem Blick um.

Nikolas' Miene wurde hart, als er den Hale-Hexer bemerkte. »Ich kann mir vorstellen, was passiert ist«, sagte er barsch.

»Nein, kannst du nicht, mein Freund. Kannst du wirklich nicht«, quietschte Chris. »Könnt ihr mich jetzt bitte mal hier wegbringen, sonst breche ich an Ort und Stelle zusammen.«

»Sieht so aus, als könntet ihr alle einen Besuch auf der Krankenstation vertragen«, erwiderte Nikolas. Seine Augen verengten sich, als er meinen zerrissenen, blutigen Ärmel bemerkte.

»Nur ein Kratzer. Ich merke gar nichts«, log ich. Nun, da mein Adrenalinlevel wieder auf ein normales Maß gesunken war, tat mein Arm höllisch weh. »Wir müssen die Leute finden, die auf Patrouille waren. Sie sind dem Kerl hier in die Arme gelaufen«, sagte ich und deutete auf den Hexer. »Es wäre gut, wenn wir sie so schnell wie möglich aufspüren.«

»Wir werden sie finden«, sagte Tristan mit einer Stimme, die ich kaum wiedererkannte. Ich wandte mich zu ihm. Celine und Desmund hinter ihm schienen in einem weitaus besseren Zustand zu sein als meine Freunde und ich. Tristans Mund war zu einer dünnen Linie zusammengepresst, ich konnte seinen schlecht verhohlenen Ärger regelrecht spüren. »Ich bin erleichtert, dass ihr alle in Sicherheit seid. Geht zu den Heilern und wir reden, wenn ich zurück bin. Vielleicht können wir dann gemeinsam herausfinden, was hier heute Nacht geschehen ist.«

Ich biss auf meiner Lippe herum. Es tat weh, zu sagen, was gesagt werden musste. »Es war Michael. Er hat den Vampiren geholfen.«

»Michael?« Tristan hätte nicht schockierter dreinblicken können, und er war nicht der Einzige. Ich verstand, wie er sich fühlte. Es war schwer, sich vorzustellen, dass der nette, ruhige Junge irgendjemandem wehtun konnte – geschweige denn, uns an den Feind verraten würde.

Jordan schnaubte verächtlich. »Der kleine Bastard hat uns ausgeliefert. Wenn er nicht schon tot ist, dann bewerbe ich mich hiermit um den Job.«

Tristan schüttelte ungläubig den Kopf. »Warum sollte Michael so etwas tun?«

»Es ist nicht seine Schuld«, sagte ich, und alle starrten mich an, als hätte ich den Verstand verloren. »Die Vampire haben ihn irgendwie drangekriegt und ihn davon überzeugt, dass sie seinen Zwillingsbruder Matthew in ihrer Gewalt haben. Sie haben ihm versprochen, ihn freizulassen, wenn Michael ihnen hilft.«

»Das ist keine Entschuldigung für seinen Verrat«, erwiderte Jordan beharrlich.

»Er ist total durcheinander, Jordan.« Ich verstand ihren Ärger. Michaels Betrug schnitt auch mir ins Herz, aber er war ganz offensichtlich völlig wahnhaft und fehlgeleitet. Das Traurige daran war, dass niemand es bisher bemerkt und ihm geholfen hatte. Und nun war es zu spät.

»Wo ist er jetzt?«, erkundigte sich Celine, und ich war überrascht, dass sie sich mir gegenüber fast zivilisiert benahm.

Ich berichtete, wie Michael uns in den Wald geführt hatte und gab ihnen einen kurzen Überblick darüber, wie wir hier gelandet waren. »Einer der Vampire hat ihn ziemlich heftig erwischt, und ich bin mir nicht sicher, ob er noch am Leben ist. Wir mussten ihn zurücklassen.«

»Wir finden ihn, wenn er noch da draußen ist«, sagte Tristan grimmig. »Geht ihr zu den Heilern. Nikolas, wir könnten deine Hilfe gebrauchen, wenn noch viele unserer Männer da draußen sind.«

Nikolas nickte und Jordan nahm seine Stelle an Chris' Seite ein. Einen Augenblick lang trafen sich unsere Blicke und ich wusste, er wollte sichergehen, ob es für mich in Ordnung war, wenn er mich alleine ließ. Erst als ich lächelte und ihm zunickte, wandte er sich ab und die vier gingen in Richtung Wald.

Unsere Gruppe humpelte allein zum Hauptgebäude. Wir kamen an Dutzenden Vampirleichen vorbei, und erst jetzt wurde uns die Anzahl derer, die uns angegriffen hatten, bewusst. Die meisten Vampire waren Neugeborene gewesen, ansonsten wäre das Ergebnis ein ganz anderes. Zumindest wussten wir jetzt, warum so viele Menschen in den letzten Monaten verschwunden waren. Der Master hatte eine Armee aus leicht ersetzbaren Soldaten zusammengestellt und sie auf uns gehetzt. Was ihnen an Stärke und Geschwindigkeit fehlte, hatte er geglaubt, durch schiere

Masse und das Überraschungsmoment wettzumachen. Und diese Rechnung wäre beinahe auch aufgegangen.

Tränen kitzelten in meinen Augen und ich wandte meinen Blick schnell von den Leichen ab. Mein Leben hatte einmal daraus bestanden, andere Kreaturen zu heilen, ihnen zu helfen. Nun ging es nur noch um Tod und Zerstörung. Meine Brust schmerzte und ich sehnte mich danach, mit Roland bei ihm zu Hause Filme anzusehen und mit Remy bei den Klippen abzuhängen. Damals hatte meine größte Sorge darin bestanden, vor Nate und meinen Freunden mein Geheimnis zu wahren. Nun musste ich um das Leben jedes Einzelnen von ihnen fürchten.

Die Eingangshalle sah noch aus wie immer, völlig unberührt. Zum Glück war es keinem der Vampire gelungen, ins Gebäude einzudringen. Wäre das nicht so, hätte ich nun gar keine Ruhe mehr, bevor ich nicht Nate lebend gesehen hätte.

»Sara!« Nate raste die Stufen hinab und der Anblick meines gesundes Onkels ließ die letzten zwei Stunden beinahe wie einen irrealen Albtraum erscheinen. Er zitterte, als er mich umarmte – so fest, dass mir die Knochen schmerzten. »Ich habe dich da draußen gesehen, mit diesen Dingern, und ich dachte ...«

»Da braucht es schon etwas mehr als ein paar Vampire und ihre Haustiere, um uns zu erledigen«, sagte ich mit gespielter Gelassenheit. Er sollte nicht wissen, wie nahe wir alle dem Tode gewesen waren. Ich hatte ihn in diese neue Welt mit hineingezogen, und nun musste ich ihn so gut schützen wie möglich.

Zwei jüngere Krieger erschienen hinter Nate und beäugten den Hexer. »Er bleibt bei mir«, erklärte ich ihnen. Die beiden wollten protestieren, aber ich blieb entschlossen. »Wir brauchen ihn, um die Verletzten zu heilen. Keine Sorge, er wird niemandem mehr wehtun.« Ich warf dem Jungen einen bedeutungsvollen Blick zu. »Wirst du doch nicht, oder?«

Der Hexer schüttelte entschlossen den Kopf und starrte auf den Boden. Ich hätte an seiner Stelle auch den Blick abgewandt. Er wirkte so jung und verletzlich, trotz der Tätowierungen, und für einen Moment versetzte es mir einen Stich ins Herz. Dann erinnerte ich mich an Olivia und Mark und wurde wieder hart. Manchmal verschwammen die Linien zwischen Gut und Böse, und dies war definitiv ein solcher Moment. Ich wollte ihn für das, was er getan hatte, hassen, aber er war auch nur ein Junge, der sich um seine Familie sorgte. Ich seufzte innerlich. Ein weiterer Grund, warum ich niemals eine gute Kriegerin abgeben würde.

Roland und Peter verschwanden im Obergeschoss, um sich zu verwandeln und umzuziehen. Der Rest von uns machte sich auf den Weg zur Krankenstation. Die Heiler waren bereits damit beschäftigt, die vielen Verletzten zu versorgen, als wir dort ankamen. Niemand war besonders erfreut, den Hexer zu sehen, aber ich versicherte ihnen, dass er keine Bedrohung mehr darstellte. Wir brachten Chris in einen der Räume, und dann sorgten Jordan und ich dafür, dass unsere Wunden behandelt wurden. Der Junge blieb bei mir, hielt sich ruhig im Hintergrund und war sehr unterwürfig.

Einer der Heiler gab mir frische Hosen und ein Longsleeve, damit ging ich hinter eine Wand und zog mich um. Ich sehnte mich nach einer Dusche, aber begnügte mich mit warmen, trockenen Kleidern und einer Katzenwäsche am Waschbecken. Ich würde sowieso nirgendwohin gehen, solange das Schicksal der Krieger in den Wäldern nicht geklärt war.

Nate blieb bei mir, während der Heiler mich behandelte, meinen Arm verband und mir etwas von der verhassten Gunnapaste verabreichte. Er und der Heiler wollten, dass ich mich ausruhe, aber auf keinen Fall konnte ich still liegen, wenn so viele Leute verletzt waren oder vermisst wurden. Ich versprach, es vorsichtig angehen zu lassen und ging dann zu Chris. Er lag auf einem Bett und hatte schon etwas mehr Farbe im Gesicht. Seine Augen leuchteten, als ich ihm sagte, dass er bereits sehr viel besser aussah.

»Gunnapaste wirkt immer.«

Ich zog eine Grimasse, den ekligen Geschmack noch immer im Mund. »Zum Glück haben wir genug Vorrat.«

Er schaute zu dem Hexer und wurde dann ernst. »Du hast mir da draußen das Leben gerettet.«

»Dann sind wir ja jetzt fast quitt«, gab ich leichtfertig zurück. »Außerdem, dafür ist Familie doch da, oder nicht?«

Jordan kam mit Peter und Roland herein, und ich kam nicht umhin zu lächeln, als ich zuhörte, wie sie Geschichten von der Schlacht miteinander teilten, als wären sie längst gute Freunde. Vielleicht hatten sie sogar mehr gemeinsam als nur mich. Die Jungs erzählten, wie sie die blonde Vampirin fast drei Meilen weit verfolgen mussten, bevor sie sie erwischt haben. Dann waren sie zurückgekehrt und haben unsere Spur am Fluss verfolgt.

An diesem Punkt stiegen Jordan und ich in die Geschichte ein. Wir erzählten von unserem Tauchgang im Fluss und allem, was danach geschehen war. Jordan wurde sehr still, als wir auf Olivia und Mark zu sprechen kamen. Sie ließ nicht hinter ihre Fassade blicken, aber man konnte erkennen, wie sehr sie litt.

Eine Stunde später kehrten Nikolas und die anderen zurück. Sie hatten Seamus, Niall und Ben mitgebracht. Sie waren auf die Station gebracht worden, wo die Heiler sich um alle gleichzeitig kümmern konnten. Ich packte den jungen Hexer am Arm und drückte ihn an den anderen vorbei aus der Tür hinaus. Desmund stand im Türrahmen, und der Ausdruck in seinem Gesicht zeigte mir, wie schlimm es um die Krieger stand, noch bevor ich sie zu sehen bekam. Wenn jemand wusste, wie sehr sie litten, dann er.

Ich musste einen lauten Aufschrei hinunterschlucken, als ich die bleichen Gesichter und die leeren Augen der Zwillinge sah. Neben ihnen stöhnte Ben und zog an seinem Haar, während die Heiler ihn festbanden. Ich schubste den Jungen voran. »Bring das in Ordnung«, befahl ich mit erstickter Stimme.

Die Heiler versuchten, Ben aufrecht aufs Bett zu setzen, als wir auf ihn zugingen. Alle sahen uns mit aufgerissenen Augen an. Wir stellten uns neben das Bett und der Junge legte eine Hand auf Bens Stirn. Der Effekt war sofort spürbar. Bens Hände fielen schlaff an seine Seiten, und in weniger als dreißig Sekunden hörte er auf zu stöhnen und sein Gesicht nahm wieder Farbe an.

Der Junge hob die Hand. »Er schläft jetzt, und wenn er aufwacht, wird es ihm gut gehen.«

Ich atmete erleichtert aus. Wir gingen weiter zu Seamus und Niall, bei denen der Junge wiederholte, was er bei Ben getan hatte. Bald schliefen alle drei friedlich. Nach all dem Aufwand, den ich hatte betreiben müssen, um Desmund zu heilen, war es schwer zu glauben, wie einfach der Junge den Schaden, den er angerichtet hatte, wieder in Ordnung bringen konnte.

Zwei Wachen traten vor und nahmen den Jungen mit. Er sah mich ängstlich an, woraufhin ich ihm beruhigend zunickte und ihn abführen ließ. Morgen würde ich mit Tristan reden. Vielleicht konnte man der

Familie des jungen Hexers helfen. Wer auch immer er war, letzten Endes steckte in ihm ein verängstigtes Kind, und er war in dem ganzen Drama auch nur ein weiteres Opfer.

Nachdem der Junge gegangen war, sagte ein Heiler, dass Michael gefunden worden war. Er litt unter einem Schädel-Hirn-Trauma und inneren Verletzungen, aber sie glaubten, er würde es schaffen. Ein Teil von mir fragte sich, ob es nicht besser für ihn wäre, zu sterben. Er würde nie der Krieger sein, der er immer sein wollte und nur mit viel Glück nicht für den Rest seines Lebens in einer Zelle sitzen. Er würde auf ewig mit dem Stigma eines Verräters und mit dem Wissen leben müssen, seine eigenen Leute für einen längst verstorbenen Bruder betrogen zu haben.

Tristan teilte Michael eine Wache zu, auch wenn die Heiler ihn stark betäubt hatten. Ich sah, wie mein Großvater sich kopfschüttelnd über den bewusstlosen Jungen beugte. Seine besorgte Miene verriet mir, dass er sich fragte, wie es mit Michael hatte so weit kommen können.

Es sah eigentlich so aus, als würden bereits alle Verwundeten behandelt, als Terrence und Josh mit einem sehr schwer verletzten Sahir hereinkamen. Sie kauerten vor der Tür, während die Heiler sich um ihn kümmerten. Josh berichtete, dass sie ihn in der Menagerie gefunden hatten und es aussah, als wäre er beim Freilassen der Tiere verletzt worden. »Neben ihm lagen zwei Vampire, die der Wyvern offensichtlich gegrillt hat.«

Eine weitere Stunde in ängstlicher Sorge verging, bis die Heiler verkündeten, dass Sahir über den Berg war. Wir sackten erleichtert gegen die Wand und ich saß noch immer dort, als Nikolas ein paar Minuten später nach mir sah.

»Du solltest längst im Bett sein.«

»Mir geht es gut«, erwiderte ich schwach.

»Du schläfst doch schon im Sitzen«, sagte er unnachgiebig. »Du kannst hier nichts mehr tun heute. Wenn du dich nicht ausruhst, landest du selbst da drin.«

»Okay«, gab ich nach und drückte mich an der Wand hoch. Er kam, um mir aufzuhelfen, aber ich hielt ihm abwehrend meine Hand entgegen. »Ich kann laufen.« Seinem skeptischen Blick begegnete ich mit einem finsteren Schmollen. »Ich bin müde, nicht schwach, Nikolas.«

Er lachte sanft. »Sara, niemand, der dich kennt, würde je behaupten, dass du schwach wärst. Komm schon, ich bringe dich in dein Zimmer.«

Es war kaum zehn Uhr abends und doch war es unheimlich still im Gebäude. »Sie sind draußen und räumen auf«, erklärte Nikolas, als ich die leeren Flure ansprach. Ich schauderte ob des ekelhaften Jobs, der nun vor einigen der Krieger lag – all diese Leichen loszuwerden, unsere Toten zu bestatten. Neben Olivia und Mark hatten wir selbst in dieser Nacht drei Krieger zu beklagen. Und ihre Freunde waren dort draußen und säuberten das Schlachtfeld, statt zu trauern. Gott, ich wollte einfach nur, dass dieser furchtbare Abend endlich zu Ende ging.

»Bist du sicher, dass du nicht lieber bei Nate bleiben willst heute?«, fragte Nikolas, als wir die Treppe hinauf gingen.

Ich wäre gern bei dir, wünschte ich mir, konnte die Worte aber nicht laut aussprechen. Ich wollte nicht egoistisch sein oder einen falschen Eindruck erwecken. Außerdem war er wahrscheinlich selbst noch beschäftigt heute Nacht und sollte sich nicht von mir ablenken lassen.

Ich schüttelte den Kopf. »Nein, ich bleibe hier.«

An meiner Tür drehte ich mich zu ihm. Ich schluckte und hob dann den Blick, in der Hoffnung, er könnte nicht sehen, wie nahe ich dran war, ihn zu bitten, bei mir zu bleiben.

»Du warst unglaublich heute.«

»Wirklich?« Ich suchte in seinem Gesicht nach einem Anzeichen dafür, dass er mich zurechtweisen wollte, aber ich sah nur Stolz in seinen Augen.

»Ich konnte die ganze Zeit nur daran denken, zu dir zu gehen. Und dann finde ich dich da, umgeben von all den Leichen. Ich habe gehört, was du geleistet hast. Sag niemals mehr, du wärst keine Kriegerin.«

»Ich hatte viel Hilfe«, sagte ich und wurde ein wenig rot. Es war das erste Mal, dass er anerkannte, dass ich gut für mich selbst sorgen konnte und ich würde diesen Moment nie vergessen. »Ich habe mir auch Sorgen um dich gemacht.«

Ich konnte den Ausdruck in seinem Gesicht nicht lesen, aber der Atem stockte mir, als er näherkam. Er öffnete den Mund, um etwas zu sagen, änderte dann aber seine Meinung. Zärtlich strich er mir das Haar aus dem Gesicht und streichelte dabei über meine Wange. »Versuch, ein wenig zu schlafen.«

»Das werde ich«, sagte ich leise und schloss die Tür dann hinter mir. Ich lehnte mich von innen dagegen und fragte mich, ob er noch immer draußen stand. Ein paar Minuten später wurde mir klar, dass ich ihn dann noch spüren müsste. Ich schüttelte den Kopf, ging dann ins Bad und unter die Dusche, um den Dreck des Kampfes abzuwaschen.

Ich zitterte vor Müdigkeit, als ich aus dem Badezimmer kam und mich aufs Bett fallen ließ, ohne das Licht zu löschen. Aber obwohl mein Körper völlig ausgelaugt war, weigerte sich mein Kopf, Ruhe zu geben. Jedes einzelne furchtbare Detail der Nacht spielte sich hinter meinen geschlossenen Lidern erneut ab. Nach dreißig Minuten purer Folter warf ich die Decke beiseite und kauerte mich auf der Couch zusammen. Ich zappte durch sämtliche TV-Kanäle, um mich abzulenken. Schließlich entschied ich mich für eine englische Comedy-Sendung, obwohl ich viel zu müde war, um etwas davon wirklich mitzukriegen.

Doch selbst das fröhliche Lachen aus dem Fernseher konnte meine dunklen Gedanken nicht lange vertreiben, und so dachte ich weiter über Michael nach, der auf der Krankenstation so jung und unschuldig ausgesehen hatte. Warum hatte niemand seine Verzweiflung bemerkt, solange es noch nicht zu spät gewesen war? Wir besaßen die modernsten Technologien, die beste Medizin der Welt und waren doch an der Aufgabe gescheitert, einem Jungen zu helfen. In der kurzen Zeit, die ich Michael kannte, hatte ich doch gesehen, wie versessen er darauf war, seinen Bruder zu finden. Es war die gleiche Obsession, die mich nach dem Mörder meines Vaters hatte suchen lassen. Ich wünschte, ich hätte Tristan seinetwegen zu Rate gezogen. Und obwohl Michael mich auf die schlimmste Art und Weise hintergangen hatte, wollte ich am liebsten um das zerstörte Leben des Jungen weinen, den ich für meinen Freund gehalten hatte.

Meine Brust zog sich schmerzhaft zusammen, als ich an Olivia und Mark dachte. Olivia war verglichen mit dem ruhigeren Mark eine lebhafte, fröhliche Person gewesen und doch waren sie glücklich miteinander. Beide waren Waisen, aber anders als ich hatten sie gar keine Familie mehr. Nur sich. Und nun waren sie tot. Meinetwegen. Ich sollte nicht hier sein, in Sicherheit und bei den Leuten, die ich liebte, während Olivia und Mark kalt in der Leichenhalle lagen.

Ich vergrub mein Gesicht in dem Quilt, um die Seufzer zu ersticken. Ich hörte die Tür gar nicht, und erst, als sich die Couch neben mir nach unten senkte, merkte ich, dass ich nicht länger alleine war. Blindlings warf ich mich in Nikolas' Arme und drückte mein Gesicht gegen seinen Pulli.

»Ich kann das alles nicht mehr. Ich ertrage es nicht, dass ständig jemand meinetwegen zu Schaden kommt.«

»Nichts davon ist deine Schuld«, sagte er in mein Haar. »Niemand hat erwartet, dass die Vampire so etwas tun werden. Wenn du jemandem die Schuld geben willst, dann mir. Ich habe dir und Nate versprochen, dass du hier in Sicherheit bist.«

»Dir kann ich nicht die Schuld geben.« Seit dem Tag unseres ersten Aufeinandertreffens hatte Nikolas alles in seiner Macht Stehende getan, um mich zu beschützen. Er mochte die Wahrheit ignorieren, aber mein Gewissen würde nicht ruhen, ich nicht vergessen. Und die Wahrheit war nun einmal, dass alles in jener Nacht begonnen hatte, in der ich beschlossen hatte, einen Fremden in einer dunklen Gasse zu treffen, um Antworten auf all meine Fragen zum Tod meines Vaters zu erhalten. Vor dieser Nacht hatten weder Eli noch der Master gewusst, wer oder was ich war. Seit jenem Tag aber waren Roland, Peter und Nate immer wieder meinetwegen verletzt worden. Wie lange noch, bis einen von ihnen ein schlimmeres Schicksal ereilte?

»Ihr hättet alle heute Nacht sterben können«, sagte ich mit Schluckauf. »Ich könnte es nicht ertragen, wenn ...«

Nikolas schlang seine Arme noch fester um mich. »Uns wird nichts geschehen. Jetzt, da wir wissen, wozu die Vampire bereit sind, werden wir die Sicherheitsmaßnahmen erhöhen und all unsere Ressourcen nutzen, um den Master zu finden. Ich werde nicht zulassen, dass sie dich bekommen. Dieses Versprechen nehme ich mit in mein Grab.«

»Sag so etwas nicht.« Ich schauderte beim Gedanken, Nikolas könnte etwas zustoßen. Und mir wurde klar, dass er tatsächlich sein Leben geben würde, um mich zu schützen. Aber ich würde ihn nicht für mich sterben lassen.

Je mehr Zeit verging, desto mutiger wurde der Master. Er würde niemals aufhören, und irgendwann würde jemand, den ich liebte, den Preis dafür zahlen. Ich konnte mich nicht einfach zurücklehnen und das zulassen. Es war Zeit, ein paar schwere Entscheidungen zu treffen und aufzuhören, sich wie ein verängstigter Hase im Bau zu verstecken. Nein, ich würde nicht warten, bis das Raubtier zuschlug.

Nikolas rieb durch die Decke hindurch über meinen Rücken. Zum ersten Mal, seit ich den Wald mit Michael betreten hatte, fühlte ich mich warm und geborgen. Westhorne sollte mein Zufluchtsort sein, aber heute Nacht war diese Illusion zerstört worden und hatte mir die Augen für die Wahrheit geöffnet. Nur mit Nikolas fühlte ich mich wirklich sicher.

Er hatte in all diesen Monaten nie gezögert oder Zeichen von Schwäche gezeigt – ganz egal, welchen Gefahren er sich gegenübergesehen hat, wie sehr ich auch versucht hatte, ihn von mir zu stoßen. Ob ich einen Trainer oder einen Freund brauchte – er war da. Als ich geglaubt hatte, Nate verloren zu haben, war er meine Stütze gewesen. Er hatte Roland und Peter kommen lassen, weil er wusste, wie sehr ich sie brauchte. Er war geduldig gewesen und hatte seine eigenen Gefühle hintenangestellt, als ich verwirrt und ängstlich gewesen war. Er war im besten Sinne des Wortes ein Krieger.

Seine Hand hielt inne. »Fühlst du dich besser?« Ich nickte, und er lockerte seine Umarmung.

»Würdest du ... noch ein bisschen länger bleiben?«, fragte ich, als er sich losmachen wollte. Morgen würde ich stark sein. Heute wollte ich einfach nur seine Arme um mich spüren.

»Ich bleibe, solange du mich brauchst.« Er zog an dem Quilt, der mir von den Schultern gerutscht war, und stülpte ihn über uns beide. Dann rutschte er herum, sodass er sich gegen die gepolsterte Armlehne stützen und ich an ihn gelehnt sitzen konnte. Eingewickelt in seine Arme, mit seinem Herzschlag unter meiner Hand verspürte ich ein mir bislang unbekanntes Gefühl der Vollständigkeit und Zugehörigkeit. Es war unglaublich und wunderbar und ein wenig beängstigend, so für einen anderen zu empfinden. Ganz besonders, wenn man bedachte, dass da draußen ein Monster lauerte, das mir jeden, den ich liebte, nehmen wollte.

Ich liebe dich. Die Worte lagen mir auf den Lippen, aber etwas hielt mich zurück, sie laut auszusprechen. Ich wusste nicht, ob es Angst war, ihm mein Herz zu offenbaren oder der Wunsch, diese neuen Gefühle ein wenig länger für mich zu behalten, bevor ich sie mit ihm teilte.

Er streichelte über mein Haar. »Schlaf jetzt, *moy malen'kiy voin.* Du hast es dir wirklich verdient.«

»Was bedeutet das?«, murmelte ich.

Er gluckste. »Es bedeutet: meine kleine Kriegerin.«

»So klein bin ich nun auch wieder nicht«, erwiderte ich und gähnte. Ich konnte die Augen nicht länger offen halten. »Du bist auch mein Krieger.« Ich spürte, wie er seine Arme fester um mich schlang, und dann schlief ich endlich ein.

Kapitel 25

ICH STAND AM FLUSSUFER und starrte auf das rauschende Wasser, ohne wirklich etwas zu sehen. Die schwache Dezembersonne milderte den eisigen Hauch in der Luft kaum ab und so zog ich den Kragen meines warmen Mantels über die Ohren. Es war eigentlich zu kalt, um sich draußen aufzuhalten, aber ich hatte es keine Minute mehr ausgehalten, drinnen den stetigen Diskussionen zur letzten Nacht zu lauschen. Und ich konnte nicht über das Gelände laufen, ohne die blutigen Flecken im Schnee oder die vielen anderen Spuren des Kampfes zu sehen.

War es wirklich erst sechzehn Stunden her, dass Jordan und ich uns an eben dieser Stelle aus dem Fluss gekämpft hatten? Ich sah hinunter auf das flache Ufer, die Furchen im gefrorenen Matsch und die Stellen, an denen unsere Hände Halt fanden, als wir unsere kalten, nassen Körper an Land gezogen hatten. Direkt unter mir befand sich der felsige Abschnitt, an dem Feeorin und Fiannar aus dem Fluss gesprungen und uns vor einem furchtbaren Schicksal bewahrt hatten.

Bei Tageslicht war es schwer, sich die schrecklichen Erlebnisse vor Augen zu führen. Aber ich würde sie niemals vergessen können. Ich würde Olivia und Mark nicht vergessen und auch die drei Krieger, die letzte Nacht ihr Leben lassen mussten. Niemand sprach es laut aus, aber alle wussten, dass die Attacke mir gegolten hatte. Ganz gleich, was Nikolas auch sagte, auf meinem Gewissen lasteten fünf Leben.

Ich hatte Jordan heute noch nicht gesehen und sie hatte auch auf mein Klopfen an ihrer Tür nicht reagiert. Ich ließ sie in Ruhe um Olivia und Mark trauern und wusste, dass es nichts gab, was ich tun konnte, um ihren Schmerz zu lindern. Jordan gab sich zwar gerne hart, aber sie hatte ein weiches Herz. Sie hatte nicht nur zwei Freunde verloren, sondern einen von ihnen sterben sehen. Man musste schon aus Stein sein, um darunter nicht zu leiden.

Eine Bewegung im Wasser zog meine Aufmerksamkeit auf sich. Feeorins Kopf ragte durch die Oberfläche. Der Kelpie beobachtete mich mit seinen großen, schwarzen Augen und ich lächelte ihm matt zu.

»Danke«, rief ich. Eine Sekunde später war er schon wieder verschwunden.

»Mit wem sprichst du, Kleines?«

Ich drehte mich zu Desmund um, der hinter mich trat. Die Verwandlung des Kriegers war erstaunlich. Ich mochte ihn geheilt haben, aber der Kampf in der letzten Nacht hatte etwas in ihm geweckt. Ein Feuer, das vor langer Zeit erloschen war. Er kam mit langen, selbstbewussten Schritten auf mich zu und seine Augen schienen von innen heraus zu leuchten. Er sah atemberaubend aus.

»Würdest du mir glauben, wenn ich dir sage, dass ich mit einem Kelpie gesprochen habe?«

Desmund blieb stehen und lächelte zu mir herab. Seltsam, dass mir nie aufgefallen war, wie groß er war. Vielleicht war es seine veränderte Körperhaltung.

»Ich würde dir alles glauben.« Er nahm meine Hand und rieb sie zwischen seinen. »Warum bist du allein hier draußen in der Kälte?«

Ich zuckte mit den Achseln. »Ich habe ein bisschen frische Luft gebraucht.«

»Und Raum zum Atmen«, erwiderte er wissend und ich nickte. »Es gibt viele Leute, die sich um dich kümmern, Sara. Du darfst ihnen nicht vorwerfen, dass sie sich nach letzter Nacht ernsthafte Sorgen um dich machen.«

»Das tue ich nicht. Ich muss nur ständig daran denken, dass ihr alle hättet sterben können.« Ich presste die Lippen aufeinander und kämpfte die Emotionen zurück, die in meinem Innern brodelten.

Er packte mein Kinn und zwang mich, ihn anzusehen. »Es bringt nichts, immer wieder an das Vergangene zu denken und sich zu fragen, was hätte geschehen können. Krieger sterben. Das ist Teil ihres Lebens, und du kannst nicht jeden retten.«

Ich riss mich los und starrte finster vor mich hin. »Ich mochte dich lieber, als du mich noch aus der Bücherei werfen wolltest.«

Vor zwei Wochen noch hätte ihn diese Bemerkung zutiefst beleidigt. Jetzt gluckste er nur. »Das hättest du bedenken sollen, bevor du mich geheilt hast.«

»Woher weißt du ...«

»Jedes Mal, nachdem ich dich getroffen hatte, ging es mir besser. Zunächst war ich noch zu geschwächt, um eine Verbindung herzustellen, aber als Tristan dann Bemerkungen zu meinem sich bessernden Gesundheitszustand machte, wusste ich, dass du es warst. Tristan und ich haben uns unterhalten und er meinte, du hättest mich geheilt, er wüsste aber selbst nicht, wie.« Sein Blick schweifte einen Moment lang ab, dann musterte er mich wieder. »Ich habe dich gestern gemeinsam mit diesem Hexer gesehen. Er hatte Angst vor dir. Ich habe nie zuvor einen Hale-Hexer gesehen, der sich fürchtete.«

»Er ist bloß ein Kind, und seine Magie ist nicht sehr stark, nicht wie die des ...«

»... desjenigen, der mich angegriffen hat?«, brachte er den Satz für mich zu Ende.

»Ich wollte sagen: des Hexers, der mich angegriffen hat«, korrigierte ich ihn, und da weiteten sich seine Augen. »Ich hatte meine erste Begegnung mit einem Hale-Hexer vor ein paar Monaten und habe eine Kostprobe seines Zaubers erhalten.« Ich beschrieb, was mir damals geschehen war, und ich sah den Schmerz in Desmunds Blick. Niemand, der einen solchen Angriff noch nicht erlebt hatte, verstand, wie es sich anfühlte. Das war etwas, das Desmund und ich ein Leben lang gemeinsam haben würden.

»Ich habe die Krankheit in dir gefühlt, aber nicht gewusst, was es ist. Erst als Tristan mir erzählt hat, was dir passiert ist, wusste ich, ich musste zumindest versuchen, dir zu helfen.«

»Aber wann und wie hast du mich geheilt?«

Ich stampfte mit den Füßen auf den Boden, um sie ein wenig aufzuwärmen. »Als ich neben dir am Klavier gesessen war. Ich habe die böse Magie in mich aufgesogen. Es war ziemlich ekelhaft. Ich erspare dir die Details. Und ich musste es mehrmals tun, um alles zu erwischen.«

Er sah einen Augenblick zur Seite, seine Augen wirkten besorgt, als er mich wieder ansah. »Ich war zu Beginn nicht besonders nett zu dir. Warum hast du das für mich getan?«

Es schmerzte mich ein wenig, dass er meine Motive hinterfragte, aber schließlich lag ein ganzes Jahrhundert hinter ihm, in dem er alle von sich gestoßen hatte, und wahrscheinlich würde es eine Weile dauern, bis er wieder Beziehungen eingehen konnte. »Weil du mein Freund bist, Desmund.«

Er zog mich an sich und drückte mich sanft. »Du kannst dir meiner Freundschaft auf ewig sicher sein, Kleines.« Er lehnte sich zurück und grinste teuflisch. »Nikolas wird kommen und mich in den Fluss werfen, wenn ich dich noch länger so an mich drücke.«

»Aber du stehst doch gar nicht auf Frauen. Und Nikolas weiß, dass nichts zwischen uns ist.«

»Das spielt keine Rolle für einen Mann, der einen Bund eingegangen ist oder kurz davorsteht. Er wird es nicht mögen, dass ich seine zukünftige Partnerin im Arm halte. Und so sehr es mich auch schmerzt, dir das zu sagen: Er ist ein guter Kerl, und ich freue mich für dich.«

»Danke.« Ich errötete und senkte den Blick. Ich hatte Nikolas nicht mehr gesehen, seit ich in seinen Armen eingeschlafen war. Als ich am Morgen erwacht war, war er bereits verschwunden, hatte mich aber irgendwann in der Nacht in mein Bett getragen. Die Delle im Kissen neben mir und mein traumloser, ruhiger Schlaf waren Beweis dafür, dass er die ganze Nacht bei mir geblieben war.

»Aber Nikolas ist doch gar nicht hier.« Ich sah mich sicherheitshalber um, konnte ihn aber nirgends sehen. Ich vermutete, dass er mit Tristan daran arbeitete, die Ordnung wiederherzustellen.

Desmund lachte, als hätte ich einen Witz gemacht. »Du siehst ihn nicht, aber er wacht über dich. Glaub mir. Und nach letzter Nacht kann ich es ihm auch nicht verdenken.« Er nahm meinen Arm und wir gingen gemeinsam wieder auf das Hauptgebäude zu. »Ich brauche einen Brandy und du brauchst ein wärmendes Feuer. Was sagst du zu einer Partie Dame?«

Mein Kopf war zu voll mit schweren Gedanken, als dass ich mich auf das Spiel würde konzentrieren können. »Würdest du stattdessen auch Klavier für mich spielen?«

Er drückte meinen Arm leicht. »Es wäre mir eine Freude.«

* * *

»Sahir, du bist wach.« Ich rannte zu dem Krankenbett und er hob die Hand, um meine zu ergreifen. »Ich habe mir solche Sorgen um dich gemacht.« Ich war bereits am Morgen hier gewesen, um nach ihm zu sehen, doch die Heiler hatten mich weggeschickt. Er war von den vielen Medikamenten noch betäubt gewesen.

Er lachte, dann zwinkerte er. »Wenn ich bedenke, wie ich mich jetzt fühle, dann kann ich mir kaum vorstellen, in was für einem Zustand ich gestern war. Das Letzte, woran ich mich erinnere, ist, dass ich die Käfige geöffnet habe und von einer Vampirmeute angegriffen wurde.«

»Alex hat dir das Leben gerettet. Wusstest du das?« Seine Augen wurden groß und er schüttelte den Kopf. Ich erzählte ihm, was Terrence mir über die verbrannten Vampirleichen berichtet hatte. »Er, Minuet und die Hunde haben uns gerettet. Wenn du sie nicht freigelassen hättest, gäbe es weit mehr Todesopfer auf unserer Seite.«

»Ich dachte, deine Hunde würden den Käfig auseinandernehmen. Ich schätze, sie haben die Vampire bereits vor uns bemerkt. Sobald ich begriffen hatte, dass wir angegriffen wurden, wusste ich auch, dass sie dich finden würden. Ich weiß nicht, was mich geritten hat, Alex freizulassen. Aber ich bin froh, es getan zu haben.« Er lächelte schwach. »Ich habe es dir doch gesagt, Wyvern lieben es, Vampire zu jagen.«

»Er sah aus, als hätte er Spaß gehabt. Minuet und die Hunde sind heute Morgen zurückgekommen, aber von Alex gibt es kein Lebenszeichen. Ich hoffe, er verletzt niemanden.«

Sahir hustete und ich reichte ihm ein Glas Wasser von dem Tischchen neben seinem Bett. Nachdem er einen langen Schluck genommen hatte, lehnte er sich seufzend zurück. Die schweren Verletzungen, die er davongetragen hatte, würden ihn noch ein paar Tage ans Bett fesseln. Und doch war es ein Wunder, dass er bereits aufrecht sitzen und sprechen konnte.

»Ich habe gehört, sie haben ein Team losgeschickt, um ihn zu finden. Danach wollen sie ihn nach Argentinien bringen.«

Ich nickte nachdenklich. »Weißt du, ich glaube, ich werde ihn vermissen.«

»Sara«, rief Tristan von der Tür aus und ich wandte mich zu ihm. Seine Miene war ernst und sprach Bände; deutlich war ihm das Gewicht der Verantwortung, das auf seinen Schultern lastete, ins Gesicht geschrieben. Ich war mir sicher, dass er nur wenig geschlafen hatte und auch keine Ruhe finden würde, bis jedes Detail der letzten Nacht sich geklärt hatte.

»Michael ist wach. Ich werde jetzt mit ihm reden, aber er hat auch nach dir gefragt. Du musst aber nicht zu ihm gehen, wenn du nicht möchtest.«

Ich dachte an die dringende E-Mail von David, die ich heute Morgen gelesen hatte, jene E-Mail, die ich letzte Nacht erhalten, aber ignoriert hatte, weil Michael zu mir gekommen war. *Vertrau diesem Michael nicht. Er hat in den letzten Wochen immer wieder mit Vampiren gechattet.*

Meine Brust zog sich wieder zusammen, als ich seine Worte in meinem Geist wiederholte. Hätte ich die E-Mail eine Minute früher erhalten oder wäre Michael etwas später erschienen, dann wären wir ihm nicht in die Falle gelaufen. Ich wäre zu Tristan und Nikolas gegangen und hätte ihnen von Michael berichtet. Vielleicht hätten wir den Angriff dann noch verhindern können – und Olivia, Mark und die Krieger wären noch am Leben.

Tristan verstand meine Zurückhaltung falsch, nickte und wollte gehen. »Nein, ich will mitkommen.« Ich kannte Michaels Motive für seinen Verrat, aber ich wollte selbst hören, was er mir zu sagen hatte. Vielleicht würde es mir helfen, zu verstehen, wie ich mich so in jemandem hatte täuschen können, den ich für meinen Freund gehalten hatte.

Ich sagte Sahir, dass ich später wiederkommen würde und dann folgte ich Tristan zu dem bewachten Krankenzimmer. Als wir eintraten, sah ich, dass Nikolas nahe bei der Tür stand und Celine nicht allzu weit von ihm entfernt auf einem Stuhl saß. Nikolas' verärgerter Gesichtsausdruck stellte klar, dass er nicht besonders glücklich darüber war, dass ich mit Michael reden wollte und er mich nicht davon abhalten konnte.

»Du bist gekommen?«, sagte ein dünnes Stimmchen. Ich sah zu dem blassen blonden Jungen, der unter den Decken noch kleiner wirkte als sonst. Unter seinen Augen lagen dunkle Schatten und er war noch bleicher als aus der Entfernung. »Wie geht es dir?«

»O… okay.« In seinen blauen Augen schimmerten Tränen. »Sara, e… es tut mir leid, was ich dir angetan habe. Ich weiß, du wirst mir nicht verzeihen, aber ich möchte, dass du weißt, dass ich dir niemals wehtun wollte.«

»Du hast nicht nur mir wehgetan, Michael. Olivia und Mark sind tot.« Die Worte kamen harscher aus meinem Mund als beabsichtigt, aber der Schmerz um Olivia war noch zu frisch. Ich wusste nicht, ob ich jemals darüber hinwegkommen würde, sie sterben gesehen zu haben.

Jeglicher Rest Farbe wich aus Michaels Wangen und ich begriff, dass niemand ihm bisher davon erzählt hatte. »Oh Gott«, stöhnte er und Tränen strömten über sein Gesicht. »Niemand sollte sterben. Sie haben gesagt, sie geben mir Matthew, wenn ich dich ausliefere.«

»Und das hast du ihnen geglaubt?« Was hatte er denn gedacht, was der Master tun würde, wenn er mich erst einmal in seiner Gewalt hatte? Oder spielte das gar keine Rolle für ihn?

»Ich musste.« Seine Augen flehten um mein Verständnis. »Ich habe alles andere vermasselt und es war meine letzte Chance, Matthew zu retten.«

Tristan trat vor, deutlich beherrschter als ich. »Was soll das heißen? Was hast du vermasselt?«

Michael starrte auf die Decke, unfähig, Tristan in die Augen zu sehen. »I... ich sollte Sara einschüchtern und dafür sorgen, dass sie von hier verschwindet. Ich habe Dinge getan, um sie zu vertreiben, aber sie wollte einfach nicht gehen.«

»Was für Dinge?« In Gedanken wiederholte ich all die Geschehnisse des letzten Monats. »Hattest du etwas mit dem Angriff im Kino zu tun?«

Kurz streifte mich sein Blick, dann senkte er ihn wieder. »Ich habe ihnen nur gesagt, in welchen Film ihr gehen werdet. Ich wusste nicht, dass sie euch Dämonen auf den Hals hetzen werden.«

Ich hatte recht gehabt. Es war also wirklich ein Vampir in der Nähe des Kinos gewesen. Aber was hatten sie sich davon erwartet, Lampreydämonen auf uns loszulassen? »Was ist mit den Vampiren bei der Party? Hast du denen auch gesagt, dass ich dort sein werde?«

Er schüttelte den Kopf. »Ich wusste nicht einmal, dass es eine Party geben wird. Ich schwöre.«

»Was hast du sonst noch getan?«, fragte Tristan ernst.

»Ich habe Sara Drexgift gegeben.« Ich schnappte laut nach Luft, und Michael sah zu mir. »Es sollte dich traurig und depressiv machen, so sehr, dass du nur noch von hier verschwinden willst. Es macht Leute eigentlich nicht krank. Ich wusste nicht, was ich tun sollte, als du krank wurdest.«

»Du warst das?« Drexdämonen entwaffneten ihre Opfer, indem sie ihnen ihr Gift, ein starkes Psychopharmakon, injizierten. Es hätte mindestens schwere Halluzinationen hervorrufen müssen. Ich erinnerte mich an die ersten Tage hier, in denen ich so starke Migräne hatte, dass ich mich kaum aus dem Bett bewegen konnte. Ich vermutete, dass Drexgift und mein Faeblut sich nicht vertrugen. Kein Wunder, dass es Trollgalle gebraucht hatte, um mich zu heilen. Trolle waren immun gegen alle Arten von Giften und Drogen.

»Wo hattest du das Gift her?«, fragte Celine.

»Es gibt eine Menge verschiedener Gifte auf der Krankenstation – wegen der Gegengifte«, sagte Michael, und ich schauderte beim Gedanken, was er womöglich sonst noch an mir versucht haben könnte. Es war ein Wunder, dass ich noch immer am Leben war.

»Was sonst noch?«

Michael kauerte sich zusammen. Nikolas' Stimme drohte, vor Wut zu brechen, und so dauerte es einige Zeit, bis Michael zu antworten wagte. »I... ich hab die Höllenhunde rausgelassen, damit sie Sara einschüchtern. Aber es waren genug Krieger auf dem Gelände, damit sie nicht verletzt werden konnte.«

»Wie konntest du all das bewerkstelligen, ohne dass dich je einer erwischt hat?«, fragte Tristan ruhig und warf Nikolas einen bedeutungsvollen Blick zu, der sagen sollte: *Lass mich das regeln.*

»Sie lassen mich in der Menagerie manchmal im Überwachungsraum abhängen. Ich habe Ben dabei beobachtet, wie er den Sicherheitscode eingegeben hat. Und dann war es sehr einfach, mich von meinem Laptop aus einzuloggen.«

Während die anderen noch verdauen mussten, dass ein fünfzehnjähriger Computerfreak ihr bombensicheres System geknackt hatte, dachte ich an etwas ganz anderes. »Du warst das auch mit den Karks, oder?«

»Ich habe dir ein wenig Pheromonspray auf die Kleider gesprüht. Ich habe nur wenige Tropfen verwendet, keine Ahnung, warum die so durchgedreht sind.«

Ich hob die Hände. »Ich checke es einfach nicht. Die Vampire wollten mich töten, und du hattest so viele Gelegenheiten. Warum hast du es nicht einfach getan?«

Er zuckte zurück, als hätte ich ihn geschlagen. »Das konnte ich nicht. Niemals hätte ich dir wehgetan. Ich wollte nur, dass du verschwindest, damit sie mir Matthew geben. Und sie sagten, sie wollten dich lebend.«

»Also haben sie letzten Endes entschieden, selbst hierherzukommen. Warum?«

Er sah wieder beiseite und seine Brust hob und senkte sich heftig. »Sie haben mich nach deinem Onkel gefragt ... und ich habe ihnen gesagt, dass er wieder ein Mensch ist. Sie wollten wissen, wie du das gemacht hast, aber das wusste ich nicht. Da haben sie mir dann gesagt, dass ich dich ausliefern müsste, weil Matthew sonst sterben würde.«

Sie wissen, wozu ich fähig bin. Ein eisiger Knoten in der Größe einer ganzen Faust ballte sich in meinem Magen zusammen. Kein Wunder, dass sie verzweifelt genug waren, eine Mohirifestung anzugreifen.

Tristan trat neben mich. »Wie bist du mit ihnen in Kontakt getreten?«

Michael schluckte schwer. »Ich war in einem Forum und habe nach vermissten Personen gesucht. Dann habe ich ein paar Mal etwas über Michael gepostet, und vor etwa einem Monat hat mich jemand kontaktiert. Sie haben gesagt, sie würden mir sagen, wo Matthew ist, wenn ich ihnen helfe.«

»Oh, Michael.« Ich wusste, über welchen Chat er sprach. Es war keine normale Seite für Vermisstenfälle. Die Leute, die dort suchten, glaubten, ihre Angehörigen wären von Aliens oder anderen übernatürlichen Kräften entführt worden. Ich hatte selbst auf der Seite nach Madelines Verbleiben geforscht.

Er schüttelte vehement den Kopf. »Du verstehst es nicht. Sie haben mir Bilder von ihm geschickt. Er lebt.«

Dass er es noch immer nicht wahrhaben wollte, riss an meinem Herzen. »Wenn du ein altes Bild von Matthew gepostet hast, ist es doch ein Leichtes, das digital zu überarbeiten und ihn darauf älter aussehen zu lassen.«

»Nein, das stimmt nicht! Glaubst du, ich würde meinen eigenen Zwilling nicht erkennen?« Er verdrehte die Finger in der Decke. »Ich habe ihn enttäuscht.«

Ich sah hilflos zu Tristan. »Michael, du verstehst doch jetzt, dass dich die Vampire nur benutzt haben, oder? Sie hatten Matthew nie.«

»Ihr lügt, ihr lügt alle!«, schrie er und wurde immer erregter. »Ich habe ihn gesehen. Ich habe mit ihm geredet.«

»Sie haben dich reingelegt.«

»Nein!« Michaels Augen blitzten, und zum ersten Mal sah ich den Wahnsinn in seinem Blick. »Er lebt, doch nun wird er sterben, weil ich ihnen nicht geben konnte, was sie haben wollten.« Seine Schreie wurden immer lauter und er begann, wild an seinen Fesseln zu reißen. Sein zartes Gesicht verzog sich zu etwas, das ich nicht wiedererkannte. »Das ist alles deine Schuld. Warum bist du nicht einfach gegangen? *Du* hast ihn getötet, Sara! Du hast meinen Bruder auf dem Gewissen.«

Ich presste die Hände auf meinen Mund und trat vom Bett zurück, als zwei Heiler in den Raum gestürmt kamen. Einer hielt Michael fest, während der andere ihm ein Sedativum verabreichte. Das starke Beruhigungsmittel wirkte schnell, und bald war nur noch zitteriges Atmen zu hören. Nikolas wollte auf mich zugehen, aber ich schüttelte den Kopf.

»Was wirst du nun mit ihm machen?«, fragte ich Tristan.

Tristan sah mich mit traurigem Blick an. »Wir haben eine Einrichtung in Mumbai, in der wir Erfolge bei der Rehabilitation älterer Waisen erzielt haben. Ich habe Janak kontaktiert, wir werden Michael dorthin bringen.« Er fuhr sich mit der Hand durchs Haar. »Sara, was er gesagt hat ...«

»Er ist wahnsinnig, das weiß ich.« Michaels Ausbruch hatte mich verletzt, aber nicht, weil ich ihm glaubte, dass es meine Schuld war. Es tat mir nur so leid, zu sehen, welchen Schmerz er erlitt.

Celine stand auf und machte eine Handbewegung in Richtung des bewusstlosen Jungen. »Bitte, sagt mir nicht, dass es so einfach ist, unsere Kinder für die andere Seite zu gewinnen und sie als Waffen gegen uns einzusetzen.«

Ihre unsensible Frage kratzte an meinen ohnehin lädierten Nerven. »Er ist krank, und sie haben das gegen ihn verwendet. Wie wäre es mit ein bisschen Mitgefühl?«

»Du erwartest, dass ich für jemanden, der uns betrogen hat, Mitgefühl empfinde?«

Tristan schritt ein, bevor ich etwas erwidern konnte. »Das Wohlergehen des Jungen liegt in unserer Verantwortung. Wir haben versagt, Celine. Ich glaube nicht, dass unsere jungen Leute generell in Gefahr sind. Das hier war ein besonderer Fall.« Er neigte den Kopf Richtung Tür. »Ich glaube, wir sollten diese Unterhaltung anderswo fortführen.«

»Ich bin fertig hier«, sagte Celine verärgert und rauschte aus dem Zimmer.

Ich ging hinter ihr hinaus und wartete auf Tristan und Nikolas. Tief in ihr Gespräch vertieft, folgten sie mir, und ich wollte mich gerade entschuldigen, als ich innehielt.

»Wenn sie wissen, was Sara bei Nate getan hat, dann wird sie nichts aufhalten«, sagte Nikolas leise.

Tristan nickte. »Wir haben bereits mit dem Rat gesprochen. Wir werden unsere Wachen hier verdoppeln und ein Spezialteam ausschicken, um diesen Master zu jagen.«

Nikolas zog die Brauen zusammen. »Das ist nicht genug. Du hast gesehen, wie schnell er in der Lage war, eine kleine Armee zusammenzustellen und sie auf uns zu hetzen. Ein einzelner noch kindlicher Hale-Hexer hat mit einem einzigen Augenaufschlag unsere Wachen niedergestreckt. Ich bin schockiert, dass man das nicht bereits vorher versucht hat. Und ich bin mir sicher, sie werden es wieder versuchen. Jetzt, da sie wissen, wie effektiv es war. Die einzige Person, die sich gegen einen Hale-Hexer wehren kann, ist die, die wir schützen müssen.«

»Was schlägst du vor?«

Nikolas' Blick traf mich und er biss die Zähne fest aufeinander. Er würde etwas sagen, was mir nicht gefiel, so viel war klar. »Wir müssen sie woanders hinbringen. An einen Ort, der nur wenigen von uns bekannt ist. Am besten in Übersee.«

»Moment mal!« Ich trat zwischen die beiden. »Ich werde nicht schon wieder umziehen, vor allem nicht an einen seltsamen Ort, an dem ich vierundzwanzig Stunden lang weggesperrt werde.«

»Nikolas' Argumente sind stichhaltig, Sara«, sagte Tristan, als würde er das tatsächlich in Betracht ziehen. »Es wäre ja nicht für immer. Nur solange, bis wir den Master gefunden haben.«

»Das kann Jahre dauern. Ich werde nicht den Rest meines Lebens auf der Flucht verbringen und mich verstecken, während ihr beiden Vampire jagt. Vergesst es.«

Nikolas schüttelte den Kopf. »Ich würde mit dir kommen.«

Eigentlich hätte es mich freuen sollen – eine gemeinsame Zukunft. Aber für den Moment sah ich mich nur als ewige Gefangene. »Dann bist du also wieder mein Bodyguard, ja?«, sagte ich bitter. »Warum laden wir nicht noch Chris dazu ein, dann ist es wie in alten Zeiten.«

»Wir können Chris mitnehmen, wenn du das möchtest«, erwiderte Nikolas und ignorierte absichtlich meinen wütenden Sarkasmus. »Er reist gerne.«

»Was, wenn ich nicht gerne reise?«

»Das kannst du schlecht von dir behaupten. Du hast amerikanischen Boden ja noch nie verlassen«, erklärte Nikolas selbstbewusst. Es war zum Verzweifeln. »Ich bin mir sicher, dass wir ein paar nette Orte finden werden, die dir gefallen. Wir können auch die Höllenhunde mitnehmen, wenn du möchtest.«

»Das wäre gut für deine Sicherheit«, fügte Tristan hinzu und ich spürte, wie mir meine Freiheit durch die Finger glitt. »Ich verspreche dir, wir werden tun, was wir können, um dich bald wieder nach Hause zu holen.«

»Was ist mit Nate? Ich habe ihn doch gerade erst zurückbekommen. Ich kann ihn doch nicht einfach hierlassen! Hier, wo er in Gefahr ist.«

Tristan lächelte mir beruhigend zu. »Ich habe Nate bereits gesagt, dass er solange bei uns bleiben kann, wie er möchte. Aber wenn er mit dir kommen will, dann ist auch das eine Option.«

»Wie kannst du von mir erwarten, dass ich wie ein Feigling davonlaufe und alle anderen hierbleiben und sich den Gefahren stellen müssen?«, rief ich verzweifelt. »Bitte, das kannst du mir nicht antun.«

Tristan schüttelte den Kopf. »Niemand hier hält dich für feige, Sara. Ganz besonders nicht nach letzter Nacht. Aber wenn man ein Krieger ist, muss man auch wissen, wann es Zeit ist, sich zurückzuziehen. Dies ist eine solche Zeit.«

Meine Kehle war wie zugeschnürt und ich konnte nur stumm nicken. Ich hatte Angst, weinen zu müssen, wenn ich meinen Mund öffnete. Keiner von ihnen sagte es, aber die Message war klar: Es spielte keine Rolle, wie gut ich kämpfte. In ihren Augen war ich nicht gut genug. Sie planten nicht, die anderen Schüler wegzuschicken. Nicht einmal nach dem, was Olivia und Mark geschehen war. *Weil sie glauben, dass du die Einzige bist, die zu schwach ist, sich selbst zu verteidigen.*

Ich wandte mich zur Tür. »Sara, bitte versteh doch«, rief mir Tristan nach, aber ich wollte nicht noch eine einzige Sekunde länger bleiben.

»Ich rede mit ihr. Sie wird sich beruhigen«, sagte Nikolas leise.

Ich drehte mich um und blitzte ihn unter Tränen wütend an. »Ich werde damit nie einverstanden sein und auch nicht damit, über mein eigenes Leben nicht bestimmen zu dürfen. Wenn du das nicht weißt, dann weißt du nichts über mich.«

* * *

Ich kaute gedankenverloren auf meiner Unterlippe herum und beobachtete den Schatz, den ich auf meinem Schreibtisch ausgebreitet hatte: Siebenhundert Dollar in bar, vierzehn große Diamanten und eine kleine Phiole Trollgalle. Das Geld würde mich nicht weit bringen, selbst wenn ich sorgsam damit umging. Aber ich hatte bereits einen alten Bekannten kontaktiert und wegen der Diamanten nachgefragt. Er sagte, er würde mir einen guten Preis machen. Aber erst nachdem sie versteigert waren. Das Problem war nur, dass es Tage dauern würde, das zu arrangieren, und ich hatte nicht so viel Zeit.

Die Trollgalle würde genug Geld bringen, um für lange Zeit zu verschwinden, wenn ich das wollte. Aber sie würde auch die meiste Aufmerksamkeit erregen. Ich beschloss, sie zu behalten und nur im absoluten Notfall zu benutzen.

Mein Blick schweifte zu der E-Mail, die David mir vor zwei Stunden geschickt hatte und die noch immer auf dem Bildschirm geöffnet war.

Wir haben sie gefunden. Ich versuche noch, die Information zu verifizieren, aber bisher sieht es verlässlich aus. Sie ist in Albuquerque, aber ich bin nicht sicher, wie lange noch. Willst du das wirklich tun?

Er hatte es geschafft. Er hatte tatsächlich Madeline aufgespürt. Nun lag es an mir. Ich würde sie aufsuchen, und dann würde ich dafür sorgen, dass sie ein einziges Mal in ihrem Leben etwas Gutes tat. Sie schuldete mir etwas. Meine Mutter war die Einzige, die ohne Zweifel die Identität des Masters kannte. Sie würde mir sagen, wer er war, und ich würde die Information an Tristan weitergeben, der sich dann um den Rest kümmern konnte. Keiner kannte bisher meinen Plan, aber genau so wollte ich es.

Ich raffte die Diamanten zusammen, steckte sie in einen kleinen Beutel und stopfte diesen in eine Tasche meines alten Rucksacks. Zusammen mit dem Geld und der Trollgalle. Ich suchte den Raum mit den Augen ab und überlegte, was ich sonst noch mitnehmen sollte. Ich musste mit leichtem Gepäck reisen und schnell sein, also würden eine Handvoll Klamotten und ein paar Hygieneartikel reichen müssen.

Sehnsuchtsvoll schaute ich auf meinen Laptop und seufzte. Er war dünn und leicht und er würde in meinen Rucksack passen, aber ich wollte das Risiko nicht eingehen, dass Tristans Sicherheitsleute mich dadurch würden orten können. David würde mir einen neuen Computer besorgen und ein paar Prepaidhandys, um mich mit ihm zu verabreden. Ich musste auf irgendeine Art mit ihm kommunizieren und wissen, was da draußen vor sich ging. Es war hilfreich, Freunde mit solchen Talenten zu haben, ganz besonders auf meiner Mission. Natürlich würde ich erst einmal von hier flüchten müssen, und das würde schwierig werden. Diesen Teil meines Plans musste ich noch ausarbeiten.

Ich schreckte auf, als es an der Tür klopfte. Schnell stopfte ich den Rucksack in den Schrank. »Komm rein«, rief ich, nahm ein Buch und legte mich aufs Bett.

Roland steckte seinen Kopf herein, bevor er eintrat. »Wir fahren morgen, und du versteckst dich in deinem Zimmer?«

Ich legte das Buch auf meine Brust. »Tut mir leid, ich wollte euch nicht aus dem Weg gehen. Es waren nur ein paar harte Tage, und ich wollte einfach ein wenig chillen.«

Er hob eine Augenbraue. »Du meinst, du wolltest ein wenig Zeit für dich allein, um deine Flucht zu planen?«

»Was?« Ich schluckte nervös. »Wovon redest du?«

»Nikolas hat mir gesagt, dass er vorhat, dich von hier wegzubringen. Und dass du dich furchtbar darüber aufgeregt hast.«

»So, hat er das?« Ich mied seinen Blick, sodass er nicht sehen konnte, wie verletzt ich war. Ich hatte Nikolas seit heute Morgen nicht mehr gesehen. Vor ein paar Stunden hatte er an meine Tür geklopft, aber ich hatte nicht geöffnet. Er hatte gewusst, dass ich da war, so wie ich gewusst hatte, dass er auf der anderen Seite stand. Ich hasste es, Distanz zwischen uns zu schaffen, und seine Abwesenheit riss mir ein Loch in die Brust. Aber er kannte mich zu gut, ich würde mein Vorhaben vor ihm nicht verheimlichen können. Aber wenn er Wind von meinen Plänen bekäme, würde er mich noch heute Nacht in ein Flugzeug verfrachten. Das durfte ich nicht zulassen.

Roland schnaubte laut. »Ich kenne dich viel zu gut, als dass ich glauben würde, dass du da mitspielst. Also, hör auf, mir was vorzumachen. Was ist der Plan?«

Ich rang mit mir und einem möglichst unschuldigen Gesichtsausdruck. »Es gibt keinen Plan, okay? Ich lese. Siehst du?«

Wie zum Beweis hielt ich das Buch hoch.

»Weißt du, ich finde, so eine Geschichte ist viel plausibler, wenn man das Buch auch richtig herum hält!«

Ich sah auf den umgedrehten Text und errötete.

»Erwischt.« Er setzte sich vor mein Bett und fixierte mich mit ernstem Blick. »Du hast nicht wirklich vor, alleine von hier abzuhauen, nach allem, was gerade erst passiert ist?«

Ich legte meine Maske ab, warf das Buch beiseite und setzte mich auf. »Gerade deswegen muss ich gehen. Wir müssen den Master aufhalten, bevor noch mehr Leute zu Schaden kommen. Ich werde Madeline finden und sie dazu bringen, mir seine Identität zu verraten.«

»Wieso glaubst du, dass du Madeline finden kannst, wenn es den Mohiri nicht gelingt?«

»Madeline ist schlau und sie beobachtet die Mohiri und den Master. Beim geringsten Anzeichen ist sie wieder auf der Flucht.« Ich lächelte selbstbewusst. »Nach mir hält sie nicht Ausschau.«

»Ja, aber erst musst du sie finden, und sie hat es geschafft, die letzten zehn Jahre unsichtbar zu sein.«

»Niemand bleibt für immer unsichtbar, außer er lebt völlig außerhalb der Gesellschaft, und ich weiß, dass meine liebe Mutter nicht in einer Höhle haust. Mein Freund David verfolgt ihre Spur erst seit einem Monat und es hat nicht lange gedauert, bis er ihre Fährte aufgespürt hat.«

Roland runzelte die Stirn. »David, der Hacker? Wenn er weiß, wo sie ist, dann sag es Tristan und lass ihn sich darum kümmern.«

»Nein.« Ich stand auf und ging im Zimmer umher. Ich würde nicht mehr hier herumsitzen und nichts tun. Das konnte ich einfach nicht. Außerdem war Madeline zu schlau, sie würde ihren Vater aus einer Meile Entfernung riechen können. »Wie ich schon sagte, sie beobachtet ihn. Und ich soll verdammt sein, wenn ich mich nach Timbuktu verschiffen lasse, während sich alle anderen die Finger für mich schmutzig machen. Du kennst mich, Roland, ich kann so nicht leben.«

»Aber willst du etwa Nikolas verlassen? Ich habe gesehen, wie du ihn letzte Nacht angeschaut hast. Du liebst ihn, nicht wahr?«

Ich blieb stehen und schluckte um den Knoten in meinem Hals herum. »Ja, aber das reicht nicht.« Die Vorstellung, Nikolas zu verlassen, rieb mich völlig auf. Ich liebte ihn mehr, als ich für möglich gehalten hatte. Aber wenn ich blieb und ihn mich beschützen ließ, wie er es wollte, dann würde ich ihn bald dafür verachten. Wenn das zwischen uns funktionieren sollte, dann mussten wir einander ebenbürtig sein. Wozu es niemals kommen würde, wenn die Dinge blieben, wie sie waren.

Roland deutete auf eines der Fotos auf meinem Schreibtisch. »Was ist mit Nate? Ihn willst du also auch verlassen?«

Ich sank auf meinen Stuhl und legte den Kopf in die Hände. »Es ist ja nicht so, dass ich das möchte, Roland. Ich habe ihn beinahe verloren, und es bringt mich um, ihm das anzutun. Aber ich mache es auch für ihn. Auch er ist hier ein Gefangener, solange der Master lebt. Nach letzter Nacht glaube ich nicht, dass er irgendwo sicher ist.«

»Du hast das für dich schon beschlossen, oder?«

»Ja.« Wenn ich mir einmal etwas in den Kopf gesetzt hatte, dann gab es kein Zurück mehr. Roland wusste das. Ich wollte weder Nikolas noch Nate, Tristan, Jordan oder Desmund verlassen. Aber es ging nicht um das, was ich wollte. Ich wusste mit jeder Faser meines Seins, dass ich das tun musste.

»Gut, dann komme ich mit dir.«

Hoffnung brandete in meiner Brust auf und ich riss den Kopf hoch, um ihn anzusehen. Aber so schnell wie der Funken sich entzündet hatte, so schnell erlosch er wieder. So ungern ich auch allein war auf dieser Mission, ich konnte ihn da nicht mit hineinziehen. »Nein, das kann ich nicht zulassen.«

Er verschränkte die Arme und sein Mund formte sich zu einer dünnen Linie, was ihm den typisch sturen Ausdruck verlieh. »Wenn du gehst, gehe auch ich.«

»Aber was ist mit deiner Mom und mit der Schule? Du kannst doch nicht das Abschlussjahr sausen lassen.«

»Mom wird es verstehen ... irgendwann. Und die Schule ist ohne dich sowieso scheiße.«

Ich kaute ängstlich auf meinen Nägeln herum. Mein Plan machte mich mehr als nur ein wenig nervös und es wäre weniger furchteinflößend mit Roland an meiner Seite. Ich vertraute niemandem so sehr wie ihm. Fast niemandem. Ich musste mich zwingen, nicht an Nikolas zu denken.

»Okay.«

Nun sprang Roland auf und ging rastlos im Zimmer auf und ab. »Sara, bist du sicher, dass du das tun willst?«

Ich straffte die Schultern und erwiderte den sorgenvollen Blick aus seinen blauen Augen. »Dieser Vampir hat meinen Dad getötet und wollte mir Nate wegnehmen. Er hat mehr als nur einmal versucht, auch mich umzubringen. Er hat meiner Familie den Krieg erklärt und ich werde nicht herumsitzen und warten, was als Nächstes geschieht. Dieses Mal nehme ich den Kampf auf.«

»Genau das hatte ich befürchtet«, murmelte er. »Also, lass mich checken, ob ich das richtig verstanden habe: Wir jagen deine Mutter *und* einen Vampirmaster, während der Rest der verdammten Blutsauger in diesem Land dich sucht? Von den Mohiri mal ganz abgesehen.«

In den letzten vier Monaten war ich gejagt, gequält und gefoltert worden, hatte so viel Brutalität und Tod gesehen, dass es für ein ganzes Leben reichte. Ich war es leid, immer Angst zu haben. Ich war es leid, müde zu sein und mich schwach zu fühlen. Roland hatte recht, wir würden unter Beobachtung stehen. Von allen Seiten. Ich musste also dafür sorgen, dass wir ihnen immer ein paar Schritte voraus waren. Und das Letzte, was der Master erwarten würde, war, dass ich die Festung verließ und auf eigene Faust unterwegs sein würde. Wenn wir Glück hatten, würden wir Madeline finden und zurück sein, bevor er Wind von meiner Flucht bekam.

»Das ist der Plan.«

Roland stöhnte. »Du hast da etwas ganz Wichtiges vergessen«, sagte er entmutigt. »Der Vampir ist nicht das Einzige, worum du dir Sorgen machen musst. Nikolas wird deine Spur aufnehmen und er wird verdammt angepisst sein. Was meinst du, was passiert, wenn dich einer von ihnen in die Finger kriegt?«

»Hab ein bisschen Vertrauen, Roland.« Ich hob das Kinn und lächelte ihn an. »Sie müssen mich erst einmal erwischen.«

~ ENDE TEIL 2 ~

Mehr zu „Dark Creatures 3 – Das Schicksal":

Sara Grey möchte sich nicht mehr verstecken, sich nicht mehr fürchten. Der Master glaubt, er hätte sie eingeschüchtert, aber sie nimmt die Dinge in die Hand und holt sich ihr Leben zurück. Mit Hilfe ihrer Freunde macht sie sich auf die Suche nach der einzigen Person, die Antworten auf die Fragen zu ihrer Vergangenheit hat und sie zu dem Master führen kann.

Auf ihrer Reise muss sich Sara zahlreichen Gefahren stellen und Herausforderungen meistern. Die Welt teilt sich nicht länger in Gut und Böse, wie sie einst dachte. Sie findet neue Freunde, unerwartete Verbündete und trifft alte Bekannte wieder. Während ihre Kräfte unaufhörlich stärker werden, verwandelt sie sich von einem unsicheren Mädchen in eine starke, junge Kriegerin.

Doch welchen Tribut fordert diese Verwandlung? Was ist Sara bereit für Unabhängigkeit und Wahrheit zu opfern? Und wird ihre neugewonnene Stärke sie und ihre Lieben retten können, wenn sie ihrem Erzfeind endlich gegenüber steht? Nichts hat sie auf das vorbereitet, was kommen wird und schließlich ist all ihre Kraft gefordert um die finale Prüfung um Liebe und Mut zu bestehen.

Abonnieren Sie unseren kostenlosen Verlags- und Autoren-Newsletter und erfahren Sie so zu allererst, **sobald Teil 3 der Dark Creatures Reihe** erscheint! Selbstverständlich informieren wir Sie darin auch über unsere Neuerscheinungen, Autorennews und exklusiven Buch-Gewinnspiele:
www.feuerwerkeverlag.de/newsletter/

Mehr zur Autorin finden Sie auf
www.karenlynchnl.com, www.facebook.com/KarenLynch.Author, www.twitter.com/karenlynchNL

Mehr Infos zur Reihe unter:
www.feuerwerkeverlag.de/book/das-geheimnis-dark-creatures-1/

Eine kleine Bitte zum Schluss …

Wir hoffen, Ihnen hat dieses Buch gefallen …

Der schnellste Weg, andere Leser da draußen an Ihren Erfahrungen mit diesem Buch teilhaben zu lassen, ist eine Rezension im Online-Buch-Shop. Ihr Feedback hilft nicht nur anderen Lesern, Neues zu entdecken, sondern auch dem Autor, zu verstehen, was aus Lesersicht in diesem Buch gut und weniger gut ist. So kann sich der Autor weiterentwickeln und Ihnen sowie anderen Lesern in Zukunft noch schönere Geschichten präsentieren. Außerdem sind Ihre Erfahrungen, Erkenntnisse und Eindrücke als ehrliches Leser-Feedback eine enorme Wertschätzung vieler liebevoller Arbeitsstunden, die in dieses Buch geflossen sind.

Danke also schon im Voraus, wenn Sie sich zwei bis drei Minuten Zeit nehmen und eine kleine Bewertung zum Buch z.B. auf Amazon veröffentlichen.

SAMTROT

Printed in Poland
by Amazon Fulfillment
Poland Sp. z o.o., Wrocław